창선감의록

윤재환

경남 창녕 출생으로, 단국대학교 국어국문학과를 졸업하고 연세대학교와 성균관대학교 대학원에서 학업을 마친 뒤 고려대학교 민족문화연구원, 단국대학교 동양학연구원, 한국연구재단 인문강좌사무국, 성균관대학교 대동문화연구원 등을 거쳐 현재 단국대학교 국어국문학과 교수로 재직하고 있으며 동양학연구원 번역실장을 맡고 있다. 성호(星湖)와 다산(茶山)을 중심으로 조선 중・후기 근기 남인들의 문학세계 연구에 주력하고 있으며, 저서로 『매산 이하진의 삶과 문학 그리고 성호학의 형성』・『조선 후기 근기 남인 시맥의 형성과 전개』, 역서로 『국역 송당집』・『국역 인재집』・『국역 매호유고』 등이 있다.

맹영일

전북 남원 출생으로, 重山 許鎬九 先生 門下에서 漢文을 受學하였다. 단국대학교 국어국문학과를 졸업하였으며, 고려대학교 대학원에서 석・박사 과정을 마쳤다. 고려대학교 민족문화연구원과 단국대학교 동양학연구원의 연구원, 한림대학교 강사를 거쳐 현재 단국대학교 국어국문학과・교양기초교육원・단국서당 등에서 강의를 하고 있다.

창선감의록

2014년 2월 20일 초판 인쇄
2014년 2월 25일 초판 발행

옮긴이 _ 윤재환・맹영일
펴낸이 _ 장호성
기 획 _ 이재석
제 작 _ 김남필
편 집 _ 성두현・박보혜
펴낸곳 _ 단국대학교출판부
등 록 _ 1968.2.27 : No. 제03-00095호
주 소 _ 경기도 용인시 수지구 죽전로 152
전 화 _ 031-8005-2405
팩 스 _ 031-8021-7154

값 25,000원

ISBN 978-89-7092-520-2 94810
ISBN 978-89-7092-506-6 (세 트)

* 이 도서는 2013년도 단국대학교 교비 지원으로 출판되었음.

동양학 번역총서 2

창선감의록

윤재환 · 맹영일 역
단국대학교 동양학연구원 편

단국대학교출판부

간행사

단국대학교 동양학연구원은 1970년 설립된 이래, 다양한 연구서와 동아시아의 역사와 문화에 관한 희귀한 자료를 발굴·정리한 동양학총서를 간행하여 한국학 연구자들과 동양학연구자에게 실질적인 자료를 제공해 왔습니다. 출간된 연구서와 자료총서 중에는 학계에 상당한 반향을 불러일으킨 저작이 적지 않습니다. 특히 품이 많이 들고, 오랜 시간 많은 연구원들의 집중적인 노력 없이는 만들어지기 어려운 자료총서의 간행은 인문학의 토대를 내실 있게 다지는 작업으로써 우리 동양학연구원과 단국대학교의 인문학적 저력이자 원동력이 되어 왔습니다.

동양학연구원은 2011년 교책연구원으로 승격된 이후 연구실, 사전편찬실과 함께 새로이 번역실을 설치하고 고전 번역 사업을 시작하였습니다. 이는 동아시아의 전통문화를 종합적으로 연구하기 위해서입니다. 그간 정리되지 않고 묻혀 있던 한적 자료를 발굴하고 선별하여 연구자들과 일반인들이 쉽게 접근할 수 있게 번역·출간하는 일은 우리나라의 인문학적 기반을 확장하는 소중한 작업이라 생각합니다. 특히 우리 학교에 소장된 연민문고를 비롯한 상당한 자료 중 아직 학계에 공개되지 않은 자료를 대상으로 하는 것이라는 점에서 이 작업은 더 큰 의미를 지니는 것이라고 할 것이며, 지난해에는 『성호선생언행록』을 번역총서 1권으로 간행한 바 있습니다.

이번에 발간하는 동양학 번역총서 제2권 『창선감의록』 역시 이러한 학문적 전통 아래 간행하게 된 것입니다. 이번에 소개하는 『창선감의록』은 아직까지 공식적으로 학계에 공개되지 않은 한문 필사본 고소설입니다. 『창선감의록』은 현재까지 우리나라에서 가장 많은 필사 이본異本을 가지고 있는 소설이라는 점에서 조선후기 우리나라의 사회와 문화계에 미친 영향은 적지 않다고 할 것입니다. 또한 동양학 번역총서 제2권으로 한문 필사본 소설을 번역·간행하는 것은 한문소설이 가지고 있는 흥미롭고 다양한 재미를 현대의 독자들에게 알려, 현대의 독자들이 고전과 한문에 대한 새로운 관심을 가질 수 있도록 하기 위해서입니다.

동양학 번역총서 제2권의 간행을 맞아 이 자리를 빌려 어려운 환경 속에서도 국내·외 학계의 다양한 연구자들과 끊임없이 토론하면서 자료 속에 파묻혀 지내는 우리 연구원 구성원 모두의 노고에 경의를 표합니다. 아울러 『창선감의록』 간행의 책임을 맡아 주석·번역과 해제 작업을 해 주신 윤재환·맹영일 두 선생님께 진심으로 감사의 마음을 전합니다.

엄밀한 선별 과정을 거쳐 번역 간행되는 동양학 번역총서는 앞으로 동양학을 연구하는 연구자들에게 귀중한 자료의 보고가 될 것이고, 이 번역총서를 바탕으로 우수한 연구 성과들이 쏟아져 나올 것이라고 생각합니다. 이와 같은 점에서 동양학 번역총서의 간행은 그간 이어져 온 동양학연구원의 학문적 전통을 충실하게 계승하는 의미 있는 성과가 될 것입니다. 이후로도 이 중요한 작업이 순조롭게 진행되기를 기대하며, 동양학 번역총서의 간행에 물심양면으로 도움을 주신 단국대학교 장호성 총장님을 비롯하여 단국대 출판부 관계자 여러분들께 다시 한 번 깊은 감사의 마음을 전합니다.

2014년 2월

단국대학교 동양학연구원장 서영수

일러두기

1. 이 책의 번역을 위한 대본臺本은 단국대학교 동양학연구원 자료실 소장 한문 필사본 『창선감의록倡善感義錄』이다.
2. 번역 대본에 오류誤謬나 오자誤字가 있을 경우 국립중앙도서관 소장 필사 한문본 『창선감의록倡善感義錄(한古朝48-114)』·『창선감의록倡善感義錄(古3636-23)』과 현토懸吐 활자본活字本 『(현토懸吐)창선감의록彰善感義錄(한古朝48-103)』·『(현토懸吐)창선감의록彰善感義錄(古3736-68)』을 참고하여, 반드시 수정하여야 할 경우에 한해 고쳐 번역하였다.
3. 작품의 이해를 돕기 위해 번역문 뒤에 주인공 가문家門의 가계도家系圖와 작품 내에 등장하는 인물, 지명, 관직에 대한 설명을 부기附記 하였다.
4. 번역은 최대한 현대 국어로 옮겨 독자들의 가독성可讀性을 높이고자 하였다. 따라서 별도의 주석을 첨부하지 않고 주석의 내용을 번역문 속에 그대로 풀어 놓았다.
5. 현대 국어로 옮겨지지 않는 부분과 한자가 반드시 필요한 경우를 제외하고는 한자를 사용하지 않았다. 고유명사의 경우도 매 회 처음 나타날 때만 한자를 병기倂記하여 한자의 사용을 최소화하였다. 한자를 사용할 경우에도 한자의 크기를 줄여 가독성을 높이고자 했다.

차례

간행사 · 4

일러두기 · 6

제1부 국역國譯 『창선감의록倡善感義錄』 · 8

제2부 『창선감의록倡善感義錄』 해제解題 · 198

제3부 『창선감의록倡善感義錄』 관련 참고 자료 · 208

제4부 원문原文 영인影印 『창선감의록倡善感義錄』 · 254

제1부

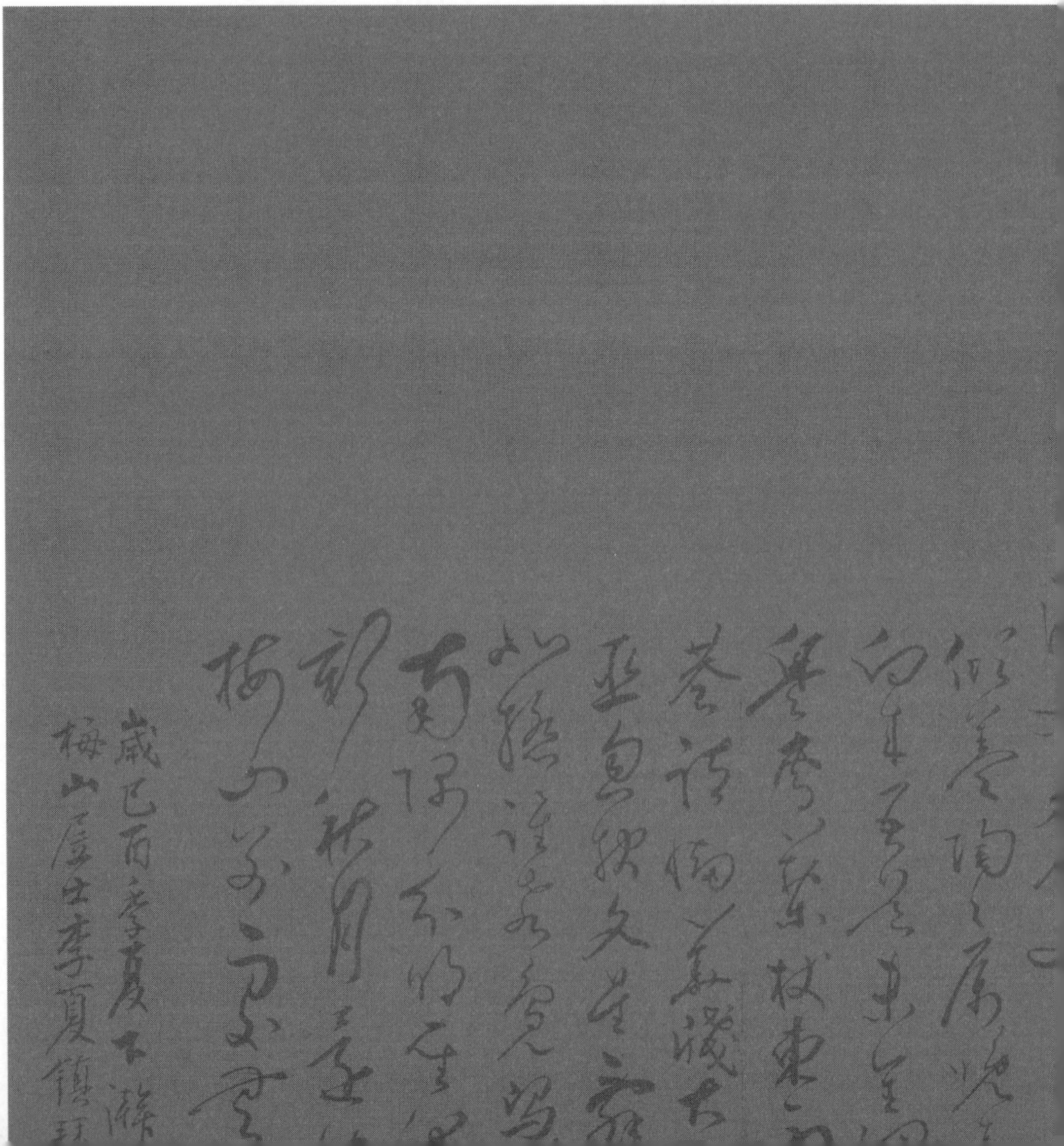

국역國譯 『창선감의록倡善感義錄』

제1회
효자는 돌아갈 계획을 이끌고 한 쌍의 옥으로 혼약을 맺다

사람은 남자나 여자, 귀하거나 천하거나를 따질 것 없이 반드시 충효忠孝를 근본으로 삼는 것이니, 형제간에 우애友愛하고 부모와 자식 사이에 사랑하고 공경恭敬하는 마음과 선善을 즐거워하고 덕德을 행하는 마음이 한결같이 모두 여기에서 나오는 것이다. 자손이 번창하고 부귀영화를 누리는 것은 그 복의 유래가 멀리 있다. 그러므로 그 기반이 두터우면 비록 위태롭더라도 반드시 편안해지고, 그 기반이 두텁지 않으면 비록 편안하더라도 반드시 위태로워지는 것이니, 이것은 자연스러운 이치이다. 내가 요즈음 천식을 치료하기 위해 누워 있으면서 부인네들에게 마을의 한글소설을 읽게 하고 들어보니 그 중에는 원통한 마음을 기록한 책이 있었다. 그 책에는 원통함을 갚는 내용이 이어져 슬픔이 뼈에 사무치지만, 착한 일을 한 사람은 반드시 번창하고, 악한 일을 한 사람은 반드시 망하는 내용이어서 사람을 감동시켜 선을 권장하고 악을 징계할 수 있는 것이 있었다.

옛날에 화운花雲장군이 태평부太平府에서 죽었을 때 그의 부인 고씨郜氏는 곡하며 남편을 따라 죽었고, 어린 자식도 물에 빠져 울부짖었지만 칠일이 지나도록 죽지 않았으니, 어찌 하늘의 뜻이 아니겠는가. 다음은 그 이야기이다.

화운의 7대 후손 병부상서兵部尙書 여양후汝陽侯 욱郁이 세종황제世宗皇帝를 섬겼는데, 가정嘉靖 14년에 형부시랑刑部侍郎 내각內閣 동지同知 평장사平章事 여양후로 임명되었다. 공의 사람 됨됨이가 곧고 엄격하여서 천자가 그를 소중히 여겼다. 그 뒤 나라를 위해 세운 공 때문에 병부상서兵部尙書 도찰원都察院 도어사都御使 제독提督 섬서 군무사陝西軍務事 지제고知制誥로 벼슬이 올랐다. 집은 서울의 만세교萬歲橋 남쪽에 있었고 세 명의 부인이 있었는데, 위로 첫째 부인 심씨沈氏는 공부시랑工部侍郞 확確의 딸이고, 둘째 부인 요씨姚氏는 태자소부太子少傅 관瓘의 손녀이고, 셋째 부인 정씨鄭氏는 이부상서吏部尙書 옹雍의 딸이었다. 심씨는 말을 잘하고 용모가 아름다웠으나 마음속에 시기심이 몹시 많았으며, 그의 아들 춘椿은 자字가 경옥景玉이었는데 천성이 어리석어 공은 그를 그다지 사랑하지 않았다. 셋째인 정부인은 엄격하고 침착하여 정숙한 덕이 있었다. 둘째 부인인 요부인이 불행히 일찍 세상을 떠나게 되자 임종 때 그의 딸을 정부인에게 맡겼는데, 정부인이 친자식과 같이 보호하고 가르쳤다. 공이 이 때문에 더욱 정부인을 공경하고 중하게 여겼다.

가정 23년 봄 2월에 공은 옥기린이 품으로 들어오는 꿈을 꾸었는데, 이날 정부인이 아들을 낳았다. 골격이 뛰어나고 남달랐으며, 울음소리가 웅장하고 맑으니 공이 몹시 기특하게 여기고 사랑하였다. 이때 공의 누이 태상경太常卿 성염成琰의 부인이 일찍 남편을 여의고 공과 한 집에서 살았는데 현명하고 강직하며, 집안을 다스리는데 법도가 있어 공이 엄한 형을 섬기듯이 모셔서 집안일을 모두 맡겼고, 그의 아들 준儁도 재주가 뛰어나 공이 부지런히 학업을 권장하였다. 심씨는 공이 정부인의 아들만 사랑하고 자기 아들은 사랑하지 않자 질투심을 크게 일으켰으나, 공과 성부인이 두려워 감히 어떻게 하지 못했다.

정부인의 아들이 자라 서너 살이 되어 머리를 두 갈래로 늘어뜨리니 귀인貴人의 모습이 가득하였고, 슬기로운 말로 사람을 놀라게 했으며 아름다운 눈에는 광채가 흘렀다. 정부인이 늘 『효경孝經』을 읽었는데, 아이는 책상 옆에서 모시고 앉아서 가만히 듣고 묵묵히 외웠으며, 글의 뜻도 대부분 이해하였다. 공이 일찍이 '이 아이는 나에게 몇 개의 성을 주어도 바꾸지 않을 만큼 소중한 보배이다'라고 하였는데, 이 때문에 이름을 진珍이라 하고 자를 형옥荊玉이라 하여 더욱 기특하게 여기고 사랑하였다. 요부인의 딸 빙선娉仙의 자는 태강太姜이니 용모와 성품이 우아하고 아름다우며, 빼어나고 총명한 기운이 오갔다. 공자와 태강소저는 함께 글공부를 하여 9살 때에 이미 『시경詩經』·『서경書經』과 『논어論語』를 외웠고, 글을 짓는 능력이 힘차고 시원스러워 글의 뜻이 웅장하고 원대하였다.

하루는 공이 조정에서 돌아와 정부인의 침실에 들었는데, 얼굴에 근심하는 기색이 가득하였다. 정부인이 옷깃을 여미며 '상공께서는 무슨 편치 못한 일이 있으십니까?' 하고 물으니 공이 한숨을 크게 쉬고 한참 있다가 말했다.

"천자께서 자애롭고 인자하시며 어질고 밝으시지만, 엄숭嚴崇이 한번 정권을 잡은 뒤로부터는 나라의 일이 날로 잘못 되어 어사御使 남표南標가 홀로 반대하는 상소를 올렸지만 채택되지 않고, 도리어 자신이 귀양을 가게 되었소이다. 언로言路는 나라의 귀와 눈이니, 눈과 귀가 막히고서 망하지 않을 수 있는 것은 거의 없소이다."

부인이 다 듣고 탄식에 잠겨 아무 말도 못하고 있었는데, 공자가 앞으로 나와 무릎을 꿇고 말했다.

"『시경』에 '무지개가 동쪽에 있으니 감히 가리켜 말하지 못한다'라고 하였습니다. 지금 남어사가 소인의 잘못을 지적하고 나무랐지만, 스스로도 화를 면할 수 없게 되었으니 이것은 틀림없이 군자가 조짐을 살펴 벼슬을 버리고 갈 때입니다."

공이 크게 놀라 손을 잡고 부인을 돌아보며 말했다.

"이 아이의 이 말은 정말로 내가 미치지 못할 것이니, 부인은 무슨 복으로 이런 기특한 아이를 낳았소?"

잠시 뒤에 성부인이 오자 공은 잠깐 동안의 일을 성부인에게 이야기했다. 성부인이 공자의 등을 쓰다듬고 웃으며 '이 아이는 화씨 가문의 복이 될 별이다'라고 하였다. 공이 그 자리에서 성부인과 고향으로 돌아갈 계획을 모두 결정하고 며칠 뒤에 사직을 청하는 글을 올리니 사직하려는 뜻이 간절하고 지극하였다. 천자가 공의 재주와 덕을 아껴 친필로 글을 내려서 만류하려고 하였으나, 엄숭이 평소에 공을 싫어하여 천자에게 공의 청을 들어 주기를 권하였다. 이에 병부상서 도어사 섬서 제독의 벼슬을 거두어 여향후로 관직에서 물러나게 하고 특별히 고운 자수가 놓여진 좋은 비단을 하사하니 공이 대궐에 가서 은혜에 감사하고 그날로 온 집안이 소흥부紹興府로 향했다.

이 해에 공이 큰아들 춘의 혼례를 치뤄 형부상서刑部尙書 임준林俊의 손녀를 며느리로 맞아들였는데, 용모는 비록 뛰어나게 아름답지 않았으나 덕스러운 성품을 많이 가져서 공은 좋아하였지만 춘은 좋아하지 않았다.

소흥에 도착하니, 소흥은 『서경書經』「우공禹貢」편에 나오는 양주楊州 땅이다. 북쪽으로 산음현山陰縣이 있고, 서쪽으로 상우현上虞縣이 있으며 운문산雲門山과 만서산萬緒山이 동남쪽에 울창하고 조아강曺娥江과 감호鑑湖가 천하의 명승지로 자리잡고 있었다. 공의 선대先代에서부터 이미 소흥부의 동쪽 삼십리에 있는 월왕성越王城 근처에 살

곳을 정하여 산을 깎아 대를 만들고 물을 끌어다가 못을 만들었었다. 화려한 서까래는 구름 속으로 들었고 고운 빛깔의 용마루는 이어져 있었다. 진기하고 아름다운 나무들이 울창하고 무성하였는데, 학이 푸른 소나무에서 울고 사슴은 아름다운 제방에서 노닐었다. 공은 벼슬의 굴레에서 벗어나 유유자적하게 고향으로 돌아와 누워 두 아들, 조카와 함께 마주하고 이야기하며 한가롭고 여유있게 '세상만사가 구름 같다'고 하고 항상 '내 만년의 안락은 진아가 준 것이다'라고 만족해 하였다.

이때 심씨는 정당正堂 취성루聚星樓에서 거처하였고 성부인은 취화당翠華堂에서 거처하였으며, 동쪽 수선루壽仙樓에는 정부인이 거처하였고 서쪽 설매당雪梅堂에는 임소저가 거처하였으며, 녹영당綠影堂에는 성준의 처 요소저姚小姐가 거처하였고 수선루의 왼편 홍매당紅梅堂에는 태강소저太姜小姐가 거처하였다. 공은 백화헌百花軒에 거처하면서 큰아들 춘은 한송정寒松亭에 거처하게 하였고 작은아들 진은 죽우당竹友堂에 거처하게 하였으며 쌍취정雙翠亭은 성생의 서실로 만들었다.

다음 해 3월 큰아들 춘의 나이는 14살이고, 둘째 진은 10살, 성생은 19살이었다. 공이 세 사람과 후원의 상춘정賞春亭에서 놀 때 세 사람에게 각각 칠언절구七言絶句 두 수를 짓게 하니 세 사람이 명에 따라 시를 지어 올렸다. 공이 먼저 성생의 시를 보고 칭찬하여 '깊이 있고 두터우며 온화하고 중후하니, 진실로 군자의 글이다'라고 하고, 다음으로 춘의 시를 보다가 갑자기 깜짝 놀라 글을 던지며 '아들 녀석이 예의가 없으니 우리 집안이 망하겠구나'라고 하였다. 춘이 두려워 급히 갓을 벗고 당을 내려가 엎드리니 성생이 앞으로 나와 말했다.

"한순간에 갑자기 지은 시는 잘된 곳이나 잘못된 곳이 있기 쉬우니 설령 불만이 있으시더라도 가르치심이 어찌 이 정도까지 이르십니까."

"아니다. 뛰어나냐 아니냐 하는 것은 내가 책망하려는 것이 아니다. 약삭빠르고 경박하며 음란한 모습이 시에 넘치니 이 아이는 장차 우리 집안을 어지럽힐 것이다."

이어서 거푸 눈썹을 찌푸리고 오랫동안 화를 내다가 진의 시를 보고는 기뻐 크게 웃으니 화사한 기운이 봄처럼 따사로웠다. 그 시는

동산 버들 흐드러져 푸른 그림자 비끼었고

온화한 기운 가벼이 비단 창으로 드는데

원앙은 짝지어 금당 물에 목욕하고

호랑나비 쌍쌍이 섬돌 꽃으로 날아드네.

종려나무 푸른 잎은 봉황 깃같이 무성하고
새로 만든 시렁 위로 포도 가지 올라가며
난간머리 앵무새는 봄소식을 전하는데
시녀는 향 머금고 벽도화를 지나가네.

공이 잠시 동안 아끼며 즐기다가 성생에게 주니 성생이 두세 번 음미하다가 자기도 모르게 무릎을 가지런히 하고 공경하며 말했다.

"느긋하고 깊으며 곱고도 고와 당唐나라 전성기나 북위北魏 선무제宣武帝 때와 같은 음률이 있으며, 농염濃艶하고도 넉넉하며 맑고 굳세어 왕중王仲이 처음 궁사宮詞를 지었던 뜻이 있으니, 시인의 재주로는 더할 것이 없습니다."

"이 아이가 포대기를 겨우 벗어났을 때에 식견이 남보다 뛰어났었는데, 시 짓는 재주가 지금 또 이와 같으니 그 천부적인 자질이 기이하다고 할 만하고, 두 편 모두 왕공王公과 부귀富貴의 상이니, 우리 집안을 망하게 할 사람은 춘이고, 흥하게 할 사람은 진이다."

다시 정색하고 춘을 꾸짖었다.

"우리 집안이 대대로 충효와 법도를 전하여 한결같이 바른 도리로 마음을 다잡고 본성을 지켜 비록 술을 마시고 농지거리하는 사이라도 일찍이 음란하고 예의에 어긋난 말을 하지 않았거늘 네가 지금 부모 앞에서 시를 지으면서도 그 방탕함이 이와 같으니 정말로 놀랍고 한탄스럽다. 이 뒤로는 반드시 마음을 고치고 행실을 닦아 행동거지를 모두 네 아우에게 배워 화씨 가문의 종묘와 제사가 너의 손에서 망하게 하지 마라."

춘은 부끄럽고 두려워 물러나왔다. 이날 저녁 심씨에게 말했다.

"제가 어머니의 사랑을 지나치게 받아 즐겨 놀며 학업을 폐하였으니, 못난 자식에 대한 책망은 진실로 마음속으로 달게 받을 것이나 오늘 아버지께서 너무 심하게 노하셔서 '화씨 가문의 종묘와 제사가 너의 손에서 망하겠다'라고 하시는 정도로 가르치시니 자식으로서 어찌 가슴 아프지 않겠습니까. 또 진이 비록 타고난 재주가 기이하고 뛰어나 행동거지가 볼 만 하나 아버지께서 저에게 '진에게 무릎을 꿇고 매사를 모두 배우라'고 명하시니 천하에 어찌 아우에게 배우는 형이 있겠습니까?"

심씨는 이 말을 듣고 파르르 떨며 안색이 변했다.

"상공께서 원래에 정씨 집안의 요사한 계집과 간사한 자식 진에게 홀려서 진헌공晉獻公과 원소袁紹처럼 진을 후계자로 삼을 마음을 오랫동안 품었으나 기회를 얻지 못하시더니, 지금 보니 벌써 '서리를 밟았는데 옅은 얼음이 얼 기미가 보일 지경'에까지 이르렀구나. 내 차라리 머리를 부수어 죽을지언정 차마 동해왕東海王 사마월司馬越이 여러 번 머리를 굽히던 것과 같은 꼴을 보지는 않을 것이다."

이때부터 심씨와 춘은 공연히 정부인 모자를 원망하여 자나 깨나 이를 갈았고, 또 정부인이 태강소저를 길렀기 때문에 심씨가 그녀를 미워하니 성부인이 이를 알고 공자와 소저의 일생을 몹시 걱정하였다.

이렇게 1~2년이 지나는 동안 임소저는 춘의 행동거지가 도리에 어긋나고 사나우며 말에 예의가 없는 것을 보고 날마다 슬피 탄식하고 울며 춘에게 충고했다.

"당신께서는 법도 있는 가문에서 나고 자라났으니 명분을 밝히는 가르침을 알 것인데 요즈음 말씀이 도리에 어긋나기도 하고 마음 쓰시는 것과 행동거지가 좋지 않으니, 제가 비록 어리석으나 적이 스스로 한심하게 여깁니다. 또 사람은 어진 아버지와 형님이 있는 것을 즐겁게 여기는데, 지금 시아버님의 크고 훌륭한 덕행과 성고모님의 순수한 효심과 지극한 공손함은 모두다 당신께서 눈으로 보시는 것이고 가르침을 주는 것입니다. 옛사람이 말하기를 '삼 속의 쑥대는 잡아 주지 않아도 스스로 곧게 자란다'라고 하였으니, 저는 정말로 당신께서 따르지 않으시는 것이 이 지경까지 이르는 이유를 알 수가 없습니다. 또 정시어머님의 태사太姒와 같은 덕과 소공자의 자장子臧과 같은 절개는 의심할 것이 아닌데도 의심하시니, 제가 한 번 이 말을 듣고는 귀를 씻을 수 없음을 한스러워 합니다."

춘이 그래도 고치지 않으니 이 뒤로 임소저는 타고난 운명이 기구하고 복이 없음을 스스로 한탄하고, 하늘이 돌보아주지 않음을 깊이 슬퍼하여 마침내 몸을 정결하게 하여 스스로를 닦고, 춘과 남녀간의 정을 나누지 않으니 이때부터 결혼한 지 오래되었으나 자식이 없어 춘이 그녀에게 몹시 화를 내었다.

공은 벼슬에서 물러나 한가하게 지내면서부터 마음을 산수山水 사이에 두어 때때로 돛단배와 짧은 노로 약야若耶의 파도를 거슬러 올라가보기도 하고, 천과산天姥山의 원숭이 소리를 들으며 옛 자취에 마음 아파하기도 하고, 동산東山에서 사안謝安을 한탄하며 오문吳門에서 매복梅福을 조문하기도 하는 등 유유자적하게 스스로 즐거워하며 다시 천하의 일에 마음을 두지 않았으나, 옛날의 역사를 읽다가 국가가 유지되고 망할 때와 임금과 신하가 얻고 잃는 일에 관한 부분에 이르게 되면 일찍이 감개한 눈물이 옷깃을 적시지 않은 적이 없었다.

하루는 공이 어린 종에게 조그마한 거문고와 작은 술병을 들게 하고 두 아들, 성생과 함께 정원의 북쪽 야트막한 언덕에 올랐다. 단풍 늘어선 냇가와 국화꽃 핀 언덕 위에서 편안한 마음으로 풍류를 즐기고 유유자적하게 지내면서 거문고를 타고 술을 마시기도 하고, 시를 읊고 역사를 외우기도 하며 조용하고 편안하여 돌아 갈 생각을 잊었는데 문득 시냇가 소나무 아래에 비단 두건을 쓰고 허름한 옷을 입은 귀인貴人 한 사람이 산뜻한 모습으로 홀로 서 있는 것을 보았다. 공이 그 얼굴을 자세히 살펴보니 곧 이부시랑吏部侍郞 윤혁尹爀이었다. 공이 놀랍고 기뻐 일어나 인사하며 물었다.

"존형께서는 어찌하여 저를 보자마자 즉시 와서 말씀하시지 않으셨습니까?"

시랑이 웃으며 자리에 나와 말했다.

"하늘의 선동仙童이 형의 곁에 내려와 있음을 보았기 때문에 구경하는 것이 매우 즐거워 주저하였을 뿐입니다."

이어서 공자의 손을 잡고 '이 아이가 형의 아드님이십니까'라고 물어 그렇다고 하니 시랑이 또 성생과 춘을 가리키며

"저 두 수재秀才도 아마 형의 자제가 아니겠습니까."

"하나는 소제의 아이이나 조금 큰 저 아이는 바로 매형 성태상의 아들입니다."

"태상은 백온伯溫이 아니겠습니까?"

"그렇습니다."

시랑이 곧 성생의 손을 끌어 쥐고 기뻐하여 말했다.

"자네 아버지를 이별한 지 벌써 19년이 지났지만, 푸른 산 고운 나무 같던 자네 아버지를 그리워하는 탄식을 어느 날에 잊을 수 있겠는가."

이어 공과 이별한 이후의 안부를 물으니, 시랑은 의분이 북받쳐 올라 한탄하며 말했다.

"형께서 조정을 떠난 뒤로부터 조정의 일이 날로 더욱 잘못되었습니다. 저도 몸을

들어 고향에 돌아오니 비록 자취는 별일 없이 편안하나, 왕실을 생각할 때마다 자연 눈물이 흐르니 형의 마음속 생각이 저와 무엇이 다르겠습니까."

공이 다 듣고 나서 비로소 시랑도 이미 벼슬을 버린 것을 알고 물었다.

"산동山東은 이곳과 천여 리나 떨어져 있으니 중회仲晦 윤혁께서는 무슨 일로 이 멀리까지 오셨는지 모르겠습니다."

"산천을 두루 보고자하여 이리저리 돌아다니다가 여기에 이르렀습니다."

공이 곧 시랑을 이끌어 백화헌으로 돌아왔다. 술과 안주를 내어 조용하고 부드럽게 이야기를 나눌 때 시랑은 공의 아들을 사랑스럽게 쓰다듬으면서 깊이 생각하여 잊지 못하고 물었다.

"영랑은 이미 정혼한 곳이 있지 않습니까?"

공이 없다고 하자 시랑이 크게 기뻐하여 말했다.

"제 나이 벌써 마흔이지만 자식이 없더니 우연히 한 배에 남녀 한 쌍을 얻어 지금 모두 12세입니다. 재주와 용모가 뛰어나 평범하지 않으니 부모가 되어 좋은 짝을 얻어 배필로 삼아 줄 생각을 해서 아들은 이미 진평중陳平仲의 딸과 정혼하였으나 딸은 아직 뜻한 곳을 얻지 못하였기 때문에 제가 천하를 두루 돌아다니며 널리 좋은 사위를 구하였는데 오늘 다행히 영랑을 만나 차마 놓치지 못하겠으니 아마도 하늘의 뜻일 것입니다만 형께서 과연 허락하실지 알지 못하겠습니다."

공이 흔쾌히 말했다.

"제 아들이 점점 나이가 들어도 제가 궁벽한 시골구석에 살아 규수를 얻고자 하였으나 쉽게 얻을 수 없었는데, 지금 형께서 자식 놈을 천하다고 아니하시고 사위로 허락하시니 진실로 감사하고 다행스러운 일일 뿐 입니다."

시랑이 또 공자의 손을 잡고 기쁨을 이기지 못하다가 갑자기 다시 정색하고 옷을 단정히 하더니 크게 한숨을 쉬고는 공에게 말했다.

"제게 다시 구구한 마음의 정회가 있으니 혹시라도 가련한 마음을 베풀어 주시지 않겠습니까. 지난번에 남자평南子平이 악주岳州의 귀양지로 갈 때 온 가족이 수적水賊에게 해를 당하였지만, 딸 하나만은 재앙을 면하였기 때문에 제가 거두어 양녀로 삼아 지금 산동에 있습니다. 나이는 제 딸과 동갑이고 그 재주와 인품, 덕성은 비록 그 옛날의 뛰어난 여인이라고 하더라도 그녀를 뛰어넘지 못할 것입니다."

공은 이야기를 듣는 도중에 눈물을 뚝뚝 흘리고 애처로워하며 탄식했다.

"자평이 정말 지독한 해를 당했구나. 성상께서 일개 엄숭 때문에 곧은 신하를 잘못 죽이시니, 내가 보좌하는 지위에 있었으면서도 군주의 잘못이 이에 이르게 하였으니, 이는 더욱 죽을죄로다."

"소제의 여아는 남자평 딸의 미모와 덕을 사랑하고, 또 그 사정을 측은히 여겨 차마 잠시도 떨어지지 않으려 하며 항상 함께 살고 함께 죽기를 원하였습니다. 이것은 진실로 가련한 것이며, 저도 자평이 물속에서 한을 머금고 인간 세상에 원혼을 머물며 바라는 것은 단지 이 연약한 딸에게 있을 뿐이니, 만약 영랑 같은 천하의 좋은 사위를 얻는다면 자평의 원혼을 거의 위로하여 기쁘게 할 수 있을 것이라고 생각하지만, 천하에 어찌 다시 영랑과 같은 사람을 얻을 수 있겠습니까. 제가 영랑을 보건대 씩씩하고 날래며 뛰어나 조만간에 반드시 크고 귀하게 될 것이니, 비록 부인이 서넛 있더라도 예법에 어긋나지 않을 것입니다. 원컨대 형께서는 이 사람의 정성을 자세히 살피시고, 또 자평의 원혼을 불쌍히 여기셔서 남자평의 딸도 영랑에게 시집가게 허락하심이 어떻습니까?"

공은 다 듣고 나서 역시 흔쾌히 허락하였다. 시랑은 크게 기뻐하여 며칠을 머무는 동안에 공자를 몹시 사랑하여 은근히 손을 잡고 말을 할 때면 반드시 사위라 불렀고 공자도 시랑이 어른으로 깨끗하고 산뜻하며 초야에 묻혀 사는 선비의 풍치가 있어 사모하고 우러러보기를 마지않았다. 시랑이 돌아가려 할 때에 공을 향하여 말했다.

"제가 형의 두터운 은혜를 입어 두 딸이 영랑과 같은 배필을 얻게 되었으니 더 바랄 것이 없으나, 길이 멀어 소식이 쉽지 않으니 혼인 날짜를 미리 정하고 영랑의 신물을 얻어 돌아가 두 딸에게 전하고자 합니다."

"아이가 이제 겨우 12살이니 지금부터 삼년 뒤에 제게 만약 별일이 없다면 아이를 데리고 직접 산동으로 가서 좋은 날을 택하여 혼례를 치르겠습니다."

이어 공자에게 상자 속에서 붉은 옥으로 만든 팔찌와 푸른 옥으로 만든 노리개를 꺼내게 하여 시랑에게 주었다.

"이 물건은 소제 집에서 대대로 전해오는 귀중한 보물입니다. 꼭 두 따님에게 나누어 전해주십시오."

시랑은 받아서 행낭 안에 두고 공과 공자를 향하여 재삼 안타까이 애태워하며 떠났다.

제2회
사나운 부인은 사악한 마음을 품고 난봉꾼 자식은 음란한 정을 토한다

이날 화공花公이 성부인成夫人과 정부인鄭夫人을 마주하고 윤시랑尹侍郎과 혼인을 약속한 일을 설명하니 성부인이 몹시 기뻐하며 말했다.

"남편이 살아 있을 때에 항상 윤중회尹仲晦의 사람됨을 칭찬하였으니, 지금 그 딸도 반드시 덕 있는 성품이 있을 것이고, 또 남어사南御使는 평소 청렴하다는 평판과 곧은 절개가 있으니 이런 아버지의 딸이 또 어찌 평범하겠는가."

정부인은 조용히 아무런 말이 없다가 천천히 탄식하여 말했다.

"태강太姜을 진珍과 비교하면 한 살이 많은데도 상공께서는 아직까지 혼인할 곳을 찾을 뜻이 없으시면서 갑자기 진의 혼사를 먼저 결정하시니 저의 마음이 편안하지 못합니다. 또 제가 수년 전부터 정신이 흐릿흐릿하여 제가 살날이 얼마 남지 않았음을 스스로 알고 있으니, 요부인姚夫人이 임종할 때 했던 부탁을 생각할 때마다 지하에서 핑계 삼을 것이 없어 두렵습니다."

공은 깊이 사과하고 즉시 여러 매파媒婆들을 불러 널리 좋은 신랑감을 찾았다. 한씨韓氏라는 매파가 광록소경光祿少卿 유담柳僧의 아들 성양聖讓이 군자의 풍모가 있다고 추천하였다. 공은 평소 유광록의 청렴한 덕을 알았고 또 같은 고향 사람이어서 즉시 성생成生에게 가서 유랑柳郎을 보게 하였다. 성생이 돌아와 유랑이 덕이 크고 마음이 화락하다고 말씀드리자, 공이 몹시 기뻐하여 유광록에게 혼인을 청하였다. 유광록도 소저의 얌전하고 조용한 행동거지와 아녀자의 덕행을 널리 들었기 때문에 몹시 기뻐하여 흔쾌히 허락하고, 돌아오는 봄에 혼인하기로 하였다.

이해 겨울 11월에 공과 정부인이 모두 병이 들어 점점 심해지자 공자 남매는 근심하여 울며 음식을 먹지 않고 목욕재계하고 하늘에 기원하니 그 정성이 미치지 않는 곳이 없었다. 그러나 상서尙書와 부인의 천명이 이미 다 했으니 어찌하겠는가. 공자와 소저가 부모를 잃는 고통과 알지 못하는 어려움이 닥쳐오는 것을 어찌하겠는가. 부인이 운명하는 저녁에 소저를 불러 볼을 어루만지며 슬피 말했다.

"내가 요부인의 유언을 받았으나 하나도 이루지 못하고, 네가 한갓 이와 같은 슬픔과 괴로움에 근심하게 하여 좋은 때에 허물만 되었으니, 돌아가 부인을 대하면 무슨 면목으로 보겠는가. 다만 너는 이후에 정숙하게 스스로를 지키고 남편을 잘 섬겨 덕을 기르고, 복을 심어 자손을 낳아 나와 요부인이 지하에서 기뻐하게 하라."

부인이 세상을 떠난 뒤 3일 만에 공도 병이 깊어져 성부인에게 자녀를 부탁하고 죽으니, 공자와 소저는 잠깐 사이에 두 분을 잃게 되었다. 성부인은 울면서 보살피고 통솔하여 아들 준과 함께 처음부터 끝까지 직접 장례를 관장하여 공과 부인의 장사葬事를 지냈다. 이어서 또 집안일을 빈틈없이 조리 있게 처리하여 위엄과 덕망이 나란히 행해지니 공이 살아 있을 때와 꼭 같았다.

유광록은 공이 죽었다는 소식을 듣고 눈물을 흘리며 성양에게 말했다.

"도리에 밝고 지혜와 덕이 뛰어난 사람이 죽었구나. 지난번 화공花公이 우리 집안에 구혼求婚하였을 때 내가 흔쾌히 허락한 것은 화공의 덕과 위의威儀를 사모하였고 그와 인척관계를 맺는 것을 즐거워한 것이었으니, 지금 화공이 죽었다고 하여 그 약속을 저버릴 수는 없다. 너는 반드시 화공의 집에 가서 사위의 예를 다하여라."

이후로 유생이 매일같이 화공의 집에 가서 슬픔으로 파리해진 진의 모습을 볼 때마다 진심으로 공경하였고, 공자도 유생의 신의에 감동하여 마침내 그와 정이 두텁고 깊어졌다.

슬프다. 덕이 사람을 감화시키는 것은 본래 초楚나라와 월越나라의 구별이 없는데, 저 화춘花瑃은 무슨 마음을 가졌는가. 춘이 아비를 대신하게 된 이후로부터 포악하고 흉악하며 멋대로 행동하여, 약한 누이와 병든 아우를 참작하지 않고 혹독하게 다루는 것에 힘을 아끼지 않았고, 종들을 채찍질하여 입을 막고 위엄을 세우니 집안사람들이 그를 두려워하여 감히 성부인에게 말하지 못했다. 그러나 춘도 성부인을 몹시 두려워하였기 때문에 큰 난동을 일으킬 수는 없었다.

하루는 성태상成太常의 아우 남경南京 추관推官 성위成瑋가 관직을 그만두고 동성桐城의 옛 집에 돌아와 성부인을 초대하니 부인이 떠날 때 임소저에게 '동성이 백 리 거리에 불과하고 내 여행이 열흘 정도에 불과하지만, 진실로 진아 남매 때문에 이 마음의 두려움을 버리지 못하겠다'라고 하고 춘을 불러 힘껏 타일렀다.

"『시경詩經』에서 말하기를 '벌판의 송장이 되어도 형제는 서로 찾아다닌다'라고 했고, 또 '지금 사람은 형제만한 이가 없다'라고 했는데 너는 왕상王祥의 이복형제 이야기를 듣지도 못했느냐? 또, 진아 남매는 실낱같이 겨우 살아 있어 아침저녁으로 목숨을 보존하기 어려우니, 그 형제가 되어 어찌 피를 나누어 서로 먹여 그 목숨을 대신하려 하지 않느냐?"

말을 마치고 눈물을 흘리니 춘도 안색을 바꾸었다. 부인이 떠난 뒤에 심씨는 그제서야 주먹을 흔들고 뺨을 떨며 승냥이와 이리같이 소리를 지르니, 정당正堂의 여종 계향桂香과 난향蘭香 등은 부르는 소리를 받들어 바삐 돌아다녔다.

하루는 요부인의 유모 취선翠蟬이 태강소저를 대하고 울며 말했다.

"돌아가신 대인과 돌아가신 부인께서 지극히 어지시고 지극히 자상하셔서 소저와 공자를 걱정하지 않았으나, 갑자기 의지할 곳 없는 두 사람에게 독이 든 차를 주어, 옥이 부셔지고 구슬이 물에 빠지듯 급박하기가 숨 쉬는 사이에 있으니, 노신은 참으로 먼저 죽어 보지 않기를 원합니다."

소저가 눈물을 삼키며 대답이 없자 취선이 또 울며 말했다.

"성부인께서 집을 떠나신 그날로부터 수선루壽仙樓의 여종 중에서 혹독한 형벌을 받은 자가 무수하고, 그 나머지 사람도 모두 발걸음을 무겁게 하고 숨을 몰아 쉬어, 그 목숨이 그물에 걸린 토끼와 같으니 슬픕니다. 정부인께서 남에게 무슨 악한 일을 저지르셨기에 해를 당하는 것이 이 지경에 이릅니까."

소저는 또 대답하지 않았다. 난향이 막 창밖을 지나다가 이 말을 듣고 급히 달려가 심씨에게 알렸다. 심씨가 급히 난향과 계향을 시켜 소저를 잡아오게 하여 발을 구르며 큰 소리로 욕했다.

"천한 계집 빙선娉仙이 감히 흉악한 마음을 품고 천한 것과 공모해서 어른의 지위를 빼앗고자 하여, 먼저 큰어머니를 죽이려고 천한 종 취선과 모의하느냐?"

소저는 정신이 아득하여 말을 못하고 구슬 같은 눈물만 줄줄 흘렸다. 심씨는 또 공자를 불러 당 아래에 꿇어앉히고 쇠 채찍으로 난간을 때려 부순 뒤 큰 소리로 죄를 열거하였다.

"너 천한 자식 진은 성부인의 세력에 기대어 죽은 아버지를 우롱하여 맏아들의 지위를 탈취하고자 하였으나, 하늘이 악을 돕지 않아 그 일을 그르쳤는데, 이제 도리어 요사한 누이와 흉악한 종과 함께 진실로 불측한 일을 하려고 하느냐."

공자는 통곡하고 곧 대답했다.

"사람이 천지 사이에서 살아가는데 다섯 가지 도리가 중요한 것이고, 그 다섯 가지 도리 중에는 부자유친父子有親이 가장 큰 것인데 아버지와 어머니는 한 몸입니다. 소자가 비록 무상하나 어머니께서는 어찌 차마 이런 말씀을 하십니까. 소자 돌아가신 아버님의 혈육으로 어머니의 슬하에서 자라났으니 이 말이 어찌 소자에게 해당되겠습니까. 누이가 비록 취선과 주고받은 말이 있으나 사사로운 감정으로 말을 주고받는 것은 본래 큰 죄가 아니고, 원망하는 말은 취선에게 죄가 있으니 누이가 무슨 상관이 있겠습니까. 또 아녀자의 몸은 남자와 달라 악한 이름을 씌우는 것은 더욱 차마 하지 못할 것입니다. 만 가지로 바라옵건대 어머니께서는 조금이라도 측은해 하시는 마음을 베푸십시오."

소저가 마침내 슬피 한탄하여 말했다.

"큰아들과 작은아들이 다 같은 자식인데 이 아들에게서 빼앗아 저 아들에게 주는 그런 의리가 어디에 있습니까. 두 어머니께서 다 돌아가시고 한 어머니만이 홀로 계시니 장수하시기를 바라는 기원은 사람의 도리에 당연한 것입니다. 오늘의 가르침은 어느 하나도 이치에 맞지 않습니다."

심씨가 크게 노하여 직접 쇠 채찍을 쥐고 급히 공자를 향하니 소저가 소리를 지르며 울부짖고, 임소저는 심씨의 손을 붙잡고 울며 막았다. 심씨는 더욱 노하여 종들을 시켜 공자를 끌어 내치게 하고, 또 임소저를 꾸짖어 '너도 악한 놈들과 무리지어 나를 죽이려 하느냐?'라고 했다. 이때에 종들은 허둥지둥 중문重門 밖에 모여 울었다.

유생이 마침 바깥에서 들어와 공자가 헤어진 옷과 헝클어진 머리로 나오는 것을 보고 깜짝 놀라 물었으나 공자는 부끄럽고 괴로워 대답할 수 없었다. 유생은 변고가 있다고 생각하여 춘을 만나 물어보려고 상주가 거처하는 곳으로 가니, 춘은 없고 어린 종이 '대공자께서는 지금 한송정寒松亭에서 낮잠을 주무신다'라고 하였다. 유생이 한송정에 오르니 과연 대공자가 높은 창에 다리를 걸고 코를 골며 깊이 잠들어서 상주의 머리띠가 벗겨져 좌우에 어지러웠다. 유생은 '쯧쯧' 탄식하고 말했다.

"도척盜跖과 유하혜柳下惠 형제가 세상에 항상 있는 것이 아닌데 어찌 요즘 세상에 이런 형제를 다시 보게 되는가."

발로 차 일으키니 두려워서 허둥지둥 하는데 '그대 집에 큰 변란이 있으니 급히 가보라'고 했다. 춘이 놀라 말했다.

"무슨 변란이 있습니까?"

"가보면 자연히 알게 될 것이다."

춘이 급히 내실로 들어가니 심씨가 막 계향을 시켜 화소저를 때리려 하고 있고 취선은 당 아래에 엎드려 있는데 이미 오십 대를 맞아 말소리와 기운이 다 위급하였다. 심씨는 아들이 오는 것을 보고 손뼉을 치며 날뛰기를 그치지 않았다. 취선과 소저의 말을 할 때는 자신의 잘못은 감추고 꾸미고 덧붙여 춘을 격노하게 만들려고 했다.

"진아 남매가 그런 흉악한 마음을 품고 있는 것은 소자도 안 지 오래 되었습니다. 그러나 저 두 사람은 성고모의 세력과 결탁하고 있으니 갑자기 없애 버릴 수 없습니다. 아까 유생이 벌써 이 변고를 알고 말과 얼굴색이 좋지 못하였습니다. 또 성고모가 오래지 않아 돌아오면 반드시 큰 난리가 생길 것이니, 지금은 분을 참고 덮어두었다가 후일을 기다리는 것이 좋을 것입니다."

심씨는 손으로 자신을 치고 땅에 주저앉아 발악하였다.

"성씨 집안의 늙은 과부가 내 집을 차지하여 생각하는 것이 음흉하니 반드시 우리 모자를 죽인 뒤에 그만둘 것이다. 내 비록 힘은 없으나, 이 늙은 과부와 한번 사생결단을 내어야 될 것이고, 또 유생은 다른 집 사람이니 어찌 우리 집안의 일을 알겠는가. 이는 필시 진이 유생에게 하소연하여 나의 부덕함을 세상에 드러낸 까닭이니, 내 이 분을 씻지 못하면 네 앞에서 자결할 것이다."

춘이 부득이 공자를 잡아들여 혹심하게 매로 치니 공자는 이미 그 어미와 형을 어떻게 할 수 없다는 것을 알고 한마디 말도 하지 않고 이십여 대를 맞아 기절하였다. 심씨가 이어 문밖 중랑中廊으로 끌어내게 하니, 임소저가 급히 자기의 유모를 시켜 몇 가지 약을 가지고 공자를 보살피게 하였다. 임소저는 눈물을 흘리며 하늘에 기원했다.

"하늘이 만약 화씨 집안을 망하지 않게 하신다면 원컨대 첩의 몸으로 공자의 목숨을 대신하게 하소서."

이어 밤새도록 슬피 곡을 하니 과연 이 밤에 공자가 되살아났다. 4~5일 뒤에 동성 성추관의 집안사람이 와서 공자와 소저에게 성부인의 편지를 전하고 안부를 살피고자 하였다. 춘이 크게 걱정하여 공자에게 직접 답장을 쓰게 하려고 공자가 갇힌 곳에 가니, 공자는 매 맞고 쫓겨난 뒤로 한 번도 형의 얼굴을 보지 못하여 궁금하고 답답하며 슬프고 상심하여 스스로 안정을 취할 수 없었는데, 천만 뜻밖에 형이 직접 오자 마음속으로 몹시 기뻐 눈물을 마구 흘렸다. 이어 춘을 대하여 죄를 지고 악을 떠안아 용서받을 수 없을 것같이 하니, 춘의 악독함으로도 감동하지 않을 수 없었다.

6~7일 뒤에 성부인이 와서 심씨에게 안부를 물은 뒤에 임소저를 돌아보고 말했다.

"내가 지금 여기에 왔는데 유독 진아 남매를 보지 못했으니 어째서이냐?"

임소저는 부끄럽고 두려워서 말을 못했고, 춘은 돌려대며 대답하니 부인은 즉시 여종을 시켜 공자와 소저를 부르게 했다. 이때 춘은 이미 공자를 옛날 있던 곳으로 옮겨 두고 성부인에게는 숨겼다. 소저가 명을 받들어 가니 옥같이 고운 얼굴은 참담하여 옛날의 모습을 찾을 수 없고, 공자는 움직일 수 없어서 임기응변으로 회답하기를 '우연히 감기에 걸려 엎드려 괴로워하고 있어 혼자 힘으로 달려가 뵙지 못합니다'라고 하니, 부인이 다 듣고 엄하고 사나운 기색으로 춘을 노려보자 춘이 스스로 죄지은 것을 알고 두려워 어찌할 줄을 몰랐다. 심씨는 일이 실패하여 드러난 것을 알고, 먼저 부인을 두려워 떨게 하려고 대성통곡하였다.

"부인께서 진아 남매에게 홀려서 모든 일에 첩의 모자를 의심하시니 첩은 사는 것이 죽는 것보다 못합니다."

칼을 들어 스스로 목을 베려는 시늉을 하니 춘과 두 소저가 급히 그것을 막았다. 성부인은 안색을 더욱 사납게 하여 돌아보고 싸늘하게 웃으며 말했다.

"네가 만약 스스로 살펴 잘못이 없다면 반드시 이와 같지 않을 것이다."

이어 성생에게 '너는 진의 처소에서 여종들을 시켜 진아를 끌어 메고 오너라' 하고 명했다. 성생이 감히 명을 어기지 못하고 마침내 끌어 메고 왔다. 부인이 공자를 한 번 보고는 놀라 허둥지둥하여 안색이 변했다. 직접 공자의 몸을 살펴보려고 하니, 공자가 손을 막고 말했다.

"소질이 슬퍼 야윈 중에 독감에 걸려 자연히 몸과 정신이 크게 상하였으나 다른 상한 곳은 없습니다. 고모께서는 어찌하여 이렇게까지 걱정하십니까."

부인은 공자의 몸 위에 혈육이 낭자한 것을 보고 버럭 화를 내며 좌우를 시켜 힘센 사내종을 불러 춘을 잡아내려 땅에 꿇어앉히고 엄한 소리로 꾸짖었다.

"너 불초不肖 패역무도悖逆無道한 자식 춘아. 너의 돌아가신 아버지의 장사 지낸 뼈가 아직 차가워지지도 않았는데 급히 형제를 죽이려하니, 이는 오랑캐나 짐승도 차마하지 않는 짓이다. 죽은 아우의 혼이 반드시 분을 머금고 슬퍼하여 돌아가신 조상님들에게 고하여 너의 목숨을 빼앗아 버릴 것이다. 또 틀림없이 '지난 날 내가 어린 아들과 연약한 딸을 누이에게 맡겼으나 지금 목숨도 보전할 수 없고, 악한 자식 춘이 그 흉악하고 잔인함을 행하였으나 일찍이 꾸짖어 금하지 못했다'고 원망하며 탓할 것이다. 그렇다면 내가 무슨 면목으로 돌아가서 죽은 아우를 볼 것인가. 지금 당장 너에게 매질을 하여, 너에게 매질의 고통을 알게 할 것이다."

춘은 머리를 숙이고 죄를 듣고 나서 놀라 혼이 다 날아가 버렸다. 심씨는 기가 꺾이고 낙담하여 한마디도 할 수 없었고, 공자는 당 아래에 엎드려 머리를 조아리고 울었다. 성생이 또 앞에 나가서 꿇어 앉아 말씀드렸다.

"춘이 비록 버릇이 없으나 상복을 입고 있으니 만약 매질을 가한다면 '성인께서는 상복을 입은 사람에게는 반드시 머리를 숙여 경의를 표하신다'는 뜻에 크게 어긋나는 것이 될 것입니다. 원컨대 어머니께서는 다시 한 번 생각해 보십시오."

부인은 공자가 형을 슬퍼하는 정을 가엾게 여겼고, 또 임소저를 돌아보고 염려하여 부득이 그를 용서하였다. 부인이 공자의 손을 잡고 통곡하며 춘에게 말했다.

"사람이 살아가는 동안 위로 겨우 두 분 부모님이 계시나, 부모님께서 돌아가시면 외롭고 돌봐주는 사람이 없어 의탁할 곳이 없다. 다행히 한두 형제가 있어서 서로 의지하고 생명으로 삼아, 아프고 가려운 일을 서로에게 도움 받으니 옛 사람이 형제를 팔과 다리로 비유한 것은 정말 이유가 있다. 지금 어떤 사람이 칼을 쥐고 너의 한 팔을 자르면 너는 반드시 깜짝 놀라고 아파서 원한 갚을 것을 생각할 것인데, 하물며 스스로 그 칼을 잡느냐. 내가 죽은 동생에게, 빙선이 진아에게, 모두 이복남매이나 진실로 마음속으로 서로 사랑하여 생사를 잊지 못하는 것은 모두 너의 눈으로 직접 본 일인데 너는 유독 무슨 마음이냐. 성인께서 말씀하시기를 '사람이 누가 잘못이 없겠는가마는 잘못을 고치는 것이 귀하다'고 하셨으니, 이제 네가 만약 마음을 닦고 생각을 바꾸어 예의를 따르고 덕을 행한다면 다시 군자가 되는데 해로움이 없을 것이다. 이것은 『태갑太甲』에서 말한 '스스로 경계한다'라는 것이요, 고수瞽瞍가 기쁨에 이른 이유이다. 너는 그것에 힘쓰라."

춘은 두려워 급히 대답하였다. 춘의 모자는 이때부터 두려워 복종하고 감히 함부로 움직이지 못하였다.

아! 여자의 천성은 한탄을 잘하고 나약하나, 강인하고 용감하여 자신을 지키는 것이 성부인 같은 사람에게는 참으로 어린 자식을 맡길 만하다.

세월은 쉽사리 흘러 3년이 지난 뒤 춘은 바로 화려한 갓과 곱게 장식한 신발로 의복을 화려하고 산뜻하게 꾸몄지만, 공자와 소저의 돌아가신 부모님을 그리는 슬픔과 한은 어찌 끝이 있겠는가. 이때 성부인이 집안일을 임소저에게 맡기니 소저는 다스리고 나누는 일을 모두 성부인의 법도를 따라 했고, 제사 지내는 태도가 고상하고 조용하여 집안 일이 모두 조화를 이루었다.

이때 유광록은 심씨의 포악하고 잔인함을 듣고 날마다 소저 때문에 걱정하였는데 소저가 상복을 벗게 되자 바로 좋은 날을 택하여 유랑에게 예물 백량百兩으로 소저를 맞아오게 하였다. 성부인은 기쁨과 슬픔이 번갈아 지극하여 계단 중간에서 소저를 보내며 수건을 묶어 주고 예법禮法에 맞게 주의를 주었다.

소저가 유부柳府에 이르러 폐백례幣帛禮를 마친 뒤, 유공이 소저를 향하여 '아!' 하고 크게 한숨을 쉬며 말했다.

"돌아가신 사돈어른께서는 넓은 도량과 빛난 덕이 있음에도 불구하고 천수를 다 누리지 못하셨으니, 노부가 나라를 위해 슬퍼하였는데 지금 어진 며느리를 보니 더욱 더 한스럽고 슬프구나."

소저의 뺨에 구슬 같은 눈물이 흐르니 마치 해당화가 이슬에 젖은 것과 같았다. 유공 부부는 소저를 몹시 어여삐 여기고 사랑하였다. 이후로 유생은 더욱 공자를 가까이 하고 사랑하여 화부花府에 올 때마다 곧 공자와 하루 종일을 보냈지만 한 번도 한송정에는 올라가지 않았다.

이때 춘에게는 두 친구가 있었는데 타현唾縣 사람 범한范漢은 주색 방탕하고 남의 처첩 도적질하기를 좋아하는 사람이고, 여요餘姚 사람 장평張平은 아버지가 돌아가셔도 장사 지내지 않고 사방을 떠돌아다니며 저포, 바둑, 장기를 하여 남의 재물 빼앗기를 좋아하는 사람이다. 두 사람은 춘이 어리석으나 재물이 많은 것을 보고 친밀하게 오가며 스스로 생사가 막역한 친구라 하고 밤낮으로 모여 놀며 술로 즐거워하였다.

하루는 춘이 갑자기 길게 탄식하고 불평하여 마치 생각한 것이 있는 듯하니 범한이 춘에게 물었다.

"경옥景玉은 후작侯爵 가문의 귀한 자식으로 재물이 산과 같고 만사가 뜻대로 되는데 지금 우울하고 마음 편치 않은 것은 무슨 속뜻이 있는 것인가."

춘은 잠시 동안 주저하다가 마침내 말했다.

"내 일생 소원이 아름다운 여자에 있으나, 내자內子인 임씨는 특별한 자색이 없는데 근래에는 또 화목함까지 잃었으니 마음속으로 분하고 답답하여 손바닥 위에서 춤추는 비연飛燕이나 금으로 만든 연꽃 위를 걷는 반비潘妃 같이 성을 하나 무너뜨릴 수 있을 정도로 아름다운 미인을 얻으려고 생각하였으나 듣고 본 것이 넓지 못하여 지금까지 얻지 못하였는데, 지난 보름께 우연히 서쪽 정원의 이화정梨花亭을 배회하다가 동쪽 담장 아래를 보니, 어떤 옥같이 아름다운 여인이 붉은 복숭아꽃을 쥐고 바람 따라 이리저리 움직이는데, 그 기운이 그윽한 난초와 같아 사람의 마음과 정신을 흔들리게 하였네. 마침내 옥으로 만든 패물을 던지니 미인이 주워서 품고 생긋이 한 번 웃으며 손으로 꽃 사이의 조그마한 방을 가리키고는 가버려, 이날 밤에 내가 달을 타고 담을 넘어 들어가니 과연 비단 창이 난 작은 방에 촛불이 타오르고 있었네. 그 여자가 스스로 말하기를 자신의 집안은 선비 집안으로 조씨趙氏이며, 그의 아버지는 집안이 가난하여 장사를 다니다가 절강성浙江省 동쪽에서 죽었기 때문에 혼자서 병든 어머니와 객지에서 살며 바느질을 해서 입에 풀칠한다고 하였네. 며칠 밤사이에 정과 사랑이 서로 친밀해져서 여러 번 간절하게 믿음으로 맹세하기를 반복하여 꼭 둘째 부인으로 맞아들이겠다고 하였으나, 다만 내 집에 고모 성부인이 있는데 성품과 법도가 매우 엄하고 마음가짐이 편벽되고 급하니 이 때문에 두려워 감히 입을 열지 못하겠네."

범한이 입을 크게 벌리고 웃으며 말했다.

"경옥은 졸장부구나. 대장부 스스로 그 집안을 주도할 것이지 어찌 다른 집안의 과부가 시키는 대로 따르는 사람이 되는가."

장평이 이어서 웃으며 말했다.

"경옥이 비록 얼굴은 아름답지만 추악한 아내에게도 용납되지 못하고, 나이는 어린이를 면했지만 늙은 할미에게 구속되어 미인이 마음에 들었어도 웃음을 머금고 동쪽 담장 아래로 옮겨 가서 장난질이나 해야 하니, 경옥이 비록 갓을 두드리고 갓끈을 늘어뜨려서 스스로 남자라고는 하지만 마음속에 부끄러움이 없겠는가?"

말을 마치고 두 사람이 손바닥을 치며 크게 웃으니 춘은 고개를 숙이고 말없이 한참 있다가 탄식하여 말했다.

"내 집안의 형세는 그대들이 살펴 알 수 있는 것이 아니라네."

이 뒤로 춘이 조씨 여인에게 빠져서 때때로 대낮에도 서로 만났지만 성부인을 두려워하여 그 종적을 숨기니, 범한과 장평 이외에는 아는 사람이 없었다.

이해 4월에 성부인이 공자에게 말했다.

"네 나이 이미 장성하였고, 혼인 약속이 늦어져 가니, 너는 반드시 산동山東에 가서 혼례를 치러 윤공尹公의 지극한 뜻을 어기지 마라."

공자가 스스로 생각하기에 '내 한 몸도 위태롭고 고통스러워 의지하고 용납할 곳이 없는데, 여기에 더하여 다시 두 아내와 결혼하면 일마다 어려울 것이다'라고 하고 이 때문에 낮은 소리로 말했다.

"소질小姪이 결혼할 생각이 없지는 않으나, 다만 상례를 치룬 이후부터 기혈氣血이 없어져서 비록 눈앞에 위태롭고 급한 병은 없으나 정신이 어질어질하고 어두워 구름과 안개 가운데 있는 것 같습니다. 소질의 계획으로는 반드시 몇 년을 수양하고 성정을 길러 건강한 사람이 된 뒤에야 장가 들고자 합니다. 옛날부터 사람들은 모두 30살에 처음 장가 들었고, 또 4~50살에 장가 드는 사람도 있었습니다. 소질은 올해 15살이니 몇 년이 지나도 늦지 않습니다."

부인은 이미 공자의 뜻을 알고 측은히 한탄하였다.

"네 말도 이치가 있는 것 같으나 죽은 아우가 살아 있을 때 간절하게 여러 번 윤공과 약속하기를 '우리 아이가 지금 12살인데 삼 년이 지난 뒤에 가서 혼례를 치루겠습니다'라고 하였는데, 지금 이미 삼 년이 지났으나 끝내 소식이 없으면 윤공은 그 사이 일을 알지 못하니 어찌 근심하고 원망하여 의심하고 괴이하게 여기는 마음이 생기지 않겠느냐. 내가 지금 준아에게 행장을 꾸려 너와 함께 가도록 하였으니 다시 미루지 마라."

공자는 명을 받아 부지런히 성생과 함께 산동으로 향하는 길에 올랐다.

제3회
청성산으로 노를 돌리고 동정호에서 혼을 부른다

이전에 윤시랑尹侍郎은 서울에서 벼슬하였는데 남어사南御使와 이웃하여 사이가 좋았다. 두 사람은 자식이 없어서 근심하였는데 윤공尹公이 응천부應天府의 윤尹이었을 때, 부인 조씨趙氏가 두 개의 별이 품에 떨어지는 꿈을 꾸니 이때부터 태기가 있었다. 달이 차 일남일녀를 낳았는데 용모가 아름다워 마치 두 개의 붉은 옥과 같았다. 공의 부부가 황홀하여 몹시 사랑했다. 딸은 이름을 옥화玉花 자字를 홍염紅艶이라고 했으며 아들은 이름을 여옥汝玉 자를 장원長遠이라고 했다. 이해에 남어사의 부인 한씨韓氏도 꿈에 달을 보고 딸 하나를 낳았는데 밝은 빛이 방에 비춰 마치 조개가 처음 입을 여는 모양과 같았고, 그 소리가 넓고 밝아 단혈丹穴에 사는 어린 봉황새와 같았다. 공이 이름을 채봉彩鳳이라 하고 자를 광아光娥라 했다. 두 집안에는 이때부터 그늘진 골짜기에 봄이 온 것과 같이 온화한 기운이 가득했다. 여덟아홉 살을 넘어서면서 홍염소저紅艶小姐와 장원공자長遠公子는 말하는 것과 행동거지가 몹시 닮아서 공자가 만약 소저의 옷으로 바꿔 입으면 비록 같은 방의 여종이라고 할지라도 알아보지 못했다. 한부인韓夫人이 늦게 얻은 예쁜 딸은 하늘이 내린 듯 영리하였고 글재주와 여인들의 일솜씨는 손닿는 대로 막힘없이 풀려 귀신이 가르치고 신명神明이 돕는 것 같았다. 또 용모가 맑고 밝아 한 점 티끌이 없었다. 부인은 딸아이에게 해害가 있을까 두려워하여 지키고 아껴 항상 복을 빌고 명을 바라는 것으로 일을 삼았으나 남공南公은 알지 못했다.

하루는 부인이 소저와 정원에서 꽃을 즐기는데 갑자기 여종 춘앵春鸚이 들어와 말했다.

"부인께서 평소에 선을 쌓기를 좋아하셨는데, 마침 서촉西蜀의 비구니 하나가 두루마리를 가지고 왔기에 제가 감히 부인께 말씀드립니다."

부인이 소저와 중당中堂으로 돌아가 춘앵에게 맞이하게 하니 여승은 몸에 촉 땅의 비단으로 만든 소매 넓은 옷을 걸치고 목덜미에는 백팔염주를 드리웠으며 손에는 비단으로 단장한 큰 두루마리를 쥐고 계단 가운데에서 예를 드렸다. 부인이 당에 올라오기를 명하고 자리를 내주니, 여승이 합장하였다.

"빈도는 성도成都 화악산華萼山 자현암資賢菴의 보시를 권하는 여승이고 법명法名은 청원淸遠입니다. 지난해에 산적이 암자를 불살라 관음대사觀音大師 금상金像과 그림, 족자가 모두 불속으로 들어갔기 때문에 빈도가 발원하여 암자를 중건하고 금상을 다시 만들고자 하여 지금 이미 다 이루어졌으나, 유독 불화佛畵를 그리는 한 가지 일이 가장 어렵습니다. 요즈음 이름난 화가가 비록 서너 사람이 있으나 모두 남자입니다. 관음불은 다른 부처와 달라서 반드시 여자 화가를 얻은 후에야 그림을 그릴 수 있어 팔방으로 두루 돌아다녔으나, 끝내 조금이라도 가능한 사람을 만나지 못했기 때문에 이것이 근심과 번민입니다."

부인이 소저를 돌아보고 웃었다.

"내가 어렸을 때 보월암寶月菴에서 관음화상觀音畵像을 얻어 보았는데, 지금도 눈에 선하다. 내가 지금 얕은 재주를 바쳐 스님의 바람을 위로하고자 하는데 어떠하냐."

소저가 대답하기도 전에 여승이 몹시 기뻐하며 일어나 절했다.

"부인의 정성스러운 마음이 이에 이르니 실로 산사山寺의 커다란 행운입니다."

"어머니께서 이렇게 좋은 말씀을 하시니 한없는 큰 복을 볼 것이나, 단지 불가佛家의 큰일이라 말하는 사이에 그려낼 수 있는 것이 아니어서 두려우니, 마땅히 목욕재계하여 정성을 다하는 것 같은 방법이 있어야 할 것이라 생각됩니다."

"너의 말이 옳다."

여승이 소저의 얼굴빛을 한 번 보고 마음속으로 몰래 놀라 기이하게 여기다가 또 그 말을 듣고 더욱 놀라고 깨달아 부인을 향해 '소저의 나이가 몇입니까?' 하고 물었다.

"아홉 살입니다."

여승은 소저를 한참 동안 주의해서 바라보다가 갑자기 깜짝 놀라 얼굴색이 변하니,

부인이 크게 놀라며 의심했지만 소저를 깊이 사랑하기 때문에 그 말이 좋지 못할까 두려워 감히 묻지 못하였다. 이어 향기로운 차와 귀한 과일을 권했다. 잠시 동안 여승은 부인과 한가롭게 대화를 나누고는 물러나며 말했다.

"7일이 지난 후에 뵈러 올 것이니 원컨대 부인께서는 오늘부터 목욕재계하십시오."

7일 뒤에 과연 여승이 오자 부인이 맞이하여 별당에 들어가 비단 자리를 펴고 깨끗한 책상을 설치하여 겹겹이 산을 조각해 놓은 쇠 화로에 깊숙이 불을 붙이고, 소저가 직접 금박 가루와 붉고 푸른 여러 가지 물감들을 받들었다. 부인은 책상 위에 생사生絲로 짠 얇은 비단 한 폭을 펼쳐 놓고 생각하다가 붓을 놀리니 다섯 빛깔의 구름이 영롱하였다. 그리기를 마치고 벽에 거니 완연히 관음이 바닷가에서 세상에 새로 나온 것 같았다. 여승이 합장하고 일어나 절하며 수없이 감사하였다. 부인이 또 백금과 여러 가지 비단으로 보시하니 여승이 연이어 만복萬福을 칭송하고는 관음보살의 그림을 거두어 갔다.

그해에 남공은 예부낭중禮部郎中에서 어사御使가 되었다. 이때에 엄숭嚴嵩이 위엄과 권세를 도둑질하고 희롱하여 구란仇鸞에게 삼천 금을 받고 천거하여 대장이 되게 하였고, 천자天子의 좌우 측근과 맹약을 맺어 천자의 동정을 염탐하고 엿보면서 조문화趙文華 등을 시켜 멋대로 행동하며 이익을 얻게 하니, 공이 나라를 걱정하여 분개하고 한탄하며 엄숭의 열세 가지 큰 죄를 나열하여 글을 올리려고 하였다. 부인, 소저와 헤어지면서 말했다.

"신하는 나라로부터 두터운 은혜를 받았으니 목숨으로 그것을 갚아야 하오. 하물며 벼슬이 언관言官에 있으니 욕되게 할 수 없소. 내가 죽은 뒤에 부인께서는 딸아이와 윤중회尹仲晦에게 가서 의지하시오."

말을 마치고 소매를 떨치며 분기하여 나갔는데 남어사의 글이 들어가자 천자가 크게 노하여 '대신을 터무니없이 모함한다'고 하여 극형에 처하려고 하자 도어사都御使 하춘해夏春海와 소보少保 서계徐階 등이 머리를 조아리며 조정에서 간절히 말하였다. 천자가 평소 두 사람을 소중히 여겨 마침내 형벌을 덜어 남공을 악주岳州에 귀양 보냈다. 그날 남부南府의 위아래 사람들이 모두 이루 말할 수 없는 슬픔에 빠져 '공이 반드시 죽을 것이다'라고 울부짖다가 살게 되니, 부인과 소저가 몹시 다행으로 여겨 같이 성문 밖으로 나가자 윤시랑이 이별하러 달려와 한숨을 크게 쉬며 남공에게 말했다.

"여기서 악주까지의 거리는 5,700여 리입니다. 멀리 강호江湖를 건너야 하니 안위를 알 수 없습니다. 또 간사한 도적놈이 분을 품고 이를 갈아, 끝내 반드시 마음 후련해진 뒤에야 그만둘 것입니다. 공의 상소가 해, 달과 빛을 다투니 죽어도 한이 없으나, 공은 형제나 조카 없이 단지 가녀린 어린 딸 하나가 있을 뿐이니 죽을지도 모르는 곳에 같이 가는 것은 심히 무익합니다. 지금 만약 딸을 머물러 두신다면 제가 마음을 다해 보호하여 공의 후손이 의지할 곳이 있게 하겠습니다."

남공이 그 지극한 뜻에 감동하여 허락하였으나, 소저가 부인을 붙잡고 우니 부인도 차마 서로 떨어지지 못해 마침내 모두 함께 길을 떠났다.

8월에 남공이 겨우 형주荊州의 석하산石下山에 도착하니 날이 저물었다. 파수역巴水驛에서 배를 타니 돛은 가볍고 바람은 빨라 잠깐 사이에 금사주金沙洲를 지났다. 이때 동정호洞庭湖의 안개가 걷히고 군산君山에 달이 떠오르자 붉은 두건을 한 8, 9명의 사람들이 작은 배 한 척을 타고 배꼬리를 따라 빙빙 돌았는데, 남공이 그 사람들을 몹시 의심하였다. 과연 그들이 고함을 지르며 배에 올라 칼날을 휘두르니 검광劍光이 별같이 날았다. 남공은 엄숭이 그들을 보냈으니 반드시 화를 면하지 못할 것을 알고 마침내 부인과 물에 뛰어들어 떠올랐다가 잠겼다.

> 아! 소인이 일으키는 재앙이 이 정도에 이르고, 군자의 액운厄運과 위태로움이 이 지경까지 이르렀는가? 일개 엄숭 때문에 허다한 사람이 해를 입었으니 하늘의 도道 역시 밝게 비추지만 속일 수 있는 것인가? 아! 가슴 아프구나.

이때 일행의 하인들도 모두 칼날에 죽임을 당했지만 여종 계앵季鸚만은 소저를 안고 하늘에 울부짖으니 도적이 불쌍히 여겨 강 언덕에 던져 버리고 갔다.

이보다 앞서 촉蜀 땅의 청성산青城山 운수동雲水洞에 곽선공郭仙公이라는 사람이 있었는데 은거하여 도를 즐겼다. 하루는 그가 집안사람들에게 말했다.

"이번 달 아무 날에 동정호에 억울하게 죽는 사람이 있을 것이니 내가 그를 살려야 한다."

곧 짧은 노와 작은 배로 부강涪江의 물을 타고 악양岳陽 청초호青草湖에 이르렀다. 달빛 아래에 남녀 두 사람의 시신이 물을 따라 흘러오는 것을 보고 선공이 노를 끌어 시신을 건져 봉창 아래 눕혀 놓으니, 물이 일곱 구멍을 따라 흘렀다. 수 식경이 지난 뒤에 남공이 깨어나 머리를 들어 선공을 향하여 사례하며 말했다.

"소생 남표南標는 조정에서 죄를 얻어 악주로 귀양을 가다가 갑자기 배에서 봉변을 당하여 큰 강에 빠져 죽으려고 몸을 던졌으나, 지금 선생의 구원에 힘입어 물고기 뱃속에서 장사 지내게 됨을 면하였으니 하늘과 같은 큰 덕을 어떻게 갚을 수 있겠습니까?"

선공이 유유자적하게 웃으며 말했다.

"이것은 한 때의 인연에 불과한데 어찌 이렇게 지나치게 사례를 하십니까"

부인은 정신을 차리고 눈을 들어서야 비로소 선공에 의하여 구해졌으나 딸이 없다는 것을 알았다. 마침내 애절하게 통곡하다가 기절하니 어사가 눈물을 흘리면서 부인을 구했는데, 정신을 차린 뒤에 다시 마주 보며 통곡하자 선공이 위로하기를 그치지 않았다. 하늘이 밝아 오자 남공은 선공에게 말했다.

"남표 부부의 남은 생명이 선생의 손에서 살아났으니 그 가문에 몸을 맡겨 길이 노비의 직분을 담당해야 하지만, 돌이켜 국가의 죄인이니 물속에서 죽었으면 그만이었을 테지만 지금 죽지 못했습니다. 의義로는 감히 다시 명을 저버린 사람이 될 수 없으니, 선공과 이제 헤어져야 되겠습니다. 한번 선안仙顔을 이별하면 산천이 멀리 떨어지게 되니 은혜를 품고 있어도 다음날 어느 곳에서 은혜를 갚을 수 있겠습니까."

선공이 웃으며 말했다.

"인간 만사는 하늘이 정해 놓지 않은 것이 없습니다. 공은 세상 밖에서 홀로 우뚝 설 관상입니다. 바위 구멍 사이에서 팔을 구부리고 물을 마셔야 되지, 높은 지위에 올라 세력을 떨치고 빛내는 것은 그 본분이 아니기 때문에 조물주께서 장난하셔서 재앙이 이와 같았습니다. 지나간 것은 이미 가버린 것이니 말해 봐야 아무런 이익이 없습니다. 이제 천명을 순순히 받아들여서 노부와 같이 궁벽한 산으로 돌아가 풀뿌리와 나뭇잎을 먹으며 십 년을 참고 지내면 천도天道가 순환하여 좋은 운이 자연히 이를 것입니다."

남공이 선공을 보니 흰 머리카락이 이마를 덮고 눈이 빛나는 별과 같으며 기개와 도량이 맑고 말과 웃음이 고아하여 하늘나라의 신선이라고 생각하였다. 또 부귀가 몸을 상하게 하고 근심과 걱정이 마음을 상하게 하며 어사대 푸른 말의 옛 흔적이 꿈을 놀라게 하고 세상살이의 어려움이 삶에 들어와 남아 있는 혼을 놀라게 한다고 여겼다. 마침내 비분에 가득 차 허락하자 선공은 크게 기뻐하며 즉시 노를 돌려 남공과 청성산으로 갔다.

이 산은 옛날부터 신선이 모이는 곳이다. 푸른 개와 하얀 사슴, 아름다운 풀과 기이한 나무가 곳곳에 있었다. 선공이 구름 속에 집을 만들자 산뜻하고 깨끗한 것이 그림 같았다. 남공은 부인과 유유자적하고 한가하게 시간을 보냈지만 딸이 살았는지 죽었는지 소식을 듣지 못해서 일찍이 눈물이 마르지 않았다.

그날 밤에 남소저南小姐는 동정호 언덕 위에서 슬피 울다가 여러 번 몸을 날려 강 속으로 뛰어들려고 하였다. 계앵이 그녀를 붙잡고 통곡하며 말했다.

"소저. 소저, 우리 어른과 부인夫人의 혼이 의탁한 사람이 누구겠습니까? 남씨 집안의 골육은 소저 한 사람뿐이니 몸을 숨기고 감정을 참으면서 살아남아 부모님의 원수를 갚을 계획을 해야지 어찌 반드시 목숨을 버리고 따라 죽은 뒤에야 효가 되겠습니까."

소저가 곡하며 말했다.

"내가 아홉 살 어린 아이로 어찌 복수를 하고, 또 강호 만 리에 자취가 위태롭고 외로워, 늑대와 승냥이가 소리 지르고 도적들이 눈을 부릅뜨고 노려보고 있으니 비록 목숨을 보전하고자 하나 어찌 할 수 있겠느냐."

말을 마치고 곡을 하니 그 소리가 구슬프고 맑아 소상강瀟湘江의 대나무가 갈라지는 것과 같으니 물짐승이 놀라 울고 산귀신이 눈물을 흘렸다.

이때는 한밤이 지난 시간이어서 희미한 달이 저 멀리서 아득한데 갑자기 둘러찬 패옥들이 부딪치는 소리가 멀리서부터 점점 가까이 들리더니 순식간에 아름답게 치장한 선녀가 왼손에는 흰 옥으로 만든 잔을 쥐고 오른손에는 마유瑪瑠로 만든 작은 병을 잡고 앞으로 날아 와서 말했다.

"저는 상군낭랑湘君娘娘의 신령한 명을 받아 화상국花相國 부인을 받들어 위로합니다. 부인께서는 전생의 업과 원한 때문에 비록 한 때의 액운은 있으나 십 년이 지난 후에는 부모님과 상봉하고 영화와 즐거움이 끝이 없을 것이니, 부인은 생각을 돌이키고 몸을 귀중히 여겨 아무런 이익 없는 슬픔을 가지지 마시기를 원합니다."

이어 옥 잔에 마유병을 따라 내밀며 말했다.

"긴 밤 인적 없는 강에서 주리고 목이 타실까 염려하여 낭랑께서 이 좋은 미음을 보내셨으니 부인께서 한 번 마시면 비록 며칠 동안 먹지 않더라도 정신과 기운이 피곤하지 않을 것입니다."

소저가 받았으나 의아하게 여겨서 바로 마시지 않자 계앵이 울며 권했다.

"낭랑께서 소저를 불쌍히 여기시고 액운을 근심하시며 소저의 주리고 목마름을 마음 아파하여 이 진귀한 미음을 내리셨으니 그 성의를 저버릴 수 없습니다. 소저께서 한번 마셔 보시기를 청합니다."

소저가 그제야 잔을 들고 마시니 기이한 향이 입안에 가득하고 정신이 상쾌하고 맑아졌다. 소저가 울며 감사하였다.

"저의 죄가 하늘에 이르러 이런 큰 재앙에 걸렸는데 낭랑께서 굽어 살피시고 가엾음을 더하셔서 간곡하게 가르치시니 첩이 죽음으로도 갚을 수 없습니다. 그러나 제가 분명 부모님께서 물속에 빠지시는 것을 보았으니, 이 생에서 어찌 만날 때가 있겠습니까?"

"부인께서는 걱정하지 마십시오. 충신이 충성으로 곧은 말을 하고 자신을 돌보지 않고 충성하는 절개를 가져 임금의 뜻에 거슬리고 범의 아가리를 범하여, 끝내 비록 굽이치는 파도, 솟구치는 거센 물결 속에 떨어지게 되었으나 신명이 지켜주실 것이니 반드시 보전할 수 있습니다."

소저는 그 말을 듣고 놀라 믿을 수 없었으니 계앵이 옆에서 계속해서 말했다.

"선녀께서는 우리를 속이려 하십니까? 굴대부屈大夫가 자란子蘭에게 죽임을 당했고 악무목岳武穆이 진회秦檜에게 죽임을 당했으니, 이것이 어찌 신명이 돌보아 준 것이라 말하겠습니까?"

선녀가 손바닥을 어루만지며 말했다.

"낭자는 알지 못하는구나. 신명이 충신을 보호한다는 것은 그 사람을 위해서일 뿐만 아니라 그 나라의 임금을 위해서이다. 저 초나라의 양왕襄王과 송나라의 고종高宗은 자기 마음대로 하여 망하는 것을 즐기고 충고하는 말을 받아들이지 않았으며, 충신을 어기고 사사로운 욕심에 빠져 원수에게 무릎을 꿇고 섬기니, 하늘이 그 덕을 미워한 지 오래되었다. 지금의 황제는 비록 권세 있고 간사한 신하에 의해 잘못을 저질렀으나 성스러운 효가 천하에서 뛰어나 나이 50에도 오히려 부모님을 사모하니 천하에 어찌 효도하고 번창하지 않는 사람이 있겠는가? 어제 상부인湘夫人께서 상군낭랑께 말씀하시기를 '오늘 밤에 어사 남공이 물속에서 죽게 되었습니다'라고 하니 낭랑께서 머리를 흔들고 말씀하시기를 '남공의 청렴하고 검소함과 곧은 충성이 이미 밝게 드러났고, 황제의 신령하고 성스러우며 지극한 덕이 위로 하늘에 알려졌으니 하늘이 크게 보답해 줄 것이고, 소미성小微星이 이미 배를 대어 그를 구해 주었다. 그러나 '딸아이가 유약한 성품을 가져 스스로 보전할 수 없을까 두렵다'라고 하시고 마침내 저에게 명하시어 가서 위로하라고 하시니 제가 이런 까닭으로 존대부尊大夫께서 해가 없으심을 압니다."

계앵이 다 듣고 난 뒤에 깜짝 놀라 몹시 기이하게 여겼다. 선녀가 소저를 향하여 재삼 크게 위로한 뒤에 갑자기 사라졌다. 계앵이 소저에게 말했다.

"제가 동정호와 소상瀟湘의 사이에 옛날부터 선인仙人이 있다고 들었는데 상군湘君이 그 하나입니다. 오늘밤의 일은 참으로 기이하니 소저께서는 특별히 마음을 크게 가지시기를 바랍니다."

"설령 선녀의 말이 맹랑하지 않아 부모님께서 남의 구원을 받아 무사하신다 할지라도 내가 일찍이 포대기에 싸여 있을 때부터 하루라도 부모님의 슬하를 떠난 적이 없었는데 오늘 갑자기 이별하여 목소리와 안색이 아득하니 내가 어찌 참을 수 있겠으며, 또 부모님께서는 불초 여식이 죽었는지 살았는지를 염려하시어 간장이 남아 있겠는가. 이것이 내가 죽어버려서 끝없는 슬픔을 모르고 싶어하는 이유이다."

이어서 소리 내어 울기를 그치지 않으니, 갑자기 강가의 닭이 요란스럽게 울고 동쪽이 점점 밝아졌다. 소저가 계앵에게 말했다.

"밤 동안의 일은 허망한 것이어서 비록 입 밖에 낼 수는 없으나 심하게 기이하다. 내가 잠깐 동안 목숨을 보전하여 후일 혹시라도 부모님의 얼굴을 뵐까 기다리려 하나, 이곳은 온갖 배가 모이는 항구여서 남북으로 왕래하며 이목이 번다하다. 길을 따라 떠돌아다닐 때에 반드시 위험하고 욕됨이 있을 것이니 바위 굴 속에 깊이 숨어 그림자와 발자취를 숨기면 나을 것이다. 이렇게 해서 살면 다행이고 죽더라도 운명이다."

마침내 머리카락을 풀어 헤쳐 얼굴을 가리고 산 사이 조그마한 시내를 따라 길을 떠났다.

아! 소저가 9살의 어린 아이로 가슴속에 부모님을 잃은 아픔을 품었고, 일찍이 좋은 집의 규수 방에서 반걸음도 걸어보지 않았는데 언덕이 무너지고 산이 끊어져 바윗돌이 사방에 흩어져 있으니, 곱디고운 연약한 몸이 어찌 이 지경까지 이르렀는가. 길을 가는 슬픔과 불쌍함을 알 수 있으니, 혹시라도 하늘이 불쌍히 여기는 구원을 받을런지?

십 리도 가지 못해 가냘픈 다리는 지치고 연약한 발등은 부르텄다. 여종과 소저가 수풀 사이에서 서로 붙잡고 울고 있는데 갑자기 흰 눈서리 같은 눈썹에 붉은 복숭아꽃 같은 얼굴로 마의麻衣를 입고 자줏빛 등나무 단장을 쥔 노파가 나타나 앞을 지나가며 서쪽 큰 길을 가리키고 말했다.

"여기서 이십 리 거리의 파릉현巴陵縣 쌍계촌雙桂村에 진씨陳氏 성姓을 가진 벼슬아치가 있는데 그 집 딸과 그대가 전생의 인연이 있으니, 진실로 가서 의탁하면 오래지않아 좋은 사람과 만나게 될 것이다."

말을 마치고 홀연히 사라지니 계앵이 깜짝 놀라고 소저도 기이하게 여겼다. 계앵이 소저에게 말했다.

"신명이 소저를 불쌍히 여겨 이끄시는 것이 이와 같이 간절하니, 잘 따라 어기지 말고 천명을 기다려야 할 것입니다."

이에 파릉으로 갈 것을 결심하고 서로 부축하여 조금씩 앞으로 갔다. 이때 계앵의 나이가 열 셋이었는데 용모와 자태가 아름다워, 길 가던 사람들이 달이 구름 속에 숨은 듯 어여쁜 머리털을 사방으로 드리우고 곱게 걷는 아름다운 두 소녀를 보고 돌아보며 놀라지 않는 이가 없었다.

쌍계촌에 이르자 소저는 마을 밖의 숲 속에 몸을 숨기고 계앵에게 말했다.

"내가 규중閨中의 처자로 사정이 위태롭기는 하지만 한 순간 길에서 들은 황당한 이야기 때문에 평소에 알지 못하던 집에 가서 의지할 수 없으니, 네가 시험 삼아 먼저 진씨 성을 가진 관인의 집을 방문하여 그 이름은 무엇이며 벼슬은 어떤 벼슬인지 자세히 묻고 와라. 만일 내 친척이면 몹시 다행이지만, 그렇지 않으면 차라리 길에서 죽을지언정 갈 수 없다."

또 손에서 옥가락지를 벗겨 주며 말했다.

"이것은 내 외조모이신 금릉군주金陵君主께서 어릴 때 가지고 놀던 보물이다. 모친께서 일찍이 옥의 품질이 기이하다고 칭찬하셨으니, 너는 시험 삼아 이 물건을 가지고 가서 옥가락지를 팔려고 하는 척하여 한번 진씨 집에 들어가 보면 혹시라도 그 소저를 직접 볼 방법이 있을 것이니 너의 혜안慧眼으로 한번 보면 그 어질고 어질지 않음을 알 수 있을 것이다."

계앵이 알겠다고 하고 떠나서 마을 남쪽 길가에 도착하니 큰 집이 한 채 있었다. 마을 사람에게 물으니 '산서山西 노안부潞安府의 제독提督 진공陳公 형수衡秀의 집이다'라고 대답하였다.

"저 집 주인이 지금 외직에 계시니 부인께서도 같이 가셨으리라 생각됩니다. 집을 지키는 사람은 누구입니까?"

"지난해에 진노야가 병부시랑兵部侍郎으로 서산西山에 출진했으나 제독은 집안 식구들을 이끌고 가는 직책이 아니기 때문에 부인께서는 소저와 이곳에 머물며 가시지 않았소."

"그 집 소저는 몇 살이며 집안에 또 다른 형제나 혹 친척 남자는 없습니까?"

"소저의 나이는 외부 사람이 정확히 알 수 있는 것이 아니고, 다만 공자 한 사람이 있는데 회남淮南의 숙부댁에 글을 배우러 가서 돌아오지 않은 지가 삼 년이요. 그 외의 다른 남자가 있다는 말을 들은 일이 없소."

계앵은 마음속으로 '진공이 이미 서울의 높은 관직에 있었으니, 우리 부와 친척관계가 있다면 반드시 소식을 전하고 정을 두터이 하는 일이 있었을 것이지만, 내가 인사人事를 안 이후로 진씨 성을 가진 관리가 우리 부府에 왕래한다는 말은 들은 일이 없으니, 이것으로 미루어 보건대 결코 내외의 친척은 아닐 것이다. 우리 소저의 예법이 몹시 엄하지만 이제 만 리 타향에서 어찌 친척을 만나 의탁할 수 있겠는가? 내가 시험 삼아 그 집에 가서 살펴보리라'라고 하였다.

이때 진 제독의 부인 오씨吳氏는 과연 아홉 살 딸아이를 두었으니 이름은 채경彩瓊이요 자는 진화珍華였다. 얼굴빛이 단아하고 아름다워 마치 갓 핀 부용 같았다. 부인이 귀하고 소중히 여겨 아끼고 사랑하여 장신구나 패물을 파는 장사치를 만날 때마다 값을 묻지 않고 바로 그것을 사주었다. 이날 여종 요영姚英이 옥가락지 한 쌍을 가지고 들어와 소저에게 말했다.

"이 물건이 기묘하고 사랑스러우니 우리 소저와 흡사합니다."

소저가 급히 받아 들고 몹시 기뻐하며 손가락에 끼우고는 사랑스럽게 가지고 놀아 놓지 못했다.

"뉘 집 소저가 추위와 배고픔을 참지 못하고 수중의 절세 보물을 팔았을까. 내가 어머니께 말씀드려 그 값의 세 배를 주어 애석해 하는 마음을 위로하리라."

요영이 웃으며 말했다.

"소저께서는 이 옥가락지가 진기하고 뛰어난 것만 보시고 그 옥가락지를 파는 사람의 기이함을 모르십니다."

"그 사람이 어떻게 생겼는가?"

"나이는 13살 정도이고 녹색 적삼과 푸른 치마를 입었으며 제 스스로 남의 집 계집종이라고는 하나 구름 같은 머리채와 꽃 같은 보조개로 자태가 하늘이 내린 듯하고 말씨가 아름다워 비록 절세규수라고 해도 괜찮을 것입니다."

말이 끝나기도 전에 부인이 와서 그 옥가락지를 쥐고 보더니 몹시 놀라서 말했다.

"이 옥은 곤산崑山의 온옥溫玉이요. 이 구슬은 합포合浦의 명주明珠가 아니냐. 겨울에 끼면 춥지 않고 어두운 방안에서 비추면 광채가 나니 평범한 집안의 보물이 아니다. 너는 시험 삼아 그 사람을 불러 오너라."

요영이 나가 계앵과 들어오니 부인과 소저가 그녀를 바라보고는 놀랍고 기이하게 여겼다. 계앵이 부인에게 예를 하자 부인은 그를 계단에 앉히고 물었다.

"너의 얼굴과 의복을 보아하니 부귀한 집안의 여종 같은데 무슨 일로 이 옥가락지를 가지고 급히 살 사람을 구하느냐? "

계앵이 부인을 보니 용모가 몹시 덕스럽고 소저는 온화하고 밝으며 정숙하였다. 마음속으로 크게 기뻐하여 대답하였다.

"저는 서울에 있는 남어사댁의 여종입니다. 어른께서 죄 아닌 죄로 악주에 귀양을 가다가 어젯밤 물에서 수적水賊을 만나 어른과 부인께서는 강물 속으로 뛰어드셨고, 일행 중 나머지 사람들은 다 죽었지만 9살 소저만이 요행히 해를 면하여 길 위를 방황하였으나 외롭고 괴로우며 연약한 몸으로 살 곳을 구할 수 없고, 또 가지고 있는 양식이 없기 때문에 이 가락지를 팔아 한때 목숨을 연명하고자 합니다."

이어 소리를 삼키고 오열하는데 눈물이 비처럼 흐르니 부인은 애처로워 말을 할 수 없었다. 소저가 꿇어앉아 부인에게 말했다.

"지금 남소저의 사정을 들으니 소녀 저도 모르게 마음이 슬프고 아픕니다. 그가 9살의 소녀로 부모님께서 돌아가신 지극한 아픔을 품고 있지만 넓은 강호에서 몸을 둘 곳이 없는데 가을 바람은 날로 높아지고 겨울 추위는 점점 닥쳐오니 연약한 몸으로 어찌 하루라도 살 수 있겠습니까? 만약 어머니께서 큰 덕을 내리셔서 집안에 거두어 두시고 소저와 같이 보시며 어루만지고 사랑해 주시면 남씨 부모도 반드시 결초보은結草報恩할 것입니다."

부인이 기뻐 탄성을 지르며 등을 쓰다듬고는

"내 아이가 선한 일을 좋아하는 것이 이와 같으니 어찌 따르지 않겠는가?"

"네 소저가 어디 있느냐?"

"마을 밖 숲 속에 있습니다."

부인이 즉시 여종 몇 사람에게 명하여 가마를 가지고 계앵을 따라가 남소저를 맞아 오라고 하는데 계앵이 잠시 중문重門을 나가자 부인이 요영을 불러 남소저에게 전하라고 말했다.

"소저가 변란을 만나 이리저리 떠돌아다니며 춥고 주린 것이 불쌍하다고 말할 만하니 늙은이가 그 말을 듣고 측은하게 여겨 맞아들이고자 한다."

소저가 놀라 부인에게 말했다.

"옛날 지조 있는 선비는 무례한 태도로 불러 업신여기며 주는 음식을 먹지 않았습니다. 저 남소저는 곧은 마음과 깨끗한 지조가 있는 듯 하니 어찌 한 몸의 추위와 굶주림으로 남에게 구원을 받겠습니까. 소녀가 그 여종의 행동거지에 법도가 있는 것을 보니 그 주인은 보지 않아도 알 수 있습니다. 지금 전하는 말 속의 뜻이 대체로 업신여기는 것이니 남소저는 반드시 오지 않을 것입니다."

부인이 깨달아 그 말을 좋게 고쳐서 보냈다.

이때 남소저는 계앵을 보낸 지 오래되었으나 돌아오지 않아 의심하고 있었는데 갑자기 계앵이 5~6명의 여종과 함께 작은 가마를 이끌고 오자 소저는 마음속으로 '진씨 집안이 과연 우리 집안의 친척이로구나. 그렇지 않으면 어찌 이와 같겠느냐'라고 했다.

계앵이 숲을 젖히고 들어오자 요영이 오부인의 말을 소저에게 전했다.

"소저의 여종에게 소저가 흉액을 만나 근심한다는 말을 들으니 놀람을 그칠 수가 없고, 길에서 갑작스럽게 일을 당하여 상례喪禮를 분별하기 어려울 것이라 생각되었네. 이 때문에 이 늙은이 모녀가 소저를 위해 직접 상례를 치러 주고자 하니, 소저는 뜻을 굽히고 누추한 곳이지만 머물렀다가 상례를 마친 뒤에 천천히 돌아갈 계획을 세우기를 바라네."

소저가 계앵을 보니, 계앵이 그 뜻을 알아차리고 말했다.

"이는 바로 산서제독 진노야 댁입니다. 비록 우리 부와 친인척은 아니지만 그 댁의 노야께서는 지금 산서의 임지에 가 계시고, 공자도 회남에 가셔서 부인과 소저만

계시고, 그 어진 기풍과 덕스러운 말씀이 사람의 마음을 감동케 합니다."

아울러 진소저의 말을 전하니 소저는 이미 요영이 전하는 말을 듣고 거의 마음이 기울어졌는데, 또 계앵의 말을 듣고는 의연히 가마에 올랐다.

이때 요영이 먼저 부중으로 달려가 남소저가 온다는 소식을 전하니 오부인이 크게 기뻐하여 중당에 흰 자리를 설치하였고, 진소저는 화려한 치장을 버리고 섬돌을 내려가 서 있었다. 남소저가 가마에서 내려 중문으로 들어서자 진소저가 인사하고 맞아들여 당 위로 인도하였고, 남소저가 자리에 나가 엎드려 슬피 곡하니 오부인과 진소저가 곡하여 조문하였다. 계앵이 남소저의 뒤에서 따라 곡하고, 조문을 마친 뒤 부인이 나아가 남소저를 위로하니 남소저의 곡하고 슬퍼하는 모습이 예에 맞았고 소리가 애절하였다. 진소저가 그를 위하여 눈물을 흘리고 남소저를 부축하여 자기 침실로 들어가 비단 병풍과 수놓은 족자를 걷고 흰 자리를 깔고 직접 미음을 가지고 권하였다.

아! 진, 남 두 소저는 아직 10살도 되지 않은 어린 계집아이로 그 조숙함이 이와 같고 예의도 이와 같으니 참으로 하늘이 내린 여인으로, 여인 중에서도 뛰어난 여인이라고 할 만하다.

이로부터 남소저와 계앵의 곡하는 소리가 끊이지 않았고 상복을 입는 날이 되자 오부인과 진소저가 또 남소저에게 처음과 같이 조문을 하였다.

며칠이 지난 뒤에 부인이 남소저와 조용하고 부드럽게 내외 친척을 묻다가 남소저가 금릉군주의 외손外孫이라는 말을 듣고 부인이 기뻐하였다.

"그러면 소저는 늙은이의 재종질녀再從姪女가 된다. 노신의 외왕모外王母가 바로 운양공주雲陽公主이다. 금릉군주에게 공주公主는 고모姑母가 된다."

소저가 또 기뻐하였다.

"소질이 타향을 떠돌아다니며 사방을 둘러보아도 친척이 없다가 지금 숙모를 만나 의지하게 되니 더욱 큰 행운입니다."

이때부터 부인, 소저가 남소저를 대함이 더욱 친밀해졌다.

10여 일이 지난 뒤 마을이 소란스러운데 집안사람이 급히 달려와 말했다.

"호광湖廣 순무사巡撫使 윤시랑尹侍郞 노야老爺께서 오셨습니다."

부인이 크게 기뻐하였다. 이때 두 소저가 앞에 있다가 남소저가 진소저에게 물었다.

"윤시랑은 산동山東 윤시랑이 아니십니까?"

진소저는 고운 얼굴이 발그레해져 머리를 숙이고 말이 없었다. 부인이 웃으며 말했다.

"맞다. 그리고 노신의 내종형內從兄인데 우리 아이가 윤형의 아들 여옥汝玉과 정혼하였기 때문에 부끄러워 대답할 수 없었던 것이다. 그런데 질녀는 어떻게 윤시랑을 아는가?"

남소저는 씁쓸하게 얼굴을 바꾸고 구슬 같은 눈물을 주르륵 흘리며 말했다.

"돌아가신 부모님께서 옛날 윤대인과 이웃하여 친한 친구로 지내셔서 정이 관중管仲, 포숙鮑叔과 같아 소질도 일찍이 윤대인 내외를 뵈었기 때문에 지금까지도 그 얼굴을 기억하고 있습니다."

말을 마치기도 전에 뿔 나팔이 시끄럽게 울어대고 모월旄鉞이 환히 빛나며 시랑이 도착하였다. 두 소저는 침실로 물러나고 부인이 중당에서 시랑을 맞이하여 보고 문안 인사를 마친 뒤에 시랑이 채경소저를 불러오도록 하여 손을 잡고 좋아하니 기뻐하는 빛이 환했다. 시랑이 또 소매에서 편지 하나를 꺼내 부인에게 전해주고는 이어서 말했다.

"내가 올 때 능주현陵州縣을 지나는데 마침 평중平仲께서 순찰하다 이 읍에 도착하여 나와 며칠을 같이 있었네. 평중께서 말씀하시기를 '내 임기가 아직까지 많이 남았고, 아들도 회남에 있어 집안에 남자가 없고, 근년에 해적이 자주 침입하여 이미 강서江西의 여러 현縣들이 침범을 당하였는데 강서는 집과 거리가 멀지 않아 몹시 걱정이 됩니다'라고 했네. 편지 속에도 이런 뜻이 있지 않은가?"

부인이 봉한 것을 펼쳐 다 본 뒤에 대답했다.

"편지 가득히 모두 이 뜻이고 윤형께서 반드시 벼슬을 사직하고 동쪽으로 돌아가려 할 것이니 말씀하시기를 '지금 행차가 만약 혹시라도 그곳을 지나거든 반드시 경아瓊兒와 같이 떠나 뒤를 따라 함께 제남濟南으로 돌아가 서로 의지하게 하는 것이 좋을 것이오'라고 하셨습니다. 소매小妹는 강과 바다 사이에 외로이 처하여 소슬바람이 마음을 놀라게 하였는데 이제 가가哥哥와 함께 돌아가게 되었으니 진실로 다행입니다. 그런데 가가께서는 지금 높은 관직에 큰 임무를 맡으셨는데 무슨 일로 돌아가기로 결정하셨습니까?"

시랑이 탄식하며 말했다.

"내 옛날 사람들이 관직을 그만두던 나이는 아니나 다만 근래 조정의 모양이 한심하여 내 친구 남어사가 국정을 논하다가 내쫓겨 귀양 갔고, 임윤林潤과 해서海瑞 등도 상소하다가 연이어 쫓겨났으니 지금 나랏일은 모두 엄숭 부자의 손에서 결정되네. 이 때문에 화상서花尙書, 서소보徐小保 등 여러 노신들이 점차 벼슬에서 물러났고, 나도 세상일에 관심이 없어 지난달에 이미 가족들을 제남에 보내고 곧 병으로 물러나겠다고 말씀드리려 했었는데, 갑자기 뜻밖에 남쪽 순찰의 명을 받아 어쩔 수 없이 부신符信을 차고 여기에 왔으나 조정에 돌아간 뒤에는 곧 돌아갈 것이네."

부인이 탄식하였다.

"가가께서는 남어사께서 물에 빠져 죽었다는 말을 듣지 못했습니까?"

시랑이 깜짝 놀라 무릎을 치며 말했다.

"이 무슨 말이냐?"

부인이 남소저의 일을 하나하나 말하니 시랑이 말을 잊고 길게 탄식하면서 왈칵 눈물을 흘리고 눈을 부릅뜨며 말했다.

"내 진실로 자평子平에게 이런 화가 있을까 의심하였는데, 엄숭이란 도적이 충신을 몰래 해친 경우가 모두 이러니 자평이 어찌 혼자 면할 수 있었겠느냐. 자평의 정직하고 진실된 큰 덕으로도 궁벽한 시골에 편히 장사지낼 수 없고, 도리어 물고기에게 먹혔으니 이것이 어찌 하늘의 이치인가?"

이어 여종을 시켜 남소저를 부르게 했다. 남소저는 침실에 돌아온 뒤 이전 일을 생각하고는 마음을 안정시킬 수 없다가 부르시는 명을 받고 눈물을 흘리며 들어가 시랑에게 절하고 땅에 엎드려 슬피 곡하였다. 시랑이 한참 동안 울부짖으며 서럽게 울다가 소저를 위로하고는 소저를 따라 다시 눈물을 흘리며 말했다.

"노부가 겁이 많고 마음이 약해 영존令尊과 같이 절개를 곧게 하여 죽지 못하니 이승과 저승 사이에서 부끄러움이 많다."

소저가 일어나 다시 절하고 또 울며 말했다.

"대인께서 돌아가신 부모님의 지극한 원한을 굽어 생각하셔서 가르치심이 이에 이르시니, 소녀 원컨대 지금 이후에 영원히 대인의 슬하에 의지하여 요행히 대인의 큰 덕에 힘입어 부모님의 원수를 갚을 수 있다면 소녀 세세생생世世生生 길이 대인의 혈족이 되어 하늘의 은혜와 같이 보답하겠습니다."

"9살 어린 딸아이의 말이 이와 같으니 자평은 딸이 있다고 말할 만하구나."

이때 오부인은 여종을 시켜 소저를 데려다가 평상복으로 갈아입히고 자식의 예로써 시랑에게 보이고 다시 상복으로 갈아입혀 들어오니 시랑이 이끌어 무릎 앞에 앉히고 눈물을 떨구었다. 소저가 다시 시랑에게 말했다.

"소녀는 대인께서 버려두지 않고 거두어 슬하에 두신 은혜를 크게 입어 죽어도 한이 없으나 다만 부모님의 물속 외로운 혼이 의지할 곳이 없을 것을 생각하니, 소녀의 마음은 직접 강가로 가서 부모님의 끊어진 혼을 불러 편안히 하고 그 혼을 받들어 고향으로 돌아가고자 합니다."

"효성스럽구나. 네 말은 노부가 생각하지도 못했구나."

이때 시랑이 일어나 외당에 나가 파릉현의 승丞을 불러 말했다.

"내일 동정호에서 죽은 친구의 혼을 부를 것이니 제기祭器를 깨끗이 하여 준비하고 기다려라."

현승縣丞이 명을 받고 나갔다.

다음날 시랑이 소저와 함께 금사주 언덕 위에 올랐다. 인적 없는 산에는 낙엽이 떨어지고 큰 강에서는 바람이 울며 돛단배는 오지 않고 조각구름만 떠다녔다. 저문 날 푸른 물결은 어느 곳의 소식을 전하는가. 원숭이 울음은 자식을 잃어 슬프고, 기러기 무리는 짝지어 울부짖어 애처롭고, 안개에 가려 흐릿한 나무는 저 멀리 아득하였다. 복새鵩鳥가 나는 것은 가태부賈太傅의 장사長沙 같고, 대나무 가지가 쓸쓸이 끊어지고 반통飯筒이 가는 것은 굴원屈原의 멱라수汨羅水와 같았으며, 가을 강 위에서 비파를 타지만 곡이 끝나도록 사람이 보이지 않는 것은 상강의 신령이 슬피 원망하는 것과 같았다. 강에 다가가 통곡하니 강물도 울었다. 이때 시랑과 소저가 함께 웃옷을 벗어 시랑은 남어사의 혼을 부르고 소저는 부인의 혼을 불렀다. 강가에서 곡하며 제사 지내는데 이날 강북, 강남으로 귀양 가는 무수한 배 가운데 오나라吳國와 초나라楚國의 유배객들은 모두 눈물을 흘리며 서로 쳐다보았고 모두 남어사를 슬퍼하였다. 시랑과 소저는 크게 곡하여 말문이 막혔다. 제사를 마친 뒤 진부陳府로 돌아와 며칠을 머문 뒤 여정을 떠났다.

오부인과 두 소저가 한 수레를 타고 시랑의 뒤를 따랐는데 일행이 개봉부開封府에 이르자, 시랑이 집을 기억하는 한 사람을 시켜 부인의 행차를 수행하여 동창東昌에서 바로 산동으로 향하게 하고 시랑은 광평廣平을 따라 서울에 돌아와 대궐에 나가 복명復命하였다. 다음날 병을 핑계로 벼슬을 그만두고 돌아가기를 상소하니 물러나려는 뜻이 몹시 간절하여 천자가 곧 허락하였다.

제4회
총계정에서 각자의 뜻을 말하고 백련교에서 홀로 의를 행하다

원래 윤부尹府는 산동성山東省 제남부濟南府의 역성현歷城縣에 있었는데 이곳은 청주青州의 도회지이다. 옥과 비단, 강산江山의 명승지, 인물과 누각이 풍부한데, 더욱 윤부는 과거의 수석 합격으로 유명하였다. 이해 9월에 벌써 조부인趙夫人이 소저, 공자와 먼저 서울에서 돌아와 집안일을 정리하고 시랑侍郎을 기다렸는데 갑자기 시랑이 남쪽으로 순행巡行을 간다는 소식을 듣고 또다시 긴 여정을 근심하였다. 겨울 마지막달 10일에 집안사람이 들어와 '파릉제독巴陵提督 부인께서 오셨습니다'라고 하니 조부인이 놀랍고 기뻐 중당에 나가 맞이하여 앉았는데, 진陳·남南 두 소저가 조부인에게 예禮를 올리니 부인이 진소저를 이끌어 머리를 쓰다듬으며 기뻐하고 사랑하며 말했다.

"이별 후 몇 년 만에 어찌 이렇게 성숙하였느냐."

이때 남소저가 삼베 허리띠를 두른 흰 옷을 입고 오부인 옆에 앉으니 고운 눈썹이 산뜻한데 구슬 같은 눈물이 맑게 흘렀다. 조부인이 깜짝 놀라 오부인에게 말했다.

"저 아이는 부인에게 어떻게 됩니까? 남어사南御使의 딸 채봉彩鳳과 흡사하니 몹시 놀랍습니다."

"저저姐姐께서는 다만 이 아이가 남어사의 딸과 비슷한 것만 아시고 자기 양녀가 되는 줄은 알지 못하십니까?"

남소저 이야기의 처음과 끝을 다 전하니 조부인은 가슴이 아파 소저의 손을 잡고서 눈물을 흘렸고, 소저는 자리에 엎드려 울어 차마 볼 수 없었다. 오부인이 소저를 부축하여 일으켜 평상복으로 갈아입히고 조부인에게 절하여 시랑을 만난 예禮와 같이 하고는 다시 소복으로 갈아입고 조부인의 옆에 모시고 앉았다. 이때 조부인이 여종을 시켜 홍염소저紅艷小姐와 장원공자長遠公子를 불러 오부인에게 절하게 하고, 또 남소저와 서로 형제의 예로 만나게 하였다. 윤소저尹小姐는 이미 주렴 안에서 남소저의 슬픈 모습을 바라보고 슬퍼하여 불쌍히 여겼는데 그와 무릎을 나란히 하고 앉게 되자 작은 소리로 몹시 위로하고 정을 쏟아 서로를 아꼈다. 공자는 한편으로는 남소저를 위로하고 한편으로는 곁눈질로 진소저를 보고 기뻐 얼굴이 밝게 빛나니 진소저가 부끄럽고 무안하여 고개를 숙였다. 오부인이 슬쩍 보고는 웃으며 사랑스럽게 쓰다듬었다.

그날 밤 세 소저가 함께 침실로 가 아름답고 고운 소리로 이야기를 나누니 슬퍼하고 기뻐하는 정과 슬픈 울음, 은근한 탄식, 즐거운 웃음소리가 마치 한 뱃속에서 난 자매가 각각 아주 먼 곳에 떨어져 있어, 넓고 험난한 곳에 서로 등지고 헤어져 그리워 사모하다가 갑자기 만나서 손을 잡고 가슴속 깊은 곳을 풀어내는 것 같았다. 윤소저의 나이가 남소저보다 일 개월 많고, 남소저의 나이는 진소저보다 일 개월 많아 이것으로 형제의 순서를 정하였으나, 아름다운 모습과 뛰어난 덕, 꽃이나 옥같이 고운 자태, 글을 짓는 재주와 여인의 일솜씨는 막상막하였다. 조부인은 몹시 기뻐하며 아끼고 소중히 여겼으며, 남소저가 고아된 것을 더욱 불쌍히 여겼다.

한 달이 좀 더 지난 뒤에 시랑이 돌아오자, 부인은 시랑을 맞아 순행나간 일의 어려움을 위로하고 이어, 남어사와 한부인의 일을 이야기하였다. 시랑부부가 눈물을 머금고 슬퍼하니 마치 친척의 슬픔과 같았다. 남소저는 뼈에 사무치도록 은혜에 감동하여 효도하고 사랑하는 마음이 구름이 나오고 샘이 솟아오르는 것 같아 항상 죽어 가루로 흩어져도 다 갚지 못할까 두려워하였다. 이후 남소저는 비록 두 소저와 한 방에서 같이 지냈지만 화려한 자리에는 앉지 않았고 맛있는 음식은 먹지 않았으며 새로운 계절의 보름을 맞을 때마다 슬피 울부짖다가 혼절하였다.

다음 해 8월 기일忌日이 돌아오자 소저는 계앵季鸎과 직접 제수祭需를 준비하고 애제문哀祭文을 만들어 제상에서 제사를 드렸고, 다음 해 기일에도 그와 같이 하였다. 옷이 헤어져도 화려한 옷을 입지 않고 항상 죄인으로 자처하니 시랑이 더욱 사랑하였다.

이때 윤, 남 두 소저의 나이는 모두 12살이었다. 시랑이 서울과 지방의 옛 친구들을 만날 때마다 곧 좋은 신랑감이 있는 곳을 물었으나 끝내 마음에 드는 사람이 없으니 항상 탄식하여 말했다.

“만약 내 두 딸과 임사姙姒를 비교한다면, 이것은 사람이 감히 못할 일이다. 그러나 그 그윽한 자태와 맑고 곧은 덕이 어찌 반드시 옛사람보다 많이 떨어지겠는가. 하늘이 이들의 맑고 깨끗한 자질을 냈다면 결코 평범한 속세의 남자에게 시집가도록 하지는 않았을 것이다. 생각해보면 덕과 인을 쌓은 집안에는 반드시 큰 군자가 나오니, 내 두 아이는 그를 위한 기약에 답하려고 난 것이리라.”

조부인이 물었다.

“상공께서 말씀하신 뜻을 살펴보니, 아황娥皇과 여영女英의 옛일을 본받으려고 하는 것이 아닙니까? 지금 두 명의 아름다운 아이가 있으니 두 사람의 좋은 낭군을 찾아 쌍쌍이 짝지어 놀게 하여 각각 즐거움을 보게 해야 할 것입니다.”

“만약 풍채만을 찾는다면 반위潘衛 같은 사람이 있고, 만약 가문만을 찾는다면 왕사王謝 같은 사람이 있고, 만약 글재주만을 구한다면 소내한蘇內翰·황태사黃太史 같은 사람이 있으나, 대현군자大賢君子에 있어서는 세상에 두 사람이 함께 나지 않는 것이요. 지금 만약 남소저를 짝지어주고 내 딸을 버려두면 인정人情에 어긋나는 것이고, 내 딸을 짝지어주고 남소저를 버려둔다면 이는 내 죽은 친구를 저버리는 것이요.”

부인은 크게 깨달아 사과하였다.

하루는 시랑이 총계정叢桂亭에서 세 소저와 달을 감상하며 거닐고 있었는데, 갑자기 학 한 마리가 대臺위로 날아와 목을 뻗고 길게 우니 그 소리가 슬프고 처량하였다. 시랑이 세 소저에게 각각 칠언절구 한 수씩을 지으라고 명하였다.

윤소저의 시는,

흰 눈같이 곧은 자태 울음소리도 고우니
높은 누각에 홀로 선 달 속의 신선 같구나.
단혈의 짝 봉황을 불러올 수 있다면
날개를 마주하고 함께 옥황상제 뵙겠네.

남소저의 시는,

청성산 한 번 떠나온 후 늘 되갈 생각하니

병든 어미 혼자서 빈산에 있어 마음 아프네.
곳곳에서 들리는 잔나비 소리는 자식을 찾는 듯 서글퍼
차마 초협楚峽 사이를 날아 지나지 못하네.

진소저의 시는,

다시 사람 놀랠까 크게 울지도 않으니
어찌 여섯 번 날개 짓으로 삼청궁에 못갈까.
다만 왕자진과 좋은 약속 있어서
밤마다 구산에서 만 리 저 멀리를 그리워하네.

시랑이 윤소저 시를 먼저 보니 끝내 남소저를 버리지 않을 뜻이 있음을 알고 머리를 끄덕끄덕하고 조용히 감탄하여 기뻐하기를 그치지 않았다. 남소저의 시를 보고는 두 줄기 눈물이 하염없이 쏟아져 계속 읽을 수 없어 '너의 이 시는 천고千古 효자의 애간장을 끊는구나'라고 하였고, 또 진소저의 시를 보니 곧고 맑으며 절개를 지킬 뜻이 있었다. 다시 세 번 감탄하고 말했다.

"다만 이 속에 은근한 근심이 있구나."

그 후 몇 달 뒤에 시랑이 부인에게 말했다.

"내가 지금 세상을 피하여 궁벽한 시골에 있어 보고 듣는 것이 넓지 않소. 사방을 두루 돌아다녀 반드시 좋은 사위를 얻은 후에야 돌아올 것이니 그 돌아올 시간을 기약할 수 없소이다."

드디어 천리마와 어린 종 몇 사람을 데리고 남경南京에서 길을 떠나 상강湘江으로 향했다.

이때 장원공자는 때때로 누이의 침실에서 진소저의 얼굴을 보고 사모하고 좋아하여 간혹 말하고 웃을 때 참견하면 진소저는 차갑게 대답하지 않았다.

하루는 공자가 어머니의 침실에 들어가 보니 오부인이 와서 앉아있고 진소저는 남소저와 바둑을 두는데, 가느다랗고 고운 손을 번갈아 뽑아 돌을 놓는 것이 마치 기러기가 가을 모래톱에 내려앉고, 별빛이 새벽하늘에 빛나는 것같이 아름다워 귀신이 움직이고, 하늘이 따라 만 가지 변화가 생기는 듯 했는데, 진소저가 갑자기 손을 거두고 바둑판을 밀며 말했다.

"저저께서는 하늘이 기이한 재주를 내려주셨으니 제가 어찌 감히 바라보겠습니까?"

공자는 남소저가 바둑 두는 방법이 신묘한 것을 처음 보고는 곧 바둑판을 당겨 남소저를 향하여 말했다.

"내가 바둑에 관한 책을 조금 보아 잘한다고는 말할 수 없지만 한 번 배우기를 원합니다."

남소저가 한두 번 사양하다가 마침내 그와 바둑을 두니 공자는 손을 놀 겨를도 없이 연이어 세 판을 졌다. 두 부인이 남소저를 몹시 기이하게 여겼고 윤소저는 곱게 웃으며 낭랑하게 공자를 희롱하였다.

"동생은 항상 훌륭하다고 여겨 스스로 천하의 일이 어렵지 않다고 했으나 지금 아녀자 하나 때문에 곤란하게 되었으니 이 뒤에도 다시 큰소리 칠 수 있겠는가?"

"남누이는 일마다 신기하니 참으로 천상의 사람입니다. 누이와 진소저는 내 조금도 두렵지 않습니다."

윤소저가 환하게 웃으며 말했다.

"패한 군대의 장수가 오히려 다시 용맹을 말하느냐."

공자는 이어 꿇어 앉아 오부인에게 말했다.

"진매가 소질을 외부 사람처럼 보아 같이 말하지 않으니, 한 집안 사이의 두터운 풍속과 몹시 다릅니다. 숙모께서 타일러 깨우쳐주셔서 그 냉담한 기색을 조금 없애주시고, 또 소질이 잠깐 진매의 바둑 두는 솜씨를 보니 소질의 적수입니다. 소질이 그와 한번 바둑을 두려고 하나 소질의 요청으로 들어줄 리 만무하니 숙모께서는 권유하여 주시기를 바랍니다."

오부인은 그 말이 몹시 좋아 마침내 진소저에게 바둑을 두도록 하였는데, 소저는 얼굴에 홍조가 가득하여 몸 둘 곳이 없는 것 같았다. 두 소저가 미소를 지으며 공자를 보니 기쁜 기색이 넘쳐 두 소매를 높이 걷어붙이고 바둑돌을 어지러이 떨구는 형세가 비바람이 부는 것과 같았으나, 또 다시 잘못 놓아 곧 무르기를 요구하였다. 소저의 고운 팔뚝을 잡고 밀었다 당겼다 하니, 소저는 바둑판을 밀치고 앉아서 말했다.

"정직하지 못하니 추악함을 어디에도 비교할 수 없습니다."

공자가 큰소리로 웃으며 말했다.

"스스로 물러나는 자는 진 것입니다."

두 부인은 우스워서 까무러치고 두 소저는 놀라 비웃었다.

이날 세 소저가 침실로 돌아가니 윤소저가 남소저에게 말했다.

"장원은 풍류남아라고는 할 만하나 단정하고 엄숙한 군자라고는 할 수 없다."

이어서 같이 웃으니 진소저는 부끄러워 아무 말 못하였다.

어느 날 시랑이 절강浙江에서 돌아와 기뻐하며 부인에게 말했다.

"내가 좋은 사위를 얻었소. 이제부터는 달게 먹고 편안히 잘 수 있겠소"

부인이 몹시 기뻐하며 말했다.

"어느 집 자식이며, 그 사람됨이 어떠합니까?"

"내 비록 사람을 보는 눈은 없으나 스스로 평생 동안 망령되이 사람을 알지는 않았다고 생각하오. 일찍이 여양후汝陽候 화공花公을 요즘 제일의 인품을 가졌다고 하였는데, 그 둘째 아들 진珍의 지금 나이가 12살이나 진평陳平 같은 외모와 증삼曾參 같은 행실과 비단에 수를 놓은 듯한 문장력과 산악山岳 같은 기상을 가졌으니, 조만간 이름이 천하에 진동하여 제왕의 사부가 되어 우리나라 초기의 성의백誠意伯과 같이 될 것이오."

두 소저를 돌아보며 말했다.

"너희 형제의 우애가 하늘에 닿더니 마침내 군자 한 사람에게 같이 시집가 평생의 지극한 소원을 저버리지 않을 것이니 노부는 비록 오늘 눈을 감아도 다시 여한이 없구나."

주머니에서 붉은 옥으로 만든 팔찌를 꺼내 윤소저에게 주고, 푸른 옥으로 만든 노리개는 남소저에게 주며 말했다.

"이것은 바로 화씨 집안의 신물이다. 너희들은 반드시 잘 간수해야 한다."

두 소저는 절하고 받아 함께 침실로 돌아가 두 사람이 일생 동안 떨어지지 않고 같이 살 수 있게 됨을 스스로 다행히 여겼고, 각각 마음속으로 신명神明에게 감사드렸다. 계앵이 정당에서 와 이를 드러내고 크게 웃으며 은밀하게 남소저에게 말했다.

"동정호洞庭湖 선녀의 말이 과연 맹랑하지 않습니다."

소저는 깨닫고 탄식하며 말했다.

"8년이 지나 다시 부모님을 만난 뒤에야 확실하게 믿을 수 있겠지."

윤소저가 괴이하게 여겨 물었다.

"동생을 만난 이래로 동생의 여종과 동생이 은밀히 말하는 것을 일찍이 보지 못했는데, 지금 무슨 말을 그리 은밀히 하여 유독 나를 바깥사람 취급 하는가."

"아득하고 허황되며 괴이한 말을 비록 귀로는 들었으나 입으로 말할 수는 없습니다."

계앵을 돌아보고 말했다.

"당시의 일이 비록 처음부터 끝까지 다 지나지는 않았지만 저저께 비밀로 할 수는 없구나."

이에 계앵이 선녀의 말을 하나하나 이야기하니, 윤소저가 깜짝 놀라 기이하게 여기고, 또 축하하여 말했다.

"동생의 부모님께서는 반드시 무사하실 것이네. 동생의 지극한 효심으로서는 '결코 가혹한 천벌을 받지 않을 텐데'라고 내 진실로 의심한 지 오래되었는데, 지금 이 말을 들으니 내 마음이 시원해져서 마치 뜬 구름을 헤치고 밝은 해를 보는 듯하네. 지나간 일을 동생은 무슨 고집으로 믿지 않고 헛되이 스스로 지나치게 슬퍼하는가?"

남소저는 오히려 탄식하며 눈물을 훔쳤다.

이 뒤로 시랑 부부는 두 소저와 공자의 혼례도구를 살펴 차례차례 혼례를 행하려 하였으며, 시간이 더디 감을 한스러워 했다.

다음 해 봄 삼월에 세 소저가 동산 안의 화영정花影亭에서 놀며 꽃가지를 희롱하기도 하고 난초 잎을 더듬기도 했다. 붉은 치마가 바람에 나부끼고 옥패물이 부딪쳐 낭랑하게 울렸다. 천천히 걸어 다니며 즐겁게 웃고 서로를 돌아보며 아끼니, 바라보면 한 무리의 선녀가 손을 잡고 곤륜산 봉우리의 낭풍원閬風苑에서 노는 것 같았다. 그러나 세 소저가 여린 뽕나무 가지를 베어 각각 탄식하니, 별 같은 눈동자가 희미하고 옥 같은 몸매는 슬픔에 깊이 잠겨 있어 만약 『시경詩經』의 「빈풍豳風」 7월편七月篇을 완전히 익히고 아녀자의 마음을 살피는 사람이 아니라면 세 소저의 슬픔을 알 수 없을 것이다.

이때에 공자는 세 소저가 화원에 있다는 말을 듣고 바삐 와서 끼어 앉아 즐겁게 웃으니, 진소저가 괴로워하였다. 윤소저가 공자에게 말했다.

"우리들 노는 곳에 너는 참견하지 않는 것이 좋겠다."

공자가 웃으며 갑자기 답했다.

"제가 마침 시 한 수를 지어 저저께 평과 가르침을 받으려고 어렵게 이곳에 왔는데, 저저께서는 어찌 이렇게 박절하십니까"

소저가 웃으며 말했다.

"그 시가 어떤가 묻고 싶네."

공자는 즉석에서 시를 지었다.

바다 제비 막 돌아와 고운 들보에 오르니

구름 낀 창 안개 낀 문 절로 봄빛이라네.

진흙 머금고 오려고 되날아가니

사다새가 쌍쌍이 나는 것 꾸짖을까 두렵네.

윤소저는 듣고 나서 미간을 찡그리고 한참을 멍하니 있다가 남소저를 돌아보고 말했다.

"예부터 '아름다운 인연에는 마魔가 많고, 좋은 약속은 어그러지기 쉽다'라고 하였네. 지금 장원이 실없이 시를 지었지만 말이 상서롭지 못하니, 내 들보 위의 꽃을 미친 나비가 엿보고 숲속에 깃든 학이 두루미의 시기를 면치 못하는 꼴이 될까 두렵구나."

남소저는 놀라 진소저를 돌아보았고 공자도 경솔함을 후회하고 스스로 탄식을 그치지 않았다. 십여 일 뒤에 공자가 두 소저와 모부인母夫人을 좌우에서 모시고 있는데 시랑이 밖에서 들어와 말했다.

"천하의 일이 얼마나 근거 없는 것이 많은가. 진평중이 청렴하고 근면하여 평판이 좋더니, 지금 금의총독錦衣總督 양석楊碩이 간적奸賊으로 모함하여 결박당해 옥에 갇혔다고 하오."

부인이 깜짝 놀라며 말했다.

"상공께서 어디서 이런 말을 들으셨습니까?"

"평중집 사람이 왔소이다."

오부인은 그 말을 듣고 하늘을 우러러 통곡하고, 그 날로 행장을 차려 서울로 가려고 하는데 조부인이 오부인에게 진소저가 머물러 있도록 부탁하니, 진소저가 슬피 울며 말했다.

"아버지께서 큰 화를 당하셨는데 소질이 비록 제영緹縈의 효성은 없으나, 어찌 차마 여기 앉아서 멀리하여 보겠습니까?"

이때 세 소저가 손을 잡고 이별하니 흐르는 눈물이 옷깃을 적셨고, 공자는 당황하여 안색이 수없이 변하였다. 오부인이 소저와 길을 떠나 서울에 도착하니, 진공은 이미 심문하는 매질을 당하였다. 부인과 소저는 울부짖으며 괴로워하여 여러 번 기절하였다.

이전에 진공이 병부兵部에 있을 때 엄숭嚴崇의 양자 조문화趙文華가 진소저의 미모를 듣고 자기의 아들로 구혼하였는데 공이 준엄히 사양하여 거절하였다. 문화가 크게 노하여 엄숭에게 부탁하여 공을 노안부潞安府 제독提督으로 내쫓았는데 이제 와서는 양석을 시켜 공이 태원전太原錢 삼십만 냥을 착복하였다고 죄를 만들어 고발하게 하여 금의錦衣에게 잡아들여 투옥하게 하고 온갖 방법으로 고문하였다. 문화가 부인과 소저가 옛집에 돌아왔다는 소식을 듣고, 오부인의 종형인 오낭중吳郎中을 불러 말했다.

"진형수陳衡秀의 죄가 비록 만 번 죽어 마땅하지만 진실로 나의 한마디 말이면 구할 수 있다. 전에 형수가 나를 심히 업신여겨 박절하게 혼인을 거절했으니 이제 내가 덕으로 원한을 갚을 수는 없다. 그대가 형수와 친척이 된다고 들었으니, 만약 형수가 살아서 옥문을 나서게 하고 싶다면 시험 삼아 내 말을 형수의 여식에게 전해 보라. 제가 만약 효녀라면 반드시 자신의 거취를 알 것이다."

오낭중이 권세가 두려워 '예예' 하고 대답하며 손을 맞잡고 명을 들은 뒤 가서 오부인을 보고 그 말을 전하니, 부인이 크게 노하여 말했다.

"조적趙賊이 감히 내 딸을 욕보이려 하느냐?"

소저가 분연히 말씀드렸다.

"옛날의 효녀는 관가의 종이 되어 아비의 죽음을 대신하고자 하고, 또 그 몸을 팔아 그 부모를 장사 지내기도 하였습니다. 소녀의 신체, 머리털, 피부는 다 부모께서 주신 것입니다. 이제 아버지께서 큰 벌을 받게 되셨는데 그 자식 된 사람이 몸의 욕됨과 욕되지 않음을 논할 겨를이 있겠습니까?"

부인은 항상 소저가 차가운 옥, 눈서리 같은 지조를 지녔다고 생각하였는데, 이 말을 듣고 놀라 한참 동안 말이 없었다. 잠시 후에 눈물을 흘리고 탄식하여 말했다.

"슬프구나! 슬프구나! 총계정에서 학을 노래한 시는 너의 생각을 나타내기에 충분하구나. 내 어찌 너의 마음을 의심하겠느냐. 그러나 그 딸을 죽여서 그 아비를 구한다면 산 사람은 어떤 마음이겠느냐. 옛날 사람들이 '황금은 심지가 되고 지혜는 어리석음이 된다'고 하더니 지금 내 마음은 황금이 심지가 될 뿐만 아니다. 너는 네 스스로 판단하고, 네 스스로 결정해라."

소저는 흔쾌히 털끝만큼도 어려운 기색 없이 직접 오낭중을 향하여 허락했다. 오낭중이 크게 기뻐하여 돌아가 문화에게 말하니, 문화가 미칠 정도로 기뻐했다. 다음날 다시 엄숭에게 부탁하여 천자에게 이야기하게 하여 죽음을 면하게 하고 진공을 운남雲南에 유배가게 하였다. 공이 옥을 나서니 부인과 소저가 붙잡고 통곡하였다. 공이 비분에 가득 차서 길게 탄식하여 말했다.

"내가 조짐을 보고 일찍 물러나지 못하고 더러움 속에서 느릿느릿 거닐다가 이 모욕을 당했으니 오히려 누구를 다시 원망할 수 있겠는가? 그러나 노부의 죄는 반드시 죽을 것이나, 천자께서 굽어 살펴 관대한 처벌을 내리셨으니, 이 또한 천지 사이의 큰 은혜이다."

이때 부인이 울며 조문화의 말을 전하자 공이 노발대발하며 말했다.

"내 차라리 동편 저잣거리에서 죽을지언정 어찌 간적과 혼인관계를 맺어 천고에 더러운 이름을 받겠는가? 또 내 아이 세 살 때에 윤시랑과 정혼하여 지금 11년이 지났다. 대장부가 어찌 자식을 팔아 살기를 구하겠느냐."

소저가 부드러운 목소리로 말했다.

"소녀 일의 형세가 급박하여 가벼이 먼저 허락하였습니다. 이미 깨진 시루는 말해 보아야 득 될 것이 없으며, 또 천하의 일에는 제 스스로 방편이 있으니 아버지께서는 소녀 때문에 염려하지 마시기를 바랍니다."

말을 마치는데 그 뜻과 기운이 태연자약하여 공이 하늘을 우러러 보며 한심하게 생각하다가 조용히 생각하기를 '이 아이가 어릴 때부터 담력과 지략이 남을 넘어섰고, 지금 말과 행동이 이와 같으니 반드시 그 절개를 온전히 할 수 있는 기이한 묘책이 있을 것이다. 그러니 나도 그 뜻을 따라 살펴보겠다' 하고, 하려는 계책을 물으니 소저 대답하기를 '소녀는 여차여차하려 합니다' 하니 공이 감탄하여 말했다.

"내 8척의 몸으로 어린아이의 손에 죽고 살며 또 일개 아녀자의 몸으로 남자 옷을 입고 사방을 떠돌아다니게 하니 이 생이 참으로 슬프구나. 또한 운남까지 10,700여리이다. 아녀자의 몸으로는 결코 갈 수 없을 것이니, 반드시 회남淮南으로 가서 운아雲兒와 서로 의지하라."

부인이 처음에는 소저가 죽음으로써 절개를 밝힐 것이라고 생각하여 슬픔을 감추고 조용히 있었지만 마음을 도려내는 것 같았는데, 마음속의 계획을 듣고는 깜짝 놀라 재삼 칭찬하며 소저의 등을 쓰다듬고 눈물을 흘리며 말했다.

"살아서 헤어지고 죽어 이별하니 고향이 만 리인데 어찌 눈물이 가로 흐르지 않으며, 어찌 간장이 마디마디 끊어지지 않겠는가."

공과 부인이 떠난 뒤 소저는 침실로 돌아와 누워서 밤낮으로 울부짖었다. 이때 조문화집 하인이 무수히 찾아와 혼인을 재촉하자 소저가 유모를 시켜 말을 전했다.

"막 부모를 이별하여 그 마음의 슬픔이 끝이 없으니, 또 몇 십 일을 참고 지내 마음이 조금 안정된 뒤에 혼례를 치룰 수 있을 것입니다."

문화의 집 하인이 돌아가 소저의 말을 전하자 그 말을 들은 문화의 아들이 조급함을 이기지 못하니 문화가 말했다.

"사람의 마음이 정말 그러하니 소저의 말을 따라야 될 것이고, 또 소저는 이미 주머니 속의 물건이 되었으니 늦춘다 한들 어디로 가겠느냐."

4~5일 뒤에 문화가 여종을 시켜 소저에게 가보게 하니, 소저는 구름 같은 머리채로 얼굴을 가리고 옷깃을 모으며 신음하다가 나지막한 고운 소리로 유모를 불러 말했다.

"내 슬프고 어지러운 나머지 감기에 깊이 걸려 지금 마음을 편안히 하고 요양하여 빨리 완쾌해 부모님을 살려주신 큰 은혜를 갚고자 하나, 요즘 바깥사람이 자주 왕래하여 제 마음이 불편합니다."

그 사람이 돌아가 이 말을 전하자 문화가 크게 기뻐하며 말했다.

"소저는 진실로 효성스럽고, 또 덕을 아는 사람이로다. 이제 그 뜻을 잘 따라 화내지 않게 해야 할 것이다. 이후로는 반드시 하루씩 걸러서 문 밖에서 문안하고, 다시는 망령되게 들어가지 마라."

또 10여 일 뒤에 소저는 아버지 일행이 멀리 갔으리라 생각하고, 유모와 여종 운섬雲蟾 등과 야밤에 가벼운 행장을 차려 모두가 남자 옷으로 갈아입고 좋은 노새 한 마리를 끌고 회남을 향해 떠났다. 다음날 문화집 사람이 와서 보니 집은 비어 황량하고 또 인적이 없어 몹시 놀라고 의아해 하며 마을의 여러 사람들에게 '저 집의 소저가 어디로 갔는지 아는가'라고 물으니 마을의 사람들이 차갑게 대답하기를 '저

집이고 이 집이고, 소저고 대저고 우리는 알지 못한다'라고 하였다. 그 사람이 힘없이 돌아가 문화에게 말하니, 문화 부자는 눈을 휘둥그레 뜨고 입을 다물고서는 마주보며 말을 하지 못하다가 사람을 시켜 급히 오낭중을 부르니, 낭중이 허둥지둥 도착하였다. 문화는 발을 구르며 정신없이 꾸짖어 말했다.

"네가 감히 우리 부자를 속이느냐?"

오낭중은 앞뒤를 몰라 깜짝 놀랐다.

"존공은 이 무슨 말씀이십니까?"

"진소저가 지금 도주하였으니, 어찌 너의 조화가 아니겠느냐?"

오낭중은 두렵고 갑작스러워 하늘을 가리키고 맹세하면서 말했다.

"소생은 진실로 알지 못하지만 진심으로 찾아볼 것이니, 존공께서는 노여움을 푸시기 바랍니다."

문화의 아들은 혀를 차며 아비를 원망하여 말했다.

"만약 애초에 급히 결혼식을 올렸거나, 종들을 많이 보내어 그 집을 지켰더라면 틀림없이 오늘 같은 걱정은 없었을 것인데, 아버지의 단속이 너무 느슨해져서 계집아이에게 기만당하게 되었으니 남이 들어서는 안 되는 일입니다."

문화 역시 뼈에 사무치게 뉘우치고 한탄하여 다시 오낭중을 꾸짖었다.

"만약 진소저를 찾아 들이지 않으면 너는 결단코 머리를 보전치 못할 것이니 급히 가서 찾아오라."

오낭중은 허둥지둥 당황하여 집으로 돌아와 머리를 치고 가슴을 두드리며 말했다.

"내 별 관계없는 진씨 계집 때문에 권세 있는 집안의 큰 노여움을 얻어 가지가지 욕을 받았으니, 이 무슨 액을 만난 것인가. 이 계집은 다른 갈 만한 곳이 없으니 필시 그 부모를 따라 갔을 것이다."

곧 집안의 장정 몇 사람에게 운남의 큰 길을 따라 쫓아가게 하였다.

이에 앞서 진공의 아우 영수英秀는 성품과 행동이 고결하였는데, 회남의 운모산雲母山에 숨어서 살고 있었으니, 진공이 그에게 아들 창운昌雲을 보내 글을 배우게 하였다. 진공이 옥에 갇힐 때 집안사람들에게 '내가 여러 번 권세 있는 간신을 거슬렀으니 그 화를 알 만하다. 만약 창운이 온다면 반드시 화를 당할 것이다. 이것은 부자가 함께 죽는 것이고 종묘의 제사를 끊는 일이다. 내가 죽은 뒤를 기다려 창운에게 알려, 산속에서 목숨을 보존하였다가 다음에 원수를 갚고 헛되이 죽지 말게 하라'라고 하였다. 이 때문에 공이 옥에 있는 두 달 동안 창운은 전혀 알지 못하였다.

이때에 소저는 영청현永淸縣에서부터 떠돌아다니며 길을 물어 운모산으로 향하였는데 길이 산동山東을 지나가는 것이었다. 소저는 스스로 윤시랑 부부가 4~5년 동안 사랑하고 어루만져 주신 은혜와 공자의 오매불망寤寐不忘 사모하던 정을 생각하니 조용히 눈물이 옷깃을 적셨다. 마음속으로 '나는 박명薄命한 여자로 부모에게 화를 끼쳐 부모님께서 돌아가신 것 같은 아픔을 품고 영원히 천하의 죄인이 되었으나, 요행이 신명이 지극한 원한을 굽어 불쌍히 여기셔서 아버지께서 겨우 큰 화를 면하셨으나, 만 리 하늘 끝에서 다시 만나 뵐 날을 만나기 어려우니 이제부터 부모님의 슬하를 떠나지 않아 부모님의 은혜에 보답하고 부모님께서 이 세상을 하직하는 날에 진실로 다시 내 명을 끊어 함께 죽을 것을 맹세한다면 거의 내 죄를 씻고 내 바라는 일을 다 하게 될 것이다. 부부 사이의 도리가 비록 큰 윤리라고 말하지만 부모에 비하면 오히려 경중이 있으니, 이 일은 이미 마음을 정하였다. 굳건하니 깨지 못할 것이다. 윤랑과는 이 생에서 끝났다. 인정상 마땅히 윤숙부 내외와 두 저저에게 절하고 영원히 이별해야 하지만, 한번 그곳에 들어가면 반드시 허다한 어려운 일이 있으리니, 여러 가지로 생각해보아도 정을 잘라버리고 의義를 온전히 함이 옳다. 그러나 윤랑은 다정한 사람이라 반드시 나로 인해 부질없이 마음을 허비하며 결혼할 때를 놓치리니, 나는 윤랑에게 마魔와 장애가 될 뿐이다. 박명한 사람이 사사건건 이러하니, 예부터 전생에 무슨 원한을 쌓아 그런가?' 하였다.

이 때문에 몸은 탄환에 놀란 새 같고 마음은 낚시에 걸린 물고기 같아, 다닐 때는 반드시 탄식하고 멈추면 반드시 울음을 삼켰다.

길을 떠난 지 10여 리에 평원역平原驛을 지나 객점에서 노새를 먹일 때, 갑자기 나이 어린 높은 관원이 한 쌍의 아름다운 가마를 호위하여 웃으며 앞을 지나 옆 객점으로 들어갔다. 운섬이 여인의 마음으로 형색을 바꾼 것을 잊어버리고 울타리 틈으로 엿보니 두 가마가 일시에 발을 올려 두 미인이 예쁜 걸음걸이로 당에 올랐다. 앞에 있는 사람은 16세 쯤 되어 보이는데 좋은 갓을 쓰고 아름다운 신발을 신었으며 몸이 웅장하고, 뒤에 있는 사람은 아직 비녀를 꽂을 때도 못된 듯하지만, 안색이 밝아서 마치 태양이 처음으로 떠오른 듯하니 그 고운 자태와 정숙한 아름다움이 자기 집 소저를 방불하였다. 운섬이 부러워 탄식을 이기지 못하고 달려와 소저에게 말했다.

"제가 일찍이 천하절색은 윤·남 두 소저와 우리 소저뿐이라고 하였는데, 옆 객점

행차 중의 소저를 잠깐 보니 만약 윤부尹府에 두면 윤·남 두 소저의 가운데 있을 것입니다."

"세상에 어찌 다시 남저저와 같은 사람이 있겠느냐."

"남소저의 자연스럽게 드러나는 천하의 향기와 넘쳐나는 온갖 아름다움은 세상에 사람이 있는 이래로 아직까지 없었던 일입니다. 진실로 감히 의심하여 말할 일은 아니나, 윤소저에게 있어서는 이 소저의 앞에 둘 수 없을까 두렵습니다."

소저는 평소에 운섬의 식견과 감식안이 정밀하고 밝은 줄 알기 때문에 다시 마음속으로 의심하지 않고 스스로 크게 한숨 쉬며 말했다.

"내가 윤부의 은혜 받음이 깊고 두터우며, 윤랑이 금석金石 같은 믿음으로 어리석고 못난 나를 항상 마음속에 두고 잊지 않으니, 내 비록 여자나 어찌 마음에 새겨 감동하지 않겠는가. 그러나 이제 내가 한 번 운남으로 가서 내 몸이 멀리 떨어져 있게 되면 윤랑은 위로는 양친이 계시고 다른 형제가 없어 그 형세가 끝내 굳건한 신의를 지키지 못할 것이고 부모님을 봉양할 책임을 오랫동안 비워둘 수도 없을 것이다. 이때 급하게 사방으로 혼처를 구하여 만일 평범한 자질의 여자가 함부로 그 가문에 들어간다면, 윤랑의 풍류와 운치가 다 없어져 즐거움이 없을 것은 말할 필요도 없고, 또 두 저저는 절세의 자태이니 어찌 어깨를 나란히 하여 따르는 것이 욕되지 않겠는가? 아깝다. 어떻게 해야 저 집 규수를 윤랑에게 천거하겠는가."

생각에 잠겨 조용히 따져 보며 우러러 탄식하고 고개 숙여 한숨을 쉬었다. 점심밥이 들어와 앞에 있으나 몸을 움직이지 못하고 있다가 갑자기 한 가지 방법을 생각하고는 분연히 일어서며 말했다.

"'선비는 진실로 자기를 알아주는 사람을 위해 죽는다'라고 하였으니, 내 어찌 한때의 부끄러움으로 천고의 한을 품으리오."

즉시 나귀에 올라 운섬 등과 오던 길로 다시 가 나귀에서 내려 백련교白蓮橋 위에 앉아 있으니, 잠시 뒤에 그 고관高官이 한 쌍의 아름다운 가마와 같이 왔다. 돌다리 위를 바라보니 절세 미소년이 검은 두건과 초록빛 도포를 입고 시냇물 가에 앉아 손으로 벽도화碧桃花를 꺾으며 돌아보고 추파를 던졌다. 고관이 크게 놀라 마음속으로 '내 듣기로 옛날 여자 중에 왕장王嬙같이 아름다운 사람이 있다고는 들었으나, 어찌 남자의 모습이 이같이 아름다운 사람이 있다는 말을 들었겠는가? 저 사람은 미자하彌子瑕, 안릉군安陵君도 감히 따라 잡지 못할 것이다' 하고 날듯이 말에서 내려 소저에게 인사하고 물었다.

“수재秀才께서는 어느 곳으로 가다가 길옆에서 한가롭게 쉬십니까?”

소저는 인사하여 답하고 말했다.

“학생學生은 지금 회남으로 가다가 마침 연꽃이 만발한 것을 보고 사랑스러워 즐거움에 빠졌습니다.”

고관이 먼저 통성명하였다.

“저는 저주滁州 사람 백경白瓊으로, 자字는 성규聖圭니 수재의 높은 성명을 듣고자 합니다.”

“학생은 산동山東 사람 윤여옥尹汝玉으로 자는 장원長遠입니다. 그대를 뵈니 일찍 관직에 오르신 것 같은데, 지금 무슨 관직에 계신지 모르겠습니다.”

“저는 봄에 급제하여 한림편수翰林編修에 임명되었습니다.”

이어 소저에게 물었다.

“장원께서 역성歷城에 계신다고 하셨으니 혹시 윤시랑과 친척이 아니십니까?”

“바로 학생의 부친이십니다.”

백한림은 이미 소저의 아름다운 용모를 흠모하던 차에 윤시랑의 아들이 된다는 말을 듣고 몹시 마음이 쏠렸다. 마침내 그와 문장과 산수山水에 대해 이야기하니 소저의 옥 같은 소리가 도도하여 강이 흐르는 것 같았다. 백한림이 용모를 바로잡아 옷깃을 단정하게 추스리고 자기도 모르게 두 무릎을 꿇으며 말했다.

“옛날 자화자子華子 정본程本이 공자孔子와 길에서 만나 일산日傘을 기울이고 이야기를 나누었다고 하는데, 제가 비록 자화자에 비교되기 부끄럽다 하더라도 장원만은 옛사람보다 못하겠습니까?”

소저가 손을 모아 겸손하게 사양하였다. 한림이 더욱 사랑스러워 연모하여 물었다.

“장원의 나이는 이제 몇이나 되었으며, 일찍이 결혼하셨습니까? 아니면 정혼한 곳이 있으나 혼례를 올리지 않으셨습니까?”

“학생의 나이는 13살입니다. 일찍이 진제독陳提督 형수의 딸과 정혼하였으나, 그 집안이 화를 만나 멀리 도망가 서로 만 리 먼 거리를 떨어져 소식이 끊겨 다시 혼인할 집안을 찾으려 합니다.”

한림이 기뻐서 얼굴색을 바꾸며 말했다.

"제가 간절히 여기는 바람이 있으니 원하고 바라건대 장원께서 외람되다 여기지 않으시겠습니까?"

"진실로 밝은 가르침을 주시니 어찌 감히 받들어 따르지 않겠습니까?"

"제게 누이 한 사람이 있어 지금 서울로 데려가고 있는데 나이가 장원과 비슷합니다. 그 자색과 성품의 아름다움은 군자의 배필이 될 만하니 장원께서 비록 서울을 두루 돌아다녀 널리 좋은 여인을 구하시더라도 아마 제 누이 이상 가는 사람은 나오지 않을 것입니다. 다시 장원께 바라는 것은 가문이 미약하다고 하여 물리치지 말아 주시라는 것입니다."

"부모님께서 집안에 계시고, 또 혼인은 큰일입니다. 학생이 마음대로 허락할 수 없는 일이니, 귀하께서 서울에 이른 후 시험 삼아 부모님께 혼인을 청하신다면 가부간 응답이 있으실 것입니다."

"장원의 말씀이 옳으나, 주장하는 일은 부모님께 있고, 버리고 취하는 일은 장원에게 있으니, 바라건대 장원께서는 오늘의 지극한 뜻을 저버리지 마십시오."

"네. 알겠습니다."

한림이 몹시 기뻐하여 다시 소저와 정이 가득한 이야기를 계속하여 서로 헤어지지 못하였다. 소저가 일어나 인사하고 말하였다.

"날이 저물려 하고, 앞 마을이 멀리 있어 저녁 내내 조용히 모실 수 없습니다. 남은 회포를 이길 수 없으나, 다른 날 서울에서 다시 마음속의 남은 정을 마주할 수 있기를 바랄 뿐입니다."

한림은 한스럽게 작별하였고, 각자 서로의 길을 떠났다.

제5회
군자는 숙녀를 맞이하고 요첩은 흉객과 맺어지다

진소저陳小姐가 회남淮南에 도착해 처사處士를 만나 공의 전후의 화를 자세히 말하고 같이 통곡했다.

"운남雲南은 너무 멀구나. 너희 남매는 나이도 어리고 몸도 약하니 멀리 갈 수 없다. 나 혼자 갈 것이니 너희들은 여기에 머물러 있거라."

공자와 소저는 울면서 따라가길 원했다.

"아버지께서 떠나실 때 가르치신 것도 숙부님의 뜻과 같습니다. 그러나 돌이켜 보면 지금 아버지의 화는 소질의 죄가 아닌 것이 없으니 부모님의 슬하에서 죽어 이 가슴속의 지극한 한을 조금이라도 풀어 보려고 합니다."

처사는 어쩔 수 없이 그들과 함께 길을 떠났다. 길을 떠난 지 반 년 만에 겨우 운남에 도착하니 진공陳公과 오부인吳夫人은 뜻하지 않게 자식들이 오는 것을 보고 처사 · 공자 · 소저와 붙잡고 통곡하였다. 진소저가 자초지종을 말씀드리니 진공은 분함을 이기지 못했다. 그러나 돌아와 한 곳에서 모이니 자연히 점점 마음이 편안해졌다. 소저가 백련교白蓮橋의 일을 말하니 진공 부부는 울며 소저의 등을 쓰다듬으면서 말했다.

"너는 참으로 윤랑의 마음을 아는 사람이다. 윤랑이 만약 이 일을 안다면 어찌 너를 버려두겠느냐. 그러나 멀리 만 리 밖에 떨어져 있고 고향으로 돌아갈 날을 기약할 수 없으니, 너의 생이 정말 비참하구나."

그러나 소저는 윤랑을 마음에 두지 않고 다만 부모님의 슬하를 떠나지 않을 수 있는 것을 기뻐하였다.

이때 윤부尹府에서는 오부인이 길을 떠난 뒤로부터 시랑 부부가 밤낮으로 근심하였는데 진소저가 조가趙家와 혼인을 허락한 소식과 진공이 죽음을 면했다는 소식을 듣고 시랑은 탄식하며 말이 없었고 부府의 사람들은 놀라 '진소저가 신의信義 없다'고 원망하였지만, 두 소저만은 눈물을 흘리며 탄식하였다.

"효성스럽다. 진매여, 슬프구나. 반드시 죽었으리라."

남소저南小姐는 깊이 생각하다 한참 지난 후 '진매는 지혜가 뛰어나고 복스러운 기운이 얼굴에 가득하여 결코 요절하지 않을 것이니 이 사이에 반드시 기이한 일이 있을 것이다'라고 하고 시랑에게 말하여 급히 집 안의 아이 종을 보내 서울의 소식을 자세히 알아보게 하였다. 아이 종이 한 달 남짓 만에 돌아와 소식을 전하기를 진부陳府가 텅 비었기에 이웃사람에 물으니 이웃사람이 웃으며 '저 집의 소저가 하늘로 올라갔는지, 땅으로 들어갔는지, 어찌 이리도 찾아오는 사람이 많은가. 그러나 끝내 소식이 없다'고 하였다고 했다. 부인 이하 모두가 그 말을 듣고 서로 돌아보며 헤아릴 수 없이 눈물을 흘렸다. 십여 일 뒤 갑자기 건장한 종 하나가 스스로 '회남 진처사집에서 왔다'고 하며 두 소저에게 진소저의 편지를 올렸다. 윤소저尹小姐가 급히 손을 놀려 편지를 뜯었다.

> 소매 진채경陳彩瓊은 머리를 조아리고 눈물을 흘리며 윤尹, 남南 두 저저姐姐에게 장대粧臺 아래에서 이별을 고합니다. 여자가 세상에 태어나는 것은 본래 부모께서 바라는 일이 아니니 하물며 소매같이 화액禍厄을 밟은 사람이 다시 무엇을 말하겠습니까? 소매 비록 창자를 깎고 피를 흘려도 노부모님의 이미 상처 입은 몸을 보호할 수 없습니다. 아아, 소매의 죄는 세상을 끊고 없어져야 하지만 지금 하늘에 맹세하고 마음에 다짐하는 것은 살아서 부모님을 따르고 죽어서도 부모님을 따르는 것입니다. 그러나 그 지극한 아픔과 깊은 원한이 어찌 다할 수 있겠습니까? 아! 응향각凝香閣에서 매화를 꽂던 놀이와 농취정籠翠亭에서 잣나무를 노래하던 일은 이미 전생의 일같이 멀어졌고, 하늘 끝에 홀로 떨어져 놀란 쑥대가 잎사귀를 떨구고, 올려놓은 비파가 절로 우는 것 같습니다. 슬프고 슬픕니다. 숙부모께서 머리를 어루만져 주시며 자식을 보듯 하시던 은혜와, 우리 저저와의 우애의 정은 다시 태어나서 갚기를 기약할 뿐입니다. 나머지는 장이 끊어지고 기가 막혀 다 알리지 못하고 엎드려 밝힙니다.

별지에는

> 소매가 평원역平原驛 객점에서 우연히 한림편수翰林編修 백경白瓊의 누이를 만났는데 여종 운섬雲蟾이 직접 그 용모를 보고 전하기를 '진실로 금세에 드문 규수'라고 하였습니다. 그리고 이 사이에 한 가지 우스운 일이 있었으니 저저께서는 마음에 두어 잊지 마시기 바랍니다.

두 소저는 두 눈에서 흐르는 눈물이 얼굴을 가려 다 읽지 못했는데 별지를 보고 마음속에 깨달은 일이 있어 깊이 탄식하였다.

"아! 이 사람이 덕을 가짐이 이와 같으니 어찌 끝내 천복을 누리지 않겠는가?"

그제서야 윤부의 위아래 사람들이 비로소 진소저를 슬퍼하면서 남소저의 선견지명을 칭찬하였다. 이후로 공자는 비록 부모 앞에서 억지로 좋은 얼굴을 해도 사물을 대하고 생각이 일어날 때면 두 소매 끝이 눈물에 젖으니 두 소저가 근심하였다.

하루는 두 소저가 부인을 모시고 정당正堂에 있는데 공자가 밖에서부터 웃음을 지으며 들어와 말했다.

"한림 백경이란 자가 내게 편지 한 통을 보냈는데 스스로 '백련교에서 이별한 후에 어찌 하룻밤인들 감히 나 장원을 잊었겠습니까'라고 하니 그는 어떤 사람이며, 또 간절히 아버지께 청혼의 글을 올리고 나를 대현군자大賢君子라고 말하니 이 정말 우스운 일입니다. 제 나이 13세에 백련교가 어느 곳에 있는지 모르고 더욱이 백경은 어떤 사람인지도 모릅니다."

부인이 의아하게 생각하며 말했다.

"그렇다면 그 편지가 반드시 잘못 전해진 것일 테지."

두 소저는 이미 진소저의 일을 알아 마주 보며 웃기만 했다. 시랑이 들어오니 부인이 맞이하면서 물었다.

"여옥汝玉이 말하기를 백한림이 청혼했다 하니 백한림이라는 사람은 누구입니까?"

"옛날 태학사太學士 백방헌白邦憲의 아들 경瓊이오."

"그 글이 분명 상공에게 보낸 편지입니까?"

"분명하오. 내가 그 부친과 잘 아는 사이라 글에서 먼저 예전의 정을 말했고, 겉봉에 역성현歷城縣 전임前任 이부시랑吏部侍郎 윤대인尹大人 좌전座前이라 했으니, 어찌 분명하지 않겠소."

"그렇다면 여옥에게 준 글이 얼마나 맹랑한 일입니까?"

"이것은 정말 괴이하오."

잠시 깊이 생각하다가 공자를 시켜 지도를 찾아 책상 위에 펼쳐 놓고는 손바닥을 비비며 크게 웃었다.

"백련교가 평원역 북쪽 20리쯤 되는 곳에 있으니, 서울로부터 회남으로 달려가는 길이다. 그렇다면 진소저가 백경과 여기서 만났고, 백경이 그 모습을 사모하여 그와 말을 세우고 이야기를 나누었을 것이고 갑자기 통성명하는 사이에 여옥의 성명을 빌려 썼을 것이다. 그렇지 않다면 그 사이에 반드시 곡절이 많았을 것이니 이것은 마음속으로 헤아리기 힘들구나. 아! 진소저가 만 리 밖에 있으니 어찌 만나 물어볼 수 있겠는가."

이때 윤소저가 시랑에게 말씀드렸다.

"지난번 진매의 글 속에 몇 줄의 별지가 있었고 그 내용이 여차여차하니 소녀들이 서로 이야기하기를 이것은 반드시 서원직徐元直이 와룡臥龍을 추천하는 뜻이라고 하였습니다."

시랑이 놀라 쳐다보다 탄식하였다.

"너희들은 정말 진소저의 마음을 아는 벗이로구나."

소저를 시켜 진소저의 편지와 별지를 가져오게 하였다. 시랑이 다 읽고 눈물 흘리며 말했다.

"이상하구나. 진소저는 내 집과 영원히 이별하고자 하는가? 하늘의 이치가 반드시 그렇지 않으리라."

부인이 시랑에게 물었다.

"진소저가 과연 편지에서 말한 내용과 같이 하여 끝내 마음을 돌리지 않는다면 상공께서는 앞으로 여옥을 어찌 하시겠습니까?"

시랑은 탄식하며 말했다.

"황하黃河가 비록 바늘같이 가늘어지고 태산泰山이 티끌이 된다 하더라도 여옥이 어찌 차마 진소저를 버리고 다른 집에 장가들겠는가."

공자는 이 말을 듣고 마음속으로 기뻐하였다. 시랑이 외당外堂에서 나와 백한림집 사람에게 답서를 보냈으나, 공자는 답하지 않았다. 이때부터 시랑은 더욱 진소저의 일을 불쌍히 여겼고 길게 한숨 쉬었으며 즐거운 기색이 없었다.

하루는 서울의 옛 친구에게 화상서가 죽었다는 소식을 듣고 시랑은 위패를 만들고 침실 밖에서 통곡하였고, 두 소저는 화려한 옷과 패물을 벗었다.

3년이 지난 후 6월, 성생成生과 화공자花公子가 오자 윤시랑은 크게 기뻐하여 마을 북쪽 별장의 작은 방에 맞이하여 묵게 하고, 화공자의 손을 잡고 눈물을 줄줄 흘리며 말했다.

"노공께서 비록 강호江湖에 계셨으나, 마음은 조정 위에 있으셨으니 이것은 천하의 근심을 먼저하고 천하의 즐거움을 뒤로 하신 일이라네. 하늘이 백성을 가엾게 여기지 않으시고, 이 늙은이를 버리셨으니 백성들은 다시 누구를 우러러 보겠는가?"

공자는 눈물을 흘리며 슬픔을 삼켰다. 시랑이 말했다.

"사위가 예전의 말을 잊지 않고 천리 밖에서 부지런히 힘써 약속을 지키니 노부는 감격을 이길 수 없구나."

돌아서서 성생을 향해 몇 마디 말로 안부를 묻고, 다시 공자와 종일토록 기뻐하였다. 윤공자尹公子가 와서 화공자를 보았다. 두 공자는 하나같이 상서로운 세상의 봉황과 같고 바람에 흔들리는 고운 나무와 같아 한마디 말이 마음을 비추고 서로 보기에 막역莫逆하여 지초와 난초 같은 향이 있고 아교와 옻칠같이 친밀하였다. 그 덕행을 말한다면 백우伯牛와 중궁仲弓같이 서로 우열이 없었고, 그 문장을 말한다면 초당草堂과 청연靑蓮이 각기 장단점이 있는 것 같았다.

이때부터 화공자는 윤공자가 없으면 먹을 때 젓가락질 하는 일을 잊었고 윤공자도 화공자가 없으면 앉아도 자리를 잊어, 걸어 다닐 때는 반드시 손을 잡았고 누울 때는 반드시 침상을 나란히 하였다. 성생도 윤공자를 몹시 사랑해 '장원長遠은 장자방張子房의 아름다움과 사동산謝東山의 풍류를 겸했다'라고 하였다.

시랑이 좋은 날을 택하여 7월 상순에 부중府中에서 예를 올렸다. 화공자는 옥으로 만든 띠와 검은 모자를 쓰고 봉황이 수놓인 붉은 비단 옷을 입고, 꽃으로 장식한 백마에 수놓은 안장을 탔는데 생황과 피리·북·종소리가 요란하였다. 이날 산동사람들이 길을 둘러싸고 모여 환호하면서 '하늘의 신선이 하강했다'고 하였다. 행렬이 부 앞에 도착하여 윤공자가 앞에서 인도하고 성생이 뒤따랐는데, 푸른 천막이 하늘에 닿고 붉은 휘장이 땅을 덮었다. 산동 포정사布政使와 여러 현縣의 태수太守와 마을의 이름난 사대부가 높은 관과 넓은 띠를 두르고, 숲이 늘어서고 별이 늘어선 듯 모였다. 붉게 단장한 무리들이 쌍쌍이 앞으로 인도하여 정당의 강운루降雲樓에 올랐다. 두 소저는 칠보를 봉 모양으로 꾸며 놓은 관에 옥으로 만든 비녀를 꽂고, 붉은 색의 수놓은 주름 비단 적삼을 입고 자줏빛 바탕에 금실로 꾸민 치마를 끄니, 아름다운 부채는 달을 흔드는 듯하고 금패물에 장식된 난새鸞鳥는 우는 듯했다. 절하고 일어나는 온화한 용모에 잠시 우러러 보고 잠시 고개 숙이니 금빛 까마귀처럼 빛나고 유연한 아름다움이 솟아올라 옥으로 만든 연꽃이 바람에 흔들리는 것 같았다. 공자가 눈길을 살짝 드는데 희색이 은은하였다. 시랑 부부의 기뻐하고 사랑하는 정은 강과 바다가 얕을 정도였다.

이날 밤 공자는 윤소저의 침실 응향각凝香閣에 들어갔고, 다음날 남소저의 침실 농취정籠翠亭에 들어가니 한 군자와 두 숙녀가 거문고를 타고 종과 북을 울리는 즐거움은 『시경詩經』의 「관저關雎」편 이후로는 없었던 일이었다. 성생이 웃으면서 공자를 희롱하였다.

"형옥荊玉아 형옥아. 신방의 촛불과 흥취가 높고 즐거우니, 지금 죽우당竹友堂의 찬 이불을 생각할 수 있겠는가?"

공자가 웃으며 말했다.

"찬 이불, 더운 이불이 각각 절로 때가 있으니, 분수를 따르고 편안함을 따를 뿐입니다. 한 광주리의 밥과 베옷을 입고 팔을 베고 자는 일도 저는 또 편안히 여기며 좋은 방, 맛있는 음식에 여종 수백 명이라도 저는 또 편안히 여깁니다. 그러므로 어찌 그 사이에 기뻐하고 슬퍼하겠습니까?"

윤공자가 칭찬하였다.

"화형은 천의天意를 즐거워하고 천명을 아는 사람이라 할 만 합니다."

이어 공자에게 말했다.

"제가 배운 것이 정확하지 못해 마음속과 머릿속에 한 가지 맺힌 일이 있어 풀려고 해도 엉키고 맺혀 풀 수 없고, 그만두려고 해도 잊을 수 없으니, 어쩌면 이 병을 고칠 수 있겠습니까?"

"장원의 재주로 『맹자孟子』의 호연지기장浩然之氣章을 열심히 읽어 의義를 모으고, 조화를 길러 이 기운을 풍부하게 한다면 이 같은 마음속의 더러움은 자연히 소멸될 것입니다."

윤공자가 환하게 크게 놀라, 마침내 진소저에 대한 정을 잊었다. 이때부터 안색이 환하고, 화기가 가득하여 두 소저는 이상하게 여겼지만 기뻐했다.

십여 일이 지난 후에 화공자가 아내를 데리고 집으로 돌아가려 하였다. 시랑 부부의 딸을 보내는 정과 두 소저가 부모를 이별하는 한은 천지가 늙어 쇠약해지려 하고, 산악이 작아지는 것 같았다. 향기로운 수레가 떠날 준비를 하고 보배로 장식한 말이 갑자기 우니, 마부가 길을 재촉하고 여종이 늦었다고 알렸다. 두 소저는 천 갈래 구슬 같은 눈물을 흘리며 부모님께 일어나 절하니 시랑이 위로하였다.

"『시경』에도 말하지 않았느냐. '여자가 시집가면 부모형제를 멀리한다'고 하였으니, 너희들은 모름지기 시부모님과 남편 섬기는 일에 마음을 다하고 부모 때문에 슬퍼하지 마라. 우리 부부는 나이가 많지 않고 화공자와 여옥이 조만간에 모두 귀하게 될 것이니, 다음에 서울에서 자연히 다시 만나게 될 것이다."

시랑 부부가 화공자를 향해 눈물 흘리며 말했다.

"노부가 가르친 것이 없고, 아이들이 배운 것이 없으니 사위가 덕을 가지고 불쌍히 여기고 너그러이 봐주기만을 바라네."

공자는 장인 장모의 말이 지극하고, 두 소저가 앞에 있음을 생각해 비록 두 손을 마주잡고 '예예' 대답은 했으나 그 사이에 크게 한숨을 쉬었다. 윤공자가 며칠 동행하였다. 두 공자도 마주 보며 은근하여 차마 이별할 수 없었는데, 하물며 두 소저의 마음이겠는가.

이때 화부花府의 성부인成夫人은 화공자가 돌아올 날을 손꼽아 기다렸다. 하루는 종 한 사람이 들어와 '소공자 행차의 선두가 도착하였습니다'라고 하니 성부인이 크게 기뻐하여 곧 늙은 종 양운陽雲에게 '사내종 30여 명과 여종 열 쌍을 거느리고 백리 밖에서 신부 행차를 맞이하라'고 명하였다. 임소저林小姐가 친히 여종을 거느리고 신방을 청소하고 병풍과 침상, 자리를 설치하였고 화소저花小姐도 유부柳府에서 와 감개무량하여 희비喜悲를 말하기 어려웠다.

공자는 두 신부와 부중에 도착해 먼저 사당에 가서 예를 올렸다. 성생이 꿇어앉아 축사祝辭를 올렸고, 공자는 고개를 숙이고 엎드려 울며 일어나지 못하였다. 성부인 이하 모두 소리를 삼키고 눈물을 닦았으나 대공자大公子라는 사람만은 부드러운 낯빛과 화려한 태도로 반점의 슬픈 기색도 없으니, 윤부의 여종들 중에서 괴이하게 여기지 않는 사람이 없었다. 예를 마치고 중당에서 시어머니를 뵈었다. 심씨沈氏는 억지로 옅은 청색의 소매 넓은 적삼을 걸치고 성부인과 자리를 이어 앉아서 두 신부를 보니 아름다운 모습이 평생 처음 보는 것이었다. 시기심이 뱃속을 뒤흔들어 자연히 눈빛이 거칠게 부릅떠지고, 말씨와 안색이 자주 변하였다. 성부인은 두 신부의 손을 끌어 잡고 탄식하여 말했다.

"애석하구나. 그대들의 정숙하고 아름다운 모습을 내 동생과 정부인鄭夫人이 보지 못하다니."

이날 저녁에 화소저가 윤소저를 인도하여 비춘당秘春堂으로 가니 이곳은 윤소저의 신방이요, 요소저가 남소저를 인도하여 봉귀정鳳歸亭으로 가니 이곳은 남소저의 신방이었다.

아 ! 화소저가 공자와 함께 정부인의 품속에서 자랐으며, 부모님께서 돌아가신 세상에 더할 수 없이 큰 한이 마음속 깊이 맺혔고 또 심씨의 손에서 함께 힘들었기에 서로 불쌍해하고 아끼는 정이 자연히 다른 남매와 달랐다. 설령 윤 · 남 두 소저의 용모가 남보다 뛰어나지 않고 재주가 평범하더라도 화소저가 친애하고 중히 여김이 진실로 당연할 것인데 하물며 그 덕과 용모가 밝은 연꽃과 그윽한 난초, 따뜻한 옥과 밝은 구슬같이 뛰어난 경우에 있어서이겠는가.

화소저는 윤 · 남소저를 만난 뒤로 낭랑한 소리로 즐겁게 웃으며 오랫동안 비춘당과 봉귀정에 있었다. 임林 · 요姚 두 소저도 왕래하고 이야기하고 예를 나눠 발걸음이 끊이지 않았고 좋은 말이 낭랑하니, 이로부터 화부에 별세계의 봄바람이 있었다.

다음 해 2월에 천자가 과거를 열어 선비를 뽑는다고 하니 성부인이 공자와 성생에게 말했다.

"너희가 배운 글이 집안의 명성을 떨어뜨리지 않기에 충분하니 어찌 궁벽한 시골에서 늙어 죽겠느냐. 내가 유랑柳郎이 과거를 보러 간다는 말을 들었으니 너희도 따라가 영예를 얻어라."

두 사람이 명을 받고 물러나 길을 떠날 준비를 할 때 성생이 공자를 보고 웃으며 유랑을 가리켜 말했다.

"천리마가 나아갈 때 바람을 향해 길게 울어 서쪽 끝까지 달려갈 뜻이 있으나 비록 만 리를 달리더라도 어찌 흘러가는 구름을 따라잡을 수 있겠는가."

유생이 웃으며 말했다.

"성형은 어찌 겁내시오. 목천자穆天子 때 여덟 마리의 명마가 세상에 나란히 나왔고,

당唐 현종玄宗 때에 옥화총玉花驄과 조야백照夜白이라는 명마가 있었고, 지금 황제의 마굿간에 옥린비玉麟蜚와 백옥훈白玉訓 등 일곱 마리의 명마가 있어 환벽전環碧殿에서 농영무弄影舞를 추고, 희연정喜硯亭에서 격구擊毬의 희롱을 하니, 반걸음의 사이도 서로 양보할 수 없는 것입니다. 그러나 동작대銅雀臺에서 비단 전포戰袍를 뚫은 사람은 조휴曹休 한 사람만이 아닙니다. 형께서는 내가 형옥荊玉의 앞에서 재갈을 날리고 깃발을 치켜드는 것을 살펴보십시오."

성생이 웃으며 말했다.

"그대는 말이 어찌 겸손치 않소. 옛부터 용문龍門에는 두 장원이 없었습니다."

이에 두 사람이 함께 크게 웃으며 길을 떠났다.

대궐에 들어가 대책문을 올릴 때 천자가 친히 난간에 나와서 살폈다. 세 사람이 일시에 예를 드리고 물러나 좌순문左順門 옆에 있는 행랑 아래에서 기다리니 갑자기 상서로운 기운이 무성한 문화전文華殿에서 한림翰林이 높이 소리쳐 큰소리로 말했다.

"장원에 절강浙江 소흥紹興 사람 화진花珍이니 나이는 16살이요, 아비는 병부상서兵部尙書 여양후汝陽候 욱郁이다."

공자는 듣고 태연하여 놀라지 않았다. 성생이 웃으며 유생에게 말했다.

"자네가 과연 깃발을 치켜들 수 있었는가?"

유생이 크게 웃었다. 이날 330명을 뽑으니 두 사람도 모두 높이 뽑혔다. 궁전 뜰에 불을 밝히고 방을 붙일 때 각각 비단 두루마기에 비단 조각으로 만든 꽃을 나누어 주었고, 장원에게는 치장한 말과 어전御殿의 음악을 더해 주었다. 천자가 화장원을 대전 위로 불러 보고, 크게 기뻐하여 여러 신하들에게 말했다.

"내가 여양후를 잃고 늘 마음이 아팠는데 오늘 그 아들이 이와 같으니, 기린과 봉황의 새끼처럼 뛰어난 자식이 어찌 절로 범상치 않겠는가?"

이어서 명하여 앞에서 술을 주시고 3일 후에 장원 화진을 한림학사翰林學士로 임명하고 성·유 두 사람을 모두 병부원외랑兵部員外郎으로 임명하니 원외 두 사람이 이부상서吏部尙書 오붕吳鵬을 찾아가서 말했다.

"학생 등의 집이 절강浙江에 있어 객지에서 벼슬살이가 어렵고 또 배움이 부족하고 지식이 얕으니, 동남쪽의 한가한 고을에서 몇 년간 독서하고자 합니다."

오붕이 승낙하여, 며칠 뒤 성원외를 복건福建 남정南靖의 지현知縣에 임명하고 유원외를 귀양부貴陽府의 통판通判으로 임명했다.

이때에 방에 붙은 사람들이 모두 승상 엄숭嚴崇에게 가서 절했으나 유독 장원은 가지 않았으니 엄숭이 그를 미워하였다. 한림이 글을 올려 노모를 뵈러 돌아가기를 청하니 천자가 허락하고 어머니를 모시고 오라고 하였다. 한림이 성·유 두 태수와 함께 소흥에 돌아가니 성부인이 자식과 조카의 등을 쓰다듬고 눈물을 흘리며 말했다.

"너희들은 가엾이 홀로 남겨진 자식들인데 이렇게 입신할 수 있었으니 돌아가신 분들이 안다면 어찌 지하에서 웃지 않겠느냐."

두 사람은 눈물을 흘려 옷깃을 적셨다.

이때 성부인이 윤·남 두 부인을 불러 좋은 갓과 꽃무늬 신발, 그리고 봉호封號를 받은 부인의 임명장인 명부직첩命婦職牒을 주고 부중에 큰 잔치를 열어 유태수 부자를 불렀다. 이날 소흥지부紹興知府에서도 풍악風樂과 기녀를 데리고 왔다. 세 사람이 과거에 합격한 일로 상서의 사당祠堂에 절할 때 한림의 슬피 우는 소리가 문 밖에서도 들렸다.

아! 슬퍼도 사모하고 즐거워도 사모하니 효자의 슬픔이 언제야 그칠 수 있겠는가.

이때에 심씨 모자는 가슴과 배가 모두 아파 문을 닫고 나오지 않았다. 임소저는 간편한 복장으로 좋은 음식을 차리며 슬픈 얼굴에 기쁜 기색을 띠고 성의껏 풍성하게 준비하니 성부인이 한숨을 쉬었다.

두 태수가 부임지에 나갈 준비를 할 때 성부인이 아들에게 말했다.

"춘瑃의 모자는 성품이 의롭지 못하여 진珍의 부부는 내가 없으면 살 수 없을 것이다. 너는 요씨姚氏와 너희끼리 가거라. 나는 자식의 영화 때문에 죽은 동생의 부탁을 저버리지 못하겠다."

성태수가 놀라 울며 애원하였다.

"소자 손에 굳은살이 박히고 혀가 헤어지도록 모진 고생을 하여 과거 합격을 이룬 것은 단지 어머니를 위해서입니다. 지금 성城 하나를 혼자서 다스릴 수 있는 벼슬을 얻었으나, 하루의 봉양奉養을 바칠 수도 없다면 소자의 마음은 다시 어떻게 해야 하겠습니까? 형옥이 지금 이미 벼슬하여 높은 지위에 이르렀으니, 두 제수와 함께 머지않아 길을 떠나게 될 것이고, 심숙모가 결코 따라가지 않을 것입니다. 한번 서울과 지방으로 나누어진 뒤에는 비록 해치고 싶더라도 방법이 없고, 설혹 조금 어려운 일이 있더라도 임제수林弟嫂는 어질고 밝으며 지혜가 많아 또 조짐을 막고 보호할 수 있을 것입니다. 엎드려 바라옵건대 어머니께서는 너무 염려하지 마시고 소자의 작은 정성을 돌아보고 불쌍히 여기십시오."

부인은 그래도 듣지 않았지만, 한림이 그것을 알고 성부인에게 조용하고 간절히 권하니 부인이 울면서 허락하였다.

슬프다. 효자의 화가 이로부터 끝이 없으니 조물주는 또 더욱 어떤 마음인가.

두 태수가 떠날 때에 요소저·화소저는 윤·남 두 부인의 손을 잡고 두 줄기 눈물을 흘리며 고운 소리로 오열하였고, 성부인은 심씨 모자를 향하여 불쌍히 여겨 슬퍼하는 가르침을 주고 잘 도와줄 것을 부탁하니 목석木石도 감동하고 귀신도 눈물을 흘릴 정도였다.

이후로 심씨는 등에서 가시를 뽑은 듯 크게 숨을 내쉬고 아들 춘과 모의하였다.

"옛날에 정씨는 어질고 착해서 인심을 얻었고, 또 화진 같은 기특한 자식을 낳았기 때문에 그 권세가 날로 커졌고, 상공이 후계자로 삼으려는 뜻까지 가져서 집안사람들이 우리 모자 보기를 없는 것같이 여겼다. 지금 진의 두 처는 자태와 덕이 정부인보다 더하고 진도 이와 같이 영화롭고 귀하게 되니 일가친척들의 추앙과 종들의 축하가 옛날의 배가 되는 것같이 보인다. 진이 만약 한번 서울에 가서 위로 천자의 총애를 얻고 아래로 친구들의 세력을 가진다면 마치 용이 구름을 타고 오르는 것과 같고 호랑이가 바람을 타고 달리는 것과 같아서 막을 수 없다. 여기서 머물게 하여 곤욕을 주어서 상춘정賞春亭의 원한을 갚으리라."

"어머니의 가르침이 옳습니다."

하루는 춘이 한림에게 말했다.

"아버지께서 조정에 계실 때에는 조정의 분위기가 편안하였으나 네가 오히려 물러나기를 권하더니, 지금 나라의 정치가 날로 어지러워 위태롭고 망할 조짐을 볼 수 있는데, 너는 도리어 득의양양하게 벼슬에 나가고자 하니 어찌 그 말을 바꾸고 행실을 뒤집는가."

한림이 공손히 대답하여 말하였다.

"형님의 가르침이 이와 같으시니 동생이 감히 마음에 깊이 새겨두지 않겠습니까?"

곧 관가를 통해 사직하는 글을 올려 물러나 병든 모친을 보살필 수 있도록 간곡히 청하니 천자가 불쌍히 여겨 1년의 휴가를 주었다. 한림은 홀로 죽우당竹友堂에 거처하며 경서經書와 사서史書로 스스로 즐거워하였다. 심씨가 계향桂香 등을 시켜 근거 없는 말을 지어내게 하니 지극히 위태롭고 욕되었다. 사람들은 쓴 나물과 썩은 밥을 견딜 수 없으나 한림은 편안히 여겼다. 심씨는 또 실을 낳고 수를 놓는 것과 같은 여러 가지 힘든 일을 윤·남 두 부인에게 시키고 감독하였으나 두 부인이 타고난 신묘한 재주로 물 흐르는 듯 대응하여 아무리 난폭한 심씨라고 하더라도 죄를 찾아낼 수 없었다.

이 시기에 춘이 심씨에게 말해 성대하게 조녀를 맞이하니 밖으로는 범한范漢이 손님이 되고 안으로는 심씨가 중심이 되어 조녀는 정당과 소실의 사이에 있으면서 전혀 순서 없이 시어머니를 뵈었고, 어리석고 간교한 행동으로 화춘의 상자 속 금은보석을 다 써서 공연히 없애버렸다. 간사하고 음란한 자태와 비루하고 추악한 자질로 귀에 구슬을 달고 머리에는 옥을 둘렀으나, 비단의 광채와 난초와 사향의 기운이 사람들의 시선을 빼앗고 코를 찌를 뿐, 그 용모는 간사히 웃으며 교태로운 시선으로 방탕한 남자를 유혹하는 음란한 여자에 지나지 않았다. 이날 밤 춘과 함께 잘 때 소곤거리는 말과 교태롭게 농지거리하는 소리에 여종들이 경악했고, 동쪽 담에서의 일이 드러나자 심씨가 몹시 부끄러워 그녀를 꺼려하였다. 조녀는 우물 안의 개구리 같아서 스스로 성을 기울이고 나라를 무너뜨릴 만고萬古의 절세미녀라 말하며 서시西施를 멸시하고 양귀비楊貴妃를 비웃다가 한번 윤·남소저를 본 뒤로는 낙담해 기가 꺾이고 모든 흥미가 사라졌다. 거울을 끌어다가 스스로를 비춰보며 거울의 공정함을 원망하고 물을 끌어 물에 비춰보고 물의 공평함을 가슴 아파 했다. 초조하게 마음을 써 간장이 천 갈래로 끊어지는 것 같았다. 시기하고 사나운 그녀의 사람 됨됨이가 이와 같아서 아양 부리는 성품을 가지고 혀로 쇠를 녹이니 심씨 같은 사람 하나로도 가문을 망하게 하기에 충분한데 하물며 다시 요사한 여인을 더하였음에랴. 이후 조녀는 먼저 임소저를 제거하려고 밤낮으로 춘에게 교묘하게 참소하니 춘이 말했다.

"임씨의 죄는 내쫓겨야 마땅하지만 형옥이 반드시 죽음으로 말릴 것인데, 그 사람의 성품이 강직하여 내 괴이한 일이 있을까 두렵다."

조녀가 손바닥을 치고 웃으며 말했다.

"상공은 형이요 한림은 아우입니다. 형이 그 처를 내쫓는데 아우가 어찌 감히 괴이

한 행동을 하겠습니까. 저는 머리를 찧고 가슴을 치는 것에 불과할 뿐입니다. 가령 임소저가 스스로 목을 찌른다 해도 상공에게 해가 되지는 않을 것입니다. 상공께서 병아리 새끼 하나와 썩은 쥐를 두려워하여 손바닥 속의 일도 결단하지 못하니 저는 상공을 위해 부끄러워하고 슬퍼합니다."

춘은 그래도 머뭇거렸다.

하루는 춘이 범한, 장평의 무리와 백화헌百花軒에서 소근소근 말하다가 갑자기 죽우당에 가서 『당서唐書』 한 상자를 빼내 책을 보는 듯하다가 책을 덮고 물었다.

"옛날에 당唐 중종中宗은 위황후韋皇后의 악함을 몰라 제거하지 못하였고, 한漢 무제武帝는 진황후陳皇后의 투기를 알아 그를 제거할 수 있었으니 두 임금의 우열이 어떠냐."

한림이 그 뜻을 알지 못하고 대답하였다.

"남자는 양덕陽德이요, 여자는 음덕陰德입니다. 양덕이 음덕을 눌러서 음덕이 양덕을 이기지 못하게 한 뒤에야 집안의 도가 바르게 섭니다. 중종은 어리석고 약하여서 방릉房陵에서 한 개인적인 맹세 때문에 위황후의 마음을 순순히 따르고 그 악함에 길들여져서 마침내 죽음에 이르렀으나 깨닫지 못하니 그 사람은 말하기에도 부족합니다. 무제와 같은 경우에 있어서는 오만하고 여색을 좋아하는 마음을 가져 편벽된 성격의 부인이 부리는 한 때의 시기를 용인할 수 없어 성혼식을 치룬 부부로서 아내를 버리니 이것은 정말 잘못입니다. 그러나 투기는 칠거지악七去之惡의 으뜸이니 반드시 진晉 혜제惠帝의 가황후賈皇后 같은 사람이 있다면 진실로 내쫓지 않을 수 없습니다."

춘이 몹시 기뻐하며 나가 심씨에게 말했다.

"임씨의 패악과 시기를 소자가 가슴 아파하고 근심한 지 오래되었습니다. 지금까지 침묵하고 내쫓지 않은 것은 성고모의 편애하심이 크게 치우치고 형옥이 임씨를 힘써 돕기 때문이었습니다. 지금 성고모는 이미 복건福建으로 갔고 형옥의 말이 또 이와 같으니 이 말을 가지고 증거로 삼는다면 형옥이 비록 입이 열 개가 있더라도 감히 다른 말을 하지 못할 것입니다. 지금 임씨를 내쫓고 조녀를 정실로 삼아야 할 것입니다."

심씨가 놀라 말했다.

"임 며느리의 죄는 가장의 기풍과 정을 받아들이지 않는데 불과할 뿐이다. 어찌 일찍이 시기하고 미워하는 행동이 있었느냐. 또 내가 극진히 사랑하니 내쫓을 수 없다."

춘이 여러 번 청했으나 허락을 얻을 수 없었다. 이에 조녀가 여종 난수蘭秀를 시켜 범한과 밀통하여 그를 끌어들여 음모의 우두머리로 삼았고 또 계향 등과 약속을 해 심씨의 처소에 흉악하고 더러운 것을 많이 묻고 계향 등을 시켜 심씨에게 고자질하게 하여 '임소저가 했다'고 하게 하였다. 심씨가 크게 노하여 임소저를 꾸짖고 내쫓으려 하니 부중의 종들은 할 말을 잊고 하늘을 부르짖으며 울었고, 윤·남 두 부인은 하늘을 우러러 한탄하였다. 한림이 갓을 벗고 맨발로 뜰에서 통곡하니 심씨가 크게 노해 말했다.

"너는 지금 내가 산 것을 곡하고 또 저주하느냐? 경옥이 본래 순종하고 따라 점점 변해가는 일은 없으나, 임녀의 악함이 위황후보다 크고 또 공연히 남편을 거절하여 잠자리를 허용하지 않으니 경옥이 거세 당하는 형벌을 받은 사람이 아니기 때문에 형세가 다른 사람에게 다시 장가들지 않을 수 없었고, 조씨가 들어온 후로부터 임녀의 시기가 날로 심해 천고의 요망하고 악한 변이 내 침실에 미치는 데까지 이르렀으니 이것은 가황후도 차마 하지 못하는 짓이다. 경옥이 나이 20이 되었으나 아직까지 자식이 하나도 없으니 장차 임씨 집안의 여자 하나 때문에 화씨 가문 백대의 제사를 끊겠느냐? 네 뜻을 보니 형이 후사가 없으니 집안의 혈통을 너에게 돌리고자 하는구나."

한림이 슬피 울고 간절히 간하며 이마를 땅에 찧어 흐르는 피가 얼굴을 덮으니 심씨가 꾸짖어 말했다.

"내가 내 며느리를 내쫓는데 너와 무슨 관계가 있느냐."

종들을 시켜 한림을 몰아 쫓아내니 한림이 나가 다시 백화헌 뜰 가운데서 통곡하였다. 이때 범한이 당 위에 앉았다가 황망히 내려와 꿇어앉아 한림에게 물었다.

"상공이 이 어쩐 일이오."

한림은 비분에 가득하여 튼튼한 종들을 시켜 범한을 끌어내어 수십 회 땅에 굴리고 크게 꾸짖었다.

"너 흉악하고 간교한 도적놈의 자식이 감히 재상의 가문을 더럽히고 어지럽히는 것이 이 지경에까지 이르렀느냐?"

범한은 기겁하여 입을 딱 벌렸으나 말을 할 수 없었다. 또 수십 회를 잡아 끌어서 밖으로 내쫓게 했다.

임소저는 상서의 사당을 향해 눈물 흘리며 절하고 슬피 탄식하며 가마에 올랐다.

유모와 여종들은 곡하며 따랐고, 심씨 모자와 조녀 외의 모든 화부 사람들이 눈물을 흘렸다.

이때 소저의 오빠인 어사御史 윤潤이 관직을 삭탈당하여 가족들이 하간부河間府에 살고 있었기 때문에 소저는 하간으로 돌아갔다. 이에 춘이 위엄을 크게 부리고 널리 친척들을 모아 조녀를 정실로 세우려고 하니 한림이 또 통곡하며 간했다.

"제齊 환공桓公의 맹세에 '첩으로 아내를 삼지 말라'고 하였습니다. 지금 형님께서는 공연히 어진 아내를 내치고 거리의 천한 여자로 외람되게 선조의 제사를 받들게 하니 치욕이 막대합니다."

춘이 크게 노하여 꾸짖었다.

"너에게는 두 명의 아내가 있으나 내겐 아내가 한 명도 없지 않느냐."

마침내 조녀를 아내로 맞이하니, 조녀는 이때부터 득의양양하고 행동거지가 갑작스러워 치마 끝에서 바람이 일었다. 어리석은 남편을 농락하여 교태 부리고 화내는 일이 번갈아 일어나니 춘은 분주히 하라는 대로 하여 엉덩이를 땅에 대지 못하였다. 종들이 부끄러워하여 '쯧쯧' 혀를 차며 임소저를 생각하니 이때부터 부중의 근본이 해이해지고 기강이 크게 어지러워졌다.

하루는 조녀가 갑자기 비춘당에 들어가 보니 남부인도 앉아 있었다. 조녀가 윤부인을 향해 말했다.

"내가 들으니 '이 집안에는 대대로 2개의 귀한 보물을 전하여 반드시 그것을 맏며느리에게 주었다고 하는데 돌아가신 아버님과 어머님께서 임소저가 불초하기 때문에 그것을 주지 않으시고 백화헌의 상자 속에 보관해 두었다가 갑자기 부인 자매에게 나누어 주었다'고 하는데, 부인들은 둘째 며느리의 몸으로서 외람되게 맏며느리에게 대대로 전해지는 보물을 받았으니 명분과 실상이 어그러진 일이고, 일이 잘못된 것이다. 임녀가 도리를 어지럽혀 집안의 도가 없었을 때는 명분이나 실상, 일을 진실로 논할 겨를이 없었으나, 이제 집안이 잘 다스려지고 여러 가지 법도가 차례를 얻어 적서嫡庶의 분별이 마치 하늘과 땅같이 나누어졌으니, 맏며느리에게 전해지는 물건은 당연히 부인들의 신상에 관계되어서는 안 된다."

윤부인이 다 듣고 태연히 웃으며 말했다.

"원래 이 같은 일은 첩들이 모릅니다. 그러나 그 보물의 이름이 무엇입니까?"

"홍옥 팔찌는 선조先祖 동구후東丘侯께서 금릉金陵을 정벌할 때에 순성마황후順聖馬皇

后께서 소부인邵夫人에게 준 것이고, 청옥 패물은 고조高祖 동국공東國公께서 남방을 평정할 때에 교지왕交趾王의 폐백 예물 중 제일 기이한 보물이다. 이런 까닭으로 대대로 지키고 아껴 반드시 덕 있고 아름다운 며느리에게 전하여 그 옥과 걸맞을 수 있게 하였는데 우리 시어머니께서 덕과 용모가 다 아름다우시나 돌아가신 할아버지 태학사공太學士公께서 공연히 전하지 않으셨다. 이 때문에 잘못되어 주인 없는 것이 되었고 부인들에게 잘못 전해졌으니 어찌 한탄치 않겠는가."

윤부인이 곧 금상자를 열어 내어주며 말했다.

"분명한 가르치심이 당연합니다."

조녀는 여러 번 감상하며 가지고 놀아 기쁜 기색이 환했다. 그러나 남부인은 정색하고 단정히 앉아서 끝내 내어 줄 생각이 없으니, 조녀는 마음에 들지 않아 분노해서 돌아갔다. 남부인이 윤부인에게 말했다.

"두 옥은 우리들의 신물입니다. 군자君子의 말씀을 듣지 않고 어찌 가볍게 다른 사람에게 줄 수 있겠습니까."

윤부인이 눈물 흘리며 말했다.

"군자도 오히려 스스로를 지킬 수 없으니 하물며 우리들까지 생각하실 수 있겠는가. 우리들도 오히려 스스로를 지키지 못하는데, 하물며 이 옥을 지키겠는가. 『시경』에서 말하기를 '혁혁한 주周나라 왕실을 포사褒姒가 멸망시켰다'고 하니 오늘을 말하는 것일 것이라네."

며칠이 지난 후 조녀가 정당에서 속이고 헐뜯어 임소저의 지나간 잘못을 말하니 윤부인은 듣고도 못 들은 척 했고 남부인은 분함을 이기지 못해 정색하며 말했다.

"낭자는 남편의 총애를 너무 믿는구나. 옛사람이 말하기를 '난초가 불타면 혜초가 탄식하고, 토끼가 죽으면 여우가 슬퍼한다'고 하였으니 낭자는 홀로 '흰 머리의 궁녀宮女가 반첩여班婕妤를 조롱한다'는 말을 듣지 못했는가?"

조녀는 놀라서 얼굴색이 변했다. 심씨가 대노하여 남부인을 꾸짖었다.

"조부의 명칭과 지위에 분별이 있는데 너희들이 어찌 감히 그를 낭자라고 부르느냐."

남부인이 자리에서 일어나 사죄하였다.

"이미 입에 익숙한 것을 갑작스레 바꿀 수 없어 근엄한 가르침이 이르게 하였으니 황공합니다."

슬프다. 남부인은 지조가 굳고 엄격하며 뛰어나 그 아버지의 기풍과 절도와 흡사하였기 때문에 언어가 당당하여 윤부인처럼 온화하고 조용하게 행동할 수 없었다. 이 때문에 화를 당함이 더욱 처참하니, 탄식을 이길 수 있겠는가? 슬픔을 이길 수 있겠는가?

하루는 심씨가 두 부인에게 앞에서 자수刺繡를 두게 하였는데 갑자기 한림의 유모 계화桂花가 밖에서부터 들어와 울면서 말했다.

"푸른 하늘이여 푸른 하늘이여. 이 어찌된 까닭인가?"

심씨가 놀라 물으니 계화가 가슴을 어루만지며 대답했다.

"조정에서 우리 한림의 직위를 삭탈하고 남부인을 낮춰 소실이 되게 하였으므로 지금 관리가 도착해서 남부인의 직첩을 거두려고 합니다."

조녀가 기뻐 뛰며 남부인에게 말했다.

"낭자의 교만 주머니의 끈이 끊어졌으니, 지금도 다시 분수에 맞지 않는 푸른 옥으로 만든 노리개를 감추어 둘 수 있겠느냐?"

남부인은 자수를 놓으며 태연하였고 윤부인은 분한 눈물을 그치지 못하였다. 잠시 후 춘이 들어와 말했다.

"대관臺官이 형옥의 불효하고 행실이 없음을 조사하여 천자께 말씀드려 벼슬을 해직해 서인이 되게 하였고, 또 남부인은 죄로 죽은 사람의 딸이어서 재상 집안의 며느리가 되기에 마땅치 않아 낮춰 소실이 되게 하였습니다."

심씨가 웃으며 말했다.

"진생珍生의 귀함이 몹시 심하니 그 떨어짐이 마땅하다."

이전에 범한이 갑자기 한림에게 곤욕을 당하여 원망이 골수에 맺혔고, 조녀도 한림이 자기가 정실되는 것을 막은 일을 원망하였으며, 남부인이 푸른 옥으로 만든 노리개를 주지 않는 것을 분하게 여기고, 또 면전에서 치욕을 당하여 마침내 범한과 몰래 편지를 주고받아 밤낮으로 함정에 빠뜨리고 해칠 계획을 세우더니 범한이 갑자기 상경하여 오래도록 소식이 없었다. 춘은 막연히 알지 못하고 한림에게 말했다.

"범생이 왕래를 끊은 것은 너의 무례에 화가 났기 때문이다."

이때에 도어사都御使 언무경焉懋卿이 엄숭의 세력에 기대어 탐욕을 부리면서 사납게 굴어 착한 사람들과 반목하였다. 범한이 무경에게 뇌물을 주며 보기를 청하였으나 무경은 즉시 보지 않았다. 범한이 조녀의 백금 80냥과 큰 구슬 10개를 무경의 처

경씨耿氏에게 주니 무경이 비로소 범한을 만나서 물었다.

"범생이 먼 곳에서 왔으니 무슨 뜻이 있어서인가."

범한은 한림의 불효한 죄를 거짓말하면서 입에서 침을 흘리고 거품을 물었고, 또 죄인 남표南標의 딸을 처로 맞이하여 거하면서 '항상 나라를 원망하여 엄상공을 가사도賈似道에 비유한다'고 하니 무경이 웃으며 말했다.

"화진의 죄는 진실로 죽일 만하나 이 일은 그대와 별 상관이 없거늘 어찌 이와 같이 분을 내는가?"

범한이 답할 말이 없었다. 무경이 웃으며 말했다.

"비록 그러하나 내가 거기에 대처할 테니 그대는 물러나 기다리게."

범한은 절하며 물러났으나 며칠이 지나도록 소식이 없었다. 범한은 급하여 다시 조녀의 금, 구슬과 다른 보물을 처음처럼 뇌물로 주었다. 이때 무경이 엄숭에게 말하였다. 엄숭도 평소에 한림을 미워한 사람이었는데, 또 그 처가 남어사의 딸이라는 말을 듣고 대노하여 사람을 시켜 예부서치록禮部序齒錄을 가져다 보고 발끈하여 자리에서 일어나며 무경에게 천자에게 올릴 글의 초안을 불러 주고 다음날 조회에 참여해서 이야기하게 하니, 천자가 놀라서 말했다.

"화진이 어찌 이 같은 행동을 하겠는가."

엄숭이 옆에서 말했다.

"이것은 신도 익히 들은 것이니 헛된 말이 아닙니다. 또 예부서치록이 있으니 어찌 모함하겠습니까."

있는 힘을 다해 모함하니 천자가 부득이 그 말을 따라서 마침내 화진의 벼슬을 빼앗아 서인이 되게 하고 남부인의 호를 낮추었다.

아! 치우쳐 들어서 간사함이 생기고 한 사람에게 권력을 맡겨 어지러움이 생기니 명나라의 조정이 한탄스럽고 또 위태롭구나.

제6회
관세음보살의 자비와 도어사의 의기

이때부터 조씨趙氏는 남부인南夫人에게 푸른 옷을 입혀 심씨沈氏의 앞에서 소리 질렀고, 또 푸른 옥으로 만든 노리개를 찾아 빼앗고 봉귀정鳳歸亭을 막았다. 때때로 음란한 말과 가혹한 매질로 수없이 곤욕을 당했으나, 남부인은 명을 따르며 태연하였다. 윤부인尹夫人이 남부인과 후미진 곳에서 만나 소리를 죽이고 분한 눈물을 흘리니 남부인이 슬피 탄식하며 윤부인의 눈물을 그치게 하고 말했다.

"저저姐姐의 바다와 하늘 같은 도량으로 어찌 조그만 일을 참지 못하십니까? 우리들이 이 가문에 시집온 것은 전생의 원한과 업을 갚는 일에 불과할 뿐입니다. 명에 따라 대처하여 명이 다하면 돌아갈 것인데, 어찌 자잘한 영화나 욕됨을 마음속에 두겠습니까? 또 우리 형제가 군자君子를 만난 이래로 막다른 길과 역경을 만난 것이 하루에도 몇 번이 되었으나, 군자께서는 일찍이 하늘을 원망하시거나 사람을 허물하는 기색이 없으셨으니, 우리들이 비록 비뚤어진 성격의 여자이지만, 어찌 탄복하여 닮기를 생각하는 마음이 없겠습니까?"

윤부인이 손을 잡고 울며 말했다.

"어진 동생의 비분강개함으로 남들이 참을 수 없는 것을 참고, 말 또한 이와 같으니 이것은 참으로 아름다운 일이네. 그러나 우리 부모님께서 우리 형제를 기르실 때에 사랑이 흘러 바다가 되고 정이 묵어 산악이 되어 밥 먹을 때에 혹시라도 전보다 적게 먹으면 놀라 물으시고, 잠자다가 혹시라도 늦게 일어나면 허둥지둥 달려오시며, 우리들을 보내실 때에 치마를 끌며 허리띠를 잡고 왔다 갔다 발을 구르시며 차마 이별하지 못하셨으니, 지금도 부모님의 마음은 반드시 하늘을 우러러 복을 빌어 '우리 딸들은 아마 병이 없을 것이다'라고 하실 터인데, 우리들이 불초하여 부모님의 이와 같은 은혜를 갚지 못하고, 범의 아가리에 떨어져 위태로움이 아침저녁으로 있으며, 어진 동생은 또 더욱 악독한 일을 당해 참담하여 볼 수 없으니, 어찌 서럽고 분하지 않겠는가?"

이때 남부인도 눈물을 흘렸다. 조녀가 벽 사이에서 몰래 그 말을 듣고 들어가 심씨에게 고자질하니, 심씨는 크게 노해 '원망하고 저주한다'고 하여 윤부인은 북쪽 정원의 조그마한 누각에 가두었고, 남부인은 매질하여 중랑中廊 밖의 죽각竹閣 아래에 가두었으며, 윤 · 남 두 사람의 여종들을 모두 밖으로 쫓아냈다. 계앵季鸚이 부인의 치마를 잡고 통곡하며 떠나지 않으니, 조녀가 꾸짖었다.

"너희들이 죽으려고 하느냐?"

계앵은 머리를 쳐들고 비웃었다.

"죽는 일이 뭐 두려울 게 있느냐? 내 비록 천한 사람이나 결코 동쪽 담 아래에서 패물을 줍는 행동은 하지 않을 것이다."

조녀는 얼굴빛이 흑색이 되어 계앵을 마구 때려 쫓아냈다. 심씨는 또 죽우당竹友堂의 안팎 문을 잠궈 한림이 하늘의 해를 못 보게 하였고, 때때로 음식을 주지 않아 그를 괴롭고 힘들게 했다.

하루는 조녀가 난향蘭香을 시켜 쌀죽 한 그릇을 가져다가 남부인에게 주고 심씨의 명을 전하여 '다시 들어올 수 없다는 것은 너도 잘 알 것이니, 너는 빨리 스스로 대처하라'고 하였다. 부인이 그 죽의 색깔이 청황색인 것을 보고 탄식하며 '구차하게 사는 것이 죽어 모르는 것만 못하다' 하고 마침내 들어 마시니, 난향이 들어가 남부인의 죽음을 조녀에게 알렸다. 조녀가 크게 기뻐하여 곧 난향과 남부인의 시체가 있는 곳으로 가 급히 대자리로 말아 은밀히 건장한 심복 노비 막충莫忠을 불러 백금을 주며 말했다.

"너는 이 자리를 지고 가 강어귀에 던져 버리고 절대 말하지 마라."

막충이 자리를 지고 정원 북쪽 조그만 문을 따라 나가니, 밤은 이미 삼경이었다. 수백 보를 가기 전에 갑자기 정신이 어지러워져 마치 산에 들어가 계곡 속을 배회하는 것 같았는데 갑자기 눈 · 코 · 귀 · 혀 · 피부가 다 막혀버려 지척도 분간할 수 없었다.

이전에 촉蜀 땅 화악산華萼山 여승 청원靑遠의 꿈에서 관세음보살이 세 개의 붉은 알약을 주며 '모월 모일 남부인 채봉彩鳳이 비명에 죽을 것이니, 너는 이날 밤 삼경에 소흥부紹興府 보림산寶林山 숲 아래에 가서 기다렸다가 그를 구하라'고 하였다. 다음날 청원이 지팡이를 짚고 짧은 장삼을 입고 촉에서 보림산 명주암明珠菴으로 왔으니, 바로 화부花府의 북쪽 동산 밖이었다.

이때 윤·남 두 부인의 여종들은 암자에 숨어서 각각 그 부인을 생각하고 말하며 눈물을 흘리니 청원은 알고도 묻지 않았다. 어느 날 한밤중에 청원이 계앵季鸚·쌍섬雙蟾 등에게 '너희들 주인의 괴로움과 위태로움이 지극하다. 내가 그를 구할 것이니 너희들은 나를 따라와라' 하고 곧 골짜기 입구를 향해 나갔다. 계앵 등이 몹시 의심하였으나 시험 삼아 그를 좇아가 남쪽 숲의 소나무 한 쌍 아래에 이르렀다. 청원이 멈추고 가지 않으며 '이곳이 맞다'고 하는데 갑자기 한 대한大漢이 자리를 등에 지고 와서 과연 길 옆 돌에 기대서 메고 온 짐을 풀어 놓고 잠들었다. 청원이 가서 자리를 어루만지고 계앵 등에게 함께 들게 하니 계앵 등은 마음속으로 놀라 두려워 들 수 없었다. 청원이 소리쳤다.

"시간이 지나면 구할 수 없으니 속히 들어라."

계앵 등은 그 말을 듣고 그제서야 그것이 부인인 줄 알고 놀라 소리치며 땅에 엎어졌다. 청원은 급히 막고 자기 힘으로 자리를 들고 암자로 돌아왔다. 머리를 남쪽으로 하여 두고 자리를 펴보니 부인의 안색이 변하지 않았고, 가슴과 머리에 온기가 조금 남아 있었다. 청원은 크게 기뻐하며 주머니 속에서 세 개의 환약을 꺼내 황급히 더운 물에 알약 하나를 녹여 입에 넣으니 더운 기운이 온 몸에 퍼지고, 여섯 개의 맥이 미약하게 움직였다. 이때 계앵 등 10여 명은 안색이 변하여 모두 관세음을 빌며 비 오듯 마구 눈물을 쏟았다. 청원이 또 알약 하나를 녹여 입에 넣으니 부인이 눈을 떠 길게 신음소리를 내고 몸을 움직여 돌아누워 푸른 피와 독으로 가득한 땀을 게워내 땅에 가득 찼다. 또 한 알을 녹여 부인에게 주니 부인이 마시고 정신이 밝아 밝아지고 사지가 가벼워져 일어나 앉아 청원에게 말하였다.

"스님께서는 어떤 사람이시기에 이미 명을 끊은 이 사람을 구해 주십니까?"

청원이 웃으며 말했다.

"부인께서는 빈도의 얼굴을 기억할 수 있지 않습니까?"

부인이 자세히 보고 말했다.

"7년 전 관음화상을 구하던 스님이 아니십니까?"

"부인께서 기억하고 계시는 군요. 그때 빈도가 부인의 눈과 눈썹이 지나치게 맑고, 안색이 지나치게 아름다우며, 말이 사람을 놀래 깨닫게 하고, 행동이 신묘한 것을 보니 모두 속세 사람의 상이 아니었고, 또 한 가닥 청색 기운이 두 눈썹 사이로 가로 쳐져 있어 그해에 반드시 천길 험한 물결 속에 빠질 것을 알았으나, 생사는 알 수 없어 빈도가 마음속으로 놀라 탄식하였습니다. 그러나 큰 액은 면하기 어렵고 말해도 이익이 없을 뿐이므로 말하지 않았습니다. 빈도가 그날 본 것으로는 부인께서 지금까지 세상에 살아 있는 것이 이상한 일입니다. 그러나 부인께서는 천지의 정精과 오행의 정수精粹를 이어 받으셔서 여자 가운데 성인이 되어 위로 아황娥皇과 여영女英의 덕을 잇고 여인네의 교화를 크게 여실 것이기 때문에 모든 신이 보호하여 재앙이 부인을 해칠 수 없었습니다."

부인이 탄식하며 동정호洞庭湖의 재앙을 말하였다.

"내 그때 어리석고 모질어 부모님을 따라 죽을 수 없었습니다. 그러므로 하늘이 틀림없이 나의 불효를 가슴 아파하여 오늘의 화를 내리셨을 것입니다. 박명한 사람은 죽어야만 근심을 잊을 수 있는 일인데, 스님께서 함부로 자비를 베푸셔서 죽기를 바라는 사람에게 다시 세상에서 힘들게 살게 하시니 이것은 은혜가 아니고 원망입니다."

"부인, 이 말씀은 명을 아는 사람의 말씀이 아닙니다. 옛부터 곤궁하고 위태로움 없이 그 도를 통한 성현은 없었으니, 우리 석가세존 釋迦世尊이 눈 위에서 수련한 고통과 공자孔子님이 진陳·채蔡나라 사이에서 당한 위태로움이 그것입니다. 부인의 뛰어나고 특별한 미모와 맑고 밝은 기상으로 평범하게 살고 안락하여, 위태롭고 어려우며 기이한 소문이 없다면 후세 사람들은 부인이 있었는지 없었는지 모를 것입니다. 그러므로 높으신 하늘이 부인의 덕을 떨쳐 이루어 천하에 드러내고자 하신 것입니다. 이 때문에 옛사람들은 '재앙과 복은 때가 있고 영예와 욕됨은 항상 있지 않는다'는 이치를 알아 바람과 서리를 가득 맞아 담과 기가 더욱 커졌습니다. 부인께서는 바위 위의 오동나무 한 그루를 보지 못하셨습니까. 얼음과 눈이 번갈아 덮고 서리와 바람이 불어쳐 성긴 가지와 굳센 뿌리가 높고 장엄하게 괴로움을 견디니 깎아서 거문고를 만들면 쇠나 돌이 그 소리를 잃어버릴 것입니다. 마음을 움직이고 본성을 참는 일은 남자만이 아니고 여자도 그러합니다."

이어 관음보살이 꿈에 나타난 사실을 말하고 또

"빈도가 부인의 얼굴을 보니 몇 년의 재앙과 액이 있으나 불가와 인연이 있으니 지금 만약 빈도와 함께 촉 땅에 돌아가 대사大師에게 의지하여 3년을 머물러 지낸다면 복연福緣이 자연히 이르고 재앙과 화가 영원히 끝마칠 것입니다."

부인은 '휴우' 하고 크게 탄식하며 허락하지 못했다. 이날 밤 관음이 또 부인의 꿈에 나타나 청원과 같은 말을 하였다. 다음날 부인은 마침내 계앵과 남자 옷으로 갈아입고 청원을 따라 촉 땅에 들어가니 쌍섬 등이 모두 눈물을 흘렸다. 부인이 탄식하며 말했다.

"내가 떠나는 것은 깊은 산속에서 괴로움을 받으려고 하는 것이니 많은 여종을 거느리고 호화롭게 갈 수는 없다. 저저께서 오래지 않아 틀림없이 재앙에 빠질 것이니 너희들은 반드시 여기 머물러 기다렸다가 날마다 화부 바깥에 가서 그 소식을 살펴라."

이어 마주보고 통곡하며 헤어졌다.

그날 막충이 잠을 깨어나 보니 산에 해는 밝게 빛나고 시냇물은 맑고 시원하게 흘렀다. 이리저리 사방을 둘러보다가 멍하게 탄식하며 말했다.

"꿈인가 생시인가. 내가 어떻게 이곳에 왔고 지고 온 것은 어디에 있는가?"

이어 미소지으며 말했다.

"이 일은 과연 꿈이 아니구나. 귀신이 나를 희롱한 일이 아니겠느냐. 그러나 저가 이미 악한 일로 나를 부렸으니 내가 어찌 저에게 바른 말을 하겠는가."

헉헉 급히 숨을 쉬며 돌아와 조녀에게 말했다.

"소인이 급히 그 대자리를 지고 별빛이 아득한 가운데 산을 넘고 시내를 건너 모시와 담쟁이덩굴 가득한 산의 자취를 따라가 다 씻겨 나간 조그마한 바위에 오르니, 그 아래는 만 길의 맑은 웅덩이가 있는데 푸른색 유리 같았습니다. 마침내 그 자리를 내려 큰 돌을 매달고 긴 노끈을 묶어 던지니 그 소리가 풍덩하며 바닥에 이르러 그쳤습니다."

조녀는 크게 기뻐하며 직접 큰 주발에다가 좋은 술을 따라 주었다.

이때 난향이 손을 치고 빈정거리며 들어가 심씨에게 알리니 심씨가 말했다.

"가소롭구나. 가소롭구나. 남씨는 항상 절개를 지켜 굽히지 않고 스스로를 높여 턱을 하늘에 걸어 놓고, 유모 없이 당을 내려가는 사람을 보고는 정숙한 여자가 아니라 하고, 등불 없이 밤에 다니는 사람을 보고는 음란한 여자라고 하더니, 지금 겨우 몇 십 일 혼자 밤을 지내 잡념이 크게 일어나자 야밤삼경에 담을 넘어 도망치는구나."

이때 춘은 감기에 걸려 외당에 누워 신음하고 있었는데, 심씨가 급히 외당으로 나가 춘을 보고 '큰일 났다'고 하니 춘이 병중에 갑자기 이 말을 듣고 두서를 알 수 없어 크게 놀라 정신을 잃었다. 한참 뒤에 정신을 차려 난향의 말을 듣고는 급히 말했다.

"남씨가 스스로 뛰쳐나간 일이 어찌 큰일 난 것입니까."

"윤시랑이 와서 그 딸을 찾다가 내가 그를 죽였다고 하면, 그러면 어떻게 하느냐."

춘이 또 크게 놀라 정신을 잃으니 그 어미의 떠들썩하고 경망스러움과 그 자식의 어리석고 겁 많은 것이 이와 같았다.

처음에 춘은 취란당翠蘭堂에 조녀를 두고 외당과 자취를 끊었으나 왕래가 불편하여 이제 조녀를 만류정萬柳亭에 옮겨 두니 외당과 작은 문 하나가 떨어져 있어, 항상 출입하였다. 난수蘭秀는 이미 범한과 정을 통하였고, 또 조녀를 꾀어 그와 정을 통하게 하니 춘이 병든 뒤에는 범한이 함부로 방자하게 들어와 잤다. 집 사람들 중에 때때로 아는 사람들이 있었으나 감히 말하지 못하였다.

어느날 조녀가 범한의 배를 어루만지며 말했다.

"이 뱃속에서 만 가지 계책이 출몰하니 큰 것이 당연하구나."

범한이 웃으며 말했다.

"계획하는 물건은 뱃속에 있지 않고 마음과 머릿속에 있을 뿐이니 내 진유자陳孺子의 여섯 가지 계책이 있는데 쓴 것이 셋이요. 쓰지 않은 계책이 또 셋이다."

"이미 쓴 계책을 듣고 싶으니 어떤 계책이오."

"경옥을 꾀어 재물 쓰기를 물같이 한 것이 하나요, 화진을 죄 없이 고발하여 앞길을 영원히 막아버린 것이 두 번째요, 어리석은 지아비를 교묘히 희롱하여 그 예쁜 처를 뺏은 것이 셋이다."

조녀가 웃으며 말했다.

"쓰지 않은 것을 듣고 싶으니 어떤 계책이오."

"하나는 화진을 죽이는 것이요, 둘은 또 화춘을 죽이는 것이요, 셋은 마침내 이 집안의 모든 재산을 빼앗아 낭자와 조각배를 타고 오호五湖를 유람하는 것이다."

조녀가 짐짓 화를 내고 범한의 배를 때리며 말했다.

"어찌 그렇게 심하시오. 그러나 어떤 계책으로 화진 형제를 죽일 것인지는 듣고 싶소."

"내 친구 중에 누급婁級이란 사람이 있는데 검술을 잘하니 한번 이 사람을 쓴다면 진을 죽일 수 있을 것이요, 이어 춘을 그 아우와 제수를 죽인 죄로 관가에 고발하면 춘이 어찌 감히 죽음을 피할 수 있겠는가."

조녀는 미소 지으며 말하지 않았다.

며칠 뒤에 범한이 조녀를 마주하고 탄식하며 '내 계획이 실패했다' 고 하니, 조녀가 말했다.

"어째서요."

"지난밤 누생婁生이 날카로운 비수를 끼고 몸을 날려 죽우당에 들어가자마자 다시 날아 나왔는데 땀이 흘러 등을 적시며 '문 밖에 한 거인이 있어 자기의 입을 막아 버렸다'고 하더라."

"어떤 거인인가."

"이 집안의 귀신인 것 같으나 알 수 없다."

범한이 또 반나절 정도 깊이 생각하다가 말했다.

"내게 계획이 있으니 낭자는 윤·남 두 부인의 필적을 얻을 수 있는가?"

"윤·남 두 부인이 본래 일없이 먹墨을 희롱하지 않고 또 시 읊는 일을 좋아하지 않았으니 어찌 필적이 있겠는가. 그러나 내가 가서 상자 속을 뒤져보리라."

자물쇠를 가지고 가 한참 있다가 돌아와 말했다.

"내가 남부인이 옛날 있던 곳에 들어가 책상, 벼루 갑부터 농붙이, 경대함 등 찾아보지 않은 것이 없었으나 끝내 종이나 편지 한 조각도 구할 수 없었고 다만 남씨 방 속에서 이 책 한 권을 찾았으나 남씨의 친필인지는 알 수 없소."

범한이 그것을 보니 잘 베낀『효경』한 권이었고, 그 아래에 10살 때 썼다고 쓰여 있고, 또 소전小篆으로 도장 찍어 농취정籠翠亭이라고 하였다. 범한이 기뻐하여 말했다.

"농취정은 틀림없이 남씨가 어렸을 때 규방의 이름일 것이니 낭자는 일찍이 듣지 못했는가."

"남씨는 남을 업신여기고 자만하여 남과 말하지 않고, 그 여종들도 입을 다물고 산동山東의 일을 말하지 않으니 내가 어찌 윤부의 정자 이름을 알 수 있겠소."

범한이 머리를 숙이고 깊이 생각하다가 일어나 백화헌百花軒으로 나가 춘에게 물었다.

"자네는 산동 윤시랑尹侍郞 댁에 농취정이 있다는 것을 아는가?"

"내 알고 있으나 그대는 왜 묻는가?"

"내 들으니 윤시랑이 정자를 몹시 사치스럽게 만들어 밝은 구슬과 푸른 깃으로 화려하게 꾸며 마치 태양이 비추는 것 같고, 절세 가인을 얻어 그 속에 두었다고 하니 노공의 풍류가 진실로 예사롭지 않네."

춘이 크게 웃으며 말했다.

"자네가 잘못 들었네. 윤공은 청렴한 어른인데 어찌 그 같은 일이 있겠는가"

범한이 냉소하였다.

"경옥은 전혀 모르는구나. 윤시랑의 가인 이름이 취교翠嬌인데 이 때문에 그 정자 이름을 농취라 하였다네."

춘이 손뼉 치며 말했다.

"이 또한 허무맹랑하구나. 이전에 성형成兄이 시詩로 형옥에게 장난쳐서 말하기를 '농취정 속에서 봉의 날개가 이어졌고, 응향각 속에서 꽃의 마음을 접한다'고 하였으니 남씨 이름에 봉자가 있고 윤씨 이름에 화자가 있네. 내가 듣기로는 농취정은 바로 남씨의 신방 이름이요, 밝은 구슬이나 푸른 깃과 취교라는 이야기는 지금 처음 듣는 말이네."

범한이 웃으며 '만약 그렇다면 내가 과연 잘못 들었네' 하였다.

이때 한림은 유폐당한 후로 오랫동안 잠자리를 버려두고 슬피 부모를 불렀으며, 때때로 눈을 감으면 화상서花尙書와 정부인鄭夫人이 갑자기 베갯가에 와서 머리를 어루만지며 크게 탄식하며 슬퍼하였다. 어느 날 밤에는 똑똑하게 나타나 등 앞에 앉으며 '큰 액운이 닥치리니 힘써 자신을 아껴라'라고 했다. 한림이 놀라 소리 지르며 붙들려고 하나 이미 볼 수 없었다.

이날 새벽에 부중이 놀라서 떠들썩하더니 지난 밤 자객이 정당에 들어왔다고 하였다. 한림은 땅에 쓰러졌고 춘이 옷을 입고 허겁지겁 급히 정당에 들어가니 심씨는 혼이 날아가 버려 눈을 휘둥그레 뜨고 있었다. 난향이 심씨의 침상 앞에서 가로로 쓰러져 있었는데 입에서는 피를 흘리고 끊어진 혀가 입술을 가로지르고 있었으며, 한 자 길이의 비수가 입술부터 뇌까지 뚫고 있었다. 춘이 이 광경을 보고 깜짝 놀라 서 있는데, 계향이 문틈에서 비단 주머니 하나를 주웠다. 춘이 빼앗아 보니 그 속에 쓰여진 글은 바로 남부인과 한림이 서로 모의하여 심씨를 죽이고자 하는 글이었는데,

말이 교묘하고 잔혹하였다. 춘은 땅을 치며 '내 진실로 이럴 줄 알았다' 하였고, 심씨는 그것을 보고 큰소리로 말했다.

"이것은 남녀南女의 필적이다. 패역무도한 자식이 큰어머니를 죽이려고 하니 어찌 실패하여 탄로나지 않겠는가?"

춘이 마침내 스스로 고소장을 만들었다.

이때 범한은 조녀를 안고 있었는데 난수가 들어와 정당의 일을 말하니 범한이 탄식하며 '내 뜻은 본래 심씨 노물에게 있었는데 누생이 잘못 알고 난향을 죽였으니 애석하구나. 난향은 공이 있는데 잘못 죽였구나' 하고 옷을 걸치고 일어났다. 춘은 고소장의 초안을 가지고 황급히 외당으로 나왔는데 범한이 갓을 비딱하게 쓰고 신을 끌며 느릿느릿 만류정 협문으로부터 나오다가 바로 춘과 마주쳤다. 범한은 마치 놀라서 정신이 없는 기색이었고 춘도 의심할 겨를이 없었다. 범한이 웃으며 물었다.

"자네 집은 어찌 그렇게 변이 많은가."

춘이 이마를 찌푸리며 말했다.

"내 팔자가 몹시 사나워 좋지 못한 아우가 있어 온갖 변괴가 다 생긴다네."

이어 고소장의 초안을 보여주며 말했다.

"자네가 우선 이것을 보고 더하고 빼 주게"

범한이 다 보고 냉소하며 말했다.

"변은 매우 큰데 고소장의 글이 치졸하니 이것은 반드시 뒤집힐 것이네."

춘은 놀라 두려워하여 말했다.

"그렇다면 자네의 높은 술수를 빌리고 싶네."

범한이 붓을 들고 먹을 묻혀 장황하게 몇 천 마디 말을 쓰니 몹시 독살스럽고 지극히 처참하여 사람이 들을 수 없는 것이었다.

> 아! 화상서가 누급의 눈에 나타날 수는 있었으나 그 아들 춘을 꿈에서 감동시킬 수 없었고, 조물주도 난향의 혀는 끊을 수 있었으나 범한의 손은 끊을 수 없었으니, 어째서인가. 대현大賢의 재앙을 이루 다 말할 수 있는가.

범한이 고소장을 소매 속에 넣고 '내가 가지 않으면 일이 잘못될 것이네' 하고 백금 수백 만 냥을 주머니 속에 넣고 관부로 찾아갔다.

지부知府 최연崔衍은 이전에 화부의 잔치 자리에서 한림을 한 번 보고 애모하여 잊지 못해 항상 그의 길잡이가 되어 말채찍을 쥐고 싶다는 생각을 가졌었는데 고소장을 보고 책상을 치며 탄식하여 말했다.

"이것은 반드시 무고일 것이다."

한림이 관리를 따라 오니 최지부가 나가 고소장에 따라 물었고, 범한은 팔짱을 끼고 무례하게 중계中階 아래에 서 있었다. 한림은 신문하는 내용을 다 듣고 비로소 집에 변괴가 일어난 줄 알았다. 가만히 가슴 아파하며 생각하기를 '명인데 어쩌겠는가, 명인데 어쩌겠는가. 내가 무고한 일에 복종하지 않으면 어머니와 형은 앞으로 어떤 처지가 되겠는가' 하고 생각하고 마침내 얼굴을 들고 대답했다.

"진실로 이런 일이 있었습니다. 죄가 이미 밝게 드러났으니 죽음이 있을 뿐입니다."

최지부가 가슴 아파 탄식하며 한림에게 말했다.

"죄인의 사정이 급하다. 어미의 고소장을 효자가 어찌 차마 드러내 밝히겠는가. 그러나 비록 옛날 동해 효부가 공연히 무고에 굴복하여 삼 년 동안 비가 오지 않았으므로 태수는 끝내 천고의 악명을 받았으니, 지금 최연이 어찌 홀로 억울하지 않겠는가."

범한이 큰소리로 말했다.

"죄인 스스로 그 죄를 알고 다른 말없이 자백하니 형벌을 집행해야 될 것인데 어찌 왜곡하고 꾀어 그 말을 바꾸게 하십니까."

지부가 대노하여 범한을 끌어내려 엄한 소리로 꾸짖었다.

"너 이 천한 놈은 성이 범가인데 어찌 화부의 일에 관여하여 감히 함부로 말하느냐."

이어 그 머리를 끌어 내쫓게 하고 우선 한림을 하옥시켰다. 범한이 이에 주머니 속의 백금을 꺼내 옥졸들에게 나누어 주고 한림을 해칠 계획을 세웠다.

이전에 한림의 유모 계화桂花가 심씨에게 쫓겨나 길에서 통곡하다가 부중府中의 부자 유이숙劉爾淑의 처가 되었다. 이때 계화가 한림이 변을 만나 옥에 갇혔다는 말을 듣고 통곡하며 먹지도 않더니, 부문府門 앞에서 자결하여 그 억울함을 밝히려고 하였다. 이숙이 그 행동을 의롭게 생각하여 '우선 내가 가서 그를 살펴보겠다'라고 하고 돌아와 분을 내고 눈물을 흘리며 말했다.

"내가 한림의 고운 모습을 보니 진정 천하의 큰 군자라. 대장부가 어찌 이런 사람을 위해 죽지 않겠는가."

이에 재물을 많이 풀어 물같이 뇌물을 썼다. 계화는 직접 옥중의 공양과 음식

제공을 담당하였고 이숙은 자기가 앉아 있다가 먼저 맛보고 드리니 범한의 돈은 일없이 소비되었고, 옥문 안팎에 혹 범한의 소리와 형체가 나타나면 흰 몽둥이와 붉은 지팡이로 눈이 날리고 비가 때리 듯하였기 때문에 범한은 간담이 다 떨어져 감히 가까이 하지 못하였다. 최지부는 한림의 옥사 때문에 자나 깨나 슬퍼하고 한탄하여 차마 스스로 결단을 내리지 못하고 있었는데 마침 도어사都御使 하춘해夏春海가 천자의 명을 받들어 절강浙江땅을 순시하고 돌아가다가 소흥을 지나게 되었다. 지부는 크게 기뻐하며 하어사를 맞아들여 말했다.

"저희 부에 크게 의심이 되는 옥사가 있는데 소관이 어리석고 무능하여 일을 자세히 조사할 수 없었습니다. 다행히 밝으신 공께서 오셨으니, 한번 가르침을 베풀어 주시기를 원합니다."

고소장을 보여주자 어사는 고소장을 몇 줄 잠시 보다가 놀라 말했다.

"화진이라는 사람은 장원급제하여 한림학사가 된 사람이 아니오?"

지부가 '그렇습니다' 하니 어사는 다 본 뒤 팔을 떨치며 한탄하여 말했다.

"지난 번 언무경鄢懋卿이 이 사람의 불효를 말할 때 우리들이 모두 억울하다고 하였는데 지금 이 고소장을 보니 과연 화진은 흉악하구나. 내 왕법으로 결단하리라."

마침내 잡아들이라고 명했다. 이에 한림이 뜰 가운데에 와서 어사가 고소장을 가지고 물으니 한림은 전과 같이 대답하였으나, 말하는 기운이 자연히 슬프고 한탄스러웠으며, 옥 같은 얼굴·별 같은 눈동자에서 두 줄기 눈물이 흘러 내렸다. 어사가 자세히 보고 안색이 어둡게 변하여 말했다.

"이 사람은 군자로구나. 기린이 잘못된 때에 나서 서상鉏商에게 잡히는 재앙을 만났구나."

지부를 돌아보며 '잘 보호하라'고 하고, 이날 밤 어사가 편지를 써 심부름꾼 왕겸王謙에게 주어 은밀히 한림에게 전하였다. 그 글은

> 제가 들으니 좋은 쇠는 불에 들어가 그 성질이 더욱 빛나고 향기로운 난초는 화로에서 그 향내가 더욱 짙다고 하였으니, 오늘 귀하의 액운은 황천이 귀하를 단련시키고자 하는 것임을 어찌 모르겠습니까? 그러나 불에 탄 오동나무는 소리가 쇠와 바위를 흔드나 사람들은 모두 듣지 못하고 채중랑蔡中郎만 들었으며, 땅에 묻힌 보검은 빛이 하늘에 있는 두우성斗牛星에까지 비치었으나 사람들이 모두 보지 못하고 뇌공장雷孔章만이 보았으니, 이 때문에 옛 사람은 지기知

근 얻기 어려움을 탄식하였습니다. 아, 귀하께서는 좋은 쇠의 성질과 난초의 향기를 가지고도 불에 탈 위급함을 만나고 땅에 묻혀버릴 재앙을 만났습니다. 지금 제가 어리석고 용렬하여 비록 감히 돌이켜 스스로 옛사람에 비길 수는 없으나, 귀하의 용모를 보아 그 마음을 알겠고 귀하의 말을 듣고 그 소리를 알 수 있는 것으로 보아 귀와 눈이 완전히 없다고는 말할 수 없을 듯합니다. 이제 귀하께서 만약 헛된 생각과 잘못된 견해로 작은 절개를 지키려다가 마침내 비명에 죽으면 뒷사람들이 귀하의 기린과 봉 같은 자태, 얼음과 눈 같은 용모, 빛과 바람 같은 안색, 가을 물 같은 정신을 알지 못하고, 다만 탄식하고 욕하여 '여양후 화공의 어떤 아들이 윤상倫常을 범해 동쪽 저잣거리에서 처형되어, 살던 집을 못으로 파는 재앙과 화부가 있던 고을의 이름을 바꾸게 되는 욕을 당했다'고 하여 위로 조상에게 누를 끼치고 아래로 주변 마을에 길이 악명이 전할 것이니, 만약 이렇게 되면 귀하께서 어찌 지하에서 부끄럽지 않겠습니까. 내 이 때문에 애석히 생각하며 감히 애틋한 마음을 숨김없이 알리니, 귀하께서 한 때의 잘못된 생각으로 천고의 부끄러움을 받지 않았으면 다행일까 합니다.

한림은 다 본 뒤에 감격하여 눈물을 마구 쏟으며 마음속으로 '이전에 선친께서 매양 태학사太學士 하언夏言의 충성을 말하셨는데, 지금 그 아들의 선善을 즐거워하고 의義를 좋아함이 그 선인을 더럽히지 않으니, 아! 나의 불초함만이 선조의 명성을 떨어뜨리는구나' 하고 왕겸에게 말하였다.

"하대인께서 죽어도 남는 죄가 있는 사람에게 간곡히 은혜로운 가르침을 내리셔서 간절하게 반복하시니 내 비록 지극히 어리석고 완악하여 사람의 도리를 말할 수 없는 사람이나 어찌 조금이라도 감동하는 마음이 없겠는가. 그러나 죄인의 죄명이 이미 드러났고 국가의 법이 지엄하니 환한 태양 아래 끝내 사실을 속이고 말을 바꾸기 어렵다."

왕겸이 돌아가 이 말을 어사에게 전하니 어사가 탄식하여 말했다.

"지극히 효성스럽구나. 이 사람이여. 죽어도 움직이지 않으니 내 어찌하리오?"

이에 왕겸을 시켜 옥중에 있는 한림을 잘 보호하게 하고 마침내 날듯이 수레를 몰아 서울로 가면서 지부에게 '이 옥사獄事는 쉽게 결정하지 못할 것이다. 내 천자께 말씀드려 처리할 것이니, 그대는 옥리獄吏들을 엄중히 단속하여 죄인이 죽거나 자결하는 화가 없게 하라'고 하니, 지부는 '삼가 가르침을 받겠습니다'라고 했다.

이보다 앞서 범한은 최지부가 한림을 보호하려는 뜻을 보았고, 또 유이숙 때문에 감히 독을 먹일 계책을 쓰지 못해 마음속으로 초조하게 생각하다가 곧 필마로 밤에 상경하여 엄숭에게 많은 뇌물을 주니, 엄숭이 소흥부에 명을 내려 죄인을 서울로 압송하라고 하였다. 이에 유이숙과 왕겸이 한림을 보호하여 서울로 길을 떠나는데, 계화가 한림의 말 앞에서 통곡하며 이별하니 한림이 말을 세우고 눈물을 흘려 길가에서 보는 사람들이 모두 슬퍼하였다.

한림이 서울에 도착하여 엄숭이 심씨의 고소장으로 천자에게 이야기하자, 천자가 놀라 말했다.

"화욱의 아들이 어찌 이 같은 악행이 있을 줄 알았겠는가."

마침내 유사有司에게 명하여 그날로 처형하라고 하니 도어사 하춘해가 자리에서 나와 말했다.

"신이 명을 받들어 소흥부를 지날 때 지부 최연이 이 옥사를 신에게 말하였습니다. 신도 처음에는 가슴 아프게 생각하여 반드시 죽일 뜻이 있었는데 죄인의 용모와 기상을 보고, 또 말과 기색을 살피고는 어질고 효성스러운 군자로서 흉악하고 사악한 일은 천만 부당함을 알았습니다. 또 화진은 심씨의 소생이 아니라고 들었습니다. 옛부터 의모義母와 의자義子 사이에는 때때로 악착같은 일을 꾸며서 작은 일에도 다투는 변고가 늘 의심스러운 곳에서 몰래몰래 나옵니다. 지금 천자께서는 죄인을 불쌍히 여기시는 덕을 가지고 계시니, 어찌 의심스러운 말 한마디로 살인을 결정하고 신중히 살피지 않겠습니까. 오늘 법을 집행하려는 명을 거두어 들이셔서 지하에서 원한을 갖지 못하게 하십시오."

천자가 주저하며 답하지 못하자 엄숭이 나와 말했다.

"외모와 말을 중심으로 사람을 등용한다면 대성인께서도 오히려 잘못이 있을 것입니다. 지금 춘해는 한갓 화진의 말과 외모만을 취하고 진평陳平의 내부 행실을 살피지 않으니 진실로 가소롭습니다. 또 자신이 이미 스스로 죄를 자백하였으니 어찌 원한을 품겠습니까?"

하어사가 노하여 말했다.

"승상의 잘못입니다. 진평이 형수를 도둑질했다는 말은 강관絳灌의 무리가 한때 참소하여 꾸며낸 일에 불과하니, 승상이 정말 이런 일이 있었다고 믿는다면 승상의 역사 공부는 어찌 그리 잘못되었습니까. 또 화진의 자백도 효성에서 나왔습니다.

만약 민손閔損의 후모後母가 민손의 불효를 고발하였다면 민손이 자신의 억울함을 드러내어 그 죄를 후모에게 돌리겠습니까."

엄숭은 부끄럽고 화가 나 말이 없었다. 어사가 또 말했다.

"신은 폐하의 은혜를 받아 항상 간과 뇌를 땅에 발라 죽음으로 갚기를 원하였는데, 이제 만약 화진 한 명을 살리면 충분히 그 은혜를 갚을 수 있을 것입니다. 폐하께서 특별히 화진에게 몇 개월의 목숨을 빌려주시고 이 옥사가 끝내 잘못된 일이었다면, 신은 화진과 머리를 나란히 하고 죽음을 받아 오늘 헛소리한 죄의 대가를 받기를 원합니다."

이어 강개하여 눈물을 흘렸다. 또 태학사 서계徐階가 말했다.

"춘해의 나라를 위하는 충성스러운 마음은 평소 쌓아온 것이니, 폐하께서는 그 어리석음을 용납하시고 그 마음을 살피시길 원합니다."

천자가 형부상서刑部尙書 정필鄭弼에게 말했다.

"춘해의 말도 볼 것이 있으니 경이 반드시 자세히 살펴 사실을 조사하여 이야기하도록 하여라"

여러 신하들이 조정에서 물러나왔다. 하어사와 정상서는 수레를 나란히 하여 나왔는데 정공은 하공의 동서였다. 하공이 정공에게 말했다.

"죄 없는 사람 하나도 오히려 죽일 수 없는데, 하물며 대현군자大賢君子를 죽일 수 있겠습니까. 다만 조금 시간을 두고 기다려 실마리가 자연스럽게 드러나기를 기다리십시오."

"알겠네."

이후로 정공은 자리를 함께 하는 날이 될 때마다 한림의 얼굴만 보고 마쳤고, 엄숭의 위협을 여러 번 받았으나 끝내 마음을 움직이지 않았다.

제7회
미소년은 예쁜 눈썹을 그리고 규방의 여인은 순결을 보존하다

이때 화춘花瑃은 집안 일이 크게 어지러워 재앙과 괴이한 일이 잇달아 일어나 백화헌百花軒 앞의 큰 나무가 까닭 없이 쓰러지고, 만류정萬柳亭 아래에서 늙은 구미호가 슬피 울며 왔다 갔다 하고, 상서尙書의 사당祠堂에서는 대낮에도 곡소리가 들리는 것을 보았다. 춘은 근심하고 두려워하여 어찌할 바를 몰랐다. 장평張平이 그것을 알고 기뻐하며 말했다.

"이때가 바로 내가 뜻을 이룰 때다."

하루는 밖에서 들어오는데, 근심하는 기색이 얼굴에 가득하니 춘이 물었다.

"장형은 어찌 근심하는 빛이 있소?"

"내가 근심하는 일은 나의 근심이 아니라 바로 경옥景玉의 근심이네. 조금 전에 떠도는 말을 들으니 '여러 재상들이 진珍을 도와주어 옥사獄事가 거꾸로 되려고 하고, 엄승상嚴丞相은 묵묵히 한 마디 말도 없다'라고 하니, 이는 틀림없이 범형范兄이 경거망동輕擧妄動하여 일을 누설한 결과네. 나는 앞으로 경옥의 머리가 어디에 떨어질지 몰라 근심하는 것이네."

"장형은 지나치게 염려하는 구려. 진이 손에 칼을 들고 악한 일을 행했고 주머니 속의 글이 떨어져 증거가 명백하네. 일이라는 것이 이 같은 것에 불과하니, 나와 무슨 관계가 있는가."

장평이 손을 치며 말했다.

"경옥은 귀신들의 울타리 속을 헤매는 한 귀머거리 귀신이라 할 만 하구나."

이에 범한范漢이 행한 흉악한 일과 조녀趙女와 간통한 일을 자세히 말하니, 춘은 이 말을 듣고 기가 막혀 마루에 쓰러져 몇 되의 피를 토했다. 장평이 구하여 겨우 소생하였으나, 안색이 잿빛이었다. 장평이 다시 말했다.

"일이 이에 이르렀으니 한탄해 봐야 이익이 없네. 또 호랑이를 탄 것 같은 기세는 갑자기 내릴 수 없고, 비탈진 곳을 달리는 다리는 스스로 멈추기 어렵네. 지금 좋은 계책이 하나 있으니 무사할 뿐만 아니라 경옥이 허리에 검은 관인官印을 차고 다섯 마리 말로 서울을 달리게 할 것이나, 경옥이 나약하여 이 계책을 행하지 못할까 두렵네."

춘은 몹시 다행으로 여겨 말했다.

"벼슬은 감히 바라지 않는 일이네. 단지 오늘의 옥사獄事로도 내 몸이 끝내 무사하다면 지금 이후의 것은 모두 장형이 주는 것일세. 그 묘책을 듣고 싶네."

"내가 들으니 엄승상의 아들 태상경太常卿 세번世蕃이 얼마 전 아내의 상을 당하여 요즈음 천하의 미녀를 구한다고 하네. 만약 진의 처 윤씨尹氏를 엄태상에게 바친다면 태상부자는 반드시 경옥에게 마음을 다할 것이니, 이와 같다면 자연히 무사할 것이요, 또 백금 삼천 냥과 밝은 달같이 환한 진주, 산호珊瑚와 호박琥珀 등을 엄승상이 몹시 사랑하는 처 홍씨洪氏에게 바친다면 잘되면 웅주雄州를 얻을 것이고, 못 되도 부유한 현縣은 놓치지 않을 것이네. 재앙이 바뀌어 복이 되는 것이 여기에 있을 뿐이나 얻기 어려운 것은 시기요 쉽게 잃는 것은 기회니, 경옥은 다시 의심하지 말게."

"금이나 구슬은 내 감히 아끼거나 애석히 여기지 않는 것이니, 말을 따를 수 있으나 윤씨의 일은 내 차마 못할 일이네."

장평이 소매를 떨치고 일어서며 말했다.

"내 진실로 경옥이 이 계책을 실행하지 못할까 의심하였는데, 이제 자네와 함께 일을 계획할 수 없겠네."

춘은 급히 일어나 그를 잡아 만류하며 말했다.

"장형은 왜 이리도 조급한가. 내 윤씨를 아끼는 것이 아니라, 다만 윤씨가 따르지 않고 스스로 목숨을 끊을까 염려하는 것이네."

장평이 웃으며 앉았다.

"이 또한 묘책이 있네. 이제 경옥과 대부인만 알고 조씨 이하는 모두 속여서 누설하지 말게. 임명장 한 장을 만들어 윤씨가 있는 북쪽 정원으로 보내 '한림이 예부시랑禮部

侍郎에 임명되어 그날로 왕명을 받들어 남경南京의 왕릉으로 순시를 간다'고 하고, 또 대부인이 윤씨를 불러 옛날 있던 곳에 두고 의복과 음식을 후하게 해서 잘 대해주게. 그리고 조용히 행장을 꾸려 '온 집안이 서울로 간다'고 하면 윤씨는 의심하든 믿든 간에 따라 가지 않을 수 없을 것이니, 서울에 들어간 뒤에는 내가 윤씨가 타고 가는 가마를 바로 엄승상의 집 안에 들어가게 할 것이네. 윤씨가 한 번 풍류장부風流丈夫의 손에 떨어지면 비록 쇠같이 굳은 마음과 간장을 가졌다고 하더라도 어찌 자신의 절개를 보존할 수 있겠는가."

춘이 머리를 끄덕이며 칭찬하였다.

이때 일만一萬이 창밖에서 몰래 그 말을 듣고 제 어미 양운陽雲에게 전했다. 양운은 바로 수선루壽仙樓의 늙은 종이어서 비분을 이기지 못하였다. 마침 일 때문에 화부花府에 들어왔다가 성 안의 계화桂花 집에 가게 되어 이 말을 했다. 함께 눈물을 흘리며 '어떻게 윤부인에게 이 이야기를 듣게 하겠는가' 하였는데, 갑자기 문 밖에서 떠들썩한 소리가 들렸다. 계화가 문틈으로 엿보니 윤부인이 얇은 베로 만든 검은 두건을 쓰고 푸른 당나귀를 타고 문 앞에 서 있었고, 4~5명의 종들이 뒤에 늘어서 있었다. 계화가 몹시 기뻐하며 양운에게 '윤부인이 오셨다'고 하니 양운이 손뼉을 치며 놀라고 기이하게 여겼다. 두 사람이 나가 당나귀 아래에서 맞이하고 이끌어 안방에 들어와 말했다.

"부인께서는 어떻게 몸을 빼내어 여기에 오셨으며, 저 당나귀와 하인들은 어느 곳에서 왔습니까?"

그 사람이 놀라 말했다.

"부인의 말씀은 뭔가 잘못되었습니다."

계화가 말했다.

"부인께서 자주 세상의 어려움을 겪어서 눈빛이 크게 상하여 저희들의 얼굴을 기억할 수 없는 것입니까? 아니면 급히 옷을 바꿔 입고 영원히 자취를 숨기려고 저희들도 함께 속이십니까? 이런 저런 사정이 다 슬픕니다."

두 사람이 통곡하니 그 사람은 하늘을 바라보며 깜짝 놀라다가 웃으며 말했다.

"당신들의 마음속에는 틀림없이 나와 비슷한 부인이 있을 것이고, 당신들은 나를 그 부인으로 잘못 안 것입니다. 나는 산동山東 윤공자尹公子입니다. 나의 누이가 화상서花尙書의 며느리가 되어 월왕성越王城 주변에 살기 때문에, 내가 지금 여기에서 당나귀를 먹이고 화부花府를 향하여 가려다가 우연히 이 집으로 오게 되었습니다."

양운이 깨달아 말했다.

"옳다, 옳다. 내가 윤부인에게 한 날 한 시에 태어난 쌍둥이가 있다고 들었는데, 용모가 몹시 닮았다고 했으니 아마도 공자가 그 사람이 아니신가."

공자가 그렇다고 하니, 계화가 웃으며 '나는 본래 그 몸이 조금 크고 그 손도 조금 커 의심했었다'라고 하고 이어 공자에게 말했다.

"공자께서는 한림의 참혹한 재앙을 들으셨습니까?"

"듣지 못했습니다."

계화가 눈물을 흘리며 말했다.

"제가 바로 한림의 유모입니다."

마침내 한림의 전후 역경과 남부인이 당한 채찍질, 깊은 곳에 갇힌 만 가지 고초, 그리고 하룻 저녁에 갑자기 거처를 알지 못하게 된 일을 말하니 공자는 땅을 치며 실성했다가 '이것은 반드시 위태로운 일을 만나 죽은 것일 것이다'라고 하였다. 계화가 또 춘과 장평이 엄숭의 집에 윤부인을 바칠 계획을 말했다. 공자는 안색이 파리해졌다가 한참 뒤에 울컥하여 말했다.

"내 진실로 이 두 도적을 죽여 그 간을 먹지 않으면 장부가 아니다."

또 양운에게 물었다.

"누이가 지금 어느 곳에 있소?"

"북쪽 동산의 작은 누각에 있습니다."

"들어가 볼 수 있는가?"

두 사람이 놀라 말했다.

"호랑이 아가리에 어찌 들어갈 수 있겠습니까? 들어가면 반드시 위태로운 일이 있을 것입니다."

공자가 깊이 생각하다가 잠시 뒤에 물었다.

"작은 누각이 내당과 거리는 얼마나 되오?"

"여덟 아홉 리 정도 떨어져 있고 사람들이 서로 가지 않습니다."

공자가 기뻐하며 말했다.

"두 분께서는 나와 북쪽 동산의 담장 아래에 가서 누이가 있는 작은 누각을 가리켜 줄 수 있지 않겠소?"

두 사람이 그렇다고 하고 말했다.

"공자께서는 누각을 바라보고 어찌하려고 하십니까?"

"나에게 이러이러한 계획이 있소."

두 사람은 마주 보며 그 계획을 몹시 기이하게 여겼다. 이때 계화가 좋은 술과 안주를 가지고 왔으나 공자는 취하고 배부른 데는 마음이 없었다. 억지로 한 잔을 마시고 즉시 푸른 나귀로 월왕성 주변을 향해 가니 양운과 계화가 말을 타고 그를 따랐다.

북쪽 정원 아래에 도착하니 높은 담이 둘러 있어 그 높이가 다섯 장이었다. 계화가 말했다.

"이 담장의 밖은 비록 몹시 높으나, 안은 산의 형세를 따라 만들어 그 높이가 겨우 겨드랑이 아래에 다다를 정도입니다."

공자는 곧 하인들을 시켜 나무를 베어 담 아래에 쌓게 하고 그것을 타고 올라갔다.

이때 윤부인은 동산 깊숙한 곳의 빽빽한 나무 숲 속에 있었다. 가을바람이 한번 부니 낙엽이 뜰에 가득하였다. 숲 원숭이는 낮 동안 슬피 울고 산귀신은 밤마다 우니 부인은 유모 설고雪姑와 홑이불과 찬 침상에서 탄식하며 눈물을 흘렸다. 또 남부인의 생사와 안위를 염려하여 꿈에서도 자주 놀랐는데, 갑자기 문 밖에 인기척이 있어 설고가 나가 보고 놀라 부인을 불렀다.

"부인, 부인. 우리 공자께서 오셨습니다."

부인은 듣고 아득하여 마치 구름과 안개 속으로 떨어지는 것 같았다. 공자가 들어와 윤부인을 잡고 통곡하니, 부인도 슬피 울며 눈물을 흘렸다. 부인이 부모님의 안부를 물으니 공자가 눈물을 머금으며 대답했다.

"자고 먹는 일은 비록 조금도 덜한 것이 없으나, 누이와 남소저를 생각할 때마다 눈물이 마를 때가 없습니다."

부인이 듣고 더욱 슬피 우니 공자가 물었다.

"누이의 위태로움과 괴로움이 이 지경에 이르렀는데, 지난달 편지에는 어찌하여 평안하다는 두 글자로 소식을 끝맺고 이런 광경을 말하지 않았습니까?"

"우리가 처음 왔을 때에는 고모님께서 자애롭고 인자하셔서 우리를 박대하지 않으시더니, 근래에는 조녀가 헐뜯어 이 지경에 이르렀다."

공자가 또 울며 부인에게 물었다.

"남누이의 변고와 화형이 당한 재앙을 아십니까?"

"내가 어찌 알겠는가."

이에 공자가 계화의 말을 하나하나 자세하게 전하니 그 말을 듣고 부인은 울부짖으며 죽으려 하였다.

"남매南妹는 반드시 죽었을 것이다. 나와 남매는 죽고 살기를 같이 하려고 하였으니 이제 어찌 혼자 살겠는가."

공자가 또 춘과 장평이 계획한 것을 말하니 부인이 탄식하였다.

"내가 죽을 곳을 얻었구나."

공자가 또 자기의 계획을 말하니, 부인이 허락하지 않았다.

"나는 일개 아녀자라 애석하지 않으나, 너는 부모님의 소망과 문중의 책임이 모두 네 한 몸에 있는데 어찌 몸을 가벼이 하여 반드시 죽을 곳에 스스로 뛰어들려 하느냐."

공자는 부인의 뜻이 단호하여 듣고 따라줄 리 없다는 것을 알았다. 이 때문에 윤부인이 두려워하여 마음을 움직이도록 하려고 말했다.

"남누이가 이미 죽었고 누이도 앞으로 죽는다면 소제는 의리상 홀로 세상에 살 수 없습니다. 누이가 만약 나의 계획을 따르지 않는다면 나는 곧장 내당으로 들어가 이 조가趙家 도적녀를 잡아 씹어 먹고 이어 화씨 문중에서 얼굴을 찢고 눈을 도려낼 것입니다."

부인은 크게 놀랐으나 또 평소에 공자의 고집을 알고 있었기 때문에 결국 마지못해 허락하였다. 이에 공자는 부인의 옷을 입고 부인에게는 공자의 옷으로 바꿔 입혀 담장 위로 부인을 내보냈다.

이때 부인의 여종 영운英雲과 초아楚娥가 명주암明珠菴에서 내려와 화부의 소식을 살피려다가 계화와 만나 담장 아래에서 부인을 기다렸다. 부인이 영운 등을 보고 남부인이 촉蜀으로 들어갔다는 말을 듣고 도리어 다행이라 여기고 기뻐하였다. 양운·계화와 눈물을 흘리며 서서 이야기를 하다가 마침내 산동으로 가니 영운 등이 따라갔다.

공자가 설고와 방안으로 돌아가니 깨어진 창에서는 바람이 불어 들어 스산하게 바람소리가 들렸고, 거미줄이 바람에 나부껴 가벼운 먼지가 사방에서 일어났다. 설고가 저녁밥을 지어 소금에 절인 채소와 조밥을 내왔으나 공자는 젓가락을 둘 수 없었다. 설고에게 말했다.

"누이는 참으로 잘 참는 사람이라 말할 만하구나. 나를 이곳에 며칠 살게 했다면 서산西山의 귀신이 되었을 것이다."

이날 밤 공자가 회나무 목침을 베고 억지로 침상에 누웠는데 찬 기운이 뼈에 사무쳐 눈을 감을 수 없었다. 일어나 앉아 웃으며 말했다.

"화씨 가문의 조상이 이 작은 누각을 만든 것은 바로 나 윤여옥尹汝玉을 곤란하게 만들려고 한 일이다."

설고가 크게 웃었다.

다음날 과연 심씨가 여종을 시켜 임명장과 작은 가마를 가지고 와서 맞이하니, 계화가 말한 장평의 계책과 똑같았다. 공자는 속으로 웃으며 거짓으로 기쁜 듯한 얼굴을 만들어 '내가 죽지 않은 것은 바로 오늘을 기다린 것이다'라고 하며 날듯이 일어나니 치마가 짧아 발이 드러나고 소매가 짧아 팔뚝이 보여 설고가 미소 지었다. 공자가 가마를 타고 비춘당秘春堂에 돌아가니 조각된 난간과 채색된 누각에 비단병풍이 겹겹이 둘러쳐져 있었다. 설고가 부인의 옷상자를 열어 새 옷 한 벌을 꺼내고, 또 화장하는 여러 도구를 드리니 공자는 난새가 조각된 거울을 쥐고 곱게 눈썹을 그려 맑고 산뜻한 얼굴로 여종을 돌아보며 말했다.

"내 얼굴이 어떠냐?"

"옥처럼 아름다운 얼굴은 옛날과 비교해 보면 더욱 풍염해졌으나, 단지 눈썹과 털이 몹시 길게 자랐습니다."

공자는 즐겁게 웃었다. 갑자기 정당의 시녀가 심씨의 명으로 불렀다. 공자가 푸른 주름 비단에 수놓은 적삼과 빨간 비단으로 만든 보배 같은 치마를 입고 몸을 가볍고 아름답게 하여 편안한 걸음걸이로 바르게 걸으니, 여종들이 돌아보고 칭찬하였다.

"일찍이 괴로움을 당했으나 옛 모습과 변함이 없으니 반드시 천신이 보호하신 것이다."

공자가 정당에 들어서서 심씨에게 절하고 바라보니, 심씨가 억지로 온화한 얼굴을 하고 말했다.

"지난번에 내가 남의 말을 잘못 들어 어진 며느리를 오랫동안 누추한 곳에 두었으니 부끄럽고 한스러움이 끝이 없구나. 그러나 이 또한 어진 며느리가 불행을 만난 일이니 말해 무엇 하겠느냐."

공자가 옷깃을 여미고 감사하여 말했다.

"저의 죄는 만 번 죽어 마땅하나, 은혜로써 용서하시는 것이 이와 같으시니, 황송하여 감격을 이기지 못하겠습니다."

또 심씨에게 물었다.

"남매와 제가 동시에 꾸중을 받았는데 오늘 그도 용서를 받았는지 아닌지 모르겠습니다."

심씨는 입을 다물고 한참 있다가 말했다.

"십여 일 전에 성부인成夫人이 갑자기 남며느리에게 사람과 말을 보내 남며느리가 내 허락도 받지 않고 마음대로 가버려 내 마음이 편치 않다."

공자가 놀라는 체하며 슬피 탄식하였다.

"남매의 재주와 성품이 어리석고 또 일찍 부모님을 여의어 배운 것이 없기 때문에 모든 일이 이와 같으니, 어찌 한심하지 않겠습니까."

심씨가 웃으며 말했다.

"아녀자의 일을 어찌 심하게 꾸짖을 수 있겠느냐."

말이 끝나기 전에 갓을 쓴 사람 하나가 들어오니, 공자는 그가 춘이라는 것을 알고 일어나 절하였다. 춘이 은근히 위로하니 공자도 따라서 '예예' 하고 공손히 대답하였다. 설고가 자주 공자를 보자 공자가 그 뜻을 알고 일어나 침실로 돌아갔다. 설고가 웃으며 조용하고 부드럽게 말했다.

"공자의 오늘 말씀과 행동을 보니 부인과 너무 다릅니다. 이런 일을 그만두지 않으면 반드시 본색이 드러날 터이니, 공자께서는 더욱 더 조심하시고 신중히 하시길 바랍니다."

"내가 부드러운 소리와 온화한 얼굴로 앉은 자리에서 공경한 것이 이와 같으면 충분한데 이외에 다시 또 공경을 더한다면 앞으로 하늘에 엉덩이를 대고 땅에 나를 맡겨 마치 어린아이가 기어 다니는 것 같지 않겠는가."

설고가 크게 웃었다.

춘은 조녀의 음탕한 일을 들은 이후로 산과 같던 정이 마치 구름이 사라지고 비가 그치는 듯하여 조녀를 만날 때마다 바로 눈을 흘겨 노려보았다. 조녀는 원망하고 분하게 여겼으며 또 저주하고 욕했다.

심씨는 언행이 경박하고 신중하지 못해 장평의 계책을 조녀에게 누설하고 말았다. 조녀는 몹시 두려워하여 '윤부인이 한 번 엄부嚴府에 들어가면 반드시 자기와 범한에게 원한을 갚을 것이다'라고 하고, 곧 비춘당으로 가서 윤부인에게 먼저 말해 윤부인을 자결하게 하려고 했다. 공자는 요사하고 요염한 모습을 바라보며 '이 사람이 틀림없이 조녀일 것이다'라고 하고 베개에 기대 앉아 점잖게 움직이지 않으니 조녀가 갑자기 말했다.

"부인이 엄태상의 총애하는 계집이 될 것이기 때문에 이처럼 교만하고 거만한가."

공자는 놀라는 체하며 화를 내고 일어나 그의 손을 잡고 말했다.

"너 필부匹夫의 천한 계집이 감히 재상의 정실을 욕하느냐."

조녀는 소매를 뿌리치며 발악하였으나 공자가 목을 잡아 앞으로 끌고 반대 손으로 뺨을 때리니 대나무가 부서지는 소리가 났다. 조녀는 더듬거리며 소리를 질렀으나 말을 할 수 없어 마치 하마가 독을 품어 배와 등이 다 부푼 것 같았다. 공자는 속으로 근질근질거렸으나 웃음을 참고 말했다.

"이것은 작은 일이 아니니 시어머님께 말씀드려 처리하겠다."

조녀의 목을 끌고 정당 북쪽의 계단 아래에 가니 조녀는 몹시 두려워하여 애원하였다. 공자가 손을 날려 그녀를 던지니 조녀는 마치 개구리가 땅에 나자빠져 있는 것 같았다. 공자가 껄껄 한번 웃고 침실로 향하여 돌아가니 여종들이 놀라 바라보았다.

며칠이 지난 뒤 심씨 모자가 조녀를 집에 두고 서울을 향해 가려고 하였는데, 공자가 태연자약하게 가마에 오르니 춘과 심씨가 몰래 기뻐하였다. 서울에 도착하니 장평이 과연 성문 밖에서 기다리고 있다가 공자의 가마를 가지고 바로 엄숭의 집으로 달려갔다. 설고가 통곡하는 체하며 따라 가니, 장평이 쫓아오는 것을 꾸짖었다. 공자는 마음속으로 몰래 웃으며 말했다.

"어리석은 놈아. 비록 북산北山에 그물을 높이 쳤다고 하나, 사해를 가로지르는 날개를 어찌 하겠느냐."

잠시 뒤에 보니 산처럼 높은 붉은 대문에 아름다운 담장이 둘러쳐져 있었는데, 붉게 단장한 여종 십여 쌍이 문 밖에 나와서 맞이하였고 공자가 중문에 도착하여 가마에서 내려 선 뒤, 가지런하게 패물을 차고 빛나는 적삼을 입고 걸어가니 몹시 아름다웠다. 엄가의 여러 부녀자들이 바라보고 찬탄하였고, 세번世蕃은 정신이 아득하고 마음이 요동쳐서 신발을 거꾸로 신고 뛰어 나왔다. 공자가 방 안에 들어가니 크고 붉은 침상, 자줏빛 수놓은 보배로운 휘장, 산호 책상, 무늬 놓은 문갑, 구슬을 이어 만든 등, 비취를 이어 만든 부채가 휘황찬란하여 마치 파사사波斯肆 속에 들어온 것 같았다. 여종들은 세숫물을 받들기도 하고, 화장품을 받들기도 하며 공자의 단장을 재촉하였다. 공자는 웃으며 말했다.

"내가 부족한 외모와 비루한 성격으로 외람되게 군자의 택함을 받았으니, 어찌 감히 다시 화장품으로 꾸며 군자의 마음과 눈을 어지럽힐 수 있겠는가."

세번이 이 말을 엿듣고 사랑스러워 미칠 듯해 문을 열고 들어왔다. 공자가 몸을 날려 일어서 맞이하니 세번이 인사를 하고 자리에 앉아 말했다.

"내가 오랫동안 낭자의 꽃다운 이름을 사모하여 남은 향기를 접하고자 하였으나 신선이 사는 봉래산蓬萊山과 깃털도 가라앉는다는 약수弱水에 가려 아름다운 만남은 아득하였는데, 다행히 장생長生이 전해준 서왕모西王母의 파랑새의 소식을 인연으로 신선 같은 그대의 백옥 같은 얼굴을 보게 되니, 동작대銅雀臺의 봄바람도 주유周瑜의 웃음이 되지 못하는 구려."

공자는 거짓으로 슬픈 빛을 띠고 옷섶을 거두며 천천히 대답했다.

"제가 낙창공주樂昌公主의 부끄러움과 석숭石崇의 애첩 녹주綠珠의 절개를 모르지는 않으나, 규중에서 침을 뱉고 욕을 하는 이런 행동을 하여 억지로 상공의 앞에서 부끄러운 얼굴을 드는 것은 진실로 숨겨진 고통과 깊은 원한이 있어 차마 없애 버리고 조용히 죽지 못하기 때문입니다. 저의 남편인 화진이 어머니 섬기기에 효를 다하고 아우가 되어 형을 극진히 공경하였다는 것은 제가 감히 좋은 말로 꾸며 쇠를 가리켜 금이라 하는 일이 아닙니다. 비록 순舜임금께서 다시 나시고 전금展禽이 죽지 않더라도 반드시 화진을 크게 뛰어넘을 수는 없을 것입니다. 그 사람됨이 이와 같은데도 전후의 재앙과 곤경은 진실로 인간세상에서 없었던 것입니다. 그 재앙의 근원을 살펴보면 심씨 모자와 도적놈 범한, 조녀의 악독한 술수가 무자비하게 괴롭히고 선동하여 어지럽히는 것이나 조정이 그 흑백을 분명히 가려내지 못하고 심씨가 꾸며서 만든 고소장 한 장을 가지고 화진의 형벌에 대한 잘못된 결정을 하였으니, 화진의 원통함과 억울함이 5월에 서리가 되어 내릴 것입니다. 저의 어리석은 뜻은 이제까지 양계성楊繼盛의 처 조씨趙氏의 일을 본받아 궁궐의 문에 피를 뿌려 지아비의 원통함을 밝히기를 간절히 원했으나, 다시 또 생각해 보면 저와 심씨는 이미 시어미와 며느리의 명분이 있습니다. 지아비의 목숨을 구하고자 그 어머니를 함정에 빠뜨릴 수도 없고, 시어머니의 얼굴을 생각하여 그 지아비를 죽이는 것도 차마 못하는 일입니다. 모든 생각 중에 남의 가문에 몸을 던져 화진과 인연을 끊은 후에 마음을 알아주는 벗의 의리로써 화진의 목숨을 구하는 것보다 나은 일이 없었습니다. 공께서는 악의樂毅가 조왕趙王에게 한 말을 듣지 못하셨습니까? '신臣이 소왕昭王을 섬기던 일이 또 오늘의 대왕大王 섬기는 일과 같다'고 하였으니, 제가 화진을 섬기는 것도 오늘 상공을 섬기는 일과 같았습니다. 제가 들으니 '지금 천자께서 신임하고 믿고 듣는 사람은 노승상과 상공만한 사람이 없다'고 하니, 상공께서 만약 화진의 죽게 될 운명을 구하고 천지에 그 원통함을 드러내 주실 수 있다면 저는 몸이 가루가 되고 뼈가 부서져도 상공의 은혜를 갚을 것이고, 만약 혹시라도 그렇지 않으면 저의 품속에 세 치의 날카로운 칼이 있으니, 맹세코 반드시 상공 앞에서 죽어 이승과 저승 사이에서 의리를 저버리는 귀신은 되지 않겠습니다."

말을 마치고는 의분이 북받쳐 슬피 한탄하여 눈물을 흘렸다. 세번은 원래 나약한 소인이었다. 약속을 뒤바꾸어 허락하여 말했다.

"미인은 여인 중의 기개 넘치는 장부라고 할 만하다. 내가 비록 어리석으나 어찌 감동하여 따르지 않겠는가. 아버지께 말씀드려 천자에게 아뢰어 반드시 화진을 구할 것이니, 미인은 고운 마음을 괴롭히지 마라."

이때에 여종이 좋은 육포와 고기를 내오자, 공자는 재빨리 부끄러워하는 모습 없이 연이어 좋은 술잔을 기울여 마셔 붉은 얼굴에 발그레한 취기가 오르니 세번이 더욱 황홀하였다. 이때 엄숭의 딸 월화月華의 자는 낭아朗娥였는데, 창밖에서 엿보다가 공자를 천하게 여기고 웃으며 말했다.

"이 사람의 멋대로 지껄이는 말이 이러니, 두 남편을 따르는 것이 당연하다."

잠깐 사이에 날이 어두워지고 신혼방이 어둑침침해졌다. 세번이 여종에게 촛불을 밝히게 하니, 공자는 촛불 아래에 단정히 앉아 아름다움이 찬란하였다. 세번이 미친 듯한 흥을 이기지 못하여 앞으로 나와 공자의 고운 손을 잡으니, 공자는 손을 뿌리치고 정색하며 맑은 서리와 차가운 얼음 같은 냉엄한 말씨로 말했다.

"저는 재상 집안의 귀한 계집아이로 비록 일이 돌아가는 사정에 쫓겨 힘겹게 여기에 왔으나, 애초에 남모르는 뽕나무 숲같이 외진 곳에서 상공을 따르지 않았는데, 어찌 이같이 무례하십니까. 상공이 정말로 화진의 원통함을 깨끗이 씻어주고 저의 마음을 편안히 위로한 뒤에 천천히 집안 친척들을 모아 예로써 맞이한다면 비록 저를 끓는 물에 빠뜨리고 불 속에 던져 넣더라도 사양하지 않을 것이지만, 만약 화진이 감옥에서 나오지 못하고 다만 한때의 사사로운 욕심으로 강제로 핍박한다면 제가 비록 나약하여도 한번 죽기를 어렵게 여기겠습니까."

세번이 물러나 앉아 한탄하며 말했다.

"그대의 고집이 지나치구나. 내 어찌 오늘 밤을 홀로 지내겠는가."

여종이 침상에 잠자리를 만드니 세번이 허리띠를 풀고 베개를 쥐고 여러 번 공자를 범하려 하였으나, 공자는 몹시 엄하게 거절하였다. 세번이 감탄하고 깊이 탄식하여 밤새도록 번민하였다. 공자는 마음속으로 웃으며 '내가 공연히 한바탕 우스운 일을 만들어 어리석은 놈의 간장을 다 끊어버리는구나'라고 했다.

해가 뜨기도 전에 세번이 일어나 세수하고 관복을 입고 나갔다가 정오에 돌아와 말했다.

"오늘 아버지께서 화진의 일을 말씀드리려고 하였으나 천자께서 마침 어전에 나오시지 않으셔서 실행하지 못했네. 지난밤 그대가 나를 꺼려하여 잘 수 없었을 것이니 약한 몸이 반드시 상할 것이네. 오늘 밤은 내가 나가 잘 것이니 그대는 안심하라."

공자는 조그만하게 비웃으며 답하지 않았다. 여종이 '홍부인洪夫人이 소저와 오셨다'고 하니 세번이 공자에게 말했다.

"홍부인은 아버지의 후처이고 소저는 나의 막내 누이다."

공자가 일어나 맞이하니 그 소저는 지극히 뛰어나고 아름다워 공자가 사랑하였고 서로 낭랑하게 말하니 세번이 크게 기뻐하여 그 누이에게 말했다.

"새사람이 나와는 아직 친해지지 않아 몹시 냉담한데, 지금 너를 보고는 말하고 웃는 것이 끊이지 않으니 참으로 같은 소리가 서로 응답하고 같은 기운이 서로 찾는다고 하는 말이 진실로 빈말이 아니다. 네가 새사람과 하루를 보내라."

이어 일어나 나가니 홍씨도 소저를 머물러 두고 돌아갔다. 소저는 바로 월화月華였고 홍씨는 그 어머니였다.

공자는 마음속으로 '내가 옷을 바꿔 입고 사람을 속이는 일이 비록 부득이한 사정에서 나온 것이나, 군자의 바른 길은 아닌데 하물며 다시 여염집 처자와 어두운 방안에서 무릎을 맞대고 혼자 즐거워하겠는가' 하고는 잠시 뒤에 다시 웃으며 마음속으로 '이집 사람들은 모두 나를 누이로 알고, 내가 세번과 이미 자리를 마주하고 말을 나누었으니, 내가 다음에 떠난 뒤에는 끝내 누이의 허물을 씻지 못할 것이니 내가 이 여자와 한번 희롱하여서 내가 누이가 아님을 밝히겠다'고 했다.

이에 다시 월화와 자리를 옮겨 가까이하고 밝게 웃으며, 고운 손을 잡기도 하고 구름 같은 머리털을 어루만지기도 하여, 마치 풍류 호걸이 예쁜 여자를 끼고 희롱하는 것 같았다. 월화가 안색을 바꾸고 싫어하며 음란한 것을 매우 꺼려하였으나 끝내 남자라고 의심하지는 않았다. 이날 밤 공자가 월화와 같이 자려 하였으나 월화가 공자의 방탕함을 싫어하여 핑계를 대고 가버렸다.

다음날 세번이 들어와 공자를 보고 웃으며 말했다.

"미인은 편안히 잤는가."

"근심스러운 생각이 마음에 있어 밤새도록 잠을 이루지 못했으니, 소저를 머물러 함께 밤을 세우지 못한 것이 한스럽습니다."

"그렇다면 오늘 밤은 그렇게 할 수 있을 것이네. 그러나 그대의 근심은 화진 때문이지. 오늘 천자께서 봉천전奉天殿에 계실 것이니 아버지께서 이미 대궐에 만나러 가셨고, 나도 따라서 대궐에 만나러 갈 것이네. 화진의 일은 아마도 옥獄에서 나올 수 있겠지."

"상공께서는 속히 가셔서 일을 처리할 기회를 놓치지 마십시오."

세번이 나가 날이 저물어 돌아와서 말했다.

"화진이 살기는 살았으나 다만 그 원한을 완전히 씻지는 못했네."

"어째서입니까?"

세번이 공자의 앞에 다가 앉으며 천자와 마주한 자리에서의 일을 갖추어 전했다.

"천자께서 아버지와 변방의 일에 대한 논의를 마치시고 형부상서刑部尙書 정필鄭弼을 불러 화진의 옥사를 끌어 미루는 이유를 물으시니, 정필이 말씀드리기를 '큰 옥사는 의심스러운 일이 많아 참으로 한순간에 결정할 수 없고, 신이 옥사를 끌어 미룬 것은 폐하의 살리기를 좋아하시는 덕을 바라서 입니다'라고 하니 천자께서 노하여 말씀하시기를 '화진의 옥사가 밝게 드러났으니 바로 왕법을 시행하여야 되나 특별히 도어사의 이야기와 고집으로 엄한 심문을 한 번 더하려는 것이거늘 형부가 어리석은 짓을 행하므로 관직을 박탈한다'라고 하셨네. 이때 아버지께서 말씀하시기를 '신이 처음 이 옥사를 지극히 말한 것은 다만 심씨 고소장의 한 마디 한 마디가 명백하기 때문이었는데, 세상의 평판을 좇아들으니 진이 원통하다는 사람도 많아 신이 하춘해夏春海가 근거 없이 말한 것이 아니라는 것을 알았습니다'라고 하셨네. 이즈음에 내가 화진을 완전히 구해내고자 하였으나 아버지께서 일찍이 하어사와 이 옥사에 관해 힘을 다해 다투셨기에 오늘에 와서 크게 모순되는 것도 몹시 염치없는 뻔뻔스러운 일이기에 대략 말씀드리기를 '진의 8대조 화운花雲이 나라의 일 때문에 죽었기 때문에 태조황제太祖皇帝께서 슬퍼하셔서 임금의 명령을 적은 단서丹書와 훈공을 기록한 철권鐵卷을 내리시고 화운의 자손이 비록 사람을 죽인 큰 죄가 있더라도 모두 너그럽게 대해주라고 하셨습니다. 지금 화진의 죄가 작은 여종 하나를 죽인 것에 불과하고, 또 주머니 속의 글이 끝내 이치에 맞지 않으니 어찌 의심스러운 죄로써 화운의 자손을 급히 죽이려 하십니까'라고 하니 천자께서 많은 부분을 느끼고 깨달으셔서 말씀하시기를 '그대들이 하는 말이 공정한 마음에서 나왔으니 이것으로 화진의 애매함을 알 수 있구나. 그러나 풍속교화에 관계 되는 일이어서 내버려 둘 수는 없다. 심씨는 금의위錦衣衛에게 곤장 80대를 치게 하여 자식을 고소하고 살피지 못한 죄를 징계하고, 화진은 나라의 변경에 유배하여 두고 사면을 논하지 마라'고 하시고 정필을 파직한 명을 거두셨소. 내가 이어서 정상서와 같이 물러나와 성도成都에 유배하기로 결정하였소. 이 땅은 풍토가 맑고 아름다워 오히려 다행이오."

공자는 일어나 절하고 감사하며 말했다.

"노승상의 은혜와 덕이 하늘과 같고, 상공의 극진히 두루 살펴 주심이 이와 같으셔서 저의 지아비가 남은 목숨을 보전하게 되었으니 제가 몸을 바쳐 은혜를 갚을 것입니다."

세번이 크게 기뻐하여 구레나룻을 쓰다듬어 올리며 공자에게 말했다.

"내 이미 그대의 청을 들어주었으니 오늘 밤 그대도 나의 청을 따르겠는가?"

"이 또한 어렵지 않습니다. 상공께서 좋은 날을 택하시고 예를 갖추어서 백량百兩의 수레로 저를 맞이하시고, 쌍봉雙鳳이 수놓인 갓을 저에게 씌워 주신다면, 제가 어찌 불초한 아랫것으로 감히 부부가 화목하여 좋아하는 즐거움을 사양하겠습니까."

"너무하구나, 그대의 고집이. 내 이미 일관日官에게 좋은 날을 택하게 하였는데, 좋은 날이라는 것이 3, 4일 떨어져 있고, 지난밤에 혼자 바깥채에서 잠을 자니 은하수는 하늘에서 흐르고 달빛은 침상에 가득해 수많은 시름과 탄식이 나와 이리저리 뒹굴어 잠을 잘 수 없었고 머리 위에 백발이 가지가지 나는 것 같아, 만약 다시 허다한 밤을 홀로 지낸다면 이 엄세번嚴世蕃은 황천黃泉 아래를 방문하게 될 것이다."

공자가 짐짓 화를 내며 말했다.

"상공께서 제가 두 지아비를 섬기고자 함을 보고 정절이 없는 여자의 행실이라 하여 이와 같이 천히 여기고 업신여기시니 제가 무슨 면목으로 상공을 모시겠습니까."

세번은 공자의 말하는 기색이 매서워 억지로 가까이 하기 어렵다는 사실을 알고 웃으며 사과하였다.

"내 참으로 농담을 해보았을 뿐이요 진실은 아니네."

즉시 월화를 불러 말했다.

"새사람이 너를 사랑하니, 너는 새사람과 함께 자 그 외로운 마음을 위로하여라."

월화가 마음속으로 몹시 불평하였으나 거듭 오빠의 명을 어길 수 없어 여종을 불러 자기 침구를 가져오게 하니 그 사이에 세번은 일어나 갔다.

공자가 월화와 촛불 아래 앉아서 월화의 비단 치마를 제쳐 무릎을 맞대고 즐겁게 웃었다. 공자가 웃으며 월화에게 말했다.

"한 쌍의 난새가 암수가 아니지만 목을 걸고 서로 사랑함은 그 용모와 안색을 아름답게 여기는 일이리라. 지금 내가 소저와 같은 여자이나, 사모하고 좋아하는 정은 부부지간보다 적지 않으니 애석하구나, 만약 내가 남자였다면 금당琴堂의 노래 한 곡조로 장경長卿의 수작을 꿈꾸지 않을 것이며, 가충賈充 딸의 기이한 향기가 어찌 한연韓椽의 소매에 돌아갔겠는가."

월화가 이 말을 듣고 공자를 자세히 바라보고 말을 못하다가 잠시 뒤에 각각 잠이 들었는데 한밤중에 월화가 놀라 깨어보니 갑자기 어떤 남자 하나가 자기 목을 안고 누워 있었다. 월화는 마음이 두렵고 땀이 흘러 말할 수 없었다.

공자가 웃으며 말했다.

"나는 바로 화한림花翰林 부인의 동생, 산동山東 윤여옥尹汝玉이다. 그대의 오빠가 좋지 못한 마음으로 남의 누이를 빼앗고자 하였으나 도리어 그 동생을 남에게 욕보이게 되었으니 조물주도 무심하지는 않도다. 그러나 그대의 꽃다운 모습과 아름다운 자질은 한 세상에 높이 솟아 있고 천하에서 뛰어난 남자도 나보다 나은 사람이 없으니 오늘 밤의 동침이 어찌 하늘의 뜻이 아니라고 알겠는가."

월화가 울며 말했다.

"제가 몸가짐을 삼가지 못해 공자의 손에 떨어졌으니 죽어도 그 치욕을 씻을 수 없습니다. 그러나 저는 규중의 처자로서 차마 전혀 모르는 남에게 더러운 욕을 받을 수 없습니다. 공자께서는 다음에 혼인할 약속을 기다리시고, 예의 없이 범하지 마시기 바랍니다."

공자는 이에 일어나 앉아 길게 탄식하여 말했다.

"내가 이런 것은 즐기기 위해서가 아니다. 아! 우러러 어두운 방 천장에 부끄럽고,

굽어 베갯머리에 부끄러우니 오늘 밤 이 행동은 죽을 때까지 한이 될 것이다."

마침내 물러나와 잠자리를 따로 하였다.

월화가 감탄하여 '이 사람은 진실로 남자이다'라고 하고 스스로 치마와 허리띠를 매고 일어나 침상 위에 앉으니 공자는 깊이 생각하여 '이 여자가 비록 곧고 깨끗하여 사랑스러우나, 그러나 내 차마 엄숭의 사위가 될 수는 없다. 저가 만약 나를 위하여 정절을 지킨다면 어떤 처지가 되겠는가'라고 하였다. 월화도 조용히 생각하여 '이 사람이 그 누이를 대신하여 호랑이 굴에 들어와 빠졌으니 담이 크고 지략이 많음은 알 수 있으나 우리 집은 쇠문이 여러 겹 겹쳐 있고 쇠 담장이 10장이며, 호위하는 무사가 채찍을 엇갈아 걸고, 하인들이 집을 순찰하고 있어 저 사람이 만약 곤륜노崑崙奴의 담장을 뛰어넘는 다리와 현녀玄女의 하늘을 나는 술수가 없다면 반드시 몸을 빼낼 수 없을 것이다. 만약 잘못되어 이리저리 돌아다니다가 종적이 발각되면 화를 예측할 수 없다. 내 오늘부터 윤씨 집안 사람이 되었으니 어찌 부끄럽고 꺼리는 모습 때문에 조용히 그의 위태로움을 보고 구하지 않아 끝내 나의 백년대사를 그르칠 수 있겠는가' 하고 이 때문에 낮은 목소리로 물었다.

"공자의 사정과 자취가 몹시 위태로우니 이곳에 오래 머무를 수 없습니다. 무슨 계획으로 몸을 빼내시겠습니까."

"내가 화부에서 올 때부터 미리 화장 상자 속에 남자 옷을 한 벌 감추어 왔는데 지금 베개 옆에 있소이다."

"공자의 계획은 잘못 되었습니다. 이 방으로부터 바깥문까지는 모두 7곱 겹의 잠긴 문을 지나야 하고, 또 오빠가 거처하는 방을 가로질러 지나야 하니 이 계획은 낮에도 행할 수 없는 일이고, 또 밤에도 행할 수 없는 일이며 어슴푸레한 무렵에도 행할 수 없는 계책입니다. 이 시간에는 집안의 종들이 모두 일어나 많은 사람들로 붐벼 어깨가 이어지고 자취가 겹쳐 오고가는 왕래가 많으니, 갑자기 처음 보는 남자가 내당內堂에서부터 나온다면 어느 누가 크게 놀라 붙잡아 묻지 않겠습니까."

"그대의 말이 진실로 옳도다. 내게 하인들이 입는 남루한 옷이 있으니 머리털을 풀어 헤치고 얼굴을 지저분하게 한다면 나갈 수 있지 않겠는가."

"이 계획이 약간 나으나 아직까지 완전하지는 않습니다. 얼굴과 옷은 누추하게 할 수 있으나 몸과 태도를 가릴 수 있습니까? 우리 집에는 영리한 종들이 많은데, 한 사람이라도 의심한다면 큰 화가 닥칠 것입니다."

"그렇다면 내가 앉아서 죽어야겠구나."

"공자께서 질탕한 감정을 억제하셔서, 저의 순결을 보존하여 제가 부모 앞에서 얼굴을 들게 해주셨으니 제가 어찌 은혜를 갚을 마음이 없겠습니까. 공자께서 몸을 빼내실 계책이 저의 마음속에서 조용히 움직이고 있으나 다만 공자께서 한 번 떠나신 뒤에 공자를 향한 저의 정성을 생각해 주실지 모르겠습니다. 저의 아비는 부귀가 너무 크고 위엄과 복을 만들기를 좋아하여 천하 사람들에게 원망을 사고 재앙을 거두니, 지금 공자께서 비분강개한 마음으로 권력을 탐내고 세력을 즐기는 집안과 혼인하는 것은 공자께서도 원치 않는 일일 뿐만 아니라 또 저도 감히 바라는 일이 아닙니다. 비록 그러나 제가 14살의 규중처자로 발자취가 문지방을 넘지 않았고, 말은 어린 사내종과도 나누지 않아 마음가짐이 얼음과 같고, 몸을 아낀 것이 옥과 같았습니다. 이제 공자께서 공연히 와서 더럽히셨으니 제가 어찌 부끄럽고 분하여 죽고자 하지 않겠습니까. 공자께서 만약 끝내 큰 덕을 내리셔서 부모의 허물을 가지고 천하게 여겨 버리지 않으신다면, 비록 천한 종들 사이에서 이불을 개고, 빗자루를 잡더라도 마음속으로 달게 여기겠으나 그렇지 않다면, 저는 깊은 방에서 공자를 믿고 지켜 끝내 문을 바라보고 수절하는 여인이 될 뿐입니다."

공자는 다 듣고 놀라 마음속으로 탄식하여 '엄숭의 간사한 뱃속으로 어떻게 이런 정숙한 딸을 낳았을까. 저가 나를 살리고자 하는데 내가 은혜를 저버릴 수가 없구나' 라고 하였다. 마침내 월화와 속마음을 터놓고 말하여 혼인 약속을 하였다.

새벽에 월화가 몸을 날려 안으로 들어가더니 직접 열쇠 한 꾸러미를 가지고 와서 공자에게 말했다.

"공자께서는 우선 상자 속의 남자 옷을 가지고 저를 따라 오십시오."

마침내 화원의 문에서부터 열쇠를 가지고 문을 열어 5개의 문을 지나 서쪽 동산의 문에 이르렀다.

"이 문 밖이 바로 사방으로 통하는 큰 길입니다. 공자께서 가시고자 하는 곳으로 가십시오."

곧 공자에게 남자의 두건과 옷으로 갈아입힌 뒤에 마주 보고 눈물을 흘리며 떠나지 못해 연연해 하다가 그를 보냈다.

『창선감의록』 상편 끝

제8회

화산역 역점에서 열사를 얻고 청선산 선동에서 장인을 만나다

윤공자尹公子는 곧바로 한림翰林을 향해 성문 밖으로 나가 한림을 보고서 손을 잡고 눈물을 흘리며 말했다.

"옛부터 어질고 효성스러운 군자가 화를 만난 것이 끝이 없으나 어찌 형의 원한과 같은 사람이 있겠습니까."

"장원長遠께서 멀리서 오셨으니 어찌 제가 한이 있는지 없는지를 알겠습니까. 『춘추春秋』에 '천왕天王이 나가서 정鄭 땅에서 거처하고 있다'고 하였으니 어머니를 섬길 수 없어서 그를 끊어버린 것입니다. 제가 어머니를 잘 섬길 수 없었으니 어찌 나라의 법을 면할 수 있겠습니까. 지금 몸과 마음을 바꾸려고 하나 오히려 천지가 용납하지 않을까 두렵습니다."

마침내 천만 가지 죄를 끌어들여 구슬 같은 눈물을 두 뺨으로 흘리며 그치지 않았다. 윤공자는 그 지극한 정성을 보고 한숨을 쉬며 탄복하여 감히 심씨沈氏 모자母子의 일에 대해 입을 열 수 없었다. 한림은 엄숭嚴崇이 자기를 구한 일을 이상하게 여겼다. 윤공자가 세번世蕃의 이야기를 전하자 한림은 실색하여 말이 없었는데, 갑자기 쌍섬雙蟾이 와서 한림을 보고 소흥부紹興府에서 지금 왔다고 하고는 눈물을 흘리며 남부인南夫人·윤부인尹夫人의 일을 전했다. 윤공자는 비로소 남부인이 죽은 뒤 다시 살아났다는 말을 듣고 한편으로는 기쁘고 한편으로는 서글퍼 두 줄기 눈물을 뚝뚝 흘렸다. 한림은 윤공자의 모습을 보고 슬프고 또 원망스러워 마음속에 슬픔이 가득했다.

"다른 사람들 남매는 이렇게 괜찮은데 우리 형제는 어찌 그런가."

윤공자는 엄숭 일가가 쫓아올지 몰라 두려워 일어나 한림과 이별하며 통곡하고 떠났다.

다음날 한림이 떠날 때 하어사夏御史가 와서 길에서 이별하며 분명하게 말했다.

"하늘이 큰 임무를 맡기려 할 때는 반드시 먼저 그 마음을 괴롭히니 형께서는 끼니를 거르지 마시고 자신을 돌봐 하늘이 옥玉을 만들려는 뜻을 저버리지 마십시오."

왕겸王謙의 어머니가 아들을 보내며 말했다.

"한림을 잘 받들고 이 어미를 생각하지 마라. 어미는 남자가 되지 못한 것을 한으로 여긴다."

범한范漢은 한림이 출옥했다는 소식을 듣고 깜짝 놀라 은밀히 이소李少 · 배삼裵三을 찾아가 뇌물을 두둑이 주고 독약을 주어 도중에 독을 쓰게 하였으나 유이숙劉爾淑이 좌우에서 모시고 잠시도 떠나지 않았으며 왕겸도 하어사의 명을 받들어 음식을 살피니 이소 등이 틈을 탈 수 없었다.

화주華州의 화산역華山驛에 도착하자 유이숙, 왕겸이 다 병들어 눕게 되었다. 한림이 직접 간호하여 4, 5일 머무르는데, 이소와 배삼이 은밀히 모의했다.

"우리들이 범생范生의 많은 돈을 받았으니, 만약 이 사람을 죽이지 않고 돌아간다면 범생이 반드시 그 돈을 돌려달라고 할 것이다. 그러나 돌려주려고 해도 그 돈을 이미 다 써버렸고 돌려주지 않으려 한다면 범생이 돈을 달라고 소란을 피울 것이니 이 두 가지가 모두 근심거리네. 이때를 타 먼저 죄인에게 손을 쓰고 왕겸과 유이숙도 같이 죽이는 것이 좋을 듯하네. 돌아가 지주地主에게 '죄인이 병들어 죽었다'라고 말하면 저가 어찌 믿지 않겠는가."

말이 끝나기도 전에 갑자기 푸른색 비단 군복을 입은 장사壯士가 종자從者 4, 5명과 손에 장검을 들고 들어와 한림에게 인사하고 물었다.

"그대는 지금 무슨 죄를 짓고 어디로 귀양 가는가."

"윤상倫常을 범했으나 외람되게도 천은天恩을 입고 목숨을 보존하여 촉蜀으로 귀양 갑니다."

장사는 한참 동안 자세히 살펴보다가 말했다.

"그대의 용모를 보니 죄명과 닮지 않았는데 무슨 말이 그리 심한가."

"죄인이 효로써 어머니를 섬기지 못했고 공경으로 형을 섬기지 못해 하늘에 죄를 얻었으니 만 갈래로 찢겨 죽어도 오히려 가벼울 것입니다."

"그렇다면 선생께서는 소흥부紹興府에서 죄를 얻은 화한림花翰林이 아니십니까."

"장군께서 어찌 아십니까."

장사는 긴 다리를 끌어 꿇어앉으며 말했다.

"저는 바로 서안부西安府 조총병趙摠兵의 휘하에 있는 장수將帥 유성희兪聖禧로 자字는 수창秀昌입니다. 지난달 장군의 명으로 서울에 가서 관계官界를 오가다 선생의 옥사獄事를 듣고 선생께서 군자시라는 것을 알았습니다. 군자는 자기 잘못을 말하기는 즐기고 남의 잘못은 말하지 않습니다. 지금 선생의 말씀이 이와 같으니 이 때문에 선생께서 화한림이신 것을 알았습니다."

종자에게 명하여 이소 등을 불러 앞에 세우고 엄한 소리로 물었다.

"너희들이 말한 범생이라는 놈은 어디 사는 누구인가."

두 사람은 아연실색하여 돌아보며 말했다.

"이 무슨 말씀이십니까."

유성희가 칼을 어루만지며 두 눈을 부릅뜨고 말했다.

"천한 놈들이 감히 나를 속이려고 하느냐"

두 사람은 두려워 마주하지 못했다. 한림이 유성희에게 말했다.

"저들은 형부刑部의 죄인을 압송押送하는 관리인데 장군께서는 무슨 말을 들으셨길래 이리도 심하게 그들을 닦달하십니까."

"제가 평생 의기意氣를 중하게 여기고 급한 사람의 어려움 돕기를 좋아하였는데, 갑자기 벽 너머로 소곤거리는 소리를 듣고 저도 모르게 몸과 마음이 뛰어 분개하여 칼을 쥐고 왔습니다."

마침내 종자에게 두 사람을 결박하게 하고 칼을 들고 찌르는 흉내를 내며 말했다.

"너희들이 죄인과 본래 은혜나 원한이 없는데도 차마 뇌물과 청탁을 받고 목숨을 해칠 계획을 하였으니, 이것은 도적질보다 심한 짓이다. 내 너희 두 사람의 머리를 잘라 서울로 보낼 것이나 바른 데로 말하면 살 것이고 아니면 목을 벨 것이다."

두 사람은 머리를 숙이고 실토하였다. 유성희가 한림을 돌아보고 말했다.

"선생께서 정말 범한과 원한이 있습니까."

"있습니다."

"왕겸과 유이숙은 누구입니까."

"왕겸은 하어사의 하인이고 유이숙은 저의 마을 사람입니다. 제가 소흥부의 옥을 떠나면서부터 지금까지 목숨을 보전한 것은 모두 이 두 사람의 힘입니다."

"그 사람들은 어디에 있습니까."

"저기 병들어 누워 있는 사람입니다."

유성희가 다가가 왕겸과 유이숙의 손을 붙잡고 말했다.

"그대들이 처자식을 팽개쳐 두고 만 리 멀리까지 한림을 따르는 것은 그 의리가 사람들을 감동시키기에 충분한데 하물며 더러운 세상에서 재상宰相을 알아보고 위태로움과 도탄 속에서 영웅을 구했으니 안목이 있는 사람이 아니라면 할 수 있겠는가."

이에 이소 등의 결박을 풀어주고 '아래의 천한 놈이 이익을 보고 의리를 잊는 것은 진실로 이상한 일이 아니다'라고 하고, 칼을 땅에 던져주며 말했다.

"이 칼은 천금의 가치가 있다. 이것을 가지고 돌아간다면 범한의 돈을 갚기에 충분할 테니 다시 악한 마음을 가지지 말아라."

또 독약을 내놓게 하여 태워버리니, 이소 등은 감격하고 부끄러워 눈물을 흘렸다. 한림은 유성희가 장대하여 열사의 풍모가 있음을 보고 온몸이 그에게 끌려 늦게 만난 것을 한스러워 했다. 성희는 자신을 '개국공신開國功臣 통해通海의 후예로 가세家勢가 산서山西에서 몰락하였는데 부모님께서 일찍 돌아가시고 가난하여 의탁할 곳이 없었으나, 뛰어난 큰 뜻이 있어 독서를 좋아하였고, 때때로 산서 지역의 소년을 따라 활과 말로 장난질하였는데, 나이 18살에 서안부 막하幕下에 의탁하여 지금 3년이 되었다'고 했다.

며칠을 머무르는 동안 한림과 낮이면 옛날과 지금의 다스려짐과 어지러움, 영웅의 일을 이야기했고, 밤이면 천문天文·병법, 조화造化의 오묘함을 이야기했다. 유성희가 더욱 한림에게 감복하여 감탄했다.

"선생은 때를 만나지 못했다고 할 만 합니다. 태조황제太祖皇帝 때에 났더라면 어찌 유도劉陶에게 완전하다고 하겠습니까."

왕겸과 유이숙의 병이 나아 한림이 길을 떠났는데, 유성희와 6, 7일을 같이 가다가 유성희가 갈림길에서 서안부를 향하여 말 위에서 채찍을 쥐고 인사하며 말했다.

"옛날 정이천程伊川 형제가 촉 땅에서 돌아오자 학문이 바뀌어 크게 밝아졌으며, 장위공張魏公 범경인范景仁이 촉 땅에서 일어나 모두 남조南朝의 명신이 되었으니, 선생께서 이 두 사람을 아신다면 어찌 촉 땅이 선생이 복을 꾀할 땅이 되지 못한다고 하겠습니까."

"죄인이 원하는 일은 감히 여기에 있지 않습니다. 다음에 살아 고향에 돌아가 한번이라도 어머니의 얼굴을 보고 죽으면 충분합니다."

다 같이 눈물을 흘리며 이별했다.

윤공자가 엄부嚴府를 나온 날 세번이 들어가 새사람이 없음을 보고 월화月華에게 물었으나 월화는 모르겠다고 했다. 사방으로 찾았으나 끝내 찾지 못하자 세번이 깜짝 놀라 울먹이며 '장생張生이 나를 속였구나'라고 하고 장평張平을 잡아와 그 이유를 따졌다.

"소생이 분명히 윤씨尹氏를 들였으나 상공께서 잃어버리셨으니 이것이 어찌 소생의 죄입니까."

세번은 할 말이 없어 장평을 풀어주고 성을 내며 일어나 '이 여자는 정말 한림을 위한 계책으로 나를 속인 것이다. 내 반드시 이 여자를 잡아 치욕을 씻으리라'라고 하자 엄숭이 '안 된다'고 했다.

"근래에 천자께서 서계徐階를 들어 쓰셔서 내 권한이 날로 줄어들었고, 하춘해夏春海와 사강謝江 등이 불만을 품고 눈을 부릅뜬 채 지켜보고 있는데, 남의 처를 빼앗는 것이 무슨 좋은 일이라고 이렇게 시끄럽게 떠들려고 하느냐."

세번이 마침내 그만두었으나 분을 토하기를 그치지 않았다.

홍씨洪氏는 월화가 윤씨가 떠난 뒤로 안색이 좋지 않아 떨어진 꽃, 부서진 옥 같아 때때로 등불 앞, 달 아래에서 맑은 눈물을 흘리는 것을 보고 하루는 월화에게 물었다.

"내가 윤씨를 보니 얼굴과 모습이 아름답기는 하나 온화하고 조용한 부인은 아니니 너의 심성과 다른데 어째서 사랑하고 사모하여 잊지 못하느냐."

월화는 차마 속이지 못하고 사실대로 다 말했다. 그 어머니가 깜짝 놀라 월화의 팔뚝을 끌어 붉은 점을 보고 감탄하여 '윤랑尹郞은 어진 사람이구나'라고 하자 엄숭이 듣고 몹시 기뻐하여 '그 사람의 의기가 이와 같으니 틀림없이 내 딸을 저버리지 않을 것이다'라고 했다.

윤공자는 성의 서쪽 암자에 숨어 있다가 다음 해 정월 과거에 급제하여 천자가 내려준 일산을 쓰고 음악을 울리면서 엄숭의 집에 들어갔다. 엄숭은 맞이하여 은근하게 축하했고 세번도 그 곁에 있었다. 공자가 부드럽고 우아하게 돌아보는데, 광채가 일렁거리니 엄숭은 기쁨이 눈가에 넘치고 세번은 남몰래 넋이 빠졌다. 공자가 세번에게 사례하였다.

"지난번 귀하의 높은 의리에 힘입어 매형께서 좋은 곳에 귀양 가게 되었으니 고마움을 어찌 다하겠습니까."

세번은 몹시 부끄러워 머리를 떨어뜨리고 말이 없었다. 엄숭이 모르는 일처럼 말했다.

"이것은 정상서鄭尚書의 공이니 내 아들에게 무슨 힘이 있겠는가."

잠시 뒤 여종이 술과 안주를 들이니 공자가 잔을 들고 잠시 마시다가 눈을 돌려 세번을 보고 '이 술이 비록 향기로우나 지난날의 정 가득한 술보다는 못합니다'라고 하자 엄숭이 웃었다.

"장원壯元은 우리 집에 처음 왔는데 일찍이 언제 우리 집의 정 가득한 술을 맛보았는가."

"소생이 신혼방의 한바탕 봄꿈을 아직 깨지 못해 아직까지 꿈속에서 말하고 있는 것 같습니다."

엄숭은 손바닥을 비비며 밝게 웃었고, 세번은 얼굴이 벌겋게 달아올라 오랫동안 들 수 없었다. 이때 여종들이 돌아보고 박수치며 '오늘 윤장원께서 정말 지난날의 윤부인이시구나'라고 했다.

잠시 뒤에 공자가 물러나겠다고 하자 엄숭이 붙잡으며 월화와의 혼사를 말하자 공자가 웃었다.

"이 일은 이미 따님과 상의하였으니 합하閤下께서는 염려하지 마십시오."

엄숭이 크게 기뻐했다.

며칠 뒤 공자는 한림학사翰林學士 겸 춘방春坊 우서자右庶子로 좌학사左學士 백경白瓊과 춘방에서 함께 숙직을 하게 되었는데 백학사가 얼굴을 대하고 몹시 의아해하며 물었다.

"형의 자가 장원입니까."

"예"

"형께서는 백련교白蓮橋에서 만났던 일을 기억하십니까."

"5년간 그 일을 어찌 잊을 수 있겠습니까."

"형께서는 그 사이 과연 진씨陳氏와 혼인하셨습니까."

"진씨의 소식이 이승과 저승같이 멀리 떨어져 있으니, 어찌 혼인할 수 있겠습니까. 그런데 그때 외람되게 형께서 편지를 주셨으나 제게 마침 괴로운 일이 있어 답하지 못했으니, 형께서는 틀림없이 저를 무정하다고 하셨을 것입니다. 그 후에 세월이 많이 흘렀으니 동생의 혼사가 어느 곳으로 정해졌는지 모르겠습니다."

"장원께서는 어찌 이렇게 군자답지 못한 말씀을 하십니까. 내가 장원과 분명히 약속하였는데, 어찌 장원의 가르침을 기다리지 않고 먼저 혼인할 곳을 바꿀 이유가 있겠습니까."

"형께서 길에 말을 세워놓고 황급히 한 약속을 이와 같이 믿고 지켜주시니 진실로 감격할 일입니다. 그러나 저는 진씨와 한집에서 자라, 어려서부터 침상을 둘러싸고 매화를 가지고 장난치던 정이 있으니 지금의 재앙 때문에 약속을 저버릴 수 없습니다. 그때 아버지께서 답한 편지 속에 '운남雲南의 소식을 기다려 천천히 다시 논하자'라고 하신 말씀도 바로 이와 같은 이유입니다."

"그렇다면 그때 형께서는 어찌 혼인할 곳을 구한다고 하셨소."

윤학사는 자신의 말이 논리에 맞지 않아 다시 대답할 수 없다는 것을 알고 크게 웃으며 '그것은 저의 말이 아니라 진씨의 말입니다'라고 하고 진씨가 남자 옷으로 바꿔 입고 회남淮南으로 가려고 한 일과 별지別紙 속에 기록한 말을 그에게 이야기했다. 백학사는 깜짝 놀라 칭찬하고 감탄하며 또 웃었다.

"제가 진실로 형의 얼굴이 옛날과 달라 의심했지만, 고향이 같고 빛나는 마음이 비슷하며 나이가 같으니, 제가 어찌 끝내 믿지 않겠습니까. 아! 진씨는 만고의 뛰어난 여인이니 형께서 받으신 은혜이고, 잊을 수 없는 것이 당연합니다. 지금 조문화趙文華가 이미 몰락했고 엄숭의 세력이 날로 기우니 진공陳公이 사면을 받아 돌아올 날이 조만간에 있을 것이고 형의 혼인 약속도 이로부터 이룰 수 있을 것입니다. 형은 풍류남아로 일찍이 과거에 급제하였고 금마문金馬門과 옥당전玉堂殿에 명성과 지위가 높을 것이니 두 부인을 두는 것도 해롭지 않을 것입니다. 형께서 진씨를 맞이한 뒤에도 소제의 뜻을 잊지 않는다면 다행이겠습니다."

윤학사는 웃으며 쾌히 허락하였다.

이해 가을 백학사가 문연각文淵閣 수찬修撰이 되어 글을 올려 진공의 원한을 자세히 말씀드리니 천자가 크게 깨달아 특별히 진공을 풀어주시고 공부상서工府尙書로 그를 불렀다. 진공부부는 곧 공자, 소저와 길을 떠나 다음 해에 서울에 도착했다.

이때 윤시랑은 이미 자신의 부인夫人 조씨趙氏, 딸 윤부인尹夫人과 함께 서울에 돌아왔다. 두 집안이 기뻐하며 좋은 날을 택해 혼례婚禮를 올리니 윤학사는 좋은 수레,

아름다운 가마로 하루에 진陳·백白 두 소저를 맞이하였다.

화한림이 유배지에 도착한 뒤 왕겸에게 '내가 무사히 이곳에 도착했으니 그대는 돌아가시오'라고 하자 왕겸이 말했다.

"소인이 화어사와 상공을 섬기게 되어, 이 세상에서 두 분 군자에게 인정을 받으면 다행이라 여겼고, 또 어머니의 말씀이 있으니 소인이 어찌 차마 상공을 버리고 돌아갈 수 있겠습니까."

이때부터 한림은 왕·유 두 사람과 친구의 의리와 하인 주인 사이의 정을 겸하여 왕겸은 샘을 길어 쌀을 씻고, 이숙은 땔나무를 지고 밥을 지었으며, 눈 덮인 고개의 새를 주살질해 잡기도 하고 금강錦江의 물고기를 낚시질하기도 하며, 고사리와 고비로 국을 끓여 봄을 보내고, 도롱이를 쓰고 연꽃을 캐면서 여름을 지내, 계수나무로 만든 젓가락과 대나무로 만든 소반의 고상한 맛이 아름다우니 죽우당竹友堂의 쓴 소금과 거친 밥에 비하면 높은 지위를 거치면서 많은 녹봉을 누리는 것과 같을 뿐만이 아니었다. 때때로 등나무 지팡이와 칡뿌리 신발로 고운 이슬이 맺힌 단풍나무 숲 아래나 그윽하게 꽃이 핀 아름다운 바위 사이에서 두건을 벗고 휘파람 불며 거닐다가 반 년 동안 옥살이 한 괴로움을 돌이켜 생각하면 세상을 벗어난 듯하여 날개가 나서 신선이 된 것 같았다. 그러나 한림은 어진 효성이 뛰어나고 우애가 마음에 뿌리박혀 밥을 대할 때마다 어머니를 생각하였고, 좋은 경치를 대할 때마다 형님을 생각하여 『시경詩經』에서 어머니를 봉양하는 자식의 마음을 노래한 「남해南陔」 편에서 흘린 눈물처럼 눈물이 끊어지지 않았고, 사령운謝靈運이 꿈속에서 동생 사혜련謝惠連을 만나 쓴 「춘초春草」라는 시詩 구절을 먼저 이루었다. 다닐 때는 반드시 적인걸狄仁傑이 어버이를 그리워하던 그 구름을 바라보았고, 누워서는 반드시 강굉姜肱이 그의 동생 중해仲海, 계강季江과 덮고 잤다는 이불이 부러워 이불을 어루만지며 눈물을 삼키고 한숨을 쉬며, '내가 만약 어머니와 형님에게 하루라도 마음을 바칠 수 있다면 비록 그날 죽더라도 한이 없겠다. 그 나머지 부귀에 관한 일과 처자식의 즐거움은 하나같이 가을 구름, 물 위에 뜬 풀과 같을 뿐이다'라고 했다. 이 때문에 그 몸이 촉 땅에 있은 지 일 년이 되었으나 남부인南夫人을 생각할 겨를이 없었다.

어느 날 완화계浣花溪의 숲 속 정자에서 놀다가 차례차례 처마머리에 쓰인 시를 보니 그 가운데 7언율시七言律詩가 한 수 있었고, 그 끝에 청성산인靑城山人 남자평南子平이라고 쓰여 있었다. 그 시의 두 번째 연이 다음과 같았다.

층봉역層峰驛에서는 조주潮洲의 눈물이 마르지 않으니

흰 눈을 바라보고는 오랫동안 두보가 그렸던 아이를 생각하네.

한림은 이 시를 보고 깜짝 놀랐다.

"이 사람은 분명히 내 장인 남어사이시다. 두보杜甫는 그의 시 「북정北征」에서 '예쁜 아이의 안색이 눈보다 희다'고 했고, 한유韓愈가 조주로 귀양 갈 때 딸아이가 층봉역層峰驛에서 죽었으니, 세상에 어찌 이같이 장인의 처지와 같은 사람이 있겠는가. 아! 어떻게 장인을 만나 뵙고 두 딸이 촉 땅에 있다는 것을 말씀드리겠는가."

슬퍼하면서 이리저리 거닐고 있는데, 갑자기 유관儒冠을 쓴 사람 몇 명이 숲속에서 지팡이를 짚고 왔다. 한림이 맞이하여 인사하고 그들과 몇 마디 말을 나눈 뒤 남공의 시를 가리키며 물었다.

"이분은 본래 서울 사람인데 이 땅으로 떠돌아 들어와 스스로 청성산인이라고 합니다. 자취를 살펴보면 반드시 이 산속에 있을 것입니다. 혹시 여러분 중에 이분이 계신 골짜기를 들으신 분이 있지 않습니까."

그 중 한 사람이 한림에게 말했다.

"지난봄 이분과 운수동雲水洞의 곽선공郭仙公이 이곳에 와서 놀다가 시를 짓고 돌아갔으니, 만약 곽선공에게 물어본다면 알 수 있을 것입니다."

한림은 고개를 끄덕이고 돌아간 뒤 다음 날 청성산의 운수동으로 향했다.

이때 남어사 부부는 딸아이를 생각하지 않은 날이 없었으나, 세월이 오래되었기 때문에 마음이 조금 편해졌다. 하루는 선공이 남어사에게 말했다.

"공의 액운이 다해가니 따님의 남편이 오실 것입니다."

어사는 그 말을 듣고 반신반의했는데, 갑자기 아이 종이 들어와 말했다.

"문 밖에 뛰어난 군자 한 사람이 와서 선생과 한부인韓夫人 뵙기를 청합니다."

어사가 깜짝 놀라 기이하게 여기자 곽선공은 웃으며 아이 종을 시켜 맞아들였다. 인사를 하고 앉은 뒤에 곽선공이 한림에게 말했다.

"누추하고 궁벽한 곳인데도 외람되게 귀한 분께서 찾아주셨으니 감사합니다."

한림이 손을 맞잡고 말했다.

"소생은 서쪽 지역의 죄인입니다. 그 자취가 비천한데도 외람되게 선생의 높은 풍모를 사모하여 감히 문지기 아이를 번잡하게 했으니 몹시 당돌한데, 선생께서 예를 낮추시고 지나치게 대하시니 이 더욱 황송합니다."

"귀하께서는 천자의 스승이시고 국가의 들보입니다. 이 산야山野 사이에 사는 필부匹夫를 돌아보시니 어찌 감히 존대받기를 바라겠습니까."

한림은 선공이 우뚝 빼어나 닭의 무리 중에 있는 학과 같고 어사가 베옷과 두건을 하고 두 줄기 눈물을 떨어뜨리려 하는 것을 보았다. 한림은 근심에 잠겨 어사에게 물었다.

"대인께서는 임자년壬子年에 악주岳州로 귀양 가신 남어사가 아니십니까."

"내가 바로 그 사람인데 귀하는 어떻게 알고 왜 묻는가."

한림이 일어나 다시 바로 꿇어앉아 흐느껴 울며 눈물을 흘렸다.

"제가 바로 여양후汝陽侯 화공花公의 불초 소생 화진花珍입니다. 제가 어렸을 때 돌아가신 아버지께서 산동山東 윤시랑尹侍郎에게서 대인께서 수적水賊에게 해를 당했다는 말을 듣고 눈물을 흘리며 상심하시는 것을 보았습니다. 지금 돌아가신 아버지의 무덤 위로 풀이 7년을 묵었는데, 소생이 세상에서 대인에게 절하게 되었으니, 소생이 더욱 죽고 사는 것에 대한 통곡을 이길 수 없습니다."

어사가 서럽게 눈물을 흘리며 말했다.

"영존令尊께서 세상을 떠나셨다니 조정에는 다시 노성인老成人이 없겠구나. 내가 세상에서 자취를 감춘 지 이제 9년이네. 아득하여 세상일을 들은 것이 없으니, 그대는 혹시 윤중회尹仲晦의 안부를 아시는가."

"윤대인께서 바로 소생의 장인이십니다. 소생이 서쪽에서 올 때 윤대인의 아들 여옥汝玉을 만나 거동하시는 것이 옛날과 같다고 들었습니다. 소생에게 두 처가 있는데 하나는 윤부인의 친딸이고 하나는 양녀 남씨입니다. 윤대인께서 말씀하시기를 내 친구 남모의 딸이라고 하셨으니 소생은 대인에게도 사위가 됩니다."

어사는 손을 잡은 뒤 말이 빨라지고 마음이 조급해졌다.

"그렇다면 내 딸이 살아있는가."

이에 한림이 앞뒤의 사정을 갖추어 말씀드리자, 어사는 기쁨과 슬픔이 끝이 없고 눈물과 감탄이 어우러져 한림의 입을 바라볼 뿐이었다. 이때 한부인이 사위가 왔다는 말을 듣고 왔다. 꿈같아 경황없이 급히 그 얼굴을 보고자 하니 어사가 곧 한림과 안으로 들어왔다. 한림이 한부인에게 절하니 한부인이 눈물을 머금고 낭랑하게 말했다.

"내가 딸아이를 잃은 뒤 살 생각이 없어 빨리 죽어 지하에서 만나기만을 바랐는데, 꿈속에서도 생각하지 못한 그대를 만나 딸아이가 죽지 않았다는 말을 들었으니 이 마음은 기뻐 하늘을 날아오르는 것 같네. 그러나 마음이 아프고 쌓인 슬픔이 피어올라, 오늘 딸아이를 찾은 슬픔이 당초 딸아이를 잃었을 때보다 천 배나 되네. 단지 딸아이가 지금 어디에 있으며, 자네는 맑은 정신과 뛰어난 몸, 어질고 온화하며 아름다운 얼굴로 세상에서 무슨 죄를 지어 만 리 땅에 유배 왔는지 듣고 싶네."

한림은 눈물을 흘리며 길게 탄식하고 자기 집안과 부부의 앞뒤 재앙을 대략 말하고, 어머니는 자애롭고 신실하시며 형님께서는 어질고 덕이 크시지만, 가문의 운수가 불행하여 요사한 첩이 집안을 어지럽히니 이것은 모두 소생 부부의 운명이 기구하고 박하기 때문이라고 말했다. 이어서 남부인이 조씨趙氏의 독毒을 받았으나 청원淸遠에게 구원을 받아 남자 옷으로 갈아입고 촉 땅에 들어온 일을 전하니 한부인은 얼굴이 파랗게 변하고 가슴이 막혀 한참 만에 정신을 차리고 한림에게 사례하였다.

"딸아이가 어리석고 나약하여 위태롭고 어려운 일에 잘 대처하지 못해 이 같은 흉악한 재앙에 이르렀으니 내 죄가 아닌 것이 없네. 감히 사위의 집안을 원망하겠는가."

한림은 부인의 덕량德量에 깊이 감복했다. 어사가 한부인에게 물었다.

"청원이라는 사람이 어느 산의 비구니인지 모르겠으며, 딸아이가 촉에 들어올 때 여종을 만나 말했으나, 여종이 슬프고 혼란스러워 그 산 이름을 자세히 묻지 못했다고 하네."

"아! 8~9년 전 청원이 우리 집에 와서 자기가 촉 땅의 어떤 산에 있다고 했으나, 재앙과 어려움에 빠진 나머지 심신이 크게 상해서 저도 까마득하여 그 산의 이름을 기억하지 못합니다. 아! 그때 청원이 딸아이의 얼굴을 보고 깜짝 놀라 자세히 관찰했으니, 반드시 묘한 이치가 있었을 것인데, 애석하구나. 내가 묻지 못했으니."

어사가 한림에게 말했다.

"딸아이가 이미 촉 땅에 들어왔다고 했고, 그대와 내가 이 땅에서 만났으니, 반드시 하늘이 굽어 불쌍하게 여겨 잃어버린 딸과 부부가 한 곳에서 만나게 하고자 한 것이네. 그대가 노부와 산을 넘고 내를 건너 촉 땅 수 천 리 사이 전부를 두루 돌아다니며 찾아보는 것이 어떻겠나."

한림이 크게 한숨 쉬며 말했다.

"소생에게 이런 생각이 없는 것은 아니지만, 죄에 묶인 몸이어서 멀리 나갈 수 없습니다."

"아! 그대의 형편이 정말 그렇다면 노부 혼자 찾아보겠네."

이날 밤 어사는 한림과 작은 방에 들어가 등불의 심지를 돋우고 이야기하였다.

"자네는 어떻게 노부의 소식을 듣고 이 산에 찾아왔는가."

한림이 두노정에 걸려 있는 시를 쓴 현판과 유관을 쓴 사람들의 말을 전했다.

"곽선공은 신인神人이구나. 지난번에 나와 그 정자에서 놀았는데, 나에게 시를 지어 처마에 적도록 권하면서 올해 반드시 이 시 때문에 나를 찾아올 사람이 있을 것이라고 하였는데 이제 보니 과연 그렇구나."

제9회

백의로 광남 땅에 달려가고 붉은 부적으로 요사한 적을 격파하다

다음 날 한림翰林이 돌아가려 하자 어사御史가 곽선공郭仙公에게 물었다.

"선생께서 보시기에 화군花君의 얼굴 위에 나타난 재앙이 어떻습니까."

"은진인殷眞人이 있으니 제가 무슨 말을 하겠습니까."

"은진인은 누구입니까."

"당唐나라가 멸망하고 송宋나라가 일어나기 전, 그 시기에 있었던 신선으로, 화군의 전생 친구입니다."

한림은 그의 말이 몹시 허황하다고 여겼다.

골짜기 어귀를 돌아 나와 십여 리 쯤 걸어가니 점점 바위와 골짜기가 깊어지고 산봉우리가 기이해 보였다. 쌓인 눈과 옅은 노을이 잠깐씩 나타났다 사라지고, 영험하고 맑은 기운과 온 천지의 향기가 한들한들 자욱하게 꽉 차 있었다. 한림이 발길 닿는 데로 걸어가자 갑자기 붉은 절벽이 양쪽으로 우뚝 서 있고 하늘이 훤히 열려 있는데, 그 가운데에서 신령스럽고 이상한 짐승들이 날개를 잇대고 무리를 지어 놀고 있었다. 한림은 길을 잃었다는 것을 알고 낙담하여 사방을 둘러보다가, 서북쪽 층진 암벽 위에 노쇠한 얼굴에 흰 머리털로 몹시 아름다운 옷을 입고 갓을 쓴 한 노인을 보았다. 한림이 다가가 인사하고 말했다.

"소생은 속세의 천한 몸으로 우연히 명산에 와서 헤매다가 방향을 잃었는데 날이 저물려 하니 선생께서 길을 가르쳐주시기 바랍니다."

노인이 일어나며 답하여 인사하고 말했다.

"상선上仙께서는 그동안 별일 없으셨는가."

"소생은 속세의 일개 천한 인간인데, 선생께서는 어째서 상선이라고 하십니까."

"자네가 거리낄 것 없는 분방한 성품으로 천상계天上界를 사직하고 인간 세상에 떨어져 바람서리를 겪었으니 정신이 더럽고 탁해져 전생의 일을 알지 못하는 것이 당연하네."

단약丹藥 한 알을 주고 말했다.

"이것을 먹으면 자연히 알 수 있을 것이네."

한림은 사양하고 받지 않았다.

"소생은 이미 인간이 되었으니 헛되이 천상의 일을 잘못 안다면 자신에게 이로울 일이 없고 한갓 마음을 어지럽힐 뿐입니다. 이제 이 약을 먹고 신선이 될 수 있다고 하더라도 소생에게는 어머니와 형님이 계시니 어찌 차마 그들을 버리고 홀로 신선이 되어 갈 수 있겠습니까."

"어질구나! 효자의 말이여. 지극한 정성이 이와 같으니 하늘이 어찌 감동하지 않겠는가. 자네의 어머니와 형이 잘못을 뉘우칠 날이 멀지 않았네."

한림은 이 말을 듣고 매우 기뻐 눈물을 흘렸다.

"소생의 운명이 박하니, 또 형제가 손을 잡고 색동옷을 입고 춤을 출 날이 있겠습니까?"

"자네의 슬픈 날은 이미 다 지나갔으니 즐거운 날이 돌아올 것이네. 안으로는 어머니와 형제 사이의 즐거움이 있을 것이며, 밖으로는 벼슬과 부부간의 기쁨이 있을 것이니, 충효의 복은 신령스러움이 크다네."

그와 바위 위에 앉아 말했다.

"천상의 일은 자네가 알기를 원하지 않으니, 이제 나와 인간 세상의 일을 이야기하는 것이 좋겠네."

소매 속에서 강태공姜太公이 지은 『육도六韜』를 꺼내며 말했다.

"자네의 급선무가 이 책 한 권에 있네. 자네가 일찍이 섭렵했다 하나 보잘것없는 것에 불과하네. 군대의 일이란 위태로운 것이니 자세히 익히지 않을 수가 없네."

바위 위에 그것을 펼쳐 하나하나 자세히 분석해주니, 한림은 본래 영특하고 빼어난 천재여서 대나무가 칼날을 맞이하듯 막힘이 없었다. 노인은 한림의 재능에 놀라 환하게 웃으며 또 조그마한 두루마리 하나를 꺼내, 그 그림 속 산천의 멀고 가까움,

넓게 트이고 좁은 모습, 험난한 형세를 가리키고, 또 붉은 부적 한 장을 펼쳐서 주며 말했다.

"이것이 바로 태상노군太上老君께서 요망한 적을 굴복시키는 부적이네. 자네가 가지고 돌아가면 요긴히 쓸 곳이 있을 것이네."

그와 음양오행陰陽五行의 신묘함을 이야기하니 옥 같은 가루가 날리고 슬기로운 소리가 가득하여, 저녁노을이 숲에 들고 자던 새가 날아 돌아가는 것을 깨닫지 못했다.

잠시 뒤 달이 동쪽으로 떠오르고 이슬이 옷깃을 적시자 노인은 한림과 바위 사이의 초가집에 돌아와 땅을 쓸고 누웠다. 한림은 피곤해 잠에 빠졌다가 깨어나 보니 붉은 해는 높이 솟아 있고 바람에 흔들리는 소나무 소리가 처량하였다. 노인이 말했다.

"나라 일이 급하니 자네는 속히 돌아가게."

한림은 『육도』와 부적, 족자를 챙겨 품에 넣고 노인에게 절하였다.

"선인께서 사시는 삼신산三神山은 아득히 멀고, 계시는 열 개의 섬은 넓디넓어, 인간 세상에서 한번 이별하면 다시 소식을 접하지 못할 터이니, 선생의 존호尊號를 듣기 원합니다.

"곽선공께서 말씀하시지 않으셨는가."

한림은 비로소 그가 은진인이라는 것을 알았다. 겨우 몇 걸음을 걸어갔는데 그 사람과 초가집이 보이지 않자 아득하게 탄식하고 돌아오니 어제 길 위에서 본 노란 국화와 단풍이 다 변하여 두견화와 철쭉이 되어 있었다. 왕겸王謙이 문 밖에 나와 그를 보고 뛸 듯이 기뻐하여 큰소리를 질렀다.

"상공相公께서 돌아오셨네."

이숙爾叔이 방에서 맨발로 뛰어나오며 말했다.

"상공께서는 어느 곳에서 계셨기에 겨울이 지나도록 돌아오시지 않으셨습니까. 소인이 청성산靑城山에 세 번 갔었고, 남어사南御史 노야老爺께서도 다시 찾아오셨으나, 끝내 소식을 듣지 못해 소인들은 '깊은 산골짜기에서 정말 호랑이나 표범의 변을 당하셨는가'라고 했습니다. 왕겸 자네는 급히 관가로 달려가 유장군兪將軍에게 말씀드리게."

한림이 놀라 말했다.

"수창秀昌이 어떻게 왔는가."

"지금 나라에 큰일이 나서 상공을 광남부廣南府 종사從事로 삼아, 유장군께서 직접 천자의 임명장을 받들고 오셨습니다."

잠시 뒤 성희聖禧가 지부知府 경창耿敞과 급히 왔다. 성희는 황급히 한림의 손을 잡으며 말했다.

"선생께서는 어찌 이처럼 사람을 놀라게 하십니까."

한림이 지부를 향해 사죄했다.

"죄인은 감히 함부로 유배지를 벗어나지 않아야 하지만, 산중의 옛 친구를 찾아갔다가 길을 잃어 허둥지둥 헤매다 해를 넘겼으니 두려움이 지극하여 죄를 피할 수 없습니다."

곧 성희에게 물었다.

"좀 전에 이숙이 허둥지둥 수창께서 이곳에 온 이유를 전했으나, 급한 나머지 미처 자세히 묻지 못했으니 수창께서 자세히 말씀해 주십시오."

"지난해 해적海賊 서산해徐山海가 경애瓊崖 지역을 크게 약탈한 뒤 만주萬洲·화주化洲 등 여러 주州를 협박하고 도적질하여 스스로 만화대왕萬化大王이라고 하니, 남쪽 지역이 소란하여 백성들이 모두 짐을 싸 피난을 떠나게 되었습니다. 조정에서 우리 주장主將 조공趙公을 보내 광남부廣南府 경략사經略使로 삼아 침략당한 곳을 다스리도록 하였는데, 지난겨울 서산해가 안남安南의 바다 어귀에서 대대적으로 침입하여 바닷가의 여러 현들이 소란스러워졌습니다. 조공이 광남부 총병摠兵 척계광戚繼光과 힘을 합쳐 몇 개월 동안 부주성富州城을 지켰지만 도적의 세력이 더욱 강성해져 조공께서 제게 직접 서울로 가서 조정에서 천자를 만나 말씀드리라고 하였습니다. 내가 합로閤老 서공徐公을 보고 '산해는 바다 굴 속의 교활한 도적이고 부주富州는 남쪽의 요충지니, 한 번 부주를 잃으면 해안海岸이 다시는 우리 국가의 소유가 되지 못할 것입니다'라고 하니, 서공께서 '지금 조정에서 논의한 것은 따로 대장을 보내고 병사를 늘려 지키려고 하나 대장에 적격자가 없다 하네'라고 하셔서 제가 '조경략趙經略과 척총병戚摠兵께서 무용武勇이 모두 뛰어나니 어찌 다른 장수가 필요하겠습니까. 또 막기만 하고 전멸시키지 않으면 남쪽의 근심은 언제 평정되겠습니까. 산해의 간사한 계책과 기묘한 계략이 천만 번 변화하니, 장자방張子房이나 제갈공명諸葛孔明 같은 계책을 가지고 절충할 수 있는 사람을 얻을 수 있다면 평정할 수 있으나, 그렇지 않다면 비록 염파廉頗나 이목李牧에게 백만 명의 날랜 군사를 몰아가게 하여도 소용없을 것입니다'라고 하니 서공께서 '요즘 세상에 어떻게 장자방이나 제갈량 같은 사람을 구할 수 있겠는가'라고 하셔서 제가 '하늘이 재주 있는 사람을 낳는 것은 본래 예나 지금의 차이가 없으니 합하閤下께서 보지 못해 그러신 것일 뿐입니다'라고 하니 서공께서 웃으며 '그대는 그런 사람을 보았는가'라고 하셔서 제가 '저는 보았습니다. 지금 성도成都에 귀양 가 있는 화모가 바로 요즘 세상의 장자방이나 제갈량입니다'라고 하니 서공께서 웃으시면서 '그가 정말 뛰어난 재주를 가지고 있다고 하더라도 끝내 경험 없는 나약한 소년일 뿐이니 그대의 말이 지나친 것이 아닌가'라고 하셔서 제가 탄식하고 웃으며 '주유周瑜는 18살에 강동江東의 군사軍師가 되었고, 경엄耿弇은 22살에 광무光武에서 대책大策을 세웠으며, 장량張良과 진평陳平도 모두 경험 없는 나약한 소년으로 한 고조漢高祖를 도와 천하를 얻었으니, 만약 합하의 말과 같이 경험이 없다고 버린다면 이것은 주유와 경엄에게 들판이나 못가에서 시간을 보내게 하는 것이고, 장량과 진평은 업신여기고 꾸짖는 황제에게 감히 아무런 말도 못했을 것입니다'라고 하니 서공께서 조용히 말이 없었는데 마침 병부상서兵部尙書 하공夏公께서 오셔서 물어보니, 하공께서 크게 기뻐하시며 '제가 비록 화모花某의 지략智略이 어떤지는 모르나, 옛 사람들이 복 있는 장수의 등용을 좋아하는 것은 진실로 뜻이 있다고 생각되는데, 화모는 벼슬을 할 귀한 사람의 형상이니 합하閤下께서는 국가를 위하여 힘쓰시기 바랍니다'라고 하셔서 제가 장담하기를, '합하께서 시험 삼아 화모를 부주의 군대에 백의종군白衣從軍하게 하여 만약 기이한 책략을 내거나 큰 공을 세우지 못하면 소장小將이 합하의 앞에 머리를 바칠 것입니다'라고 하니 이에 서공께서 안색을 바꾸셨습니다. 다음 날에 천자 앞에서 말씀드리니 천자께서 깊이 고민하시며 허락하지 않으시고, '화모는 문사文士니 어찌 적을 토벌할 수있겠는가'라고 하시니, 한림학사翰林學士 윤여옥尹汝玉이 자리에서 나와 '극곡郤穀은 예악禮樂을 이야기하고 시서詩書에 힘썼으나 진晋나라의 원수元帥가 되었고, 두예杜預는 활을 쏘아 종이도 뚫지 못하였으나 오吳나라를 평정하는데 공을 세웠으니, 중도中道와 권도權道를 알아서 계책을 세울 때는 한 사람의 용맹을 가지지 않아도 되는 것입니다. 화모는 신의 매부여서 신이 그 사람을 잘 아니, 진실로 화모를 한 번 보내신다면 남쪽 지방을 평정하는 것을 근심할 필요 없는 것입니다'라고 하니, 천자께서 크게 기뻐하시고 이내 허락하셔서, 제가 그날로 명을 받들어 밤낮으로 달려 19일에 이곳에 도착하였는데, 선생께서 가벼이 혼자 나가셔서 8달 동안 소식이 없다는 말을 듣고 놀라고 아득하여 온갖 걱정이 다 생겼습니다. 목을 늘여 사방을 바라보고는 장이 끊어지고 가슴이 찢어지는 듯하여, 만일 선생께서 오늘 내일 사이에 오시지 않으셨다면 아마도 내가 여러 번 피를 토하고 죽었을 것입니다."

"제가 청성산에 갈 때에는 불과 며칠만 머무르려 했는데 일이 크게 잘못되어 제가 수창秀昌을 괴롭혔으니 죄송하기 그지없으나, 수창께서 저 때문에 서승상徐承相을 속인 것은 웬일이십니까. 내 한 몸의 낭패는 정말 걱정할 것이 못되나, 수창에게 부끄러움이 되고 국가에 무익할까 두려울 뿐입니다."

"하하하. 선생께서는 왜 속세의 지나치게 겸손한 태도로 이 친구를 외면하십니까. 대장부가 몸을 세우고 임금을 섬겨 나가서는 방숙方叔과 소호召虎가 되고, 들어와서는 고皐・기夔・직稷・설卨이 되며, 부귀를 물리치기 어려운 것이 재앙과 액운을 피하기 어려운 것과 같아 때에 따라 행하고 그만두는 것 입니다. 이 때문에 옛 성현께서는 세상의 흐름에 따라 움직이셨고, 『음부경陰符經』에서는 '하늘에 쇠金・나무木・물水・불火・흙土의 오적五賊이 있으니 그것을 본 자는 창성昌盛하리라'라고 하였으니, 이것은 때를 안다는 것을 말합니다."

"휴. 내가 화산역華山驛에서 수창을 만난 것도 명이요, 수창이 나를 부주성에 추천한 것도 명이며, 도적을 평정하여 나라에 보답하는 것이나 도적을 평정하지 못하여 머리를 잃는 것 모두 명 아닌 일이 없으니, 내 명을 따를 뿐이다."

지부가 행장을 꾸려 보내니 왕겸과 유이숙 등이 모두 따라서 길을 떠났다.

처음에 춘瑃이 서울에 오자 범한范漢이 와서 보고 물었다.

"경옥景玉이 갑자기 올라온 것은 무슨 까닭인가?"

춘이 낯빛을 바꾸며 답했다.

"집안에 재난이 많으니 피하여 재난을 물리치려고 하는 것이네."

범한이 비웃었다.

"경옥이 내게 사실대로 말하지 않는구나."

화춘花瑃이 외면하고 대답하지 않자 범한이 춘을 자세히 바라보다가 또 물었다.

"자네의 가족들도 함께 왔는가 아니면 소흥紹興에 남아 있는가."

춘이 성을 내며 말했다.

"내 가족이 오고 오지 않고를 자네가 왜 알려고 하는가."

범한이 벌떡 일어나 나간 뒤 춘의 악행을 드러내어 남에게 험담을 하여, '화공花公의 두 아들 중에 춘의 죄가 먼저 죽일 만하다'라고 했다.

범한은 이소李少 등을 보낸 뒤에 소흥으로 돌아와 조녀趙女에게 말했다.

"화진花珍이 이제는 틀림없이 죽을 것이니, 내 묵은 원한은 이미 갚았으나 요즘 보니 경옥이 나를 대하는 것이 이상한데, 이것은 필시 장평張平 이 도둑놈이 농간을 부린 것이네. 두 놈의 명도 오래남지 않았다."

조녀가 매우 즐거워했다.

"낭군께서 북쪽으로 가신 뒤로 경옥이 저를 의심하는 것이 날로 더해 정당正堂에서 잠시 마주치면 눈을 부릅뜨고 저를 질책하여 '네가 동쪽 담 아래의 음란한 여인으로 본래 행실이 비천하더니, 요즈음 범한과 간음하여 그 정상과 자취가 낭자하니 남씨南氏의 죽음과 형옥荊玉의 재앙은 모두 너희 음탕한 연놈들이 한 짓이다. 내 너희 둘의 살을 찢어 남씨의 혼에 제사 지내고 형옥의 원통함을 위로하지 못하는 것이 한스럽다'고 하여, 제가 급히 그의 두 손을 잡고 그 말의 근거를 물으니, 경옥이 소매를 뿌리치고 적삼을 벗어던지며 저를 발로 차면서 '장생張生이 말한 것이다'라고 하여, 제가 이때부터 머리를 파묻고 이빨을 깨물며 낭군께서 오셔서 두 놈에게 울분을 씻을 일을 고대하였는데, 지금 낭군께서 내 마음을 먼저 아시니, 낭군께서 속히 주머니 속의 남은 지혜를 꺼내시기 바랍니다."

이어서 춘이 장평의 계획에 따라 윤부인을 엄부嚴府에 보낸 일을 말하니 범한이 깜짝 놀랐다.

"내가 실행하려는 계책이 엄가嚴家 한 가지에 있었는데, 지금 장평이 먼저 차지하였으니 큰일을 그르쳤구나. 지난번에 엄승상 부자가 갑자기 화진을 구하여 내 몹시 이상하게 여겼는데 정말 이런 일이 있었구나."

조녀에게 말했다.

"단도제檀道濟의 삼십 육계 중에 도망이 상책이다. 이제 내 계획이 틀어졌으니 도망하는 일이 최고다."

이날 밤 범한은 조녀·난수蘭秀와 화부의 금은보배와 패물을 다 훔쳐 도망쳤다.

이에 앞서 장평이 세번世蕃에게 윤부인을 바쳐서 자기가 좋은 벼슬을 얻게 되었고, 또 춘의 삼천 금과 여러 보물을 가지고 홍씨洪氏에게 바친다고 하고 자기 주머니 속에 넣고, 킥킥 웃으며 '내가 윤씨 하나 때문에 태수 자리 하나는 충분히 얻었으니, 또 무슨 뇌물을 쓰겠는가. 이제 황금을 허리에 차고 양주楊州로 올라가게 되었으니 없는 것은 한 마리 학 뿐이다'라고 하다가 세번의 힐책을 받고 윤씨가 도망쳤다는 말을 듣고서는 계책이 실패로 돌아가자 통곡하려다가 또 웃으며, '좋은 관직이 돈을 많이 갖는 것보다 못하다. 지금 태수가 되려던 계책은 비록 실패했으나 돈을 벌 수 있는 길은 끊어지지 않았다'라고 하고, 이내 화부로 달려가 없는 재앙과 헛된 복으로 겁 많고 미련하며 무지한 심씨 모자를 속이고 얼러서, 일없이 화부의 돈과 재물이 나날이 비어갔고, 장평은 이리 같은 마음과 토끼 같은 눈으로 오가기를 그치지 않았다.

또 춘에게 윤씨가 엄태상과 마음이 맞아 몹시 기뻐하여 나를 불러 '화경옥이 내게 소흥부 논 사천 경頃을 바친다면 절강통판浙江通判의 벼슬을 주겠다'고 했다고 하니 춘이 몹시 기뻐하여 그렇게 하려고 했다.

이때 장평이 계향을 첩으로 삼아 서울에 집을 얻어 살고 있었는데 갑자기 어사중승御史中丞 윤여옥尹汝玉이 후천부喉天府에 영을 내리고 현懸에 방을 붙여 현상을 걸고 범한과 장평 두 도적을 체포하려 하니 장평이 몹시 두려워했다.

"이것은 틀림없이 화가花家의 일이 드러났기 때문이다. 내가 수많은 재물을 모았는데 어찌 차마 달아나 멀리 숨겠는가."

계향과 모의하였다.

"윤중승은 윤씨의 동생이니 틀림없이 내게는 좋은 마음을 가졌을 것이나 너는 한림에게 큰 원한을 맺었으니, 성부인이 돌아오면 너는 틀림없이 죽을 것이다. 네가 비록 심씨와 한때 형세와 이익을 같이 했으나 본래 심씨의 종이 아니고 화씨의 종이니 어찌 꼭 심씨를 위해 죽어야 하겠는가. 이제 이때를 타 네가 등문고登聞鼓를 쳐서 한림의 원통함을 알리고 내가 어사대御史臺에 고소장을 넣어 심씨 모자의 죄를 고발하면, 틀림없이 윤중승이 몹시 기뻐하여 심씨 모자를 죽일 것이니 이것이 바로 우리가 공을 세우고 죽음 가운데에서 목숨을 구하는 길이다."

계향이 등문고를 치고 장평이 긴 고발장을 써 한림이 순舜임금·증자曾子보다 뛰어나다고 몹시 칭찬하고, 춘의 죄가 도올檮杌·도척盜跖보다 심한 사정을 나열하고, 심씨의 악과 범한의 죄를 힘을 다해 손을 놀려 울부짖는 돼지 묶듯이 묶어 새벽에 숙정대肅正臺에 나가 올렸다.

"소생 한범韓范은 화진의 친한 친구인데, 그가 죄 없이 모함 받는 모습을 보고 분을 이기지 못하여 감히 직접 듣고 본 일을 가지고 풍헌風憲 아래에 와서 좋은 친구의 원한을 폭로합니다."

이때 어사御史 사강謝江, 임윤林潤, 중승中丞 백경白瓊, 윤여옥 등이 모두 당상에 앉아 있었는데, 어사와 백중승이 고발장을 쥐고 벌컥 일어났다.

"우리들이 화씨 집안 효자의 억울함을 들은 지 오래되었으나 그 변고가 부모 형제 사이에서 일어난 일이어서 입증하기 어렵기 때문에 끝내 밝혀서 바루고 풍속을 교화하지 못했으니, 직책을 태만히 하고 일 하지 않고 먹는 것이 이보다 큰 잘못이 없었다. 지금 한생이 고발한 사정은 우리가 들은 일의 배가 되니, 이를 그대로 두면 인륜이 무너질 것이다. 당장 천자께 말씀드려 화춘 패륜아의 머리를 베어버릴 것이다."

임어사가 탄식했다.

"화춘은 나의 매부이니, 나는 이 논의에 참여할 수 없습니다. 그러나 지난번에 금의위에서 심씨의 장형을 치려고 할 때, 하어사가 형옥이 상심할까 두려워 천자께 말씀드려 면하게 해 주었으니, 형들이 형옥을 사랑하신다면 심씨에게 여지를 주는 것이 어떻겠습니까."

이어 윤중승을 보고 말했다.

"형옥은 어진 사람이니 벗을 사귈 때에도 반드시 단정한 사람과 사귈 것인데 지금 한범을 보니 눈동자가 바르지 않고 말이 매우 간사하니 도리어 간사한 사람이 기회를 틈타 이익을 보려고 하는 짓과 다름이 없지 않겠습니까."

윤중승이 크게 깨달았다.

"범한과 장평이 같은 악행과 죄를 저지른 사람인데, 이 고발장 안에 범한의 죄는 자세히 말했으나 장평의 죄는 끝내 한 마디도 하지 않았으니 이것은 틀림없이 장평이 이름을 바꾸어 온 것일 것입니다."

위엄을 갖추고 물으니 과연 장평이었다. 사어사 등이 춘의 죄를 하나하나 나열하여 이야기하고 형리刑吏에게 형벌을 엄격히 적용하여 법을 바로잡게 하도록 말씀드리니 천자가 허락하였다. 또 계향을 형부刑部에 보내 엄격하게 조사하니, 형부상서가 급히 가마를 몰아 관청으로 가서 건장한 나졸 수십 명을 화부에 보냈다.

이때가 되어서야 겨우 화춘 모자는 조녀가 범한과 도주했다는 소식을 듣고 분하고 원통한 마음이 장을 쳐서 땅을 치고 통곡하였다.

"내가 마음을 잃고 실성하여 간악하고 음란한 계집에게 현혹되어 대자리에 싸서 남부인을 던지는 변고와 주머니를 떨어뜨리는 음모가 만연했는데도 깨닫지 못하여 형옥 부부의 원한이 하늘에 사무치게 하였으니 하늘의 도가 어그러지지 않았다면 내 어찌 무사하겠는가."

갑자기 종들이 우왕좌왕하며 들어와 말했다.

"형부의 나졸이 급히 공자를 찾습니다."

심씨는 마치 번쩍하는 번개가 이마를 친 듯 정신이 혼미하여 땅에 쓰러졌는데, 나졸들이 춘을 잡아갔다. 정공이 한범의 고발장 내용으로 엄하게 신문訊問하니 춘은 겁을 먹고서 어쩔 줄 몰랐다.

"한범이란 자는 소생과 묵은 원한이 있기 때문에 저를 모함하여 이 지경에 이르렀습니다."

정공이 웃으며 관가의 노비에게 말했다.

"조금 전 어사부에서 보내온 죄인을 붙잡아 오너라."

춘이 보니 장평이었다. 춘은 장평도 한범에게 고발당했다고 생각하고 고개를 돌려 장평에게 말했다.

"내가 그대와 한범의 시기를 당했는데 마침내 이런 욕을 당하니 어찌 원통하지 않은가."

평이 팔꿈치로 치며 말했다.

"내가 이미 바로 말하였으니 자네는 많이 말하지 말게."

정공이 그것을 보고 손을 비비며 크게 웃으니 좌우에 있는 관가의 노비들이 입을 가리고 웃지 않는 이가 없었다. 또 춘과 계향을 한 자리에서 신문하니 계향이 춘을 가리켜 손바닥을 두드리며 죄를 나열하였다. 춘이 스스로 밝히지 못하고 어지럽게 소리를 질렀다.

"너에 대한 어머니의 은혜가 지극히 두터운데, 너는 어찌 차마 반대로 갚는가. 속담에 '여우가 자기 굴에 대고 좋지 못한 소리를 지껄이는 것은 근본을 잊었기 때문이다'라고 했다."

계향이 입술을 뒤집으며 말했다.

"내가 심부인에게 하는 모습과 공자가 돌아가신 어른께 하는 태도가 은혜와 의리의 깊고 낮음을 어떻다고 말하겠는가. 공자는 은혜를 받았으면서도 도리어 돌아가신 어른을 배반해 놓고는, 내가 부인을 배반한 일을 나무라는가. 또 내 부모가 모두 화씨 사람이니 내가 화씨를 근본으로 삼겠는가, 심씨로 근본을 삼겠는가."

"한림만 화씨이고 나는 화씨가 아닌가."

"공자는 선조에게 죄를 얻어 스스로 화씨에게서 잘려나갔으니 내가 우러러 볼 사람은 한림뿐이다."

"네가 스스로 악하지 않다고 한다면 정당에 흉악한 물건을 묻고 임씨가 한 짓이라 한 일은 어째서인가."

계향이 기를 잃고 대답하지 못하였다. 이날 화춘·장평·계향이 모두 형벌을 받았는데, 일마다 모두 범한과 조녀의 탓으로 돌렸다. 이에 세 사람을 형틀에 묶어 각각 옥에 가두었고, 그날로 12성에 공문을 보내 범한과 조녀를 찾아 잡으라고 명했다.

이때에 귀양통판貴陽通判 유성양柳聖讓이 백성을 제일 잘 다스려 무영전武英殿 학사學士로 진급하여 말을 타고 올라오다가 한림과 동란주東蘭州에서 만났다. 학사는 한림이 겪은 그동안 노고를 위로하며 탄식을 그치지 않았다.

"형옥의 기색을 보니 아직 형의 소식을 듣지 못한 듯하네."

이어서 춘과 장평의 옥사를 대략 전하니 한림이 다 듣기도 전에 북쪽을 바라보고 소리도 내지 못하며 줄줄 눈물을 흘렸다.

"형님께서 사지에 빠지신 일은 불초 동생의 죄이니 만약 형님께서 돌아가신다면 내 어찌 차마 홀로 세상에서 편안히 지내겠는가."

유성희를 돌아보며 말했다.

"제 마음이 어지러우니 어찌 군중軍中의 일을 계획할 수 있겠습니까."

머리를 들고 크게 한숨 쉬면서 말했다.

"내가 사는 것이 죽는 것보다 못하구나. 어찌 내 운명의 곤궁과 위태로움이 이 정도까지 이르렀는가."

성희가 몹시 슬퍼하며 위로하였다.

"예부터 감옥에 갇히는 위태로움을 당한 사람이 반드시 다 죽지는 않습니다. 지난번 선생이 옥에 있을 때도 사람들이 모두 반드시 죽을 것이라고 했지만 결국 아무 일도 없었는데, 지금 선생 형의 위태로움이 반드시 지난번 선생보다 심하다고 할 수는 없습니다. 또 선생의 지극한 정성과 우애를 보면 하늘이 어찌 형에게 무심하겠습니까."

"그렇지 않습니다. 제게 아무 일이 없다는 것을 조정에서 알지 못하고 모두 형님에게 죄를 주려는 마음을 가지고 있으니, 그 지극한 원한으로 보면 누가 다시 형님을 위해 한마디 말이라도 해주겠습니까. 아아! 윤장원께서 내 마음을 아신다면 그래도 한마디 말해줄 수 있을 텐데."

유학사가 말했다.

“내가 보니 형부에서 공문을 보낸 날이 며칠이 지나지 않았고, 범한과 조녀 두 도적을 쉬 붙잡지 못하였으니, 이 옥사의 결말은 내가 조정에 들어간 다음에야 날 것입니다. 내가 임어사와 힘을 다해 주선하고, 만약 윤중승尹中丞을 만난다면 자네의 말을 전할 것이니 자네는 마음을 크게 먹고 있게.”

잠시 뒤 화부인이 아름다운 가마를 타고 오니 한림이 들어와 누이와 마주보고 통곡하며 형님의 원한을 말했다. 화부인이 애태우고 슬퍼하여 눈물을 뚝뚝 흘리며 말했다.

“이런 때 어머니께서는 어떤 마음이실까. 임저저林姐姐께서 없으시니 누가 다시 미음이라도 올리겠는가. 만일 오빠가 불행해지면 천하제일의 죄인이 될 것이니, 살아서는 무슨 면목이며 죽어서는 또 어찌 부모님을 보겠는가.”

마주보고 근심하니 유학사가 남매의 지극한 덕에 더욱 감동받았다.

다음 날 유학사가 한림과 이별한 뒤 서울에 도착해 보니, 춘이 벌써 곤장과 신문을 받아 목숨이 아침저녁에 마칠 듯이 위태로웠다. 유학사가 가서 임어사를 보고 탄식했다.

“화춘의 죄는 진실로 용서받기 어렵지만, 제가 올라오다 여관에서 형옥을 만났는데, 그의 불쌍히 여기는 마음과 근심하는 말이 모든 사람을 눈물짓게 하였습니다. 그가 ‘형님이 죽으면 저도 죽습니다’라고 했으니, 그 사람은 말을 쉽게 하는 사람이 아닙니다. 춘 하나의 죄는 참으로 말하기에도 부족하나 형옥만큼은 생각해야 하지 않겠습니까.”

“제가 비록 형옥과 친분이 깊지는 않지만, 누이가 항상 그를 칭찬하여 민자건閔子騫에 비교하니, 그가 형을 사랑하는 마음을 말하지 않더라도 알 수 있습니다. 게다가 저의 사정으로 말한다면, 춘이 옥에 갇힌 날부터 누이가 머리에 진흙 칠을 하고 거적을 깔고 엎드려 밤낮으로 울부짖으며 음식을 입에 대지 않으니, 그 형제된 자로서 어찌 가엾게 여기고 번민하지 않겠습니까. 그러나 춘이 범한 죄가 너무 무겁기 때문에 정상서鄭尙書께서 매우 엄격하게 말씀하셔서 제가 감히 구구한 사정으로 정공鄭公에게 말씀드릴 수 없습니다. 또 형과 저의 말이 모두 공론이 아니라 쓸데없이 한 말일 뿐인데, 정공께서 어찌 반드시 마음을 움직이시겠습니까. 수많은 관리들 가운데 한마디 말로 조용히 정공을 설득할 수 있는 사람은 없습니다. 사학해謝學海, 백성규白聖

圭는 모두 함께 춘의 죄를 이야기한 사람이니 처음부터 거론할 것 없고, 서상국徐相國, 하병부夏兵部는 춘을 원수같이 미워하니 이들은 돌아보거나 용서하고 변호해 줄 이유가 없습니다. 이제 공론으로 춘을 구해줄 수 있는 사람은 윤장원 한 사람뿐입니다.

유학사가 가서 윤중승을 보았다.

"형께서는 형옥을 어떤 사람이라고 생각하십니까."

"어진 사람입니다."

"그렇다면 어진 사람이 자기 때문에 그 형이 죽는다면 세상에 당당히 설 수 있겠습니까. 형옥이 길 가에서 저를 만나 하늘을 우러러 눈물을 흘리며 '아아! 윤장원께서 내 마음을 아신다면 그래도 말해줄 수 있을 텐데'라고 했습니다."

윤중승이 날듯이 일어났다.

"제가 알겠습니다."

즉시 가서 정상서를 만났다.

"화형옥花荊玉은 천하에 우애 있는 동생이니 그 형이 아침에 죽으면 동생은 저녁에 죽을 것입니다. 비록 악한 놈을 없애버리는 일이니 시원하다고 하겠지만, 어진 사람을 죽이면 슬프지 않겠습니까."

"그대의 말이 옳기는 옳으나, 화춘의 죄는 열 사람이 나눈다 하더라도 살아남기 어려우니 어쩌겠나."

"제가 감히 오늘 당장 석방을 바라지는 않습니다. 대인께서 우선 형벌을 너그럽게 하여 형옥이 돌아오기를 기다린 뒤에, 그 형세를 보고 처리하시기를 바랄 뿐입니다."

"알겠네."

이때 춘은 이미 원망과 후회가 뼈에 사무쳐 통곡하며 자책하였다.

"내게 아첨하는 놈은 범한, 장평, 조녀 같은 놈이 없었고, 어머니께 아첨하는 놈은 계향, 난향 같은 이가 없었는데 범한 이 도적놈은 조녀를 끼고 도망갔고, 장평 이 도적놈은 내 죄악을 고발하였고, 계향은 어머니를 사지에 밀어 넣었으니, 난향이 있었다면 또 흉계가 없음을 어찌 알겠는가. 내가 어리석고 불초하여 이런 무리들에게 빠져 착한 동생, 어진 아내가 원한을 품고 잘못되게 하였으니, 내 죄는 죽어 마땅하다. 무슨 면목으로 형옥과 임씨를 보겠는가."

저녁 꿈에서는 또 형옥을 부르며 형틀에 눈물을 쏟으니, 옥을 지키는 아전들이 보고 슬퍼하였다. 심씨도 이전의 잘못을 뉘우치고 착한 마음을 먹었다.

"내가 형옥을 박대한 것은 돌아가신 상공께서 너무 심하게 편애하셨기 때문이고, 또 상춘정賞春亭의 그 일이 골수에 사무쳤기 때문에 그랬을 뿐이다. 십여 년 간 형옥의 지극한 정성이 한결같아서 끝까지 원망하는 기색을 보이지 않았으니, 이것은 진실로 큰 효이다. 돌아가신 상공께서 기대하시고 편애하신 일이 진실로 이 때문이구나. 지금 나의 처지가 나날이 잘못되고, 형옥의 원통함은 나날이 나타나니, 하늘은 진실로 속일 수 없구나. 또 내가 돌아가신 상공과 이별한 뒤로부터 일찍이 꿈에서 한 번도 본 적이 없었는데, 요즈음 누차 꿈에서 돌아가신 상공이 온화한 얼굴에 웃음을 머금고 나타나 은근히 나에게 말씀하시기를 '악惡으로 시작하여 선善으로 끝나는 것이 선으로 시작하여 악으로 끝나는 일보다 오히려 낫다'라고 하시며, '이제 아름다운 형옥 부부를 당신에게 맡기니 영원히 늘그막에 트인 복을 누리면서 스스로를 아끼라'고 하시는데, 깨어나 보면 번번이 이마가 땀으로 젖어 있었다. 아! 내 평생 모든 일이 죄가 아닌 것이 없으니, 자결하여 천지에 사죄해야 하지만 다만 내가 죽은 뒤에는 형옥의 효에 보답할 수 없다고 생각되니 숨고 참으며 구차하게라도 살아서 효자의 마음을 위로해야 할 것이다."

갑자기 유학사 부인婦人이 왔다는 말을 듣고 황급히 당 아래로 내려가 손을 잡고 통곡하며 자신의 죄를 이야기하였다.

"그때 노모가 고집 세고 어리석어 너희 남매가 여러 번 위태로운 경우를 만나게 했고, 그 사이에 또 조녀에게 속아 임부林婦를 가혹하게 내쫓고, 남씨와 윤씨를 가두고 괴롭혔으며, 끝내 형옥이 만 리 먼 타향으로 쫓겨나게 하고, 춘이 옥중에 갇혀 고통을 당하게 하였으니, 노모의 죄는 비록 스스로 머리털을 다 뽑아버려도 갚을 수 없구나."

부인이 보니 심씨의 검은 머리털이 다 하얗게 세었고 눈이 마르고 언저리가 물기에 젖었으며 옷에 때가 절어 있고 머리에 먼지가 쌓여 있어 옛날과 같은 모습이 하나도 없었다. 부인은 서글퍼 애간장이 끊어지는 듯 슬피 곡하여 죽을 듯하더니 한참 뒤에 말했다.

"눈서리와 비바람은 예측할 수 없는 일이니, 초목이 어찌 감히 하늘과 땅에 은혜나 원한을 갖겠습니까. 장적張賊의 무고로 오빠의 재앙을 정말 예측할 수 없으나, 소녀가 '윤중승께서 정상서를 뵙고 옥사를 늦추어 달라'고 했다고 들었으니, 형옥이 만약 공을 세우고 돌아온다면 오빠는 자연히 무사할 것입니다."

심씨가 울며 고마워했다.

"내 아들이 죽게 되었다 살아난 것은 유랑柳郎과 윤중승의 은덕이다. 윤공이 그 누이의 원한을 생각하지 않고 내 아들의 목숨을 힘써 구해주었으니, 군자의 마음 씀은 진실로 소인이 짐작할 수 있는 일이 아니구나."

부인이 새 옷을 드리고 맛있는 음식을 대접하며 좌우로 돌아다니면서 은은하게 웃고 이야기하니, 심씨가 가슴을 움켜쥐고 길게 탄식하였다.

"너희 남매와 임부는 그래도 노모의 죄를 용서할 것 같으나, 윤씨가 엄숭의 집에서 욕을 당한 일과 남씨가 완계浣溪에서 가진 원한에는 노모가 어찌 죽음을 면할 수 있겠는가."

부인이 한림에게 들은 말로 윤·남 두 부인이 잘못되지 않았다고 하자 심씨는 마음이 상쾌해져 마치 꿈에서 막 깨어난 것 같았으나 윤부인이 엄숭의 집에서 몸을 빼낸 일을 몹시 괴이하게 여겼다.

이때 한림이 부주성에 도착하자 조공수와 척계광 등이 몹시 기뻐하며 부대 밖으로 마중 나와 상빈上賓으로 모시고 기묘한 계획을 듣기 원했다. 한림이 성위로 올라가 산해山海의 군대를 바라보았다. 물과 땅에 진을 친 모습이 마치 개미가 언덕을 이루고 구름이 맺혀 있는 듯하여 성城을 공격하는 사다리와 수레가 어지럽게 널려 있고, 포탄이 엇갈려 나는 것 같았다. 한림이 공수公遂에게 말했다.

"적은 겉으로 허세를 부리고 있으나 속으로는 대응할 준비가 안 되어 있으니, 이는 적들이 희롱하여 교만이 생긴 때문입니다."

5일 뒤 공수 등과 또 성 위에 올라가 적을 보고 말했다.

"병법에 '이익을 보면 잃지 않고 때를 만나면 의심하지 않는다'라고 했는데, 지금 적군의 깃발이 뒤섞여 소란스럽고 군마軍馬가 놀라 날뛰며, 부대 안의 징과 딱따기 소리가 낮고 탁하며 크고 작은 북소리가 물에 젖어 있는 듯하니, 이는 패할 조짐이 드러난 모습으로, 그 장수를 물리칠 수 있을 것입니다. 이제 가벼운 전차와 날랜 기마병으로 뜻하지 않았을 때 기습하여서 흐르는 화살같이 빠르고 쇠노를 쏘듯 공격하면, 적장은 목을 숙이고 어깨를 숨겨서 배는 보호하나 등을 잃어버릴 것입니다. 대항하는 적은 쳐부수고 가까이에 있는 적은 깨버릴 터이니, 이는 '급한 벼락에는 미처 귀를 가리지 못하고, 빠른 번개에는 미처 눈을 감지 못한다'라고 하는 상황입니다."

공수가 크게 기뻐하였다.

"선생의 명을 따르겠습니다."

한림은 유성희에게 검은 깃발과 검은 옷을 입은 정예병사 이천 명을 거느리고 말에 재갈을 물려서 밤을 틈타 성을 나가 먼저 미당구尾塘口에 매복하게 하고, 또 중군장中軍將 위립韋立에게는 안남安南 군사의 깃발과 갑옷을 한 병사들을 데리고 몰래 방랑해구磅硠海口에 나가 자신들을 안남의 구원병이라고 하며 중류에 배를 묶어 놓도록했고, 또 군사들에게는 길에 수십 군데의 구멍을 파서, 가장 크고 가벼운 발을 가진 군사 삼천 명을 뽑아 붉은 갑옷을 입고 각자 횃불과 북을 가지고 땅굴에 있으라고 한 뒤에 함성을 들으면 나오라고 명했다. 공수에게는 힘세고 용맹하여 죽기를 두려워하지 않는 천 이백여 명의 기마병을 이끌고 큰 봉과 도끼, 낫과 날카로운 창을 가지고 앞에서 싸워 적을 죽이라고 했고, 계광에게는 강력하고 사나우며 날카로워 전진할 줄은 알지만 물러설 줄을 모르는 병사 이천 사백 명을 이끌고 튼튼한 수레에 질풍 같은 쇠노, 붉은 깃발과 예리한 창을 가지고 좌우에서 덮쳐 공격하게 했으며, 부장副將 여덟 사람에게는 사천 명의 군사를 이끌고 꽹과리와 징, 종을 울리며 앞뒤에서 용맹을 북돋우도록 했다. 이날 밤 삼경에 성문을 활짝 열고 세 부대가 날듯이 나가니 유성과 번개가 떨어지는 모습 같았다. 한림이 왕겸, 유이숙과 성 위에서 바라보니 적군이 깜짝 놀라고 소란스러워 머리와 꼬리가 붙은 모양이었다. 함성이 진동하고 무수한 횃불과 북이 땅에서 뛰쳐나왔는데, 붉은 옷・붉은 갑옷이 현란하여 반딧불이 번쩍이는 모습 같았다. 동에서 두들기고 서에서 요동쳐 놀란 듯, 미친 듯 갑자기 날아다니다가 뛰어다녔는데, 쇠갑옷을 입은 말들이 곧장 들이닥치며 강한 쇠노를 양쪽에서 쏘아대니, 하늘이 요동치고 땅이 들이마시며 산이 달리고 바다가 용솟음치는 모습 같았다.

산해가 몹시 당황하여 급히 요술을 부리니 사나운 바람이 폭우를 만들어 갑자기 쏟아져 내렸다. 한림이 은진인이 준 부적을 꺼내 장대에 붙이고 휘두르니 비바람이 그쳤다. 관군이 피를 밟고 시체를 뛰어넘어 자리를 말고 대나무를 쪼개듯하니 산해가 급히 남은 병사들을 거두어 육로를 따라 도주하였으나, 미당구에 이르러 유성희에게 길이 막혀 부하들이 죽임을 당하니 산해는 홀로 간신히 벗어나 죽음을 면하였다. 나머지 군사들은 퇴각하여 방랑에 도착한 뒤 안남의 깃발을 보고 의심하지도 않고 배에 올라 패배한 일을 말하니 위립이 바다 위에서 다 죽여 물에 던져버렸다. 다음날 조공수 등이 성대하게 잔치를 열어 한림에게 축하했다.

"소장小將들이 1년이 넘게 성을 지키며 머리를 짜내고 힘을 다했으나 미친 적을 한 걸음도 물러나게 하지 못했는데, 선생 혼자서 신기한 계책으로 하룻밤 사이에 수십만의 적병을 파묻어버리셨으니, 이것은 만고에 뛰어난 공입니다."

한림이 사례하고 이어 말했다.

"산해가 지금은 비록 패하였으나, 오래지 않아 다시 자기 나라의 힘을 다 가지고 쳐들어올 것이고, 또 안남을 협박하여 정복하였으니 남쪽 지방의 큰 근심거리가 될 것입니다. 안남이 배반하면 중국 사람들이 베개를 높이 베고 편안히 눕지 못할 터이니, 장군께서는 한 번의 승리로 기뻐하지 마시고 큰 계책을 깊이 생각하셔서 '내년 봄에 삼만 명의 병사를 동원하여 화주化州를 평정하고 서적徐賊의 머리를 거리에 매단 후에야 광남 지역의 병란兵亂이 영원히 그칠 것'이라고 글을 올리십시오."

공수가 말했다.

"옳습니다."

조정에 글을 올렸는데 하나같이 모두 한림이 가르친 대로 하였다.

제10회
원수는 황제의 조서를 받들고 미인은 비수를 던지다

광남廣南 경략사經略使 조공수趙公遂의 승전보가 대궐에 도착하자 천자가 문화전에 나왔다. 한림翰林이 올린 글을 다 읽자 천자는 얼굴에 온통 기쁜 빛을 띠고 서각노徐閣老를 돌아보며 말했다.

"한림은 천하의 기재다. 내가 현명하지 못해 지난번에 하마터면 이 사람을 죽일 뻔 했다."

서각노가 머리를 조아리고 말했다.

"신에게 죄가 있습니다. 신이 재상宰相의 지위에 있으면서, 마음속으로는 화진花珍의 원통함을 알고 있었으나 폐하께 한 마디도 할 수 없었으니, 신이 진실로 하춘해夏春海와 유성희兪聖嬉에게 부끄럽습니다."

"진의 영웅 같은 풍모와 뛰어난 기량을 짐이 한 번 보고 '여양후가 다시 살아난 것 같다'고 했으나, 소흥의 옥사에 끝내 증삼曾參의 어머니가 세 사람이 같은 말을 하자 아들을 의심하여 짜던 베의 북을 던져 버리고 뛰쳐나간 일과 같은 의심을 벗어나지 못했으니, 짐의 부끄러움이 그대보다 배는 더하리라. 조공수는 나라를 위하여 힘을 써 십만 적병을 죽였으니 공을 논하여 상을 내리는 일을 조금이라도 늦출 수 없다."

서각노가 말했다.

"산해山海의 교활함이 장사성張士誠보다 심한데, 남쪽 한 귀퉁이에 자리를 잡아 무리들이 날로 많아지고, 가볍고 큰 배로 나왔다 사라지기를 반복하니 이것은 나라의 깊은 근심입니다. 한때에 꺾이고 패배하였으나 그것으로는 뒷날의 근심을 영원히 없애버리기에 부족하다고 생각하였는데, 지금 공수公邃가 글을 올려 청한 일을 신이 말씀드리면, 화진을 상장上將에 임명하고 유성희를 부장副將으로 삼아 공수・계광繼光과 경애瓊崖 지역을 바로 치고자 하는 계책입니다. 이들이 다시 큰 공을 세운 뒤에 벼슬과 토지를 논하여도 늦지 않습니다."

병부상서兵部尙書 하춘해가 말했다.

"서각노가 말씀하신 것이 진실로 옳으나, 이번 대승리는 실로 고금에 없는 일입니다. 먼저 큰 상을 내려 장수와 병졸들의 수고를 위로해야 합니다. 또 화진이 아직까지 백의白衣를 입고 죄명이 명백하니 서열을 뛰어넘어 상장으로 임명할 수 없습니다. 유성희는 일찍이 조그마한 벼슬도 한 적이 없었으니, 어찌 삼군三軍을 지휘할 수 있겠습니까."

"경들의 말이 옳다. 화진은 이전에 한림학사翰林學士였다가 서인庶人이 되었으니, 먼저 직첩을 돌려주고 무영전武英殿 태학사太學士 정남병마대원수征南兵馬大元帥로 발탁하여 승진시키고 절월節鉞을 내려주며, 유성희는 화진을 천거하는 데 온 힘을 다 했으니, 어진 사람을 천거한 일은 큰 상을 받아야 한다. 특별히 영병총관領兵摠管 용문대장군龍門大將軍으로 임명하고, 조공수를 정남부원수征南副元帥로, 척계광을 전장군前將軍으로 임명하니, 이부낭중吏部郎中 손식孫植은 정남대원수 화진에게 알리고, 대원수를 상징하는 상방검尙方劒 한 자루와 천리 명마인 대완마大宛馬 두 필과 황금 갑옷 한 벌을 내려주고, 남쪽을 정벌하러 가는 군대의 장수와 병졸들에게 백금 오만 근과 비단 육십만 필을 나눠주라."

손이부孫吏部가 명을 받고 광남부廣南府에 도착하자, 조공수가 십리 밖으로 나와서 맞이하여 천자의 임명장을 가지고 진영에 도착하니, 진영에는 이미 임명장을 놓을 화려한 탁자와 의식을 위한 준비가 갖추어져 있었다. 손이부가 공수에게 말했다.

"화진원수가 직접 천자의 말씀을 받으라."

유성희가 나가 화원수花元帥를 맞이하니, 원수가 백의로 들어와 뜰 안에 꿇어앉자 손이부가 천자의 임명장을 읽었다.

황제가 광남부 백의종사 화진에게 글을 내려 알린다. 멀리 저 남방의 작은 추물이 감히 방자하고 흉악한 마음을 먹고 우리 변방을 침범하여 우리 백성들을 노략질하니, 산 위에는 망루를 둘러치고 바다에는 뗏목을 가득 띄워 벌처럼 모이고 고슴도치처럼 늘어서 있다. 잠시 흔들리는 듯하더니 더욱 방자해져서 싸움에 지고 잠깐 쓰러졌어도 다시 달려들었다. 겨울을 거쳐 여름까지 전쟁이 계속되니 짐이 이것을 근심하여 잠자리가 편안하지 못했다. 경은 충성스러운 장수와 이름난 재상의 뛰어나고 현명한 후예로, 모습은 옥같이 아름답고 가슴에는 온갖 뛰어난 지략을 감추었다. 바람과 구름을 부리고 짜낸 계책이 신묘하여, 북채를 끌어당겨 진에 올라 우리 군사의 사기를 일으키니, 천둥이 치고 불꽃이 놀라며 별이 떨어지고 번개가 번쩍이는 것 같았다. 넋을 잃고 혼이 나가 도적의 수령이 간신히 도망쳤으니 그 공적이 참으로 크다. 내가 몹시 기뻐 이에 그대의 한림학사 직첩을 돌려주고 짊어지고 얽매인 죄를 씻어주겠다.

아. 도적을 물리치는 일이 풀과 같아, 뿌리를 제거하지 않으면 나중에 다시 무성해지니 이제 오랑캐를 꾸짖고 빨리 몰아내어, 새 둥지를 두드리고 짐승이 숨는 구멍을 깨끗이 씻듯이 해야 하기에, 특별히 그대를 무영전 태학사 정남병마대원수에 임명하고, 조공수 이하 모두가 경의 명령을 따르도록 하여 오랑캐를 정벌하는 크고 작은 일들을 모두 그대에게 맡길 것이니, 삼만 병사와 말을 잘 헤아려 선발하고 허락을 받을 필요 없다. 그대는 힘쓰고 힘써 공경하고 공경하라.

가정嘉靖 24년 춘 이월春二月 일에 알린다.

원수가 머리를 조아리고 눈물을 흘리며 이부낭중을 우러러보고 말했다.

"죄를 진 천한 몸이 비록 한때 작은 힘을 바쳤다고 하더라도 어찌 외람되게 높고 중요한 직책을 맡을 수 있겠습니까. 죽음이 있을 뿐이니 감히 임명장을 받들지 못하겠습니다."

손이부가 정색을 하며 말했다.

"선생께서 지나치십니다. 천자께서 죄인의 명부 속에서 선생을 빼내셔서 원통하고 잘못된 죄를 씻어내 주시고 대원수의 직책을 내리셨으니, 이것은 바로 선생께서 힘을 다해 우러러 은혜를 갚을 때입니다. 선생께서는 천자께서 알아봐 주신 은혜를 생각하지 않으시고 지나치게 겸손하기만 하시니 제가 가만히 생각해 보면 잘못입니다."

원수가 일어나 절하고 명을 받으니 유성희가 꿇어앉아 대원수의 임명장과 관복을 올렸다. 원수가 물러나 군사를 지휘하는 누대에 앉아 조공수 등의 인사를 받으니, 위엄이 매우 엄격해 유장군이라고 하더라도 감히 우러러보지 못하고, 왕겸과 유이숙

두 사람은 너무 기뻐 눈물을 흘렸다.

원수가 세 곳에 명을 내려 서주총병敍州摠兵 설성문薛星文에게 보병과 기병 이만 명을 거느리고, 진웅제독鎭雄提督 왕림王淋에 기병 일만 명을 거느리고, 계림총桂林總 위영魏瑩에게 보병 일만 명을 거느리고, 복건총관福建總管 엄진嚴鎭에게 보병 팔천 명을 거느리고 5월 5일 부주富州에 모이도록 부르니 이날 여러 지역의 병사와 말들이 다 모였다. 원수가 천자께서 내려주신 금과 비단을 장수와 군사들에게 나눠주고 전장군 척계광을 좌선봉으로, 용문장군 유성희를 우선봉으로, 왕겸·유이숙을 좌우교위로 임명하였으며, 부원수 조공수에게 본진의 병사와 말 2만 명을 거느리고 후미에 머물게 하고, 여러 진의 대장들은 각각 그들의 군사로 뒤를 따르게 하였다. 원수는 8천 명의 기병과 보병으로 중앙에서 행군하였다. 행렬이 안남의 국경에 도착하자 안남국安南國의 왕 진흥陳興이 전투복을 입고 나와 원수를 맞이하였다. 원수가 수레에서 내려 손을 잡고 말했다.

"왕께서는 우리나라의 큰 은혜를 무수히 받으셨으면서도 어찌 서적과 몰래 힘을 합해 우리나라가 침략당하는 것을 앉아서 보고도 마음을 움직이지 않으십니까."

왕이 머리를 조아리고 눈물을 흘렸다.

"황폐하고 멀리 떨어져 있는 변방의 작은 나라가 어찌 감히 그러겠습니까. 나라의 힘이 미약하고 병사들이 약해 간사한 도적에게 저항할 수 없어 비록 억지로 수교를 맺었으나, 그 한결같은 마음은 어찌 감히 천조天朝의 은혜를 잊을 수 있겠습니까."

원수가 기쁜 마음으로 탄식하며 위로하고 곧 왕과 함께 궁성에 들어가니 군령이 엄격하여 닭과 개도 놀라지 않았다.

다음 날 원수가 왕과 도적을 토벌할 계획을 의논하는데 왕이 말했다.

"황제의 신령함이 미치는 곳에서 어찌 조그마한 추악한 인물 하나를 겁내겠습니까만, 산해는 기기막측奇奇莫測한 도술을 부려 귀신 같은 병사들을 부릴 수 있으니 이것이 근심거리입니다."

원수가 웃었다.

"왕이 신임하는 신하로 민첩하고 병법을 잘 이해하는 사람 하나를 시켜 삼백 명의 기병을 이끌고 내 지휘를 받게 하고, 왕은 잘 훈련된 군사로 성을 지키다가 도적이 오면 그 후미를 자르시오."

왕은 공손하게 대답하고 나가 좌위독左衛督 병마철邴馬鐵을 불러 원수에게 보이니,

원수가 말했다.

"너는 화주化州에 가서 이렇게 이렇게 하라."

원수가 군대를 지휘하여 진격할 때, 은진인이 준 족자를 펼쳐놓고 보니 산천과 길, 마을이 눈앞에 펼쳐진 듯 나타났다. 원수가 큰길을 버리고 지름길로 가 화석령華石嶺을 넘은 뒤, 설성문 등에게 여러 곳에 매복하도록 하였다. 원수는 조공수·척계광·유성희 등과 마가천摩訶川 북쪽에 진영을 설치였다.

이때는 9월 상순이었다. 서쪽으로 아득하게 원수沅水가 흐르고, 가을 기운이 스산하여 초저녁 피리 소리가 맑은 정취를 자아내고, 수자리의 호각 소리는 슬픔이 흘렀다. 원수가 두건을 쓰고 학창의鶴氅衣를 입고 진영의 입구를 거닐다가 근심스럽게 북쪽을 바라보고는 눈물을 흘려 옷깃을 적셨다. 성희가 따라와 몹시 위로하였다.

이때 병마철이 만화성萬化城에 가서 서산해를 보고 안남국 왕의 편지를 바치니 산해가 뜯어보았다.

> 모년 모월 모일에 안남국 왕 진흥은 만화국의 서왕 탑하榻下께 거듭 절합니다. 작은 나라가 정성을 다해 큰 나라와 형제가 되겠다고 굳게 약속하는 것은 진실로 큰 나라의 위엄과 덕이 우리 작은 나라를 감싸고 덮어주기 충분하기 때문입니다. 지난번 대국이 부주를 정벌할 때 소국에 흉년이 들어 백성들이 병들어 진실로 말 한 필 군사 하나도 수레의 먼지에 뒤섞이지 못하고 말 먹이를 나르는 일에 보태지 못했는데, 지금 명나라의 천자가 갑에게 난 화를 을에게 옮겨 소국이 몰래 대국과 결탁하여 변경을 침략하고 무기와 병사를 갖추어주고 양식과 땔나무를 공급해주었다고 하며 십만 대군으로 바람이 몰아치고 벼락이 떨어지듯 성 아래로 달려왔습니다. 소국이 강함과 약함, 유지되고 끊어질 사정에 대해 잘 아니 뒤집히고 망하는 일이 멀지 않은 듯하여 두려워 어지럽고 허둥지둥 무서워 할 수 있는 일을 찾지 못하니 선조의 사직까지 등져 버리게 될 것 같습니다. 그러나 성을 빙 둘러싸고 굳게 지키고 있는 것은 진실로 대국의 어떤 사람이 덕을 베풀어 불쌍히 여겨 구해주기를 바라기 때문입니다. 또 소국의 위태로움과 멸망은 진실로 말할 것도 없으나 두려운 일은 제나라를 함락시킨 군사들이 틀림없이 연나라에서 위용을 떨치려 하고, 농隴 땅을 평정한 군사들이 다시 촉蜀나라를 가리킬까 하는 생각뿐입니다. 엎드려 밝게 살피시기를 바랍니다.

산해가 다 보고 크게 웃었다.

"명나라 놈들이 스스로 죽을 곳으로 왔구나. 이제 지난겨울의 치욕을 씻을 수 있겠다. 내가 곧 군대를 크게 일으켜 마천대로摩川大路를 따라갈 것이니, 너희 나라에 도착하기까지 헤아려보면 30일을 넘지 않는다. 너희 왕이 30일을 버텨낼 수 있지 않겠느냐."

마철이 대성통곡했다.

"소국이 뜻밖의 전쟁을 당해 멸망이 아침저녁에 달려 있으니, 지금 구해주려는 사람이 물새는 항아리를 들고 불붙은 솥에 물을 붓는 모습 같아 미치지 못할까 두려울 뿐입니다. 만일 대왕의 가르침대로라면 우리 왕을 마른 고기를 늘어놓은 줄에서 찾아야 할 것입니다."

산해가 칼을 뽑아 일어났다가 앉았다.

"내가 이제 정예 병사 팔만 명을 이끌고 바로 무당령武當嶺을 따라가 매일 백여 리를 달려가면 10일 만에 너희 나라에 도착할 예정이니, 그렇다면 너희 나라는 어떤가."

마철이 백배 사례하였다. 산해는 즉시 일어나 여장을 꾸리고 출병할 군사와 말을 점검하였는데 군사가 즉시 따르지 않자 군대의 하급 장교인 군사마軍司馬 다섯 명을 목 베고, 군사들에게는 각자 여덟 되의 식량을 지니도록 하여 수레의 무게를 줄였다. 대장大將 석만石萬에게 기병과 보병 십만 명을 이끌고 총석령叢石嶺을 따라 십봉동十峰洞을 넘어 안남성安南城 아래에서 만나자고 하고 그날로 산해는 화주로 떠났다.

마철은 옆구리에 통증이 있는 듯 꾸며 화주성에 누워 있다가 다음 날 밤 데리고 온 기마병들에게 각각 초산硝酸, 조달曹達과 유황 등을 가지고 궁부宮府와 창고에 불을 지르게 하니 잠깐 사이에 불빛이 하늘에 닿았다. 이때 성안의 장정들은 모두 정벌에 따라갔고 노약자와 부녀자들만 남아 통곡하며 눈물을 뿌렸다.

마철이 기마병들과 말을 달려 성 안으로 들어가 여러 왕비와 빈 성을 지키는 장군, 재상 이하 수백 사람을 죽이고 밤낮으로 서쪽으로 말을 달려 산해의 군대를 쫓아가 그를 무당산에서 만났는데, 산해는 이미 설성문에게 패해 몹시 분해하고 화를 냈다. 마철이 일부러 곡했다.

"대왕께서 직접 소국의 어려움을 급하게 여기셨으나 이렇게 패하여 욕을 보시니 제가 대왕을 위하여 죽기를 원합니다."

창을 뽑은 뒤 말에 올라타 300명의 기병과 곧장 설성문을 향해가니 성문이 마철을 바라보고 싸우는 척하다가 몇 번을 싸우지도 않고 말을 돌려 도망쳤다. 마철이 마치 승세를 탄 듯 대진과 충돌하니 성문의 군사들이 우선 놀라서 어지러운 모양을 꾸몄다. 산해가 바라보다가 북을 치며 진격하자 성문이 군사를 모아 요새로 돌아갔다. 산해가 공격하려하자 마철이 말했다.

"지금 큰 적이 앞에 있는데, 대왕께서는 어찌 자그마한 적에게 칼날을 머물려고 하십니까."

"적이 뒤에 있는데 버려두고 전진한다면 위태로운 일이 아니겠느냐."

마철이 냉소했다.

"저같이 나약한 겁쟁이도 오히려 저들을 작은 것으로 볼 수 있을 것 같은데, 대왕께서는 뛰어난 무위武威을 가진 천하의 영웅이시면서 저들을 적이라고 여기시니 신은 적이 부끄럽습니다. 또 저들이 이곳에 온 목적은 대국의 구원병을 끊어버리려고 하는 일에 불과한데, 이제 이미 지키지 못해 우리를 놓아주어 대군大軍이 어려움을 넘었으니, 저들은 뿌리가 잘리고 잎이 떨어지게 되었을 뿐입니다. 다시 무엇을 할 수 있겠습니까."

산해가 그 말이 옳다고 여겨 곧 수십 리를 전진하여 산골짜기 아래에 진을 치고 머물렀다. 마철이 말했다.

"소국에서 대왕께서 오시기를 갈망하니 제가 먼저 가서 알렸으면 합니다."

산해가 허락하자 마철이 말을 달려갔다. 다음 날에 산해가 새벽밥을 지어 먹고 출발하려 하는데 갑자기 수궁도독守宮都督 설영薛永이 와서 산해 앞에 엎드려 머리를 풀어헤치고 통곡하였다.

"대왕께서 떠나신 다음 날 삼경에 안남장군 병마철이 불을 질러 궁을 불사르고 왕비와 장군, 재상들을 다 죽여 남은 사람이 거의 없습니다."

산해가 가슴을 치며 큰소리로 울었다.

"하늘이 나를 죽이는 구나, 하늘이 나를 죽이는 구나. 진흥陳興 이 늙은 도적이 명나라 장수와 공모하여 나를 이 지경에 이르게 꾀었구나. 내 반드시 생으로 이 도적을 삼키리라."

설영이 울먹였다.

"마철의 기개가 높아 의기양양하게 보여 신이 딴마음이 있음을 알았으나 대왕께서 현혹되셔서 그의 말을 믿으시므로 신이 죽음을 당할까 두려워 감히 말하지 못했습니다. 지금 대왕께서 마침내 간악한 도적의 술수 속에 빠지셨으니 이 행군은 틀림없이 이롭지 않습니다. 나라 안이 비록 흔들리고 쇠약해졌으나 아직까지 견고한 성과 백성들이 있으니, 만약 다시 궁궐을 세우고 여러 곳에 있는 창고의 곡식을 들여온다면 충분히 구색은 대략 갖출 수 있을 것이고, 도랑을 깊이 파고 보루堡壘를 높이 세워 명나라 군사를 기다리면, 저들은 피곤하고 우리는 편안하며 저들은 주리고 우리는 배부를 것입니다. 전쟁에 나간 군대가 깊이 쳐들어와서 지원 없이 고립되어 싸우려고 해도 싸울 수 없고 물러서려고 해도 물러설 수 없으면, 그렇게 되면 그 형세는 자연히 사로잡히게 될 것입니다."

"처자식이 모두 다 죽었으니 내가 살아서 무엇 하겠느냐. 죽기를 무릎 쓰고 곧장 나아가 먼저 원수를 잡아 만 갈래로 찢어죽일 것이니 다시 많은 말을 하지마라."

곧 말에 올라 삼일 밤낮을 달려 화림곡華林谷에 이르렀다. 골짜기가 깊고 숲이 빽빽하여 군리軍吏가 말했다.

"이 골짜기는 험하고 좁아서 밤에는 행군할 수 없습니다."

산해가 듣지 않고 골짜기를 십여 리 정도 들어가니, 밤이 깊어 군사들이 횃불을 비추며 겨우 행군하는데 갑자기 사나운 천둥소리가 산을 뒤흔들며 하늘과 땅이 맞부딪힌 듯 무수히 큰 바위들이 산 위에서부터 아래로 떨어져 내렸다.

이전에 왕림이 삼천 명의 병사들을 이끌고 산 위의 밀림 속에서 소리를 죽이며 매복해 있었다. 왕림이 기마병을 보내 산해의 군대를 엿보다가 산해의 군대가 그날 밤에 골짜기를 지날 것을 알고, 군사들에게 큰 바위를 모아 날라서 산비탈 위에 늘어놓고 있다가 산해의 군대가 반 정도 지났을 때에 아래로 밀어 떨어뜨리도록 명령하니 산해군의 선두와 후미가 바위에 부딪혀 태반이 죽거나 다쳤다. 산해가 하늘을 우러러 통곡했다.

"하늘이 돕지 않고 산귀신들도 나를 죽이려고 하는구나."

왕림은 산해가 극도로 화가 나서 싸우면 틀림없이 죽음을 무릅쓸 것을 알았고 또 원수의 은밀한 명령도 완수하였기 때문에 군사들을 거두고 조용히 숨어 있었다.

이날 밤 산해는 남은 군사 오만 명과 화림곡을 나와 들판에서 머물렀다. 또 3, 4일을 간 뒤 마가천에 이르러 명나라 군사들이 들판 북쪽에 진을 치고 있는 모습을 바라보니 부대의 모습이 가지런하고 한적하였는데, 땔나무를 캐려고 들판 한 쪽으로 치우쳐져 있었다. 산해가 냇가의 동쪽 낙산駱山 아래에 진을 치려고 하였는데, 마철이 혼자 말을 타고 산 위에 서서는 산해에게 말했다.

"서왕은 정말 괴롭겠구나. 험하고 먼 길을 달려왔으니 고달프지 않겠느냐."

산해는 불똥이 튀는 듯 분노가 치밀어 올라 급히 말을 채찍질하여 달려갔다. 산해는 창과 칼을 잘 다루었고 또 활도 잘 쏘아 활을 쏘면 맞히지 못하는 것이 없어, 마철은 즉시 고삐를 당겨 달아났다. 산해가 끝까지 쫓아가 공격하려고 하자 설영이 말고삐를 쥐고 말했다.

"우리 군사가 몹시 피로하여 지금 당장 싸울 수 없습니다. 대왕께서 분을 참으시고 병사들을 쉬게 하여 주시기를 바랍니다. 만약 석만이 도착한 뒤 앞뒤에서 협공한다면 틀림없이 이길 것입니다."

산해가 꾸짖었다.

"네가 부대의 진군을 막는구나."

마침내 명나라 군대를 향해 쳐들어갔다. 원수는 척계광에게 먼저 싸우게 하고 또 유성희에게 협공하도록 하였다. 사십여 번을 싸운 뒤에 마철이 날 듯이 말을 달려 산해의 앞으로 가로질러 나와 말했다.

"간사한 도적이 머리를 보존하고 싶다면 일찍이 항복하는 게 좋을 것이다."

산해가 눈을 부릅뜨고 큰소리를 지르며 샘이 솟듯 피를 토하고 창을 끌며 달아나니 척계광 등이 힘을 다해 쫓아가려고 하였는데 원수가 징을 울려 군사들을 거두어들였다. 유성희가 들어가서 원수에게 물었다.

"조금 전에 간사한 도적놈을 거의 잡을 수 있었는데 어째서 급히 징을 울리셨습니까."

원수가 웃었다.

"내 보기에 적군의 북소리가 작아지지 않았으니, 아직까지 가볍게 볼 수 없소."

산해가 진지에 돌아와 병들어 일을 하지 못하니 대장 용견勇堅 등이 몹시 근심하고 두려워서 이 사실을 감추었다. 조공수가 그 말을 듣고 원수에게 말했다.

"서산해 그 도적놈이 병들어 나오지 못한 지 3일이 되었으니 지금 한 번 치면 전멸시킬 수 있습니다."

"안되네. 남방의 백성들이 반복해서 자주 배반을 하니 완벽하게 그 마음을 복종시키지 못한다면 후환을 완전히 없애버릴 수 없네. 지금 병든 틈을 타서 공격하여 전멸시킨다면 저들은 반드시 병 때문이지 싸워서 진 것은 아니라 할 테니, 우리 군대가 돌아간 뒤 또 산해와 같은 자가 잇따라 일어날까 두렵네."

군리를 시켜 용견에게 '너희 왕이 병들어 아프다고 들었으니, 잘 간호하고 병이 나으면 알려다오. 내가 천자의 명령을 받아 죄인을 토벌하러 왔으나 차마 남의 위급함을 틈타 전쟁할 수는 없다'라고 전하게 했다. 용견 등이 몹시 의심하여 수비를 더욱 엄격하게 했지만, 십여 일이 지나도록 명나라 군사들이 끝내 쳐들어오지 않았다. 산해의 병이 낫자 용견 등은 마음속으로 탄복하여 '만약 화원수가 병들었다면 틀림없이 우리 왕은 그렇게 하지 않았을 것이다'라고 했다.

이때 석만이 십봉동을 지났는데, 위영이 쇠노와 활을 쏘는 궁수弓手 8천 명을 이끌고 산속의 동굴에 매복해 있다가 골짜기 양쪽에서 쇠노와 활을 쏘아 수만 명을 사살했다. 석만이 피를 흘리며 싸워 겨우 산에 들어가 급히 말을 달려 안남성 아래에 도착하니 성을 굳게 지켜 성 밖에는 한 사람의 군사도 없었다. 석만이 몹시 이상하게 생각하였는데, 안남의 기마유격병 하나를 붙잡은 뒤에야 비로소 명나라 군사들이 마가천에서 지금 산해와 진지를 마주하고 있다는 사실을 알았다. 깜짝 놀라 화석령으로 가다가 또 엄진에게 패해 군사들의 반 이상이 죽었고 고개가 끊어져 전진할 수도 없었는데, 안남왕이 병사들을 이끌고 쳐서 후미를 끊어버렸다. 위영이 또 강하게 뒤쫓아와 공격하자 석만은 자살을 하였고, 군사들은 모두 엄진에게 항복했다. 산해의 좌위독左衛督 탁림卓林이 산해에게 말했다.

"신이 들으니 명나라 원수의 용병술이 신기하여 지혜나 힘으로 격파할 수 없다고 하는데 대왕께서는 어찌 신묘한 술수를 사용하지 않으십니까."

"내 술수가 일찍이 한 번도 패해본 적이 없는데 부주의 전투에서 비바람이 잠깐 일어났다가 그쳐서 내 지금까지 괴이하게 여긴다. 내 운수가 다해 술수의 영험도 사라진 게 아니겠느냐."

"대왕께서는 어찌 이런 상서롭지 못한 말씀을 하십니까. 신이 대왕을 위해 명나라 원수의 머리를 가져오겠습니다."

계책 하나를 말하니 산해가 머리를 끄덕이며 몹시 기뻐하였다.

"네 계책이 몹시 묘하지만, 그런 사람을 쉬이 얻기 어려우니 어쩌냐."

"그 사람이 이미 지척에 있으니 신이 가서 불러오겠습니다."

기마병 몇 사람과 보운산寶雲山을 향해 갔다. 이날 밤 원수가 성희와 부대 안을 산보하다가 하늘의 모습을 쳐다보고 성희에게 말했다.

"요망한 별이 태각성太角星의 오른쪽을 침범하다가 갑자기 보이지 않으니 오늘밤 틀림없이 자객이 내 막사에 들어올 것이나 끝내 감히 나를 어떻게 하지 못할 테니, 수창은 내 곁에 있다가 그가 하는 모습을 보고 경거망동하지 말게."

이날 밤 삼경에 원수는 비단으로 만든 가벼운 적삼에 문인이 두르는 작은 두건을 두르고 쌍룡 모양의 초에 불을 밝힌 뒤 베개를 베고 잤고, 성희는 갑옷을 입고 칼을 버려둔 채 조용히 옆에 있었는데, 갑자기 음산한 바람이 쏴아 하고 장막 속으로 한차례 불어 들어오자 한 미인이 나비 날개처럼 얇은 비단 옷을 입고 머리에는 비스듬히 지는 달 모양으로 화려한 트레머리를 꽂고 정수리에는 태을신부太乙神符를 붙이고 손에는 8자 되는 비수를 들고 원수를 보고 서 있었다. 원수가 몸을 일으키며 천천히 물었다.

"미인께서는 누가 보낸 사람이며 어째서 내 머리를 가져가지 않으시오."

미인이 낭랑하게 웃으며 비수를 번쩍거리고 다가오자 원수는 머리를 늘어뜨려 칼을 받으려는 흉내를 냈는데, 미인이 쨍그랑하고 칼을 내던지고 옷깃을 거두며 꿇어앉아 절하고 말했다.

"원수께서는 명나라의 대인이십니다. 서왕이 한쪽에 정신이 팔려 솥 안에 있는 물고기 같은 처지이면서도 어리석게도 귀의하여 순종하지 않고 남몰래 간악한 흉계를 행하려 하니, 제가 비록 재혼하라는 부모의 명을 거절하고 죽은 향랑香娘이나 춘추시대 진晉나라 영공靈公의 명을 받고 충신 조돈趙盾을 죽이러 갔다가 탄식하고 느티나무에 머리를 들이받고 죽은 서예鉏麑의 절개에는 부족하지만, 당唐나라 절도사 설숭薛嵩의 종 홍선紅線이 금으로 된 상자를 훔쳐왔던 일을 따르겠습니까. 비록 그러나 제가 돌아가 서왕에게 알리지 않는다면 서왕은 반드시 다시 다른 사람을 보낼 것입니다. 탁루검鐲鏤劍 같은 칼에는 눈이 없으니 뒤에 올 자가 저와 같을지를 어찌 알겠습니까. 원수의 신물을 얻어 돌아가 서왕에게 전해서 감히 다시는 이런 마음을 일으키지 못하게 하고 싶습니다."

원수가 곧 편지를 써서 재앙과 복에 대해 잘 설명하고 빨리 항복하라고 재촉하여, 다 쓴 뒤에 굳게 봉하여 서명하고 미인에게 주며 이름을 물었다.

"저는 안남 사람 이팔아李八兒로 보운산에서 검술을 배웠는데 어제 서왕이 저를 불러 시키기에 제가 사양하였으나 부득이하여 억지로 이런 짓을 하게 되었습니다."

원수가 머리를 끄덕이자 팔아는 두 번 절하고 사라졌다. 이날 밤 산해는 팔아가 돌아오기를 고대하고 있었는데 갑자기 찬 기운이 몰려들어 오더니 팔아가 눈앞에 나타났다. 산해는 몹시 기뻐하며 은밀히 물었다.

"화진의 머리는 어디에 있느냐."

팔아가 소매에서 작은 편지 한 통을 꺼내 던지니 산해가 편지를 뜯어 언뜻 보다가 갑자기 벌컥 화를 내며 급히 큰 칼을 집어 들고 팔아를 내리쳤는데 팔아가 공중으로 날아가 어디로 갔는지 알 수 없었다.

제11회

의로운 사람은 좋은 짝을 만나고 효녀는 간절한 소원을 이루다

다음 날 원수가 척계광戚繼光 등에게 분부했다.

"오늘 밤 적군이 반드시 쳐들어 올 듯하니 공들은 사나운 새가 날개를 움츠리고 맹호가 쉬는 뜻을 아는가."

계광 등이 '알겠습니다'라고 하고 물러나와 깃발과 북을 내리고 병사들을 풀어 4, 5명 정도로 무리를 지어 새벽별이나 가을 낙엽같이 띄엄띄엄 흩어져 있게 하니, 서기도 하고 앉기도 하여 소리 질러 부르고 떠들었다. 또 짚을 묶어 수백 개의 인형을 만들고 옷을 입혀 가운데에 두고는 기마병에게 달려와 베게 하여 마치 죄 지은 이를 베는 듯한 광경을 꾸몄다. 서산해徐山海가 바라보고 마침내 웃었다.

"명나라의 장수는 교만하고 병사들은 어지럽구나."

이날 밤 악견鄂堅과 탁림卓林에게 각각 오천 명의 병사를 이끌고 소리를 내지 않고 조용히 기습하게 하였다. 악견 등이 명나라 군대의 진지와 겨우 30걸음 정도 남았을 때 조공수趙公邃와 병마철邴馬鐵이 날랜 기마병을 이끌고 좌우에서 나타나 말을 달리며 고함지르자 적군은 깜짝 놀라 아군과 적군을 구분하지 못하고 서로를 죽였다. 계광이 이미 쇠노를 쏘는 병사 만 명에게 부대 안에 매복하고 있다가 동시에 같이 쏘게 하였으니, 이때 적군의 시체가 언덕 높이만큼 쌓였고, 악견과 탁림도 모두 쇠노에 맞아 죽었다. 적의 병졸 몇 사람이 도망쳐서 산해에게 보고하니 산해는 깜짝 놀라 침상에서 떨어졌다.

"내 명이 끝났구나."

설영薛永이 다시 일어나 말했다.

"이기고 지는 일은 군인에게는 언제나 있는 일인데, 대왕께서는 어찌 이같이 조급하십니까. 지금 강한 병사들은 다 죽고 나머지는 모두 병들고 부상당한 병사들인데다가 석만은 소식도 없으니 우리나라로 되돌아가서 나라를 지키며 저들을 유인하여 뒷날을 계획하는 것이 좋을 듯합니다."

산해가 그 말이 옳다고 여겨 바로 부대를 철수하여 돌아가는데 설성문薛星文과 왕림王琳이 벌써 원수의 명을 받고 산해가 돌아가는 길을 가로막고 있어 산해가 있는 힘을 다해 싸웠으나 벗어날 수 없었다. 원수가 대군大軍을 이끌고 뒤에서 덮쳐 오자 적의 장수는 힘이 다해버려, 항복하려고 오는 사람이 이어졌다. 원수가 사람을 시켜 '무기를 버린 사람은 죄를 용서해주겠다'라고 소리치게 하자 적들이 모두 무기를 버리고 투항하였다.

유성희兪聖禧가 말을 달려와서 산해 앞에서 설영을 베고 이어서 산해와 싸우니 산해가 두렵고 또 위급하여 하늘을 보고 주문을 외우자 매서운 바람이 갑자기 일어나고 검은 기운이 사방으로 뻗치며 무수히 많은 귀신 병사들이 공중에서 어지럽게 내려왔다. 이때 원수가 부적을 붙인 대나무 막대기를 한 번 휘두르자 온 천지가 환하게 밝아져서 아무런 모습도 볼 수 없었다. 산해가 피를 토하며 말에서 떨어지니 성희가 산해를 베어버렸다. 원수가 군사를 이끌고 경애瓊崖에 도착하자 백성들이 맞이하여 절하며 눈물을 흘렸다.

"오늘 비로소 범의 아가리를 벗어나 다시 부모님의 품속으로 돌아가는구나."

원수가 천자의 뜻으로서 크게 죄를 사하여 주니 경애에서는 북을 치며 춤을 추는 소리가 여러 날 동안 끊어지지 않았다. 원수가 군사들을 돌려 안남에 도착하자, 안남왕이 궁 안의 옥릉전玉凌殿에서 잔치를 베풀어 공을 치하하였다.

이때 왕의 딸 양아공주陽阿公主의 이름은 무교舞嬌요 자는 염아艶娥였는데, 용모가 뛰어나게 아름다우며 지혜와 용기가 높고 빼어나, 마음속으로 천하의 영웅을 사모하여 그를 따르고자 하는 마음을 가지고 있었다. 이날 발 사이로 유장군의 빼어난 눈썹, 봉 같은 눈과 팔 척의 신장을 보고 공주는 마음속으로 거듭 몇 번이나 뛰어나다고 칭찬하였다. 왕후 탁씨卓氏가 그 뜻을 잘 알아서 그날 밤 왕에게 조용히 말했다.

다음 날 원수에게 청하여 다시 옥릉전에서 잔치를 벌이고 술자리가 무르익자 왕이 원수를 향해 말하고 싶은 일이 있으나 머뭇거리며 말하지 못하기를 서너 번 하자 원수가 이상하게 여겨서 물었다.

"왕께서는 마치 뭔가 생각하고 계시는 일이 있지만 말하지 못하시는 것 같은데, 제가 비록 왕과 알고 지낸 날은 얼마 안 되지만 옛날 사람들이 '일산을 기울이고 이야기를 나눠 마음을 주면 모두 옛 친구와 같다'고 했으니, 왕께서는 어찌 저를 이리 심하게 외면하십니까."

왕이 무릎과 손을 모으며 말했다.

"저는 감히 그런 뜻이 아닙니다. 가슴에 품고 있는 생각이 너무 부끄럽고 또 여러 대인들께서 쉽게 허락해 주시지 않을까 두렵기 때문에 주저하는 마음일 뿐입니다. 대인께서 이미 저에게 질문을 하셨으니 제가 어찌 감히 숨겨서 말하지 않겠습니까. 제게 딸 하나가 있는데 생김새나 성격이 그리 부족하지 않습니다. 제가 애지중지하여 항상 한 시대의 영웅을 만나 그 영웅을 보필하게 하기를 원했으나, 작은 나라를 돌아보니 외져있는데다가 수준도 낮으며 인물들의 품성이 부족하여, 이 때문에 나이 열여섯이 지나도록 혼인을 약속한 곳이 없었는데, 제가 늙고 쇠약해져 병이 많아지니 항상 한을 머금고 죽을까 두려워했습니다. 그런데 수창 장군을 만난 뒤로는 마음속으로 뛸 듯이 기뻤고, 그 기쁨을 이길 수 없어 가까이 이끌어 조용히 술을 따라주면서 누차 그 뛰어난 풍채를 접하고는 몰래 사모하고 우러러보아 정신이 다 없어졌으니 부녀의 사정이 참 딱하기도 하고 우습기도 합니다. 비록 그러나 매실 이야기와 그림 속의 떡이 어찌 주리고 목마름을 구해줄 수 있겠습니까."

원수가 이 말을 듣고 수창을 돌아보니 성희는 눈이 휘둥그레져서 아무 말이 없었는데, 조경략이 꿇어앉아 원수에게 말했다.

"수창이 어려서 부모님을 여의고 가정을 이루지 않아, 군대에 몸을 두고 있지만 쓸쓸하여 의지할 곳이 없습니다. 이제 연이어 전쟁에서 공을 세워 관직을 얻었으니 이는 진실로 수창이 바람과 구름을 타고 오를 좋은 때를 만난 것입니다. 다시 변방 안남 왕의 사랑하는 딸을 얻어 개선가를 부르며 도성으로 돌아간다면 더욱 대장부의 좋은 일이 될 것입니다. 엎드려 바라건대 원수께서는 허락해 주십시오."

원수가 말하기도 전에 수창이 자리에서 나와 무릎을 꿇고 말했다.

"제가 명을 받아 도적을 토벌하려고 만 리 멀리 정벌을 와서 천자께서는 식사가 늦으실 정도로 근심하시고 병사들은 이슬을 맞고 있는데, 제가 무슨 마음으로 홀로 편안히 외국에서 아내를 얻겠습니까."

원수가 정색을 하고 의복을 가지런히 하며 말했다.

"수창이 예를 지키고 정의를 고집하니, 참으로 권하기가 어렵지만 그러나 하늘이 준 인연을 버리는 것은 좋지 못한 일이네. 수창은 다시 한 번 생각해 보게."

"참으로 훌륭한 가르침이시지만, 천자의 명령을 알 수 없기 때문에 제가 마음대로 끝내 감히 하지 못하는 사정이 있습니다."

조경략이 말했다.

"그렇지 않네. 원수께서 위에 계시고 내가 혼례를 주관할 예정이니, 오늘 일의 책임은 그대에게 있지 않다네."

왕이 다시 옷깃을 여미고 말했다.

"내가 딸을 위해 제 마음을 말씀드린 일이 수창에게 허물을 보이게 되었으니 스스로 돌아보고 부끄러워 진실로 할 말이 없네. 그러나 원수와 대인께서 이미 수긍하고 살펴주셨으니 마음속에 있는 말을 감히 다하지 않을 수 없네. 내가 비록 변방의 황량한 곳에 있어 식견이 어리석고 미련하지만, 감히 예의가 아닌 일로써 수창에게 누를 끼치겠는가. 내가 수창과 똑같이 폐하의 신하이고, 사람이 하려고 하는 일은 하늘이 반드시 따르니, 신하의 지극한 소원을 임금과 어버이가 어찌 따르지 않을 수 있겠는가. 수창이 만약 원수의 가르침을 받들려고 한다면 내가 조정에 상소를 올려 피를 뿌리며 정성으로 간절하게 알려서, 내 흰머리로 수창의 죄를 대신하도록 할 생각이네."

원수가 말했다.

"이것은 내 이미 생각해 둔 일이 있으니 수창은 다시 고집부리지 말게."

성희가 절을 했다.

"삼가 가르침을 받겠습니다."

왕이 몹시 기뻐하여 직접 좋은 날을 골라 다음날 궁 안의 부용전芙蓉殿에서 혼례를 행했다. 예식이 끝나고 성희가 부용전 바깥으로 나오자 조경략과 척총병 등의 축하 소리가 시끄러웠으나, 성희는 부모님을 그리워하여 무심하게 술을 마시고 목을 늘여 서쪽을 바라보며 소매를 들어 눈물을 닦으니 원수도 그 때문에 얼굴빛을 바꿨다. 잠시 뒤에 성희가 무릎을 꿇고 말했다.

"제가 외람되게도 원수께서 알아주심을 입어 은혜가 뼈와 살에 사무치고, 조대인께서 진흙탕 속에서 저를 발탁하셔서 군대에서 말을 달릴 수 있는 재주를 갖추어 주셨으니, 오늘 저의 머리끝부터 발끝까지는 모두 두 대인께서 주셨습니다. 제게 두 대인은 큰형과 작은아버지 같은데, 이제 큰 은덕을 입어 아내를 두게 되었으나 부모가 계시지 않고 또 숙부나 형제가 없어, 설령 다시 고국에 돌아간다 하더라도 어느 곳에다가 예의를 표시하며 뵙겠습니까. 지금 두 대인께서 만약 저를 외면하지 않으신다면 새사람이 공경히 뵈올 수 있게 허락해주셨으면 합니다."

조경략은 흔쾌히 허락하였으나 원수가 깊이 생각하며 대답하지 않자 성희가 두세 번 간절하게 청했다. 원수는 그 행동이 예의가 아니어서 싫어하였지만 억지로 따랐다. 이에 왕과 성희가 인사하고 두 사람을 인도하여 부용전으로 들어가니 공주는 긴 저고리를 입고 밝은 귀고리를 드리웠으며 구진九眞에서 나는 푸르고 화려한 갓을 쓰고 육각六角의 눈꽃같이 하얀 옥 노리개를 차고 일곱 가지 보물로 장식한 자리 위로 나와 예를 드리니 가을 하늘의 밝은 달같이 밝고 깨끗한 안색이 정말 수창의 천생배필이었다.

두 사람이 다시 수창과 부용전 바깥으로 나갔는데, 원수가 숙소로 돌아가려고 하다가 성희를 돌아보고 웃으며 3일간의 휴가를 주니 성희가 웃음을 머금고 절하며 명을 받았다. 3일이 지난 뒤 원수가 왕에게 말했다.

"저희들이 일 년이 넘도록 정벌을 나와 돌아가려는 마음이 물 같고 또 나라 일의 일정에는 한계가 있으니 지체하여 오래 머무르지 못합니다. 대왕께서 겨우 사위를 두셨는데, 새로운 정이 흡족해지기도 전에 갑자기 작별하게 되어 미안하게 생각합니다."

왕이 감히 머무르기를 청하지 못하고 탄식하였다.

"제가 조만간 조정에 조회하러 가게 될 예정이니 진실로 오래지 않아 다시 가르침을 받들게 될 줄은 알지만, 다만 크신 덕이 뼈에 사무쳐 제게 이별을 안타깝게 합니다."

또 성희의 손을 잡고 말했다.

"내가 사사로운 정에 끌려 억지로 큰 예인 혼례를 이루어 수창의 돌아가는 마음을 괴롭게 해 특히나 부끄럽지만, 나는 늙었고 왕후는 병이 많아 양아陽阿의 일생은 그대를 의지할 뿐이네. 수창이 끝까지 신의를 지켜 딸아이를 불쌍히 여기고 돌봐주길 바라네."

성희가 슬피 대답했다.

"대왕께서 소생을 비루하고 천하게 여기지 않으시고 따님을 주셨으니 마음속에 새겨둔 덕을 잊지 않고 있으나 은혜를 갚을 곳이 없습니다. 여자가 시집을 가면 지아비를 따라야 하겠지만 군대가 가는 길이라 편안하지 않아 함께 돌아가지 못하니, 내년에 대왕께서 조정에 들어오실 때에 꼭 같이 오셔서 혼자 헛되이 기다리지 않게 해 주십시오."

왕이 허락하였다. 다음 날 왕이 지방의 특산물을 갖추어 천자에게 공물로 바칠 때 직접 살피고 봉했으며, 천자에게 바치는 글에 절을 하고 사죄하였고 또 황금과 고운 빛깔의 비단 · 명마 · 보배로운 구슬을 원수에게 주었는데, 원수는 말 두 마리만 받아 왕겸과 유이숙에게 나누어 주고 그 나머지는 돌려주었다. 원수가 병마철에게 후하게 상을 주고 왕에게 특별히 추천하니 왕이 즉시 대장에 임명하였다. 왕이 교외에서 원수를 전송하였는데, 원수가 왕의 충성 · 근면 · 순수 · 성실함을 잘 알아서 다시는 남쪽 지역을 걱정하지 않았다.

이때 천자는 밤낮으로 대군의 승전보勝戰譜를 기다려 조회 중에도 계속 탄식하니 병부상서 하춘해가 나와서 말했다.

"신들이 중요한 직책을 두루 차지하고 있으면서도 멀리까지 온화하고 부드러운 가르치심을 펴지 못해 미친 도적 떼가 일어나게 하여 폐하의 근심이 여기에 이르도록 하였으니, 신들의 죄는 만 번 죽어 마땅합니다. 그러나 은殷나라 고종高宗께서 귀방鬼方을 정벌하실 때도 3년이 되어서야 비로소 승리하였고, 대순大舜이 유묘有苗를 정벌할 때도 간우干羽의 춤을 춘 70일 뒤에야 유묘가 와서 항복하였습니다. 지금 폐하의 군대가 정벌나간 것이 아직 2년을 넘지 않았고, 또 십만의 대군이 다른 나라 땅에 깊숙이 들어갔으니, 천천히 하고 빨리하며 급하게 하고 느리게 할 일에 자연히 시일時日이 많이 소비될 것입니다. 폐하께서는 조금 마음을 너그럽게 가지시기를 바랍니다. 신이 보건데 대원수 화진은 세상을 뒤덮을 뛰어난 전략을 가지고 있으며, 또 그의 효도하고 우애하며 어질고 검소함은 당연히 많은 복을 누릴 것이니, 반드시 위엄을 떨치고 공을 세워 사직을 넓히고 빛낼 수 있을 것이며, 용문장군 유성희는 뜻과 기개가 웅장하고 뛰어나 옛사람에게도 뒤지지 않으며, 척계광 등은 군대를 다루는 일이 노련하고 병법을 잘 알아 화주의 승전보가 머지않아 도착할 것입니다."

며칠 뒤 과연 승전보가 도착했다. 나라 안이 온통 기뻐하고 모든 관료들이 다 축하하였다. 천자가 직접 하상서의 손을 잡고 말했다.

"경이 지난번에 옥중에서 죽을 화진을 구하고, 또 틀림없이 승리하리라 예상했는데, 지금 과연 그러니 경의 선견지명先見之明을 알 수 있소. 화진이 공을 세울 수 있게 한 것은 모두 경의 힘이오."

여러 신하들과 의논하여 중도에 측근 시위를 보내 원수를 맞이하고 위로하도록 하자고 하고 있는데, 갑자기 전전교위殿前校尉 박계규朴盖圭가 들어와 촉蜀 땅의 도적 채백관蔡伯貫 등의 반란 소식을 이야기하니, 여러 신하들의 얼굴빛이 변했다. 서각로徐閣老가 말했다.

"지금 촉 땅 장수와 병사들이 남쪽 지방의 정벌에 나가 돌아오지 않았으니 백관 등이 그 빈틈을 타 감히 흉악한 계획을 이루었습니다. 사천四川 지역 여러 주진州鎭들이 틀림없이 모두 정복당하여 도적의 세력이 더욱 커졌을 것이니 삼진三秦의 병마兵馬를 발동하여 즉시 토벌하여 평정해야 합니다."

이부상서吏部尙書 곽박郭朴이 말했다.

"적도들이 험악한 지형을 차지하여 반란을 일으켰으니 쉽게 토벌하여 평정할 수 없습니다. 서주西州 지역의 대장으로는 설성문과 왕림이 있을 뿐인데, 지금 모두 남쪽 지역의 정벌에 참가하여 다른 장수를 보내려고 한다면 검남총병劍南摠兵 최광근崔光近 정도가 적당하지만, 혼자서 책임을 감당할 수 없습니다. 신의 생각으로는 화진을 급히 불러 지나는 길에 촉 땅을 평정하게 한다면 적은 화진의 위엄과 소문을 듣고 틀림없이 싸우지 않고도 와해될 것입니다."

"경의 말이 비록 옳다하더라도 화진은 만 리 먼 곳을 정벌한 괴로움을 겪고 되돌아오고 있는데, 조정에서 보답하지도 않고 다시 전쟁하는 일을 맡기려 하니 내 마음이 편치 않다."

서각로가 말했다.

"신하는 죽고 사는 일을 나라에 맡겼으니 감히 수고롭고 편안함을 말하겠습니까. 그러나 화진은 나라의 기둥이고 주춧돌입니다. 성상께서 아끼고 중히 여기심은 당연하고, 백관 등은 천한 도둑놈에 불과할 뿐이니 한두 명의 편장編將으로도 충분히 평정할 수 있습니다. 이것은 '천 근의 칼은 여우나 쥐의 목을 베기에는 불필요하다'라고 하는 일입니다."

이때 조정의 논의가 하나로 통일되지 않았으나, 대체로 곽박의 의견에 동의했다. 천자가 마침내 곽박의 의견을 따라 한림에게 원수에게 내릴 글의 초안을 만들게 해서 원수의 큰 공을 매우 칭찬하고 삼천三川에서 백관 등을 토벌하도록 명령했다. 이날 개규가 천자의 글을 받들어 급히 달려가 무강주武剛州에서 원수를 만났다. 원수가 4번 절하고 천자의 글을 받은 뒤 즉시 조공수·위영·엄진에게 각자의 본래 부대로 돌아가게 하고, 자신은 설성문·왕림과 정예 병사 이만 명을 골라 곧바로 삼천으로 향했다. 개규가 원수와 헤어질 때 원수가 글을 올려 은혜에 감사하고 또 편지를 써서 심씨에게 드렸다.

앞서 남어사가 한림과 이별하고 즉시 어린 종과 나귀 한 마리를 끌고 딸아이의 소식을 찾아 촉 땅을 두루 돌아다녔으나, 끝내 아무런 자취를 찾지 못하고 아득히 돌아와 부인에게 말했다.

"딸아이의 자취가 끝내 넓은 바다의 부평초와 같으니, 이 세상을 사는 동안 다시 만나기를 바랄 수는 없으나, 화군이 간곡하게 딸아이가 죽지 않았다고 하였으니, 내 비록 하늘에 오르고 땅속으로 들어가더라도 반드시 찾아낼 생각이오."

부인이 잠시 동안 통곡하다가 이어서 어사에게 말했다.

"부모와 자식 간의 정은 하루를 이별하더라도 견디기 어려운데 우리 부부는 이 아이를 잃어버린 뒤로도 오히려 9년을 참고 견뎠습니다. 이제 사나운 바람이 휘몰아쳐 변방의 바람이 점점 매서워지니, 상공께서 눈서리를 밟으시면 상처 입어 다치기 쉽습니다. 잠시 이 여정을 멈추시고 봄이 오기를 참고 기다리시기 바랍니다."

곽선공도 그를 만류하여 머무르게 했다. 어사는 비록 우선은 찾아다닐 뜻을 머물러 두었으나, 눈물을 흘리며 남몰래 탄식하여 하루를 보내는 마음이 일 년 같았다.

다음 해 2월 다시 동쪽 냇가에서부터 서쪽으로 깊숙한 곳에 있는 암자에 이르기까지 깊숙한 곳에 있는 사찰과 암자들은 모조리 다 찾아다니며 살펴서 삼월 초순에 이르러 겨우 화악산華萼山의 자현암資賢菴에 와보니 비구니 몇 사람이 맞이하여 차를 내놓았다. 어사가 지팡이를 짚고 이리저리 배회하며 무심히 주위를 바라보고 있는데 갑자기 붉은 꼬리의 신령스런 까치가 뜰의 대나무 숲에서 날아와 소매 위에 앉아 머리를 들고 하소연하듯이 지저귀니 어사는 마음속으로 놀라 기이하게 여겼다. 비구니를 바라보니 그 중의 한 비구니는 오십 몇 정도의 나이에 고운 얼굴과 눈썹을 하고 도를 터득한 듯한 기운을 지니고 있었다. 그 비구니가 어사의 안색과 용모가 처량한 것을 쳐다보고 앞으로 와서 말했다.

"상공께서는 무슨 인연으로 이곳에 오셔서 큰 슬픔을 품고 있으시며 신색이 좋지 않으십니까."

어사가 서러워 답하지 못하고 길게 한숨을 몇 번 내쉬다가 한참 만에 말했다.

"노부가 운이 없어 일찍이 딸아이를 잃어버리고 이미 죽었다고 생각한 지 10년이 지난 뒤인 지난가을에 갑작스럽게 사위 화진을 만나 비로소 딸아이가 세상에 살아남아 위태롭고 곤란한 일을 겪은 뒤에 남자 옷으로 갈아입고 촉 땅에 들어와 청원淸遠스님에게 의지하고 있다는 말을 들었습니다. 노부는 이 소식을 들은 뒤로부터 온 촉 땅을 두루 찾아다녔습니다. 우러러 하늘의 신에게 빌고 굽어 땅의 귀신에게 기원하여 달이 가고 해가 지나 힘이 쇠하고 정이 다했는데 지금 이 암자에 와서 갑자기 마음이 움직이니 스님께서 저희 집 은인 보살이신 청원스님을 알고 계신 것이 아닌지 모르겠습니다."

비구니는 말이 끝나자 희미하게 웃음을 띠며 합장하며 대답했다.

"원래 상공께서 이런 생각이 있으셨군요. 비록 그러나 하늘의 도가 깊고 멀어 만남에는 때가 있으니, 조금 여유있게 생각하셔서 잠깐 불당에 들어오셔서 한마음으로 정신을 집중하시면 신명神明이 자연히 감동할 것입니다."

어사는 이 말을 듣고 마음속의 슬픔이 온 몸에 사무쳐 점점 슬퍼져 눈물이 눈자위에 가득 차 눈물을 줄줄 흘렸다.

이때 남부인은 암자 북쪽 조그마한 방에 있었는데, 계앵季鶯이 마침 창 아래를 지나다가 어사와 청원이 말하는 이야기를 한참 동안 귀 기울여 듣고 비로소 옛 주인이 살아서 찾아왔다는 사실을 알았다. 슬픔과 기쁨이 용솟음쳐 들어가 부인에게 알리니 부인은 놀랍고도 몹시 기뻐 눈물을 흘리며 소리쳤다. 급히 계앵에게 나가 청원에게 말씀드리라고 하니 청원이 웃음을 머금고 들어와 부인에게 말했다.

"부인, 부인 십년의 곤경과 위태로움이 갑자기 봄날의 한바탕 꿈 같아서 죽은 아버지 죽은 딸이 살아서 이 세상에서 만나니, 지금 이후로는 복이 되는 인연이 끝이 없지만, 단지 위태로움의 한계가 다하지 않아 오늘 밤 완전히 다 없어진 뒤를 기다려 부녀가 만나야 합니다."

부인이 얼굴 가득 슬픈 눈물을 흘리며 일어나 청원을 향해 무수하게 절하고 감사하였다. 다음 날 새벽 청원이 부인을 인도하여 불당에 도착해 웃으며 어사에게 말했다.

"상공께서는 잃어버린 딸이 보고 싶습니까."

어사가 눈을 들어 보고 깜짝 놀라 급히 부인을 안고 같이 소리 높이 통곡하였고,

계앵도 부인을 붙잡고 통곡하여 슬픔이 방 안에 가득했다. 좌우의 여러 비구니들 중에서도 눈물을 흘리지 않는 사람이 없었다. 어사가 부인의 등을 쓰다듬으며 울고 또 말했다.

"나의 악행이 쌓이고 죄가 가득해 귀신이 분노하여 네가 이 지경에 이르게 하였구나."

부인이 어사의 옷을 잡고 슬퍼하며 말했다.

"소녀의 타고난 운명이 흉악하여 부모님을 잃어버리고 괴롭고 고통스러운 일을 겪으며 떠돌아다녀 이 지경에 이르렀으니, 정말 만 번 살기보다는 한 번 죽는 게 낫다고 생각했으나, 상군湘君께서 밝게 가르쳐 주시고 관음보살님의 자비가 간절할 뿐만이 아니어서, 혹시라도 이 세상에서 다시 부모님을 만날 수 있을까 해 구차하게 살아남아 오늘에 이르렀습니다."

이어서 금사주金沙洲 선아仙娥의 말과 명주암明珠菴 관음의 꿈, 청원스님의 자비로 목숨을 구한 은혜를 말하니, 어사는 깜짝 놀라 청원에게 머리를 조아리며 감사했다.

"우리 집안의 은인 보살이신 청원스님이 과연 다른 사람이 아니라 바로 스님이셨군요. 산 같은 은혜와 바다 같은 덕을 어찌 이 세상에서 다 갚을 수 있겠습니까."

청원이 사례했다.

"산 사람은 본래 자비를 업으로 삼으니, 이는 이상한 일이 아닙니다. 또 설령 제가 없었더라도 천하에 어찌 남부인을 구할 사람이 없었겠습니까."

어사가 부인에게 말했다.

"너의 어머니가 밤낮으로 너를 기다리니 내 먼저 돌아가 네 어머니에게 이야기해 주고, 곧 나귀와 종을 보내 네가 돌아오는 것을 맞이하겠다."

청원이 나아가 말했다.

"부인의 괴로움이 끝났으니 하루라도 다시 이곳에 머무를 수 없습니다. 여기서 운수동雲水洞까지의 거리가 백여 리에 불과하니 부인께서는 남자 옷으로 갈아입으시고 상공의 나귀 뒤에 타고 가시기 바랍니다. 저는 계앵과 따라가겠습니다."

부인이 몹시 기뻐하여 즉시 들어가 옷을 갈아입고 어사를 따라 돌아갔다.

이때 한부인韓夫人은 딸의 소식을 괴롭게 기다리고 있었는데, 어느 날 어사가 절세 미소년과 황급히 걸어 들어오니 한부인이 황홀하여 누군지 알 수 없었다. 남부인이 마루에 올라서 한부인을 부둥켜안고 슬피 통곡하니 한부인이 그를 붙잡고 통곡했다.

"네가 내 딸 채봉이냐."

"소녀가 부모님께서 큰 강에 몸을 던지시는 모습을 직접 보고도 혼자서 목숨을 부지하고 참고 살아서 오늘에 이르렀습니다. 위로 하늘을 지고 아래로 땅에 부끄러웠습니다. 두 분께서는 무고하십니까. 소녀가 살아있으니 옛 슬픔은 다 끝났고 새로운 즐거움이 끝이 없을 것입니다. 어찌 다시 슬퍼하셔서 남은 간장을 다 끊어버리십니까."

"너를 얻었으니 죽어도 무슨 한이 있겠느냐."

곧이어 청원을 향해 천만 번 사례하니 청원은 사양하여 말했다.

"두 부인께서 불가佛家에 공을 쌓았기 때문에 오늘이 있습니다. 저는 대사의 자비로운 뜻을 받들어 행한 것에 불과할 뿐입니다. 돌이켜보건대 무슨 덕이 있겠습니까."

한부인이 다시 부인과 이별한 이래의 괴롭고 고통스러웠던 일들을 이야기하니 부인이 슬픈 기색으로 눈물을 뿌렸고 한부인은 기쁨과 슬픔이 끊이지 않았다. 한부인이 화부의 일을 물으니 부인이 탄식하다가 한참 만에 말했다.

"일찍이 부모님의 슬하를 떠나 부모님의 가르침을 제대로 받지 못했고 부모님께서 지나친 은혜와 사랑을 주셔서 일마다 제 뜻을 따라주셨기 때문에 교만하고 안일하며 방자하여 며느리의 덕을 하나도 닦지 못해 앞뒤의 위태로움과 욕됨이 스스로 얻지 않은 일이 없습니다. 산중에 숨어 살면서 모든 일을 다 뉘우쳐 조용히 말하고 생각해 보니 오히려 죽어도 나무랄게 없습니다."

"지난번에 화군이 죄를 끌어들여 스스로를 책망한 모습도 이와 같으니 성인께서 '덕은 외롭지 않으니 반드시 이웃이 있다'라고 하신 말씀이 어찌 미덥지 않겠느냐."

이날 밤 한부인이 계앵을 불러 부인에게 일어난 앞뒤의 괴롭고 고통스러웠던 일을 자세하게 물으니 계앵이 동정호에서의 일부터 하나하나 자세히 갖추어 말하였고, 윤부의 큰 덕을 자세하게 칭찬하여 감격하는 눈물을 뚝뚝 흘리더니, 화부의 일에 이르러서는 계앵이 부인을 언뜻 보고 감히 바로 말하지 못하여 대략 말하고 지나갔으며, 명주암에서 대나무 발에 싸였던 일에 이르러서는 목이 메어 말할 수 없었다.

다음 날 청원이 돌아간다고 말하자 어사 부부는 중당中堂에서 배웅하며 다음날 만날 기약을 물으니 청원이 대답했다.

"저의 사형師兄 두 사람이 천축국天竺國에 있어서 글을 주고받은 지가 벌써 3년이 되었으나 부인 때문에 가보지 못했는데 이제 서쪽 천축으로 돌아가 영원히 중국과는 이별할 생각입니다."

이어 남부인을 향해 탄식했다.

"이제 부인의 고운 얼굴을 이별해야 하니 이 마음이 그리워져 속세의 인연을 아직까지 다 씻어버리지 못한 듯하여 스스로 비웃고 있을 뿐입니다. 다만 이별한 후에 더욱더 큰 덕을 닦도록 노력하여 스스로 많은 복을 구하기를 바랄 뿐입니다."

부인이 중문中門에서 그를 보내니 옥 같은 눈물이 넘쳐흘렀고, 계앵은 소리를 죽여 슬피 울었다. 청원이 차마 버려두고 가지 못하여 가다가 천천히 돌아와 오랫동안 머물렀다.

이후로 부인은 색동옷을 입고 부모님을 옆에서 모시며 기뻐하고 웃으며 하루하루를 보냈으나 윤시랑尹侍郎 부부와 윤부인을 생각할 때마다 근심 걱정이 끝이 없었다.

하루는 총계정叢桂亭의 시를 생각하고 눈물을 흘리며 계앵에게 말했다.

"이것은 하늘이 나에게 말해준 것인데, 애석하구나. 내가 깨닫지 못했으니."

제12회

금관루에서 선비를 대접하고 문화전에서 공적에 보답받다

심씨沈氏가 스스로 잘못을 뉘우친 이후 유학사柳學士 부인夫人을 만금의 가치가 있는 보배로운 구슬과 같이 사랑하여, 앉으나 누우나 항상 같이하여 잠시도 잊지 못하였고, 또 항상 선잠을 자면서 길게 탄식하고 참회하면서 후회하고 슬퍼했다. 화원수에 대한 이야기를 할 때면 곧 두 눈물이 줄줄 흘러내렸는데, 화주華州의 전투에서 승리했다는 소식을 들은 뒤에는 낯빛을 바꿔 몹시 기뻐하면서 손을 모으고 하늘에 감사하여 '진아가 돌아오는 날이 [illegible]이 사는 날이다'라고 했는데, 화원수가 군대를 돌려 촉蜀 땅으로 들어갔다는 소식을 듣고는 망연자실하여 먹는 일이나 숨 쉬는 일을 다 그만두고 싶었는데, 갑자기 박개규朴盖圭가 와서 화원수의 편지를 전하니, 심씨는 깜짝 놀라 급히 편지를 뜯었다.

죄를 지은 자식 진珍은 피눈물을 흘리며 머리를 조아리고 거듭 절하며 어머니에게 글을 올립니다. 죄를 지은 자식의 타고난 성품이 어리석고 나약하여, 마음가짐이 좋지 못해 어머니께서 가르치고 길러 주신 은혜를 생각하지 못하고 끝내 형님에 대한 우애의 정에 어두워, 의리를 거스르고 덕을 해쳤으며 인간의 도리를 해치고 법도를 어겼으니, 스스로 저의 한 평생을 돌이켜 보면 죽어도 죄가 남는데 어찌 하늘이 듣지 못하고 귀신이 알지 못해 죄를 지은 자식은 도리어 결박을 벗어나고 어진 형님만 재앙에 걸리셨으니 하늘을 믿지 못하겠으며, 세상의 이치를 믿지 못하겠습니다. 죄를 지은 자식이 이 소식을 듣고 몸과 마음이 다 부서져 그 자리에서 목을 찔러 죽거나 대궐문 아래에 서서 자결하여 하늘에 닿는 형님의 원한을 밝히고자 하였으나, 돌이켜 보니 아직 이름이 군대의 명부에 있어서 마음대로 할 수 없으니, 원한을 품고 오랫동안 슬피 울어 날개가 없음을 한스러워할 뿐입니다. 근래에 자비로운 덕이 하늘을 감동시키고 선조의 혼령이 남몰래 도와주셔서 외람되이 제가 갑자기 남쪽 정벌의 책임을 맡았으니, 스스로를 헤아려 보건데 재주가 부족해 일을 그르칠 것을 바로 알았으나, 감히 과감하게 떨쳐 일어나 명을 따라서 죽기 살기로 어려운 일에 달려간 까닭은, 만일 요행으로 조그만 공이라도 이룬다면 조정에서 틀림없이 죄를 용서하고 고향으로 돌려보내리라 생각했기 때문입니다. 그날 여러 사람을 데리고 가서 등문고를 치고 대궐문에서 소리를 질러서 이 지극한 원한을 알리는 것이 저의 소원입니다. 어머니의 걱정이 이르는 곳에 과연 하늘이 내리는 행운을 받아 군사를 잃어버리고 선조를 욕보이는 지경에는 이르지 않았으니, 이것이 어찌 죄 지은 자식의 미약한 힘과 부족한 재주로 할 수 있는 일이라고 하겠습니까. 진실로 어머니의 무한한 덕과 형님의 지극한 원통함이 신명神明을 감동시킨 까닭입니다. 군사를 돌이켜 돌아가려는 때에 이 마음이 조급하여서 뜨거운 물을 품고 불을 손에 쥔 듯하였는데, 행렬이 강주剛州에 이르자 또 서쪽을 토벌하라는 명을 받았으니, 계획이 수포로 돌아가 버려 깜짝 놀라 애간장이 무너지고 끊어지지만, 황제의 뜻이 지엄하셔서 저의 개인적인 사정을 말하지 못했습니다. 군대의 일을 불처럼 급히 하여서 일을 마치고 빨리 말을 달려 동쪽으로 돌아갈 생각이지만, 가만히 생각해보니 어머니께서 바라시는 일이 날로 심해지고 형님의 위태로움과 재앙이 날로 급해질 터이니 애달프고 괴로운 마음을 가라앉히려고 하지만, 이 한을 어찌 다 말하겠습니까. 종이를 대하고는 가슴이 막히고, 붓과 혀도 굳어집니다. 어머니의 몸이 더욱 편안해지기를 축원합니다.

심씨가 다 보고 눈물을 흘리며 목이 메어 화부인을 돌아보며 말했다.

"노모가 어질지 못해 이 어진 아이를 저버렸으니 손가락을 물어뜯어 피를 흘리며 후회해 본들 어쩌겠는가. 형옥이 오히려 자기 죄를 지극히 하고 나의 덕과 형의 원통함을 말하니, 이것은 형옥이 내가 잘못을 고쳤음을 알지 못하고 옛날같이 나를 보는 까닭이다. 만약 하늘에 사다리가 있다면 내 하늘로 도망갈 생각이고, 땅에 구멍이 있다면 내가 땅 밑으로 숨을 마음이니, 내가 어찌 감히 이 꼴로 다시 형옥을 대하겠느냐."

"그때 어머니께서 형옥의 정성을 살피시지 않은 까닭은 단지 헐뜯는 말의 이간질 때문이지 어머니의 본성은 아니었습니다. 『시경詩經』에 '도적의 말을 몹시 달게 여기기 때문에 혼란이 여기서 생긴다'라고 하였으니 예로부터 헐뜯는 말의 재앙이 모두 이와 같았습니다. 어머니께서는 어째서 혼자서 형옥에게 부끄러워하십니까."

"너의 이 말도 노모의 악한 행동을 가려서 피하려 하는 마음이니 진정으로 하는 말이 아니다. 노모가 만약 평생 동안 행한 악한 행동이 헐뜯는 말에 꾀인 일이고, 스스로 본심이 아니라고 한다면 이것은 껍데기만 고쳤을 뿐이지 마음을 고치지 않은 것이다."

"어머니께서 잘못이라고 하시는 말씀이 지나치게 심하셔서 가르치심이 여기에까지 이르니 소녀와 형옥이 어찌 마음이 편안하겠습니까."

이때에 채백관蔡伯貫 등이 대족大足과 동량銅梁 등 7개의 성을 공격하여 격파하고 대당大唐이라고 하였다. 수만 명의 백성들이 성도成都를 함락시킨 뒤 그곳을 차지하려고 모였는데, 갑자기 화원수가 온다는 말을 듣고는 스스로 무너져 달아나버리니 설성문薛星文이 쫓아가 채백관을 목 베어 촉 땅이 다시 편안해졌다. 원수가 성도에 들어가 금관루金官樓에서 장수와 병사들에게 큰 잔치를 베풀어 주니, 사천포정사泗川布政司와 그 아래 관리들이 부대의 문에 엎드려 있는데, 큰 종을 치고 한쪽에 가죽을 대고 누렇게 칠을 한 여덟 개의 북을 두드리며 적군을 격파하는 파진破陣의 음악을 연주하니 유용문과 척총병 등은 칼을 빼들고 일어나 춤을 추었고, 왕겸王謙과 유이숙劉爾淑 두 교위校尉는 누각 북쪽의 난간 어귀에 기대어 서서 만세교萬歲橋의 서쪽 초가집 몇 칸을 가리키며 이야기하고 눈물을 흘렸다.

"이곳이 우리 한림께서 삼 년 동안 고생하신 장소이다."

원수가 이숙을 불러 말했다.

"자네는 도성都城에 가서 남어사南御史의 소식을 알아보고 오게."

이숙이 명을 듣고 물러나는데 갑자기 장군의 지휘대 앞에 붉은 바퀴에 푸른 일산을 편 수레를 타고 온 사람이 보였다. 부대의 문을 지키는 군사들이 물러나라고 고함지르는 소리가 번개같이 앞에서 울려 퍼졌다. 말을 탄 병사가 날듯이 나타나 그 관리의 성명을 물으니 마부가 '청성산靑城山의 남어사 어른께서 통정사通政司 참의參議로 승진하여 지금 부름을 받고 상경한다'라고 했다. 말을 탄 병사가 돌아가 원수에게 보고하니 원수가 크게 기뻐하여 왕겸을 시켜 부대의 문 바깥에서 맞이하게 하고 원수는 누각에서 내려와 맞이하였다. 남공이 높은 갓을 쓰고 옥으로 만든 홀笏을 들고 환하게 웃으며 들어와 말했다.

"내가 오늘에야 비로소 대원수의 위엄과 엄숙함을 알았네."

원수의 손을 끌고 누각에 올라가 급히 자리에 앉아서 말했다.

"사위가 남쪽을 정벌하고 서쪽을 토벌하여 공과 명성이 찬란한 것은 진실로 사위의 분수에 딱 맞는 일이라는 것을 잘 아니 그리 많이 축하할 것은 없으나, 내가 궁벽한 산에서 마르고 썩은 나머지 스스로 나의 분수가 촉 땅을 떠돌아다니는 혼이라고 여겼는데, 다행히 사위의 은혜를 입어 다시 하늘에서 불어오는 바람을 타고 조상들의 무덤 옆에 뼈를 묻을 수 있게 되었으니, 이것이 어찌 이전에는 바라보았자 감히 이룰 수 있는 일이었겠는가."

"제가 전쟁터에서 말을 달리느라 조정의 일을 자세히 듣지 못했습니다. 그러나 장인의 오늘 이 행차는 천자의 크신 은혜가 아님이 없으니, 어찌 저의 은혜라고 하십니까."

남공이 주머니 속에서 빽빽이 쓴 편지 한 장을 꺼내 원수에게 주며 말했다.

"이것은 윤중회가 보내온 편지라네. 이것을 보면 내 말을 알 것일세."

원수가 처음부터 끝까지 다 읽어보니 남공이 귀양 간 뒤로부터의 공적이거나 개인적인 소식을 가리지 않고 모두 다 기록되어 있었고, 특히 원수 부부 사이의 일은 더욱 자세히 실려 있었다. 그 아래 부분에 다음과 같이 적혀 있었다.

> 천자께서 남도행南道行의 이야기를 들은 뒤로부터 점점 엄숭嚴崇을 의심하여, 좋아하고 가까이하심이 날로 시들해지자 어사 임윤林潤이 세번世蕃의 교만하고 분수에 넘쳐 도리를 어긴 죄를 조사해서 알려 옥에 가두어 사형을 의논하였으며 엄숭은 관직과 재산을 빼앗겼고, 언무경鄢懋卿도 모든 벼슬을 빼앗고 귀양을 보냈으며, 상께서 직접 권력을 장악하셔서 조정이 엄숙해졌다네. 하루는 상께서 조정에 나오셔서 탄식하시기를 '남표南標가 뛰어난 절개와 외로운 충성심으로 권력 있는 간신을 힘써 비판하다가 이기지 못하고 죽었으니, 예부禮部에서 벼슬을 내리고 제사를 지내주라'고 하셨는데, 시독학사侍讀學士 유성양柳聖讓이 '남표는 화진花珍의 장인입니다. 신이 귀양貴陽에서 명을 받고 올 때, 동란주東蘭州에서 화진을 만났는데 화진이 '남모와 촉의 청성산에서 만났는데 남모가 동정호洞庭湖에 빠져 죽던 날 밤에 촉나라 사람들에게 구원을 받아 함께

바위 굴로 들어가 겨우 살았다고 했다'고 했습니다'라고 말씀드리자 상께서 들으시고 몹시 기이하게 여기셔서 특별히 직첩職牒을 돌려주고 통정사 참의로 임명하라고 명령하시자, 대신들이 도망쳐서 나타나지 않았던 일을 가지고 법을 들어 논쟁하였으나 상께서 '그대들의 주장이 진실로 옳은 말이지만 나의 이 명령은 남표를 어여삐 여기는 것일 뿐만 아니라, 실은 화진의 처지를 위해서이다'라고 하시고, 그날로 또 글을 내려서 '화진의 첫 번째 부인 윤씨를 진국부인晋國夫人에, 다음 부인 남씨를 초국부인楚國夫人에 임명하라'고 하시니, 윤여옥尹汝玉이 '지난번 말씀드릴 때에 남씨가 화춘花瑃의 첩 조녀趙女에게 죽임을 당했다고 했으나 제가 나중에 들으니 남씨도 촉 땅의 여승에게 구원을 받아 지금 성도成都에 있다고 합니다'라고 하자 상께서 탄식하시며 '남모 부녀가 모두 촉 사람들에게 구원을 받았으니 참으로 이상한 일이다'라고 하시고 촉국부인蜀國夫人으로 바꾸어 임명하라고 명령하시고 성도지부成都知府 경창耿敞에게 글을 내려 남부인의 행차를 지키도록 하시고, 며칠 뒤에 또 글을 내려, '효는 모든 행동의 근원이다. 지금 무영전武英殿 태학사太學士 정남대원수征南大元帥 화진의 충과 효는 천하에 잘 알려진 것이니 내가 그것을 몹시 아름답게 여기노라. 효는 은혜를 미루어 넓히는 것보다 큰 것이 없으니, 화진의 아비 병부상서兵部尙書 여양후汝陽侯 욱郁은 위국공魏國公으로, 어미 정씨鄭氏는 위국부인 魏國夫人으로 높혀주고 진이 이기고 돌아올 때를 기다려 예를 담당하는 관리를 보내 그 사당에서 제사지내게 하라'고 하셨네.

원수가 여기까지 보고 일어나 북쪽을 향해 네 번 절하며 감격의 눈물을 비같이 흘렸다. 남공이 또 딸을 찾은 처음부터 끝까지를 이야기해주며 울기도 하고 웃기도 하다가 말했다.

"중회가 이 편지를 사람을 통해 전쟁 중에 전해 왔고, 경지부가 또 명령을 받고 위엄과 예의를 갖추어 수레와 말을 가지고 와서, 어제 곽선공郭仙公과 작별하고 부인과 딸아이를 데리고 가다가 사위가 지금 이곳에서 병사들에게 잔치를 베풀어주고 있다는 말을 듣고 내가 수레를 몰아 먼저 왔네."

원수가 유교위에게 두 부인을 맞아오도록 하니 부府의 서쪽 해당루海棠樓에서 두 부인이 아름다운 가마에서 내려 쉬었다. 이날 저녁 원수가 남공과 해당루에 갔는데, 한부인이 사위가 몹시 영화롭고 귀한 것을 보고 딸아이를 돌아보며 기쁨을 이기지 못했다. 원수가 부인을 마주하고 크게 탄식했다.

"내가 운수가 기구하고 죄가 무거워 부인에게까지 재앙을 미치게 했으니 오늘 만나볼 면목이 없구려."

남부인이 용모를 단정히 하고 조심스럽게 대답했다.

"제가 진실로 불민하여 스스로 큰 잘못을 단속하지 못했으니 누구를 원망하며 탓하겠습니까. 스스로 부끄러워하고 뉘우칠 뿐입니다. 군자께서 정벌에 나가셔서 말과 수레를 달리며 싸웠지만 다치지 않으셨으니 저는 다행이라고 생각할 뿐입니다."

원수가 또 남공과 조용히 이야기하였다. 남공이 말했다.

"뜬 구름이 사라져서 자연스럽게 환히 밝아졌으니 사위가 장성한 뒤 실천하기 위해 어려서부터 배웠던 가르침을 실행할 바로 그때를 얻었네. 나는 위기와 죽음에서 살아남은 목숨으로 세상일에 대한 흥미가 다 없어졌으니, 이번에 상경하여 천자의 은혜로운 명령에 감사하고는 벼슬을 그만둘 생각이네. 우리 노부부는 곤궁하고 홀로 되어 돌아갈 곳이 없으니 사위에게 의지하여 남은 생을 마칠 수 있다면 다행일 것이고, 또 윤중회의 덕은 뼈에 새겨 잊기 어렵네."

"장인께서 곽선공에게 은혜를 받은 일이 몹시 많은데, 그 사람은 현실세계를 떠난 높은 경지에 오른 사람이니 장인께서는 앞으로 어떻게 갚으려고 하십니까."

"내가 곽선공과 헤어질 때 '선생의 나이가 이미 많으시고, 소생도 남은 생이 얼마 되지 않으니, 이 생에서 은혜를 갚지 못할까 두렵습니다'라고 했더니, 선공이 웃으며 '저도 이 세상의 인연이 다되어 뒤에 만나기는 어렵고, 제가 손자를 화원수에게 맡겼으니 공께서 저에게 보답한 일도 이미 많습니다'라고 하여, 내가 놀라 '선생의 손자가 어디에 있으며 언제 화원수에게 맡겼습니까'라고 하니 선공이 웃으며, '하늘의 조짐은 먼저 누설할 수 없습니다. 제 아들 위瑋가 강남江南의 송강松江에 있으니, 지금부터 3년 뒤에 아들을 얻을 것인데 초년에 틀림없이 위태로운 재앙이 있을 테고, 화원수가 아니면 구하지 못하리라 생각됩니다'라고 해서 내가 이 말을 듣고 황당하였으나 대체로 이 사람이 이와 같이 신기한 일이 많다네. 사위는 옛 책들을 널리 통달하였으니, 세상에 이러한 신령한 이치가 있는가."

"예로부터 세상 바깥에 있는 사람들에게 때때로 몹시 기이한 이야기가 있었지만, 성인께서 끝내 신령하고 괴이한 일을 말씀하지 않으신 뜻과는 다릅니다."

다음 날 남공이 출발할 때 남부인이 붉은 갓을 쓰고 꿩을 수놓은 화려한 옷을 입은 채 금빛 화려한 수레를 타서 국부인國夫人의 모습을 차리니 난새가 그려진 깃발이 하늘에 펄럭이고 봉황이 새겨진 창은 구름을 찌를 듯한데, 짙은 화장을 하고 고운 옷을 입은 아름다운 시녀 3백 명이 수놓은 안장을 한 좋은 말을 타고 앞뒤에서 둘러싸고 지키니 몹시 찬란하였다. 성도지부는 3천 명의 기마병을 이끌고 행렬을 살피고 호위하니 원수가 승선교乘仙橋에서 전송하였다.

이에 앞서 성태수成太守가 조정에 들어가 춘방학사春坊學士가 되자 성부인成夫人이 소흥紹興에 돌아와 상서尙書의 사당에서 통곡을 하고 취하당翠霞堂에 거처하니 부중의 종들이 마치 자애로운 어머니를 만난 것처럼 기뻐하는 소리가 울려퍼졌다. 부인이 편지를 써서 임소저林小姐와 화부인花夫人, 윤부인尹夫人에게는 보냈으나, 심씨 모자에 대해서는 묻지 않았고 성학사도 여러 번 화부를 들렀으나 끝내 심씨를 만나지 않으니, 심씨가 더욱 부끄럽게 여겼다.

삼천에서 승리했다는 소식이 오자 성학사와 윤학사가 중도에서 원수를 맞이하라는 천자의 명령을 받고 가는 도중 길에서 남부인의 행차를 만나 그 위엄과 격식이 화려한 모습을 바라보고 성학사가 윤학사를 돌아보며 말했다.

"형의 누이의 복이 이와 같으니 비록 조녀趙女 백 사람이 있다고 하더라도 어찌 해칠 수 있겠습니까."

곧 길가의 정자 옆에 휘장을 치고 두 학사와 남부인이 만나니 부인은 윤학사를 보고 너무 기뻐 말을 못하고 눈물을 흘려 목이 메었다. 윤학사는 소리를 삼키며 눈물을 흘렸고, 성학사와 남공도 탄식하였다. 남공은 윤학사의 손을 잡고 잠시 동안 다정하게 이야기하다가 이별하고 갔다.

두 학사가 강주絳州에서 원수를 만나 천자의 글을 전한 뒤에 원수는 먼저 성학사에게 심씨의 안부와 옥중의 소식을 묻고는 눈물을 펑펑 흘렸다. 성학사는 감탄했다.

"내가 서울에 온 뒤로 몇 개월 동안 끝내 심숙모에게 절할 수 없었는데, 지금 형옥을 보니 내가 정말 부끄럽구나."

윤학사가 원수에게 말했다.

"지난번 제가 유자득柳子得의 말을 듣고 가서 정상서鄭尙書를 뵙고 형님의 옥사를 천천히 처리하도록 하였는데, 요즘 옥리獄吏들에게 들으니 형님께서 원망하고 후회하는 마음이 있다고 합니다. 형을 위해 축하합니다."

원수가 일어나 절했다.

“장원長遠은 선한 일을 즐겨 하는 군자라고 할만 합니다. 제가 지금 하늘 아래에서 있을 수 있는 것은 장원이 준 것입니다.”

이날 두 학사와 유장군이 처음 만났지만, 손을 잡고 기뻐하는 모습이 평생 사귄 친구와 같으니 호기 있고 걸출한 선비가 끝없이 의리를 사모하는 것이 이와 같았다.

이전에 범한范漢이 도망칠 때에 누급屢級을 찾아가서 말했다.

“나는 뛰어난 호걸로 두 미녀를 데리고 있고 또 금과 보물이 많으니, 산을 넘고 들판을 다닐 때 도적에게 해를 당하지 않을까 두렵네. 자네가 나를 위해 옆에 있어줄 수 있다면 천금을 나누어 주겠네.”

“천금, 천금과 미녀 하나를 나누어줄 수 있겠는가.”

범한이 손을 들어 난수蘭秀를 가리키니 누급이 몹시 기뻐하여 처자식을 버리고 칼을 떨치며 따라 나섰다. 하남부河南府에 이르러 범한이 뇌철雷轍이라고 이름을 바꾸고 돈을 내어 집을 빌려서는 요사한 두 여인을 나누어 끼고 음탕하게 즐기며 나이 어린 불량배들과 어울려 밤에 노름판을 벌이니 이웃 사람들이 손가락질하며 의심했다.

2년이 지난 뒤 범한이 천하 사람들이 자신을 잡으려고 한다는 말을 듣고 마음속으로 몹시 두려워하니 누급이 범한에게 말했다.

“지금 이웃에서 째려보는 사람이 많으니 오래 앉아 있는 새는 반드시 화살을 맞네. 바다를 떠돌아다니는 부평초 같은 삶이 좋겠네.”

범한이 ‘좋다’고 하고 집을 버리고 밤을 틈타 도망쳐서 민閩 땅과 월越 땅 사이를 떠돌아다녔는데, 또 일 년 남짓 지난 후에는 태원太原의 유차현楡次縣에 가서 숨었다. 몇 개월이 지나기도 전에 갑자기 마을이 떠들썩하며 부윤이 나가 국경 가에서 화원수를 맞이한다고 하니 범한이 놀라 누급에게 말했다.

“이소李少와 배삼裵三이 좋은 기회를 놓쳐서 저 원수 같은 놈이 뜻을 이루었으니, 저자가 한번 천하에 호령하면 자네와 나는 도망갈 구멍을 찾을 수 없네. 안릉성安陵城의 문에서 원앙袁盎을 죽였듯이 원수를 죽이면 사람들이 죽인 사람을 모를 것이니 어찌 묘한 방법이 아니겠는가.”

누급이 고개를 저으며 말했다.

“화공은 하늘이 보호하네. 죽우당竹友堂에서 당한 두려움이 아직 남아있으니 나는 다시 할 수 없네.”

"만약 내가 잡히면 자네를 끌어들여 함께 죽겠네."

누급이 고개를 숙이고 묵묵히 생각하기를 '내가 죽일 수 없는 사람을 죽이려다가 실패해서 죽기보다, 죽일 수 있는 놈을 죽이고 성공해 사는 것이 어찌 더 낫지 않겠는가'라고 하고 그 자리에서 칼을 빼 범한의 머리를 벤 뒤 부윤에게 달려가 '관청에서 범한을 체포한다는 말이 있었으나 그놈이 속임수를 잘 쓰는 괴상한 놈이기 때문에 직접 그 목을 베어 바칩니다'라고 하였다. 부윤이 깜짝 놀랐고 또 사실인지 거짓인지 의심하여 누급을 묶고 포졸들에게 그 집을 찾아가 뒤지도록 하여 조녀와 난수를 잡아 말을 달려 강주로 가서 원수를 맞이하여 상황을 이야기했다. 원수의 앞에 누급과 두 여자를 결박하여 꿇어앉히니, 두 여자는 원수를 우러러 보고 죽을 죄를 지었다고만 하였다. 성·윤 두 학사는 손뼉을 치며 통쾌하게 여겼다. 누급이 스스로 범한이 흉악한 일을 꾸미며 자기에게 심씨를 찌르게 하였으나 잘못하여 난향蘭香을 죽였던 상황과 죽우당에서 말 못하는 벙어리가 되었던 일을 말하니 원수는 귀를 막고 차마 듣지 못하여 부윤에게 말했다.

"이 놈이 비록 범한을 죽였으나 그 흉악함이 범한보다 심한 놈이다. 두 여자와 함께 형틀에 매어 서울로 올려 보내라."

부윤이 또 말했다.

"포졸들이 조녀와 난수를 잡았을 때, 금·은과 여러 가지 보물을 많이 압수했는데, 그 중에 두 가지 기이한 물건이 있어 조녀에게 물어보니 그가 이와 같이 이야기하여 제가 놀라 감히 말씀드립니다."

성학사가 '붉은 옥으로 만든 팔찌와 푸른 옥으로 만든 노리개가 아닌가' 하고 물어보니 부윤이 '그렇다'고 했다. 성학사가 유교위에게 받아서 원수의 상자 안에 보관하게 하였다. 원수가 탁녹역涿鹿驛에 도착하니 한림검토翰林檢討 진창운陳昌雲이 태감太監과 천자가 내린 술을 가지고 왔다. 천자가 옥하교玉河橋에 나가 맞이하니 원수는 황금 갑옷을 입고 천리를 달리는 대완마大宛馬를 타고 있었는데, 원수를 상징하는 큰 깃발과 금과 옥으로 만든 도끼, 주작朱雀과 청룡이 그려진 깃발, 병사를 지위하는 초요기招搖旗와 구진기勾陳旗가 백 리까지 펼쳐져 구름을 헤치고 태양을 가렸다.

왕·유 두 교위는 봉황이 새겨진 갑옷을 입고 호랑이 가죽으로 만든 활집을 차고 모두 용총마龍驄馬를 타고 양쪽에서 원수를 보호하였으며, 유장군과 척계광戚繼光은 앞에서 두 부대를 나누어 이끌며 길을 치우고 대열을 살폈으며, 징과 북 소리와 이기고 돌아온 개선가凱旋歌 소리가 산을 움직이고 바다를 뒤집는 듯했다.

천자는 금빛 막사의 누런 일산 아래에서 이 광경을 보고 기뻐서 눈썹을 움직이고 궁중 악사에게 윤길보尹吉甫가 주周나라 선왕宣王이 소공召公을 시켜 회이淮夷를 평정한 업적을 찬미한 노래인 강한시江漢詩를 연주하게 하여 맞이하니 원수가 말에서 내려 머리가 땅에 닿도록 절했다. 천자가 주변의 신하들에게 원수에게 인사하고 가까이 오게 하니 원수는 투구를 벗고 머리를 조아려 형 화춘의 죄를 대신하도록 청했다. 천자가 바로 환관에게 신표信標를 가지고 형부의 감옥에 가서 화춘을 풀어주게 하자 원수는 눈물을 흘리며 은혜에 감사했다. 천자가 직접 원수의 손을 잡고 예부터 지금까지 없었던 은혜와 사랑을 내리니 신하들이 기뻐하지 않는 사람이 없었는데, 하상서의 기뻐하는 기색은 더욱더 흘러 넘쳤다.

이날 심씨는 원수가 성 밖에 도착했다는 말을 듣고 화부인과 기쁨을 이기지 못해 종들을 시켜 연락하여 말을 전하려고 하였는데 갑자기 '대공자가 옥에서 풀려나 도착했다'고 알려오자 심씨는 발에 신발도 신지 못한 채 엎어지고 넘어지며 중문重門을 나가보니 춘이 흐트러진 머리에 귀신 같은 모습으로 근심에 가득하여 들어왔다. 모자가 부여잡고 통곡하니 화부인이 울며 부축하여 당 위로 올랐는데, 춘이 화부인의 앞에 머리를 조아렸다.

아! 사람이 곤궁하면 근본을 돌이키는데, 이 모자가 만약 곤궁하고 위태로움을 당하지 않았다면 이와 같을 수 있겠는가.

원수 행렬의 선두가 부의 문에 도착하자 종이 들어가 시녀에게 '원수 상공께서 문 밖에서 흰 옷을 입고 자리를 깔고 죄를 기다린다'라고 하니 심씨가 깜짝 놀랐다.

"형옥이 우리 모자를 믿지 못하는구나. 내 배를 갈라 창자를 꺼내 형옥에게 밝히리라."

종이 나가서 원수에게 알리니 원수가 즉시 일어나 들어갔다. 심씨가 급히 원수를 붙잡고 슬퍼 울었다.

"노모가 흉악하고 어리석어 효자가 원통함을 품게 하니 황천이 진노하여 죄의 벌이 잇따라 왔으나 남은 목숨을 보전하여 먹고 마시게 됨은 효자인 너의 은혜가 아님이 없다."

원수가 땅에 엎드려 비오듯 눈물을 흘리며 '소자가 무상합니다'라고 하니 심씨가 통곡했다.

"형옥아 이게 무슨 말이냐. 하늘이 맑지 못하고 해와 달이 밝지 못하다고 한다면 오히려 혹 그럴 수도 있겠지만 형옥이 어찌 무상한 것 같겠느냐."

춘이 원수를 대하고 울며 말했다.

"우형이 어리석고 고집 세서 어진 동생에게 죄를 지은 것이 산 같고 바다 같으니, 어진 동생은 넓고 큰 덕으로 비록 개의치 않는다고 하더라도 우형이 어찌 감히 다시 사람이라고 할 수 있겠는가?"

원수가 형의 모습이 바뀐 것을 보고 남몰래 마음이 아파 소리를 죽이고 슬퍼하고 가슴 아파하니 심씨가 위로했다.

"춘이 지은 죄는 만 번 죽임을 당해야 마땅하니, 오늘 하늘이 내린 은혜는 너의 덕이다."

"자식이 어머니를 사랑하고 아우가 형님을 사랑하는 것은 하늘의 이치상 당연한 도리인데 어머니께서 어째서 지금 은혜와 덕 두 글자를 거듭 말씀하셔서 편치 못하게 하십니까?"

"네가 죄 없이 번번이 죄가 있다고 하니 내 마음의 불안이 너보다 심하다."

원수가 이로부터 감히 죄를 끌어 말하지 못했다. 원수가 화부인과 겨우 몇 마디를 하고 있는데 하인이 '서각노·하상서 및 여러 재상들이 오셨습니다'라고 해서 원수가 외당에 나가 맞아들였다.

이날 집안과 마을이 떠들썩하고 마차와 말이 나란히 가득 찼으며 깃발이 무지개 같이 나부끼고 창은 서리가 날리는 것 같았다. 가죽 가리개를 두르고 물고기 비늘 모양의 활 통을 찬 무사들이 계단 양쪽에서 대열을 이루어 움직이니 부 안의 종들이 재앙으로 어지럽고 황폐해져 거의 다 죽을 듯하다가 다시 찬란하고 화려하며 빛나는 광채를 보고 눈물을 흘리며 '오늘 다시 돌아가신 어른의 융성하시던 때를 볼 것이라고는 생각도 하지 못했다'라고 말하지 않는 사람이 없었다.

남참의南參議가 서울에 도착하여 남부인과 곧장 윤부尹府에 들어가니 윤시랑이 맨발로 나와 맞이하여 눈물을 흘렸다.

"자평아, 죽은 사람을 다시 살릴 수 없다는 이야기도 헛된 말이구나."

남공이 절하며 감사했다.

"죽은 사람을 다시 살게 하여도 부끄럽지 않을 사람은 중회仲晦를 들어 말한 게로구만."

조부인과 윤부인이 남부인을 붙잡고 통곡하니, 진·백 두 부인도 눈물을 뿌렸다. 시랑이 남부인이 화려하고 신중하며 근엄하고 침착하여 국부인國夫人의 모습을 갖춘 것을 보고, 쓰다듬으며 감탄하고 기뻐하다가 또 크게 한숨을 쉬었다.

"사람이 이 세상을 살 때 슬픔과 즐거움이 나란하여 잠깐 사이에도 한 번은 슬프고 한 번은 기뻐하는 것이 진실로 당연한 일이지만, 이리저리 떠돌아다니며 고생하여 만 번 죽을 난관에서 살아난 것이 어찌 내 자식 같은 사람이 있겠는가? 예로부터 미인이 재앙을 부르고, 뛰어난 재주가 상서롭지 못함은 조물주가 너무 깨끗한 것을 꺼려서이고, 신령이 너무 아름다운 모습을 싫어해서이니, 「사간斯干」이라는 시詩에서 '잘못된 일도 없고 잘된 일도 없다. 술과 밥만을 말해 부모에게 근심을 끼치지 않는다'고 하였으니 성인의 지극한 말씀이다. 지금 화군이 현명한 천자를 만나 좋은 운수가 고개를 들어 날아올라가 지위가 조정에 오르고 이름이 천하에 떨쳐지니, 그 아내 된 사람이 절약하고 겸손하며 밤낮으로 공경하고 두려워하여 천명을 길이 보존하는 것이 나의 바람이다."

남부인이 거듭 절하고 가르침을 받았다.

다음 날 천자가 문화전文華殿에 앉아서 원수와 여러 대신들을 불러 공을 논하여 내려줄 땅을 정할 때 하춘해의 공을 으뜸으로 하여 수충보국輸忠輔國 광록대부光祿大夫 상주국上柱國 겸 이부상서 문연각 태학사로 임명하여 내각에 들이고 평원후平原侯로 명명하여 삼천 석의 녹봉을 받도록 하고 특별히 진하관進賢冠을 주었으며, 화진은 분충효무奮忠效武 광록대부 상주국 병부상서兵部尙書 겸 무영전 화개전華盖殿 집현전集賢殿 태학사 참지정사參知政事 태자사부太子師傅 산서山西 섬동陜東 광남廣南 하북河北 군무사軍務事에 임명하고 진국공晋國公으로 명명하여 오천 석의 녹봉을 주었으며, 유성희는 영록대부榮祿大夫 우주국右柱國 무신武臣 특진전전도지휘사特進殿前都指揮使 겸 금의위 용문대장군에 임명하고 서평후西平侯로 명명하여 이천 석의 녹봉을 주었으며, 척계광·조공수·설성문에게 모두 차등을 두어 관직을 주었고, 특별히 왕겸과 유이숙을 전전교위로 임명하니 평원후 이하 모두 머리를 조아리고 은혜에 감사하였다. 상이 진공晋公에게 말했다.

"경은 대대로 충정이 독실하고 왕실을 위해 수고를 무릅써서 많은 공과 위대한 업적이 태상太常에 기록되었으니, 내 마음의 기쁨을 어찌 다할 수 있겠는가."

대전 위에서 술을 받도록 하여 상이 직접 옥배玉盃를 들어 평원후에게 주며 말했다.

"옛날에 한신韓信이 목을 베이게 되었을 때 등공縢公이 구해주었고, 곽자의郭子儀가 목을 베이게 되었을 때 이백李白이 구하였으니, 내가 책을 읽어 여기에 이를 때마다 한나라와 당나라가 이백과 등공의 공을 제일로 삼지 못한 일을 한스러워 한다."

신하들이 모두 만세를 불렀다.

제13회
효성스러운 며느리는 옛 집으로 돌아오고 한이 맺혔던 여인은 좋은 인연을 이룬다

이날 진공晋公이 화부花府에 돌아와 면류관을 쓰고 관복을 입은 채 심부인沈夫人을 뵈니 심부인이 몹시 기뻐 눈물을 흘리며 말했다.

"돌아가신 상공과 정부인鄭夫人의 지극한 덕으로도 효자의 오늘 영광을 보지 못하고 나같이 어질지 못하고 의롭지 못한 사람이 혼자서 이런 복을 누리니 하늘의 이치를 알지 못하겠다."

진공이 감격하여 눈물을 흘리며 불안해하니 경옥景玉이 진공의 손을 잡고 진심으로 지극히 사랑하여 온화한 모습이 봄이 돌아온 것 같았다. 이후로 형제가 같이 정당正堂에 문안 인사와 식사를 드리면 심부인은 곧 먼저 진공을 쓰다듬고 다음으로 경옥을 보았다.

하루는 진공이 우연히 작은 병을 얻어 신음하면서 하루를 지내자 심부인은 베개 옆에서 간호하며 잠시도 떠나지 않았고, 경옥은 직접 약솥을 잡고 불을 붙이다 수염을 불사르니 유학사柳學士가 그것을 보고 감탄했다.

"경옥이 잘못을 뉘우치니 형옥보다 더 어질구나."

이때 태원太原의 죄인들이 서울에 도착하여 장평張平과 저잣거리에서 형을 집행하려고 하였는데, 심부인이 사람을 시켜 조녀의 죄를 일일이 따지려고 하니 화부인이 말렸다.

"죽이면 충분한데 일일이 죄를 따지면 무슨 이익이 있습니까. 또 악한 사람과는 같이 말하기 어려우니 불손한 말을 할까 두려워서입니다."

"내 끝내 조용히 가만있을 수는 없다."
사람을 시켜 그 죄를 일일이 따져 거론하였다.
"네게 다섯 가지 큰 죄가 있다. 네가 요염한 얼굴로 음란한 치장을 하고 담장 아래를 거닐다가 아양 떠는 눈짓으로 남의 마음을 꾀어 내 자식을 예의가 아닌 곳에 빠뜨린 것이 그 죄의 첫째이고, 본부인을 질투하고 시기하여 모함하고 저주한 것이 그 죄의 둘째이고, 시어머니의 명을 꾸미고 만들어 전해 정숙한 여인을 독으로 해치고 대자리에 말아 강에 던진 것이 그 죄의 셋째이고, 몰래 흉악한 놈과 결탁하여 칼날이 시어머니에게 미쳤으며 한림을 크나큰 재앙에 밀어 넣은 것이 그 죄의 넷째이고, 돈과 재물을 다 훔쳐서 야밤에 간악한 놈과 도망친 것이 그 죄의 다섯째이다. 네게 이 다섯 가지 큰 죄가 있으니 난도질하여 죽임을 피할 수 있겠느냐."
조녀가 발끈하여 대답했다.
"원수 어른께서 나를 죽인다면 내가 달게 받겠으나, 심부인은 나를 꾸짖을 수 없다. 부인의 자식이 예의를 알았다면 내가 비록 음탕하게 유혹하였더라도 그가 어찌 담장을 넘어왔겠는가. 사람이 어질고 밝아 모함하는 말을 받아들이지 않았다면 내가 어찌 조금이라도 임씨를 죄없이 모함할 수 있었겠는가. 부인이 만약 남부인이 어질고 정숙한 여인이라는 사실을 알았다면 어찌 직접 매질하여 바깥채에 가두었는가. 부인의 자식이 단정한 친구를 사귈 수 있었고 부부 관계를 엄격히 했다면 내가 달아나려고 한들 누구를 따라 달아났겠는가. 부인이 한림 부부를 친자식처럼 사랑하여 이간질할 틈이 없었다면 내가 비록 해치려는 마음을 가졌더라도 어찌 틈을 탈 수가 있었겠는가. 뚫린 구멍으로 바람이 불어오고 썩은 고기에 벌레가 생기는 법이니, 부인이 집안을 가지런하게 다스렸다면 나 혼자서 어지럽힐 수 있었겠는가. 부인이 비록 만 마디 말로 꾸짖더라도 내 죽어도 두렵고 부끄러울 일이 없다."
저잣거리의 사람들이 시끄럽게 큰소리로 웃으니 심부인이 후회했다.
"내 딸아이의 말을 듣지 않은 일이 한스럽구나."
진공이 윤부에 가니 시랑이 손을 끌어 윤부인의 침실에 들어가 즐겁게 웃었다.
"그대 부부의 나이가 이제 겨우 20을 넘었으니, 가령 혼례를 조금 늦추어 이제 처음 만났다 하더라도 오히려 늦었다고 말할 수는 없네. 지난 시간의 슬픔과 기쁨은 한 번의 웃음에 붙여버리는 것이 좋겠네."
진공이 탄식했다.

“『주례周禮』에 ‘나이 30에 장가든다’라고 한 말이 우연한 일은 아니라고 생각됩니다. 나라에 일찍 혼인하는 풍속이 성행하여 어리석고 무지한 아이까지 억지로 부부관계를 맺게 하니 어찌 재앙이 생기지 않을 수 있겠습니까.”

“만약 자네의 말과 같이 반드시 옛날의 예법을 굳게 지켜야 한다면, 자네가 나이 30이 되려면 아직까지 많이 남았는데 세상에 어찌 장가들지 않은 국공國公이 있겠는가.”

잠시 뒤 시랑이 일어나 나가자 진공이 부인을 향해 탄식했다.

“내가 보잘것없는데다 복까지 적은데, 다행히 하늘이 불쌍히 여기고 돌아보아 다시 부인들과 만나게 되었으니, 위기를 만났을 때에는 죄를 반성하고 복을 만났을 때 재앙을 생각하는 것이 바로 하늘을 섬기는 도리입니다. 부인은 감히 영화와 부귀로 자처하지 마십시오.”

부인이 두려워하며 대답했다.

“저희들이 어찌 감히 그렇게 하겠습니까.”

며칠 뒤 경옥이 진공에게 두 부인을 맞아오게 권하자 진공이 말했다.

“임형수께서 아직 돌아오지 않으셨는데, 윤・남 두 부인이 어찌 감히 먼저 돌아오겠습니까.”

“우형이 임씨에게 못내 부끄럽고, 또 그가 돌아오지 않으려 할까 두렵다네.”

“예로부터 정숙한 여인이나 어질고 뛰어난 여자가 요사한 첩의 재앙을 만나는 경우가 많으니, 어찌 임형수의 덕과 도량으로 이전의 일을 마음에 두겠습니까.”

진공이 심부인에게 말씀드려 임소저를 맞아오려고 하니 심부인이 임부林府에 양운陽雲을 보내며 ‘나를 위해 말을 잘해 달라’고 했다. 양운이 임부에 가서 심부인과 공자가 날마다 착한 곳으로 옮겨가기를 멈추지 않는다고 자세히 말하자 소저가 탄식했다.

“화진 서방님은 순舜임금 뒤에 있는 유일한 사람이다.”

이날 소저가 화부에 돌아오자 심부인이 손을 잡고 눈물을 흘렸다.

“내가 화씨 가문을 망하게 한 일이 한둘이 아니나, 그대가 집을 떠나고부터 더욱 크게 어지러워졌으니, 만약 어진 며느리의 지극한 덕이 하늘을 감동시키지 않았다면 우리 모자가 어찌 오늘을 맞이할 수 있었겠는가.”

소저가 자리에서 일어나 엎드리며 말했다.

“이전까지의 변괴와 혼란이 모두 제가 어리석고 둔해서 일어난 일이니 저의 죄는 죽어도 마땅하지만, 하늘과 땅의 길러주기를 좋아하는 은혜가 모두, 이미 날려 떨어진 쑥과 뽑혀버린 풀에까지 미쳤으니 저는 참으로 죽을 곳을 모르겠습니다."

이에 경옥과 소저가 만나자 경옥이 손을 마주잡고 탄식했다.

"내가 도리를 해치고 의리를 업신여겨서 스스로 넘어지고 떨어지는 재앙을 만났으니 눈물을 삼키고 탄식해봐야 어떻게 미칠 수 있겠는가."

소저는 경옥의 말이 간결하게 정리되어 있고 위의와 법도가 단정하고 엄숙하여 이전의 편벽된 말과 천한 모습이 아닌 것을 보고 일어나 공경하며 대답했다.

"제가 본래 여리고 나약하여 군자를 섬기지 못했으니, 군자께서 덕을 잃으신 일은 저의 죄입니다."

이어 진공을 향해 말했다.

"국가의 종묘사직이 조용히 도와 주셔서 귀하신 몸이 편안하고 행복하시니 나라의 복입니다. 어찌 단지 가문만의 경사이겠습니까."

또 화부인과 각각 이별한 이래의 사정과 감회를 이야기하며 두 줄기 눈물을 뚝뚝 흘렸다.

다음 날 심부인이 가마와 하인을 갖추어 보내서 윤·남 두 부인을 맞이하니, 윤·남 두 부인이 명을 받고 오자 심부인이 눈물을 흘리며 사과했다.

"『시경詩經』에 '사람을 마주할 때 면목이 있어 남 보기가 부끄럽다'라고 했으니 노모를 말하였구나. 내 비록 남 며느리를 죽이지는 않았지만 며느리들의 재앙이 내가 현명하지 못한 것에서 시작해 엄씨嚴氏 집안에서 모욕을 당하는 지경에까지 이르렀으니, 노모가 진실로 배를 갈라 윤 며느리에게 사과하고 싶다."

두 부인은 황공하여서 자기 죄라고 말할 뿐이었다. 심부인이 두 부인을 쓰다듬으며 말했다.

"형옥과 그대들이 잘못했다고 하는 말이 너무 심하구나. 노모는 더욱 몸 둘 바를 모르겠다. 비록 그러나 성인께서도 오히려 사람들이 잘못을 고치면 인정하셨으니, 노모는 그대들 부부의 남은 덕에 힘입어 여생 동안 죄를 씻고서 죽겠다."

진공이 가져온 붉은 옥으로 만든 팔찌와 푸른 옥으로 만든 노리개를 두 부인에게 나누어주고 탄식했다.

"춘추시대春秋時代 진晉나라의 순식荀息이 괵虢나라를 치기 위한 길을 빌려 달라고 요청하며 우虞나라에 선물로 준 수극垂棘 지역의 옥이 다시 진나라의 품으로 돌아갔구나."

심부인이 진공을 불러 두 부인과 함께 앞에 두고 감격하여 눈물을 흘리며 기뻐하니 지극한 정성이 사람들을 감동시켰다. 종들이 돌아보며 눈물을 흘리며 '비록 정부인이 다시 살아나셔도 이보다 나으시겠는가'라고 했다.

하루는 두 부인과 화부인이 심부인을 모시며 앞에 있는데 심부인이 여러 부인들에게 말했다.

"노모가 눈물이 흐를 듯하여 즐겁지 못하니 그대들이 함께 즐거운 말을 해 한 번 웃게 도와주게."

화부인이 웃으며 윤부인에게 말했다.

"제가 이곳에 온 날 시녀들이 부인께서 조녀의 뺨를 쳤다고 했는데, 부인께서 결코 그럴 이유가 없다는 사실을 알지 못하니 아마도 부인의 말씀과 행동이 아랫사람들에게 미덥게 보이지 않은 듯합니다."

심부인이 웃었다.

"아랫사람을 뭐 말할 일이 있겠는가 만은 나도 이 말을 들었으나, 그가 윤 며느리의 윤학사인지는 몰랐다."

윤부인이 웃으며 대답했다.

"제 동생이 방탕하여 이렇게 예의에 벗어난 놀랄 만한 행동을 하고도 오히려 의기양양하게 찾아와 첩에게 자랑하기를 '내가 정체가 드러날까 두려워 오히려 마음에 들도록 힘껏 때리지 못했다'라고 했습니다."

심부인은 배를 잡고 웃고 화부인은 낭랑하게 웃으며 말했다.

"이것만으로도 벌써 마음이 시원한데 어떻게 더 사납게 쳐서 더욱 마음 시원하게 하겠는가."

설고雪姑를 돌아보고 말했다.

"네가 엄부로 갔느냐."

"제가 늙고 겁이 많아 뒤에 떨어져 있으려고 했는데 장평이 쫓아내었으니 이것이 울려는 아이 때리는 격이라고 하는 말입니다."

심부인이 또 크게 웃었다.

진공이 글을 올려 조상의 산소를 보살피고 정리하여 가묘家廟에 맞이해 돌아오겠다고 청하자 천자가 글을 내려 허락하지 않고, '경은 정벌 전쟁에 나가 말달리며 싸운 뒤이니 멀리 가는 일은 옳지 않다. 경의 가묘의 일은 성준成儁에게 맞이해오게 하라'고

했다. 이에 성학사가 소흥紹興으로 갔다.

심부인이 사죄하기 위해 성부인에게 잠깐 들르시기를 청하니 경옥은 성학사를 따라가려고 했고, 진공은 몸과 마음이 다 회복되지 않았다고 경옥을 만류하였다. 이때 경옥은 내실 깊숙한 곳에서 거처하며 스스로 폐인廢人으로 자처하고, 동생·누이와 하루 종일 어머니 옆에서 어머니를 기쁘게 하며 비록 손님들이 만나기를 청해도 곧 병을 핑계로 사양했다. 어느 날 서평후·윤학사 등이 와서 굳이 만나기를 청했으나 경옥이 나가려하지 않자 심부인이 말했다.

"두 공은 모두 너의 은인이다. 지난번 두 공의 힘이 아니었다면 네가 사람 도리의 지극한 즐거움을 누릴 수 있었겠느냐."

경옥이 나가 외당에서 만나보니, 경옥의 고개 숙여 근심 가득한 얼굴과 부끄러워하는 기색이 스스로 용납하지 못하는 모습 같았다. 서평후가 진공에게 말했다.

"소생이 어제 평원상공平原相公에게 인사를 드렸는데 상공께서 '내가 진공의 형이 개과천선하여 좋은 사람이 되었다는 말을 들었으니 내가 추천하여 벼슬하게 해 그가 스스로 새롭게 변하였음을 칭찬하겠다'라고 하였습니다."

진공이 말하기도 전에 경옥이 깜짝 놀라 주저주저하며 말했다.

"내 차라리 머리를 풀어헤치고 산으로 들어갈지언정 결코 얼굴을 쳐들고 스스로 사대부의 대열에 설 수는 없다."

몇 개월이 지난 뒤 과연 대리시평사大理寺平事에 임명되었으나 경옥이 끝내 벼슬에 응하지 않았으니 당시 말이 많았다.

이에 앞서 엄숭이 아직 망하지 않았을 때 홍씨洪氏가 윤부와 결혼을 재촉하려 하자 엄숭이 말했다.

"안 되네 안 돼. 윤혁尹爀은 굽히기 어려운 사람이네. 가령 나의 권세와 위엄이 옛날과 같았을 때도 오히려 위협할 수 없었는데, 하물며 내 세력이 이미 기울었는데 되겠는가. 지난번에 윤여옥을 보니 어진 젊은이로 얼굴과 기상이 온화하고 단아하여 결코 의를 저버리지 않을 사람이고, 또 요즈음 이름 좀 있다고 하는 자들이 글을 주고받으며 나를 공격하는 모습을 보았으나 여옥만은 끝내 한 마디 말도 없었으니 그 뜻을 알 수 있소. 부인은 기다리시오."

그 뒤에 홍씨가 병들어 죽고 겨우 이 년이 지났을 때 엄숭이 몰락했다. 월화月華는 유모와 양인원養仁院에서 재앙을 피하고 있었다. 이때 백부인白夫人의 유모 금선錦仙이

양인원을 오가다가 월화의 아름답고 신묘한 모습을 보고 불쌍히 여겨 데리고 와서 그의 집에서 거처하게 하였는데, 백부인이 월화가 비상하다는 말을 듣고 한 번 보고 싶어 자꾸 금선에게 말하자 금선이 웃었다.

"그 사람은 두 눈동자가 새벽별 같고 두 볼이 복숭아꽃 같으며 붉은 입술에 흰 이와 풍성한 검은 머리가 거울에 비쳐 보이는 모습이 이러하니 부인께서 얼굴을 보려고 하신다면 거울을 들어 부인을 비춰보시면 될 것입니다. 또 제가 비록 괴롭고 고달파서 남에게 기대어 있지만, 처자의 몸으로 처신하니 어찌 소년 명사의 집에 출입하려 하겠습니까."

부인이 그래도 더욱 간절하게 부탁하여 그치지 않자 금선이 돌아가 월화에게 말했다.

"이웃집 소저 중에 너와 알고 지내고 싶어 하는 사람이 있는데, 그 소저는 인자하고 믿음직하며 남을 사랑하니 너는 나와 같이 한번 가보지 않겠느냐."

"어느 집 소저입니까."

"그 집은 한미한 집안으로 백공자白公子의 누이라고 한다."

"첩이 비록 천하고 보잘것없으나 이리저리 분주하게 사람을 사귀는 일은 대체로 여자의 일이 아니니 말씀을 따르지 못하겠습니다."

금선이 노한 척하며 굳이 말했다.

"내가 그 사람에게 허락했으니, 만약 네가 그 사람에게 가지 않는다면 틀림없이 나를 꾸짖을 것인데 내가 어떻게 감당하겠느냐."

월화가 낯빛을 바꾸자 금선이 말했다.

"네가 내 말을 듣고 다른 생각이 있을까 의심하느냐. 만약 다른 생각이 있다면 너에게 바로 말하는 것이 뭐 그리 못할 짓이기에 다시 남몰래 속여서 당초 너를 데려올 때의 좋은 뜻을 혼자 저버리겠느냐."

월화는 거절하기 어려운 처지라는 것을 눈물을 흘리며 허락했으나 여전히 그 뜻을 의심하여 품속에 몰래 작은 칼을 숨겼다. 금선이 마침내 작은 가마에 월화를 태우고 윤부에 가서 백부인을 만나니, 백부인이 만나보고 감탄하며 이상하게 여겨 물었다.

"자네는 누구 집 여자이며 무슨 일로 떠돌아다니는가."

"저의 성명은 홍매아洪梅兒로 어려서 부모님을 잃고 동서로 이리저리 떠다니고 있습니다."

부인이 그 말소리가 산들바람에 퉁소를 울리듯이 그윽하게 울려 듣기 좋은 것을 보고 사랑스럽게 여겨 말했다.

"사람의 다섯 가지 인륜 가운데 벗도 한 자리를 차지하니 우리들이 비록 여자이지만 참으로 그 취미臭味가 같으니 아녀자간의 벗이 되어도 거리낌이 없을 듯하네. 내가 거처하는 곳에 조용하고 후미진 조그마한 방이 있으니 네가 며칠 머물러서 꽃다운 향기에 젖게 해준다면 다행이 아니겠느냐."

월화가 비록 금선이 억지로 권해서 어쩔 수 없이 와서 만나보았지만, 용모와 의복의 치장, 거처하는 곳의 화려함이 결코 미미한 집안의 소저가 아니었다. 마음속으로 금선이 말해 준 일에 대해 크게 의심하였는데, 또 머물러 있기를 바란다고 청하는 말을 듣고는 더욱 의심하고 불안하여 대답했다.

"제가 곤궁하고 비루한 몸으로 옆에서 모시며 수건을 받드는 것이 어찌 지극히 바라는 일이 아니겠습니까 만은 저에게는 밤이 되면 심해지는 기이한 병이 있어 밤이 되면 바로 고통스러워 하니 이 집에서 밤을 지낼 수는 없습니다."

말이 끝나기 전에 마침 윤부인이 왔다. 월화가 윤부인을 보자마자 놀라 머리를 숙이고 줄줄 눈물을 흘리자 윤부인이 이상하게 생각하고 의심해서 백부인에게 '저 여인은 누구입니까' 하고 묻자 백부인이 월화의 말대로 이야기했다. 윤부인은 월화를 자세히 살펴보고 이어 백부인에게 눈짓하여 나가서 말했다.

"저 여인이 저를 한 번 보고 낯빛이 갑자기 변했으니 그 사정이 괴이합니다. 옛날에 장원長遠이 저를 대신하여 엄숭의 집에 들어갔는데, 제 방에서 잠시 동안 엄숭의 일을 이야기하다가 그 딸과 이러이러한 우스운 일이 있었고 결국 범의 아가리를 벗어날 수 있었던 것은 바로 엄숭 딸의 공이라고 하였는데, 장원이 근심하고 탄식하여 '엄숭의 딸이 정숙하고 점잖으며 우아하니 품격 높은 규수가 되기에 충분한데, 그 의기와 비범한 지략, 용기는 요즘 세상 규수 중에서 듣기 드문 모습입니다. 그런 용모와 재주, 지혜로 나에게 한 번 더럽혀졌으니 절개를 지켜 청상과부로 떨어져 말라 죽을 것입니다. 내가 누이 때문에 공연히 남에게 악을 쌓았습니다'라고 해서 제가 그 말을 듣고 탄식하고 상심하여 대인 앞에서 한 번 간절하게 부탁드려 장원에게 엄숭 딸의 원한을 조금이라도 풀어줄 수 있게 하려고 했으나, 엄숭의 죄명이 나날이 더욱 어지럽게 더해지기 때문에 감히 입을 열지 못했습니다. 엄숭이 관직에서 쫓겨난 뒤로 장원의 생각이 근심 가득하고 상심한 듯이 보이니, 이것은 여색을 좋아하는 방탕한 남자가 여기저기 사방으로 정에 얽혀 욕을 보는 처지와는 다릅니다. 덕을 사랑하고 어진 행동을 즐기는 사람이 이와 같지 않을 수 없어서입니다. 지금 이 여자의 우아함을 보니 장원이 전해준 사실과 흡사하고 또 사랑스런 용모와 슬픈 자태는 사람을 절실히 슬프게 하니, 엄숭의 딸이 사정이 궁색해지고 행적이 위태로워 몸을 맡길 곳이 없어 부끄러운 마음을 무릅쓰고 금선의 집에 와서 몸을 둔 듯합니다."

백부인이 갑자기 깨달아 황급히 말했다.

"지난번 진부인陳夫人께서 저에게 '군자께서 엄숭의 딸에게 신의를 잃고 덕을 등지는 일은 우리들의 수치이니 우리들이 어찌 힘을 다해 주선하지 않겠습니까'라고 해서 제가 그제서야 비로소 군자에게 이런 일이 있었다는 사실을 들었습니다. 제가 형님에게 말씀드리고 진부인도 진한림께 말씀드려서 한림과 형님께서 한 소리로 시아버님 앞에 간곡하게 말씀드렸으나 시아버님께서 엄숭을 한스럽고 분하게 여기셔서 준엄한 목소리로 허락하지 않으시고 도리어 군자에게 엄하게 꾸지람하셔서 저희들이 몹시 황송했습니다. 지금 부인의 가르침이 이에 이르시니 제가 이 여인이 엄숭의 딸임을 잘 알아 의심이 없으니 더욱 그 사정이 슬픕니다. 그러나 시아버님의 엄한 말씀이 지극히 엄격하셔서 저희들이 감히 끼어들어 말씀드릴 수 없습니다. 부인께서는 저희들과 다르시니 부인께서 엄숭의 딸에게 덕을 베풀어 주시기 바랍니다."

백부인이 방안으로 돌아와 웃으며 월화에게 물었다.

"네가 일찍이 윤부인과 얼굴 정도는 알고 지내는 사이가 아니었던가. 조금 전 고개를 위아래로 움직이는 너의 태도를 보니 내 몹시 의심스럽다."

월화는 슬퍼 목이 메여 감히 말하지 못했다. 백부인이 나아가 손을 잡고 탄식했다.

"그대가 옛날 위기와 재앙 속에서 윤군자를 구했으니 내 어찌 감히 그대의 은혜를 잊겠는가. 다만 그대는 명을 편안히 여기고 순종하여 하늘의 인연이 자연스럽게 이르기만을 기다리게."

월화는 눈물을 흘리며 일어나 절했다.

"부인께서 저의 마음속을 훤히 아시니 저를 낳아주신 분은 부모님이시고 저를 알아주는 사람은 부인입니다. 제가 비록 집안의 재앙이 끝이 없어 이름을 바꾸고 이리저리 떠돌아다니지만, 그러나 재상 가문의 딸로 한 조각 부끄러워하는 마음을 가지고 있어 의심하고 꺼리는 일을 멀리할 줄을 대략 알지만, 불타는 숲 속의 토끼는 달릴 곳을 가리지 않고 떨어지는 그물 속의 물고기는 살 구멍을 정하지 못하는 법이어서 마침내 저녁에 깃들 곳을 찾는 새의 심정을 가지고 잘못하여 마구 울어대는 꿩이라는 비난을 받게 되었으니 제가 이 지경에 이르러 참으로 스스로 목숨을 끊어 아무것도 모르고 싶습니다."

백부인이 한숨을 쉬고 슬퍼하며 은근하게 대하여 화려한 옷과 좋은 음식을 금선의 집에 보냈다. 이날 윤부인이 돌아가 진공에게 말하자 진공이 가서 윤시랑을 보고 말했다.

"군자는 남의 악은 잊어버리지만 남의 덕은 잊지 않습니다. 엄숭의 죄가 비록 하늘에 통하고 땅을 덮더라도 그 딸이 장원에게 베푼 덕은 진秦나라에 인질로 있던 진회공晉懷公을 탈출시킨 진秦나라의 회영懷嬴보다 적지 않습니다. 장인께서는 어찌 차마 장원에게 아녀자의 은혜를 저버리게 하십니까."

"요즘 백성규白聖圭・진자망陳子望도 노부에게 이런 이야기를 했으나 끝내 나라를 해친 도적놈의 딸을 며느리로 삼을 수 없네. 또 조정에서 그 사실을 알면 나를 어떤 사람이라고 하겠는가."

"제가 감히 장인어른의 가르침이 잘못되었다고 하는 말이 아닙니다. 그러나 장원이 지금 세상에 이름을 세워 앞길이 만 리 같은데 갑자기 한 여인에게 원한을 품고 죽게 한다면 어찌 장원의 백옥白玉 같은 명성에 흠이 되지 않겠습니까. 제가 이 일을 반복하여 생각하고 헤아려보았으니 또 잘 대처할 방법이 있습니다. 장인께서는 허락해 주십시오."

"사위처럼 엄격하고 바르게 예의를 지키는 사람이 이와 같이 말하니 노부가 변통할 줄 모른다는 사실을 잘 알겠네. 이 일이 비록 몹시 어려운 일이지만, 내가 어찌 사위의 말을 듣지 않겠는가."

한림은 하각로를 만나 의논하니 하공이 슬피 탄식하고 조용히 천자에게 이야기하였다.

"천자의 정치는 한 가지 물건이라도 그 있을 곳을 얻지 못하게 해서는 안 되는 법인데 지금 춘방의 태학사 윤여옥이 일찍이 엄숭의 딸과 혼인을 맹세한 적이 있습니다. 그러나 그 아비 혁이 그가 나라를 해친 도적의 딸이라고 싫어하며 그와 혼인할 수 없다고 하여 엄숭의 딸이 죽기를 맹세하고 수절하니 그 사정이 참으로 불쌍합니다."

상이 놀라 말했다.

"윤여옥의 맑은 절개로 어찌 엄숭의 딸과 혼인을 맹세하였느냐."

이에 하공이 그 앞뒤 사정을 이야기하니 상이 웃었다.

"세번이 하는 일마다 예의가 없으니 그 죽임은 당연하다. 그러나 그의 연약한 누이는 죄가 없으니 특별히 여옥이 취하여 소실로 삼게 하라."

윤학사는 몹시 기뻐하며 좋은 날을 택해 엄씨嚴氏를 맞아들이니 백중승이 예식에 쓸 물건을 다 갖추어 주었고, 진·백 두 부인이 직접 혼례복을 지어 백부에서 혼례식을 올리니 그 기쁨을 알만했다.

아! 하늘이 내린 복은 상서로움으로 받아들이는 것이니, 진·백 두 부인이 그러하였다. 훌륭하고도 우뚝하구나.

제14회
심부인에게 축수를 올리고 하각로의 덕에 보답하다

성학사成學士가 소흥紹興에 도착하자 성부인成夫人이 심부인沈夫人의 편지를 보고 기뻐서 아들에게 말했다.

"이 사람이 이렇게 하니 사람의 본성이 착하다는 말이 바로 이 말이구나."

부인이 드디어 길을 떠나 서울에 도착하여 진공 형제가 나가 가묘家廟를 맞이하니 진공의 마음은 말하지 않아도 알 수 있었으나 평사評事가 갓을 벗고 머리를 조아리며 황하黃河가 터진 것같이 울자 성부인이 손을 잡고 기뻐하며 탄식했다.

"내가 죽어 죽은 동생을 보더라도 할 말이 있겠구나."

심부인과 즐겁게 웃으며 이야기하니 심부인이 사죄하였다.

"부인께서 옛날의 악행을 염두에 두지 않으시고 첩의 모자가 지은 죄를 용서해 주시니 첩이 만 번 죽더라도 다시 남은 한이 없겠습니다."

"그대의 모자가 잘못을 고쳐 선하게 바뀌어 사람의 도리가 크게 밝아졌으니 하늘에 계신 조상님께서도 모두 그대를 용서해 주시는데, 내가 비록 용서하지 않으려고 해도 되겠는가."

임소저를 불러 말했다.

"위衛나라 장공莊公의 비妃 장강莊姜은 어질고 덕이 있었으나 아들이 없어 사랑받지 못해 한을 품었고, 한漢나라 성제成帝의 궁녀 반첩여班婕妤는 총애를 받았으나 조비연趙飛燕의 모함을 벗어나지 못한 것은 비록 두 사람이 현명하지 못했기 때문이라고는 하나 또 자기 운명이 불행했기 때문이다. 한 번 엎어진 물은 끝내 되담을 수 없는 법이나 지금 경옥이 너를 공경하고 중히 여기는 것이 예전에 비해 백 배나 더 된다고 들었으니 이것은 하늘이 너를 지나치게 편애하여 중히 여기는 일이고 장강과 반첩여가 저승에서 위나라 장공과 한나라 성제를 더욱 원망하게 하는 일이다."

또 윤·남부인과 진공에게 말했다.

"옥은 쪼아내지 않으면 그릇을 만들 수 없으니 너희들이 오늘 누리는 영화와 현달이 모두 지난날의 괴로운 곤경 속에서 나온 것이 아니라고 어찌 알겠느냐."

사람들이 모두 손을 모으고 절하며 공경하여 감사하였고, 심부인은 더욱더 기뻐하였다. 이때 천자가 예관禮官을 시켜 위국공魏國公에게 제사를 지내게 하고, 심부인에게 은혜를 베풀어 진태부인晋太夫人의 이름을 내리니, 여러 신하들이 또 임부인의 효성과 의리를 이야기하여 특별히 그 효성을 드러내기 위한 붉은 정문旌門을 세워 표창하도록 하고 현부인縣夫人의 직첩職牒을 주니, 화부의 은혜와 영화가 우뚝하여 한 세상을 놀라게 하였다.

진국공의 새 집에 천자가 잔치를 베풀어 주어, 진공의 집에서 심부인의 장수를 축하하게 되었다. 진晉 땅 세 곳의 특산물과 촉蜀 땅의 금金과 비단, 13성省 주현州懸의 예물과 폐백이 비늘이 늘어 붙은 듯하고 구름이 쌓인 듯하였으며, 유학사는 새로 남경 도어사南京都御史로 승진하여 남경의 기녀 8백 명을 선발해 올렸고, 진부晋府의 기녀도 5백 명이 있었다. 이날 심부인이 화려한 옷을 차려입고 정당正堂의 경은루慶恩樓에 앉아 있으니 내외 사돈들과 공公·경卿의 부인夫人이 일제히 모였으며, 이때 안남왕安南王과 양아공주陽阿公主가 서울에 도착하여 공주는 안채의 잔치에 참석하고 왕은 바깥채의 잔치에 참석하였다. 푸른 장막은 구름처럼 펼쳐져 있고, 그림 그려진 병풍은 산처럼 둘러쳐져 있으며, 무늬 놓은 자리와 수놓은 비단자리가 별과 바둑돌처럼 펼쳐져 있는데, 윤·남 두 부인은 국부인의 옷을 입고 있었으며, 임부인·요부인·화부인은 모두 칠보七寶로 치장을 하고 심부인과 성부인을 모시고 동서로 나누어 앉았다.

손님 자리로 동쪽에는 서상국徐相國 부인을 으뜸으로 하여 정상서 부인 이하 여러 부인들이 앉았고, 서쪽에는 하상국夏相國 부인을 으뜸으로 하여 윤시랑 부인 이하 부인들이 앉으니, 꽃 같은 얼굴 달 같은 자태가 짝을 지어 빛나고, 금과 비취의 색과 진주와 비단의 빛이 누각에서 빛났다. 젊은 부인 중에 타고난 자태가 맑게 빛나고 움직임이 신선과 같은 사람은 촉국부인이 제일이었고, 그 다음은 유학사 부인으로 고운 눈썹이 맞닿아 늘어져 얌전하고 넉넉하였으며, 그 다음은 윤학사 부인 진씨로 고상하고 품위가 있으며 곱게 웃어 조그마한 몸집에 눈빛이 빛나게 흘렀으며, 다음은 진국부인으로 몹시 순수하고 조용하며 뛰어나고 오묘하여 빼어나게 밝았으며, 그 다음은 양아공주로 맑고 고와 기이하고도 놀라우며 위의가 빛나고 엄숙하고 온화하였으며, 그 다음은 백부인과 진한림 부인 단씨와 엄씨였고, 그 나머지 부인들도 모두 뛰어난 용모를 가졌다. 단장한 기녀들이 각각 풍물을 가지고 뜰에서 종鍾과 경磬을 쳤고, 당 안에서는 거문고와 비파를 연주했다. 춤추는 소매가 곡조를 따라 움직여 놀란 기러기가 펄럭펄럭 하늘로 날아오르는 것 같고 들보를 타고 울리는 노래 소리가 절묘하여 둥지에 깃든 봉황새가 우는 것 같았다. 붉은 쟁반과 옥그릇이 분주하게 어지러이 이어 들어오고 풍성한 안주와 맛있는 과일, 향기로운 온갖 음식들이 푸짐하니 맛있는 냄새가 진동하였다.

진공이 면류관에 9개의 끈을 단정하게 늘어뜨리고 제후의 저고리에 수놓은 치마를 입고 붉은 옥 같은 얼굴에 온화한 바람 같은 기색을 띠고 두 국부인과 같이 호박琥珀잔에 장수를 기원하는 술을 따라 두 손으로 쥐고 꿇어 앉아 장수를 기원하니 푸른 패물이 쟁쟁 울렸다. 심부인이 손으로 진공의 등을 쓰다듬고 웃으며 기뻐하여 즐거움이 넘쳐 눈물을 흘리니 주렴 안에 있는 모든 부인들이 앞다투어 떠들썩하게 감탄하고 심부인의 만년 복을 칭찬하지 않는 사람이 없었다.

평사 부부와 화부인・유어사와 성학사 부인 이하 여러 친척들이 심부인의 장수 기원을 마치자 하각로・서평후 등도 당에 올라 장수를 기원했고, 천자도 여덟 가지 진귀한 음식과 술을 보내서 예부시랑 임윤에게 가지고 가도록 했으니, 이날의 영광은 옛날에도 없는 것이었다.

이날부터 심부인은 진부에 와 있으면서 날마다 진공 형제, 세 며느리와 딸의 부귀하고 화려한 즐거움과 영화롭고 귀한 봉양을 받아 천하의 자식들이 성대하게 일어나 부모에게 효도할 생각을 하게 했다.

진공이 조정에 있은 몇 년 동안 천자의 사랑이 날로 높아졌으며 기대가 날로 무거워졌으나 밤낮으로 공경하고 조심하여 아래 사람들에게 겸손하고 공손했다. 두 부인도 덕이 집안에 두루 미쳐서 위아래 사람들이 엄숙하면서 온화한 기운이 감돌았고, 연이어 낳은 자녀들은 하나하나 모두 밝은 구슬 같았다.

윤부인의 아들 천린天麟이 세 살이 되었을 때, 심부인이 지극히 사랑해서 임씨의 양자로 삼으니 평사가 몹시 기뻐했다. 그 뒤 임부인이 두 아들을 낳았으나 끝내 천린을 장자로 삼았다.

어느 날 남부인이 진공을 대하고 탄식했다.

"부유해지고 귀해진 뒤에 남의 공을 잊는 것은 좋지 않습니다. 제가 초楚 땅을 떠돌아다니다가 촉蜀으로 들어갈 때 함께 목숨을 의지했던 사람은 계앵季鶯 한 사람뿐이었습니다. 이제 저는 아녀자 중에서 지위가 높아졌으나 계앵은 아직도 시녀의 신분을 벗어나지 못했습니다. 금이나 은, 비단이 은혜를 갚는 것이 아닙니다."

진공이 크게 깨달아 마침내 계앵을 천한 신분에서 빼내서 왕겸王謙의 처로 삼으니 왕겸이 계앵의 주인에 대한 충성에 감동하고 사모하여 서로 몹시 존경하고 소중히 여겼다.

이때 진공은 서·하 두 각로와 힘을 합해 나라 일을 도왔고, 윤·유 두 학사는 문장과 재주, 덕망이 한 세상에 뛰어나 모두 정경正卿에 임명되었고, 성학사도 이부시랑으로 올랐으며, 진창운陳昌雲·백경白瓊 등은 계속해서 이름을 날려 천자의 덕을 기리고 밝히니 세상 사람들은 가정嘉靖 말년에 다스림과 교화가 찬란하다고 했다.

이에 앞서 천자가 엄숭의 집을 특별히 서평후에게 하사하니, 이 집은 서울에서 제일 큰 집이었다. 높은 당堂과 깊은 누각, 층층이 쌓인 대臺와 여러 겹으로 겹쳐진 정자, 금과 옥으로 꾸며진 서까래, 비단과 유리로 치장한 창문에 구름과 신선들을 그려 제왕의 거처와 흡사했고, 웅장한 20여 리의 동산에는 약초로 쓸 난초, 꽃이 가득한 물가, 연꽃 피어있는 못, 수초가 자라는 섬, 기이한 돌과 대나무, 진귀하고 이상한 짐승들을 이루 다 쓸 수가 없을 정도였다. 서평후가 일찍이 진공을 초대하여 노래하고 춤추며 즐겁게 놀았는데 진공이 길게 탄식했다.

"엄숭의 호화와 사치가 이와 같았으니 어찌 망하지 않겠는가. 앞의 수레가 엎어진 것은 뒤 수레의 경계라네."

서평후는 놀라 자리에서 일어났다. 그날로 정자와 누각 중 지나치게 사치한 것을 헐어버리고, 자신은 의복과 수레를 검소하게 하는데 힘쓰니 진공이 덕으로 사람을 사랑하는 것이 모두 이런 종류였다.

하루는 서평후가 공주와 남쪽 지역을 정벌할 때 일을 이야기하다가 탄식했다.

"진공은 하늘이 내린 사람이오. 자객 이팔아李八兒가 칼을 휘두르며 다가 와서 옆에 앉아 있는 나는 정신이 놀라 진동하는데 진공은 두건을 벗고 머리를 내밀며 웃고 이야기해, 팔아가 저도 모르게 비수를 던져 버리게 하였으니 그 숭고하고도 존엄한 것이 북극성 같고, 침착하고 굳센 것이 태산 같아 내가 평생 영웅호걸로 자처하다가 그제서야 비로소 천하에 참된 영웅호걸이 있다는 것을 깨달았소."

공주가 이 말을 듣고 서럽게 눈물을 흘리자 서평후는 놀라서 물었다.

"부인께서 이 말을 듣고 갑자기 슬픈 빛을 띠는 것은 어째서요."

"이팔아라는 아이는 제가 안남의 궁에 있을 때 시녀였는데 사람이 영특하고 지혜로워 의를 사모하였으며 시서詩書를 잘 외워 제가 마음속으로 사랑하고 아껴 마음을 서로 주고받았습니다. 일찍이 저와 『시경詩經』을 읽다가 「소남편召南篇」의 「강유사江有汜」 장章에서 웃으며 저에게 '공주님께서도 앞으로 저와 함께하지 않으셔서 저에게 휘파람 불고 노래하게 하시겠습니까'라고 해서 제가 그 말을 가슴 아프게 여겼습니다. 뒤에 불행히도 저의 여러 오빠들이 탐내어 잦은 핍박을 면할 수 없자 팔아가 깊은 산으로 도망쳐 숨어서 검술을 배운다고 하였는데, 제가 장군을 맞이한다는 말을 듣고 저에게 시를 보냈습니다.

> 따뜻한 방안의 찬 매화 꽃송이는 부질없이 따뜻한 봄날을 아는데
>
> 가련한 창밖의 나무는 되려 아직까지 가지를 틔우지도 못했네

제가 올 때 팔아가 산중에서 반강盤江 가로 저를 전송하며 또 시를 지어 주었습니다.

> 남해에서 나고 자란 새는 바람 타고 북으로 돌아가는데
>
> 산꼭대기에 떨어진 깃 하나는 혼자서 외로운 구름 따라 떠도네

이어 「낙화춘落花春」 한 곡조를 불렀는데, 그 소리가 처량하고 서글퍼서 마치 옥퉁소가 애간장을 끊는 것 같았습니다. 제가 비록 주周나라 문왕文王의 후비后妃와 같은 덕은 없지만, 장군의 높으신 의리로 어찌 이 여인이 돌아갈 곳이 없게 할 수 있겠습니까."

서평후는 몹시 기뻐하여 마침내 안남에서 팔아를 맞이해 와서 소실로 삼았다.

이때 남참의는 이미 벼슬을 그만두고 이사하여 윤부와 이웃하고 촉국부인과 서로

의지하였고, 때때로 윤시랑·진상서와 성 바깥의 산수山水간에서 한가롭게 쏘다니며 노래 부르고 놀면, 진공과 윤상서가 곧 좇아왔다. 하루는 옥천산玉泉山의 서쪽 호수에서 노는데, 호수의 둘레가 십여 리 정도 되었다. 연꽃·수초·마름 풀과 모래밭과 물 위의 새가 구름과 노을 사이로 어스름하게 비치니 호수를 거닐던 사람들이 돌아보고 즐거워하며 잔을 띄우고 술을 마셨는데, 갑자기 베옷을 입은 사람이 무성하게 헝클어진 머리를 하고 구부정한 걸음걸이로 산골짜기에서 다가왔다. 시랑이 바라보고 탄식했다.

"승상은 몹시 고달프겠구나."

여러 사람들이 놀라 물으니 시랑이 '이 사람은 엄숭입니다'라고 했다. 상서에게 가서 데리고 오라고 하니 상서가 인사하고 이끌어 왔다. 시랑은 자리를 내주고 크게 탄식했다.

"그대가 삼십 년 동안 재상 자리에 있으면서 오늘 같은 날이 있을 줄 알았는가."

엄숭이 눈물을 흘리며 사죄했다. 시랑이 말했다.

"우리들은 이미 속세를 떠난 사람이니, 그때의 은혜와 원한을 말해 봐야 아무런 필요가 없네. 그대와 술이나 마셔야 하겠네."

엄숭의 앞에 술과 안주를 내 놓으니 엄숭이 몇 잔 들이키고 상서를 돌아보며 눈물을 흘렸다. 시랑이 말했다.

"당신의 딸이 현명하고 정숙하여 내 이미 며느리로 거두어 들였으니 그대는 슬퍼하지 말게."

엄숭이 일어나 수없이 절을 하고 물 흐르듯 눈물을 흘리니 시랑이 탄식했다.

"이는 천자의 은혜로운 명령이니 내가 무슨 덕이 있겠는가."

이어서 옷을 벗어 그에게 주고 전송했다. 이날 진공이 돌아와 윤부인을 마주하고 그 말을 전했다.

"장인어른의 마음과 덕이 이와 같으니, 장원長遠의 자손은 반드시 크게 번창할 것이네."

그 뒤 세종황제世宗皇帝께서 돌아가자 진공은 평생 동안 천자가 알아주고 가까이 해 주었던 것을 생각하고, 또 돌아간 천자를 따르지 못하는 것을 가슴 아프게 생각하여 삼 년 동안 훌쩍훌쩍 울면서 술과 고기를 가까이 하지 않았다.

융경隆慶 2년에 이부상서로 내각에 들어가 나라의 중요한 일을 자세히 살펴서 덕을 지키고 사사로움이 없었으며, 공경하고 밝고 공손하며 부지런하니 천자가 특히 예우하고 상보尙父라고 불렀다.

6년 뒤 목종께서도 돌아가니 진공은 하각로와 함께 임종의 유언을 받들어 의심스럽고 불안할 때 어린 임금을 도와서 얼굴빛을 근엄하게 하고 조정에 서니 풍채가 늠름하였다.

이때 신하들이 무리지어 일을 벌이곤 하였는데, 태감太監 풍보馮保라는 자가 음흉하고 꾀가 많아 몰래 재상宰相 장거정張居正과 결탁하여 대신大臣들을 쳐서 내쫓고 자신이 위엄과 복을 차지하려고 계획하였으나 황태후皇太候가 진공을 깊이 믿고 의지하였으며, 천자도 스승으로 삼아 풍보 등이 감히 헐뜯는 말이나 모함하는 계책을 쓰지 못했다.

이들은 먼저 하각로를 태후와 천자에게 모함하기 위해 계획하고, 춘해가 '과부와 고아는 천자라는 큰 자리를 맡기기 어려우니 장성한 사람을 택해 그를 세우는 것이 좋다'라고 말했다고 하니, 천자와 태후가 그 말을 듣고 크게 의심하여 마침내 조정에서 대신들을 모아놓고 명령을 내려 하각로의 관직을 빼앗았다. 하공은 그 죄도 모른 채 금의위의 감옥에서 명령을 기다렸는데, 이때 진공은 마침 새로운 왕릉의 제관으로 임명해 줄 것을 청해서 제사를 지내는 곳에 있었으니 풍보 등이 진공이 반드시 사실을 따질 것이 두려워 진공이 바깥에 있는 틈을 타서 이 같은 변란을 저지른 것이었다.

여러 대신들이 급히 천자에게 글을 올렸으나 막아서 글이 들어갈 수가 없었다. 진공이 돌아오는 길에 변란 소식을 듣고 서글피 탄식했다.

"내가 두 천자에게 융성한 은혜를 받았으니 감히 죽음으로 그 은혜를 보답하지 않겠는가."

급히 말을 달려 돌아와 곧장 조정에 들어가 이부상서 윤여옥·호부상서 성준·태학사 유성양·형부상서 손식·예부시랑 임윤·서평후 유성희·좌도어사左都御史 갈수례葛守禮·우도어사右都御史 혜서嵇瑞·이부시랑 백경·호부시랑 진창운 등을 이끌고 천자를 앞에서 직접 만나고자 청하였으나 풍보 등이 막기 위해 천자에게 알리지 않았다.

전전교위 왕겸이 칼을 어루만지며 사나운 목소리로 말했다.

"진공은 돌아가신 천자의 상보이신데 공들이 어찌 감히 이럴 수가 있다는 말인가"

풍보 등이 두려워서 천자의 명령을 전하는 환관인 황문黃門에게 급히 동쪽의 작은 문을 지키라고 하자 서평후가 눈을 부릅뜨고 곧바로 들어와 말했다.

"나는 무사라 번쾌樊噲 장군이 한나라 고조의 명을 어기고 대궐문을 열어젖힌 일만 알 뿐이다."

이에 진공 이하 모두가 들어왔다.

이때 천자가 함경당涵敬堂에 있으니 진공이 천자 앞에 나가 소리 높여 말했다.

"태행황제께서 돌아가실 때, 폐하를 앞에 두시고 하춘해와 신 진의 손을 끌어 잡으시고 말씀하시기를 '짐이 경들과 영원히 이별을 하게 될 것 같네. 나라가 위태롭고 태자는 어리니 믿을 사람은 경들밖에 없네'라고 하셔서, 신들이 눈물을 흘리며 명을 받들어 돌아보고 조심조심하며 만약 머리가 땅에 떨어지고 뇌가 길에 널릴 정도로 하지 않는다면 저승에서 뵙더라도 절을 할 수 없을 것이라 생각했습니다. 이에 춘해는 나라 안을 다스리고 소신은 밖을 다스려 폐하를 받들어 폐하께서 천자의 지위에 계시게 하였고 조정을 엄숙하게 하였습니다. 그런데 새로운 무덤을 만드는 일이 겨우 끝나 무덤을 덮은 흙이 채 마르지도 않았는데 춘해가 갑자기 조정에 죄를 얻어 황급하게 관직을 빼앗기고 쫓겨나니, 대신들은 놀라 허둥지둥하고 부녀자와 아이들은 탄식하고 있습니다.

신이 엎드려 듣기에 여러 신하들이 '춘해의 죄가 분명하게 밝혀지지 않았는데, 태학사 장거정이 사례태감司禮太監 풍보 등과 갑자기 친밀해져서 몰래 오가며 이와 같은 재앙을 만들었다'라고 하였습니다. 아! 알만합니다. 춘해가 어리석을 정도로 충성스럽고 강직하며 과단성이 있어 환관 소인배들의 불평이 쌓이니 거정이 원래 편협한 인간으로 음흉한 계책을 꾸며 부귀를 도모하고 만족하지 않았는데, 이때를 타고 이 틈을 훔쳐 충성스럽고 어진 행동을 방자하게 멋대로 꾸몄으니 비유하자면 한 무제의 유지를 받들던 곽광霍光을 상관걸上官桀이 모함한 것과 같은 것이고, 선제宣帝의 유지를 받들던 소망지蕭望之에게 환관 홍공弘恭과 석현石顯이 원한을 풀고자 하는 것과 같은 것입니다. 폐하께서 어린 나이에 즉위하셔서 좋고 나쁜 것에 대한 판단이 정확하지 않아 이런 무리들이 안팎에서 선동하면 천하가 대단히 어지럽게 될 것입니다. 폐하께서는 주周나라 성왕成王 때 유언비어를 만든 자가 어떤 사람이며, 한漢나라 환제桓帝 때 두무竇武와 진번陳蕃이 누구의 손에 죽었는지 잘 살피십시오.

『예기禮記』에 '천자께서 돌아가시면 황세자는 삼 년 동안 총재에게 정치를 맡긴다'고 하였습니다. 지금 춘해는 총재이니 나라의 편안함과 위태로움을 그의 한 몸에 맡아서 죽고 사는 것을 나라에 맡겼습니다. 만약에 사람을 제대로 알아보지 못하셨다면 그만이지만 그렇지 않다면 폐하께서 하실 일은 아침저녁으로 통곡하는 것일 뿐입니다. 지금 춘해를 모함하는 자는 반드시 춘해가 옳지 못한 마음을 가지고 있다고 할 것인데, 춘해가 과연 좋지 못한 마음을 가지고 있다면 신과 춘해는 같은 마음이니, 폐하께서는 어찌하여 저는 물리치시지 아니하시고 춘해만 내쫓으십니까 ”

천자는 말을 다 마치기도 전에 목이 메여 눈물을 흘렸다.

“선생의 말씀이 아니었다면 소자 거의 나라의 사직을 망칠 뻔 했습니다.”

이에 장거정을 멀리 귀양 보내고 풍보 등 몇 사람을 곤장을 쳐서 바깥으로 쫓아내고 글을 써서 하춘해를 불러들여 관직을 돌려주니 천하 사람들이 듣고 감탄하여 ‘하공이 화공을 구한 것과 화공이 하공을 구한 것은 사람을 안 것이고 또 덕에 보답한 것이니 모두 천하의 지극한 공정함이요 한 몸의 사사로운 은혜가 아니라 할 수 있다’라고 하였다.

만력萬曆 6년에 진공과 서평후가 금산金山의 도적 마방지馬芳枝를 강남江南에서 토벌하여 평정하고 그들이 세자라고 하는 선경善慶을 포로로 잡았는데 나이가 겨우 열 살이었다. 서평후가 그를 죽이려고 하였는데, 진공이 그의 기이한 모습을 보고 마음이 움직여 급히 멈추게 하고 그 아이를 불러 이야기를 나누었는데, 그 아이가 ‘저는 곽선공郭仙公의 아들 위瑋의 아들입니다. 부모님이 모두 난리에 돌아가셔서 유모와 적군에게 사로잡혔는데, 방지가 자식이 없고 아이가 어리지만 뛰어나게 영리한 것을 불쌍하게 여겨 자식으로 길렀습니다’라고 하자 진공은 번득 곽선공의 말을 기억하고 정신이 어질하여 기이한 일이라고 탄식하며 그 아이를 거두어 돌아갔다. 남참의는 곽선공을 생각하고 눈물을 흘리며 쓰다듬고 사랑하여 친아들같이 하였다.

진공이 여러 번 큰 공을 세우고 장수와 재상이 되어 천하를 자기의 책임으로 삼은 지 50년이 되었고, 천자가 의지하고 소중히 여겼으며 백성들이 사랑하고 사모하여 간악한 무리들과 헐뜯는 사람들도 그 이름을 들으면 모두 다 늘어서서 엎드려 절을 하니 이야기 하는 사람들은 ‘진공에게는 안녹산安祿山과 사사명史思明의 반란을 진압한 곽분양郭汾陽의 충성과 신의, 송宋나라 인종仁宗 때 어진 제상으로 위국공魏國公이라 불렸던 한위공韓魏公 한기韓琦의 덕과 도량이 있으며, 돌아가신 천자의 특별한 대우를 깊이 기억하여 그 아들에게 그 은혜를 보답하려는 것이 제갈무후諸葛武候와 흡사하다’고 했다.

윤부인의 아들은 천린天麟 · 천보天寶 · 천상天祥 · 천수天壽이고 남부인의 아들은 천웅天雄 · 천경天卿 · 천노天老이며, 딸은 명교明嬌 · 옥교玉嬌인데, 일곱 아들이 모두 차례대로 과거에 급제했으며, 천린 · 천보 · 천웅은 모두 장원으로 급제했다. 천린은 서평후의 딸을 부인으로 얻었고, 천보는 16살에 한림학사가 되어 계양공주桂陽公主와 결혼해 부마도위가 되었으니 재주는 문무를 겸비해 나가서는 장수가 되었고 들어와서는 재상이 되어 공훈과 명성이 가장 컸다. 태원왕太原王으로 불려졌으니 바로 진공의 후계자였다.

하각로가 죽을 때 어린 아들 성晟을 진공에게 맡겼는데, 장성하여 명교를 부인으로 삼았다. 성은 일찍이 높은 지위에 올라 귀하게 되어 임금을 섬기는 것에 자신의 절개를 다하니 곧 아버지 하각로의 풍모가 있었다. 옥교도 남부인을 몹시 닮았다. 천웅이 어릴 때에 서각로가 손녀와 결혼하기로 약속을 하였는데, 서공이 죽은 후에 서소저가 황자皇子의 비妃로 간택되자, 서소저가 죽기를 맹세하고 명을 거절하여 닥칠 화를 예측하기 어려웠는데, 계양공주가 그를 구해주어 마침내 천웅의 아내가 되었다.

남참의가 옥교를 곽선경의 아내로 삼으니 선경이 천보와 함께 왜적 80십만 명을 내주萊州에서 격파하여 정릉후定陵侯로 임명되었다. 유상서는 아들 넷을 두었고 성상서도 자녀를 두었으며, 윤상서는 조정에 들어가 회남백淮南伯으로 임명되어 열한 명의 자식을 두었는데, 여덟 명의 아들이 과거에 급제하여 모두 높은 벼슬을 얻었다. 딸이 셋 있었는데 평사의 아들이 둘째사위가 되었다. 서평후의 아들 현보賢寶는 관직이 대사마大司馬까지 올랐고 윤각로의 첫째 딸이 그의 아내가 되었다. 의보義輔는 용맹스럽고 민첩하며 전쟁을 잘해 공을 세워 상산후常山侯에 임명되었으니 이씨가 낳은 아들이었다. 이들은 모두 별도의 전傳이 있다. 유이숙과 왕겸의 아들도 대부분 높은 지위에 올랐다.

심부인이 진공의 복을 삼십 년 간 누리고 죽었는데, 진공은 정부인鄭夫人의 상을 당했을 때와 똑같이 슬퍼하고 사모하였다. 성부인成夫人도 장수하여 천명을 다 누리고 죽었다.

진공이 80세가 되었을 때 나이를 이유로 벼슬을 그만두고 진 · 촉 두 부인과 고향인 소흥으로 돌아갔는데, 아이 같은 얼굴이 조금도 늙지 않았고, 풍채와 골격이 깨끗하여 바라보면 신선 같다고들 했다.

아아! 아름답구나. 아아! 아름답구나.

아! 충과 효는 본성이고 죽고 사는 것과 재앙과 복은 운명이다. 운명은 내가 알 수 있는 것이 아니니 다만 본성을 다할 뿐이다. 범한과 조녀가 비록 교활함과 악행을 다하여 사람들을 속히 부유하고 귀하게 하였지만, 스스로 그 목숨을 끊어지게 하고 말았으니 하늘도 벌을 내린 것이다. 왕겸과 유이숙이 앞서거니 뒷서거니 하면서 서로 도와 그 명성을 이루었으니 어찌 사람이 계획한다고 이를 수 있는 것이겠는가! 이것도 역시 그 의지와 기개가 감응한 것이다. 고니가 아름다운 노래 소리를 울리면 뱁새가 목을 길게 빼고, 두약杜若이 그 향기를 품으면 쑥대가 바람결에 냄새를 맡는 세상 만물의 이치이다. 하물며 구름이 나타나자 구름이 따르고 말이 울부짖자 말이 응하는 것에 있어서이겠는가. 비록 그러나 화씨가 덕을 쌓은 것이 굳건하지 않았다면 아마도 쉽게 떨쳐 일어나지 못했을 것이니 그 앞 세대를 알만하다.

아아! 기이하구나. 아아! 기이하구나.

길거리 사이에서 떠도는 소설이 대체로 근심을 없애고 한가한 시간을 보내기 위해 지어진 것이기 때문에 촌스럽고 속된 것 같기도 하고 허탄하고 망령된 것 같기도 한 것이 있어 진실로 학자들이 눈을 댈 것이 아니다. 그러나 이 책과 같은 것을 사람들이 읽으면 자식이나 동생이 된 사람에게는 자연스럽게 효도하고 공경하려는 마음을 일으키고 신하가 된 사람에게는 자기도 모르게 불끈 충과 의의 도리를 사모하게 하며, 음란한 사람은 징계하여 벌주고, 완고하거나 나약한 사람은 바르게 세운다.

아! 이 책의 말이 바르고 이치가 잘 이어지니 어찌 다만 근심을 없애고 한가한 시간을 보내는 바탕이 될 뿐이겠는가. 내가 이 때문에 이것을 베껴 남는 시간에 보고 즐길 것으로 삼고자 하는 것이다.

『창선감의록』 하편 끝

제2부

『창선감의록倡善感義錄』 해제解題

이 책은 단국대학교 동양학연구원 자료실 소장 한문 필사본 『창선감의록倡善感義錄』을 저본底本으로 하여 번역된 것이다. 단국대학교 동양학연구원 본의 필사자筆寫者와 필사 시기 및 필사 지역은 확인되지 않지만, 표지에 병오丙午 오월오일五月五日이라고 기록되어 있는 것으로 보아 1846년 조선 헌종憲宗 12년, 혹은 1906년 고종高宗 10년 두 시기 중 어느 한 시기에 필사되어 책으로 묶였다고 생각된다.

더 이상의 자료나 단서가 없기 때문에 정확한 간행 시기를 확정하기는 어렵지만, 현재 전하고 있는 한문 필사본 중 가장 빠른 시기의 것이 1830년 순조純祖 30년경에 필사된 것이라는 점과 이 책의 내용으로 미루어볼 때, 이 책의 필사 시기는 아무래도 1846년보다는 1906년에 가깝지 않나 추정된다. 그렇게 보았을 때 이 책은 활자본 『창선감의록』이 지속적으로 간행된 1914년부터 1924년보다는 대략 10년 정도 이전에 필사된 것이라고 할 수 있다.

세필細筆로 단정하게 정사淨寫된 서체書體가 책의 처음부터 끝까지 유지되고 있는 것으로 보아 한 사람이 필사한 것으로 유추되며, 난해한 한자 옆에 한글로 음을 달아 놓은 부분이 2~3 군데 눈에 띈다는 점에서 한자와 함께 한글에도 익숙한 인물이 필사한 것이라고 생각된다. 만약 그렇지 않다면 최초 필사 이후 유전流轉되어 필사자 이 외의 인물이 책을 구해 가필加筆한 것이라고 볼 수 있는데, 현재 책의 상태로 보아 최초 필사자와 그 부분의 가필자를 구분하여 논의하기는 어렵다.

책은 가로 21.7㎝, 세로 34.2㎝의 불분권不分卷 1책인데, 상편上篇이 권 1과 2, 하편下篇이

권3과 4로 구성되어 있다. 각 편의 서두에 권 1과 2, 권 3과 4라고 기록되어 있지만, 편 안에서는 권 1과 2, 권 3과 4의 구분이 없다. 일반적으로 알려진 『창선감의록』과 같이 모두 14회로 구성되어 있는데, 1회부터 7회까지는 상편, 8회부터 14회까지는 하편에 수록되어 있다.

표지를 제외하고 모두 121면인데 상편이 67면, 하편이 54면으로 분량 면으로 보아 상편이 하편보다 많은 편이다. 각 회별로 살펴보면 1회가 5면 11행, 2회가 6면 9행, 3회가 10면 11행, 4회가 10면 4행, 5회가 11면 3행, 6회가 9면 6행, 7회가 11면 2행, 8회가 7면 10행, 9회가 10면 11행, 10회가 7면, 11회가 6면 12행, 12회가 8면, 13회가 6면 6행, 14회가 7면이다.

한 면은 14행, 한 행은 40자로 이루어져 있어 산술적으로 단순 계산하면 이 책은 모두 67,760자로 구성되어 있다고 할 수 있다. 그러나 책 안에서 회가 시작될 때 각 회의 제목으로 14자만 기록하고 있으며, 회를 마칠 때의 글자 수가 일정하지 않고, 편지나 상소 혹은 조서 등의 내용은 한 글자를 들여 써서 전체 글자 수는 대략 67,700자 내외 정도로 볼 수 있을 듯하다.

앞에서 세필로 단정하게 정사되어 있다고 했는데, 전체적으로 해서체楷書體로 기록해 놓아 읽기 수월하지만, 약자略字와 속자俗字를 주로 사용하고 있으며, 중복되는 한자가 연이어 나올 경우 말줄임표나 반복 글자 생략 표기를 사용하여 필사하는 글자의 수를 줄였다. 아마 한 사람의 필사자가 한 권의 책 전체를 옮겨 썼기 때문에 수고를 덜기 위해 그와 같은 방법을 사용한 것이 아닌가 생각된다. 이와 같은 추정은 글자의 오기誤記나 누락漏落으로 인해 부연 첨가하거나 가필한 글자가 상편보다 하편으로 가면서 점점 많아진다는 점에서도 가능하다.

책의 내용은 지금까지 알려진 『창선감의록』과 별다른 차이가 없다. 번역 대본인 단국대학교 동양학연구원 소장본의 오류誤謬나 오자誤字를 교감校勘하기 위해 비교・대조한 국립중앙도서관 소장 필사 한문본 『창선감의록倡善感義錄(한 고조古朝48-114)』이나 『창선감의록倡善感義錄(고古3636-23)』, 또는 현토懸吐 활자본活字本 『(현토懸吐)창선감의록彰善感義錄(한 조고古朝48-103)』과 『(현토懸吐)창선감의록彰善感義錄(고古3736-68)』을 비교해 볼 때 내용상에서 별다른 차이를 발견하기 어렵다. 확인할 수 있는 차이가 글자의 출입 정도라는 점에서 이 책은 당대 가장 보편적으로 읽히던 책을 대본臺本으로 하여 필사한 것이라고 생각된다.

이 책의 저본底本인 단국대학교 동양학연구원 소장 한문 필사본은 표제標題를 『창선감의록倡善感義錄』으로 하는데, 책의 마지막 장에 화문충효록花門忠孝錄이라고 기록한 것으로 보아 제목에 대한 구분 의식이 명확하지는 않았다고 생각된다. 현재까지 밝혀진 바에 따르면 『창선감의록』의 이본은 대략 260여 종이 된다고 한다. 그 제목으로는 『창선감의록倡善感義錄』·『창선감의록彰善感義錄』·『창선감의록昌善感義錄』·『창선감의록創善感義錄』·『감의록感義錄』·『원감록寃感錄』·『화진전花珍傳』·『화문충효록花門忠孝錄』·『화씨충효록花氏忠孝錄』·『화형옥전花荊玉傳』 등이 전하고 있는데, 한글로 보았을 때에는 '창선감의록'이라는 제목이 가장 많이 쓰이고 있으며, 한자로 보았을 때에도 앞 글자 '창'만 다른 4 종류의 '창선감의록'이 제목으로 가장 많이 쓰이고 있음을 알 수 있다. 제목의 '창'에 해당하는 한자 표기는 '창[彰·創·昌·倡]'이 사용되는데, 이 중 가장 많이 사용되는 글자는 '창倡'이다.

현재 『창선감의록』의 작자로 정준동鄭浚東·김도수金道洙·조성기趙聖期 등이 거론되고 있지만, 이 가운데 누구를 저자로 보아야 할 것인지는 아직 단언하기 어렵다. 일반적으로 조재삼趙在三이 『송남잡지松南雜識』에서 졸수재의 행장을 인용하여 "선조 졸수공拙修公이 어머니를 위하여 소설을 지었는데 …… 세상 사람들이 『창선감의록』과 『장승상전張丞相傳』이 그 책이라고 한다"라고 한 기록을 근거로 조성기가 『창선감의록』을 지었다고 보지만, 졸수재의 행장에 그가 『창선감의록』을 지었다는 이야기가 나오지 않는 것으로 보아 조재삼의 언급은 당시 세상에서 떠도는 이야기를 옮겨 적은 것이라고 생각된다. 따라서 현재까지 『창선감의록』의 저자를 확언하기는 쉽지 않다.

모두 14회의 장회체章回體 소설인 『창선감의록』은 한문 필사본과 한글 필사본이 전하는데, 아직까지 한문이나 한글 목판본의 존재에 대해서는 보고된 바가 없다. 필사본으로만 전하고 있다는 점은 조선 후기 유행했던 다른 소설들과 구분되는 차이점이다. 한문 필사본에서는 각 회의 제목을 7언言의 대구對句로 기록하고 있는데, 이로 보아 『창선감의록』의 저자는 한문에 대해 상당한 정도의 식견을 가진 인물이라고 유추할 수 있을 듯하다.

한글본의 경우 7언 대구로 된 한문을 음역音譯하여 각 회의 제목을 한글 음으로만 기록하고 있으며, 한문본보다 자구字句의 누락이 많고 묘사描寫가 소략하다는 점에서 한문본이 한글본의 선행본으로 원본일 가능성이 크다고 하겠다.

『창선감의록』은 명明나라 가정嘉靖 연간의 중국을 무대로 한다. 그 내용은 주인공인 화진花珍의 행동에 따라 크게 세 부분으로 구분이 가능하다. 첫 번째는 화진이 유배를 떠나기 이전에 관한 내용을 담고 있는 부분이다. 병부상서 화욱花郁에게는 심부인沈夫人·요부인姚夫人·정부인鄭夫人이라는 세 부인이 있었다. 심부인은 아들 춘瑃을 낳았고, 요부인은 딸 태강太姜을 낳고 일찍 죽었으며, 정부인은 뒤늦게 아들 진珍을 낳았다. 정부인의 아들 진은 매우 영특하였으나, 심부인이 낳은 아들 춘瑃은 형제 가운데 가장 맏이였으면서도 사람됨이 용렬하여 아버지 화욱은 막내인 화진을 편애하게 된다. 이 때문에 심부인과 춘은 불만을 가진다.

화욱은 조정에 간신들이 득세하는 것을 보고 벼슬에서 물러나 고향으로 돌아온다. 맏아들 춘을 임소저와 혼인시켰지만, 딸 태강과 아들 진은 혼인할 곳만 정한 채 혼인시키기 전에 죽는다. 화욱이 죽기 며칠 전에 진의 어머니 정씨가 먼저 죽었다. 화욱이 죽은 뒤 심부인과 화춘은 갖은 방법으로 진과 태강을 학대하였지만, 과부가 되어 집에 와 있는 시누이 성부인의 위엄 때문에 심하게 드러내어 행패를 부리지 못했다.

성부인이 집을 비우자 심씨와 춘은 진과 태강을 학대하였으나, 그들은 조금도 노여워하지 않았다. 성부인이 돌아와 화진과 태강을 혼인시켜, 태강은 유공자에게 시집을 갔고, 부모의 상을 마친 화진은 윤 소저와 남 소저를 부인으로 맞았다. 화진이 혼인한 이후 심씨는 화진의 두 부인을 미워하여 괴롭혔고, 춘은 더욱 방탕해져서 불량배 범한范漢, 장평張平과 사귀면서 음란하고 간사한 여자 조씨趙氏와 눈이 맞아 임소저를 내쫓고 간사한 조씨를 정실로 삼았다.

얼마 뒤 화진과 성부인의 아들 성준, 태강의 남편 유생이 모두 과거에 합격하여 벼슬을 하게 되었다. 성준이 성부인을 임지로 모시고 가자 심씨와 춘은 본격적으로 화진과 두 부인을 괴롭혔고, 동생의 출세를 시기하던 화춘은 마침내 범한의 유혹에 넘어가 범한이 시키는 대로 윤리와 기강을 어지럽혔다는 죄를 만들어 화진을 모함하여 촉 땅으로 귀양을 가게 만들었다. 이즈음에 조씨는 눈에 가시 같던 남부인을 독살하였으나 남부인은 승려 청원에게 구원을 받아 촉 땅으로 들어갔다.

이 무렵 장평이 조씨가 범한과 간통한 사실을 알려주자 춘은 조씨와 범한을 멀리하게 되고, 이때 장평은 춘을 꾀어 윤부인을 엄숭의 아들 세번에게 주려 하였지만, 윤부인의 동생에 의해 계획은 수포로 돌아갔다. 이러한 고초를 당했으면서도 화진은 물론 그의 두 부인도 심씨와 춘에게 조금의 원망도 하지 않았다.

두 번째는 화진이 유배지에서 신인神人을 만나 신술神術을 배운 뒤 백의종군白衣從軍하여 공을 세우고 출세하여 헤어진 부인들과 만나는 부분이다. 진은 유배지에서 장인인 남어사를 만났고, 남어사를 통해 곽선공郭仙公을 알게 되었으며, 선계仙界의 친구였던 은진인殷眞人을 만나 병법兵法과 신술神術을 배우게 되었는데, 이 무렵 해적海賊인 서산해徐山海가 남방을 침범하여 노략질을 일삼았다. 나라가 어지러웠으나 안정시킬 방법이 없었을 때 진은 유배 오면서 만났던 유성희兪聖禧의 추천으로 백의종군白衣從軍하여 남방을 안정시켜 공을 세웠다. 화진의 능력을 인정한 조정에서는 그를 정남대원수征南大元帥에 임명하여 남방의 혼란을 모두 평정하게 하자, 화진은 안남安南으로 가서 서산해를 죽이고 남방을 평정하였으며, 귀국하는 도중 사천四川에서 반란을 일으킨 채백관蔡伯貫까지 평정하였다. 화진이 국가의 혼란을 모두 종식시키고 귀국할 무렵 윤부인의 동생이 관직에 진출하여, 화진을 가까이 했던 여러 친구들과 그간 화진과 그의 부인들에게 악행을 저지른 범한과 장평 이하 악당들을 처벌하였다. 화진이 개선凱旋하자 천자는 그에게 진국공晋國公의 봉작封爵을 내렸고, 헤어진 부인들과 다시 만났다.

마지막은 화진이 공을 세워 출세하고, 심씨와 춘은 죄를 뉘우쳐 행복하게 살았다는 부분이다. 분량으로는 가장 작은 부분이지만, 이 글의 주제가 담겨 있는 부분이라고 할 수 있다. 화진이 공을 세우고 돌아올 무렵 심씨와 화춘의 모든 죄가 드러났고, 화춘을 부추겼던 범한・장평・조녀가 비참한 최후를 맞게 되자 심씨와 화춘도 개과천선改過遷善하여 착한 사람이 되었으며, 내쫓겨 종적을 감추었던 화춘의 부인도 돌아와 심씨를 지극한 정성으로 섬겨 화목한 가정을 이룬다.

『창선감의록』의 내용 중 조정의 권력 쟁탈과 변방의 소요騷擾를 배경으로 한 부분이 들어 있어 『창선감의록』을 군담소설로 보기도 하지만, 내용의 중심은 화진을 중심으로 한 화진의 가족사家族事이다. 이에 따라 『창선감의록』을 일부다처一夫多妻라는 당대 가족제도의 문제점과 이와 같은 문제점으로 인해 야기되는 이복형제異腹兄弟간의 불화와 반목, 처첩妻妾간의 시기와 갈등을 중심으로 하는 가문소설家門小說·가정소설家庭小說로 보기도 한다. 『창선감의록』을 가문소설이나 가정소설이라고 한다면 크게 잘못된 것이라고 하기는 어렵지만, 그것이 일부다처·이복형제나 처첩간의 갈등으로 인해 규정된 것이라면 옳지 않은 판단이라고 할 수 있다. 그것은 『창선감의록』 속에 처첩간의 갈등이나 형제간의 반목이 나오지 않기 때문이다. 『창선감의록』 속의 반목과 갈등은 상대적인 것이 아니라 일방적인 것이다. 형인 화춘의 행동에 동생인 화진은 어떠한 반응도 하지 않고, 심씨의 학대에 화진과 그의 두 부인 심지어는 태강과 화춘의 부인 임씨까지도 어떠한 반발을 하지 않았다. 화춘과 심씨의 몰락은 상대에 의한 것이 아니라 그들 스스로가 부른 것이다.

『창선감의록』의 내용 구성에서 눈여겨보아야 할 또 다른 것은 그 내용이 화진의 가족사를 중심으로 하고 있지만, 상당한 분량을 그의 두 부인이 겪는 고난에 대한 서술에 할애하고 있다는 것이다. 진국부인晋國夫人으로 봉해진 윤옥화尹玉花의 가족이 겪는 고난과 촉국부인蜀國夫人으로 봉해진 남채봉南彩鳳의 가족이 겪는 고난이 화진의 가족사와 함께 서술되어 있어 내용 구성이 훨씬 더 복잡하고 다채롭다. 각각의 가족들이 겪은 고난과 고난의 극복 과정은 각기 다른 하나의 소설로 구성해도 될 만큼 구체적이고 세밀하다. 이와 같은 이야기들의 첨가는 『창선감의록』이 지니는 소설적 구성을 보다 치밀하게 만들어준다.

그런데 화진의 경우와 같이 윤옥화의 가족이나 남채봉의 가족이 겪은 고난의 극복 역시 극복을 위한 적극적이고 주체적인 행위에 의해 이루어지지 않았다. 두 가문이 고난을 겪게 만든 상대방의 몰락 또한 상대방 스스로가 자초한 것이다. 윤옥화와 남채봉은 그들에게 고난을 가져다 준 대상들을 향해 어떠한 저항을 하기보다 '효孝'를 중심으로 자신들의 행위를 닦으면서 고난이 사라지기를 기다리는 모습을 보여준다.

이와 같은 점에서 『창선감의록』은 고소설의 전형적인 문제 해결 방법을 보여주고 있으며, '효'를 문제 해결의 궁극적인 방법으로 보고 있는 소설이다. 따라서 『창선감의록』

은 철저하게 '효'를 중심으로 한 소설이라고 할 수 있다. 『창선감의록』이 효를 중심으로 하고 있다는 것은 서두 부분에서 "사람은 남자와 여자, 귀하거나 천하거나를 따질 것 없이 반드시 충효忠孝를 근본으로 삼는 것이니, 형제간에 우애友愛하고 부모와 자식 사이에 사랑하고 공경恭敬하는 마음과 선善을 즐거워하고 덕德을 행하는 마음이 한결 같이 모두 여기에서 나오는 것이다"라고 한 것에서도 익히 짐작할 수 있다. 물론 이 부분에서 저자는 '충효忠孝를 근본으로 삼는 것'이라고 하여 충효를 같이 거론하고 있지만, 다음 부분에 예시된 내용이 모두 효에 관한 것이라는 점에서 저자의 관심이 충보다 효에 가 있음을 짐작할 수 있다. 다시 말해 『창선감의록』은 철저하게 '효'라는 유가적儒家的 전통 사상에 기반하여 창작된, 고소설의 전형적인 모습을 보여주는 작품이라고 할 수 있다.

관념을 중심으로 하고 있기 때문에 참신성이 떨어진다거나 천편일률적이어서 고루하다고 치부할 수도 있다. 그러나 『창선감의록』은 그와 같은 결여를 치밀한 구성과 소설적인 흥미 요소의 제공을 통해 극복하고 있다.

『창선감의록』이 지니고 있는 치밀한 구성은 내용의 전개에 따라 달라지는 이야기의 무대와 등장인물을 통해 확인할 수 있다. 동시에 3~4 가문을 이야기 속에 등장시키고, 각 가문의 이야기가 전개되는 무대를 각기 다른 지역으로 설정하여 치밀하고 견고하게 이야기를 구성하고 있다. 이와 함께 50여 명이나 되는 등장인물에 각기 다른 성격을 부여하고 있는데, 이는 여타 고소설에서 쉽게 찾아보기 어려운 것이다.

선악善惡의 대립 구도를 기본으로 하는 고소설에서 등장인물들은 대부분 전형성을 지닌다. 『창선감의록』 역시 대부분의 인물들이 전형적인 성격의 틀을 벗어나지 못하지만, 몇몇 인물들은 전형성과 함께 개성을 지니고 있다. 성인군자같이 언제나 스스로를 죄인으로 치부하는 화진과 대담하고 적극적으로 현실의 고난을 극복하고자 하는 윤여옥이나 순종적이고 인욕적忍辱的인 윤옥화와 엄격하고 과단한 남채봉, 적극적이고 도전적인 진채경陳彩瓊의 모습은 같은 듯 다르게 다가와 독자들에게 소설적인 흥미를 더해준다.

이와 같은 모습은 선인善人들의 성격 묘사에서만 확인할 수 있는 것이 아니다. 악인惡人들의 악행惡行이 노출되는 과정과 그들의 처리 역시 다양하게 묘사된다. 『창선감의록』 속에서 악인들의 악행은 대부분 그들 사이의 갈등과 더 큰 악을 저지르려고 하는 과정에서 드러나게 된다. 따라서 이들에 대한 처리 역시 상황에 따라 달리 나타난다. 조씨와 범한의 악행은 같은 부류였던 장평의 폭로에 의해 드러나게 되고, 범한은 또 다른 악행을 모의하면서 같이 악행을 저지르던 누급婁級에 의해 죽음을 맞게 된다.

『창선감의록』은 소설 속에서 만들어 낸 허구의 인물뿐만 아니라 역사적 배경과 인물까지도 차용하여서 창작되었다. 그러나 소설 속에 등장하는 배경과 인물은 역사적 사실을 기반으로만 한 것뿐이어서 작자가 역사적 사실에 구애되지 않고 있음을 보여준다. 이는 작자가 허구적인 소설에 사실감을 더하기 위해 역사적 실존 인물을 소설 속에 배치하였다는 것을 뜻한다. 이와 같은 인물 설정은 『창선감의록』이 흥미와 사실성을 동시에 확보하기 위해 사용한 방법이라고 할 수 있다.

『창선감의록』은 조선 후기에 창작된 당대의 걸출한 작품이다. 현대 소설과 비교해 볼 때 주제의 전통성과 인물의 전형성, 구성의 평면성으로 인한 소설적 결여가 상당 부분 보인다고 할 수 있지만, 그 시기에 등장한 소설들만 놓고 보았을 때, 전형적인 인물상을 탈피하고자 하는 모습과 섬세한 묘사, 복합적인 구성을 통한 장편화를 바탕으로 높은 작품성을 이루어낸 소설이다. 또, 그 내용면에서도 보수적이고 전통적인 '효' 사상을 중심으로 하지만, 일방적인 주장이나 강요를 뛰어넘어 자연스러운 교육을 통한 교화敎化와 동화同化를 추구하고 있다.

『창선감의록』의 가치, 현재에 와서 『창선감의록』이 새롭게 번역되어야 하는 의미 역시 여기에 있다고 생각된다. '아직까지 학계에 소개되지 않았던 새로운 책이어서', 혹은 '아직까지 완역되지 않았던 소설이어서'라는 것은 『창선감의록』 번역의 부수적인 의미라고 할 수 있다. 『창선감의록』의 번역이 지니는 본질적인 의미는 그 책이 현재 우리들에게도 여전히 유효한, 의미 있는 작품이라는 점에 있다고 생각된다. 앞으로 『창선감의록』에 대한 더 많은 연구자들과 독자들의 관심이 이어지기를 기대한다.

2013년 12월
죽전 연구실에서
역자

제3부

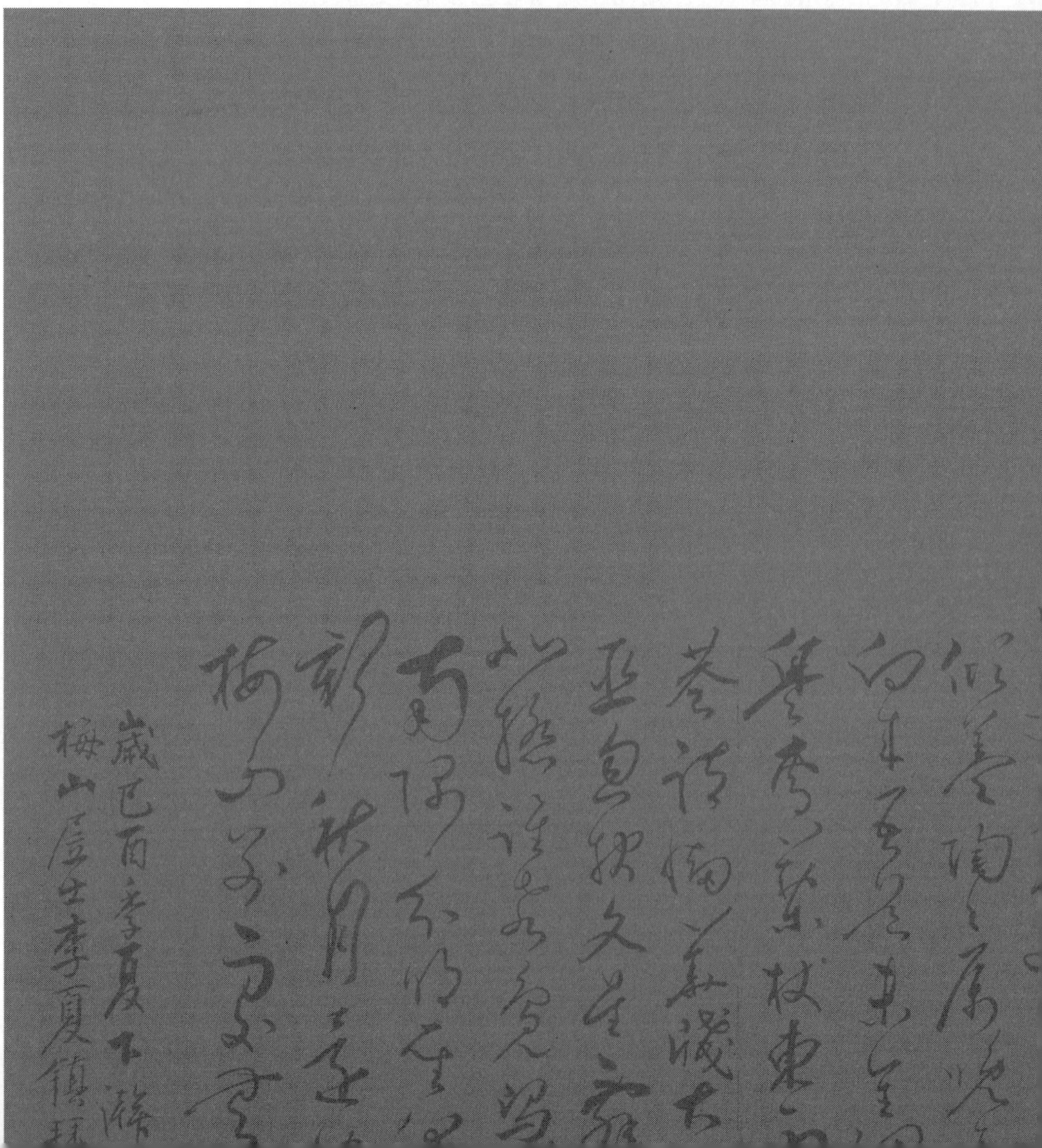

『창선감의록倡善感義錄』 관련 참고 자료

1. 화씨 가계도

화운花雲 장군將軍 - 부인 고씨郜氏

(1) 태상경太常卿 성염成琰(자 백온伯溫)의 부인 성부인成夫人
아들 호부상서戶部尙書 성준成儁
요소저姚小姐

(2) 위국공魏國公 여양후汝陽侯 화욱花郁
1) 첫째 부인 진태부인晋太夫人 심씨沈氏 공부시랑工部侍郎 확確의 딸
아들 대리시평사大理寺平事 화춘花瑃(자 경옥景玉)
① 현부인縣夫人 임씨林氏 형부상서刑部尙書 준俊의 손녀
아들 천린天麟 - 서평후西平侯의 딸
② 조씨趙氏 사족士族

2) 둘째 부인 요씨姚氏 태자소부太子少傅 관瓘의 손녀
딸 빙선娉仙(자 태강太姜)
남편 태학사太學士 유성양柳聖讓 광록소경光祿少卿 유담柳儋의 아들

3) 셋째 부인 위국부인魏國夫人 정씨鄭氏 이부상서吏部尙書 옹雍의 딸
아들 진국공晋國公 화진花珍(자 형옥荊玉)
① 진국부인晋國夫人 윤씨尹氏(옥화玉花, 자 홍염紅艶) 이부시랑吏部侍郎 윤혁尹爀의 딸
아들 천린天麟 - 화춘花瑃에게 출계出系
아들 부마도위駙馬都尉 태원왕太原王 천보天寶 - 계양공주桂陽公主
아들 천상天祥
아들 천수天壽

② 촉국부인蜀國夫人 남씨南氏(채봉彩鳳, 자 광아光娥) 어사御使 남표南標의 딸
아들 천웅天雄 - 서계徐階의 딸
아들 천경天卿
아들 천노天老
딸 명교明嬌 - 하춘해夏春海의 아들 성晟
딸 옥교玉嬌 - 곽선공郭仙公의 손자 정릉후定陵侯 곽선경郭善慶

진국공晋國公 화진花珍 처가표妻家表

1) 이부시랑吏部侍郎 윤혁尹爀(자 중회仲晦) - 부인 조씨趙氏
딸 진국부인晋國夫人 윤씨尹氏(옥화玉花, 자 홍염紅艶)
아들 이부상서吏部尙書 윤여옥尹汝玉(자 장원長遠)
부인 - 진채경陳彩瓊(자 진화珍華) 산서山西 노안부潞安府 제독提督
진형수陳衡秀(자 평중平仲)의 딸
부인 - 이부시랑吏部侍郎 백경白瓊의 동생
부인 - 엄월화嚴月華(자 낭아朗娥) 엄숭嚴崇의 딸

2) 어사御使 남표南標(자 자평子平) - 부인 한씨韓氏
딸 촉국부인蜀國夫人 남씨南氏(채봉彩鳳, 자 광아光娥)

2. 관직편

경략사經略使 : 중국 명明・청淸대의 벼슬 이름으로, 군사상 중요한 일이 있을 때에 두었다.

계림총桂林總 : 명대에 계림 지역의 군사를 다스리는 총병總兵이다. 계림은 지금 중국의 광서장족廣西壯族 자치구에 있는 도시로, 명나라 때엔 광서성廣西省 계림부桂林府에 속하였다. 총병은 명明・청淸대에 각 성省의 제독提督 휘하에 둔 군사지휘관이다.

공부상서工府尙書 : 중국 관제官制의 6부部 중 하나인 공부의 장관이다. 공부는 영조營造・공작工作・수리水利・교통 등의 일을 담당한다. 상서는 진秦나라 때 처음 설치한 관직의 명칭으로 해당 부서를 총괄하는 관리를 말한다.

공부시랑工部侍郎 : 중국 관제官制의 6부部 중 하나인 공부의 차관이다. 시랑은 상서랑尙書郎이라고도 하는데 6부部에 한 사람씩 두어 상서를 돕도록 했다. 부대신副大臣으로 현재의 차관급에 해당한다.

광록소경光祿少卿 : 중국 북제 이후에 설치한 광록시光祿寺의 차관이다. 광록시는 황실의 제사祭祀, 조회朝會, 연찬宴饌, 주연酒宴을 담당한다.

귀양통판貴陽通判 : 귀양부貴陽府의 통판이다. 송宋나라 때 열군列郡에 권지주사權知州事를 두고 통판으로 보좌하게 하였다. 관리를 감찰하는 실권을 가져 감주監州라고 일컬어졌다. 명청明淸 때에는 각 부에서 양식의 운반과 수리 등을 맡아보았다.

군무사軍務事 : 군사軍事상의 입법立法, 사법司法과 일체의 행정사무를 담당하는 관리를 말한다. 특히 명대의 총독總督과 순무사巡撫事를 이른다

금의위錦衣衛 : 금의친군 도지휘사사錦衣親軍都指揮使事로 명明나라 홍무洪武 15년에 만든 기관이다. 원래는 황궁의 경호와 황제의 호위를 맡았다가 나중에는 군사, 형벌, 기찰의 일을 담당하였다. 약칭으로 금의錦衣라고 한다.

금의총독錦衣總督 : 금의위錦衣衛의 장관이다.

내각內閣 : 명明나라 홍무洪武 연간에 송宋나라 제도를 모방하여 만든 최고 정무 기관이다. 여러 전각에 태학사太學士를 두었고, 영락永樂 초에 내각을 열었다. 한림원翰林院의 관리 중에서 뽑아 내각에 들어가 기무機務를 참여參預하게 했다. 내각태학사內閣太學士를 6부部의 상서보다 높은 서열에 두었다.

대관臺官 : 중국의 관직명官職名이다. 한漢나라 때 상서尙書를 중대中臺라 했고 어사御史를 헌대憲臺라 했다. 이에 후대에는 상서와 어사의 별칭으로 사용되었다.

대리시평사大理寺平事 : 대리시大理寺의 관리이다. 대리시는 형법을 주관한다. 평사平事는 평사評事로 대리시에 소속된 정7품의 관리이다.

도어사都御使 : 이 책의 저본인 단국대본에는 도어사都御使라고 되어 있으나 활자본活字本(한남서림현토본翰南書林縣吐本)과 졸수재본拙修齊本에는 '사史'라고 되어 있다. '사使'는 '사史'의 오기誤記라 보인다. 도어사都御史는 관명官名으로 도찰원都察院의 장관을 말한다.

도찰원都察院 : 중국의 관서官署의 이름이다. 한漢나라부터 어사대御使臺를 두어 관리의 감찰·탄핵을 담당했는데 명明나라에서는 이것을 도찰원都察院으로 고쳤다.

동지同知 : 중국의 관명官名이다. 송宋나라에서 처음 설치한 관직으로 추밀원樞密院의 일을 담당했다.

병마兵馬 : 병마와 군마로, 군대와 관련된 일을 하는 관리이다.

병부상서兵部尙書 : 중국 관제官制의 6부部 중 하나인 병부兵部의 장관이다. 병부는 군사軍事의 전반을 관리 담당하는 기관이다.

병부시랑兵部侍郎 : 중국 관제官制의 6부部 중 하나인 병부의 차관이다.

병부원외랑兵部員外郎: 병부의 관리이다. 원외랑은 관직 이름으로 정원 이외에 별도로 두는 관리이다. 6부에 모두 있었다. 직위는 낭중郎中의 다음이며 모두 정관正官이었다.

부장副將 : 주장主將을 보좌라는 장령이나 그러한 벼슬을 말한다.

소보少保 : 중국의 관직명으로 삼고三孤(소사少師·소부少傅·소보少保)의 하나이다. 특수한 직책으로 3공公의 아래이며 3경卿의 위이다. 태보太保의 다음가는 벼슬이다.

수궁도독守宮都督 : 궁궐을 지키는 장수인 듯하나, 자세한 내용은 알 수 없다.

수찬修撰 : 벼슬 이름이다. 사관史館에서 국사의 편수를 맡은 관원이다.

순무사巡撫使 : 순시巡視하고 안무安撫하는 관직의 이름으로, 한 성省의 군사軍事, 정치政治, 형옥刑獄, 민정民政 등을 총괄하여 살피는 직책이다.

승丞 : 장관의 뜻을 받들어 사무를 처리하는 벼슬이다.

어사御使 : 이 책의 저본인 단국대본에는 '사使'라고 되어 있으나 활자본活字本(한남서림현토본翰南書林縣吐本)과 졸수재본拙修齊本에는 '사史'라고 되어 있다. '사使'는 '사史'의 오기誤記라 보인다. 어사御史는 관직 이름으로 감찰어사監察御史를 말하는데 규찰糾察의 일을 담당한다.

어사중승御使中丞 : 어사대御史臺의 차관이다. 어사대는 관리의 탄핵을 전담하는 관서이다.

예부낭중禮部郎中 : 중국 관제 6부의 하나인 예부禮部의 낭중郎中이다. 상서尙書를 보좌하여 정무政務에 참여하는 벼슬로 예부는 의례, 제향, 조회, 교빙 등의 일을 맡아본다.

예부시랑禮部侍郎 : 중국 관제官制의 6부部 중 하나인 예부의 차관이다.

우서자右庶子 : 한대 이후 태자太子에 속한 벼슬이다. 양진兩晉과 남북조南北朝에는 중서자中庶子와 서자庶子로 칭하다가, 수隋·당唐 이후에는 좌우서자左右庶子로 개칭改稱하였다

윤尹 : 중국의 관직이다. 주로 한 관서의 책임자나 우두머리를 말한다.

이부낭중吏部郎中 : 중국 관제官制의 6부部 중 하나인 이부의 낭중이다. 이부는 관리의 선임選任, 전서銓敍, 훈계勳階 등을 담당하는 기관이다.

이부상서吏部尙書 : 중국 관제官制의 6부部 중 하나인 이부의 장관이다.

이부시랑吏部侍郎 : 중국 관제官制의 6부部 중 하나인 이부의 차관이다.

전전교위殿前校尉 : 전전사殿前司의 교위校尉이다. 전전사는 군사를 통할하던 기관으로 송대에 설치되었다. 교위는 군사 관직으로 장군의 아래에서 직무에 따라 각종 명칭이 덧붙여졌으며, 명대에는 위사에게도 쓰여졌다.

절강통판浙江通判 : 절강성浙江省의 통판이다. 송宋나라 때 열군列郡에 권지주사權知州事를 두고 통판으로 보좌하게 하였다. 관리를 감찰하는 실권을 가져 감주監州라고 일컬어졌다. 명청明清 때에는 각 부에서 양식의 운반과 수리 등을 맡아보았다.

제독提督 : 중국의 관직 이름이다. 명明나라 때 설치해 정치의 전반을 살폈다. 훈척대신勳戚大臣과 태감太監으로 임명했다. 지역의 군정을 총괄하였다.

종사從事 : 중국의 벼슬 이름이다. 한漢나라 이후에 삼공三公이나 주군州郡의 장관長官이 개인적으로 거느리던 벼슬아치이다.

좌위독左衛督 : 좌위의 독督이라는 벼슬이다. 좌위는 궁중의 경비를 맡은 군대를 말하며, 독은 명·청 시대에 총독의 별칭이다.

중군장中軍將 : 명대에 총독·순무를 시종하던 무관이다.

지부知府 : 중국의 관직 이름이다. 당唐나라에서 처음 설치한 관직으로 명明나라에 와서는 각 부府에 한 사람의 지부를 두어 부府의 일을 총괄하게 했다. 지부는 통판, 지주와 함께 부府의 정사政事를 다스리는 관리이다.

지제고知制誥 : 중국의 관직 이름이다. 당唐나라에서 설치했으며 내명內命을 담당했다. 명明나라에서는 처음에 한림翰林을 지제고知制誥라 했으나 나중에는 내각內閣이 지제고知制誥가 담당하던 일을 맡았다.

총관總管 : 원·명·청시대에 중앙이나 지방의 행정을 관장하던 장관이다.

총병摠兵 : 명明·청清대에 각 성省의 제독提督 휘하에 둔 군사 지휘관이다.

추관推官 : 중국 명明나라의 관직 이름이다. 각 부府에 한 사람씩 두어 형옥刑獄을 담당했다. 형청刑廳이라고도 한다.

춘방春坊 : 태자궁에 딸린 관서의 이름이다. 당대부터 태자첨사부를 두어 동궁의 사무를 통괄하였다.

춘방학사春坊學士 : 태자궁에 소속된 학사이다.

태감太監 : 환관이다. 명대에는 환관이 거느리는 24개 관아에 관인을 전담하는 장인태감을 두어 궁궐 안에서 황제와 그 가족을 시봉하였으나, 뒤에 권력이 커져서 군국의 권병을 장악하였다.

태상경太常卿 : 중국의 관직 이름이다. 진秦나라에서 만들었고, 한漢나라에 와서 태상경太常卿이라 불렸다. 구경九卿의 하나로 예악禮樂, 교묘郊廟, 사직社稷의 일을 담당한다.

태수太守 : 중국의 관직 이름이다. 진秦나라 때는 군수郡守라 불렀으나 한漢나라 경제景帝 때부터 태수太守라 불렀다. 송宋나라 이후에는 지부知府와 태수太守를 같이 사용했다.

태자소부太子少傅 : 중국의 관직 이름이다. 태자부의 관리로 소사少師, 소보少保와 합해 삼고三孤라 했다.

태학사太學士 : 태학박사太學博士. 태학太學의 교관教官이다. 한漢나라 무제武帝 때 처음 설치하였고 명明나라 이후에는 국자박사國子博士로 개칭改稱되었다. 태학은 7품品 이상의 자제와 8품 이하 자제, 서민의 자제 중 자질이 우수한 사람이 들어가 교육받는 기관이다.

통정사 참의通政司參議 : 명·청대에 주장奏章과 소장訴章 따위의 문서를 접수하고 검토하는 사무를 담당하는 관서인 통정사의 차관이다.

통판通判 : 중국의 벼슬 이름이다. 지부知府, 지주知州와 함께 각 부府의 정사政事를 다스렸다.

평장사平章事 : 중국의 벼슬 이름이다. 당대唐代에 상서성尙書省·중서성中書省·문하성

門下省의 장관을 재상이라 하였는데, 상설하지 않고 기타 관원 중에서 선임하여 동중서문하 평장사同中書門下平章事라 하였다. 명초明初에 폐지되었다.

포정사布政使 : 중국 명明나라 관직명으로 명明나라 태조太祖가 전국을 13개 포정사布政司로 나누고 각 사司에 포정사布政使를 두어 모든 성의 민정民政과 재정財政을 담당하게 한 것이다.

학사學士 : 학사는 위진 시대 이후 문학과 찬술撰述에 관한 일을 맡아 보던 벼슬이다. 보통은 한림원 학사를 말한다.

한림翰林 : 한림학사를 말한다. 저작著作, 수사修史, 도서圖書 등의 일을 맡아보는 한림원翰林院의 관원이다.

한림검토翰林檢討 : 관직 이름이다. 한림원翰林院의 관원으로 편수編修의 다음 위치이며 수찬修撰, 편수編修와 함께 사관史官으로 불리며 국사國史의 편수를 담당한다.

한림편수翰林編修 : 관직 이름이다. 저작著作, 수사修史, 도서圖書 등의 일을 맡아보는 한림원翰林院의 관원으로 수찬修撰의 다음 위치이며 수찬修撰, 검토檢討와 함께 사관史官으로 불리며 국사國史의 편수를 담당한다.

한림학사翰林學士 : 관직 이름이다. 내명內命을 전장專掌하는 관리로 시독侍讀, 시강侍講의 일을 맡았으며, 특히 황제의 조칙을 담당했다.

형부상서刑部尚書 : 중국 관제官制의 6부部 중의 하나인 형부의 장관이다. 형부는 형법, 옥사, 송사를 담당하는 기관이다.

형부시랑刑部侍郎 : 중국 관제官制의 6부部 중의 하나인 형부의 차관이다.

3. 인명편

【『창선감의록』 속에서만 등장하는 인물】

경창耿敞 : 화진花珍이 유배간 지역의 지부知府이다.

경씨耿氏 : 도어사都御使 언무경焉懋卿의 부인이다.

계앵季鸚 : 남부인南夫人의 여종으로 남부인과 함께 온갖 고초를 다 겪었으며 마지막에 왕겸王謙의 부인이 되었다.

계향桂香 : 부모 대부터 화씨 집안에서 종으로 살아온 인물인데, 심씨沈氏 정당正堂의 여종으로 행동하였으며, 마지막으로 장평의 첩이 되었다.

계화桂花 : 화진花珍의 유모이다.

곽선경郭善慶 : 곽선공郭仙公의 손자로 역적 마방지馬芳枝의 양자가 되었다가 풀려나 남표南標에게 양육되었다.

곽선공郭仙公 : 촉蜀 땅의 청성산靑城山 운수동雲水洞에 거처하는 선인仙人이다.

곽위郭瑋 : 곽선공郭仙公의 아들이다.

금선錦仙 : 백부인白夫人의 유모이다.

난수蘭秀 : 조녀趙女의 여종이다. 난수蘭秀는 범한과 정을 통한 사이로, 조녀를 꾀어 그와 정을 통하게 하였고, 이후 조녀 · 범한과 함께 화부花府의 금은보배와 패물을 다 훔쳐 도망쳤다.

난향蘭香 : 심씨沈氏 정당正堂의 여종이다. 누급의 실수로 심씨의 방에서 살해되었다.

남표南標 : 남자평南子平으로, 촉국부인蜀國夫人으로 봉해진 화진花珍의 부인 남채봉南彩鳳의 아버지이다. 화진이 공을 이룬 이후 죄가 풀리고 통정사 참의通政司參議로 벼슬이 올랐다.

남채봉南彩鳳 : 통정사 참의通政司參議 남표南標의 딸로, 주인공 화진花珍의 부인이다. 자字는 광아光蛾로, 화진이 공을 세운 뒤 촉국부인蜀國夫人에 봉해졌다.

뇌철雷轍 : 범한范漢이 하남부河南府에 와서 바꾼 이름이다.

누급婁級 : 범한范漢의 친구로 검술에 뛰어났다.

마방지馬芳枝 : 금산金山의 도적이다.

막충莫忠 : 조녀趙女의 심복 노비이다.

박개규朴蓋圭 : 명明나라의 전전교위殿前校尉이다.

배삼裵三 : 형부刑部 소속으로 죄인을 압송押送하는 관리이다.

백경白瓊 : 태학사太學士 백방헌白邦憲의 아들로 자는 성규聖圭이다. 이부시랑吏部侍郞을 지냈으며, 동생이 윤여옥尹汝玉과 결혼하였다.

백방헌白邦憲 : 태학사太學士로, 한림편수翰林編修 백경白瓊의 아버지이다.

범한范漢 : 타현㠦縣 사람으로, 주색방탕하고 남의 처첩 도적질하기를 좋아하는 사람이다.

병마철邴馬鐵 : 안남국安南國의 좌위독左衛督이었으나, 서산해徐山海와의 전투에서 공을 세워 안남국 대장大將이 되었다.

서산해徐山海 : 만화국萬化國의 왕으로, 안남安南을 협박하고 남방을 침범하여 노략질을 일삼았다.

석만石萬 : 서산해徐山海가 만든 만화국萬化國의 대장大將이다.

설고雪姑 : 윤부인尹夫人의 유모이다.

설성문薛星文 : 명明나라의 서주총병敍州摠兵이다.

설영薛永 : 서산해徐山海가 만든 만화국萬化國의 수궁도독守宮都督이다.

성부인成夫人 : 태상경太常卿 성염成琰의 부인으로 화욱花郁의 누나이다.

성염成琰 : 태상경太常卿으로, 화진花珍의 아버지 여양후汝陽侯 화욱花郁의 자형이다.

성위成瑋 : 태상경太常卿 성염成琰의 아우로, 남경南京 추관推官이다.

성준成儁 : 태상경太常卿 성염成琰의 아들로, 화진花珍의 고종 사촌 형이다.

소부인邵夫人 : 화진花珍의 선조先祖 동구후東丘侯의 부인이다.

심씨沈氏 : 여양후汝陽侯 화욱花郁의 첫째 부인으로 공부시랑工部侍郞 심확沈確의 딸이자 화춘花瑃의 어머니이다.

심확沈確 : 화진花珍의 아버지 여양후汝陽侯 화욱花郁의 첫째 부인 심씨沈氏의 아버지로 공부시랑工部侍郞을 지냈다.

쌍섬雙蟾 : 남부인南夫人의 여종이다.

악견鄂堅 : 서산해徐山海가 만든 만화국萬化國의 장수將帥이다.

양석楊碩 : 명明나라의 금의총독錦衣總督이다.

양아공주陽阿公主 : 안남安南 왕의 딸로, 이름은 무교舞嬌 자는 염아艶娥이다.

양운陽雲 : 성부인成夫人의 늙은 여종이다.

엄진嚴鎭 : 명明나라의 복건총관福建總管이다.

영운英雲 : 윤부인尹夫人의 여종이다.

오낭중吳郞中 : 진채경陳彩瓊의 어머니 오씨吳氏의 종형從兄으로 진채경을 조문화趙文華의 아들과 혼인하도록 주선하였다.

오씨吳氏 : 산서山西 노안부潞安府 제독提督 진형수陳衡秀의 부인으로 윤여옥尹汝玉의 부인 진채경陳彩瓊의 어머니이다.

왕겸王謙 : 하춘해夏春海의 하인으로, 유이숙劉爾淑과 함께 화진이 옥에 갇힌 이후 화진을 충실하게 모신다. 화진이 공을 세운 이후 전전교위에 임명되었고, 나중에는 남부인南夫人의 여종 계앵季鸚과 혼인하였다.

왕림王淋 : 명明나라의 진웅제독鎭雄提督이다.

요관姚瓘 : 화진花珍의 아버지 여양후汝陽侯 화욱花郁의 둘째 부인 요씨姚氏의 할아버지로 태자소부太子少傅를 지냈다.

요부인姚夫人 : 성준成儁의 부인이다.

요씨姚氏 : 여양후汝陽侯 화욱花郁의 둘째 부인으로 태자소부太子少傅 요관姚瓘의 손녀이자 화빙선花娉仙의 어머니이다.

요영姚英 : 진부인陳夫人의 여종이다.

용견勇堅 : 서산해徐山海가 만든 만화국萬化國의 대장大將이다.

운섬雲蟾 : 진부인陳夫人의 여종이다.

월화月華 : 엄숭嚴崇의 딸로 자는 낭아朗娥인데, 나중에 이부상서吏部尙書 윤여옥尹汝玉의 소실이 되었다.

위립韋立 : 화진花珍 휘하의 중군장中軍將이다.

위영魏瑩 : 명明나라의 계림총桂林總이다.

유담柳儋 : 광록소경光祿少卿으로, 화욱花郁의 둘째 부인 요씨姚氏의 딸 빙선娉仙의 시아버지이다.

유성양柳聖讓 : 광록소경光祿少卿 유담柳儋의 아들로, 화진花珍의 누이 빙선娉仙의 남편이다. 태학사太學士에 임명되었다.

유성희兪聖禧 : 자字는 수창秀이고, 개국공신開國功臣 유통해兪通海의 후예로, 화진을 위해 몸을 아끼지 않는다. 화진花珍이 공을 세운 이후 영록대부榮祿大夫 우주국右柱國 무신武臣 특진전전도지휘사特進殿前都指揮使 겸 금의위 용문대장군 서평후西平侯에 봉해졌다.

유이숙劉爾淑 : 화진花珍과 같은 마을인 소흥부紹興府에 사는 부자富者이다. 화진花珍의 유모 계화桂花의 남편으로 화진이 옥에 갇힌 이후 화진을 충실하게 모신다. 화진이 공을 세운 이후 전전교위에 임명되었다.

윤여옥尹汝玉 : 자는 장원長遠으로, 이부상서吏部尙書에 봉해졌다. 이부시랑吏部侍郞 윤혁尹爀의 아들이자, 진국부인晋國夫人으로 봉해진 화진花珍의 부인 윤씨尹氏의 동생이다.

윤옥화尹玉花 : 자는 홍염紅艶으로, 이부시랑吏部侍郞 윤혁尹爀의 딸이자 이부상서吏部尙書 윤여옥尹汝玉의 누나이고, 화진花珍의 부인으로 진국부인晋國夫人에 봉해졌다.

윤혁尹爀 : 자字는 중회仲晦로, 진국부인晋國夫人으로 봉해진 화진花珍의 부인 윤옥화尹玉花의 아버지이다. 이부시랑吏部侍郞이었다.

은진인殷眞人 : 당唐나라가 멸망하고 송宋나라가 일어나기 전 시기에 있었던 신선神仙으로, 화진花珍의 전생 친구이다.

이소李少 : 형부刑部 소속으로, 죄인을 압송押送하는 관리이다.

이팔아李八兒 : 안남 사람으로 보운산에서 검술을 배웠으며, 마지막에 서평후西平侯 유성희兪聖禧의 소실이 되었다.

일만一萬 : 화부花府의 여종으로 성부인成夫人이 거처했던 수선루壽仙樓의 늙은 여종 양운陽雲의 딸이다.

임부인林夫人 : 형부상서形部尙書 임준林俊의 손녀로 화춘花瑃의 부인이다.

장평張平 : 여요餘姚 사람으로, 아버지가 돌아가셔도 장사 지내지 않고 사방을 떠돌아다니며 저포, 바둑, 장기를 하여 남의 재물 빼앗기를 좋아하는 사람이다.

정옹鄭雍 : 화진花珍의 아버지 여양후汝陽侯 화욱花郁의 셋째 부인 정씨鄭氏의 아버지로 이부상서吏部尙書를 지냈다.

정필鄭弼 : 명明나라의 형부상서刑部尙書이다. 강직한 성품으로 여러 차례 화진花珍을 도왔다.

정씨鄭氏 : 여양후汝陽侯 화욱花郁의 셋째 부인으로 이부상서吏部尙書 정옹鄭雍의 딸이자 화진花珍의 어머니이다.

조공수趙公遂 : 명明나라의 광남廣南 경략사經略使로 유성희兪聖禧의 주장主將이었으나, 이후 화진花珍의 휘하에서 전공戰功을 올린다.

조씨趙氏 : 이부시랑吏部侍郞 윤혁尹爀의 부인으로 화진花珍의 부인 윤옥화尹玉花의 어머니이다.

조씨趙氏 : 선비 집안으로, 집안이 가난하여 아버지가 장사를 다니다가 절강성浙江省

동쪽에서 죽었다. 혼자서 병든 어머니와 객지에서 살며 바느질을 해서 생활하다가 화춘花瑃의 둘째 부인으로 들어와 화부花府를 몰락하게 만드는 음란한 여인이다.

진무교陳舞嬌 : 자는 염아艷娥로, 안남국安南國 왕王 진흥陳興의 딸이자 서평후西平侯 유성희兪聖禧의 부인이다.

진영수陳英秀 : 산서山西 노안부潞安府 제독提督 진형수陳衡秀의 동생이다.

진창운陳昌雲 : 명明나라의 한림검토翰林檢討로, 진형수陳衡秀의 아들이자 진채경陳彩瓊의 오빠이다.

진채경陳彩瓊 : 자는 진화珍華로, 산서山西 노안부潞安府 제독提督 진형수陳衡秀의 딸이자 이부상서吏部尙書 윤여옥尹汝玉의 부인이다.

진형수陳衡秀 : 자字는 평중平仲으로, 이부상서吏部尙書 윤여옥尹汝玉의 부인 진채경陳彩瓊의 아버지이다. 산서山西 노안부潞安府 제독提督을 지냈다.

진흥陳興 : 안남국安南國의 왕이다.

청원淸遠 : 촉蜀 땅의 성도成都 화악산華萼山 자현암資賢菴의 보시布施 여승이다.

초아楚娥 : 윤부인尹夫人의 여종이다.

최광근崔光近 : 명明나라의 검남총병劒南摠兵이다.

최연崔衍 : 다른 본에는 최형崔珩으로 되어 있다. 명明나라 소흥부紹興府의 지부知府이다.

춘앵春鸚 : 남부인南夫人의 여종이다.

취선翠蟬 : 요부인姚夫人의 유모이다.

탁림卓林 : 서산해徐山海가 만든 만화국萬化國의 좌위독左衛督이다.

탁씨卓氏 : 안남국安南國 왕王 진흥陳興의 부인으로 진무교陳舞嬌의 어머니이다.

하춘해夏春海 : 강직한 성품을 지닌 인물로 화진花珍의 중요한 조력자이다. 화진이 공을 세운 이후 수충보국輸忠輔國 광록대부光祿大夫 상주국上柱國 겸 이부상서 문연각 태학사로 임명되었고, 평원후平原侯에 봉해졌다.

한씨韓氏 : 통정사 참의通政司參議 남표南標의 부인으로 화진花珍의 부인 남채봉南彩鳳의 어머니이다.

화빙선花娉仙 : 자는 태강太姜으로, 화욱花郁의 둘째 부인 요씨姚氏의 딸이다. 화진花珍의 누나이자 태학사太學士 유성양柳聖讓의 아내이다.

화욱花郁 : 이 소설의 주인공인 화춘花瑃 · 화진花珍 형제의 아버지이다. 병부상서兵部尙書 여양후汝陽侯에서 화진이 공을 세운 이후 위국공魏國公에 봉해졌다.

화진花珍 : 이 소설의 주인공 중 한 사람이다. 자字는 형옥荊玉으로, 화욱花郁의 셋째 부인 위국부인魏國夫人 정씨鄭氏의 아들이다. 공을 세워 분충효무奮忠效武 광록대부光祿大夫 상주국上柱國 병부상서兵部尙書 겸 무영전 화개전華盖殿 집현전集賢殿 태학사太學士 참지정사參知政事 태자사부太子師傅 산서山西 섬동陝東 광남廣南 하북河北 군무사軍務事 진국공晋國公에 봉해졌다.

화춘花瑃 : 이 소설의 주인공 중 한 사람이다. 자字는 경옥景玉으로, 화욱花郁의 첫째 부인 심씨沈氏의 아들이다. 동생인 화진花珍과 그 부부를 가혹하게 괴롭혔으나 마지막에 가서는 죄를 뉘우쳐 대리시평사大理寺平事에 임명되었다.

【소설 속에 등장하는 실존 인물】

가사도賈似道 : 남송南宋 말엽의 정치가이다. 자는 사헌師憲으로 태주台州 출신이다. 어려서부터 도박사들과 어울렸지만, 아버지의 추천으로 벼슬에 올랐다. 누이가 이종理宗의 비妃가 되어 진급해 참지정사參知政事가 되었고 이후 우승상右丞相이 되었다. 원나라 군대가 악주鄂州를 공격하자 땅을 떼어 주고 폐백을 바쳐 강화를 청하고는 악주의 포위를 풀었다는 거짓 상소를 올렸으며, 도종度宗 때 원나라 군대가 쳐들어오자 배를 타고 양주楊州로 도망갔다. 결국 탄핵을 받고 유배되었다가 유배지에서 살해되었다.

가의賈誼 : 전한 하남河南의 낙양洛陽 사람이다. 시문에 뛰어나고 제자백가에 정통하여 18살 때 문명文名을 떨쳤다. 문제文帝의 총애를 받아 약관의 나이로 최연소 박사가 되었다. 1년 만에 태중대부太中大夫가 되어 진秦나라 때부터 내려온 율령律令과 관제官制, 예악 등의 제도를 개정하고 전한의 관제를 정비하기 위한 많은 의견을 상주했다. 그러나 주발周勃과 관영灌嬰 등 당시 고관들의 시기를 받아 장사왕長沙王의 태부太傅로 좌천되었다. 재주를 지니고도 불우한 자신의 운명을 굴원屈原에 견줘 「복조부鵩鳥賦」와 「조굴원부弔屈原賦」를 지었으며, 『초사楚辭』에 수록된 「석서惜誓」도 그의 작품으로 알려져 있다. 4년 뒤 복귀하여 문제의 막내아들 양회왕梁懷王의 태부가 되었지만 왕이 낙마하여 급서하자 애도한 나머지 한 해 뒤 33살로 죽었다. 저서에 『신서新書』 10권과 『가장사집賈長沙集』이 있다. 진秦나라가 망한 까닭을 논한 「과진론過秦論」은 널리 알려져 있다. 가태부賈太傅 또는 가장사賈長史, 가생賈生으로도 불린다.

가충賈充 : 자는 공려公閭로, 어렸을 때 예주 자사豫州刺史였던 아버지 가규賈逵가 세상을 떠나자 그 작위를 이어받아 위魏나라 말기의 실권자 사마씨司馬氏의 복신腹臣이 되었다. 사마염司馬炎이 위제魏帝의 제위를 물려받아 즉위하자 거기장군 상서복야車騎將軍尙書僕射가 되어 두예杜預 등과 함께 『진율령晉律令』을 편찬하여 이를 천하에 시행하였다. 오吳나라를 토벌할 때에는 토벌군의 총사령관이 되었으며, 오나라가 멸망하여 천하가 통일된 후에 죽었다. 두 딸은 태자비太子妃와 제왕비齊王妃가 되었는데, 태자비는 후에 혜제惠帝의 가황후賈皇后가 되어 횡포가 심하였으므로, 팔왕八王의 난이 일어나 서진西晉 멸망의 단서가 되었다.

가태부賈太傅 : 가의賈誼이다.

가황후賈皇后 : 진晉나라 혜제惠帝의 비이다. 가충賈充의 딸로 이름은 남풍南風이다. 혜제가 태자 때 비妃로 책봉되었으나 투기심이 많았고 권모술수에 능했다. 태자가 즉위 후 황후가 되어서는 더욱 음란하고 포악한 일을 했으나 혜제가 평소 그를 두려워하였고 미혹되어 어쩌지 못했다. 정권을 쥔 뒤 충신을 죽이고 간신과 손잡았으나 태자를 낳지 못했고 마침내 조왕륜趙王倫 등의 신하가 병사를 이끌고 궁에 들어와 가황후를 폐했다.

갈수례葛守禮 : 명明나라 산동山東 덕평德平 사람으로, 자는 여립與立, 호는 여천與川이다. 청렴하다는 칭찬을 받았다. 엄숭嚴嵩을 미워하였다. 좌도어사左都御史를 지냈다.

강관絳灌 : 한漢나라의 강후絳侯 주발周勃과 영음후潁陰侯 관영灌嬰이다.

강굉姜肱 : 중국 후한後漢 시기 팽성국彭城國 광척현廣戚縣 사람으로, 자는 백회伯淮이다. 그는 동생 중해仲海 계강季江과 함께 우애와 효성이 지극해서 세상에 강생의 이불이라는 말을 전했다.

강중해姜仲海 : 중국 후한後漢 시기 팽성국彭城國 광척현廣戚縣 사람으로, 강굉姜肱의 두 동생 중 한 사람이다.

강계강姜季江 : 중국 후한後漢 시기 팽성국彭城國 광척현廣戚縣 사람으로, 강굉姜肱의 두 동생 중 한 사람이다.

강태공姜太公 : 여상呂尙이다. 주周나라 초기의 정치가로, 본성은 강씨姜氏, 자는 자아子牙이다. 선대가 여呂 땅에 봉해져 여상이라고 한다. 태공망太公望 · 강태공姜太公이라고도 한다. 위수渭水가 반계磻溪에서 낚시질하다가 문왕文王을 처음 만나 사부師傅로 추대되었고, 뒤에 문왕의 아들인 무왕武王을 도와서 은殷나라를 멸망시키고 천하를 평정하였다. 제齊 땅을 봉지로 받았다.

경엄耿弇 : 후한 광무제光武帝의 장수이다. 부풍扶風의 무릉인茂陵人으로, 자는 백소伯昭이다. 광무제를 따라서 여러 적들을 격파하고, 광무제가 즉위한 후에는 건위대장建威大將이 되고 호치후好時侯에 봉해졌다.

고부인郜夫人 : 화운花雲의 아내로, 화운이 죽자 물에 빠져 자살하였다.

고수瞽瞍 : 순임금의 아버지로 어리석어 선악을 판단하지 못하였으므로 아들 순을 죽이려 하였다. 고수는 장님으로, 순 같은 아들을 몰라 보았다 하여 이런 별명이 붙여졌다고도 하고, 진짜 장님이었다고도 한다.

고皐 · 기夔 · 직稷 · 설卨 : 순임금 때 현신인 고요皐陶 · 기夔 · 직稷 · 설卨을 아울러 이르는 말이다. 고요는 형관刑官이며, 기는 악관樂官이다. 직과 설은 제곡帝嚳의 아들로 직은 농업을, 설은 사도司徒의 직책을 관장하였다.

고종高宗 : 은殷나라 20대 임금인 무정戊丁이다. 현신賢臣 부열傅說을 얻어 재위 59년 동안 천하에 왕도정치王道政治를 구현하였다. 귀방鬼方을 정벌하여 3년 만에 승리하였다.

고종高宗 : 중국 송나라의 황제인 조구趙構로, 자는 덕기德基이며, 휘종徽宗의 아홉 번째 아들이다. 흠종欽宗 정강靖康 2년(1126) 금나라 군대가 휘종과 흠종을 포로로 잡아가자 남경南京에서 즉위했다. 이강李綱과 종택宗澤이 제기한 항금抗金의 주장을 거부하고 황잠선黃潛善과 왕백언王伯彥의 주장을 좇아 장강長江을 건너 남쪽으로 달아나 임안臨安에 수도를 건설하고 남송을 건국하였다. 재상 진회秦檜의 의견을 받아들여 금나라에 영토를 떼어주고 신하로 자신을 낮추면서 금나라에 납공納貢했다. 1162년 조신趙育에게 양위하고 태상황제太上皇帝가 되었다.

곤륜노崑崙奴 : 한나라 이후 남양南洋에서 건너온 흑인을 이르는 말인데, 당나라 때에는 흑인 노예를 부리는 것이 시대의 풍조로 자리 잡았다고 보인다. 곽자의郭子儀의 시녀를 사랑한 최생崔生이 곤륜노崑崙奴 마륵磨勒의 도움으로 담장을 넘어들어 결연을 맺었다는 이야기인 배항裵航의 곤륜노崑崙奴 이야기가 전한다.

곽광霍光 : 한 무제 때의 재상으로, 자는 자맹子孟, 시호는 선성후宣成侯이다. 한 무제 후원後元 초년에 대사마 대장군大司馬大將軍이 되었고, 뒤에 유조遺詔를 받고 유주幼主를 도와 정사를 일체 맡아서 결정하였으며, 13년 동안 백성을 잘 살게 하고 사방을 모두 복종시켰다. 그 뒤 소제가 죽자 창읍왕 하昌邑王賀를 세웠으나 음행을 많이 저질렀으므로 그를 폐하고 선제宣帝를 영입하여 황제로 삼았다. 상관걸上官桀이 좌장군左將軍이 되어 곽광과 함께 어린 임금을 보필하는데, 자기 손자 딸을 황후로 들여보내려다 곽광이 듣지 않자, 아들 상관안上官安과 공모하되, 연왕 단燕王旦이 황제의 형으로서 임금이 되지 못한 것을 원망하는 줄을 알고는 연왕 단이 상소한 것처럼 거짓을 꾸며 곽광을 잡으려고 했었는데, 소제가 14세의 어린 나이로 알아차렸다고 한다.

곽박郭朴 : 명明나라 하남河南 안양安養 사람으로, 자는 질부質夫, 시호는 문간文簡이다. 이부상서吏部尙書로 무영전 태학사武英殿太學士를 겸직하며 기무機務에 참여하였으나, 세종이 죽은 뒤 수보인 서계徐階와 불화하여 벼슬을 그만두고 낙향하였다.

곽분양郭汾陽 : 당唐나라 화주華州 사람으로, 봉호는 분양군왕汾陽郡王이다. 안사의 난을 토벌하여 장안과 낙양을 수복하였고, 복고회은僕固懷恩이 토번과 결탁한 반란을 진압하는 등 혁혁한 전공을 세워 곽영공郭令公으로 불리면서 당대 최고의 무장으로 손꼽혔다.

곽자의郭子儀 : 중국 당唐나라 화주華州 정현鄭縣사람이다. 안녹산安祿山의 난이 일어나자 삭방의 군사를 거느리고 하동절도사河東節度使 이광필李光弼과 함께 중원中原의 반란군을 토벌하였다. 숙종肅宗이 서북의 영무靈武에서 즉위한 후에는 황태자 광평왕廣平王 밑에서 부원수副元帥가 되어 관군의 총지휘를 맡았으며, 회흘回紇의 원군을 얻어 장안長安과 낙양洛陽을 수복하였다. 대종代宗 때 복고회은僕固懷恩이 반란을 일으키자 회흘로 가서 설득하여 당과 연합해 토번에 항거하였다. 상부尙父의 칭호를 받고 분양왕汾陽王에 봉해졌다.

관영灌嬰 : 전한 초기의 저양睢陽 사람이다. 젊었을 때는 비단이나 명주를 파는 일로 업을 삼았다. 진秦나라 말 전쟁 중에 중연中涓으로 유방劉邦을 따라 탕碭에서 일어나서 입관入關한 뒤 집규執珪란 작위가 내려지고 창문후昌文侯로 불렸다. 낭중郎中과 중알자中謁者, 중대부中大夫 등을 역임했다. 장군으로 제齊를 평정하고, 항적項籍을 죽였으며, 고조 6년에 영음후穎陰侯로 봉해졌다. 여후呂后가 죽은 뒤 주발周勃, 진평陳平 등과 함께 여씨 일족을 주살했다. 문제文帝를 옹립한 뒤 태위太尉가 되었다가 얼마 후 주발을 대신해 승상丞相에 올랐다.

관중管仲 : 춘추시대春秋時代 제齊나라의 재상으로, 이름은 이오夷吾이다. 양공襄公이 매우 무도하였기에, 그의 아우인 규糾와 그 다음 아우인 소백小白이 자기들에게까지 화禍가 미칠까 염려하여 모두 외국外國으로 도망가 있다가, 양공이 시해弑害됨에 따라 아우인 소백이 형 규와 싸워서 이기고 본국에 돌아와 즉위하였으니, 그가 바로 환공桓公이다. 관중은 앞서 형 규를 섬겼던 사람으로서 다시 환공을 섬겼다. 환공을 도와 부국강병에 힘썼고, 제후諸侯를 규합하여 환공을 오패五覇의 으뜸이 되게 하였다.

구란仇鸞 : 명明나라 철원鐵原 사람이다. 세종世宗 때 공을 세워 태자태보太子太保가 되었고 경영융정京營戎政을 총독하였다. 이후 엄숭과 결탁하여 악행을 저질렀으며, 오랑캐의 침입이 심해지자 책임을 추궁당해 파직되었다.

굴원屈原 : 굴대부屈大夫. 전국시대戰國時代 초楚나라 사람이다. 이름은 평平, 자는 원原이며 또다른 이름은 정칙正則, 자는 영균靈均이다. 학식이 뛰어나 초나라 회왕懷王의 좌도左徒·삼려대부三閭大夫를 맡아 내정·외교에서 활약하였으나, 법령입안法令立案 때 궁정의 정적政敵들과 충돌하여 중상모략을 받고 국왕의 곁에서 멀어졌다. 「이소離騷」는 이때의 억울함과 분함을 노래한 것이다. 양왕襄王 때 다시 참소를 받아 장사長沙로 유배되자, 「어부사漁父詞」 등 여러 편의 글을 지어 자신의 뜻을 밝히고 멱라수汨羅水에 투신하여 죽었다.

극곡郤穀 : 진 문공晉文公 때에 초 성왕楚成王이 제후들과 함께 송宋을 포위하매, 진晉에서는 조曹·위衛를 치면 초가 조·위를 구원할 것이고 그러면 송이 구제될 것이라 하며, 삼군三軍을 만들고 장수될 사람을 찾았는데, 조최趙衰가, 극곡은 예악禮樂을 좋아하고 시서詩書에 도타우므로 군사를 거느리는 방도를 알 것이라고 천거하였으므로, 문공이 극곡을 중군中軍으로 삼았다.

낙창공주樂昌公主 : 남북조南北朝 시대 남조 진陳나라 후주後主의 여동생이며, 태자사인太子舍人 서덕언徐德言의 아내이다. 남편 서덕언徐德言이 나라가 망할 것을 알고 구리 거울을 쪼개어 아내 낙창공주와 반씩 나누어 갖고는, 장차 헤어지면 정월 대보름날에 시장에서 그 거울을 팔겠다고 약속하였다. 과연 진나라는 망하고, 공주는 수문제隋文帝 양견楊堅의 오른팔인 월국공越國公 양소楊素의 집에 들어갔다. 이듬해 정월 보름에 서덕언이 반쪽 거울을 가지고 시장에 갔더니, 공주 역시 종을 시켜 반쪽 거울을 찾고 있으므로, 공주의 거울에다 시를 써서 보냈다. 그것을 잡고 우는 것을 양소가 보고 그 애처로운 사정을 들어 서덕언을 불러 공주와 만나게 하고 돌려보냈다.

남도행南道行 : 남도행藍道行이다. 명나라의 도사이다. 부계술扶乩術로 총애를 얻었고, 부계술을 이용하여 엄숭 부자의 전횡을 폭로하였다가 하옥되어 죽었다.

녹주綠珠 : 진晉나라 석숭石崇의 애첩이다. 아름다웠으며 피리를 잘 불었다고 한다. 손수孫秀가 탐내었으나 석숭이 허락하지 않았는데, 손수가 석숭을 죄자 녹주는 금곡金谷에 있는 누각에서 투신자살했다.

뇌공장雷孔章 : 진晉나라 뇌환의 자이다. 천상을 잘 보았다. 장화張華를 도와 풍성에서 용천검龍泉劍・태아검太阿劍을 발굴하였다.

단도제檀道濟 : 남조 송南朝宋 고평高平 사람이다. 효성스럽고 우애가 있었다. 무제武帝를 따라 많은 전공을 세웠고, 문제文帝 때 무릉군공武陵郡公에 봉하여졌다. 북위北魏를 격파하여 사공司空에 올랐다. 조정에서 시기를 받아 살해되었다. 무제를 따라 북벌할 때 지혜와 계책으로 많은 공을 세웠는데, 이를 단공책檀公策이라 한다.

대순大舜 : 상고시대의 성군인 순舜임금으로, 성은 요姚, 또는 규嬀, 이름은 중화中華이다. 선대가 우虞에 나라를 세워 유우씨有虞氏라 하였다, 효성이 극진하였고, 사악四嶽의 추천으로 요堯임금에게 등용되어 섭정하다가 요임금이 죽은 뒤 제위에 올랐다. 사흉四凶을 제거하였으며, 우禹를 등용하여 홍수를 다스리게 하고 후계자를 삼았다. 남방을 순행하다가 창오蒼梧에서 죽자 구의산九疑山에 장사 지냈다.

도안陶安 : 명明나라 태평부太平府 당도當塗 사람으로, 자는 주경主敬, 시호는 문헌文憲이다. 원元나라 말末에 주원장朱元璋의 막부에 들어간 뒤, 명明나라 초初에 여러 의례를 제정하였고 역에 밝았다.

도올檮杌 : 순舜 임금 때의 사흉四凶 가운데 하나로, 곤鯀을 말한다는 설도 있다.

도척盜跖 : 춘추시대春秋時代 사람으로 이름은 척跖, 혹은 척蹠이다. 악한으로 알려졌으며 유하혜의 아우로 그의 일당 9천 명과 무리지어 전국을 휩쓸고 다녔다고 전한다.

동구후東丘侯 : 화운花雲이다.

동해왕東海王 : 동해 효헌왕東海孝獻王 사마월司馬越이다.

두무竇武 : 동한 시대 부풍扶風 평릉平陵 사람으로, 자는 유평游平이다. 젊어서 반듯한 행동으로 일컬어져 이름이 관서 지방에 드러났다. 환제桓帝의 장인이 되어 괴리후槐里侯에 봉해졌다. 진번陳蕃 등과 모의하여 환관 조절曹節과 왕보王甫 등을 주살하려 하였으나 사전에 누설되어 피살당했다.

두보杜甫 : 중국 당唐나라의 시인詩人으로, 자字는 자미子美이다. 경조京兆 출생으로 두심언杜審言의 손자이다. 벼슬은 집현원 대제集賢院待制·좌습유左拾遺·검교 공부 원외랑檢校工部員外郞 등을 지냈다. 젊어서부터 가난하여 어려움을 많이 겪었고, 안녹산의 난을 만나 더욱 곤궁하게 지냈다. 현실 사회를 비평한 그의 시는 웅혼雄渾·침통沈痛·충후忠厚한 뜻을 나타내어 시사詩史라 불린다. 병란으로 성도成都를 떠나 성도 서교西郊의 완화초당浣花草堂에 안주하여 야채, 약초를 재배했기에 초당草堂이라고도 부른다.

두예杜預 : 중국 진대晉代의 학자·정치가이다. 자는 원개元凱, 시호는 성成, 봉호는 당양현후當陽縣侯이다. 진주자사秦州刺史·진남대장군鎭南大將軍 등을 역임하였다. 박학하고 막힘이 없어서 두무고杜武庫라 일컬어졌고, 무술은 모르나 용병에 뛰어나서 오吳를 정벌하여 남방 지방을 평정하였다. 저서 『춘추좌씨경전집해春秋左氏經傳集解』는 춘추학으로서써 좌씨학을 집대성하였고 『좌씨전左氏傳』을 춘추학의 정통적 위치로 올려놓았다. 정남대장군征南大將軍에 추증되어 두정남杜征南이라고도 불린다.

등공騰公 : 하후영夏侯嬰으로, 한漢나라 패沛 사람이다. 유방劉邦과 같은 고향 사람으로 유방이 한 고조漢高祖가 되기 이전부터 서로 사이가 좋았고, 유방이 패공沛公으로서 항우項羽와 싸울 때는 함께 참전하여 많은 도움을 주었으며, 유방이 제위에 오른 뒤에는 그간의 공로로 여음후汝陰侯에 봉해졌다. 한신이 처음에 항우의 휘하에 있다가 도망하여 한왕漢王에게로 갔으나 별로 쓰이지 못하고 법에 걸려 참형을 받게 되었는데, 하후영이 한신을 기이하게 여겨 석방하고 한왕에게 말하여 치속도위를 시켰다.

매복梅福 : 한漢나라 수춘壽春 사람으로, 자는 자진子眞이다. 왕망이 전횡하자 가족을 버리고 은거하여 신선이 되었다고 한다.

목천자穆天子 : 주周 목왕穆王으로, 이름은 만滿, 시호는 목穆이다. 소왕昭王의 아들로 재위 55년에 죽었다.

무제武帝 : 한漢나라의 제7대 황제로, 이름은 유철劉徹, 묘호는 세종世宗이다. 경제景帝의 11번째 아들이다. 태학太學을 일으켜 유술儒術을 숭상하고, 남월南越·동월東越·조선朝鮮 등을 평정하고 서남이西南夷를 항복시켰다. 서역 제국과 통하여 영토를 확장하였다. 신선술에 빠져 많은 토목공사를 일으켜 가혹한 정렴征斂과 형벌을 시행하였다. 고모인 관도장공주館陶長公主의 딸 진아교陳阿嬌와 결혼하였으나 무례하다는 이유로 폐위시켰다.

미자하彌子瑕 : 춘추시대 위衛 영공靈公이 총애하는 신하이다. 어머니가 병이 나자 거짓 왕명으로 임금의 수레를 몰래 타고 갔고, 자기가 먹던 복숭아를 임금에게 주었으나 영공은 그를 더욱 총애하였다. 뒤에 총애가 식은 뒤 임금에게 죄를 얻자 임금은 예전의 그 일을 함께 죄주어 내쳤다.

민자건閔子騫 : 민손閔損이다. 춘추시대 노魯나라의 현인賢人으로, 자는 자건子騫이다. 일찍이 공자孔子의 제자가 되어 효孝로 공문십철孔門十哲 중 한 사람이 되었다.

반비潘妃 : 남제南齊 동혼후東昏侯의 비妃로, 어릴 때 이름은 옥아玉兒이다. 동혼후는 제위에 오른 뒤 궁중에 금으로 연꽃을 만들어 땅에 깔아두고 반비潘妃를 그 위로 다니게 했다. 아름다운 용모를 가졌으나 성질이 음란하고 사치스러웠다.

반위潘衛 : 반악潘岳과 위개衛玠이다. 반악은 진晉나라 사람으로, 자는 안인安仁이다. 문학적 재능이 뛰어나 당시의 권세가 가밀賈謐의 문객들 '24우友' 가운데의 제1인자였다. 어려서부터 재주가 뛰어나 기동奇童으로 불렸고, 수재로 천거되어 무제의 적전籍田 나들이를 읊은 부로 천하에 명성을 떨쳤다. 가밀의 집을 드나들며 아첨하다가 손수孫秀의 모반 무고로 주살되었다. 용모가 아름다워 젊은 시절 집을 나서면 만나는 여자들마다 정표로 던진 과일이 수레에 가득하였다. 미남의 대명사이다. 위개는 진晉나라 사람으로는 자는 숙보叔寶이다. 용모가 빼어나 옥인玉人이라 불리어 그를 보려고 몰려드는 사람으로 인해 병사하였다고 한다. 일설에는 살해되었다고도 한다.

반첩여班婕妤 : 한漢나라 반황班況의 딸이다. 어질고 재주가 뛰어났으며 말을 잘했고 시가詩歌를 잘했다. 성제成帝의 총애를 받아 첩여가 되었으나 이후 조비연趙飛燕의 참소를 받아, 물러나 장신궁長信宮에서 태후太后를 모시게 되었다. 성제가 죽은 뒤에는 성제의 무덤을 지켰다. 「원가행怨歌行」이란 부賦를 지어 자신의 심정을 달랬는데 가사가 지극히 슬펐다.

방숙方叔 : 주周나라 선왕 때의 어진 신하이다. 선왕의 명령으로 형만荊蠻을 정벌하였다.

백우伯牛 : 염백우冉伯牛로, 이름은 경耕, 자는 백우伯牛이다. 중국 춘추시대의 유학자이다. 공자 문하의 십철十哲 가운데 한 사람으로 덕행德行의 선비로 이름이 높다.

범경인范景仁 : 범진范鎭이다. 송宋나라 성도成都 화양華陽 사람으로, 자는 경인景仁, 봉호는 촉군공蜀郡公, 시호는 충문忠文이다. 한림 학사翰林學士 · 단명전 학사端明殿學士 등을 지냈다. 왕안석王安石의 변법에 반대하여 사직하였다.

번쾌樊噲 : 한漢나라 패현沛縣 사람으로 유방劉邦을 따라 의병을 일으켜 전공을 많이 세웠다. 홍문鴻門의 모임에서 항우項羽가 유방을 죽이려는 계략을 꾸몄을 때 문지기의 저지를 뚫고 들어가 항우를 맹렬히 꾸짖고 유방을 탈출시켰다. 고조가 천하를 평정한 후에는 벼슬이 좌승상에 이르렀고, 무양후舞陽侯에 봉해졌다.

사강謝江 : 명明나라 하남河南 낙양洛陽 사람으로, 자는 중천仲川이다. 가정嘉靖 연간의 진사이며, 벼슬은 예과 급사중禮科給事中을 지냈다. 조문화를 탄핵한 일로 파직되었다.

사령운謝靈運 : 남조南朝시대 송宋나라의 시인으로, 경치가 좋은 곳을 찾아다니기를 좋아했다. 물려받은 재산과 노복이 매우 많았는데, 경치가 좋은 곳을 찾아내어 산을 깎고 못을 만드는 공역工役을 멈추지 않았다. 그는 높은 산에 오르기를 매우 좋아하여 아무리 험준한 산이라도 끝까지 오르곤 하였으며, 등산할 때는 나막신을 신었는데, 올라갈 때는 앞굽을 뽑고 산을 내려올 때는 뒷굽을 뽑았다고 한다

사마상여司馬相如 : 전한前漢의 문인으로, 자는 장경長卿이다. 부賦에 뛰어나, 초사楚辭를 조술祖述한 송옥宋玉 · 가의賈誼 · 매승枚乘 등에 이어 '이소재변離騷再變의 부賦'라고도 일컬어진다. 경제 때 무기상시武騎常侍를 지냈고, 무제 때 효문원 령孝文園令을 지냈다.

사마월司馬越 : 진晉나라 사람으로 태泰의 둘째 아들로, 자는 원초元超, 시호는 효헌孝獻이다. 벼슬은 승상丞相이었으며 동해왕東海王에 봉해졌다.

사사명史思明 : 당唐나라 때 영주寧州의 오랑캐로 돌궐족突厥族이다. 현종玄宗 때 안녹산安祿山과 함께 반란을 일으켜 녹산이 죽은 뒤에 스스로 대연 황제大燕皇帝라고 칭하였으나 그 자식 조의朝義에게 시해弑害되었다.

사안謝安 : 진晉나라 진군 사람으로, 자는 안석安石, 시호는 문정文靖이다. 오랫동안 회계會稽에서 은둔 생활을 하면서 왕희지王羲之 · 지둔支遁 등과 풍류를 즐기다가 40이 넘은 중년에 비로소 중앙 정계에 투신하였다. 이부상서吏部尙書 · 중서감中書監 · 녹상서사錄尙書事 등을 역임하였으며, 여러 차례 전쟁에 나가 승리하였다. 왕도王導와 함께 명재상으로 칭송이 높았으며, 또 당시의 손꼽는 문화인이기도 하였다. 사동산謝東山으로도 불린다.

사혜련謝惠連 : 남조 송南朝宋의 문장가, 사영운謝靈運의 족제族弟이다. 그가 지은 설부雪賦가 매우 유명하였다.

사학해謝學海 : 사강謝江이다. 학해는 학문이 해박한 사람을 이른다.

상관걸上官桀 : 한漢나라 상규上邽 사람이다. 곽광과 함께 어린 임금을 보좌한 공으로 안양후에 봉해졌다. 자기 손자 딸을 황후로 들여보내려다 곽광이 듣지 않자, 아들 상관안上官安과 공모하되, 연왕 단燕王旦이 황제의 형으로서 임금이 되지 못한 것을 원망하는 줄을 알고는 연왕 단이 상소한 것처럼 거짓을 꾸며 곽광을 잡으려고 했었는데, 발각되어 멸족당하였다.

상군낭랑湘君娘娘 : 요임금의 두 딸이자 순임금의 비인 아황娥皇과 여영女英이다.

상부인湘夫人 : 아황娥皇과 여영女英이다.

서계徐階 : 명明나라 송강松江 화정華亭 사람으로, 자는 자승子升, 시호는 문정文貞이다. 가정 연간에 진사가 되었고 예부상서를 거쳐 동각태학사東閣大學士를 지냈다. 당시 엄숭이 수보首輔가 되어 몹시 그를 미워했으나 서계를 어쩔 수 없었다. 구란의 죄를 상소해 좌천시켰고, 엄숭의 죄를 상소해 정치를 바로잡는 데 노력했다.

서시西施 : 서자西子라고도 한다. 춘추시대 월越나라의 미인美人이다. 오吳나라에 패한 월나라 왕 구천句踐이 서시를 부차夫差에게 헌상하여 부차가 그 용모에 빠져 있는 동안 오나라를 멸망시켰다.

서왕모西王母 : 곤륜산崑崙山에 살았다는 전설적인 선인仙人이다. 왕모王母라고도 불리며, 선도仙桃(벽도)를 심었는데 3000년에 한 번 열매가 열린다고 한다. 한 무제漢武帝가 장수長壽를 빌고 있을 때 서왕모가 선도仙桃 7개를 가지고 내려와 무제武帝에게 주었다 한다.

서예鉏麑 : 춘추시대 진晉나라의 역사力士이다. 영공靈公의 명령으로 조돈을 죽이러 갔으나, 어진 인물을 죽일 수도 없고, 임금의 명령을 저버릴 수도 없다고 여겨 회화나무에 머리를 부딪쳐 자살하였다.

서원직徐元直 : 촉한蜀漢의 영천穎川 사람으로, 자는 원직元直, 이름은 서庶, 초명初名은 복福이다. 제갈량과 친구였으며 후에 조조가 그의 노모를 사로잡자 유비에게 제갈량을 추천했다.

석숭石崇 : 진晉나라 남피南皮 사람으로, 자는 계륜季倫, 어릴 적 이름은 제노齊奴이다. 석포의 아들로 형주 자사荊州刺史·위위衛尉 등을 지냈다. 사신과 상인의 재물을 갈취하여 하양에 금곡 별장을 두고 사치와 유희를 일삼았다. 아첨하여 가밀賈謐의 24우가 되었다가 면직되었고, 조왕 윤倫에게 살해되었다.

석현石顯 : 한漢나라 제남濟南 사람으로, 자는 군방君房이다. 중서 복야中書僕邪 · 중서령中書令 등을 지냈다. 궁형宮刑을 받고 중황문中黃門이 되었다. 권력을 전횡하여 소망지蕭望之 등을 모해하였다.

선무제宣武帝 : 중국 남북조시대 북위北魏의 제8대 황제이다. 이름은 원각元恪, 묘호는 세종世宗이다. 효문제의 둘째 아들로 태어나 17세인 499년에 황제로 즉위하였다. 불교 신앙에 심취하였고, 국정을 측근이나 외척에게 맡겼다. 많은 황족을 죽였다.

설숭薛嵩 : 당唐나라 용문 사람으로 설인귀의 손자이다. 안녹산의 난에 참여하였고 사조의에 의하여 상주의 수령을 지내다가 복고회은에게 항복하여 석방된 뒤에 검교형부상서 및 명주 · 형주의 절도사로 봉직하면서 치적을 올렸다. 노주절도사로 있을 당시 위박절도사魏博節度使 전승사田承嗣가 노주를 병합하려고 하자 설숭이 밤낮으로 근심하니 설숭의 시녀였던 홍선이 밤을 틈다 전승사의 방으로 들어가 상머리에 있던 금합을 훔쳐오는 것으로 전승사를 위협했다고 한다.

성의백誠意伯 : 유기劉基이다.

성제成帝 : 중국 전한前漢의 제11대 황제로, 이름은 오驁, 자는 태손太孫이다. 원제元帝의 아들로, 어머니는 왕황후王皇后이다. 외척外戚을 신임하여 황제의 권한이 외척에게 옮겨지게 되었다. 처음에는 반첩여班婕好를 총애하였으나, 뒤에는 조비연趙飛燕을 총애하였다.

소내한蘇內翰 : 송宋나라의 정치가이자 시인인 소식蘇軾이다. 자는 자첨子瞻 · 중화和仲, 호는 동파東坡이다. 아버지 소순蘇洵, 동생 소철蘇轍과 함께 3소蘇로 불리며 모두 당송 8대가의 한사람들이다. 왕안석王安石의 신법新法을 싫어하였다. 필화사건에 연루되어 황주黃州로 유배되었으나, 철종哲宗이 즉위함과 동시에 구법당이 득세하여 예부상서禮部尙書 등을 역임하였다. 황태후皇太后의 죽음을 계기로 신법당이 다시 세력을 잡자 해남도海南島로 유배되었다. 그곳에서 7년 동안 귀양살이를 하던 중, 휘종徽宗의 즉위와 함께 귀양살이가 풀렸으나 돌아오던 도중 상주常州에서 사망하였다.

소망지蕭望之 : 한漢나라 동해東海 난릉蘭陵 사람으로, 자는 장천長倩이다. 선제宣帝 때 중앙 정부에 있다가 삼보三輔의 지방관으로 나갔으며, 뒤에 태자태부太子太傅로 유조

遺詔를 받아 어린 임금 원제元帝를 보필하였다. 원제 즉위 초에 유향劉向 등과 당시에 정권을 농락하던 환관宦官 홍공弘恭과 석현石顯 등을 제거하려다가 그 일이 누설되는 바람에 도리어 홍공 등에게 붕당朋黨이라는 탄핵을 받고 하옥되어, 소망지는 음독 자살하였다.

소제昭帝 : 중국 전한前漢의 제8대 황제로, 이름 유불릉劉弗陵, 무제武帝의 여섯째 아들이다. 무제의 유언으로 8세에 즉위하였다. 대사마대장군大司馬大將軍 곽광霍光이 보좌하였다. 재위기간 중 지속적으로 백성을 위해 요역·부역을 줄이는 정책을 폈으며, 농업 장려와 상업의 억제, 둔전屯田을 장려하고 흉노족匈奴族·오환족烏桓族의 침입을 막아 북방 변경 지역의 안정을 도모하였다.

소호召虎 : 주 선왕 때의 사람으로, 소공의 후예이다. 회이淮夷를 평정하여 주나라의 중흥을 도왔다.

순성마황후順聖馬皇后 : 명明나라 태조효자고황후太祖孝慈高皇后 마씨馬氏이다. 숙주宿州 출신이며 본명은 마수영馬秀英이다. 마수영의 부친은 무인이었으나 신분은 미천했다. 부친이 객사하자 곽자흥郭子興의 수양딸이 되었다. 곽자흥이 원나라에 반대하여 홍건군紅巾軍을 일으키자 주원장이 수하 장수가 되었고 곽자흥의 주선으로 마수영은 주원장과 결혼하였다. 주원장이 중국을 통일하여 명나라를 세우자 마수영은 황후가 되었다. 영락榮樂 원년에 효자 소헌 지인 문덕 승천 순성 고황후孝慈昭憲至仁文德承天順聖高皇后로 존시하였다.

손식孫植 : 명明나라 절강성 평호현平湖縣 사람으로, 시호는 간숙簡肅이다. 가정 연간에 진사시에 합격하였고, 형부상서刑部尚書를 지냈으며, 태자 소보太子少保에 추증되었다. 광록시경으로 있을 때 당시 집권가였던 엄숭에게 아부하지 않았다.

순식荀息 : 진나라 공족公族이다. 순荀을 식읍으로 했기 때문에 순씨라고 하며, 자는 숙叔이다. 헌공이 순식을 불러서 총애하는 아들인 해제奚齊를 다음 임금으로 세울 수 있겠느냐고 묻자, 순식이 목숨을 걸고 보증하면서 임금의 명을 저버리지 않겠다고 약속하였다. 헌공이 죽은 뒤에 해제가 이극里克에게 살해되자 순식이 따라 죽으려 하다가, 해제의 아우인 탁자卓子를 세워 보좌하는 것이 옳다는 말을 듣고 탁자를 임금으로 세웠으나, 탁자가 또 조정에서 이극에게 살해당하자 순식도 마침내 목숨을 버렸다.

아황娥皇 : 요임금의 딸이자 순임금의 아내이다. 순임금이 남쪽 지방을 순행하다가 죽자, 동생인 여영과 함께 소상가에서 순임금을 애타게 그리며 통곡하다가 비파를 버리고 자살하였다. 뒤에 강가에 자라는 반죽班竹은 두 사람의 피눈물이 물들었다는 전설이 있다.

악무목岳武穆 : 악비岳飛이다. 송宋나라 상주현相州縣 탕음湯陰 사람으로, 자는 붕거鵬擧, 시호는 무목武穆이다. 이성李成 · 강회江淮에 대한 토평討平과 금군을 격파하는 데 큰 공을 세웠다. 금과의 화의를 주창하던 진회秦檜와 만사설萬俟卨 · 장준張俊 등에 의해 옥중에서 살해되었다. 효종 때 복관된 뒤에 악왕岳王으로 추봉되었다.

악의樂毅 : 전국시대戰國時代 연燕나라 사람. 어질었고 병술에 능했으며 연나라 소왕昭王 때 상장군上將軍을 지냈으며 조 · 초 · 한 · 위 · 연 5국의 병사를 이끌고 제齊나라를 정벌했다. 이 공으로 창국군昌國君에 봉해졌다. 이후 제나라 전단의 반간계로 조趙나라로 도망가 망제군望諸君에 봉해졌고, 연나라가 제나라에 패한 뒤 연혜왕燕惠王이 불러 다시 연나라로 가 조나라에서는 객경客卿으로 삼았다.

안녹산 安祿山 : 당唐나라 영주 유성호營州柳城胡 사람이다. 본래의 성은 강康이고 처음 이름은 아영산阿犖山이었는데 어려서 아버지가 죽고 어머니가 개가하는 데 따라가서 성이 안安이 되었다. 재주가 있고 육번六藩의 말에 능하여 범양절도사范陽節度使 겸 하북채방사河北採訪使가 되었고 양귀비의 수양아들이 되어 실력을 키우다가 반란을 일으켜 스스로 웅무 황제雄武皇帝를 칭하다가 이듬해 아들 경서慶緖에게 시해됐다.

안릉군安陵君 : 전국시대 초楚나라 공왕共王의 총애하는 신하이다. 안릉에 봉해졌기 때문에 안릉군이라 한다.

양계성楊繼盛 : 명明나라 객성容城 사람으로, 자는 중방仲芳, 호는 초산椒山, 시호는 충민忠愍이다. 남경 병부 원외랑南京兵部員外郞에 재임 중 달단韃靼의 엄답俺答이 침입하자, 개시開市하여 강화하자는 대장군 구난仇鸞을 탄핵하다가 적도 전사狄道典史로 좌천되었다. 뒤에 엄숭의 추천으로 병부 무선사兵部武選司로 승진하였으나, 엄숭의 10대 죄를 들어 탄핵한 끝에 엄숭의 무고에 의해 삭탈관직당하고 죽었으며, 시신은 저잣거리에 버려지게 되었다. 이후 목종穆宗에 의해 복권되어 시호가 내려졌다.

양귀비楊貴妃 : 옥진玉眞이다. 당唐나라 현종玄宗의 귀비이다. 춤과 음악에 뛰어나고 총명하였다. 애초에 현종의 아들인 수왕壽王의 비였는데, 뒤에 여도사가 되어 호를 태진太眞이라 하였으며, 궁에 들어가 현종의 총애를 얻고 귀비에 봉하여졌다. 세

언니들도 모두 부인에 봉하여지고 사촌 오빠인 양국충楊國忠은 권세를 지고 국정을 농단하였다. 안녹산安祿山의 난에 현종을 따라 피난 가던 중 마외역에서 군사들의 핍박을 받고 목매어 죽었다.

양왕襄王 : 중국 전국시대 초나라의 왕이다. 교만하고 사치하였으며, 이를 간언하는 송옥宋玉, 장신莊辛 등의 신하를 내쫓았다.

언무경焉懋卿 : 명明나라 풍성豐城 사람으로, 자는 경경景卿이다. 가정 연간의 진사이다. 엄숭과의 친분으로 양절兩浙·양회兩淮 등의 염운사鹽運司가 되어 염정鹽政을 장악하고 온갖 사치를 누렸다. 후에 벼슬이 형부 우시랑刑部友侍郎에 올랐으나 엄숭이 실각하자 변방에 유배되었다.

엄세번嚴世蕃 : 명明나라 분의分宜 사람으로, 자는 동루東樓이다. 엄숭의 아들로 벼슬은 공부 좌시랑工部左侍郎까지 올라갔었다. 성격이 음침하고 사나웠으나 국법에 능하였으며 시기를 잘 탔고 세종世宗의 뜻을 잘 알았다. 권력을 쥐고 음탕하고 포악한 일을 했으며 뇌물을 받아 사리사욕을 채우다 임윤林潤 등의 탄핵을 받아 주살되었다.

엄숭嚴嵩 : 명明나라 분의分宜 사람으로, 자는 유중惟中이다. 홍치弘治 18년에 진사進士가 되었다. 황제에게 아첨을 잘하여 무영전 태학사武英殿大學士가 되어 문연각文淵閣에 들어갔다. 세종世宗 때 벼슬이 소부少傅 겸 태자사부太子太師가 되었으며 권력을 장악, 뇌물과 이익을 취하였으며 직언하는 충신을 살해했다. 이후 어사 추응룡鄒應龍 등의 상소로 집안이 몰락했으며 숭은 묘사墓舍에서 얻어먹다가 죽었다.

엄자의嚴子儀 : 곽자의郭子儀의 오기인 듯하다.

여영女英 : 요임금의 딸이자 순임금의 아내이다. 순임금이 남쪽 지방을 순행하다가 죽자, 언니인 아황과 함께 소상가에서 순임금을 애타게 그리며 통곡하다가 비파를 버리고 자살하였다. 뒤에 강가에 자라는 반죽班竹은 두 사람의 피눈물이 물들었다는 전설이 있다.

염파廉頗 : 전국시대 조趙나라의 명장이다. 혜문왕惠文王 때 제齊나라의 군사를 격파한 공으로 상경에 임명된 뒤, 인상여藺相如와 문경刎頸의 교분을 맺음으로써 진秦이 조나라를 넘보지 못하도록 하였다. 이후 염파가 등용되어 있는 동안은 조나라가 싸움에서 이겼으나, 염파가 이간이나 모함을 받아 실직하거나 망명하면 외국의 침입에 시달렸다. 초나라에서 죽었다.

영공靈公 : 중국 춘추시대 진나라의 임금이다. 조돈趙盾을 죽이려고 하다가 조천趙穿에 의해 시해당했다.

오붕吳鵬 : 명明나라 수수秀水 사람으로, 자는 만리萬里, 호는 호은壺隱이다. 가정 연간의 진사로, 벼슬은 공부 상서工部尙書에 이르렀다.

왕사王謝 : 육조시대의 명문인 왕씨王氏와 사씨謝氏의 병칭이다.

왕상王祥 : 한漢나라말 낭야琅邪 임기臨沂 사람으로, 자는 휴징休徵, 시호는 원元이다. 효자孝子로 이름이 났다. 겨울철에 계모가 먹고 싶어하는 잉어를 잡으려고 강으로 가자, 얼음이 저절로 갈라지며 잉어가 튀어나왔다고 한다.

왕장王嬙 : 왕소군王昭君의 이름이다. 한漢나라 남군南郡 자귀秭歸 사람으로, 자는 소군昭君이다. 한나라 원제元帝 때의 궁녀이다. 경녕竟寧 원년에 흉노匈奴 호한야선우呼韓邪單于가 조정에 쳐들어와 미녀를 구해 아내로 삼고자 하여 황제가 왕소군을 보내 화친을 맺었다.

왕중王仲 : 왕건王建으로, 당唐나라 영천潁川 사람이며, 자는 중초仲初이다. 태화太和 연간에 섬주 사마陝州司馬를 지내 왕사마라고 불리었다. 악부樂府에 능하여 장적張籍과 나란히 이름이 났고, 특히 궁사宮詞 1백 수가 널리 인구에 회자된다.

우禹 : 성은 사姒, 이름은 문명文命으로 곤의 아들이다.

원소袁紹 : 중국 후한後漢 말기의 무인으로, 자는 본초本初이며 하남성河南省 상수현商水縣 여남汝南 출생이다. 4대에 걸쳐 삼공三公의 지위에 있던 명문 귀족이었다. 영제靈帝가 죽자 대장군 하진何進의 명을 받아, 조조曹操와 함께 강력한 군대를 편성하였다. 처음에는 조조가 원소와 제휴하였으나, 그 뒤 하남성河南省 허창현許昌縣을 중심으로 세력을 확장하였다. 두 사람은 화북華北 세력을 양분하고 상호 견제하던 중, 하북성河南省 관도官渡에서 결전을 벌였고, 원소는 대패하여 분사憤死하였다. 뒤를 이은 원담袁譚은 원소袁紹의 장남이다. 자는 현사顯思인데, 원소가 죽은 후 이복 막내 동생 원상袁尙과 내분을 일으켜 원씨 가문의 몰락을 초래했다.

원앙袁盎 : 한漢나라 초楚 땅 사람으로, 자는 사絲이다. 뒤에 안릉安陵으로 옮겨 살았다. 경제景帝 때 오상吳相으로 재임 중 사이가 나쁜 어사 대부御史大夫 조조晁錯에 의하여 죄를 입고 서인으로 쫓겨났다. 오초칠국吳楚七國의 난이 일어나자 난의 빌미가 된 조조를 처형할 것을 건의하였다. 양효왕梁孝王을 황제의 후계로 삼는 것을 반대하다가 양효왕의 자객에게 암살되었다.

위 장공衛莊公 : 중국 춘추시대 위衛나라의 임금으로, 이름은 양揚, 무공武公의 아들이다. 제 장공齊莊公의 딸 장녀莊女를 부인으로 삼았는데, 아름다웠지만 자식이 없었다. 다시 진녀陳女와 그 언니를 아내로 삼았는데, 진녀가 아들을 낳았지만 일찍 죽었고, 언니가 아들 완完을 낳았다. 완을 장강莊姜의 아들로 삼아 태자로 세웠다. 총애하던 첩이 아들 주우州吁를 낳았는데, 성장하여 병사兵事를 좋아하자 장수로 삼았다. 상경上卿 석작石碏이 충고했지만 듣지 않았다.

위황후韋皇后 : 당 중종唐中宗의 황후로, 경조京兆 만년萬年 사람이다. 중종이 태후인 무후武后에 의해 여릉왕廬陵王이 되어 방릉房陵에 유배당해 여러 번 자살하려 하였으나 이를 막았다. 중종이 이것 때문에 위황후에게 미혹되어 황제의 자리에 복위復位한 뒤 위황후가 정치에 참여하게 되었고 마침내 신룡전神龍殿에서 중종을 독살하고 실권을 노려 조정이 어지러웠다. 이후 현종玄宗이 일으킨 군사에 의해 죽었다.

유기劉基 : 명明나라 청전靑田 사람으로, 자는 백온伯溫 시호는 문성文成이다. 경사經史에 통달하였고 시문詩文을 잘 지었으며 천문天文과 병법兵法에 뛰어났다. 태조太祖를 도와 진우량陳友諒을 멸하고 장사성張士誠을 평정했으며 중원을 북벌하여 천하를 통일했다. 벼슬이 어사중승御史中丞 겸 태사령太史令에 올랐고 성의백誠意伯에 봉해졌다.

유도劉陶 : 명나라 건국공신인 유기劉基와 도안陶安이다.

유통해兪通海 : 명나라 사람으로, 자는 벽천碧泉, 시호는 충렬忠烈이다. 중서성 평장정사中書省平章政事를 지냈다. 평강平江을 포위하던 중 유시流矢에 맞아 죽었다. 괵국공에 추봉되었다.

유하혜柳下惠 : 춘추시대 노魯나라의 대부大夫인 전획展獲으로, 자는 계季·금禽, 시호는 혜惠이다. 유하柳下를 식읍食邑으로 받았으므로 유하혜柳下惠라 부른다. 세 번이나 벼슬에서 쫓겨났으나 바른 도리로 섬기면 어디에 가든 쫓겨난다면서 조국을 떠나지 않았다.

윤길보尹吉甫 : 주 선왕周宣王의 대신으로, 북쪽의 험윤玁狁을 정벌하였다.

이목李牧 : 전국시대 조趙나라의 명장이다. 흉노와 진나라의 군대를 대파한 공으로 무안군武安君에 봉해졌다. 진의 사주를 받은 곽개郭開의 모함으로 살해되었다. 그가 죽은 뒤 진나라의 공격으로 조나라도 멸망하였다.

이백李白 : 당唐나라 성기成紀 사람으로, 자는 태백太白, 호는 청련거사靑蓮居士이다. 두보

杜甫와 함께 '이두李杜'로 병칭되는 중국 최대의 시인이며, 시선詩仙이라 불린다. 하지장賀知章에게 시재를 인정받아 현종玄宗 때 한림에 임명되어 총애를 받았으나, 술에 취해서 고역사高力士에게 신발을 벗기게 한 것이 화근이 되어 현종이 등용하려 할 때마다 양귀비楊貴妃를 앞세운 고역사의 방해로 이루어지지 않았다. 이후 다시 방랑 생활을 하다가 안녹산安祿山의 난리에 영왕 인永王璘의 막좌가 되어 평란에 참여하였으나, 영왕이 전투에 패하자 함께 연좌되어 야랑夜郎으로 귀양 갔다. 중도에 사면되어 돌아와서는 친족 이양빙李陽冰에게 의탁하다가 죽었다.

인종仁宗 : 중국 북송의 제4대 황제로, 이름은 조정趙禎, 진종眞宗의 여섯째 아들이며, 어머니는 이신비李宸妃이다. 한기韓琦·범중엄范仲淹·구양수歐陽修·사마광司馬光 등의 보좌를 받아 '경력慶曆의 치治'를 이루었다.

임사妊姒 : 후비后妃이다. 임妊은 임任과 같은 자로 태임太任, 즉 주周나라 문왕文王의 어머니이자 왕계王季의 처인 지국摯國의 중녀仲女를 말하는데 문왕을 잉태했을 때 눈으로 나쁜 것을 보지 않고, 귀로 음란한 소리를 듣지 않고 입으로 나쁜 말을 하지 않아 태교를 잘했다고 한다. 사姒는 태사太姒인 주문왕周文王의 비妃이자 무왕武王의 어머니인 신국莘國 여자를 말한다. 문왕이 바깥을 다스리고 태사가 안을 다스려 덕정德政이 유포流布되었고 풍화風化가 크게 일어났다고 한다.

임윤林潤 : 명明나라 포전莆田 사람으로, 자는 약우若羽이다. 남경 어사南京御史·우첨도어사 순무응천右僉都御史巡撫應天 등의 벼슬을 지냈다. 강직하여 어사로서 거리낌없이 논핵하였고, 지방관일 때는 선정을 많이 베풀었다. 엄세번嚴世蕃을 탄핵하였다.

임준林俊 : 명明나라 포전莆田 사람으로, 자는 대용待用, 호는 현소見素·운장雲莊, 시호는 정숙貞肅이다. 우부도어사右副都御史와 형부 상서刑部尙書를 지냈다.

자란子蘭 : 자간子簡이라고도 한다. 전국시대 초楚나라 회왕懷王의 어린 아들로 경양왕頃襄王의 아우며 어리석었다.

자장子臧 : 춘추시대 노魯나라의 대부大夫로, 이름은 장구臧彄, 자는 자장子臧, 시호는 희백僖伯이다. 효공孝公의 아들이다. 은공隱公이 당棠에 가서 어부를 만나려 할 때 가지 말라고 간하였다.

자진子晉 : 주周나라 왕자교王子喬의 자이다. 주 영왕靈王의 태자로 신선이 되었다고 한다. 생황을 즐겨 불어 봉황의 울음소리를 냈고, 도사 부구공浮丘公을 따라 숭고산崇高山에 올랐으며, 30여 년 뒤에 구씨산緱氏山 정상에 백학을 타고 와서 며칠 동안 머물다가 떠났다고 한다. 또한 그는 일찍이 종산鍾山에 올라가 구화십변경九化十變經을 얻어 해와 달에 은둔하며 별에서 놀다가 병으로 죽었다고 한다. 뒤에 그의 무덤에서 검이 발견되었는데, 자세히 보려고 하자 날아가 버렸다고 한다.

장강莊姜 : 춘추시대 위 장공衛莊公의 비妃인데, 어질고 덕이 있었으나 아들이 없어서 장공의 총애를 잃었다.

장거정張居正 : 명明나라 강릉江陵 사람으로, 자는 숙대叔大, 호는 태악太岳이다. 명 신종明神宗 때에 10년간 정승으로 있는 동안 과감하고 혁신적인 정치를 주관하였으며, 해내海內가 잘 다스려졌으므로, 황제가 원보 장소사 선생元輔張少師先生이라 불렀다. 죽은 뒤에 장성張誠의 참소를 입어 가산을 적몰당했다.

장경長卿 : 한漢나라의 문인인 사마상여司馬相如의 자이다.

장량張良 : 한나라 사람으로, 자는 자방子房, 시호는 문성文成이다. 진秦에 멸망한 한韓나라의 원수를 갚고자 역사力士를 시켜 박랑사博浪沙에서 진시황秦始皇을 저격하였으나 실패하였다. 그뒤에 황석공黃石公으로부터 태공太公의 병법을 전수받고, 한나라의 고조高祖 유방劉邦을 도와 항우項羽를 패망시키고 천하를 통일하였다. 소하·한신과 함께 개국삼걸開國三傑의 한 사람으로 유명하다. 지모가 뛰어나고 병법에 통달하였다고 한다.

장사성張士誠 : 중국 태주泰州 백구장白駒場 사람이다. 원래 염호鹽戶였다고 하며, 1353년 염전에서 일하는 장정들을 이끌고 회동淮東에서 군사를 일으켜 원에 반기를 들었다. 국호는 주周, 연호는 천우天佑라고 했으며 성왕誠王임을 자처했다. 세력이 발전하여 절강浙江의 서쪽까지 미쳤다. 1357년 착실히 자기 세력을 굳혀가던 주원장朱元璋과의 교전에서 패배하고 원에 투항했다. 이후 절강 서부와 회동 등지에서 할거했으며 1363년 스스로 오왕吳王이라고 했다. 1367년 주원장의 포로가 되어 금릉金陵에서 자살했다.

장위공張魏公 : 장준張浚으로, 송宋나라 면죽綿竹 사람이며, 자는 덕원德遠, 시호는 충헌忠獻이다. 추밀사樞密使·도독 강회군마都督江淮軍馬 등의 벼슬을 지냈다. 선무사宣撫使로 나라의 회복에 뜻을 두고 금金나라의 세력을 막다가 진회秦檜에 의해 폄적되었다. 봉호는 위국공魏國公이다. 주자朱子의 친구 장식張栻의 부친이다.

장자방張子房 : 장량張良이다.

적인걸狄仁傑 : 당唐나라 병주并州 태원太原 사람으로, 자는 회영懷英, 시호는 문혜文惠이다. 측천무후則天武后에게 직간을 잘하였고, 요숭姚崇 등의 유능한 선비를 추천하여 조야의 존경을 받았으며, 무삼사武三思로 하여금 황통을 잇게 하려는 대역을 막는 등 당 황실의 회복과 수복에 힘썼다. 연국공燕國公에 봉해지고 뒤에 양국공梁國公에 추봉되었다. 적인걸狄仁傑이 태항산太行山에 있을 때 그의 어버이는 하양河陽에 있었다. 하양 방면의 하늘에 흰 구름이 외로이 떠 있자 좌우의 사람들에게 "나의 어버이가 저 아래 계신다." 하고는 서글피 오래도록 바라보다가 구름이 다른 곳으로 옮겨가자 그 자리를 떠났다는 고사가 있다.

전금展禽 : 유하혜柳下惠이다.

정본程本 : 춘추시대 진晉나라 사람으로, 호는 정자程子·자화자子華子이다. 박학하고 변론을 잘하였다. 공자와 담郯에서 만나 천하의 현사라는 칭찬을 들었다.

정이천程伊川 형제 : 정호程顥와 정이程頤이다. 정호의 자는 백순伯淳, 호는 명도明道, 시호는 순純이며, 명도 선생이라 불렸다. 정이의 자는 정숙正叔, 호는 이천伊川, 시호는 정공正公이다. 이천백伊川伯에 봉하여졌으므로 이천 선생이라 존칭된다. 형제 모두 주돈이周敦頤에게 배웠고, '이정자二程子'라 불리며 정주학程朱學의 창시자로 알려졌다.

제갈공명諸葛孔明 : 제갈량諸葛亮으로, 자는 공명孔明, 시호는 충무忠武이다. 낭야군瑯琊郡 양도현陽都縣에서 태어났다. 호족豪族 출신이었으나 어릴 때 아버지를 여의고 형주荊州에서 숙부 제갈현諸葛玄의 손에서 자랐다. 후한後漢 말의 전란을 피하여 출사出仕하지 않았으나 명성이 높아 와룡 선생이라 일컬어졌다. 형주에 와 있던 유비로부터 '삼고초려三顧草廬'의 예로써 초빙되어 '천하삼분지계天下三分之計'를 진언進言하였다. 유비가 죽은 후 남방의 만족을 정벌하고, 위나라 사마의司馬懿와 대전 중에 오장원五丈原에서 병사하였다. 위나라와 싸우기 위하여 출진할 때 올린 「전출사표前出師表」와 「후출사표後出師表」가 유명하다.

제영緹縈 : 제영緹縈이다. 한漢나라 태창 영太倉令 순우의淳于意의 딸로 한漢 문제文帝 4년 순우의가 죄를 지어 노예가 되었을 때 제영이 아비를 따라 장안長安에 들어가 상소를 올려 스스로 관비官婢가 되어 아비의 죄를 면하려고 하였다. 황제가 그 뜻을 슬퍼하여 순우의의 죄를 면해 주었다.

제 환공齊桓公 : 춘추시대 제齊나라의 15대 왕이다. 이름은 소백小白, 시호는 환桓이다. 양공襄公의 동생으로, 양공이 살해된 후에 이복동생 규糾와 싸워 격파하고 왕위에 올랐다. 포숙鮑叔의 건의로 관중管仲을 재상으로 기용하여 부국강병을 이루어 춘추오패春秋五覇의 첫째로 꼽혔다. 만년에 관중의 유언을 무시하고 수조竪刁·역아易牙 등 간신을 등용하고 정사에 태만하여 죽은 후 내란이 일어나 패업이 무너졌다.

조돈趙盾 : 춘추시대 진晉나라 사람으로, 일명 선자宣子·선맹宣孟, 시호는 선宣이다. 양공襄公이 죽자 진秦에서 공자 옹公子雍을 맞이하여 영공靈公으로 세웠으나, 영공이 자신을 죽이려고 하자 달아났다. 영공의 족제族弟 천穿이 영공을 살해하자 돌아와 영공의 동생 흑둔黑臀을 성공成公으로 세웠다.

조문열曺文列 : 조휴曹休이다.

조문화趙文華 : 명明나라 자계慈谿 사람이다. 가정 연간에 진사進士가 되었고 벼슬은 공부 상서工部尙書까지 올랐다. 엄숭과 결연하여 부자관계를 맺었고 무고하게 충신을 죽였으며 후에 총애를 잃어 평민이 되었다가 하룻저녁에 배가 터져 죽었다.

조비연趙飛燕 : 한漢나라 성제成帝의 황후이다. 성양후成陽候 조임趙臨의 딸이다. 어릴 때 가무를 배워 몸이 가볍고 날래 비연飛燕이라 불렸다. 양아공주陽阿公主의 가녀였는데, 미행微行을 하던 성제의 눈에 들어 동생 합덕合德과 함께 후궁이 되었고, 뒤에 황후가 되었다가 평제平帝 때 폐서인이 되자 자살하였다.

조아曹娥 : 후한後漢 때의 효녀孝女이다. 아버지 조간曹肝이 5월 5일 물에 빠져 죽었으나 70일을 찾아도 시신을 건질 수 없자 14살인 조아는 밤낮으로 강 위에 배를 띄우고 통곡하다가 17일 뒤에 강에 뛰어들어 죽었는데 5일 뒤 아버지의 시신을 안고 물 위로 떠올랐다.

조왕趙王 : 중국 전국시대 조趙나라의 왕인 혜문왕惠文王이다. 악의樂毅가 망명하여 오자 관진觀津에 봉하고 망제군望諸君이라 불렀다.

조휴曹休 : 삼국시대三國時代 위魏나라 사람으로, 조조曹操의 족자族子이다. 자는 문열文烈, 시호는 장壯이다. 조조로부터 천리구千里駒라는 칭찬을 들었다. 문제文帝가 오吳를 정벌할 때에 정동대장군征東大將軍이 되고 여범呂範 등을 동포洞浦에서 격파하였다. 명제明帝 때 장평후平侯에 봉하여졌다.

주발周勃 : 한漢나라 고조高祖 때 사람으로, 유방劉邦의 공신功臣이다. 고조를 도와 천하를 평정하였고, 여씨呂氏 일가를 죽이고 한나라 왕실을 편안하게 하여, 벼슬이 승상承相에까지 올랐다.

주 성왕周成王 : 중국 주周나라의 2대 왕으로, 이름은 송誦, 무왕武王의 아들이다. 어려서

왕위에 올라 숙부인 주공 단周公旦이 섭정하였다. 숙부인 관숙管叔과 채숙蔡叔의 반란을 진압하였고 동이東夷로 원정을 다녀왔다. 주공과 소공召公의 보좌를 받아 치세에 힘썼다.

주유周瑜 : 삼국시대 오吳나라 서舒 땅 사람으로, 자는 공근公瑾이다. 손책孫策을 도와 강동江東을 평정했다. 애칭은 주랑周郞이다. 뒤에 조조曹操가 군사를 이끌고 동쪽으로 내려올 때 적벽강赤壁江에서 화공으로 조조의 군사를 물리쳤다. 촉蜀을 공격하던 중 36세로 죽었다.

중궁仲弓 : 염옹冉雍이다. 중국 춘추시대의 유학자로, 자는 중궁이다. 노魯나라 사람이며 공자 문하의 십철十哲 가운데 한 사람으로 덕행德行이 뛰어나고 예禮를 강조하였다.

중종中宗 : 당唐나라의 제4대 및 6대 황제로, 이름은 이현李显이다. 고종高宗과 무측천武则天의 아들이다. 형인 이홍李弘과 이현李賢이 태자에서 폐위되자 태자가 되어 고종이 죽은 후에 즉위하였다. 무측천에 의해 폐위되고 여릉왕廬陵王으로 강등되어 지방에 연금되었다. 705년에 다시 황제에 올랐다. 중종은 위황후를 매우 신임하여 위황후와 그의 딸인 안락공주가 정사에 참여하도록 하였다. 음란하다는 소문이 알려질까 두려워한 위황후에 의해 독살되었다.

증삼曾參 : 증자曾子이다. 춘추시대의 유학자로, 이름은 삼參, 자는 자여子輿이다. 공자의 제자로 대학大學을 저술하고 효경孝經을 만들었으며 자사子思를 제자로 두었다고 알려져 있다. 아버지의 매를 피하지 않고 불의에 빠뜨릴 뻔했다는 공자의 지적을 받을 정도로 효성이 지극하였다.

진번陳蕃 : 후한後漢시대 여남汝南 평여平輿 사람으로, 자는 중거仲擧이다. 태위太衛 이고李固가 천거하여 의랑議郞이 되어 예장 태수豫章太守 등을 역임하였다. 영제靈帝 때 고양후高陽侯에 봉해져 대장군 두무竇武와 모의하여 환관 조절과 왕보 등을 주살하려 하였으나 사전에 누설되어 피살당했다.

진유자陳孺子 : 진평陳平이다.

진평陳平 : 한漢나라 초기의 공신功臣으로, 시호는 헌獻이다. 처음 항우를 따랐으나 등용되지 못하고 한고조에게 등용되어 항우와 범증을 이간질시키고 한신이 모반하자 그를 생포했다. 고조가 흉노에 의해 평성平城에서 포위당하자 기계奇計를 써 포위를 풀었고, 그 공으로 곡역후曲逆侯에 봉해졌으며 혜제惠帝 때 좌승상左丞相이 되었다. 주발周勃과 함께 여씨呂氏를 평정한 후 문제文帝를 옹립하였다. 진평은 일찍이 형수를 데리고 살았다는 모함을 받았다.

진 헌공晉獻公 : 춘추시대 진나라의 군주로 무공武公의 아들이다. 이름은 궤제詭諸이다. 슬하에 8명의 아들을 두었는데 그 중 신생申生, 중이重耳 및 이오夷吾 등의 삼인이 출중했다. 여희가 아들 해제奚齊를 낳자 헌공은 장성한 세 아들들과 사이가 소원해졌다. 이에 여희가 자기의 소생인 해제를 태자의 자리에 올리기 위해 태자 신생과 중이 및 이오를 모함하여 신생은 자살하게 만들고 중이와 이오는 이웃 나라로 망명하게 만들었다. 이군二軍을 만들어 괵虢과 우虞 등을 멸망시키고 하서 땅을 빼앗아 동쪽으로 진과 국경을 나란히 하였다. 재위 26년 만에 병으로 죽었다.

진 혜제晉惠帝 : 서진西晉의 제2대 군주인 사마충司馬衷으로, 자는 정도正度이다. 무제의 둘째 아들로 재위 17년만에 독살되었다.

진황후陳皇后 : 한 무제漢武帝의 황후이다. 아교阿嬌로 불렸다. 무제의 고모인 관도장공주館陶長公主의 딸로 총애를 믿고 함부로 굴었으며, 투기가 심하였다. 무고巫蠱 사건으로 유폐되어 장문궁長門宮에서 몇 년을 살다 죽었다. 무제가 부賦를 좋아하므로, 황후가 부를 잘 짓는 사마상여에게 천금千金의 폐백을 보내어, 자기를 위하여 부를 한 편 지어 주기를 청하니, 사마상여가 「장문부長門賦」를 지어서 황후의 고독하고 처량함과 임을 사모하는 정을 표현하였다.

진회秦檜 : 송宋나라 강녕江寧 사람으로, 자는 회지會之, 시호는 유추繆醜이다. 고종 때 악비를 죽이고 주전파를 탄압하면서 금과 굴욕적인 화약을 맺었다. 간신이며 매국노였다.

진 회공晉懷公 : 중국 춘추시대 진晉나라의 23대 임금으로, 이름은 어圉, 문공文公(중이重耳)의 형인 혜공惠公(이오夷吾)의 아들이다. 혜공을 석방하는 조건으로 진秦나라에 인질로 가 진 목공의 딸 회영懷嬴과 혼인했다. 진秦에서 도망쳐 나와 즉위했다가 재위 5개월 만에 문공에게 죽임을 당하였다.

채백관蔡伯貫 : 명明나라 사천四川 대족大足 사람이다. 가정 연간에 당 황실의 후예임을 자칭하는 백련교도 이동습李同習을 따라 사천에서 봉기하였다가 처형되었다.

채중랑蔡中郎 : 채옹蔡邕으로, 후한後漢 진류陳留 사람이며, 자는 백개伯喈이다. 성품이 돈독하고 효자였으며 박학다식했다. 천문, 지리, 악기 연주에 뛰어났으며 후한의 대유학자였다. 육경六經을 확정하여 직접 쓰고 돌에 새긴 희평석경熹平石經을 태학의 문 밖에 세웠다. 동탁董卓이 전횡할 때 불려가 제주祭酒·좌중랑장左中郎將이 되었고, 고양향후高陽鄕侯에 봉해졌으나 동탁이 패한 뒤 왕윤王允에게 체포되어 옥사하였다.

척계광戚繼光 : 명明나라 정원定遠 사람으로, 자는 원경元敬, 시호는 무의武毅이다. 등주위지휘첨사登州衛指揮僉使에 승습承襲되어 여러 차례 전공을 세웠으며, 복건 총독福建總督에 승임되어, 기세가 무서웠던 토비를 토벌하였고 후에 도독동지都督同知를 거쳐 태자 태보太子太保에 이르렀다.

태갑太甲 : 상商나라의 왕王으로 성탕成湯의 손자이다. 왕위에 즉위한 뒤 패도하고 욕심이 많아 이윤伊尹이 동궁桐宮에 추방했다. 3년 뒤 잘못을 뉘우치고 새롭게 변해 다시 호亳에 즉위했다.

태사太姒 : 유화씨有華氏의 딸로, 주문왕周文王의 비妃이자 무왕武王의 어머니인 신국莘國 여자이다. 문왕이 바깥을 다스리고 태사가 안을 다스려 덕정德政이 유포流布되었고 풍화風化가 크게 일어났다고 한다.

태상노군太上老君 : 노자老子이다. 춘추시대 초楚 고현苦縣 사람으로, 이름은 이이李耳, 자는 백양伯陽·담聃, 일명 중이重耳이다. 주周나라에서 수장실守藏室의 관리를 지냈고, 공자孔子가 그에게 예를 질문하였으며, 무위자화無爲自化와 청정자정淸靜自正을 주장하여 도가의 창시자로 추앙된다. 주나라가 쇠퇴한 것을 보고서 함곡관函谷關을 빠져나와 은거한 뒤로 종적을 알 수 없다고 한다.

포사褒姒 : 주周나라 유왕幽王의 총희寵姬이다. 포국褒國의 여자로, 성은 사씨姒氏이다. 포국을 정벌하고 얻은 여자로, 유왕이 그녀를 웃기려고 거짓 봉화를 올려 제후를 오게 하였는데, 신후申侯와 견융犬戎의 공격을 받아 다시 봉화를 올렸을 때에는 제후가 오지 않아 왕은 죽고 포사는 사로잡혔다고 한다.

포숙鮑叔 : 춘추시대 때 제齊나라의 대부大夫로 포숙아鮑叔牙라고도 불린다. 관중管仲과 친하여 가난한 그에게 재물을 나누어주고 그가 갇히었을 때 환공桓公에게 천거하여 석방되게 하고, 환공을 도와 패업을 이루게 했다.

풍보馮保 : 명나라 진정부眞定府 심주深州 사람으로, 자는 영형永亨, 호는 쌍림雙林이다. 환관으로, 가정 연간에 사례병필태감司禮秉筆太監을 지냈다. 사례장인司禮掌印을 얻지 못하자 대학사 고공高拱을 몹시 미워해 장거정張居正과 결탁했다. 목종穆宗이 죽자 장거정과 함께 고공을 축출했다. 사례司禮와 동창을 지휘하면서 안팎의 일을 좌우하여 권력이 극에 이르렀다. 장거정이 죽고 얼마 뒤에 유배와 함께 적몰籍沒당하고,

남경南京에 안치되었다.

하언夏言 : 이 소설에서는 하춘해夏春海의 부친으로 나온다. 명明나라 귀계貴溪 사람으로, 자는 공근公謹 시호는 문민文愍이다. 성품이 기묘하고 글에 능했다. 벼슬은 예부상서까지 올랐다. 하언이 하투의 수복을 주장하는 섬서삼변陝西三邊의 총독 증선曾銑의 건의에 찬성하자 엄숭嚴嵩은 증선의 부하 구란仇鸞을 움직여 증선과 하언을 무고를 하게 하였다. 먼저 증선이 북경의 거리에서 참수되었고, 달단韃靼 엄답俺答이 쳐들어오자 엄숭은 하언 등이 하투를 수복하자고 했기 때문에 보복으로 쳐들어온 것이라 참소하여 참수되었다.

한기韓琦 : 북송의 정치가이자 문인으로 자는 치규稚圭이다. 국가의 재상이 되어 나라를 다스리다가 왕안석王安石과 대립하여 자리에서 물러났다. 정치뿐만 아니라 문학으로도 이름을 날렸다. 위국공魏國公에 봉해졌다.

한신韓信 : 한漢나라 회양 사람으로, 한나라의 개국공신이다. 처음에는 항우項羽를 섬기다가 중용되지 못하자 유방劉邦의 군대에 들어가 승상 소하蕭何의 천거로 대장군이 되어 수많은 전투에서 승리해였다. 장량張良 · 소하와 함께 삼걸三傑로 칭해졌다. 건국에 기여한 공으로 초왕楚王이 되었으나, 모반한다는 고발로 회음후會陰侯로 격하되고, 뒤에 여후呂后의 부하에게 살해되었다.

한연韓掾 : 한수韓壽로, 진晉나라 남양南陽 사람이며 자는 덕진德眞이다. 용모가 매우 빼어났다. 가충賈充의 사공연司空掾으로 있던 시절, 가충의 딸이 그에게 반하여 정을 통하고 아버지의 진귀한 향을 훔쳐다 주자 가충이 그 사실을 알고 결혼시켰다. 산기상시散騎常侍와 하남 윤河南尹을 지냈다.

한유韓愈 : 당唐나라 하남河南 하양河陽 사람으로, 자는 퇴지退之, 시호는 문文이다. 한문공韓文公 · 한창려韓昌黎라고도 불린다. 육경과 제자백가에 두루 통달하였으며, 특히 시문에 일가를 이루어, 사륙변려문을 반대하고 고문古文 부흥을 주창하여 당송팔대가 가운데 으뜸으로 꼽힌다. 형부시랑刑部侍郎 · 이부시랑吏部侍郎 등을 지냈다.

해서海瑞 : 명明나라 광동廣東 경산瓊山 사람으로, 자는 여현汝賢, 호는 강봉剛峯, 시호는 충개忠介이다. 회족回族 출신이다. 성품이 강직하여 세종世宗에게 극간하다가 투옥되었는데, 목종穆宗이 즉위하자 석방되었다. 응천 순무應天巡撫로 오송강吳淞江을 준설하여 바다로 들어가게 하는 등의 치적을 쌓았고, 뒤에 남경 우첨도어사南京右僉都御史 · 이부우시랑吏府右侍郎에 이르렀다. 세종에게 극간할 때, 죽을 각오로 미리 자기의 관을 사놓고 처자와 결별하였다고 한다.

현녀玄女 : 여신女神이다. 황제黃帝에게 병법을 가르쳐 주어 치우蚩尤를 제압하였다고 한다.

홍공弘恭 : 한漢나라 패沛 땅 사람이다. 젊어서 부형腐刑을 받았으며, 중황문中黃門이 되어서 법령 고사法令故事를 익혔다. 선제宣帝 때 중서령中書令으로 발탁되었으며, 원제元帝에게 신임을 얻어 권세를 장악한 뒤 소망지蕭望之 등을 참소하여 죽였다.

홍선紅線 : 노주절도사 설숭薛嵩의 시녀이다. 위박절도사魏博節度使 전승사田承嗣가 노주를 병합하려고 하자 설숭이 밤낮으로 근심하자 홍선이 밤을 틈다 전승사의 방으로 들어가 상머리에 있던 금합을 훔쳐오는 것으로 전승사를 위협했다고 한다.

화운花雲 : 명明나라 봉양부鳳陽府 회원懷遠 사람이다. 행추밀원판行樞密院判을 지냈다. 주원장朱元璋을 따라 많은 전공을 세웠다. 진우량陳友諒과 싸우다 사로잡혔다. 항복하라고 협박했으나 기꺼이 굴복하지 않자 진우량은 참수할 것을 명하였다. 화운은 죽을 때까지 끊임없이 소리쳐 욕하다가 결국 39세의 나이로 죽었다. 그의 아내 고씨郜氏는 남편이 잡혔다는 소식을 듣자 그가 반드시 굴복하여 살기를 도모하지 않을 것이라는 것을 알았다. 집안 식구들을 모아 놓고 술상을 차리고 기뻐하며 그 자식들을 훈계하며 말하기를 "너희들은 모름지기 집안을 잘 보전하고 가문을 지켜라. 나는 마땅히 죽을 것이다."라고 하고 드디어 물로 뛰어들어 자살하였다. 동구군후東丘郡侯에 봉해졌다. 아들인 위煒는 시비인 손씨孫氏에 의해 구해졌고, 주원장이 위라는 이름을 지어주었다.

환제桓帝 : 중국 후한의 제11대 황제로, 이름은 유지劉志, 아버지는 유익劉翼이다. 질제質帝를 독살한 대장군 양기梁冀·양태후梁太后 남매에 의해 황제의 자리에 올랐다. 환관宦官인 선초單超 등과 모의하여 양씨 가문을 멸문시켰다. 이후 환관 세력에게 실권을 빼앗겼다.

황태사黃太史 : 황정견黃庭堅으로, 자는 노직魯直, 호는 산곡도인山谷道人·부옹涪翁이다. 시와 글씨에 능하였다. 강서파江西派의 시조로, 그의 시는 고전주의적인 작풍을 지녔으며, 전고典故와 조사措辭를 특징으로 한다. 문집으로 『예장황선생문집豫章黃先生文集』이 있다.

회영懷嬴 : 진 목공秦穆公의 딸로서, 진晉나라 태자 어圉가 진秦나라에 인질로 있을 때 그에게 시집갔다. 진晉나라 문공文公과 양공襄公의 총애를 받은 부인이다. 중이가 진晉나라를 떠나 망명 생활을 할 적에 회영이 가져온 대야의 물에 손을 씻고 털자 회영이 화를 내니 중이가 두려워하며 윗옷을 벗고 꿇어앉아서 죄인처럼 빌었고, 진 목공이 연회를 베풀며 「유월六月」의 시를 읊자 중이가 뜰로 내려가서 머리를 조아리고 절을 했다고 한다. 태자 어는 중이重耳 즉 진 문공晉文公의 형인 이오夷吾의 아들로서 진秦에서 도망쳐 나와 진 회공晉懷公으로 즉위했다가 재위 5개월 만에 중이에게 죽임을 당하였다.

4. 지명편

감호鑑湖 : 호수의 이름이다. 절강성浙江省에 있다. 경호鏡湖·장호長湖 등으로도 불렸다. 당 현종唐玄宗 때 비서감秘書監 하지장賀知章이 고향인 회계산會稽山 경호의 도사道士로 나가게 해 줄 것을 청하자, 현종이 특명으로 경호의 한 굽이를 하사해 준 고사가 있다.

경애瓊崖 : 해남도海南島이다. 지금의 중국 해남성海南省(하이난성)이다.

개봉부開封府 : 부府의 이름이다. 하남성河南省에 속한다. 전국시대 위魏나라, 5대 10국의 양梁나라, 진晉나라, 한漢나라, 주周나라 및 북송北宋, 금金나라 등의 왕조가 이곳에 수도를 건립하였다. 5대10국의 후량後梁은 동도개봉부東都開封府라 하였으며, 금金이 지배하면서 변경汴京이라 불려졌고, 이후 명明나라·청淸나라에서 다시 개봉부開封府를 설치하였다.

곤산崑山 : 산山의 이름이다. 곤륜산崑崙山의 약칭略稱이다. 서쪽으로 파미르 고원에서 시작하여 동쪽으로 청해성淸海省에서 사천성四川省 서북부를 거쳐 신강新疆과 티베트를 관통하는 산이다. 고대의 신화전설에 따르면 곤륜산에는 요지瑤池와 낭원閬苑 등의 선경仙境이 있다고 하였다.

광남부廣南府 : 명明대에 설치한 부府의 이름이다. 운남성雲南省 광남현에 있었다.

광평廣平 : 현縣의 이름이다. 하북성河北省 한단邯鄲에 있는 현이다.

교지交趾 : 지금의 베트남 북부 통킨·하노이 지방의 옛 이름이다.

구진九眞 : 군郡의 이름이다. 한漢나라 때 설치하였으며, 지금의 안남安南 하내河內의 남쪽이다.

군산君山 : 섬의 이름이다. 호남성湖南省 악양岳陽 동정호洞庭湖에 있다.

귀방鬼方 : 부족의 이름이다. 은殷나라를 적대했던 변방의 부족이다. 은 고종高宗에게 정벌당했다.

귀양부貴陽府 : 부府의 이름이다. 귀주성貴州省 귀양시貴陽市에 있다. 명나라 시기에 정번부程番府를 고쳐 둔 부이다.

금사주金沙洲 : 동정호洞庭湖에 있는 모래사장의 이름이다. 일명 용퇴龍堆라고도 한다.

남경南京 : 명明나라 초기의 도읍지의 이름이다. 전국시대戰國時代에 초楚나라의 금릉읍金陵邑이었던 곳으로 삼국시대三國時代에 오나라의 손권孫權이 건업建業이라고 개칭하여 이곳에 도읍을 정하였다. 진晋나라 때 건강建康으로 개칭하여 지방의 치소治所로 삼았으나, 동진東晋의 원제元帝가 도읍한 뒤, 송宋・제齊・양梁・진陳의 4대에 걸쳐 남왕조南王朝의 수도가 되었다. 진陳이 수隋에 의해 멸망되면서 도읍지 건강도 파괴되었다. 당唐나라 때에는 금릉金陵・백하白下 및 금릉부 등으로 불리다가 오대십국五代十國의 이변李昪이 강녕부江寧府로 개칭한 뒤 남당南唐 20여 년의 도읍지가 되었다. 남송南宋 때에 건강부建康府, 원元나라 때 집경로集慶路로 불리다가, 명明나라 도읍지가 되어 처음에 응천부應天府, 뒤에 남경南京으로 불렀다.

남정南靖 : 현縣의 이름이다. 복건성福建省 장주시漳州市 서부에 있다.

노안부潞安府 : 부府의 이름이다. 산서성山西省에 속한다. 북주北周 선정宣政 원년元年에 노주潞州를 설치했다가 명明나라에서 노안부潞安府를 두었다.

능주현陵州縣 : 현縣의 이름이다. 산동성山東省 제남부濟南府에 속한다.

대족大足 : 현縣의 이름이다. 사천성四川省 중경부重慶府에 속한다.

동란주東蘭州 : 원대元代에 광서장족자치구廣西壯族自治區 동란현東蘭縣에 둔 주州의 이름이다.

동량銅梁 : 현縣의 이름이다. 당唐나라 때 처음으로 사천성四川省에 두었다.

동산東山 : 산山의 이름이다. 절강성浙江省 소흥현紹興縣에 있다. 진晉의 사안謝安이 은거하던 곳이다.

동성桐城 : 현縣의 이름이다. 안휘성安徽省 안경安慶에 속한다.

동정호洞庭湖 : 중국 호남성湖南省 북부에 있는 큰 호수 이름이다. 양자강의 흐름을 완화시키며 범람을 방지하는 구실을 한다. 호수 주위 북방에는 호남湖南평야가 있다.

동창東昌 : 부府의 이름이다. 지금의 산동성山東省 요성현聊城縣 위치에 하였다. 원元의 동창로東昌路로서 산동성의 9현과 고당주高堂州를 관할하였다.

만서산萬緖山 : 산山의 이름이다. 이 책의 저본인 단국대본에는 만서萬緖라고 되어 있으나 활자본活字本과 졸수제본拙修齊本에는 모두 난저蘭渚라고 되어 있다. 내용으로 보아 난저蘭渚가 옳은 듯하다. 난저蘭渚는 절강성 소흥현 서남쪽에 있는 산으로 난정산蘭亭山이라고도 한다. 진晉나라의 왕의王義가 이곳에서 제사를 지냈다.

만화萬化 : 만주萬州와 화주化州이다. 만주는 지금의 해남성海南省 만녕현萬寧縣이고, 화주는 지금의 광동성廣東省 무명현茂名縣의 남서쪽에 있다.

무강주武剛州 : 무강현武岡縣이다. 지금의 호남성湖南省 상강도湘江道이다.

무당령武當嶺 : 무당산武當山이다. 호북성湖北省 균현均縣 남쪽에 있는 산이다.

민閩 : 절강성浙江省 남부와 복건성福建省 일대에 살던 종족의 이름이다. 복건성을 이르기도 한다.

방릉房陵 : 호북성湖北省 방현房縣 경내에 있는 땅 이름이다. 당唐 중종中宗이 폐위되어 측천무후則天武后에 의해 이곳으로 유폐되었다. 당시 어려움을 함께 했던 위황후에게 잊지 않겠다고 맹세하였다.

보림산寶林山 : 산山의 이름이다. 중국 절강성浙江省 소흥시紹興市에 있다. 귀산龜山이라고도 불린다.

보운산寶雲山 : 산山의 이름이다. 복건성福建省 연평부延平府 남평현南平縣에 있다.

복건福建 : 성省의 이름이다. 대만해협을 사이에 두고 대만과 마주보고 있다. 성도盛都는 복건福州이다. 거의 산지와 구릉으로 이루어졌으나 농업이 발달했다.

봉산蓬山 : 산山의 이름이다. 봉래산蓬萊山의 약칭略稱이다. 바닷속에 있는 신선들이 사는 산이다.

부강涪江 : 강江의 이름이다. 가릉강嘉陵江의 지류로 사천성四川省 송반현松潘縣과 구채구현九寨沟縣의 사이에 있는 분수령에서 발원하여 남쪽으로 흘러 중경重慶의 합천시合川市 시내에서 가릉강嘉陵江과 합류한다.

부주富州 : 주州의 이름이다. 운남성雲南省 광남부廣南府 보녕현寶寧縣이다.

부주성富州城 : 운남성雲南省 광남부廣南府 보녕현寶寧縣에 있다.

사천四川 : 성省의 이름이다. 장강長江 상류에 있다. 장강長江·민강岷江·타강沱江·가릉강嘉陵江의 4대 강이 성내를 흐르기 때문에 '사천四川'이라는 명칭이 유래하였다.

산동성山東省 : 성省의 이름이다. 발해와 황해에 접하고 있다. 성도省都는 제남濟南이다.

산서山西 : 성省의 이름이다. 하북華北 평원平原의 서쪽이며, 황하黃河 중류의 동쪽 땅으로 태행산太行山의 서쪽에 있기 때문에 산서山西라고 한다.

산음현山陰縣 : 현縣의 이름이다. 진秦나라에서 설치했으며 수隋나라 때 산음현山陰縣을 폐하여 회계현會稽縣에 포함시켰으나 당唐나라에서 다시 설치했다.

삼천三川 : 당대唐代 중엽 이후에 검남서천劍南西川·검남동천劍南東川·산남서도山南西道의 세 진鎭을 합쳐 부르던 말이다.

상강湘江 : 강江의 이름이다. 호남성湖南省에서 가장 큰 하천으로 광서성廣西省 흥안현興安縣 해양산海陽山에서 시작된다.

상우현上虞縣 : 현縣의 이름이다. 진秦나라에서 설치했으며 수隋나라 때 폐했으나 당唐나라에서 다시 설치했다. 절강성浙江省 소흥현紹興縣의 동쪽에 있으며, 옛날 순舜이

단주丹朱를 피했던 곳이다.

서산西山 : 산山의 이름이다. 운남성雲南省 곤명昆明 서남쪽에 있다.

서안부西安府 : 부府의 이름이다. 산서성陝西省의 성도省都로 한漢나라에서 당唐나라까지 장안長安으로 불렸으며, 명明 · 청淸대에 서안부西安府를 설치하였다.

석하산石下山 : 산山의 이름이다. 형주荊州에 있다.

섬서陝西: 성省의 이름이다. 황하黃河, 장강長江 중류 유역 지역으로 동쪽으로 황하黃河를 사이로 산서山西와 마주하고 있다.

성도成都 : 현縣의 이름이다. 지금의 사천성四川省 성도시成都市에 있는 현이다.

소상강瀟湘江 : 강江의 이름이다. 상강湘江을 가리킨다. 그 강물이 깊고 맑기 때문에 붙여진 이름이다. 이 일대에서는 자줏빛 반점이 있는 대나무인 반죽斑竹이 자라는데, 전설에 의하면 순舜의 두 비妃인 아황娥皇과 여영女英이 순이 승하하자 눈물을 흘려 대나무에 뿌렸더니 얼룩이 생겼다 한다.

소흥紹興 : 절강성浙江省에 있는 도시이다. 항주抗州의 남동쪽, 회계산의 북쪽에 위치한 도시로 운하교통의 요충지. 차와 소흥주가 유명하다.

소흥부紹興府 : 부府의 이름이다. 절강성浙江省 소흥紹興을 가리키며 남송南宋 대에 소흥부紹興府라 하였다.

수극垂棘 : 춘추시대 진晉나라의 땅 이름이다. 옥玉의 산지로 유명하다.

악양岳陽 : 현縣의 이름이다. 호남성湖南省 악양岳陽에 속한다.

악주岳州 : 현재 중국의 호남성湖南省 악양岳陽이다. 호남성湖南省에 있는 항구도시로 동정호洞庭湖 북동쪽 기슭에 있으며 수상교통의 요충지이다.

안남安南 : 중국인이 베트남을 가리켜 부른 명칭이다. '안남安南'이라는 명칭은 679년 중국이 하노이에 안남도호부安南都護府를 둔 데서 시작된다.

안릉安陵 : 현縣의 이름이다. 한漢나라 때에 섬서성陝西省 함양현咸陽縣 동쪽에 두었다.

약야若耶 : 산山의 이름이다. 절강성浙江省 소흥현紹興縣 남쪽에 있다.

양주楊州 : 주州의 이름이다. 지금의 강소성江蘇省 양주시揚州市이다.

여요餘姚 : 현縣의 이름이다. 절강성浙江省 영파寧波에 속한 현으로 진秦나라 때 설치하였다.

역성현歷城縣 : 현縣의 이름이다. 한漢나라 때 처음 설치한 것으로 산동성山東省에 속한다.

영청현永清縣 : 현縣의 이름이다. 하북성河北省 순천부順天府에 속한다.

오문吳門 : 소주蘇州의 통칭이다. 다른 말로 오창문吳昌門이라고도 한다.

오호五湖 : 태호太湖, 사양호射陽湖, 청초호青草湖, 단양호丹陽湖, 궁정호宮亭湖로 곧 천하天下를 말한다.

옥천산玉泉山 : 산山의 이름이다. 중국 북경시北京市 북서쪽에 있다. 산 아래에 옥천玉泉이 있다. 옥천은 옥천산에서 발원하여 곤명호昆明湖로 흐르고, 남동쪽으로 자금성을 휘돌아 대통하大通河로 흘러든다.

완계浣溪 : 시내의 이름이다. 중국 절강浙江省 소흥현紹興縣 남쪽의 약야산若耶山 밑에 있다. 완사계浣紗溪 혹은 약야계若耶溪라고도 한다. 서시西施가 비단을 빨았다고 한다.

운남雲南 : 성省의 이름이다. 중국 서쪽 변방에 위치하고 있으며, 이족異族들이 60%를 차지하고 교통이 불편하다. 성도省都는 곤명昆明이다.

운문산雲門山 : 산山의 이름이다. 절강성浙江省 소흥현紹興縣의 남쪽에 있는 산으로 동산東山이라고도 한다. 산에 운문사雲門寺가 있다.

운수동雲水洞 : 동洞의 이름이다. 하남성河南省 낙양洛陽에 속한다.

웅주雄州 : 중국의 오대십국시대五代十國時代에 설치된 주州의 이름이다. 명나라 홍무 7년에 웅현雄縣으로 강등되었다. 하북성河北省 보정시保定市 웅현雄縣이다.

월越 : 지역의 별칭으로, 중국 광동廣東·광서廣西 등 남방을 말한다. 혹은 절강성浙江省이나 절동浙東 지역 또는 소흥紹興 일대의 지역을 말한다.

월왕성越王城 : 성城의 이름이다. 절강성浙江省 소흥현紹興縣 동남쪽에 있으며 회계산의 북쪽에 있다.

유묘有苗 : 나라의 이름이다. 요堯·순舜·우禹 때 남방 지역에 있었다. 삼묘三苗라고도 한다. 순임금에 의해 삼위三危로 옮겨졌다고 한다.

유차현楡次縣 : 현縣의 이름이다. 한나라 때 지금의 산서성山西省 유차시楡次市 지역에 두었다.

응천부應天府 : 부府의 이름이다. 송宋나라 때는 지금의 하남河南 상구商丘에 응천부를 설치했고, 명明나라 때는 지금의 남경南京에 응천부를 설치했다. 명나라가 수도를 북경北京으로 옮기고 나서, 1441년에 응천부를 남경으로 고쳐 불렀다.

장사長沙 : 군郡·부府의 명칭이다. 진秦나라 때 설치했는데 만리사사萬里沙祠가 있었으므로 장사長沙라고 했다. 한漢나라 때 장사국長沙國이라 했는데 그 땅이 모두 호남성湖南省에 속한다.

저주滁州 : 주州의 이름이다. 지금의 안휘성安徽省 저주시滁州市이다. 수대隋代에 처음 설치하였고, 청대清代까지 폐치廢置를 거듭하였다.

절강浙江 : 성城의 이름이다. 중국 동남부 동해 연안으로 양자강 하류의 남부를 접하고 있으며 전당강錢塘江에 의해 동서東西로 나눠진다. 성도省都는 항주杭州이다.

제남濟南 : 군郡 · 부府의 명칭이다. 춘추전국시대春秋戰國時代 제齊나라의 땅이었고, 지금의 산동山東 제남시濟南市의 위치이다.

조아강曹娥江 : 강江의 이름이다. 절강성 소흥현 동쪽에 있는 강으로, 상류는 섬계剡溪인데 동남쪽으로 흘러 소흥현 동쪽 조아묘曹娥廟까지 이르기 때문에 조아강曹娥江이라고 하였다. 동수강東水江이라고도 하고, 북쪽으로 상우현上虞縣의 경계에 들어가 상우강上虞江이라고도 하며, 그 하류는 순강舜江이라고 한다.

조주潮州 : 현재 광동성廣東省에 있는 시이다. 광동성廣東省 동부, 한강韓江 중하류에 있으며 동쪽으로는 요평饒平, 서쪽으로는 게양揭陽, 남쪽으로는 산두汕頭, 북쪽으로는 풍순豊順과 맞닿는다.

천과산天姱山 : 이 본本에는 천과산으로 되어 있으나 활자본活字本과 졸수제본拙修齊本에는 모두 천모산天姥山으로 되어 있으며 지리상 천모산이 옳은 듯하다. 천모산天姥山은 절강성 신창현新昌縣 동쪽에 있는 산으로, 동東으로 천태산天台山 화항봉華頂峰과 접해 있고 서쪽으로 옥주산沃州山과 이어져 있다.

청성산青城山 : 산山의 이름이다. 사천성四川省 언시堰市 서남쪽에 있다. 도교의 명산名山 중 하나이다.

청주青州 : 옛날 중국의 구주九州 중의 하나이다. 흙이 푸른빛을 띤다고 해서 청주青州라 불렀다고 하며 지금의 산동성山東省 교동도膠東道와 제남도濟南道 동쪽 경계가 이곳에 속한다.

청초호青草湖 : 동정호洞庭湖의 남단에 이어지는 호수이다. 상강湘江이 흘러들어 가는 곳으로 갈수渴水 때는 물이 말라서 초원이 되기 때문에 붙은 이름이다.

초협楚峽 : 이 본本에는 초협楚峽이라 되어 있으나 활자본活字本, 졸수제본拙修齊本, 언해본에 모두 삼협三峽이라 되어 있다. 삼협三峽은 세 골짜기의 험한 지형을 말하는데 촉蜀나라 땅 강산간江山間을 지나는데 협峽이 세 곳이 있다는 말이다.

촉蜀 : 사천성四川省의 간칭簡稱이다.

층봉역層峰驛 : 역驛의 이름이다. 섬서성陝西省 상현商縣에 속한 역이다. 한유韓愈가 조주자사潮州刺史로 쫓겨나 임지로 가는 도중 어린 딸이 죽어, 층봉역層峯驛 근처에 임시로 묻었다.

타현唾縣 : 현縣의 이름이다. 절강성浙江省에 속한다.

탁녹역涿鹿驛 : 역驛의 이름이다. 하북성河北省 장가구張家口에 있는 현縣의 역驛이다.

태산泰山 : 산山의 이름이다. 중국 산동성山東省, 산동山東산맥의 주봉으로, 중국 오악五嶽 중 제1로 동악東嶽이라 불렀다.

태원太原 : 군郡의 이름이다. 진나라 때에 산서성山西省 중부 지역에 설치하였다. 한漢나라 때에는 태원현太原縣, 당나라 때에는 태원부太原府로 하였다.

태평부太平府 : 부府의 이름이다. 안휘성安徽省에 속한다.

파릉현巴陵縣 : 현縣의 이름이다. 호남성湖南省 악양岳陽에 속한다.

파수역巴水驛 : 역驛의 이름이다. 호광행성湖廣行省 황주부黃州府 기수현蘄水縣에 있는 역이다.

평원역平原驛 : 역驛의 이름이다. 산동성山東省에 속하는 현縣인 평원현平原縣에 있는 역驛이다.

하간부河間府 : 부府의 이름이다. 직예성直隸省에 속한다.

합포合浦 : 현縣의 이름이다. 광동성廣東省에 속하며 염강현廉江縣 서쪽에 있다. 연안에서 옛날에 명주明珠가 났었다.

형주荊州 : 주州의 이름이다. 호남성湖北省 남부에 위치하고, 동쪽으로 무한武漢, 서쪽으로 삼협三峽, 북쪽으로 형문荊門과 접한다.

호광湖廣 : 지구地區의 이름이다. 명明나라에는 호광湖廣, 광동廣東, 광서廣西의 3포정사사三布政使司가 있었는데 호광은 형호荊湖의 남북을 가리킨다.

화산역華山驛 : 역참이름이다. 화주華州에 있다.

화악산華蕚山 : 산山이름이다. 사천성四川省 내강시內江市 북서쪽에 있다.

화주化州 : 광동성廣東省 무명茂名 일대의 지명이다.

화주華州 : 섬서성陝西省 화현華縣 일대의 지명이다.

황하黃河 : 강江의 이름이다. 중국에서 두 번째 큰 강으로, 청해성青海省 중부의 아합랍달합택雅合拉達合澤에서 발원하여 섬서성陝西省과 산서성山西省의 경계를 이룬다. 황토를 많이 흘려보내는 데서 강 이름이 유래되었다.

회남淮南 : 회수淮水 이남의 지명이다. 대개 강소성江蘇省과 안휘성安徽省을 가리키며 양자강의 북쪽, 회수淮水와 황하黃河의 남쪽땅을 말한다.

제4부

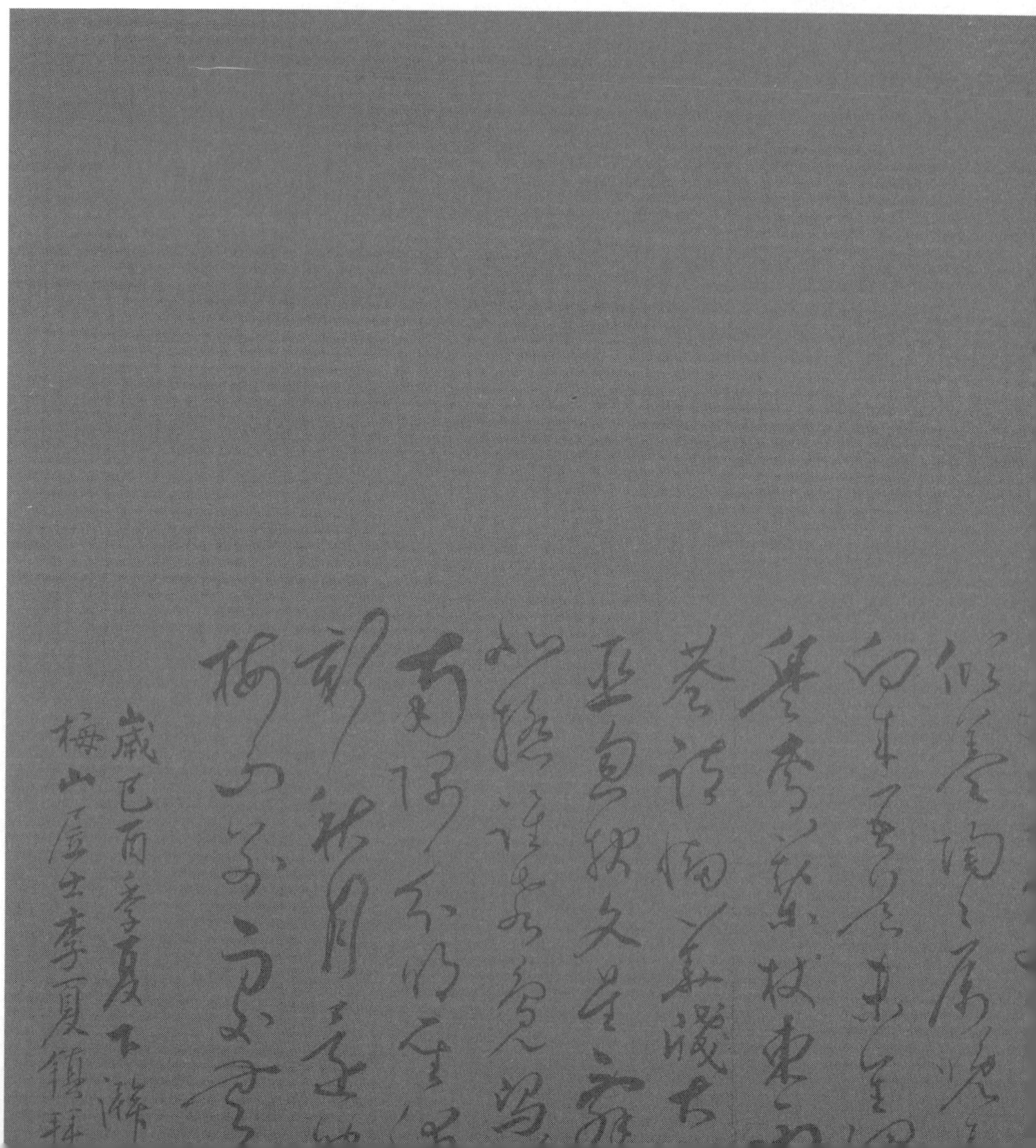

원문原文 영인影印
『창선감의록倡善感義錄』

1

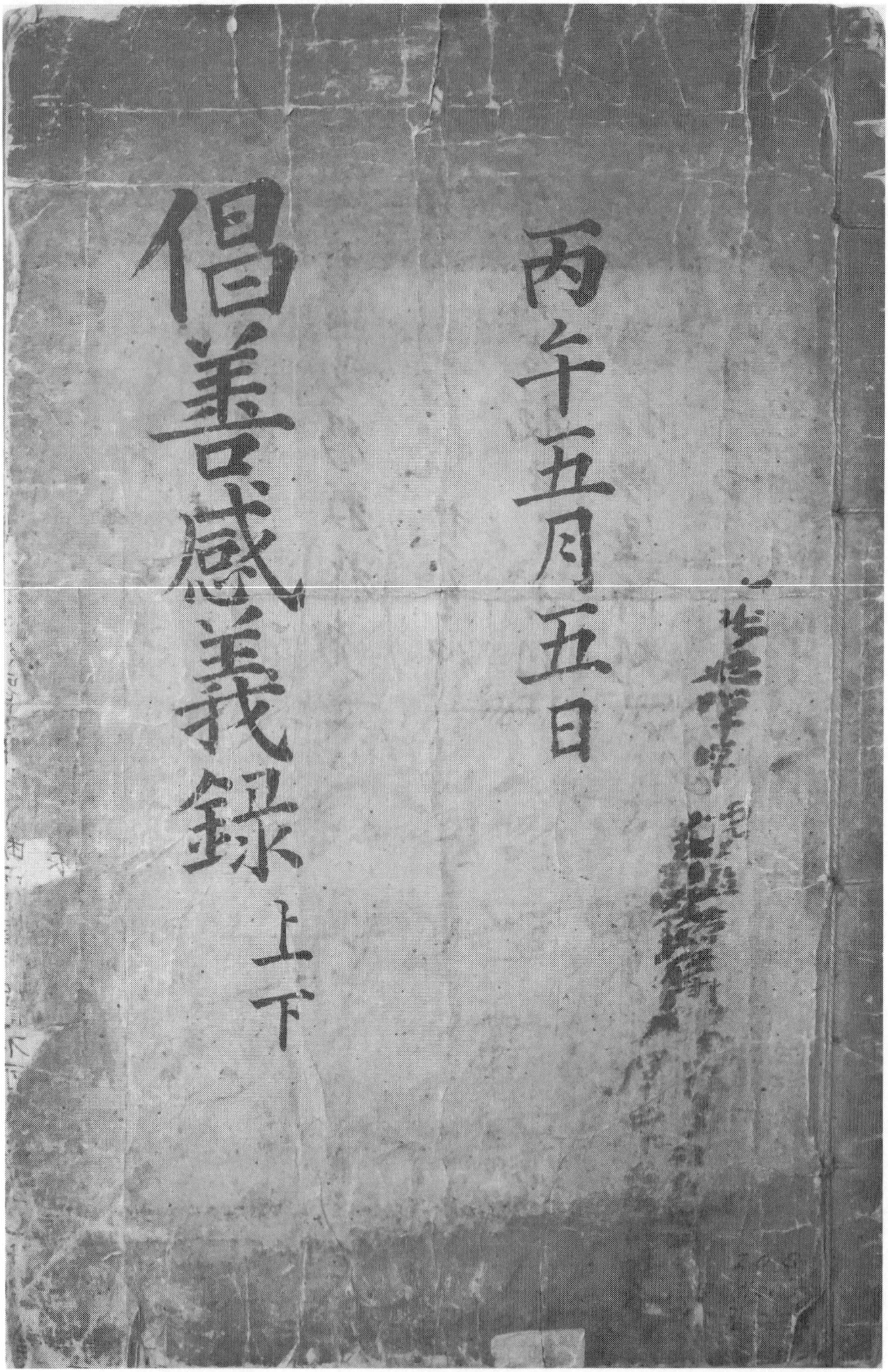

2

3

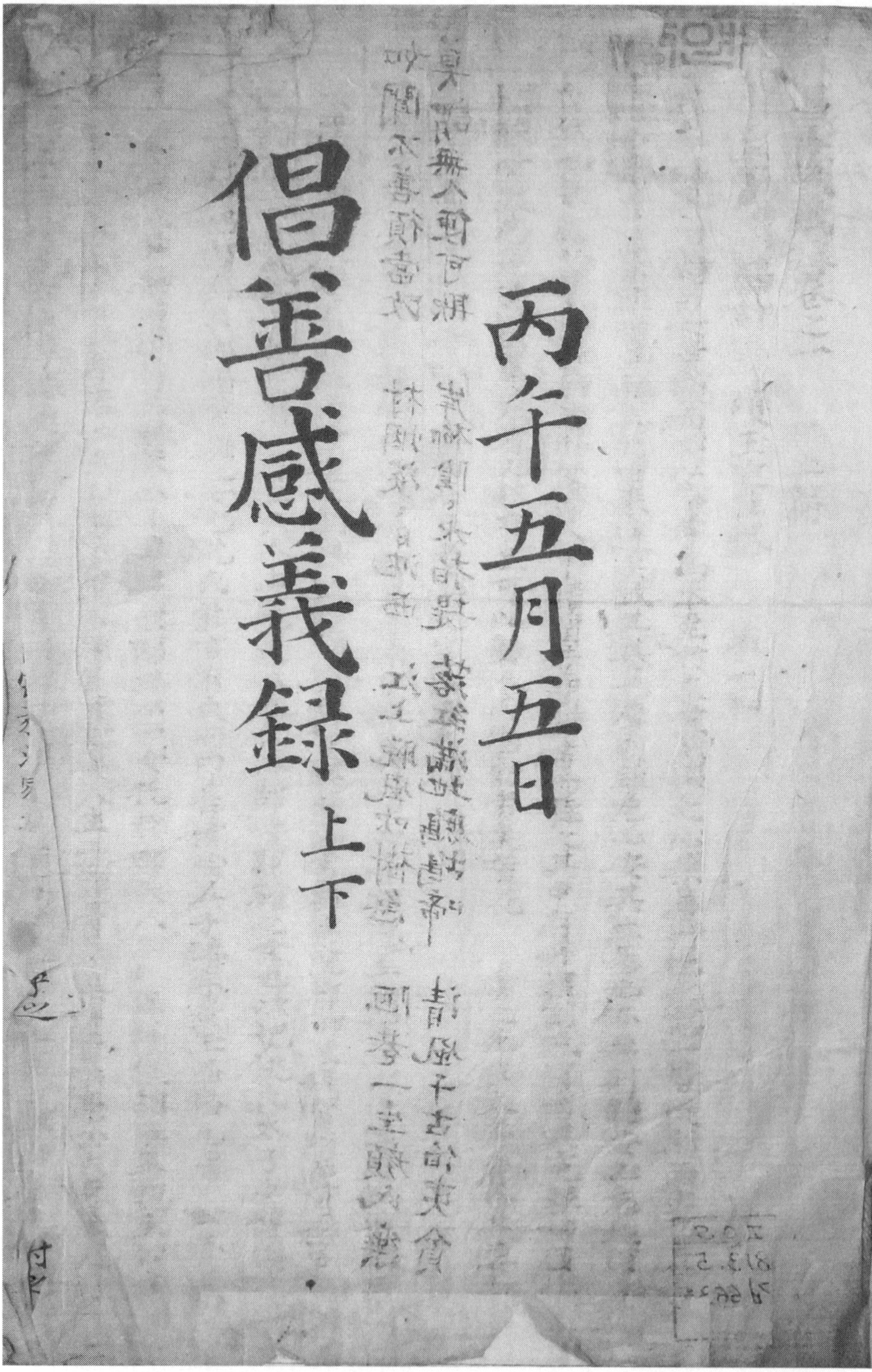

昌善感義錄 上下

村烟淡淡日沈西
岸柳陰陰水拍堤

江上晩風吹樹急
落紅滿地鷓鴣啼

陋巷一生顔氏樂
清風千古伯夷貧

如聞不善須當改
莫謂無人便可欺

丙午五月五日

倡善感義錄卷之一　上篇

孝子贊歸計　雙玉定佳緣　第一回

大凡人生勿論男女貴賤而必以忠孝爲本至於友愛慈敬之心樂善行德之意一皆從斯而出也夫子
孫昌大富貴榮樂者其福之所由來遠矣故其立基也厚則雖危必安其立基也不厚則雖安必危此理之
自然也余近以痰火養病潛卧使婦人輩讀閭巷間諺書而聽之其中有所謂寃感錄者其寃報相因憯
悽酸骨然爲善者必倡爲惡者必敗有足可以動人而懲勸者矣昔花　雲之死於太平府也其妻部
氏赴哭而從死之幼子呱〻水中七日而不死豈非天也耶
其說曰雲之七世孫兵部尚書汝陽侯郁事世宗皇帝嘉靖十四年推遷至刑部侍郎內閣同知平章事
汝陽侯公爲人方嚴峻正天子重之其後以勳功進爵爲兵部尚書都察院都御使提督陝西軍務事知
制誥第在皇城萬歲橋之南　有三夫人上元夫人沈氏工部侍郎確之女也次妃姚氏太子少傅瑾之
女孫也三妃鄭氏吏部尚書雍之女也沈氏能言有良而內甚猜險其子瑃字景玉品格凡庸　公不甚
愛之鄭夫人莊靜有淑德而姚夫人不幸早世臨終以一女托於鄭夫人〻〻保護教訓無異親生公以
是敬重焉嘉靖二十三年春二月公夢玉鱗入懷是日鄭夫人生子額骨秀異聲音洪亮公大奇愛之時
公娣太常卿成珓妻早寡與公同居一宅而賢明剛毅治家有法度公以事之如嚴兄一以家事付之

而其子偶亦有茂才公孜孜勸奬焉沈氏以公愛鄭夫人之兒而不愛己子大發妬心而畏公及成夫人不敢動矣鄭夫人兒子長三四歲髮髮兩髮角豐盈慧語驚人英眸流彩夫人嘗讀孝經兒子侍坐案側潛聽而默誦之亦頗解文義公嘗曰此吾之連城璧也因名曰珎字荊玉益加奇愛姚夫人之女嫥仙字太姜姿性雅妙英悟出人矣公子與太姜小姐同習文墨九歲時已誦詩書論語藻思清壯意度雄遠矣一日公退朝歸入鄭夫人寢室眉宇有憂色夫人斂衽問曰相公有何不平底事乎公太息良久曰皇上慈仁諒明而一自嚴崇秉政国事日非御使南標抗疏獨爭言不見采身又投荒言路国之耳目也耳目塞而能不亡者幾希矣夫人聽罷潛欷無語公子趨前跪告曰詩云蝃蝀在東莫之敢指今南御使指斥小人之過惡而不能自免此政君子色斯擧矣之秋也公大驚執手顧謂夫人曰此兒此言果非晩生之所及也夫人何福生此奇兒乎已而成夫人至公將俄間說話傳於成夫人夫人撫公子背而喜曰此花門福星也公即席與成夫人大決歸計後數日上表乞骸辭意懇至上惜公才德欲手詔勉留而嚴崇素忌公矣劾上允請於是以兵部尙書都御使陝西提督帥綬以汝陽侯就第特賜白錦文綺公詣闕謝恩即日擧家向紹興府是年公已付長子琫婚禮娶刑部尙書林俊之孫女姿色雖不能絶美而頗有德性公喜之而琫不快也公到紹興紹興即禹貢揚州之地也北有山陰西有上虞而雲門萬緒之山盡紆于東南曹娥之江鑑湖之水擅天下名勝焉自公先世已卜居于府東三十里越王城之下斲山爲址引

7

水成塘華構入雲彩棟參差珎樹嘉木蔚然成行鶴唳蒼松鹿游金堤公脫去羈絆翛然歸臥身兩子一
甥瘖言消遙稱願愜心萬事如雲常曰吾晩年　樂珎兒所賜也時沈氏處正堂聚星樓成夫人處翠華
堂東邊壽仙樓鄭夫人處之西邊雪梅堂林小姐處之綠影堂成儁之妻姚小姐居之壽仙樓之左邊紅
梅堂太姜小姐居之公處百花軒使長子瑃處寒松亭少子珎處竹友堂而淮翠亭爲成生書室也明年
三月長子瑃年十四次子珎年十歲成生年十九矣公與三人遊後園賞春亭使三人各賦七絶二首三
人應命製進公先見成生詩而歎賞曰况厚温重固是君子之文也次見瑃詩忽愕然擲牋曰小子無狀
吾家亡矣瑃惶遽免冠下堂跪伏成生進曰一時應猝之詩易有淂失縱或有不滿者盛教何至於此也
公曰否〻工拙非吾所責而儇薄浮淺之態溢於篇上此子將乱家耳仍蹙眉不悅者久之及見珎詩怡
然解頤和氣春溫其詩曰

　院柳鬖髿綠影斜和氣輕透小窓紗鴛鴦對浴金塘水蛺蝶雙飛玉砌花
　翠葉棕櫚長鳳毛更將新架上葡萄欄頭鸚鵡傳春語侍女含香過碧桃

公愛玩移時傳身成生〻〻吟諷再三不覺斂膝敬服曰閑遠雅麗有大唐正始之音而濃富清健有王
仲初宮詞之意詩人之才蔑以加矣公曰此兒襁褓見識絶人詩才今又如此其天品可異而兩篇
皆王公富貴之狀也吾家者瑃也興吾家者珎也復正色責瑃曰吾門世以忠孝法度相傳持心處性一

以正道雖杯酒諧謔之間未嘗有淫亂非禮之言矣汝今言之於父母之前而其狂蕩如此良可駭惋此
後須改心修行一動一靜皆學於汝弟無令花氏宗祀墜於汝手也瑃慚恐而退是夜告于沈氏曰小子過
蒙嬌愛荒嬉廢業不肖之責固所甘心而今日大人過加嚴怒至以花氏宗祀墜於汝手爲教爲人子者
寧不痛心且珎雖天才絶異動止可觀而大人欲令小子屈膝於珎而每事皆學天下寧有兄學於弟者
哉沈氏聽此悖然變色曰相公元來盡惑於鄭氏家妖女及奸子珎久懷晋獻公袁本初之心未得幾也
今既履霜薄氷之秋將見至矣吾寧碎首而死不忍見東海王之累然屈首也自此沈氏與瑃公然惡鄭
夫人母子寤寐咬牙又以太姜小姐養於鄭夫人之故沈氏惡之成夫人知之深憂公子小姐之平生焉
如是過一二年林小姐日見瑃行止悖戾言語無倫慨然泣諫曰君子生長法門當知名教而近或語逼
倫常意態不嘉妾雖愚闇竊自寒心也且人生樂有賢父兄今夫尊舅之盛德至行成叔之純孝克恭皆
君子之所目見而薰炙者也古人有言麻中之蓬不扶自直妾實不料君子之無行至此也且以鄭尊姑
太姒之德小公子子臧之節疑之於非所當疑之地妾一聞此言恨不能洗耳也瑃猶不悛此後林小姐
自恨賦命之奇薄而深痛所天之無良遂潔身自修不與瑃殷勤以是久而無子瑃大恚之公閒居以來
寓心山水之間有時以孤帆短棹泝若耶之波而聽天姥之猿或感慨古跡歎謝安於東山弔梅福於吳
門悠然自樂不復以天下事爲心然每讀古史至国家存亡之際君臣得失之間未嘗不感慨沾襟也一日

公使童子携短琴小壷與二子成生登園北小岡舒嘯寄傲楓磵菊崖之上或撫徽引酌或哦詩諷史憣
然而忘歸忽見磵傍松樹下有貴人以綸巾野服瀟洒獨立焉公諦視其面即吏部侍郎尹爀也公驚喜
起揖而問曰令兄胡為立視而不即告来也侍郎笑而就席曰望見天上仙童降於令兄之側故耽玩躊
躇耳仍執公子手而問曰此令兄之胤玉耶公曰然侍郎又指成生及璿曰彼兩秀才無亦令兄之膝下
否公曰一則弟之家豚而彼稍長者乃娣兄成太常之子也侍郎曰太常無乃伯温耶公曰是也侍郎乃
引執成生手而唏然曰自別公尊倏爾十九春秋矣青山玉樹之歎何日可已仍與公叙別来寒暄侍郎
慷慨唏噓曰自令兄去朝後朝廷事日益罔極弟亦奉身還鄉雖踪跡粗安而每念王室自然流涕兄之
情悵與弟何異公聽罷始知侍郎亦已致仕仍問曰山東距此千餘里不知仲晦緣何事遠来侍郎曰正
欲周覧山川展轉到此耳公乃與侍郎相携還百花軒進酒告飯從容良晤矣侍郎愛撫公子而繾綣不
捨仍問曰令郎已有定婚否公曰未也侍郎大喜言曰弟年雖四十未有子女偶然一胎雙得男女今皆
十二歲才貌殊不凡　為父母者思得佳耦以配之兒子則已與陳平仲之女定婚而女息則尚未得可
意處以是身方周遊天下廣求佳婿今日幸遇令郎未忍相釋殆天意也不知令兄果無落、否公欣然
曰兒子齒髮漸長弟方僻処窮鄉欲求閨秀而未易得也令兄不以小子為陋許以東床良為感幸耳侍
郎又執公子手而不勝欣喜忽復愀然正襟太息謂公曰弟更有區、情懷或者可以垂怜否往者南子

乎赴岳州謫所全家為水賊所害獨一女脫免焉故弟收為養女今在山東與小女相同而其才品德性雖古淑女莫以過也公聽未竟迸流慘然曰子平果逢危害也聖上因一嚴嵩枉殺直臣而老臣宿忝輔佐使主過至此此尤死罪也侍郎曰小女處南女之姿德又發其情事不忍小須臾相離常願全生全死此固可憐而弟亦念子平飲恨水國翹首延望於人世者但此一箇弱女耳如得天下佳婿如令郞者庶可以慰悅子平之魂而天下安得復如令郞者乎弟觀令郞雄豪俊邁早晚必當大貴雖三四夫人未足為僭願兄曲察此人之情烟亦憐子平之至冤許令南女亦歸令郞如何公聽畢亦慨然許之侍郎大悅為留數日況處公子接手殷勤而言必稱婿公子亦以侍郎者長洒然有林下風致景仰無已侍郎將歸向公謂曰弟家兄厚恩使兩女得如令郞之配至願畢矣然道途悠遠消息未易且為草定婚期欲得令郞之信物歸傳于兩女也公曰兒子今才十二歲從今三歲弟若無故則當率兒子親往山東涓吉行禮矣仍使公子出紅玉釧青玉佩於箱中付侍郎曰此物弟家之世傳重寶也須分傳於令處二人也侍郎受以藏於橐中向公與公子再三戀戀而去

第二回

魅婦售禍 覺子吐淫情

是日公對成夫人及鄭夫人說與尹侍郎定婚之事成夫人大喜曰君子在時常稱尹仲晦之為人今其女必有德性而且南御史素有清名直節是父之女亦豈尋常乎鄭夫人默然無語徐徐歎曰太姜與琢

兒較長一歲而相公未有求婚之意遽已先定琉兒之婚妾心未安矣且妾自數年以來神思恍惚自知此生無幾而每念姚夫人臨終時付托恐無以藉口於地下矣公深謝之即招衆媒婆博問佳郎有韓婆者薦言光祿少卿柳僖之子聖讓有君子風公素知柳光祿清德又與之同鄉乃使成生往見柳郎成生歸告柳郎之愷悌公大悅通婚於柳光祿々々亦飽聞小姐之窈窕幸甚快諾期以來春成禮焉是冬十一月公及鄭夫人皆感病沉淹公子娣妹焦泣不食齋沐祈天情誠無所不至而奈尚書夫人天命已盡何公子小姐昊天之痛履霜之冤將迫何哉夫人將卒之夕引小姐接腮哀咽曰吾受夫人之顧托一無所成就而汝徒令汝罹此悲苦致愆佳期歸對夫人何以為面乎但汝他日貞靜自守善事君子養德樹福有子有孫使吾與夫人悅豫於地下也夫人別世後三日公亦病革托子女於成夫人而捐館公子小姐頃刻屢絶成夫人涕泣保護與子偶親治初終過公及夫人葬事而回又綜理家政威德并行一如公在時為柳光祿聞公凶音出涕謂聖讓曰哲人亡矣向者花公求婚於吾家而老父欣然諾之者慕花公德義而樂與之連親也今不可以花公之沒而背其成約也汝須往來花家且盡半子之禮也以是柳生日々至花府每見公子之藥々哀瘠心誠敬服而公子亦感柳生之有信遂與之情熟義密隱德之感人本無楚越而彼花琇何心者也琇自代父以來暴戾恣睢操切弱妹病弟不遺餘力而捶楚婢僕鉗口立成家人畏之不敢告於成夫人然琇深憚成夫人故不能作大悖亂也一日成太常弟南京推官瑋觧官

歸桐城旧所邀成夫人〻〻將行謂林小姐曰桐城不過百里之遠吾行不過一旬之久而誠以玠兒娚
妹此心恐惧不弛也招琦勉戒曰詩云原湿裒矣兄弟救矣又曰凡今之人莫如兄弟甯獨不聞王祥之
異母昆弟乎且玠兒娚妹一縷僅存朝夕難保爲其同氣者寧不欲割血相飼代延其命哉言畢潸然流
涕琦亦改容焉夫人行後沈氏始奮拳皷腮咆哮若豺狼而正堂侍女桂香蘭香等承喚奔馳矣一日姚
夫人之乳母翠蟬對小姐泣曰以先老爺先夫人之至仁至慈不念小姐公子而遽貽荼毒於兩个孤而
玉碎珠沉迫在呼吸老身誠願先死無見也小姐飮泣無答翠蟬又泣曰一自成夫人離府之日壽仙樓
侍婢受酷刑者無数而餘者亦皆重足累息命若置兎哀哉鄭夫人何悪於人而受毒至此也小姐又不
答蘭香方徂窓外踴躍走告于沈氏〻〻急使蘭香桂香捽致小姐頓足大罵曰賤女娉仙敢懐凶心符
同賤子竒奪長位而欲先去嫡母与賤婢翠蟬綢繆謀設耶小姐錯莫無語珠涙横流沈氏又招公子跪
之下堂而以鉄如意擊碎闌干大聲数罪曰汝賤子玠籍勢成夫人而慝弄先君欲奪其嫡長而天不助
悪大事敗謬乃返与妖娣凶婢誠爲不測乎公子痛哭即對曰人生天地五倫爲重五倫之中父子爲大
父与母一體也小子雖無状母親何忍以此言加之乎小子以先君之血属侍母親之膝下此言奚爲及
於小子之身哉娣氏雖与翠蟬有所酬酢私情相語本非大罪而至於語涉寃望罪在翠蟬娣氏何与
哉且閨秀之身異於男子悪名相加尤所不忍萬望母親小垂惻隠焉小姐遂慷慨言曰大哥小哥同是

骨肉奪此與彼厥義何據兩母俱亡一母獨存岡陵之祝人理之常而今日之教萬不近理也沈氏大怒
自執鉄鞭急向公子小姐放聲哀呼林小姐扶沈氏手而涕泣救之沈氏愈怒使侍郎(婢)等捽公子跪之叱
林小姐曰汝亦欲黨悪而去我耶時婢僕等遑遑聚泣於重門外柳生自外適來見公子野麻乱髮而出
大驚問之公子慚愧不能答柳生意其有変欲覓瑃而問之至壁(寢廳也)次瑃不在而童子告大公子方晝寢于
寒松亭柳生上寒松亭果然大公子者掛脚高窓哈喻大眠而脫其巾經狼藉左右柳生喞喞歎曰盜跖
柳下恵世不常有豈料今日復見此人兄弟乎仍蹴起恐動曰君家有変乱趣往覌之瑃驚曰有何変乱
乎生曰往當自知瑃急入内室沈氏方使桂香笞撻小姐而翠蟬伏於堂下已被五十杖聲氣俱急為沈氏
見瑃未鼓掌跳踴震動不已將翠蟬小姐之言架構粧撰而激怒瑃瑃曰珩之男妹包此凶心予亦知之
久矣然彼兩人者符同於成姑母勢不可猝然除之俄者柳生已知此変辞色不好且成姑母不久還歸
則必生大乱今宜忍憤掩置以待後日可也沈氏以手自擽頓(且)地發悪曰成家老寡婦雄據吾宅意思
陰凶必殺吾母子而後已吾雖殘劣當如此老寡婦一决死生而柳生以他家子安知吾之内間事乎此
必珩告訴於柳生彰泄吾不德之故也吾不洩此憤則自决於汝之前矣瑃不得已捉來公子加以酷杖
公子已知其母兄之無可奈何無一言發明而至於二十餘杖命已昏絶沈氏仍令曳出門外中廊林
小姐急使自己乳娘持数種藥物救護公子而林小姐垂淚祝天曰天苟欲使花氏不亡則願以妾身

代公子之命因終夜悲哭是夜公子果得生道焉過四五日桐城成推官家人來傳成夫人手書于小姐公子而欲探安否璹大惧欲令公子親作答書而自至公子所公子自見黜杖之後一不覩家兄之面目盡陶悲傷殆不能自定千萬意外家兄自至中心喜極涕淚縱橫因對璹負罪引慝若無所容以璹之頑嚚猶不能無感動焉後六七日成夫人至與沈氏寒暄畢顧謂林氏曰吾今來此而獨不見珎兒男妹何也林小姐慚惶無言而璹遁辭對之夫人即使侍婢招公子及小姐時璹已移處公子於舊所而諱成氏爲小姐承命即至玉容慘惔非復旧日而公子不能運動權辭回報曰偶傷風寒淹伏苦痛無以自力趨謁矣夫人聽畢氣色嚴厲而孰視璹璹自知負犯惶刼無地沈氏見事敗露欲先恐動夫人大聲痛哭曰夫人慼於珎子之男妹而每事致疑於妾之母子妾生不如死矣因擧釼爲將自刎狀璹与兩小姐急救之成夫人顔色愈厲而回顧冷笑曰君若内省無過則必不如此也仍命成生曰汝自珎所使婢子等擔舁而來成生不敢違命即果擔舁而至夫人一見公子錯愕失色欲親搜見公子之身公子攔手且告曰小姪哀毁中添此重感自然形神大脫而他無所傷姑母煩惱至此也夫人見公子身上血肉狼藉奮然使左右喚叅頭捉下璹而跪之地厲聲叱曰汝不肖悖子璹汝之亡父莚骨未冷而遽已戕害同氣此実狄禽犢之所不忍也亡弟之靈必將含憤茹痛以告于皇祖皇考勤汝命而弃之矣亦應惡尤于汝而吾以稚子弱女托於嫂氏而乃不能終始保全使惡子璹肆其凶残而曾不禁呵矣然則吾以何面敢見亡

弟乎今當快杖汝使汝知杖之苦也璹俯首听罪驚魂飛越沈氏氣挫胆落不能出一言而公子匍匐下
堂叩頭流涕成生又進前跪諫曰璹雖無狀身有衰麻今若加以苦杖則殊非聖人必式凶服者之意也
願母親更加三思爲夫人恰公子惻怛之情又顧念林小姐不得已而赦之夫人執公子手而痛哭謂璹
曰人生仰庇二親〻〻亡則孤露無托而幸有一二兄弟相依爲命疾痛痾痒無不相救古人以兄弟比之
於股肱者固有以也今有人操刃而斫汝之一股則汝必怛然痛傷思所以報怨者矣况自操其刃乎夫
老身之於亡弟也娉仙之於珎兒也皆異母姊弟也而誠心相愛死生難忘者皆汝之所目見者也汝獨
何心哉聖人有言曰人雖無過改之爲貴今汝若修心改圖遵禮蹈德則不害復爲君子也此太甲所以
自艾也瞽瞍所以底豫也汝其勉之璹惶惧唯〻母子自此歡聲帳而不敢動矣
噫夫人女子天性懦弱而能有強猛自持如成夫人者真可托以六尺之孤矣
光陰倏忽三年已過璹乃玄冠緣絇衣裳楚〻而公子小姐風樹之哀蓼莪之恨寧有終極乎於是成夫
人付家事於林小姐〻〻經理區劃一遵成夫人之成法奉祀蒸嘗灌〻祈〻家中翕如也此時柳光祿
聞沈氏之暴殘日以小姐爲憂及小姐服闋即消吉日柳郎以百兩來迎小姐成夫人悲喜交極送之申
階施巾結帨戒之如禮矣小姐至柳府現贄禮畢柳公向小姐嘻然太息曰先令公以弘量偉德未享遐
壽老夫爲國悼矣今見賢婦益加愴感小姐珠淚轉臉如海棠浥露柳公夫婦大憐愛之此後柳生益親

處公子每到花府輒与公子終日而一不上寒松亭矣時璹有二友峰縣人范漢者酒色放蕩好盜人妻
妾者也餘姚人張平者父死不葬周流京鄉楞蒲博並不得人之橫財者也兩人見璹痴騃多金往來親
密自以為死生莫逆之交而日夜聚合朋酒讙呼矣一日璹忽長吁不平若有所思范漢字璹而問曰景
玉以侯門貴介子財帛如山萬事足意今之悒悒有何懷抱也璹趑趄移時乃言曰吾之一生所願在於
美婦佳人而內子林氏殊無姿色近又失和中心憤惋思得傾城妙色如舞掌之飛鷰步蓮之潘妃者耳
目不廣至今未就前月望間偶然徘徊於西園之梨花亭見東院墻下有一介玉人手執紅桃隨風翩翔
氣若幽蘭令人心魂飄蕩遂以玉佩投之美人拾以懷之嫣然一笑手指花間一小屋而去是夜吾乘月
踰垣而入果然紗窓小房燭影明滅其女子自言士族趙氏而其父家貧行商死於浙東故獨身病母僑
居刺繡以備糊口云數夜之間情愛交密信誓丁寧必欲迎為副室而但吾家有姑母成夫人性度嚴峻
持吾褊急以是恐惧不敢發口也漢呀然笑曰景玉拙哉大丈夫自主其家寧為他門一寡婦之所操縱
耶張平繼笑曰景玉貞雖媢嫉而不容於一醜婦尙免幼沖而見束於一老媼使可意美人含哂揶揄於
東墻之下景玉雖彈冠振纓自以為男子獨不愧於心乎言罷兩人拍掌大噱璹低頭無言良久而歎曰
吾家形勢非子等之所得審知矣此後璹沉惑於趙女往往有白晝相會而畏成夫人秘其蹤跡范張之
外莫有知者是年四月成夫人謂公子曰汝年既長成佳期晼晚汝須往聘於山東母負尹公之至意也公

子自念一身危苦無所容托而無複娶來兩室則事〻雖使仍低聲告曰小侄不無室家之念而但自經草土以來氣血耗盡雖無目前危惡之疾而精神晻靄如在雲霧中小侄之計必欲頤養數月快作完人然後方始從娶也自古人皆三十始娶亦有四十五十而娶者小侄今年十五矣過此數年亦未晚也夫人已知公子之意惻然憮然答曰汝言亦似有理然賢弟在時丁寧与尹公約曰兒子今方十二歲過此三年後當從成親矣今既三年而終無消息則尹公不知此間事勢豈不費心懸望而大生疑怪乎吾今携兒治行將汝偕往矣勿復推辭公子黽勉受命与成生登道向山東焉

回棹青城山　招魂洞庭湖　第三回

初尹侍郎仕於皇都与南御使比隣相善兩公無子女相以為憂尹公為應天府尹時夫人趙氏夢殞星墜懷自此有娠月滿生一女一男容貌爛然若兩介紅玉公之夫婦悅惚奇愛名女曰玉花字紅艷名子曰汝玉字長遠是年南御使夫人韓氏亦夢月而生一女明光照室如蚌胎初剖其音啾〻若丹穴新雛矣公名之曰彩鳳字光蛾兩家自此如陰谷生春和氣融〻矣過八九歲紅艷小姐長遠公子言語動止酷相肖似公子或換着小姐衣服則雖同房侍女莫之能辨也韓夫人晩得嬌女而英妙天發文章女工隨手融鮮如鬼教神助且眉目清瑩無一點塵氣夫人恐懼護惜常以薦福祈命為事而南公不知也一日夫人与小姐翫花於園中忽然侍婢春鶯來告曰夫人素好積善適有西蜀尼姑持卷子而來故小婢

敢告夫人与小姐還中堂而使春鶯迎之其尼姑身着蜀羅廣袖項垂百八念珠手執錦粧大卷子禮於
中階夫人命上堂而賜坐尼姑合掌曰貧道即成都華蓥山資賢菴勸施女僧而法名清遠也前年山
賊燒菴觀音大師金像及畫幀皆入回祿之中故貧道發願將重建菴宇改造金像今已垂成而獨畫幀
一事最云難矣當今名畫者雖有三四大家然皆男子也觀音異於他佛必得女子之工畫然後可使祜
毫而周流八方迄未遇一分近可者故方此愁悶也夫人顧小姐而笑曰吾少時得見寶月菴觀音画像
而至今眼中猶髣髴焉今吾欲效薄技以慰師姑之望何如小姐未及對尼姑大悅起拜曰夫人誠心及
此實山門之萬幸也小姐曰母親垂此德音當見感福無量而但念佛家大事必未立談間所揮洒也宜
若齋沐虔誠之道矣夫人曰汝言是也尼姑一見小姐之容光心竊驚奇又聞其言而益加驚悟向夫人
問曰小姐芳齡幾何夫人曰九歲矣尼姑注目見小姐者良久忽愕然變色夫人大驚疑之而甚愛小姐
故恐其言不祥不敢問也因以香茶珍果饋之尼姑与夫人閒語移時辭退曰過此七日當来謁願夫人
自今日齋沐爲後七日尼姑果至夫人迎入別堂鋪綺筵設淨几燒沉檀於博山金爐小姐親奉金泥与
丹碧諸彩而夫人展一幅生綃於案上凝思揮毫五雲玲瓏寫畢掛之於壁上宛然觀音世新出於海上
也尼姑合掌起拜無數稱謝夫人又以百金雜彩普施爲尼姑連稱萬福収畫幀而去是年南公以禮部
郎中薦御使時嚴嵩竊弄威柄受仇鸞三千金薦爲大将締結天子之左右偵伺動靜使趙文華等横

行綱利公憂國憤惋臚列嵩十三大罪治疏將上与夫人小姐訣曰人臣受國厚恩當死生執之況職在言責不可恭也我死之後夫人須与女兒往依於尹仲晦書畢投袂而出疏入天子大怒以為誣構大臣將加極刑都御使夏春海小保徐階等叩頭廷争上素重兩公遂減律安置南公於岳州是日南府上下跳號罔極謂公必死得寬夫人小姐大幸相隨出城門外尹侍郎來別太息謂公曰此去岳州五千七百里遠涉江湖安危未可知且奸賊懷憤切齒終必甘心而後已兄之尺疏与日月争光死且無愧而兄無兄弟子侄只有藐小一女耳同赴死地甚為無益今若留置則弟當盡心保護使兄之後事有所屬托矣公感其至意而許之小姐執夫人而涕泣夫人亦不忍相捨終与偕行焉八月公艰闗度荊州之石下山日暮乘舟巴水驛帆輕風疾瞥眼已過金沙洲伊時洞庭烟殘君山月出有赤巾者八九人乘一隻小舸回〻舟尾公頗疑之其人等果吔喊登舟釰光星飜公知其叫嵩所遣必不可得免遂与夫人投水浮沉焉

噫小人之禍害窮極如此君子之厄運危亡至此哉以一嚴崇而戕害數多人命則天道亦昧〻其可歎乎嘻〻痛矣

時一行僮僕皆為兵刃所殺而獨侍兒李鸚抱小姐而呼天賊徒憐之投之江岸而去先時蜀中青城山雲水洞有郭仙公者隱居樂道一日謂其家人曰今月某日洞庭有冤死者吾當活之即以短棹小艇乘

涪江之水至岳陽青草湖月下見男女兩屍泛流而来仙公引棹拯之卧蓬窗下水從七竅而出過數食
頃舉頭向仙公謝曰小生南標獲罪朝廷赴謫岳州忽於舟次逢變投死大江而今賴先生垂救免葬於
江魚之腹中如天大德何以相報仙公愀然笑曰此不過一時緣分何為過謝哉夫人收神開目始知為
仙公所救而女兒不在遂哀呼隕絶御使垂淚救之既甦復相對痛哭仙公慰懷不已天明御使謂仙公
曰標之夫婦殘命活於先生之手當委身門下長執廝隷之役而顧以国家罪人死於水中則已今既不
死矣義不敢復為亡命之人也當与仙公從此辞矣一別仙顏山川永隔啣珠他日報恩於何地乎仙公
笑曰人間萬事莫非天定公以塵外孤高之相當曲肱飲水於岩穴之間而紆朱拖紫燀爀震燿者非其
本分故造物戲劇禍厄如此往者已矣言之無益今宜順受天命与老夫同歸窮山咬菜根餐葉耐過十
年則天道循環吉運自至也御史見仙公華髮霜顏眼如明星而氣宇疎朗言笑高雅意以為上界真仙
而亦念富貴酸齒憂患傷心霜培驄馬旧跡驚兮風濤鯨窟餘悸震魄遂慷慨許諾仙公大喜即与
御史回棹至青城山是山自古靈仙都會之府也青松白鹿瑤草異木處處有之而仙公結茅雲中瀟洒
如巫御史与夫人潛然自適閑送日月然但以不聞小姐之存亡涕未嘗乾也其夜南小姐哀呼於洞庭
岸山翻身欲投江者數矣季鸎持之痛哭曰小姐小姐吾老爺夫人之魂所依托者誰也南氏骨肉但小
姐一人而已當隱忍偷生圖報父母之讐何必抉命相随然後為孝哉小姐哭曰吾以九歲幼兒安能復

訾而且江湖萬里蹤跡孤危豺狼鼓吻盜賊睢盱(奈乎顚視)縱欲偷生何可得也言罷哭聲哀亮如裂湘水禽驚
呼山鬼垂淚時夜過半淡月蒼茫忽聞環珮玎〻自遠而漸近俄有一介靚粧(粧)仙娥左手持白玉盤右手
持瑪瑠小瓶翩然至前曰妾叓湘君娘〻灵旨奉慰於花相國夫人〻〻以前生業寃雖有一時厄運而
十年之後當与父母相逢榮樂無窮願夫人顧念貴体毋爲無益之悲也仍以玉盃酌瑪瑠瓶以進曰遥
夜空江處有飢渴娘〻送此玉漿夫人一飲則(雖)數日不食而神氣無餘矣小姐叓之疑訝不即飲之季鷽
泣劝曰娘〻怜小姐懸危軫小姐飢渴降此琼液盛意不可孤請小姐一沃焦喉焉小姐始承盃飲之異
香滿口精神爽朗小姐泣謝曰小妾罪逆通天羅此鞠訩娘〻曲加矜悶教詔丁寧妾死無以報也然妾
分明見父母入水此生寧有會面時也仙娥曰夫人休意爲忠臣抱謇〻匪躬之節逆龍鱗犯虎口終雖
隕身於層濤駭浪之中而神明扶持必有以保全者矣小姐聞之惝恍而未能信季鷽從傍言曰仙女欺
我哉屈大夫死於子蘭岳武穆死於秦檜此可謂神明扶持乎仙娥撫掌曰娘子未知矣夫神明之保護
忠臣者非但爲其人而亦爲其國君也彼楚宋之君甘心樂亡愎諫違忠而沉溺私慾屈勝事登天厭其
德久矣今皇帝雖爲權姦所誤然聖孝出天五十而猶慕父母天下寧有孝而不昌者乎昨日湘夫人告
于湘君娘〻曰今夜御史南公當死於江中也娘〻掉頭曰南公清簡貞忠已著明帝聖神至德升聞天
將報之以純嘏而小微星已艤舟救之矣然其女兒以褊介之性恐有不能自保也遂命妾往慰焉妾以

是知尊大夫之無恙也李鸎听罷怳然大奇仙娥向小姐再拜寬慰因忽辭去李鸎謂小姐曰妾聞洞庭瀟湘之間自古有仙人而湘君其一也今夜之事寔為奇異願小姐持以寬心焉小姐泣曰設雖仙娥之言不甚孟浪父母為人所救而無事焉吾自襁褓未嘗一日離違膝下今忽相失音容茫然吾何以堪耐而且父母緣一不肖弱女而念慮存亡肝腸餘幾乎此吾所以哀隕罔極死而欲無知者也因哀哭不已俄而江鷗頻唱東方漸白小姐謂李鸎曰夜來誕妄雖不可出口然其奇異則甚矣吾當暫保性命以冀其他日或見父母之容顏而此地舟船齊湊之會也南來北去耳目煩多流離道路危辱必至莫如深竄岩穴滅影屏跡生則幸耳死亦命也遂相与散髮翳面從山間小蹊而行

噫小姐以九歲幼稚肯抱窮天之痛而金房繡閨曾未有跬(亓)步之勞崩崖斷麓岩石犖确妍妍玉骨何以自致可知行路之哀憐而倘得天意之矜救也耶

行未十里嫩脚漸苶軟跗重繭婢主相扶而泣於林薄之間忽有麻衣一老嫗眉如霜雪面如桃花手持紫藤短筇過前而指西邊大路曰此去二十里巴陵縣雙桂村有陳姓官人而其家女兒与君有宿世之緣誠往依之則非久當与好人相遇矣言訖忽然不見李鸎大驚小姐亦異之李鶯謂小姐曰神明哀憐小姐其所指道丁寧若此當順受勿逆以待天命也於是决意向巴陵相与扶擕寸寸前進時李鶯年十三体態娉婷行人見兩个美小女綠髮四垂如月隱雲中而行步裊娜無不回顧驚疑也至雙桂村小姐

隱身於村外密林中謂季鶯曰吾以閨中處子情跡俱危不可以一時路次聞荒唐所聞徑投於平生所
昧之家汝試先往訪所謂陳姓官人家細問其名字為誰官為何官而來萬一吾家親戚則幸甚不然寧
死於道路不可入矣又脫手中玉環而賜之曰此吾外王母金陵郡主之幼時所宝者也母親嘗稱玉品
之奇汝試持此物假称買賣而一入陳家則或者有親見其家小姐之道矣汝以慧眼一見可知此賢否
也季鸎領諾而去至南衖南街上有一區大宅問于村人荅云山西潞安府提督陳公衡秀之宅也季鸎又
問曰彼家主人既是外任則夫人想亦從往矣未知守宅者何人也村人曰上年陳老爺以兵部侍郎出
鎮山西而提督非率眷之職故夫人与小姐留此不往矣季鶯又問曰其家小姐年方幾歲而家中又有
子弟或侄甥男子否荅曰小姐年齒則非外人所可的知但有一公子往淮南叔父家學書不還者為三年
矣其外未聞有他男子也季鶯心語曰陳公既是京師大官而与吾府在族分戚誼則必不無通信殷勤
之道而吾自知人事以來未聞有陳姓官人往來於吾府者以此推之決非內外族黨而吾小姐禮防太
嚴今萬里他鄉安得親戚而依之乎吾且試往其家而覩之時陳提督夫人吳氏果有九歲嬌兒名彩瓊
字弥華顏色綽約如初發芙蓉夫人弥重憐愛每遇粧奩佩飾則無論価之多寡輒買与之是日侍婢
姚英持玉環一雙入謂小姐曰此物奇妙可愛恰似吾小姐也小姐悲受大喜着於手指而愛玩不捨曰
誰家女子不耐飢寒忍賣此手中絕宝也吾當告于母親三倍其価以為慰其戀惜之心也姚英笑曰小

姐徒見此環之跡絶而不見其賣環者之奇妙也小姐問曰其人何狀對曰其人年可十三四以綠衫青
裙自以謂人家丫鬟而其雲鬟花靨色態之天然言語之嫣如雖謂之絶世閨秀可也言未已夫人來
至就其玉環而視之大驚曰此玉若非崑岡之溫玉殊是合浦之明珠也冬月着之而不冷夜室照之有
光此非尋常家寶物也汝試招其人而來姚英出与季鸎而入夫人小姐望之驚奇鸎禮於夫人〻〻坐
之中階而問曰覌汝之容服似是富貴家侍兒而何事持此玉環奔走求賣也季鸎見夫人甚為德容而
小姐溫朗貞淑心中甚幸對曰小妾乃京師南御史宅侍婢也老爺以非罪謫岳州昨夜水中遇水賊老
爺与夫人投江行中諸人皆死而獨九歲小姐僥倖得脫彷徨道路孤苦弱質無処求生而且手無見粮
故鬻此指環欲延時日之命也因吞聲哽咽淚下如雨夫人慘然無語小姐跪告于夫人曰今聞南小姐
之情境小女不覺心肝酸痛矣彼以九歲兒女抱窮天之至痛江湖滿地靡所止接而秋風日高冬威漸
迫弱姿軟骨安能一日得生乎母親倘垂盛德収置家中与小女同視而撫愛之則南氏父母必將結草
報恩矣夫人嘉歎而撫其背而吾兒樂善如此吾豈不從乎問於季鸎曰汝小姐見在何処對曰在巷外
林麓間矣夫人即命侍婢數人持小轎隨季鸎而往迎南小姐季鸎纔出重門夫人招姚英傳語於南小
姐曰小姐遭变流離凍餒可憐吾老身聞之惻隱有此奉邀矣小姐愕然告于夫人曰古之介士不食嗟
來之食彼南小姐若有貞心潔操則豈肯以身上飢寒求救於他人乎小女見其侍兒動止有法度其主

不見可知矣今傳語中辭意頗涉簡褻南小姐必不來矣夫人覺悟稍善改其語而送之時南小姐遣李
鸎以良久不還為訝忽見鸎与五六丫鬟領小轎而來小姐心語曰陳家果是吾家之親戚也不然豈有
此哉李鸎披林木而入姚英傳吳夫人之語於小姐曰因小姐侍婢聞小姐遭罹山厄驚愕無已竊念
路上倉卒喪禮雖亦故老身母女方為小姐親治衰服惟望小姐降屈陋舍過成服後徐圖還鄉也小姐
目視李鸎李鸎解其意跪告曰是乃山西提督陳老爺宅也雖与吾府非宗戚姻親其老爺方在山西任
所公子亦往淮南只有夫人小姐而其仁風德音感人心骨也仍傳陳小姐之言小姐已聞姚英之傳語而
太平傾心又聞李鸎之言而怡然登轎於是姚英先走府中告南小姐之來到吳夫人大喜設筵於中
堂陳小姐去其華飾降階而立南小姐下轎入重門陳小姐揖引上臺南小姐就席俯伏哀哭吳夫人与
小姐哭而吊之李鸎陪哭於南小姐之後吊慰夫人進慰南小姐南小姐哭痛中禮辭音哀切陳小姐為之
垂淚扶南小姐而歸自己粧室撥錦屏繡簇鋪以素席親持糜粥以勸之

噫陳南兩小姐以未十歲小女兒其夙成如此禮制又如此真可謂天降之姿女類之英也

自此南小姐与李鸎哭不絕聲至成服日吳夫人与小姐又行吊禮於南小姐如初後數日吳夫人与南
小姐從容問內外族派聞南小姐為金陵郡主之外孫夫人喜曰然則小姐之於老身為再從侄也老身
之外王母即雲陽公主也公主於金陵郡主為姑母也小姐亦喜曰小侄顛流他鄉四顧無親今得叔母

而依之冗為萬幸也自此夫人小姐待南小姐益親矣過十餘日村巷震沸家人奔走告曰湖廣巡撫使
尹侍郎老爺至矣夫人大喜時兩小姐在前南小姐聞于陳小姐曰尹侍郎無乃山東尹侍郎耶陳小姐
玉顔微赤低頭無言夫人笑曰是也而老身之内兄也吾兒與尹兄之子汝玉定婚故羞澁不敢對也然
賢侄何以知尹侍郎也南小姐悄然變容珠淚双落曰亡親昔與尹大人比屋友善情若管鮑小侄亦嘗
拜見於尹大人内外故至今猶記其顔面也言未已鼓角喧闐旄鉞照爛侍郎已到矣兩小姐退於寢室
夫人迎見侍郎於中堂相與問寒暄畢侍郎命名彩瓊小姐執手玩愛喜色燦然侍郎又自袖中出一封
書傳於夫人因言曰吾來時歷陵川縣平仲適巡到是邑與吾從容數日平仲自言所期尚遠兒子亦在
淮南家無男丁而比年海寇浸盛已犯江西諸縣江西距家不遠深以為憂書中亦有此意吾夫人坼封
看畢對曰滿紙皆此意而尹兄必欲掛冠東歸云今行如或徑過其処須與瓊兒起程隨後同歸濟南以
為相依之地為好耳小妹孤處湖海之間騷屑驚心今得與哥哥同歸則誠為快幸然哥哥方帶大官重
任何事欲浼浼決歸耶侍郎欷曰吾非古人懸車之年而但近來朝象寒心吾友南御史論事竄逐林澗
嵇瑞等亦以敢告相繼廢出即今國事皆決於嚴崇父子之手以是花尚書徐小保諸老成人稍稍引去
吾亦無心於世事前月已送家屬於濟南方欲謝病乞退矣意外忽奉南巡之命萬不獲已杖節來此然
還朝之後即當快歸耳夫人欷曰哥哥不聞南御史水死耶侍郎大驚擊膝曰此何言也夫人將南小姐

事一一告之侍郎失聲長吁悳涙傾瞎曰吾固疑子平之有此禍也叩賊之陰害忠賢類皆如此子平安
能獨免乎既而欷曰以子平之鯁亮愷悌亦不能安葬旁坐而反為魚龍所食此豈天理乎乃使侍婢
召南小姐小姐方歸寢房感念平昔心不自定及承召命垂涙而入拜於侍郎什地哀哭侍郎号慟良久
哀慰小姐而仍復揮涙曰老夫怬懦不能与令尊同死直節幽明之間慚負多矣小姐起而再拜且泣且
告曰大人曲念亡父之至寃感教及此小女願自今以後永依大人膝下幸賴大人盛德以復父母之讐
則小女當世世生生長為大人之血屬以報如天之恩也侍郎曰九歲女兒言語如此子平可謂有女矣
於是吳夫人使侍児引小姐改着吉服以子禮現於侍郎侍郎復改衰服而入侍郎引坐膝前滂涙交下小姐
復告於侍郎曰小女大蒙大人之不遺収恤膝下死且無恨而但念父母之水国孤魂無所憑依小女私
情則欲親往江上招安父母断魂奉歛故鄉也侍郎欷曰孝哉汝言也老父之未及思也於是侍郎起出
外堂召巴陵縣丞謂之曰明日洞庭湖當招亡友之魂浄備祭奠以待之縣丞承命而出明日侍郎与小
姐同至金沙洲岸上空山葉脱大江風鳴孤舟不来断雲獨去日暮滄波消息何処猿聲失子而哀呼鴈
羣叫侶而酸嘶烟樹蒼茫鵬鳥翻飛者賈太傅之長沙也竹枝凄断飯筒来往者屈三閭之汨羅也鼓瑟
秋江之上而曲終人不見者湘灵哀怨也臨江痛哭江水鳴咽於是侍郎与小姐同脱上衣侍郎自招御
史之魂小姐自招夫人之魂哭祭於江上是日江北江南無数謫艇中吳楚之客揮涙相視而皆悲南御

史矣侍郎与小姐失聲大哭擧罷還陳府留數日起程吳夫人与兩小姐同車隨侍郎之後行至開封府侍郎使記室一人陪夫人行車自東昌直向山東而侍郎從廣平還京師詣闕復命明日上疏乞歸而備陳疾病辭甚懇悃天子乃允

桂亭各言志　蓮橋獨行義　第四回

原來尹府在山東省濟南府之歷城縣是亦青州之一大都會也有玉帛江山之勝人物樓觀之富而尹府尤以甲第擅名焉是年九月趙夫人已與小姐公子自京師先歸整理家事以待侍郎忽聞侍郎南下之報復以長路爲念焉至季冬初旬門人入報曰巴陵陳提督夫人至矣趙夫人驚喜出迎於中堂坐定陳南兩小姐禮於趙夫人〻〻引陳小姐撫首歡愛曰別來數年何其夙成如此時南小姐以麻帶素服坐於吳夫人之側蛾眉淡〻珠淚瑩〻趙夫人愕然謂吳夫人曰此兒於夫人爲誰而酷似南御史女彩鳳殊可訝也吳夫人曰姐〻豈知此兒似南御史之女而不知爲自己之養女耶。乃傳南小姐之始末趙夫人惨然執小姐手而涕泣小姐伏席嗚〻哀切不忍見也吳夫人扶小姐起以吉服拜於趙夫人如現侍郎儀復以素服侍坐於趙夫人之側於是趙夫人。使侍婢召紅艶小姐及長遠公子拜於吳夫人而又如与南小姐相見以兄弟之禮尹小姐已於簾內望見南小姐哀容惛然憐之友与之比膝同坐低聲致慰傾情相愛而公子一邊慰南小姐一邊流目視陳小姐而喜眉玲瓏陳小姐赧然低首吳夫人眄笑而愛撫

之是夜三小姐同歐寢室琅音嫩語疊〻黯〻歡情哀湥婉款嬌嘻宛然若同胎姊妹各分天涯睽違廣
阻茹情懸慕徬然相覿握手傾悰也尹小姐長南小姐一月南小姐長陳小姐一月以之為夢次而半姿
懿德花交玉映文藻女工莫上莫下趙夫人耽〻愛重而尤憐南小姐之孤孑也後月餘侍郎至夫人迎
慰行役之苦仍及南御史韓夫人之事侍郎夫婦含淚咨嗟如悲親戚南小姐感恩淪骨孝處之心雲出
泉湧常恐糜粉而不能盡報也此後南小姐雖与兩小姐同居一房而坐不華席食不滋味每遇新節月
朔則號隕輒絶明年八月謦日至小姐与李鶯親備膳羞自製哀文祭於靈几明年謦日又如之服闋猶
不御華服常以罪人自處侍郎益愛之是時尹南兩小姐年皆十二歲侍郎每遇京鄉故旧則輒問佳郎
之所在處而終無入意者常歎曰若以吾兩女子比之姙姒〈似則〉是人事之所不敢也然其幽閑之姿貞靜之
德豈必多讓於古人哉天出此等淑質而決不屬於平調俗子矣意者必有積德累仁之家出一介大君
子而吾兩兒為之應期而生也趙夫人問曰覘相公語意無乃欲效皇英之古事耶今以兩介美兒當得
兩介佳郎孜〻對遊各見滋味也侍郎答曰苟求風彩則如潘衛者有之矣苟求門閥則如王謝者有之
矣苟求詞藻則如蘇內翰黃太史者有之矣至於大賢君子則不肯世而出也今若配南女而舍吾女則
是不近人情也配吾女而舍南女則是負吾亡友也夫人大悟稱謝焉一日侍郎在叢桂亭与三小姐玩
月徘徊忽有孤鶴翩躚於臺上翹頸長唳其音哀亮侍郎即命三小姐各成絶句七言一首

尹小姐詩曰白雪貞姿響戛然高培獨立月中仙若爲喚得丹山侶接翼同朝玉帝前
南小姐詩曰一別青城每憶還獨憐病母在空山猿聲処〻哀〻求子不忍飛過楚峽間
陳小姐詩曰恐復驚人罷大鳴豈無六翮到三淸祗緣子晉留佳約夜〻緱山萬里情
侍郎先見尹小姐詩知其有終不舍南小姐之意點頭微歎嘉悅無已及見南小姐詩雙淚汪然不能續
看曰汝之此詩可以斷千古孝子之腸矣又見陳小姐詩知其有貞靜守節之意三復歎賞曰但恠其有隱
憂也此後數月侍郎謂夫人曰吾今僻在鄕曲聞見不廣當遍遊四方必得佳壻而後已其敀未可以歲
月期也遂以千里名驛數人家僮作路於南京轉向湘江爲時長遠公子往〻於娣氏寢室接陳小姐之
容貌愛慕欣喜而間或参以言笑則陳小姐冷嚴不荅一日公子入母夫人寢室吳夫人亦來在座而陳小
姐方与南小姐圍碁迭抽纖葱落子亭〻如雁点秋沙星布曉空而神動天隨萬変橫生陳小姐忽斂手
推局曰姐〻天生奇才小妹何敢望也公子初見南小姐之碁法神妙乃引金枰而向南小姐言曰愚兄
粗解碁譜非曰能之願此學爲南小姐一二辭讓遂与之對局公子手不暇遊連輸三局兩夫人大奇南
小姐而尹小姐嬌笑琅〻嘲公子曰汝常偉然自言不以天下之事爲難今爲一女子所困此後能復大
談乎對曰南妹事〻神異固是天上人也至於姐〻与陳妹則小弟不少畏也尹小姐粲然笑曰敗軍之
將猶復語勇乎公子仍跪告於吳夫人曰陳妹外視小侄不接言語殊非一家閒厚風也願叔母觧諭之

少除其冷淡之色也且小侄俄覩陳妹碁品甚是小侄之敵手也小侄欲与之一番對局而小侄之請萬
無應可之理亦願叔母歡諭之吳夫人切愛其言遂令陳小姐對局焉小姐紅潮滿面若無所措其躬而
兩小姐微笑視公子〻〻喜氣動盪高捲双袖玉手乱落棊若風雨而故復誤着隨手求退搽執小姐玉
臂裂之却之小姐推枰却坐而曰不直處不可較矣公子詡〻笑曰自退者不勝矣兩夫人絶倒而兩小姐
駭然哂之是日三小姐還寢房尹小姐謂南小姐曰長遠可謂風流豪士而不可謂端肅君子也因琅然
相笑陳小姐羞愧無語矣一日侍郎自淅江還欣〻然謂夫人曰吾得東床快郎從此可得甘食而安寢
矣夫人大喜曰誰家兒子而其人果何如也侍郎曰晩生雖無藻鑑亦自許平生不妄知人而嘗以汝陽
侯花公為當今第一人品矣其次子珎年方十二歲而陳平之貌曾參之行錦繡之文章山岳之氣像早
晩當名震天下為帝子師如國初之誠意伯也仍顧謂兩小姐曰汝之兄弟友愛格天終能同歸君子而
不負平生之至願矣老父雖今日瞑目無復遺恨也自囊中出紅玉釧与尹小姐青玉佩与南小姐曰此
乃花家之信物也汝輩須珎重藏之兩小姐拜受而退同歸寢房自幸姉妹二人將得一生不難而各於
心中感謝神明李鶯自正堂來粲然啓齒微謂南小姐曰洞庭仙娥之言果不孟浪矣小姐感悟歔欷曰
過此八年重逢爺孃然後可以快信也尹小姐恠問曰自逢賢妹以來未嘗見賢妹婢主相与密語今何
語之親而獨外我也南小姐對曰渺茫誕怪之說耳雖得聞而口不可言也回顧李鶯曰當時之事雖涉

不經終始秘之於姐々則不可矣於是季鶯將仙娥之言一々告之尹小姐大驚異之仍又賀之曰賢妹
兩賢豈必然無事矣夫以賢妹之至孝決不當酷家天罰吾固疑之久矣今聞是言吾心洒然若決浮雲
而見白日也往者賢妹何固執不信而枉自過慽也南小姐猶嘻然技淚此後侍郎夫婦洽兩小姐及公
子婚具將次第成禮而但恨日月之太遲也明春三月三小姐遊園中花影亭或弄花枝或摘蘭葉紅裾
飄洒瓊佩琅瑲慢步嬌嬉麦影相顧望之若一羣仙子接手遊戲於閬風之苑而三小姐自條柔柔各相
流歎星眸依々玉筋潸々苟非深得於七月之篇而竊見女之情者莫以知三小姐之悲也此時公子聞
三小姐在花園忙步而至參坐歡笑陳小姐苦之尹小姐謂公子曰吾輩之遊汝甚不關色乎可也公子
笑而猝然對曰小弟適得一詩欲承姐々評教辛勤來此姐々何甚迫切也小姐笑曰若聞其詩云何公
子着猝口點[占]曰

海鶯新啟上西樑雲窓霧閣自春光含泥欲到還飛去恐有陶河嚇頡頏

尹小姐聽罷蛾眉蹙壓愒然良久顧謂南小姐曰自古佳緣多魔好約易舛今長遠無端成詩而語兆不
祥吾恐上樑之花將爲狂蝶之窺棲林之鳩不免禿鶩之猜也南小姐愕然顧陳小姐而公子亦悔其卒
爾自歎無已後十餘日公子與兩小姐侍母夫人左右侍郎自外入曰天下事何其無據之太多也陳平
仲素以廉謹著称而今爲錦衣總督楊碩所陷以奸贓已繫詔獄云矣夫人大驚曰相公從何得聞耶侍

郎曰乎仲家人来矣吳夫人聞之仰天痛哭郎日治行將赴京師趙夫人請留陳小姐於吳夫人陳小姐
泉泣且告曰家嚴陷在大禍小侄雖乏緹縈之孝誠豈忍此而越視乎於是三小姐執手相別涕泣沾衿
公子違々顏色千变矣吳夫人与小姐倍道至皇城陳公已被杖訊矣夫人小姐叫苦屡絶初陳公在兵
部時嚴嵩之假子趙文華聞陳小姐之美以其子求婚公峻辭却之文華大怒囑於四崇黜公為潞安府
提督至是使楊碩誣奏公以私竊太原錢三十萬拿下錦衣獄百計鍛鍊文華聞夫人小姐来到旧宅乃
招與夫人從兄吳郎中者謂之曰陳衡秀罪雖萬死然誠吾一開口則足以救矣前日衡秀侮我太甚拒
婚迫切今吾不可以德報怨也聞足下与衡秀連家云如欲使衡秀生出獄門試為傳言於衡秀之女也
彼若孝女則必知所以去就之者矣自是吳郎中畏勢唯々之徒也拱手听命来見吳夫人而傳之夫人
大怒曰趙賊乃敢辱吾兒耶小姐奮然告曰古之孝女或有願為官婢贖其父死者亦有鬻其身而葬其
父母者小女身体髮膚皆父母之賜也今父在重戮而為其子者暇論身上之辱与不辱乎夫人常以小
姐有氷玉霜雪之操矣及聞是語愕然無語者良久流涕而歎曰哀哉悲夫義桂亭咏嶋之詩足以為汝
之成案矣吾何疑於汝心哉然殺其女而救其父生者何以為心乎古人云黃金為娃其智為惛今吾之
心不曾黃金之娃而已汝其自念而自為之小姐慨然無一毫難色親向吳郎中而許之吳郎中大喜啟
告於文華々々喜甚欲往明日復囑四崇而奏之天子減死配陳公於雲南公出獄夫人小姐持之痛哭

公慨然長歎曰吾不能見幾早作而洩忍遲廻遭此僇辱尚復誰咎然老夫罪在必死而聖上曲加容貸此亦天地之大恩也於是夫人泣傳趙文華之言公怒髮衝冠曰吾寧暴尸於東市豈忍與奸賊結親受千古之罵名乎且吾兒三歲時與尹侍郎定親今已十一歲矣大丈夫安能變乎而求生乎小姐怡聲告曰小女迫於事勢輕先許諾已破之甑言之無益且天下事自有方便伏願爺爺勿以小女為念爲言罷意氣自若公仰天寒心又因默然思量曰此兒自孩提時膽略過人而今其言動如此必有奇謀異策能以全其節者吾且從其意以觀之乃問以所欲為之計小姐對曰小女欲如此、、、公嘆曰吾以八尺之身生死於豎子之手而使一介女子變服流離於四方此生良可哀哉且雲南一萬七百里兒女之身決不能致矣須往淮南與雲兒相依也初夫人初以小姐謂將殺身明節而隱悼默悛中心如割及聞其奇中設計大驚稱歎再三抱小姐背而流涕曰生離死別關山萬里淚安得不植流也腸安得不寸斷也公與夫人發行後小姐斂卧寢房日夜號泣時趙文華家人絡繹催婚小姐使乳娘傳語曰新別父母情懷罔極且當耐過數旬方寸稍定然後可以成禮矣文華家人歸傳其言文華之子躁躁不已文華曰人情固然當從其言且彼已作入囊之物緩之安往後四五日文華使侍婢往見小姐小姐雲髮覆面擁衾呻吟以徹徹之音喚謂乳娘曰吾悲撓之餘重感風寒方欲安意調養赴速差完以報活親之大恩而今外人數數往來吾心不便矣其人歸以此言告之文華大喜曰彼誠烈孝而知德者也今宜順適其意無令

生嗔此後則須間日承候於門外而勿復妄入也又十餘日小姐度公行車已遠与乳娘及侍兒雲蟾等
夜治輕裝皆着男服以一匹青驢向淮南而去明日文華家人來見空宇荒涼無復人跡大驚大詞問諸
巷中人曰彼家小姐何処去也巷中人冷笞曰彼家此家小姐大姐吾不知也其人無聊而歸告於文華
文華父子目瞠口噤相視而不能言使人急招吳郎中〻〻顚倒而至文華頓足乱叱曰老畜敢賣吾父
子耶吳郎中不省首尾大愕曰尊公此何教也文華曰陳女逃走豈非汝老累之造化耶吳郎中惶急指
天爲誓曰小生寔不知也然當盡心搜索願尊公息怒爲文華之子咄〻恐其父曰當初若急〻成禮或
多遣婢僕防護其家則必無今日之患而大人闊鍵大弛爲兒女子所瞞此不可使聞於他人也文華亦
悔恨刻骨而復罵吳郎中曰苟不搜納陳女則老畜決不得保白頭矣急往搜之吳郎中着莞還家搔首
搗胷曰吾以不娶陳女之故大爲桝門所怒萬端受辱此[何]等厄會也此女無他可往而必從其父母走也
即使家丁數人從雲南大路而追之先是陳公之弟英秀性行高潔隱於淮南雲母山陳公送子昌雲而
學書爲及公之就獄也謂家人曰吾積忤桝奸其禍可知昌雲若來則必及於禍是父子同死而宗祀絶
矣待我死後始通于昌雲使得寬命於山中爲他日復讐而毋令浪死也以是公在獄兩月昌雲不知也
是時小姐自永清縣轉〻間路而向雲母山路過山東小姐自念侍郎夫妻四五年撫愛之情恩公子寤
寐間思服之誠意潛然沾衿心語曰吾以薄命女子貽禍於父母幾抱窮天之痛而永爲天下之罪人矣

僥倖神明俯憐至寃昭親僅免大戮然万里天涯賜環無日從此誓當不難父母之膝下以報顧復之恩而父母辭世之日固復決命同歸則庶可以贖吾罪而畢吾願也室家之道雖云大倫比之父母猶有輕重一事心已定矣牢不可破將與尹郎此生已矣人情當歷拜永訣于尹叔父內外及兩姐〻而一入其處則必不無許多難處之端百爾思量終不若割其情而全其義也然尹郎多情者也必然以我之故枉費心力而從其亂室之期吾與尹郎徒爲魔障而已薄命之人事〻如此自古前生有何積惡而然也以是身同驚彈之鳥心若中鉤之魚行必側路止必歛淚行十餘里過平原驛秣驢于客店忽有少年名宦護一雙彩轎呵擁過前而入於傍店雲蟾自以女人之心却忘形色之已變決難而縱觀之兩轎子一時褰簾兩美人細步上堂在前者年當二八而鳳冠花履体貌凝粧在後者年未及笄而顏色照耀若太陽初升嬋婷之態貞淑之美彷彿於自家之小姐雲蟾不勝艷欽走告於小姐曰小婢嘗謂天下絶色惟南尹兩小姐及吾小姐而已俄覩傍店行次中小姐若置之於尹府則當在於南尹之間矣小姐曰世間寧有復如南姐〻者乎雲蟾曰南小姐之天香自發百美橫生自生民以來所未有也誠不敢擬議而至於尹小姐則恐不能着鞭先之於此小姐矣小姐素知雲蟾之識鑑精明故不復致疑心自太息曰吾與尹府受恩深厚而尹郎乃以金石之信眷〻於菲薄之質吾雖女子豈不銘感於心乎今吾一去雲南形影永阻則尹郎上有父親而無他兄弟勢不得終守柱下之信而長缺中饋之位也伊時徐然求婚於東西南

北而萬一有凡品女子猥入其門則以尹郎之風流韻致索然無聊姑不可言而以兩姐〻絕世之姿寧不辱於此府相隨乎惜乎安得以彼家女子薦之於尹郎也沉思默量仰欷俯欷乎饌在前不能舉筯忽思一計奮然而起曰士固為知己者死吾豈以一時之嫌抱千古之恨也即上青驢與雲蟾等復從來時之路而下坐於白蓮橋上矣俄而其名官與妓彩轎來望見石橋上有絕美一少年以烏巾綠袍臨流而坐手折碧藕回顧流眄其名官大驚於心曰吾聞古有女子中王嬙之美而豈聞男色有如此之美者乎殆子瑕安陵君之所不敢彷彿也翩然而下馬揖小姐而問曰秀才欲向何處而閑憩於路傍乎小姐荅揖曰斈生方向淮南適見藕花滿發處玩流連也其人先通姓名曰僕即滁州人白瓊字聖圭也願聞秀才之高啣焉小姐曰斈生即山東人尹汝玉字長遠也覩足下早登青雲不知方帶何官也其人曰僕春間登科而除翰林編修矣因問於小姐曰長遠居在歷城則或與尹吏部為族親否小姐荅曰即斈生之嚴親也白翰林已悅小姐之容光而又聞其為尹吏部之子頓已傾意遂與之談論於文章山水小姐玉音滔〻如決江湖白翰林動容斂服不覺致膝自號曰昔程本與孟子華遇之於道傾蓋而語僕縱聽於子華長遠獨不若古人乎小姐拱手謙謝翰林愛慕愈甚問曰長遠年今幾何而曾已取室乎抑有定婚而未及成禮乎小姐荅曰學生年方十三而嘗與陳提督衡秀之女定親矣其家遭禍遠竄相去萬里消息已絕將欲更求婚處也翰林喜動顏色曰僕欲有所懇幸望長遠不以為濫否小姐曰苟垂明教則

安敢不奉徒于翰林曰僕有一妹今方卒向京師而歲與長遠相敵矣其姿性之美足為君子之配長遠雖遍遊京師博求淑女恐未有遠出於吾妹之上者矣更望長遠勿以門微而却之也小姐答曰家有父母而且婚姻大事非今生所可擅許也足下到皇城後試即通婚于家親則可否間當有應答矣翰林曰長遠之言是也然主張在於尊堂而取舍在於長遠幸望長遠毋負今日之至意也小姐曰諾翰林大喜復與小姐情話疊疊不能相舍小姐起而揖辭曰日色將暮前站稍遠不得終夕而陪穩餘懷曷勝他日皇都當復望拜情容耳翰林悵然作別各相登程焉

君子迎淑女　妖妾結色客　第五回

陳小姐至淮南見處士公子細告公之前後禍厄而相與痛哭處士曰雲南逖矣汝之娚妹以穉年弱質不可遠往吾當獨行汝等留此也公子小姐涕泣願從而小姐曰父親臨行之教亦如叔父之意然顧今父親之禍莫非小侄之罪也小侄欲畢命於父母膝下以抒此胷中之至意也處士不得已與之偕往行之半年艱關至雲南陳公與吳夫人不意子女之來忽見其至與處士與公子小姐相扶痛哭而小姐備陳首末陳公不勝憤切而還以一處相會稍自寬心矣小姐告白蓮橋之事陳公夫妻泣握小姐背曰汝真是尹郎之知音也尹郎若知此事則豈肯舍汝乎然遠隔万里之外還鄉無期汝之一生可謂慘矣小姐不以尹郎為念而但以不離膝下為喜也時尹府自吳夫人發行之後侍郎夫妻晝夜憂歎及聞小姐

許婚於趙家而陳公免死侍郎歎息無言而府中莫不錯愕恨陳小姐之無信也獨兩小姐流涕而歎曰
孝哉陳妹也哀哉其父死矣南小姐沉吟良久曰陳妹英略絶人福氣滿面決非枉夭者此間必有奇事
也因告于侍郎急送家僮細探消息於皇城月餘還報曰陳府一空問於隣人〻〻笑曰彼家小姐昇天
乎入地乎是何訪之者多而終無聲息也云矣夫人以下聞而相顧流涕莫測焉後數十日忽有一蒼頭
自云自淮南陳處士家來而上陳小姐手書于兩小姐尹小姐忙手拆封而見之其書曰
小妹陳彩瓊涕泣頓首告別于尹南兩姐〻粧臺下噫女子之生本非父母之幸而況如小妹之階
禍者復何云乎哉小妹雖刳腸刺血莫以補老父既傷之膚也嗚呼小妹之罪當与入世絶矣但今
盟天而矢心者生亦從父母死亦從父母然其至痛浮寃庸可以有 乎嗟乎凝香閣拗梅之戲龍
翠亭咏栢之事若隔前生而一落天涯如驚蓬振葉鸞琵自鳴悲夫〻〻叔父母拉首子視之恩吾
姐〻聯衿友于之情惟期他生之相報而已自餘腸斷氣絶而不能盡意伏惟鏡照〻
別紙曰小妹於平原客店忽遇翰林編修白瓊之妹而小婢雲蟾親見其容貌而傳之誠亦今世之
稀罕閨秀也此間有一段可笑底事惟願姐〻留心勿忘也
兩小姐斂淚被面不能盡讀及見別紙甞覺於心而歎曰噫斯人也秉德如此豈不能終享天福乎於是尹
府上下始悲陳小姐而歎南小姐之先見也此後公子雖強為和顏於父母之前而觸物興思斂袖龍鍾

兩小姐浮憂之一日兩小姐侍夫人在正堂公子自外帶笑而入曰有翰林白瑣者寄一封情書於吾而自以為白蓮橋分手之後何得一夜敢望吾長遠耶其何人斯又恳書請婚於大人而盛称吾為大賢君子此可笑也吾行年十三不知白蓮橋在於何處而尤不知白瑣為何状人也夫人呀然曰然則其書必誤傳也兩小姐已知陳小姐之事相視而笑而已侍郎入來夫人迎問曰汝玉云白翰林通婚所謂白翰林誰也侍郎曰故太學士白邦憲之子瑣也夫人曰其書分明寄相公之書耶侍郎曰分明矣吾与其父友善矣書中先称旧誼而皮封云歷城縣前任吏部侍郎尹大人座前豈不分明乎夫人曰然則其所与汝玉之書何其孟浪也侍郎曰此誠可恠也因沉思小頃使公子搜出輿地圖展之案上拍掌笑曰白蓮橋在平原驛北二里許自京師走淮南之路也必然陳女与白瑣相遇於此而白瑣悅其容貌与之立馬相語而倉卒適色之際借傳汝玉之姓名也不然其間必有多般曲折此不可以臆料也嗟呼陳女在萬里之外安得一見而問之也於是尹小姐告於侍郎曰向者陳妹書中有數行別紙而其所云如此〻〻小女等相謂曰此必徐元直走薦臥龍之意也侍郎悅然歎曰汝等可謂陳女之知音者也乃使小姐取陳女手書及別紙而來侍郎讀畢流涕曰異哉陳女欲與吾家永辞耶天理必不然矣夫人聞於侍郎曰陳女果欲書中所云而終不回心則相公欲何以處汝玉耶侍郎歎曰雖黃河如針泰山成芥汝玉豈忍負陳女而娶他室乎公子聞此言心中幸喜侍郎出外堂答書送白翰林西家人而公子無書為自此侍郎

益怜陳小姐之情事長欷不乐也一日因皇城故旧聞花尚書已卒侍郎設位痛哭於寢門之外兩小姐脫去華服及佩飾爲越三年六月成生与花公子至侍郎大喜迎館於巷北之別業小室而侍郎執公子手滂泗漣漣曰先老公雖處江湖之間心在廟堂之上是所謂先天下之憂而後天下之乐也皇天不憖遺一老夫蒼生可復誰仰乎公子垂涙愴咽侍郎又曰賢壻不忘宿昔之言辛勤跋約於千里之外老夫不勝感激也回向成生寒暄數語復与公子款款終日而尹公子来見花公子而兩公子一如瑞世之丹鳳一如臨風之玉樹尼言照心相視莫逆馥如芝蘭密若膠柒言其德行則伯牛仲弓莫相優劣論其文章則草堂青蓮各有長短也自此花公子無尹公子則食而忘節尹公子無花公子則坐而忘席行必接手卧必聯床成生亦酷愛尹公子而言曰長遠有張子房之媢嫉而兼謝東山之風流矣侍郎擇吉日以七月上旬行禮於府中花公子以玉帶烏紗着鳳紋赤錦袍跨繡鞍雪花馬笙簫鼓鐘喊噪轇轕是日山東人擁路歡呼謂天仙下降矣行到府前尹公子引之成生隨後翠幕際天紅幢界地山東布政使及諸縣太守鄉黨名士大夫峩冠博帶林立星羅而百隊紅粉斑斑前導上正堂之降雲樓兩小姐以七寶鳳冠六瑕珈瑳瑳被彤霞繡縠之裢拖紫霓金縷之裳珠扇月掻金佩鸞鳴拜起雍容乍仰乍低晄曜若金鵄騰湧婀娜如玉蓮扶搖公子微揎秋波喜色隱隱侍郎夫妻歡愛之情海河已淺矣是夜花公子入尹小姐之寢室凝香閣明日入南小姐之寢室籠翠亭一君子兩淑女琴瑟鐘鼓之乐關雎之後所未有也成

生笑戲公子曰荊玉〻〻洞房花燭豪興正高此時能念竹友堂冷衾耶公子笑曰冷衾暖衾各自有時隨分隨安而已簞食布被曲肱而寢吾亦安之矣金房玉饌侍妾數百人吾亦安之矣顧何欣慽於其間哉尹公子歎曰花兄可謂乐天知命者也因謂公子曰弟學力未確心頭有一段緊着之處糾結而不能解欲罷而不能忘何以則可以醫此病也公子曰以長遠之才益讀鄒聖浩氣之章而集義養和使此氣不餒則此等滓穢自然消磨矣尹公子瀴然大驚遂忘情於陳小姐由是顏色數榮春和藹然兩小姐㤼而喜之過十餘日花公子將眷室于歸侍郎夫婦送女之情兩小姐難親之恨天地欲老山岳如小而香車告辨賫馬乍鳴僕夫催程侍女報晩兩小姐以千行玉淚起拜於兩堂侍郎慰曰詩不云乎女子有行遠父母兄弟汝等須盛心所事勿以父母而傷怀也吾之夫婦年未篤老花君汝玉早晩皆貴他日京師自當團聚矣侍郎夫婦揮涕向花公子曰老畜有未教訓而女兒等無所閑習但望君子垂德而矜恕也公子其岳父母之言至矣因念兩小姐前頭雖拱手唯〻而中自太息也尹公子送至数日程而兩公子相視依〻不忍分手況兩小姐之情懷乎此時花府成夫人居腊待公子之還一日蒼頭入報曰小公子行次先聲至矣夫人大喜即命老婢陽雲並家僮三十餘人侍女十數迎新婦行車于百里之外林小姐親率婢輩洒掃新房設屛牀帷席花小姐亦自柳府至感古揺今悲喜雜狀也公子与兩新婦到府中先行現廟禮成生跪告祝辭公子俯伏嗚咽而不敢起成夫人以下莫不吞聲掩淚而所謂大公子者獨治容

餙態頓無半点悲色尹府侍女等無不恠之禮畢現姑於中堂沈氏强拂淡青鷹衫与成夫人接席而坐
見兩婦新千嬌百媚平生所未覩也豺心梟腸崛屼自動目波横張辭色屢変矣成夫人引執兩新婦手
而歎曰惜乎君等之淑姿雅仪吾弟与鄭夫人不見也是夕花小姐引尹小姐歸秘春堂是尹小姐之新
房也姚小姐引南小姐歸鳳歸亭是南小姐之新房也
噫花小姐与公子同育於鄭夫人之懐中終天之恨結於心曲而又同困於沈氏之手下其相憐相
愛之情自然有別於他人之甥妹也設令尹南兩小姐貞不踰人才調尋常花小姐之親之重之也
固其宜矣而况其德其貞之蓮映蘭秘玉温珠朗者乎
花小姐自逢尹南之後以琅琅歡笑長在秘春鳳歸之間而林姚兩小姐亦往來講禮玉趾聯翩香語琅
鏘從此花府有別他春風矣明年二月天子將設科取士成夫人謂公子及成生曰汝輩文學足以不墜
家聲豈可終老於窮鄉乎吾聞柳郎今將赴云汝輩亦須往觀光也兩人受命而退治装登道成生笑謂
公子而指柳生曰天驥展步向風長嘶已有踔絶西極之意雖萬里騰驤安能追凌雲之足乎柳生笑
曰成兄何惻耶穆天子時八駿并世而出開元年間有玉花驄照夜白今皇帝之天廐有玉麟蜚白玉馴
等七名馬環碧殿弄影之舞喜硯亭擊毬之戱莫能相讓於跬步之間而銅金穿袍不待曺文烈一人
也兄試觀吾之飛鞚搴旗於荆王之前也成生笑曰子得何言之不謙也自古龍門豈兩壯元也於是兩生

相与大笑而行及入廷對策天子臨軒親考三人一時呈卷退待於左順門月廊下俄而自文華殿雷雲
蔥籠之間翰林高聲大唱曰壯元浙江紹興人花玠年十六父兵部尚書汝陽侯郁也公子聞之恭然不
動成生笑謂柳生曰子得果能搴旗耶柳生大笑是日選三百三十人兩生亦皆高中設燎放榜於殿庭
各領錦袍彩花加賜壯元以盖馬御樂上引見花壯元於殿上大悅謂群臣朕失汝陽侯心常痛惜矣今
其子如此於見鳳雛胡自不凡也仍命宣醞於前三日後拜壯元花玠為翰林學士而成柳兩人除兵部
員外郎兩員外往見吏部尚書吳鵬曰學生等家在浙江雖於旅館而且學術空踈知識淺嘗願得東南
閑邑為數年讀書之計也吳鵬點頭後數日除成員外為福建南靖知縣柳員外為貴陽府通判時一榜
皆往拜於丞相嚴嵩而獨壯元不往嵩啣之翰林上疏請歸覲老母上許之令將母上來為翰林与成柳
兩太守歸紹興成夫人握子侄兩人之背而出涕曰汝等以藐然一遺孤乃能立身使長逝者有知豈不
破顏於地下乎兩人涕泣沾衿矣於是成夫人召南尹兩夫人授鳳冠花履及命婦職牒遂設大宴於府
中邀柳太守父子是日紹興知府亦平風樂妓物而至三新来以拾紅桂枝拜於尚書祠堂翰林悲慕之
聲聞於外噫梟亦慕乐亦慕孝子之悲何日可已乎時沈氏母子心腹俱痛掩户不出而林小姐腰揮短
裙親辦華饌進顔喜色誠意藹然成夫人為之嘖嘖為兩太守將治行赴任成夫人謂其子曰璿之母子
不義成性玠之夫妻非我莫可保也汝与姚婦猶往為老母不可以兒子之榮永負亡弟之托也成生愕

然泣乞曰小子胼手胝舌辛苦成業者只爲母親也今得専城之祿而不能效一日之養則小子之情倘
複如何荆玉今已致身雲路則當与兩嫂不日趁程而沈叔母决不随往矣一隅京鄉雖欲害之其道未
由而設或有些少雜乎之事林嫂仁明多智亦能彌綸而保護之伏願母親無爲過慮且小回袊小子之
微誠爲夫人猶不听翰林微知之從容悳勸夫人流涕許之
噫孝子之禍從此因極矣造物亦尤何心哉
兩太守之行也姚小姐花小姐執尹南兩夫人之手𢾰揮玉淚琅音咽〻而成夫人向沈氏母子惻怛之
教諄複之托石木可動鬼神亦泣矣此後沈氏恚然静嘯若芒刺去背而与子璹謀曰昔鄭氏賢淑而得
仁心又生奇子如珎者故其權日重相公至有廃立之意而家人視我母子亡如也今珎之兩妻姿德過
於鄭安而珎又榮貴如此宗族之推仰婢僕之輻湊視昔有倍矣彼若一往京師上得天子之寵下挾儕
友之勢則如龍登雲虎乘風而莫之制也盍且覊留而困之狀報賞春亭之惩也璹曰慈教是也一日璹
謂翰林曰先君在朝時朝象晏然汝猶勤勸其致仕矣今則國政日乱危亡立見而汝反揚〻欲進何其
言易而行違也翰林避辭對曰兄丈之指教如此小弟敢不銘佩也即以縣道陳章辭職請退養病母語
意恳曲天子怜之給以一年之暇爲翰林衎居竹友堂以書史自娯矣沈氏使桂香等相窃危辱備至苦
菜悪食人不可堪而翰林處之恬如也沈氏又以紡績刺繡諸般苦事督役尹南兩夫人而兩夫人以天

生神才應命如流雖以沈氏之暴無摘其罪也於是珆告于沈氏大迎趙女外則范漢為之賓而內則沈氏為之主張而趙女在正堂小室之間圖圖並次其所現姑也費盡癡騃奸巧之態花珆之箱中金寶全然消耗而姦淫之形陋惡之質珠其耳而玉其頂綾羅之光蘭麝之氣奪人目而射人鼻然見其容貌則不過奸笑巧睇喜媚蕩子之一淫娼也是夜与珆同宿而褻昵之語嬌嗔之聲侍婢等無不駭愕而東墻之事彰露沈氏大慚而諱之趙女以井底之蛙自以為傾國傾城之萬古絕艷而眇視西子嗤笑玉真矣一見尹南之後胆落氣沮萬興索然列鏡自照恐其鏡之太公也引水自映痛其水之至平也費心焦燥肝腸寸断其為人猜殘如此而狐媚成性簧舌鑠金夫以一沈氏足以亡人之門况復加之以妖妾乎此後趙女欲先去林氏日夜巧讒於珆珆曰林氏罪則當黜而荊玉必以死爭之此人性剛吾恐有悖乱也趙女拍掌笑曰相公兒也翰林弟也兒黜其妻弟安敢有悖乱也彼不過搶頭搆脅而已假令為林女自刎亦不害於相公也相公畏一孤雛腐鼠不能断掌中之事妾竊為相公恥之哀之也珆猶趦趄矣一日珆与范漢張乎嗔喋相語於百花軒忽至竹友堂抽唐書一匣而若披玩之狀掩卷而問曰昔唐中宗不韋皇后之惡而不能去漢武帝知陳皇后之妬而能去之兩主之優劣何如翰林不解其意對曰男者陽德也女者陰德也陽德鎮陰使陰德不能勝陽然後家道方立也中宗蠢愚闇弱乃以房陵私誓承順韋后之心而馴致其惡終至自斃而不悟其為人不足道也至若武帝則以桀驁好色之心不能容忍於褊

性婦人一時之妬以結髮夫婦棄之如遺此固過也妬者七去之首也果有如晉惠帝之賈皇后則誠不可不去也瑃雀躍而出入告於沈氏曰林氏之悖悪妬忌小子之痛恚者久矣至今隱黙而不能黜者以成姑母愛惜太偏而荊玉力救林氏故也今成姑母已往福建荊玉之言又如此執此言左契則荊玉雖十口必不敢復言矣今當快黜林氏而立趙女為正室也沈氏大驚曰林婦之罪不過不納家夫之風情而已何嘗有妬悪之行乎且吾鍾情者也固未可動也瑃累請而不能得於是趙女使蘭秀通范漢引為謀主又締結桂香等多埋凶穢於沈氏之臺使桂香等齊告於沈氏曰林小姐為之沈氏大怒責林小姐而將黜之府中婢僕失辭號泣尹南兩夫人仰天嗟惋翰林免冠徒跣痛哭於庭沈氏大怒曰汝今生哭我而詛之乎景玉本無承順馴致之事而林氏之悪浮於韋皇后又公然拒絶其丈夫使得不容於枕席景玉既非宮刑之人則勢不得不更聘他人而一自趙氏入來之後林女之妬恚日甚千古妖悪之変反吾之寢室此賈皇后之所不忍為也景玉行年二十尚無一子其將以林家一女之故絶花門百世之祀乎覩汝之意欲見之無子而使宗統自歸於巳也翰林猶哀哭而諫以額稽地流血被面沈氏叱曰吾黜吾婦何關於汝使蒼頭驅迫翰林而黜之翰林出而復痛哭於百花軒庭中時范漢坐於堂上荒忙下来跪問於翰林曰相公此何景狀也翰林悲憤塡胸中乃使健奴猝曳范漢匝地數十回而大叱曰汝兇拔賊子乃敢濁乱卿相之門至於此極耶漢氣急口呀俯不能語又令捽曳數十回而放之門外矣林小姐向

尚書祠堂垂淚拜辭慨然乘轎乳娘侍婢哭而從之花府之人惟沈氏母子及趙女之外無不揮淚時小
姐兄御史潤削職家居于河間府小姐向河間而啟於是璹大張威儀廣會宗族將立趙女為正室翰林
又痛哭諫曰齊桓之盟曰毋以妾為妻今兄丈公欲使賢妻下堂而以閭巷賤女猥承祖先之祀辱莫大
焉璹大怒罵曰汝有兩妻而吾佈無一妻乎卒立趙女為妻趙女自此揚〻自得行止飄忽裙端生風籠
絡愚夫嬌怒迭發璹奔走承命屁不接地婢僕羞之咄〻思林小姐以是府中解体綱紀大紊矣一日趙
女猝然至秘春堂南夫人亦在座矣趙女向尹夫人曰妾聞此家有世傳兩重寶而必与之冢婦爲先尊
舅姑以林女之不肖而不與之藏在於百花軒篋笥中忽然分傳於夫人之娣妹云夫人等自以介婦之
身猥受冢嫡世傳之宝名宗誤矣事体非矣夫林女乱倫家道罔極之時名宗事体固不可暇論而即今
家內清明羣品得序嫡庶之分截若天壤宗婦相傳之物宜不關於夫人等身上也尹夫人听罷怡然而
笑曰元來如此而妾等不知也然其宝名云何趙女曰紅玉釧者先祖東丘侯征金陵時順聖馬皇后賜
郜夫人者也青玉佩者高祖東國公平定南方時交趾王禮幣中第一奇宝也以是世〻護惜必傳于世
婦之有德有貞而能与其宝相稱者吾尊姑貞德俱美而皇祖太學士公〻然不傳焉以是失所无主而
誤及於夫人等寧不可嗟乎尹夫人即開金箱出而給之曰明教當然矣趙女玩弄再三喜氣燦然而南
夫人正色端坐終無出給之意趙女怏〻忿懟而啟南夫人謂尹夫人曰兩玉吾等之信物也不聞君子

之言而其可輕与他人乎尹夫人墮淚曰君子猶不能自保况念吾等乎吾等猶不可念而况保此玉乎詩云赫赫宗周褒姒滅之今日之謂也後數日趙女於正堂訑訑詺詺大說林小姐之惡過尹夫人聽若不聞南夫人不勝憤慨正色曰娘子太恃丈夫之寵矣古人云蘭焚蕙歎兎死狐悲娘子獨不聞白頭宮人嘲班婕妤之言乎趙女愕然色沮沈氏大怒責南夫人曰趙婦名位自別汝輩安敢以娘子呼之乎南夫人離席謝罪曰已熟之口未能猝変致令嚴教惶恐無已

噫南夫人耿介方峻恰有乃父之風節故言語臺臺不能如尹夫人之雍容周旋矣是以受禍尤慘可勝歎哉可勝哀哉

一日沈氏使兩夫人刺繡於前忽然翰林乳娘桂花自外逕入而泣曰蒼天蒼天此何故也沈氏愕然問之桂花擄膺對曰朝廷削奪吾翰林爵位降吾南夫人為小室而即今府吏來到將收南夫人賤隷矣趙女喜躍謂南夫人曰娘子之嬌囊橐已絶矣此時能復慳非分之青玉佩乎南夫人刺繡自若而尹夫人憤淚不能禁矣俄而瑃入告曰全官要數奏荊王以不孝無行免為庶人而又南嫂以罪死人之女不宜為宰相子婦降為小室矣沈氏笑曰琛生責大甚宜其敗也先時范漢猝然見困於翰林怨入骨髓而趙女亦怨翰林之沮已為正室又憤於南夫人之不与青玉佩而又面辱遂与范漢容札來往日夜揣磨陷害之計矣漢忽上京久無消息瑃漠然不知而謂翰林曰范生之絶跡怒汝之無禮也時都御史鄭懋卿依勢

於嚴崇貪瀆陰鷙善類仄目爲漢納財請樾卿〻〻不即見漢乃以趙女之白金八十兩大珠十枚納於樾
卿妻耿氏樾卿始見漢而問曰范生遠来相尋寧有意乎漢於是譸張翰林不孝之罪口角流沫滃〻不
已而又曰罪人南標之女娶而爲室(妻)居常惡國叱嚴相國於賈似道也樾卿笑曰花珎罪誠可誅而茲事
於君甚不相關何發憤之如此也漢無言可答樾卿笑曰雖然吾當有以處之君退待可也漢拜謝而退
過數日無皃白漢着急復以趙女金珠及他宝行賂如初於是樾卿告于嚴崇〻〻亦素惡翰林者又聞
娶南御史之女大惡使人取禮部序齒錄而見之勃然起唾口呼奏草以授樾卿明日朝參時奏之上愕
然曰花珎豈有是行耶崇從傍奏曰此則臣亦稔聞之非虛言也且禮部序齒錄在安可誣也因極力搆
陷上不得已而從之遂免花珎爲庶人而降南夫人之号爲

噫偏听生奸獨任成亂大明朝廷吁亦殆哉

慈悲觀世音　意氣都御史　第六回

自此趙女着南夫人以青衣使嗄於沈氏之前又搜奪青玉佩而鎻鳳皎亭有時以淫啄毒鞭困辱萬端
而南夫人任命泰然矣尹夫人与南夫人遇之於僻處失聲憤泣南夫人慨然止之曰姐〻以河海之量
何不忍於小事也夫吾等之入斯門者不過報前生之寃業而已任命而處會盃而飲何足以區〻榮辱
介於心乎且吾兄弟自逢君子以来遭窮道逆境者一日而化幾度矣然而君子未嘗有怨天尤人之色

園之外也時尹南侍婢等匿於菴中各思其夫人相語流涕清遠知而不問一日夜半清遠謂李鶯雙
蟾等曰君等主人困厄極矣吾當救之君等從我而来即向洞口而出李鶯等大疑而試随之至南麓之
奴松下清遠止而不前曰此地是也忽有一介大漢負一大簣纍然而至卸擔於路傍依石而睡清遠
進而指簣使李鶯等夾乘之鶯等心驚股戰而不能乘清遠咄曰過時則不可救速乘之李鶯等聞其
語始知其為夫人也驚呼仆地清遠急止之自力乘簣而啟菴中南首而層之發簣而視之夫人顏色未
変而骨頭微有煖氣清遠大喜即自囊中出其三丸藥先調一丸於温水而灌於其口煖氣遍體六脉微
動時李鶯等十餘人面無血色皆祝覌世音而㬥涙如雨矣清远又調一丸而灌之夫人開目舒嘯歎身
回卧嘔出青血毒汁滿地又調一丸而進夫人自飲之神清魂朗四肢軒軽起坐而謂清远曰師姑何人
而救此既絶之命也清远笑曰夫人能紀貧道之顏面乎夫人熟視之曰無乃七年前乞觀音畫像之師
姑耶清远曰夫人記之矣伊時貧道見夫人之眉目過清顏色過美言語警悟行動神妙皆非烟火塵
世之相而又有一縷青氣横亘天庭已知其年必陷于千層險浪而死生未可知貧道心中愕然嗟惜但
大厄難免言之無益故不告以貧道當日所見則夫人之至今在世亦可謂异事也然夫人禀得天地之
精五行之粹而為女中之聖将上継皇英之德而大闡閨閤之化故百神護衛而妖孽莫能害也夫人歟
息言洞庭之禍曰吾其時頑忍不能從父母而死也故天必痛我之不孝而降今日之禍也薄命之人惟

死可以忘憂而師姑浪垂慈悲使幸死之人復得苦生於世此非恩而伊怨也淸远曰夫人此非達命之
言也自古聖賢㒰有不窮阨而通其道也者吾世尊雪上之苦孔夫子陳蔡之厄是已夫以夫人絶特之
姿淸明之氣平居逸樂而無危難奇異之鬪則後世㒰以知夫人之有無也故皇天欲激成夫人之德而
著之於天下也是故古之人知禍福有時榮辱無常飽經風霜而膽氣益壯矣夫人獨不見石上之孤
桐乎氷雪交陰霜風吹撲肄枝勁幹昂莊耐苦斲之爲琴瑟則金石奪其音夫所謂動心忍性者不獨
男子而女子亦然也因告觀音夢而又曰貧道覌夫人面皃猶有數年灾厄而且与佛家有緣今若与貧
道同歸蜀中止依大師消遣三年則福祿自臻灾禍永弭矣夫人喟然太息未知其快許也是夜觀音又
現於夫人之夢所告与淸遠相同明日夫人遂与季鶯治男服從淸远入蜀婎蟾等皆泣之夫人歎曰
吾行欲喫苦窮山不可多率侍婢而豪華之也姐〻非久必陷厄禍汝等須留此以待而日往花府外探
其消息也仍相視痛哭而別之其日莫忠睡起視之山日杲〻礀水冷〻彷徨四顧茫然而歎曰夢耶眞
耶吾何爲到此而所負來者安在而已笑曰此事果非夢耶鬼物欲戲我耶然彼旣以惡事使我矣我豈以
正道報彼哉喘〻然故告於趙女曰小人急負其簣驀險越礀於星斗蒼茫之中循学蘿山之趾出立
浣紗石上其下有萬丈澄泓碧色玟瑹矣遂解其簣按之以大石紐之以長繩伊耶投之其辭渢〻至底
而止矣趙女大悅親以大椀酌美酒而饋之於是蘭香拍手揶揄入告於沈氏曰可笑哉〻〻〻南氏常

抗節自高掛顚天上而見無姆而下堂者則曰非貞女也見無燭而夜行者則曰是淫婦矣今乃數句空
房雜念大起黑夜三更踰墻而走也時琦得寒疾痛卧於外堂沈氏急出外堂見琦而謂曰大事出矣琦
病中猝聞之不省頭緒大驚昏倒良久始得定神而聞蘭香之言疾言曰南氏自走胡出大事也沈氏曰
尹侍郎來索其女而謂我殺之則將若之何琦又大驚昏倒其母之竪妄其子之愚惑如此初琦處趙女
於翠蘭堂與外堂絶遠以爲不便於往來遂令趙女移処於萬柳亭與外堂隔一小門而常出入爲蘭秀
已與把漢通又以趙女引以自通之自琦病後漢浪籍入宿家人往往有知者而不敢言也一日趙女拉
漢腹曰此腹之中萬計出沒宜其大也漢笑曰計之爲物不在腹中而只在心頭吾有陳孺子之六計而
用之者三未及用者亦三也趙女曰願聞旣用之者何計也漢曰誘結景王用財如水一也誣告花珎永
錮前程二也諞弄愚夫奪其美妻三也趙女笑曰願聞未及用者何計也漢曰一則殺花珎二則又殺花
琦三則遂取此家金宝與娘子扁舟遊於五湖也趙女佯怒而打漢腹曰何其已甚也然第聞殺花珎兄
弟以何計也漢曰吾友有婁級者善劒術一用此子則珎可斃而因以琦之殺其弟與其嫂之罪告於官
則琦安敢逃誅乎趙女微笑不言后數日漢對趙女歎曰吾計左矣趙女曰何也漢曰昨夜婁生挾利匕
閃身入竹友堂矣卽時兎出而流汗沾背曰戶外有一巨人嘻啞之云矣趙女驚曰是何物巨人也漢曰
似是此家之鬼神而未可知也漢又沉思半餉曰吾有計娘子能得南尹之手蹟否趙女曰南尹本無汗

漫墨戲又不喜吟咏豈有手蹟乎然妾當往搜其箱篋矣自持鑰匙而去良久而還曰妾入南尹旧所自書床硯匣薰籠鏡匳無不搜閱而終無尺牋寸牘但於南氏房中得此一冊而未詳其為南氏之親筆也漢見之乃精書孝經一部而其下題曰十歲時書又印小篆曰翡翠亭漢喜曰翡翠亭必南氏兒時粧閣之号娘子未嘗得聞也趙女曰南氏簡亢不与人從容而語其侍婢等亦絶口不言山東之事妾安知尹府之亭名乎漢低頭沉吟起出百花軒問於瑃曰君知山東尹侍郎家有翡翠亭者乎瑃曰知之兄何以問耶漢曰吾聞尹侍郎作此亭甚奢麗餙以明珠翠羽如昭陽舍得絶代佳人而貯其中云老公之風流殊不草ゝ也瑃大笑曰兄誤聞之也尹公清儉長者豈有是事乎漢冷笑曰君全不知也尹侍郎之佳人名曰翠嬌以是名其亭以翡翠也瑃拍掌曰此又虗無也前日戚兄以詩戲判玊曰翡翠亭中聯鳳翼凝香閣裏接花心盖以南氏之名有鳳字尹氏之名有花字也以吾所聞則翡翠亭乃南氏新房之号而所謂明珠翠羽与翠嬌之說今始初聞也沃笑曰若然則吾果誤聞矣時翰林自幽閉以来長委枕席哀号父母而有時交睫則花尚書鄭夫人輒来枕邊搖首嘘唏一日之夜宛然来坐於燈前曰大厄至矣努力自愛翰林驚号欲扶之已不可見矣是日黎明府中震動云去夜正堂刺客入矣翰林仆地瑃摂衣顛倒而入沈氏魂飛目瞠蘭香横僵於沈氏之床前口角流血断舌横唇有尺匕自吻而貫之於腦瑃見之愕立桂香又於戶閭拾一錦囊瑃取視之中有赫帝書乃南夫人与翰林相通謀為戕害沈

氏之文語音巧惽瑃擊地曰吾固料此矣沈氏見之大辭曰此南女之筆也逆子欲殺嫡母安得不敗露
乎瑃遂自作告狀草時范沃方擁趙女而蘭秀入告正堂之事沃歎曰吾意本在老物而妻生誤中蘭香
惜乎蘭香有勞者而枉死矣提衣而起瑃持狀草蒼黃出外堂沃傾冠曳履緩步自萬柳亭夾門而出
來正與瑃相遇沃若無驚愧之色而瑃亦不暇於致疑爲沃笑問曰兄家何其多変也瑃蹙額曰吾之八
字甚惡有一不幸之第而变恠百出矣因以狀草示之曰兄試觀此而潤削之沃看畢冷笑曰此大文拙
此必將反坐之也瑃驚惕曰然則願借兄之高手也沃引筆濡墨張皇数千語而窮毒極慘人不可聞也
　噫花尚書能見於妻級之目而不能感於子瑃之夢造物者能剪蘭香之舌而不能断范沃之手
　何也大賢之厄可勝言哉
沃自袖其狀曰吾不往則事敗也又取白金數百兩而囊之向官府而去知府崔衍昌於花府宴席一見
翰林而爱慕不忘常有執鞭之願矣見此告狀拍案慘歎曰此必誣矣翰林隨官人而至崔知府出狀而
問之范沃已高拱兀立於中階之下矣翰林听閱目畢始知其变中自隱痛曰命也否否否吾不誣服
將置母兄於何地乎遂仰而對曰誠有是事也罪既彰露有死而已崔知府悶然將歎乃謂翰林曰罪人
情事可謂迫矣母已告狀孝子何忍爭明乎雖然昔者東海之孝婦公然誣服而三年不雨爲其太守者
終受闇名今崔衍獨不冤枉乎范沃大言曰罪人自知其罪無辭自服當行而已何必曲爲誘說令其変

辭乎知府大怒捉下范漢而厲聲叱曰汝賤子以范爲姓何預於花家事而乃敢亂言若是耶因令曳其頭而黜之銡下翰林於獄中范沃乃出囊中白金分與獄卒而謀欲毒害翰林爲先是翰林乳娘桂花爲沈氏所逐号泣於道爲府中富人劉甫淑之妻此時桂花聞翰林遭變係獄遂痛哭不食欲自裁於府門以明其冤甫淑義之曰吾且往觀之俄而甫淑歸而發憤流涕曰吾觀翰林玉貞真天下大君子也大丈夫寧不爲此人一死乎於是大發金錢行賂如水桂花自執獄中供饋而甫淑親坐督食而進之范沃之銀子公然消融而獄門內外或有范沃形響則白棒朱杖雪飛雨擊沃肝膽盡落不敢近之也崔知府以翰林獄事寤寐嗟惋未忍自斷矣會都御史夏春海奉勅巡按浙江而還過紹興知府大悅迎謂夏御史曰敝府有一大疑獄小官茫昧不能斅宗明公幸至願一承教乃以告狀示之御史繞觀數行而驚曰所謂花珎者無乃是壯元及第爲翰林學士者耶知府曰是也御史着髭奮臂痛惋曰往者鄭懋卿之論劾以不孝也吾輩頗冤之今觀此狀果然花珎乃匿者也吾當快逞王法矣遂命拿入焉於是翰林至庭中御史以其狀問之翰林對之如前而辭氣自然悽惋玉面星眸双淚泠泠御史熟視而愀然動容曰斯人也君子夫稔出非時而遭鉏商之厄回謂知府曰善爲保護之焉是夜御史作手書賜傔人王謙密遺翰林其書曰

僕聞良金入火而其性益彰芳蘭在炉而其香益烈足下今日之厄安知非皇天將欲陶鎔於足下

耶雖然方夔之桐聲震金石人皆不聞而獨蔡中郎聞之埋獄之劍光射斗牛人皆不見而獨雷孔章見之以是古之人歎知己之未易也嗟乎足下以良金之性与芳蘭之香遭方夔之急而抱埋獄之冤今僕之庸愚雖不敢回自比於古人。而然其於覩足下之面而知其心聆足下之語而知其音亦不可謂之全無耳目者也今足下苟以妄想謬見錯守一節而終死於非命則後之人不知足下鸞鳳之姿氷雪之容光風之色秋水之神但咨嗟唾罵曰汝陽侯范公之某子干紀犯常伏刑東市而豬宮之禍革邑之辱上累於祖宗下流於鄉黨矣夫然則足下寧不泚顙於泉壤乎僕由是慨惜敢布腹心惟足下幸勿以一時之計而取千古之恥也

翰林看畢感淚橫集私語於心曰昔先君子每称太學士夏言之忠今其子樂善好義不忝前人嗟乎吾之不肖獨墜先君子之名也因謂王謙曰夏大人眷々於死有餘罪之身而千行恩教丁寧反覆吾雖至冥至頑而不足以人理責之者然庸詎無一毫感動之心乎然罪人之罪名既著國家之三尺至嚴白日之下終難欺情而変辞也謙以此言飯報於御史々々歎曰至孝哉斯人也握死不動吾末如之何也乃使王謙保護翰林於獄中遂以飛軺向京師而謂知府曰此獄未可卒決吾欲陳達於皇上而處之但公嚴飭獄吏毋令有物故自裁之患也知府曰謹受教矣先是范沃見崔知府曲護翰林之意又以劉甯淑之故不敢售行毒之計中心着急即以匹馬星夜上京行賂於四崇々々遂下令於紹興上罪人於京師於是

劉甬淑王謙擁護翰林而登程桂花哭別於馬前翰林立馬垂淚路傍觀者莫不咨惜矣翰林至京師嚴崇以沈氏告狀奏之天子痛駭曰豈料花郁之子有此悪行也遂令有司即日行法焉都御史夏春海出班奏曰臣奉命過紹興時知府崔衍以此獄言之於臣〻初亦痛惋有必殺之意及見容皃擧止又察其言語氣色决知為仁孝君子而萬〻不近於兇邪之事也且聞花珎非沈氏之所出也自古義母義子之間往〻有交搆齷齪之變每出黯〻疑似之地今以我聖上欽恤之德豈疑厄言立決殺人之事不少審慎也哉乞収即日行法之命毋令含冤於地下也上猶豫未荅嚴崇進曰夫以言皃取人大聖猶失之今春海徒取花珎之言皃而不察陳平之内行良可笑也且彼已自服何有於含冤哉夏御史厲聲曰丞相誤也陳平盗嫂之說不過絳灌輩一時譏誣之而丞相認之為真有是事丞相之史學一何誤耶且花珎自服亦出於孝矣夫使閔損之後母告損之不孝則當豈自免而歸罪於後母耶崇慚怒無言夏御史又奏曰臣受恩於陛下常願肝腦塗地今若活一花珎則足以報陛下也陛下特貸花珎數月之命而此獄終無落空則臣願與花珎駢首就戮以謝今日妄言之罪也因慷慨泣下太學士徐階奏曰春海赤心報國其所素蓄積者也願陛下容其愚而察其心也上謂刑部尚書鄭珦曰春海之言亦有所見卿須嚴覈得实而奏之也群臣退朝夏御史與鄭尚書聯車而出鄭公即夏公之妻兄也夏公謂鄭公曰殺一不辜猶不可為也况殺大賢君子乎但稍寬時日以待端緒之自露也鄭公曰諾此後鄭公每當同坐之日又

見翰林面目而罷叩崇之威喝畢而至鄭公終不動焉

才子畫翠眉　閨女保紅點　第七回

此時花璿見家事大乱禍変層生而百花軒前大木自落萬柳亭下九尾老狐往来悲啼尚書祠堂書閙
有哭声璿憂懼不知所出張平知之喜曰此正吾得意之秋也一日自外而入憂色滿面璿問曰張兄有
何憂色也乎答曰吾之所憂非吾之所憂而乃景玉之憂也俄者聞道路之言珎為諸宰所救獄事將反
而叩丞相黙無一言云此必范兄輕妄漏洩事端之致也吾憂景玉之頭將落於何地也璿曰張兄過慮
也珎手釼行悪而落其橐書左驗明白所謂事端不過如斯於我何關哉平拍手曰景玉可謂迷塊障中
一聾鬼也於是備傳范沃行凶之事及与趙女交通之狀璿听此氣窒落床嘔血数升平救之僅甦顔色
如死灰平復曰事已至此歎之無益且騎虎之勢不可遽下走坂之足難以自止也今有一端妙計非徒
無事而已亦可以使景玉腰抱墨綬五馬横行於兩京之間矣然景玉懦弱恐不能行此計也璿幸甚曰
官爵非敢望也但令今日大獄終得無事於吾身則從今以往皆張兄之賜也願聞妙計平曰吾聞叩丞
相之子太常卿世蓄新喪其耦方求天下美色云如以珎之妻尹氏納於嚴太常則太常父子必盡心於
景玉矣如此則自然無事而又以白金三千兩明月蠙珠珊瑚琥珀之屬献之於丞相寵妻洪氏則上可
作雄州下不失富縣矣轉禍為福只在於此而難得者時易失者機也景玉勿復狐疑也璿曰金珠非吾

之所敢惜謹當惟命而至於尹氏之事吾不忍為也乎拂袖而起曰吾固疑景玉之不能行此計也竪子不足与為謀矣瑃忽起而挽之曰張兄何躁之甚也吾非愛尹氏也但恐尹氏之不從而自刎也乎笑而坐曰此則又有妙計也今景玉与大夫人知之自趙氏以下皆欺之匆令有洩爲作一張朝紙送于北园尹氏之所曰翰林陞拜禮部侍郎即日奉命廵審南京陵寢而去云而大夫人召尹氏處之舊所厚其衣食而善遇之從容治行系家上京則尹氏疑信間自不得不從往矣及入皇城吾當以尹氏之轎直納于卬府矣尹氏一落於風流丈夫之手則雖金心鉄腸安得以自保乎瑃點頭稱善此時一萬於窓外竊聞之傳于其母陽雲〻〻乃壽仙樓老婢也不勝悲憤適以事入府城中為往桂花家說此言相与流涕曰安得使尹夫人而聞之也俄而門外有剝啄桂花自門隙窺之尹夫人以紗袍烏巾騎在青驢立於前而四五蒼頭陪於後矣桂花大喜謂雲陽曰尹夫人至矣陽雲拍手驚奇兩人出迎於驢下引入內房曰夫人何以脫身至此而彼驢子蒼頭徃何處出也其人驚曰夫人之說是何誤也桂花曰夫人累經風霜眼睛大傷而不能記小婢等顏面耶抑蒼黃変眼欲永諱蹤跡而并与小婢等瞞之耶以此以彼其情俱可哀也兩人相与痛哭其人仰天駭愕而笑曰爾等意中必有似我之夫人而爾等錯認我為其夫人也吾乃山東尹公子也吾之姊氏為花尚書子婦居在越王城下故吾今秣驢於此將向花府而偶然落鞭於爾家也陽雲覺曰是哉〻〻吾聞尹夫人有同胎同生而容貌酷相似矣公子豈乃是耶公子曰然桂

花笑曰吾固疑其身之稍長而其手之稍大也因謂公子曰公子聞翰林之慘禍乎公子愕然曰未聞也桂花泣曰小妾乃翰林之乳母也遂告翰林前後之逆境及南夫人之轗軻幽囚苦楚萬端而一夜之間忽不知去處也公子擊地失聲曰此必危殺矣桂花又傳瑃平將納尹夫人於叩家之計公子色青良久奮然曰吾固不殺此兩賊而食其肝者決非丈夫也又問陽雲曰姊氏方在何処陽雲曰在北園中小閣也公子曰可得入見乎兩人驚曰虎口也安可入乎入則必危矣公子沉思移時問曰小閣去內堂遠近何如兩人曰相距八九里而人跡不相到也公子喜曰爾等与我到北園墻下指示姊氏所處之小閣否兩人諾然曰公子雖見小閣而欲將何爲哉公子曰吾有一計如此〻〻兩人相顧大奇之於是桂花進美酒珍饌公子無心醉飽强飲一杯即以青驢向越王城下陽雲桂花騎馬從之到北園下崇垣周遭其高五丈桂花曰此園外雖徒絶而內因山勢而夅之其高僅周於腋下也公子乃使蒼頭伐木而積其下乘之以上此時尹夫人在深園萬木之中秋風一起黃葉滿庭林猿晝嘯山鬼夜号夫人與乳娘雪姑單衾冷床齎咨涕洟且念南夫人之生死安危魂夢累驚忽聞户外有人跡雪姑覘出驚呼曰夫人〻〻〻吾公子來矣夫人聞之茫然如墮雲霧之中公子入而執夫人痛哭夫人亦嗚咽流涕而已夫人問兩堂安否公子抆淚而對曰寢食雖無小減每念姐〻与南妹涕淚無乾時也夫人聞此益泣公子問曰姐〻危苦至此而前月使中奈何以平安二字拜報略不通此等光景也夫人歎曰吾等之初到也尊姑慈仁

待之不薄矣近為趙女之所譖至於此境也公子又哭問於夫人曰南妹之変花兒之猺姐々知之乎夫
人驚曰吾何以知於是公子細将桂花之言一々傳之夫人号哭欲絶曰南妹必死矣吾与南妹死生同
之今何忍獨生乎公子又以瑃平之謀告之夫人歎曰吾得死所矣公子又告自己之計夫人不可曰吾
則一女子不足惜而汝則父母之望門户責皆在於一身奈何輕身自投於必死之地乎公子見夫人之
意斷無聽從之理因以恐動曰南妹既死而姐々又将死之則小弟義不可獨存於人世間也姐若不聽
吾計則吾當直入内堂執此趙家賊女而齧食之因自披面決目於花氏之門也夫人大驚而且素知公
子之固執故遂強許之於是公子着夫人服夫人着公子服公子送夫人於垣上時夫人婢英雲桂娥自
明珠菴下来欲探花府之消息与桂花相遇待夫人於垣下夫人見英雲等而聞南夫人之入蜀還為喜
幸而与陽雲桂花揮淚立語遂向山東而去英雲等従之為公子与雪姑還房中破窓風鳴颼々飀々而
虫絲飄揚軽尘四起雪姑自作夕食而以塩菜粟飯進之公子不能下筯矣謂雪姑曰婦氏可謂忍人也
使我処数日當作西山鬼也是夜公子支一槐木枕強卧床上冷氣徹骨不能交睫起坐而笑曰花家祖
上作此小閣正欲困我一尹汝玉也雪姑大笑明日沈氏果使侍婢持朝紙及小轎而来邀一如桂花所
傳張平之謀公子内笑而佯動喜色曰吾之不死正待今日也翩然而起裙短足露袖短腕見雪姑微
笑之公子乗轎還秘春堂雕欄畫閣錦屛重々雪姑開夫人衣函出新件衣裳又以粧奩諸具進之公

子自持鸞鏡畫眉玲瓏顧謂侍女曰春白何如侍女對曰玉顔比昔加豐而但眉毛太長矣公子嬉嬉而
笑俄而正堂侍女以沈氏命召之公子以綠縠緗衫紅錦宝裳体態輕盈步武安詳侍女等相顧稱歎曰
備嘗困厄而艶色依旧必天神保佑也公子入正堂拜現於沈氏沈氏强為和顔曰向者吾過聽人言而
使賢婦久處於陋地慚恨無已然此亦賢婦之厄會也言之奈何公子斂衽謝曰少妾罪當萬死而恩赦
至此不勝惶感因問於沈氏曰南妹与小妾同時被譴不知今日亦蒙赦令否沈氏含糊良久曰十餘日
前成夫人忽送人馬於南婦南婦不稟於吾而任意自往吾心未安矣公子佯驚慨然曰南妹才性昏暗
早失父母全無所教故每事如此豈不寒心乎沈氏笑曰兒女事何足深責也言未已有一冠者入來公
子知其為璹而起拜之璹慇懃慰藉公子亦隨曰唯唯雪姑數目公子公子知其意而起飲寢室雪姑笑
而從容言曰觀公子今日言動大不類於夫人也若此不已則本色必露矣願公子益加敬重焉公子笑
曰吾以悅辭愉色膝席致敬如斯足矣此外復又加恭則將尻天囑地如嬰兒之匍匐乎雪姑大笑璹自
聞趙女淫事之後丘山之情雲消雨磨每遇趙女輒反目相視趙女怨憤而詛罵之沈氏輕佻泄張平之
謀於趙女趙女大恐以為尹夫人一入嚴府則必報怨於自己与艳沃也乃往秘春堂欲先告於尹夫人
而使之自決焉公子望見其妖冶之態以為此必是趙女也倚枕而坐凝然不動趙女怫然曰夫人將為
叩太常之寵姬故驕倨若是乎公子佯驚怒而起握其手曰汝以匹夫之賤妾敢辱宰相之正室乎趙女

拂袖容悪公子捉其頸而前之反掌批頰聲如碎竹趙女吃〻然不能語如河豚鼓毒腹背俱脹公子内
癢忽笑曰此非細事當告尊姑而処之因乳其頸至正堂之北陛下趙女大慌哀乞公子乃翻手投之趙
女蛙張於地公子軒然一笑回向寢室侍女駭然視之後数日沈氏母子留趙女而將向京師公子登轎
自若猪与沈氏竊喜之至皇城張平果待於城門之外以公子之轎直走四崇之家雪姑佯哭而従之平
叱逐之公子於心竊笑曰癡子雖高張北山之羅其於横絶四海之翼何哉俄見朱門嵯峨粉墻遶迤紅
粧侍女十餘双出迎於門外公子至重門下轎而立儺佩環衫蓮步纖妙四家諸婦女望之讃歎而世蕃
魂迷情蕩跡傾顛倒公子入房中擬紅寢床紫繡室帳珊瑚之案文王之几聯珠之燈綴翠之扇璀璨炫
煌如入於波斯肆中而侍女等或奉盥類或奉鉛黛催粧於公子〻〻笑曰以吾薄姿陋質猥膺君子
之抄簡何敢復自粉飾眩惑君子之心目乎世蕃竊聞此言愛之欲狂開户而入公子翻身起迎世蕃揖
而就座曰晩生久慕芳名願接餘香而蓬山弱水佳会杳然幸因能生青鳥之信獲瞻仙娘白玉之面銅
雀春風庶不為周郎之所笑矣公子佯為悲色斂衽徐對曰妾非不知樂昌越官之恥綠珠金谷之節而為
此閨閤嗟鄙之行強乳羞顔於相公之前者誠以有隠痛幽冤而不忍泯黙而死者也妾夫花珎事毋極
孝為弟極恭妾非敢阿好而指鉄為金也雖使大舜復生展禽不死必不能多過於花珎也其為人如此
前後厄境寔是人世之所未有也究其禍本則沈氏母子及范賊趙女毒手憯喙之所扇動交乱者也朝

廷不能明卞其黑白而枉把沈氏之一張誣狀作為花珎之三尺斷案珎之冤枉將飛五月之霜矣妾之愚意切欲效向来楊繼盛妻趙氏之事瀝血天門以明家夫之冤而第且念妾与沈氏既有婦姑之名矣救夫之命而陷其姑不可也顧姑之顏而殺其夫不忍也百爾所思莫如投身他門与花珎相絕然後方以知己之義救出花珎之命也相公不聞樂毅對趙王之言乎臣之事昭王亦猶今日之事大王也妾之事花珎亦猶今日之事相公也妾聞今天子所信任而信听之者莫如老丞相及相公云相公苟能救花珎將死之命而使一暴其冤於天地之間則妾當粉身糜骨以報相公之恩而如或不然者妾之懷中有三寸雪刃誓必效死於相公之前不作幽冥間負義之媿也言罷慷慨墮淚世蕃自是佞諂小人也顚倒諾之曰美人可謂閨中之烈丈夫也晚生雖愚暗寧不感服乎當告于家親而奏之天子必救花珎為美人毋惱芳心也於是侍女進瓊羞綺饍公子略無羞態連倒霞觴朱顔淑酡世蕃愈益悅惚而時嵩之小女月華字朗娥窺覘於窓外鄙而笑之曰斯人也況濫如此宜其從二姓也俄而日已黄昏洞房曖曖世蕃使侍女爇進花燭公子端坐燭下百媚燦爛世蕃不勝狂興進執公子之玉手公手拂手正色而辭氣冷嚴若清霜冽氷曰妾即天官家貴介嬌兒雖迫於事勢而黽勉到此初非從子于桑間也何無禮之若是也相公果能快雪花珎之冤而慰安妾心然後徐會宗族以禮相迎則使妾雖陷湯赴火無所辭也若夫花珎未出圖扇而徒以一時之私慾強相逼迫則妾雖懦弱不難於一死也世蕃退坐帳

然曰君之執心過矣吾安可虛度今夜乎侍女設寢於床上世蕃鮮帶就枕數侵公子〻〻峻拒之世蕃
微嗟幽歎通夜煩惘公子心笑曰吾公然作一場可笑之事盡斷痴子之肝腸也東方未白世蕃起盥洗
被朝衣而出平明還曰今日家親欲以花珎之事進達矣皇上適不御殿故未果也又曰昨夜君畏我而
不能寢弱質必傷今夜則吾當出宿矣君其安心也公子微哂不荅侍女報洪夫人與小姐至矣世蕃謂
公子曰洪夫人家親之副室也小姐吾之季妹也公子起迎其小姐極英妙公子愛之相与語琅〻世蕃
大喜謂其妹曰新人与吾未及親冷談甚矣今見汝而言笑不絶真所謂同聲相應同氣相求者良非虛
語也汝須与新人終日爲因起出洪氏亦留小姐而啟小姐者即月華而洪氏乃其母也公子心語曰吾
之變欺人者雖出於不得已而然非君子之正道也況復与人家處子接膝款〻於暗室之中乎已而還
笑曰此家之人皆以吾認之爲姊氏之身而吾与世蕃既已對席接語矣吾他日一去之後終無以洗姊
氏之累也吾當与女此一戲以明吾之非姊氏也於是復与月華移席相近嬉笑燦然或執玉手或撫雲
鬟宛然若風流豪士之挾弄姣姬也月華變色不悅甚非其太淫而終不以男子爲疑也是夜公子欲与
月華睽枕而月華厭其放蕩称托而去明日世蕃入見公子而笑曰美人安枕乎公子荅曰愁思在心終〻
夜耿〻恨不留小姐而消夜世蕃曰然則來夜爲可也然君愁思花珎之故而即今皇上御奉天殿而家
親先已詣闕吾亦從此詣闕珎事或可出場矣公子喜曰相公速往毋失事機也世蕃出去日暮而還曰

花珎生則生矣但未能快雪其寃矣公子曰何也世蕃逼坐公子之前備傳筵說曰上与家親講邊事託召刑部尚書鄭弼問珎獄之延拕弼奏曰大獄多疑固不可立斷而臣之延拕竊冀陛下好生之德也上怒曰珎之獄事昭著當即施王法特以都御史之爭執欲一加嚴訊矣刑部儱侗罷職也於是家親奏曰臣初以此獄極論者只以沈氏告狀節節明白故也追聞物議寃珎者亦多臣知夏春海之不為無據也此際吾甚欲自脫花珎而家親曾与夏御史爭此獄極力到今大相矛盾亦甚顏厚故草草告曰珎之八代祖花雲死於王事太祖皇帝哀之賜之以丹書鉄卷使雲之子孫雖有殺人大罪皆得以寬之今珎之罪不過殺一小婢而且囊書一節終不近理也豈可以疑似之罪遽誅花雲之子孫乎上頗感悟曰卿等所奏出於公心以此足知花珎之曖昧也然風化所關不可仍置所謂沈氏令錦衣衛決杖八十以懲其告子不審之罪花珎投之遐裔限其勿令釆論於赦典也因還收鄭弼罷職之命吾乃退出與鄭尚書相議定配所於成都此地風土清美猶可幸也公子起拜謝曰老丞相恩德如天相公之委曲周旋如此使妾之家夫得保殘命妾當沒身而圖報矣世蕃大悅掀髯謂公子曰吾已聽君之請矣今夜君亦從吾之請乎公子曰此亦不難矣相公涓吉備禮迎妾以百兩之車戴妾以翟鳳之冠則妾豈以葑菲之下体敢辭鐘鼓之樂乎世蕃曰甚矣君之固執也吾已令日官擇吉而所謂吉日猶隔三四夜矣吾昨日之夜獨宿於外堂河影流天月色滿床千愁萬歎展轉不能寐頭上之白髮種種然欲生矣若復

空送虛多良辰則此品世蕃當訪於黃泉之下矣公子佯怒曰相公見妾之欲事二夫而謂妾貞女之行
賤侮如此妾以何顔將奉相公之巾櫛乎世蕃見其辭色峻烈難以強逼笑而謝曰吾眞戱耳非實語也
即招月華而謂之曰新人愛汝汝且同寢慰其孤悰也月華心甚不平而重違其兄之命耶乃使侍兒持
自家衾具而來有間世蕃起出公子與月華坐於燭下列其羅衾促膝歡笑公子喜謂月華曰奴爲非雌
雄而交頸相愛者憐其容色也今吾與小姐同是女子而慕悅之情不減於伉儷惜乎使若男子也琴堂一
曲不諧於長卿之手而賈閨異香寧斂於韓掾之袖乎月華聽到此語熟視公子而不能語俄而各自就
寢夜半月華驚覺忽有一男子抱頸而臥月華心戰汗出而不能語公子笑曰吾乃花翰林夫人之帚山
東尹汝玉也君兄以不美之心行欲奪人之姊而反使其妹辱於人造物非無心者也然君之芳姿美質
高出一世而天下佳郎亦未有勝於我者也今夜同枕安知非天意乎月華泣曰妾持身不謹落於公子
之手死無以雪其羞也然妾以閨中之處子不忍受行路之污乞望公子留以他日花燭之約而勿以非
禮相犯也公子於是起坐長歎曰吾之爲此非樂爲者也嗟乎仰愧屋漏俯愧枕石此夜此柔當爲終身
之恨矣遂退別牀月華感歎曰此眞男子也綽綽裙帶起坐牀上公子沉思曰此女雖貞靜可愛然吾不
忍爲品嵩之婿矣彼若爲我守節則畢竟將何処之乎月華亦默量曰此人替其姊氏來陷虎穴可知其
膽大多略者而吾家金門累重鐵垣十丈衛士交鞭皂隷巡宮彼若無崑崙走墻之足玄女飛天之術

必不能脫身矣萬一不善周旋而蹤跡敗露則禍不可測也吾自今日已爲尹家之人矣豈可以區〻羞
澁之態黙視其危而不能救終誤我百年之大事乎於是低聲問曰公子之情跡甚危不可久處於此地
未知何計脫身乎公子曰吾自花府來時預以一件男衣藏之鏡函今在枕邊耳月華笑曰公子之計誤
矣自此臺至外門凡度七重金鎖而又橫過家兄所居之堂此計既不可行之於晝又不可行之於夜亦
不可行之於欲明未明際此時家中之婢僕皆起聯肩騈武行來旁午猝然生面男子自內堂出來則孰
不大訝而執訊之乎公子驚曰君言良是也吾有婢子之襤褸衣裳蓬其髮而垢其面則可以得出乎月
華又笑曰此計差勝而猶不能萬全也容服可陋而体態亦可掩乎吾家多伶俐婢僕而一人生疑則大
禍至矣公子歎曰然則吾坐死矣月華曰妾感公子能抑駘蕩之情而存妾之鸚血紅點使得全顔於父
母之前妾豈無報恩之心乎使公子脫身之策妾黙運於胸中而但未知公子一去之後可能念妾向公
子之情誠耶妾之父富貴太盛而好作威福賈怨斂禍於天下之人今以公子之忼慨其意使之委禽於
貪權樂勢之家非但公子之所不欲亦妾之所不敢望也雖然妾以十四歲紅閨處子足跡不出於户閭
言語不接於僮僕持心如氷愛身如玉矣今公子公然來汚之妾安得不羞憤而欲死乎公子若終垂大
德不以父母之累而賤弃之則雖抱衾執箒於婢妾之間亦所甘心而不然妾當守信深房終爲望門之
婦而已公子听罷驚歎於心曰以吅崇之女姣腹何以生此貞淑之女也彼欲活我矣我不可以負恩也遂

与月華吐心相語留以芳盟向曉月華飛身入內自持一叢鑰匙来謂公子曰公子試持函中男服從妾
而来遂自花園門随鑰輒開過五門而至西園門月華曰此門之外乃四通大路也任公子之所之矣乃使
公子改着男子之巾服相視流涕戀戀而送之
倡善感義録上篇終

倡善感義錄卷之三四　下篇

驛店得烈士　仙洞訪丈人　第八回

尹公子直向翰林下處於城門外見翰林而執手流涕曰自古仁孝君子之遭厄境者何限而豈有如吾兄之冤者乎翰林歎曰長远自遠方来安知吾之冤与不冤乎春秋書天王出居于鄭以其不能事母故絶之也夫吾不能事母烏得免於王章乎今欲革心改面而尚恐天地之不容也遂引罪千萬玉泪兩傾不能禁公子見其至誠嘿然歎服不敢開口於沈氏母子之事也翰林以叩崇之赦已爲詩矣公子乃傳世蕃之說翰林失色無言忽然放蟠来謁於翰林自謂從紹興新到而泣傳南夫人尹夫人之事公子始聞南夫人之既死而復生一喜一悲雙泪汎瀾翰林見之愴恨悲懐於心曰他人男妹乃能如此吾之兄弟云胡其然耶公子恐叩家之或追蹤也起別翰林痛哭而去明日翰林徐行夏御史来別於道上章而語曰天將降大任必先困苦其心志願兄加飧自愛毋負皇天玉成之意也王謙之母送其子曰善奉翰林勿思老母〻恨不能爲男子也范沃聞翰林之出獄大驚密訪李少裵三而厚賂之授以幽策使之行毒於中而路劉甬淑侍左右不離須臾王謙亦奉夏御史之命監檢飲食李少等無以乘隙爲至華州華山驛劉甬淑王謙俱皆病臥翰林親自救護留四五日李少裵三相与密謀曰吾等受范生之許多銀子若不殺此人而歸則范生必還推之欲還之則其銀已盡不欲還之則此子將起鬧矣此二者皆可悶

也莫如秉此先下手於罪人并与王劉而斃之八告於地主曰罪人病死矣彼豈不信乎言未已忽有一
壯士身穿綠錦戰袍与從者四五人手長釼而入揖翰林而問曰措大方以何罪謫於此地乎也翰林答曰
干犯倫常誤蒙天恩得保首領投竄罔中耳壯士孰視良久曰覌措大容皃與罪名不相彷彿何言之太
過也翰林流涕答曰罪人奉母不能孝事兄不能悌獲罪於天萬戮猶輕也壯士驚曰然則先生得非紹
與花翰林乎翰林亦驚曰將軍何以知之壯士長膝跪席曰僕乃西安府趙揔兵之麾下將俞聖禧字秀
昌者也前月以主將命上京師往來於縉紳間聞先生之獄事知先生之為君子人也夫君子乐言其過
而不言人之過今先生之言如此以是知先生之為花翰林也因命從者招李少等而至前厲聲問曰汝
等所謂范生者何許人也兩人失色相顧曰是何言也聖禧按釼張目曰賤畜敢欲瞞我耶兩人惶恸不
相對翰林謂聖禧曰彼等乃刑部押吏也將軍何所聞而操之太甚也聖禧曰僕平生重意氣好急人之
難俄者隔壁聞唄喋語不覺心胆斗起杖釼而来遂令從者緊縛兩人而乳釼擬指曰汝等与罪人本無
恩怨乃忍受賂囑而謀害性命是甚於強賊也吾當斷汝兩人頭送之京師直告則當生否則當斫矣兩
人叩頭吐實聖禧顧視翰林曰先生果与范沃有怨乎翰林曰有之聖禧曰所謂王劉者誰也翰林曰王
謙者夏御史之傔人也劉甬淑者珎之鄉人也珎自紹與獄犴保全至今者皆此兩人之力也聖禧曰
其人安在翰林曰彼臥病者是也聖禧進執王劉之手曰君等捐妻子而從翰林於萬里者其義足以動

人也況識宰相於坐埃救英雄於危塗其非有眼者能之乎於是解李少等之縛曰下流賊人見利忘義
固非異事也投其釼於地曰此釼直千金持此歸則足以償范沃之金勿復生非心也又令出其券而燒
之李少等感愧涕泣翰林覌聖禧磊落有烈士之風傾胆倒肝恨相見之晚也聖禧自言開國功臣通海
之后裔家勢流落於山西父母早沒貧窮無依而倜儻有大志好讀書往〻從山西少年以弓馬為戲年
十八托西安府幕于今三年云矣為留數日与翰林晝則談古今治乱英雄之事夜則論天文兵書造化
之妙聖禧益服翰林而歎曰先生可謂不遇時者也使生於太祖皇帝之時豈令刘陶全美守王刘病差
翰林起程与聖禧行六七日聖禧分路向西安府馬上秉鞭揖曰昔程伊川兄弟自蜀而歸易學大明張
魏公范景仁起於蜀中皆為南朝之名臣先生得斯二者則安知蜀中之不為先生起(基)福之地也翰林歎
曰罪人之頭不敢在此但令他日生还故國一見老母顏面而死足矣因与揮泪而別且託尹公子出嚴
府之日世蕃入而見新人不在問於月華〻〻曰不知遂四索而終不得世蕃愕然欲哭曰張生賣我也
捉來張平而詰其由張平曰小生分明納尹氏而相公失之此豈小生之罪也世蕃語塞乃赦張平而憤
然起曰此女真為翰林之計而慝我也吾必得此女而雪耻也崇不可曰近來皇上引用徐階而吾渊日
奪夏春海謝江等挾彈睢盱奪人之妻是豈美事而欲紛〻如此乎世蕃遂止而吐憤不已洪氏見月華
自尹氏一去之後紅恨鎖眉如花悴玉殘有時於燈前月下清泪浥臆一日問於月華曰吾覌尹氏之色

態殊非雍容之夫人与汝心性不相近似何其愛慕而不忘耶月華不忍欺之以宲盈告其母大驚引其
劈紅而見之歎曰尹郎仁者也於是崇聞之大悅曰其人意氣如此必不負吾女也此時尹公子隱於城
西佛菴明年正月擢庭試以玟蓋御乐歷入叩崇之家崇迎賀殷勤而世蕃亦在其側公子英眄雅矣光
彩飄然崇喜溢眉睫世蕃暗然喪魄公子稱謝世蕃曰向蒙足下之高義妹兄之得配善地感謝何極世
蕃大慙垂頭無言崇佯若不知曰是乃鄭尚書之功豚兒何力哉已而侍婢擎進酒饌公子引盃暫飲流
目視世蕃曰此酒雖香不若向日情醞也崇笑曰壯元初到吾家曾於何日嘗吾家之情醞耶公子軒然
笑曰小生洞房之春眠未醒猶作夢中語耳崇拍掌粲笑世蕃面若凝朱良久不能乱於是侍婢等相
顧拍手曰今日尹壯元果是昔者尹夫人也有閒公子告退崇留之言月華婚事公子笑曰此事已与令
爰商量矣閤下勿慮焉崇大悅矣後數日公子以翰林學士兼春坊右庶子与左學士白瓊伴直於春坊
白學士對其面而頗懷疑訝問曰兄之字長遠耶尹學士荅曰然白學士曰兄當記白蓮橋邂逅之事乎
尹學士微笑曰五年間事何可忘耶白學士曰兄其間果与陳氏成親否尹學士歎曰陳氏消息如隔幽
明安得以成親也因謂白學士曰當年兄辱書垂問而弟適有呻吟未得修謝兄必以弟為無情也其
后歲月累經不知令妹桃夭已卜於何處耶白學士變色曰長遠何為此非君子之言也吾与長遠成說
丁寧矣豈有不待長遠之教而先有改路之理乎尹學士謝曰兄以路次立馬草草之約守信如此良可

感也然弟与陳氏生長一室有遶床弄梅之情今不可以秋乱之故而相負也其時家叩答書中待雲南辭息徐徐更誑云者正如此也白斈士曰然則其時兄何以云將欲求婚処也尹斈士知其言已左無以為復荅大笑曰此非弟之言即陳氏之言也因將陳氏变服走淮南事及別紙中所書者而告之白斈士大驚称歎因笑曰吾固疑兄顏面之異昔而鄉貫既合矣神彩彷彿而年齒不相褻矣吾安得不終信乎嗟乎陳氏萬古之淑女宜兄之恩服而不能忘也今趙文華已敗叩崇之勢已傾陳公之賜環當在早晩而兄之佳約可以從此得成矣兄以風流男子早登龍門金馬玉堂名位隆盛不妨並兩夫人幸兄迎陳氏之後亦無忘少弟之意也尹斈士笑而快諾是年秋白斈士还文淵閣修撰上疏極論陳公之寃上大悟特放陳公以工部尚書召之陳公夫婦即与公子小姐登道明年至京師時尹侍郎已與夫人与尹夫人还京城而兩家相喜擇吉日備六禮尹斈士以香車玉轎同日迎陳白兩小姐是時花翰林至配所後謂王謙曰吾既無事到此汝可敀矣謙曰小人得事夏御史与相公自幸斯世受知於二君子且老母有言小人何忍棄相公而敀乎自此翰林与王刘二人托朋友之義兼奴主之情謙汲泉而淅米甬淑負樵而炊飯或弋取雪嶺之鳥釣得錦江之魚羹以薇蕨之春拳菜以蘘荷之夏服桂箸竹盤風味佳絶其比於竹友堂苦虀蔬糲不啻如羅千鼎享萬鍾而有時以藤杖葛屨岸巾嘯傲於玉露楓林之下幽花錦石之間回思半年囹圄之苦脫然若羽化而登仙矣然翰林仁孝出天友愛根心對食則思母嗢景則

悵兒南陵之淚未斷而春草之句先成行必瞻狄公之雲臥必拾姜生之衾飲泣太息曰吾若得母親兒

丈一日之效心則雖朝暮死而無恨也自餘富貴之事妻子之樂一如秋雲浮芥耳以是身在蜀中者周

年而未暇念及於南夫人也一日遊於浣花溪林亭之上次第視楣頭之題咏中有七律一首而其尾題

云青城山人南子平稿

其詩頷聯曰　層峰不盡潮州淚白雲長思工部兒

翰林見之大驚曰此分明吾岳丈南御史也杜工部之嬌兒顏色白勝雪而韓文公之謫潮州也女拏死

於層峰驛世間寧有南子平情境如此相同者乎嗟乎安得見南公而說其兩介女子之在蜀也悄悵

徘徊之際忽有仗冠數人自林中聯節而至翰林迎揖與之數語因指南公之詩而問曰此公本京師之

人流落此土自謂青城山人想其蹤跡必在於此山之中或者僉兒聞知其所居之洞窟否其中一人曰

去年春此公與雲水洞郭仙公來遊於此題詩而去若問於郭仙公則可知矣翰林頷之而還明日向青

城山之雲水洞時南御史夫妻無日不思其女兒而但以歲月之久心緒稍寬矣一日仙公謂御史曰公

之厄運將盡而令兒之玉郎今當至也御史聞之半信半疑俄而童子入告曰門外有一位佳君子請謁

於先生及韓夫人矣御史矍然驚奇仙公笑使童子迎入禮而坐定仙公向翰林曰僻居僻陋貴人何

屈多謝〻〻翰林拱手曰小生西土之累人也蹤跡鄙賤而猥慕先生之高風敢煩於門童唐突甚矣

先生貶尊過待猶切惶悚仙公笑曰足下乃天子之師傅國家之棟樑也顧此山野間匹夫安敢望尊字

翰林見仙公昂昂若出羣之鶴而御史布衣葛巾弢泪欲陞翰林愀然問於御史曰大人莫非壬子年間

謫岳州之南御史耶御史悲咨曰晩生果其人也足下何以知之而何以問也翰林起而復跪歔欷流涕

曰小生即汝陽侯花公不肖孫也小生兒時見亡親因山東尹侍郎聞大人為水賊之所害也垂泪傷

慘焉乃今亡親面上草之七宿而小生得拜大人於人世之上小生益不勝存亡之痛矣御史悄然下淚

曰令尊捐棺朝廷無復有老成人矣仍問曰僕漏籍於世今已九載矣茫然無聞於人世間之事足下或知

尹仲晦之安否耶翰林曰尹大人乃小生之岳丈也小生西来時逢尹大人之子汝玉聞其起居如昔云

小生有二妻一則尹大人親女也一則其養女南氏也尹大人云吾友南某之女也小生亦於大人當為

外甥也御史執手口急心悲曰然則吾女生存乎於是翰林備將其首末而傳之御史悲与喜極泪与欷

迸但瞻翰林之口而已也時韓夫人聞女壻来至惝怳如夢欲急見其面目御史乃与翰林入内翰林拜

於韓夫人夫人懷泪琅琅曰老妾自失女兒因無人世念惟願速死相從於黃壤之下矣夢寐之外得逢

君子聞女兒之不死此心聳喜如登九天然而中腸酸嘶積哀秋動今日得女之悲千倍於當初失女之

時也第聞女兒今在何処而君子以氷神玉骨仁和粹面何罪於世而流竄萬里耶翰林垂泪長欷略

道自家夫婦之前后秋厄而稱偏母慈諒家兄仁厚然門運不幸妖妾乱家此皆小生夫婦命途之奇薄

也仍傳南夫人遭毒於趙氏而為清遠所救男服入蜀之事韓夫人面青骨寒久而定神謝於翰林曰女
兒昏弱不能善処於危難之際而致此凶秋莫非自己之罪也敢怨夫家乎翰林深服夫人之德量爲御
史問於韓夫人曰所謂清遠不知何山之尼僧而女兒入蜀時見侍婢而言之侍婢悲撓不能詳問其山
名云也韓夫人歎曰八九年前清遠来吾家自云在蜀中某山而秋乱之餘心神大傷吾亦茫然不記其
山之名耳嗟乎其時清遠見女兒之容貞愕然孰視之必有妙理而惜哉吾不能問也御史謂翰林曰女
兒既云入蜀而君与我相逢於此地必皇天俯怜欲令失女夫婦同會於一處也君能与老夫履山跋川
周流求訪於全蜀数千里之間乎翰林太息而對曰小生非無此意而但以罪繫之身未可遠出也御史
歎曰君之事勢誠然矣老夫當獨往矣是夜御史与翰林啟小堂挑燈相語御史問曰吳壻何從得聞老
夫之消息而来訪於此山也翰林告杜老亭詩板及伎冠之言御史曰郭仙公神人也往者与我遊於此
亭勸我作詩而題其楣謂曰明年必有以此詩而来訪公今果然矣

白衣赴廣幕(南)　丹符破妖賊　第九回

明日翰林将啟御史問於仙公曰先生視花君面上厄限幾何仙公笑曰殷真人在老夫何言哉御史曰
殷真人誰也仙公曰五季時仙者而花君之前世師友也翰林甚誕其言还出洞門行十餘里漸見岩壑
益邃峰峦益奇濃雪淡露乍起乍滅灵淑之氣氤氳之臭習々靉々郁々霏々翰林信步而前忽然赤

壁屹峙洞天廣開中有㚑禽異獸接翼聯隊而遊翰林覔其失路怊悵四顧見西北層岩之上有一老人蒼顏華髮衣冠甚偉翰林就揖曰小生以塵中累跡偶到名山迷失東西而日色將暮願先生叚指其路焉老人起而答揖曰上仙別來無恙否翰林驚曰小生泡漚世界一介飯囊也先生何以云上仙也老人笑曰君以曆虛之性辞清真之府落靡淫之墟飽經風霜精汚神濁宜不知前生事也乃以丹藥一丸賜之曰咦此則可以自覺矣翰林辞而不受曰小生既作人間之人而妄知天上之事則無益於身而徒乱心懷耳藉令此藥一飲成仙而小生有偏母孤兄何忍捨之而獨往乎老人歎曰賢哉孝子之言也至誠如此天豈不感動乎君之母兄悔過不遠矣翰林聞之甚喜出涕曰小生命薄矣亦能有兄弟接手而舞彩衣之日乎老人曰君之悲日已盡樂日將生入而有萱堂棣華之樂出而有風雲魚水之歡忠孝之福其㚑長矣哉因與之坐石上曰天上之事君既不願知矣今與我論人間之事可也乃自袖中出太公六韜曰君之急務在此一書而君昏涉獵不過其糟粕耳兵者危事不可不熟講也於是展之石上毫分縷析翰林自是英透之才如竹迎刃而無所碍滯老人犂然而笑又出一軸小簇指其西中山川濶狹險阻之勢又以一張丹符授之曰此乃太上老君伏妖之符君持歸則亦當有用処也因與談陰陽五行之妙頃屑霏霏慧韵瑲瑲不覺暝靄生林宿鳥飛还俄而月輪東上玉露滿襟老人與翰林歸岩間茅茨掃地而卧翰林困倦就睡覺而視之紅日初高松籟瑟然老人謂曰国事方急君其速歸翰林収其六韜及符簇

而怵之拜辭於老人曰三山負邈十洲茫濶一隔人間不可復接影響也願聞先生之尊号老人笑曰郭
仙公不言乎翰林始知其為殷直人也繞轉数步不見其人与茅淡矣茲然嗟欸而啓昨日路上丹楓黃
菊盃化為杜鵑鄭鷓矣王謙出門而望之雀躍大呼曰相公啓矣甬淑自房中跣足跳出曰相公遊於何
処而經冬不啓乎小人三往青城南御史老爺亦再度来臨而終不聞消息小人等謂窮山深谷丁寧遭
虎豹之変也仍謂王謙曰君急走官府告于俞將軍翰林驚曰秀昌胡為而来也甬淑曰即今朝廷有大
事以相公為廣南府從事俞將軍親奉聖旨而来矣俄而聖禧与知府耿敞飛鑣而至聖禧急持翰林手
曰先生何乃驚人之若是翰林向知府而謝罪曰罪人宜不敢擅移配所而適訪山中之故舊失路狼狽
致淹歳月惶愧之極無所逃罪仍問於聖禧曰俄者甬淑草〻傳秀昌来此之由而急未能詳問惟望秀
昌備傳之聖禧曰年前海賊徐山海大冦瓊崖脅盜萬化等諸州自号萬化天王南方搔擾民皆荷擔而
立朝廷從吾主將趙公為廣南府經略使控鎮喉嗌矣前冬徐山海自安海口潜師大入而治邊州縣雲
擾風駭趙公与廣南副摠兵戚繼光合力守富州城相持數月賊勢益張趙公与吾親走京師而面訴於
廟堂焉吾見閣老徐公曰山海嶼峒之之黠冦也富州南服之要衝也一失富則海岱之間非復國家之
有也徐公曰即今廟議欲別遣大將增兵以守而大將無可合之人也吾曰趙經略戚總兵武勇皆冠世何
必他將且但守禦而不為撲滅則南憂幾時可平乎山海奸謀鬼計千变萬化如得運籌折衝如張子房

諸葛孔明者或可得乎而不然雖使廉頗李牧驅百萬貴育而往無所施也徐公曰今世安得張葛乎
吾曰天之生才本無古今特閣下未之見也徐公笑曰君能見其人乎吾曰小将見之矣今成都謫居人花
某乃今世之張葛也徐公笑曰彼固将種而終是白面少年君言無奈過耶吾慨然笑曰周瑜年十八為
軍帥於江東耿弇年二十二建大策於光武張良陳平亦皆白面少年而佐漢高取天下苟如閣下之言
而弃白面則是使周瑜耿弇待年於草澤之中而張陳不敢言於慢罵之帝也徐公默然無語適兵部尚
書夏公至徐公以吾言問於夏公〻〻大悅曰學生雖不知花某之将略何如而古之人好用福将者良
有以也花某自是食祿貴人之相願閣下為國旋力為吾乃大言曰閣下試使花某白衣從軍於富州營
如不能發奇策而建大功者小将請献頭於閣下之前矣於是徐公動色明日奏于龍陛天子沉吟不允
曰花某文士也安能討賊乎翰林學士尹如〔汝〕玉出班奏曰郤穀說禮樂敦詩書而為晋元帥杜預射不穿
札而立平呉之勳是知中權制謀不取一夫之勇花某臣之妹夫也臣熟知其人誠使花某一往則南方
之平不足患也上大喜乃允吾是日奉詔晝夜馳十九日到此聞先生輕身獨出無聲息者八朔云愕爾
茫然萬慮俱生引領四望腸断臆裂萬一先生過今明日不至則吾幾嘔血而死矣翰林謝曰吾往青城
不過為數宿之間而事乃大謬惱吾秀昌公須罪無已然秀昌以我欺徐丞相何也吾之一身狼狽固不足
恤而但恐為羞於秀昌無益於国家矣聖禧笑曰先生奈何以流俗過謙之態外此知已也大丈夫立身

事君出則為方叔召虎入則為皐夔稷卨夫富貴之難免如禍厄之難逃也時往而止是以古之聖賢能
与世移推陰符經曰天有五賊見之者昌知時之謂也翰林欸曰吾遇秀昌於華山驛即命也秀昌薦吾
於富州城亦命也能平賊而報国不平賊而喪元莫非命也吾當任命而已於是知府治行送王劉等皆
相隨起程焉杒瑃之到皇城也范沃往見問曰景玉猝然上来何意耶瑃色変而荅曰家多突難欲避而
穰之耳沃冷笑曰景玉不以情告我也瑃顧他而不荅沃熟視瑃而又問曰兄之家属亦同来耶抑留紹
興耶瑃發怒曰吾之家属来不来兄何以欲知也沃勃然起去彰其悪而告諸人曰花公之兩子中瑃之
罪先可誅也及送李少等之後即啟紹興謂趙女曰花琢今則必不免矣吾之宿憤已攄而近覌景玉待
我無狀此必張平賊子間之也兩竪之命又将不久矣趙女大樂曰景玉自郎君北上之後疑妾日甚頃
於正堂怒目叱妾曰汝以東墻下淫女素行卑賤近与范生交奸情跡狼籍南氏之死荊王之禍皆汝淫
夫淫婦之所為也吾恨不能磔汝兩人之肉祭南氏之魂而慰荊王之寃也妾急握其兩手詰其言根則
景玉拂袖絶杠以足蹴妾曰張生言之耳妾自此埋頭切齒苦待郎君之至而欲雪憤於兩竪也今郎君
先獲我心願郎君速叩囊中之餘智也因告瑃以張平之謀納尹夫人於叩府之事沃大驚曰吾之所欲
行計者只有叩家一路也今平先據之大事去矣向者叩丞相父子猝然救花琢吾甚恠之果有此事也
仍謂趙女曰柵公三十六計中走為上計也今吾計已敗莫如走也是夜沃与趙女及蘭秀盜偷花府金

銀宝佩而走先是張平納尹夫人於世蕃自以為好爵可得也又取瑃之三千金及雜宝珎以納於洪氏而自納槖中喀〻笑曰吾以一尹氏足以取太守又何用貨賂哉今吾當腰金上楊州而所乏者惟一隻丹頂也及遭世蕃之詰責而聞尹氏之走錯莫失圖敀而欲哭既而又笑曰好官不過多得錢耳今太守之討雖左而得錢之路不断也乃走花府以虛秋空福誆誘恐動於癡惑無知之沈氏母子則公然花府之金藏錢帛日整月秏而平以狼心鬼目往來不已又謂瑃曰尹氏与叩太常相得甚歡招我言曰花景玉若獻我以紹興稻田四十頃當除浙江通判云矣瑃大悅欲從之時平以桂香為妾買屋居皇城中忽聞御史中丞尹汝玉令候天府發榜懸購搜捕范張二賊平大恐曰此必花家之事發矣吾積許多財貨何忍棄之而遠遁乎与桂香謀曰尹中丞即尹氏之弟也必甘心於我也且汝於翰林結怨深矣成夫人还則汝必死也汝与沈氏雖以一時之勢利相合而本非沈氏之婢乃花氏之婢也何必為沈氏守死乎今乘此時汝擊鼓登聞翰林之冤吾發狀於御史全告沈氏母子之罪尹中丞必大悅而沈氏母子受誅矣此乃吾與立功自效死中求生之道也於是桂香擊鼓登聞平作一張大狀聳讚翰林於大舜曾子之上臚列瑃罪甚於檮杌盜跖之下而沈氏之惡范沃之罪彈手極力縛如獵猪晨詣肅政臺而呈之曰小生韓范即花珎之知己也見其受誣罔極不勝憤惋敢以親所覩聞者來暴良友之冤於風憲之下時御史謝江林潤中丞白瑱尹汝玉等皆坐堂上御史白中丞持白簡奮然起曰吾等聞花家孝子之冤久矣而

以其変出骨肉雖於立證故迄未能明正風化溺職素餐無大於此矣今韓生所告倍於吾等之所聞此
而置之人倫所矣當承奏天陛使花瑃乱子身首異処也林御史嗟歎曰花瑃吾之妹夫吾不可参此訟
也然向者沈氏之将决獄[杖]於錦衣衛也夏御史恐傷荊王之心奏而免之兄等苟愛荊王當借餘地於沈
氏如何仍顧謂尹中丞曰荊王賢者也其取友必端而今見韓范者睥子不正言語不顯無乃反覆奸人
之欲乗機邀利者耶尹中丞大悟曰范沃張平自是同悪同罪之人而此状極論范沃而終不乱張平此
必張賊変名而来也於是設威叩問果然張平也謝御史等列奏瑃罪状請令司寇叩刑正法上既允又
以桂香下刑部叩査刑部尚書促駕赴衙豸遣健差数十人於花府此時瑃之母子纔聞趙女与范沃逃
走之報憤悪搥腸搶地大哭曰吾喪心失性惑於奸悪淫邪之女投簀之変落囊之計泛然不覚使荊王
夫妻寃徹九天〻道不奔則吾豈無事乎忽然婢僕震動入告曰刑部書差急索公子矣沈氏若疾雷搏
頽昏倒於地書差瑃而去鄭公以韓范状辞豸問甚叩瑃惶惻罔措對曰所謂韓范与小生有宿寃故誣
陥至此耳鄭公笑謂衙奴曰俄者御史府所送罪人捉入焉瑃見之乃張平也瑃意以為平亦為韓范之
所告也回頭語平曰吾与君倶見嫉於韓范竟遭此辱豈不寃憤乎平肘之曰吾已直招汝勿多言鄭公
視之拊掌大笑左右衙奴莫不掩口矣又使瑃与桂香面質桂香對瑃鼓掌数悪瑃不能自明唧〻曰母
親於汝恩澤至厚汝何忍反也諺云孤向窟嘷不祥為其忘本也桂香反唇曰吾之於沈夫人公子之於

先老爺其恩義輕重何如云也公子恩反先老爺而乃責吾之反夫人乎且吾父母皆花氏之人也吾當以花氏為本乎以沈氏為本乎瑃曰翰林獨花氏而吾獨非花氏乎桂香曰公子得罪於祖先自絶於花氏吾之所仰獨翰林而已矣瑃勃然曰汝自以為不悪則埋于正堂而謂林氏為之者何也桂香喪氣不能答是日瑃乎桂香皆準刑而事〻皈之於范沃趙女於是械囚三人於各獄即日行移于十二省合捜捕范趙焉時貴陽通判柳聖謙以治民第一擢拜武英殿學士乗馹上来与翰林遇之於東蘭州李士愚翰林之別来風霜而嗟嘆不已因曰觀荊王之氣色似不聞伯氏之消息也因将瑃乎獄事傳其概略翰林听森未竟北望失聲汪然泣下曰兄丈之陷於死地者不肖弟之罪也兄若死則吾不忍獨視息於人世也顧謂俞聖禧曰吾之方寸乱矣安能謀事於軍中乎仰頭太息曰吾生也不如死矣何命途之窮厄至此也聖禧惨然慰之曰自古逢縲絏之厄者未必盡死也往者先生之在獄也人皆謂之必死而終得無事今伯氏之危未必過於先生往之時也且以先生之至誠友愛天豈無心於伯氏乎翰林泣曰不然珩之無状朝廷不知而皆欲快心家兄也今其至寃誰復為之一言乎嗟呼尹長远知我心則猶可言也柳李士曰吾覌刑部行移者不過数日而范趙兩賊未易即捉此獄結末似在吾巡朝之後矣吾當与林御史極力周旋而若逢尹中丞當以兄言傳之也兄須寛心焉俄而花夫人彩轎至翰林入与姊氏相見而泣言兄丈之寃花夫人怛然悲傷泣涕淋琅曰此時毋夫人何以為心乎林姐〻不在誰復進粥飲也萬一

哥〻不幸則當為天下一罪矣生亦何顏死且何以見父母乎因相對於悒柳秀士益感娣弟之至德也明日柳秀士與翰林分手而行到皇城瑃已被杖訊命在朝夕柳秀士往見林御史而欲曰花瑃罪誠難貸然僕來與荊玉相遇於逆旅其惻怛之情苦哀之語令人墮淚而其言兄死則我亦死其人非易言者也夫一瑃之罪固不足道而彿不念荊玉乎林御史喟然曰僕與荊玉契分雖不深而舍妹每稱其美比之於閔子騫其愛兄之心不言可知也且以僕之私情言之自瑃係獄之日舍妹泥首席藁晝夜號泣勺飲不入口為其同氣者寧不矜悶而顧瑃罪犯至重故鄭尚書持議嚴峻僕不敢以區〻之私情開口於鄭公矣且兄與僕之言皆非公論徒費唇舌鄭公豈必動念歷數縉紳中無可以一言緩頰於鄭公者謝秀海白聖圭皆忝奏之人初不可與論而徐相国夏兵部疾瑃如讐決無顧籍容護之理即今公論中可以救瑃者惟尹長遠一人也於是柳秀士往見尹中丞曰兄以荊玉為何如人也曰仁者也曰然則夫以仁者而由己之故殺其兄則可以揚〻立於世上乎荊玉遇弟於路上仰天垂泪曰嗟呼尹長遠知我心則猶可以言也云矣尹中丞翻然而起曰吾已諭矣郎〻往見鄭尚書曰花荊玉天下友弟也其兄朝而死則其弟夕死雖云快於去惡彿不慘於殺賢乎鄭公曰君言是則是矣然花瑃之罪雖十人分之猶不得生也奈何尹中丞曰秀生非敢欲即日放釋也但望大人姑寬刑杖以待荊玉之还啟然後覘勢処之鄭公諾曰此時瑃已悛悔刻骨痛泣自責曰媢於吾者莫如艶張趙女媢於母親者莫如桂香蘭香而沃賊

挾趙逃走乎賊介我罪惡桂香擠母親於坑塹使蘭香雖在亦安知無凶計乎吾昏暗不肖溺於此輩使聖弟與妻抱寃失所吾罪當死何面目見荊玉與林氏乎夜夢之間亦呼荊玉而淚流枷頭獄吏等見而悲之沈氏推從思善曰吾之薄待荊玉徒以先公之鍾愛太偏而賁春亭一事入於骨髓故也十餘年間荊玉之至誠如一終不見慍尤之色此眞大孝也先公之寃待偏愛之者良以此也今吾事日敗而荊玉之寃日彰天実不可誣也且吾自別先公以來未嘗一見於夢近者數夕先公以和顏笑面殷勤謂余曰始惡終善猶勝於始善終惡也今以佳兒佳婦付托於卿永享晩福以存自愛也吾覺之而輒汗出添顙嗟呼吾平生萬事莫非罪也當自截以謝天地而但念吾死之後无以報荊玉之孝也且可隱忍苟活以慰孝子之心也忽聞柳夅士夫人至顚倒下堂執手痛哭而自數其罪曰當年老母頑嚚使汝男妹屢遭危境中間又爲趙女所褩迫出林婦幽苦南尹畢境使荊玉斥逐萬里璹兒桎梏於牢獄老母之罪雖自擢髮不能贖也夫人見沈氏黑髮盈白眼枯瞎露衣垢頭髮一无旧容夫人慘然傷肝哀哭欲絶良久而對曰雪霜風雨莫非數也草木豈敢恩怨於天地乎哥哥爲張賊所誣秋寃叵測而小女聞尹中丞見郭尚書而緩獄云荊玉若或成功還歸則哥哥自然無事矣沈氏泣謝曰吾兒之死骨生肉即柳郎與尹中丞之德也尹公不念其姊之寃而力救吾兒之命君子之用心実非少人之所測也於是夫人進以新服奉以滋味周旋左右言笑誾誾沈氏拊膺長嘆曰汝之男妹與林婦猶可以赦老母之罪也至於尹氏叩府

之辱南氏浣溪之寃老母安得免大誅乎夫人始以所聞於翰林者告尹南兩夫人之無恙沈氏怏若昧
夢初醒而甚奇尹夫人之脫身也是時翰林至富州趙公遂與繼光等大喜出迎於陣外待以上賓顧聞
奇計翰林自至城上望見山海軍水陸布勢如蟻屯雲結梯衝亂舞砲丸交飛翰林謂公遂曰賊外張虛
勢而內無應備彼乃玩敵而生驕者也後五日与公遂等又至城上視之曰兵法云見利不失遇時不疑
今賊軍之旌旗雜繞戎馬驚奔金鐸之音下而濁鼙鼓之聲湿如沐此敗徵已見而其將可走也今以輕
車突騎出其不意疾如流矢擊如發機則彼將掩脰脫肩護腹失背當之者破近之者碎是所謂疾雷不
及掩耳迅雷不及閉目者也公遂大悅曰惟先生命於是翰林使聖禧將精兵二千以玄旗練服乘夜啣
枚出城先伏於尾塘口又使中軍將韋立潛引兵出磅硠海口旗甲倣安南制樣自稱安南援兵結船於
中流又令軍士鑿地道數十處選超距輕足之士三千人赤其衣甲各指火鼓納於地道而令曰聞喊聲
而出乃使公遂率壯勇敢死者千二百騎持大棒巨斧鉤鎗利戟而當前衝殺使繼光率強力暴銳知進
而不知退者二千四百人持強車疾弩火幡雪槊而左右翼擊之使副將八人率軍四千人持錞鉦鳴鑼
鐘而殿後賈勇方夜三更大開城門三隊飛出如流星落電矣翰林与王刘二人望見於城上賊軍傾洞
駭乱頂尻相搏喊聲已震而無數火鼓從地跳出赤衣赤甲燐乱螢飛東擣西盪若驚若狂忽飛忽走鐵
騎直衝強弩夾發天動地吸山起海湧山海大慌急行妖術狂風作暴雨忽然下翰林乃出殷真人神符

粘竿揮之風雨自止官軍踐血躡屍卷席破竹山海急収残軍從陸路逃走至尾塘口為俞聖禧攔道撕
殺山海獨以匹馬躶免餘軍退至磅硍望見安南旗幟不以為疑從船上自言其敗帝立大麾洋中投之
殆盡明日趙公遂等置酒高會拜賀於翰林曰小將閱歲守城庸愚極力不能使狂虜退走一步而先生
獨運神機坑數十萬之賊兵於一夜之間此萬古奇功也翰林辞謝因曰山海今雖敗衄不久當復亂國
而來且其脅降安南最為南方之大患也安南叛則中国之人不能高枕而卧也將軍勿以一勝為快深
惟大討表請明春大斧三萬兵馬平定化州使徐賊之頭懸於藁街然後廣南之兵革永絶矣公遂曰善
於是表奏朝廷一如翰林之所教焉

元戎拜皇詔　美人投匕首　第十回

廣南經略使趙公遂捷書到闕天子御文華殿讀翰林表文訖龍顏大悅顧謂徐閣老曰花珍真天下奇才
也朕不明往者幾殺此人也徐閣老稽首曰臣待罪輔相心知花珍之冤而不能一言於陛下臣實慚於
夏春海俞聖禧也上笑曰珍之英風偉度朕一見之謂汝陽侯復生而紹興獄事終不免投杼朕之慙恧
尤倍于御也因曰趙公遂為国勤勞斬賊十萬須功行賞不可少緩卿等其議焉徐閣老奏曰山海狡猾
甚於張士誠雄據南陬徒衆日繁而以輕舸巨艦出没無常此社稷深憂也一時摧敗不足以永弭後患
今公遂表中所請出於至計臣謂花珍當拜上將而俞聖禧為副將与公遂繼光直擣頊崖復立大功然

後論其爵土未為晩也兵部尚書夏春海奏曰閣臣所奏誠是然今番大捷実是今古所无當先施重賞
慰勸将士且花玠猶着白衣而罪名自若不可起拜上将俞聖禧曽无一次半級何以号令三軍乎上曰
卿等言是也花玠曽以翰林叅士為庶人矣為先还其戝隷擢拜武英殿太叅士征南兵馬大元帥假節
鉞俞聖禧力薦花玠夫進賢受上賞特拜領兵揔管龍門大将軍以趙公遜為征南副元帥威続光為前
将軍使吏部郎中孫植諭于征南大元帥花玠賜尚方釼一口千里大宛馬二匹黄金甲胄各一又以白
金五萬斤綃六十萬疋頒賜征南将士孫吏部啣命到廣南趙公遜出迎十里外陪詔函到營中設香案
諸仪仗孫吏部謂公遜曰花元帥當親受詔音矣俞聖禧出迎花元帥〻〻以白衣入跪庭中孫吏部讀詔
文曰

皇帝詔諭廣南府白衣從事花玠慓彼南方小醜敢肆凶戾侵擾我邉陸冦略我黎庶樯山筏海蜂
集蝟張軺旟益肆乍偃旋突聨冬綴夏兵連禍結朕庸悶憂丙枕靡安卿以忠将嘉声高名卿兵胤良
類冠玉胷蔵萬甲指揮風雲運籌若神援枹登陣作我士氣雷動焱駭星流霆擊喪䰟褫魄僅逃
首領功績茂矣朕甚嘉之玆乃还授卿翰林叅士戝隷而所負罪累悉賜蕩滌嗚呼去賊如草含根
不除後復滋蔓今宜詰戎遄駈擣巢蕩穴特以卿拜武英殿太叅士征南兵馬大元帥趙公遜以下
皆听卿節度戎政大小一以相委三萬兵馬量宜調発不復禀裁卿其懋哉〻〻〻〻往欽哉〻〻〻

嘉靖四十二年春二月 日詔

元帥叩頭流涕仰告使者曰負罪賤臣縱效一時微勞何據猥當隆擢乎有死而已不敢奉詔拜吏部正

色曰先生過矣皇上拔先生於罪籍之中洗滌冤枉授以大元帥印綬此正先生盡力仰報之秋也先生

不念知遇之恩徒執過謙愚生竊謂之過也元帥於是起拜受命俞聖樞跪上大元帥冠服及印綬元帥

退坐將命受趙公遂等禮數威容甚嚴雖俞將軍莫敢仰視而王劉二人歡極泪流矣元帥傳令三方召

敘州總兵薛星文將步騎二萬鎮雄提督王淋將騎兵一萬桂林總魏瑩將步兵一萬福建總管嚴鎮將

步兵八千以五月五日會于富州是日也諸鎮兵馬皆會元帥乃以御賜金帛須賜將士以前將軍咸繼

光為左先鋒龍門將軍俞聖樞為右先鋒王謙劉甫淑為左右校尉使副元帥趙公遂將本鎮兵馬二萬

居後諸鎮大將各以其兵隨後元帥以騎步八千中行而行至安南境安南国王陳興戎服效迎元帥下

車執手曰王沐皇朝厚恩何忍与徐賊潛和坐見侵凌上國而曾不動念乎王頓首涕泣曰荒外小國安

敢乃甫但以國弱兵殘不能枝梧奸賊雖強修交隣之義而一念何敢忘天朝乎元帥欣然歎慰遂与王

同入国城軍令嚴肅鷄犬不驚明日元帥与王論平賊之策王曰皇灵所及何憂小醜然山海挾奇技妙

術能使神兵是可慮也元帥笑曰但使王之信臣機警解兵者一人率三百騎聽吾指揮而王且嚴兵守

城賊至則斷其後王敬諾而出引其左衛督郎馬鉄而見之元帥謂之曰汝至化州如此如此於是元帥

麾軍將進展殷真人小簇見之山川道里森羅目前元帥舍大路從捷逕踰華石嶺令付薛星文等設伏於諸処元帥与趙公遂戚繼光俞聖禧等列營于摩訶川北時正九月上旬也西灝沅蕩秋氣肅殺朔管引清霜角流哀元帥以幅巾鵠氅衣步軒門悄然北望淚下添襟聖禧從而寬慰之是時邢馬鉄至萬化城見徐山海呈安南国王手書山海坼封其書曰

年月日安南国王陳興再拜上萬化國徐王榻下夫小国之所以輸誠於大国盟為兄弟者誠以大国威德足以庇覆我小国也往者大国之征富州也小国以歲飢民病寡無一騎一卒混屬車之塵而執飛騶之役矣乃今明天子紹甲移乙謂小國陰結大国侵軼邊境而繕供甲兵給饋粮草乃以十萬大軍風馳雷奔来迫城下小国自知強弱懸絶顛亡無日恇撓慌惚莫省所措而猶能背負先入之社稷嬰城固守者寔望大国之或者垂德而救拎之也且小国之危亡覆滅固不足道而但恐下齊之甲必振於燕平隴之師復指於蜀也伏惟照察焉

山海覽畢大笑曰明人準自送死乃今可雪前冬之耻也謂馬鉄曰吾乃大發軍馬從摩川大路討至汝国不過費三十日汝王可能耐三十日否馬鉄大聲痛哭曰小国意外受兵亡在朝夕今之救者雖如奉漏甕而沃焦釜猶恨其不能及也苟若大王所教則當尋吾王於枯魚之肆矣山海拔劍起坐曰吾今將精兵八萬直從武當嶺日馳百餘里則十日當到汝国然則何如馬鉄百拜致謝於是山海即起裝束占

出軍馬以軍不即辦斬軍司馬五人令軍士每人持八升粮輕其輜重又使大將石萬將步騎十萬從蕞
石嶺過十峰洞会於安南城下即日山海自化州啓行馬鉄佯若病痛卧化州城中翌夜使所將騎卒各
持芒硝硫黃之属放火於官府倉庫頃叓火光連天時城中丁壮皆從征而獨有老弱婦女號哭震沸馬
鉄与騎卒馳突入城府中殺諸王妃嬪守宮將相以下数百人因晝夜西馳從山海軍遇之於武當山〻
海已為薛星文所敗憤恚頗甚馬鉄佯哭曰大王親急小国之難而見此敗辱臣願為大王一死耳遂挺
鎗上馬与三百騎直向星文〻〻望見馬鉄佯与交鋒戰未数合撥馬回走馬鉄佯若乗勝衝突大陣星
文軍姑為駭乱状山海望見之鼓譟而進星文歛軍入險山海欲搏撃之馬鉄曰今大賊在前大王奈何
欲頓鋭於小郭耶山海曰敵在背而奔向前無乃危事乎馬鉄冷笑曰以臣㤼懦猶能視彼若無大以王
神武雄天下而為彼郎敵臣竊羞之且彼之来此不過欲絶大国之救兵也今既失守吾放大軍過險彼
成断根絶葉耳復何能為山海渫然其言乃前数十里止營山谷下馬鉄曰小國渴望大王之来臣請先
往告之山海許諾馬鉄馳去明日山海蓐食將行忽然守宮都督薛永来伏山海前披髮痛哭曰大王行
行之明日三更夜安南將郈馬鉄放火燒宮刧殺王妃將相殆無遺類矣山海撞胷大哭曰天殺予〻〻
陳與老賊与明將合謀誘我至此吾必生呑此賊矣薛永哭曰馬鉄視高氣揚臣已知其有異心而大王
惑信其言臣畏誅不敢言也今大王果墜奸賊術中此行必不利也國中雖蕩殘猶有城池人民若重建

宮府輸入諸処倉穀則亦足以草〻成樣深溝高壘以待明軍彼勞我逸彼飢我飽懸軍深入形孤影絶
欲戰不得欲退不可其勢自然成擒矣山海大哭曰骨肉皆盡我生何為當奮死直前先執言人磔作萬
端勿復多言遂上馬馳三晝夜抵華林谷〻深樹密軍吏告曰此谷險隘不可夜行山海不聽入谷行十
餘里夜已向深軍馬但照火而行忽然霹雷撼山天地撞卷無数大石從山上跳下先是王琳已將三千
兵啣枚伏於山上密林中使遊騎望山海軍度其夜當過谷中令軍士運聚大石列置山坂上乘其半度
一時推下山海軍首尾相撑太半死傷山海仰天大哭曰天之不助山鬼亦殺我也王琳知山海憤極接
必殊死戰且已奉元帥密旨故遂斂軍寂然是夜山海与殘軍五萬出華林谷宿大野中又行三四日到
摩訶川望見明軍陣北原軍容整暇旗捸遍野山海欲辟於川東駱山下馬鉄以匹馬立於山上謂山海
曰徐王良苦遠涉險阻無憊乎山海忿怒慓急拍馬而出山海善槍刀又善射斧無不中馬鉄跋纏而逃
山海欲恣銳擊之薛永叩馬諫曰我軍疲極不可據戰願大王忍忿休士若石萬到腹背夾擊蔑不勝也
山海叱之曰老畜阻軍遂薄明營元帥使咸繼先先与交鋒又使俞聖禧夾戰到四十餘合馬鉄飛馬橫
抄山海之前曰奸賊欲保首領莫如早降山海張目大聲吐血如湧泉拖槍而走繼先等欲奮力追之元
帥鳴金收軍聖禧入問於元帥曰賊者幾捉奸賊而遽鳴金何也元帥笑曰吾望賊軍鼓聲不衰未可輕也
山海還陣病不省事大將勇堅等大憂懼祕之趙公遂聞之告于元帥曰徐賊病不出者三日今一擊可

滅也元帥曰不可南民反復數叛非大服其心不能絶後患也今乘其病擊滅之則彼必曰病也非戰之
罪也吾恐班師之後又如山海者接跡而起也乃使軍吏謂勇堅曰聞汝主病困須善護之病療即相報也
吾奉詔討罪不忍乘人之危也勇堅等大疑守備益嚴過十餘日明軍終不至而山海病瘳勇堅等私相
歎曰使花元帥病者吾王必不能然矣是時石萬過十峰洞魏瑩將弓弩八千伏於峒中夾射殺數萬人
石萬血戰入峒疾馳至安南城下城守甚嚴而城外無一軍石萬大訝之獲安南遊騎始知明軍在摩訶
川方與山海對陣大驚且趨華石嶺又爲嚴鎭所敗殺軍過半嶺斷不得進安南王出兵截其後魏瑩又
以強力從後掩擊石萬自殺其軍皆降於嚴鎭山海左衛督卓林謂山海曰臣聞明元帥用兵如神不可
以智力破也大王盍試神術爲山海曰吾術未嘗一敗而富州之戰風雨乍作旋止吾至今恠之耳無乃
吾數盈而術亦無靈耶卓林驚曰大王何爲此不祥之言也臣請爲大王取明元帥之首矣因獻一計山
海點頭大悅曰汝計甚妙雖然其人未易得奈何林曰其人已在咫尺臣當招來即與數騎向寶雲山而
去是夜元帥與聖禧散步營中仰視天象謂聖禧曰妖星犯太角右星因忽不見今夜刺客必入吾帳中
終不敢犯我也秀昌試在吾傍視其所爲愼勿妄動也是夜三更元帥以絳羅軽衫戴華陽小巾帳中燃
紋龍華燭依枕而睡聖禧御甲舍劍從容在右忽然一道陰飈颯然入帳有一介美人身着蛺蝶繡裙頭
揷斜月寶髻頂戴太乙神符手執尺八匕首立視元帥〻〻欠伸徐問曰美人爲人所遣何不取吾頭去

美人琅然一笑擢匕為將進狀元帥延頭授之美人錚然擲匕斂衽拜跪曰元帥天朝大人也徐王遊魂一方如魚在鼎而迷不歸頃欲售陰計妾雖迯香娘觸槐之節詐效紅錦偷盒之蹤耶雖然妾若不敀報徐王則徐王必復遣他人鐲鏤無眼安知後來者亦如妾耶願得元帥信物敀傳徐王使不敢復生心也元帥乃作手書備陳禍福從其面縛早降書畢堅封押署付与美人仍問姓名美人對曰妾南安人李八兒也李釼於室雲山昨日徐王召妾而使之妾辭不得已強為此行也元帥點頭八兒再拜而去是夜山海苦待之忽然寒氣襲人八兒在前山海喜甚急問曰花珎頭安在八兒自袖中投一封小紙山海折封瞥看勃然大怒急取大刀撞八兒〻〻飄向空中不知去処矣

義士逢好逑　孝女副至願　第十一回

明日元帥分付繼光曰今夜賊軍必至公等知鷙鳥斂翼猛虎弭耳之意乎繼光等領諾而退卧旗鼓放士卒四五為隊濶若晨星散如秋葉或坐或立讙呼相傳又束藁為數百人衣冠其中使騎士奔斬之若禁乱狀山海望之果笑曰明將驕而士卒乱矣是夜使鄢堅卓林各率五千兵啣枚襲之鄢堅等未至明營纔三十步趙公遂率馬鉄卒輕騎從左右出躍馬大呼賊軍大驚相殺而繼光已令萬弩伏營中一時齊發賊死者成邱鄢堅卓林亦皆中弩死賊卒數人逃報山海〻〻大愕落床曰吾命訖矣辭永復起曰勝敗兵家之常大王何躁〻若是耶今勁卒已盡所餘皆傷殘而石萬無消息莫如迯守故国引彼以

啚之耳山海然其言即撤營而走薛星文王琳已奉元帥令横断山海之歸路山海力戰不能出元帥將
大軍掩後而至賊將勢窮来降者相續元帥使人呼曰棄兵者赦罪賊軍皆棄兵戈俞聖禧馳斬薛永於
山海之前因與山海交鋒山海慌急仰天口呪獰風猝起黑氣四張無數神兵從空乱下元帥一揮符筆
天地廓明不見一物山海嘔血墜馬聖禧斬之元帥進軍至瓊崖百姓迎拜涕泣曰今日始脱虎口復入
父母懷中矣元帥乃以皇旨大赦瓊崖鼓舞之聲彌日不絶元帥回軍到安南々々王設宴賀功於宮中
王凌殿時王女陽阿公主名舞嬌字艶娥姿容絶世志氣俊爽心中竊慕天下英雄而願從之是日從簾
隙望見俞將軍秀眉鳳眼身長八尺公主再三称艶王后卓氏淑覵其意是夜從容言之明日請元帥復
宴於王凌殿酒酣王向元帥欲有所言而嗫嚅不発如是者三四元帥怪問曰王如有所懷而不言晩生
之於王雖受知日淺古人有言傾蓋如舊王何外珎太甚也王歛膝拱手曰僕非敢然也胸中所懷殊渉
慚惶亦恐大人僉位不賜矜允故躊躇耳大人業已垂問僕安敢隱默乎僕有一女姿性不甚庸陋僕私
心愛重常願邂逅當世之英雄俾奉巾櫛而顧小国僻陋人物趑趄以是年過二八未卜絲蘿僕衰老多
病常恐飲恨入地矣一自奉秀昌將軍也心中踴躍歡喜不能自勝而近因杯酒之從容數接風彩竊自
慕仰輸魂泻魄父女私情可悲可笑雖然談梅畫餅庸救飢渴乎元帥聞此言顧視秀昌聖禧瞠而不語
趙經略跪告元帥曰秀昌早失怙恃未有室家栖身幕府歷落無聊今連建戰功結綬拖印此固秀昌之

風雲達會也復娶藩王之愛女凱歌还都則尤為丈夫之勝事也伏望元帥許諾也元帥未及言聖禧難
席長跪曰人臣受命伐賊萬里伏戈天王旰食士卒暴露聖禧何心獨安娶妻於外国乎元帥動容斂眼
曰秀昌守禮執正良雖勸諭然天之所賜棄之不祥秀昌且思之聖禧曰誠如盛教而但未知君命故私
心終有所不敢也趙經略曰不然元帥在上老夫主婚今日之責不在秀昌矣王復整襟曰寡人為女陳
情見過於秀昌自顧慚恧試欲無言然元帥大人既垂矜察中心所有不敢不盡僕雖僻処荒隅見識魯
莽敢以非禮貽累於秀昌哉僕与秀昌同是陛下臣子人之所欲天必從之臣子至願君父豈有不從乎
秀昌苟欲奉承元帥之教則僕當奉疏天庭瀝血陳懇將老夫白頭皆當秀昌之罪也元帥曰此則吾已
有思量矣秀昌勿復固執聖禧拜曰謹受教矣王大悅親自曆吉明日行禮于宮中芙蓉殿禮畢聖禧出
外殿趙經略戚總兵等賀語紛紛聖禧感念父母無心杯酒引領西望抗袖拭淚元帥亦為之改容有頃
聖禧膝席告曰聖禧猥蒙元帥大人之知遇恩踰骨肉而趙大人拔擢聖禧於泥塗之中備數驅馳於行
陣之間今日頂踵兩大人賜也聖禧於兩大人者伯兄仲父而今蒙大德有伉儷然父母不在亦無叔伯
縱復眷顧故国何処禮見乎今兩大人若不踈外聖禧則願使新人敬謁焉趙經略欣然許之元帥沉吟
不答聖禧再三懇乞元帥嫌其非禮而勉強從之於是王与聖禧揖引兩公入芙蓉殿公主披桂衣振明
璫戴九真翠華之冠垂六出文玉之佩進禮於七宝席上顏色爽朗若秋空霽月真秀昌之天生佳匹也

兩公復与秀昌出外殿元帥將敀舘所笑顧聖禧而給三日暇聖禧含笑拜領烏過三日元帥謂王曰晩生等閱歲從征敀心如水而且王程有限不可遲留大王纔置東床新情未洽遽爾作別想當缺然也王不敢請留太息而對曰僕早晩當入朝皇京固知非久重承謦欬而但以盛德浹骨令人傷別也又執聖禧手曰寡人牵於私情強成大禮慉憂秀昌之敀心殊可慚恧然寡人老矣王后多病陽阿一生惟侍郎君耳願秀昌終垂大信矜顧小女也聖禧悵然對曰大王不以小生畀陋授以玉女銘心佩德無地啚報女子有家即當從夫而軍行非便未能眷敀明年大王入朝時必与偕來無孤懸望也王許諾明日王修方物貢獻親自監封拜表謝罪又以黄金彩段名馬宝珠贐元帥、、但受西馬分与王劉而却其他物元帥厚賞郵馬鉄而令王超擢王即拜大將王送餞元帥於郊外元帥深知王忠勤純寔不復以南方為憂時天子日夜望大軍捷音中朝累欲兵部尚書夏春海進曰臣等戝添機容不能宣化柔遠使狂盗猖獗主憂至此臣等罪當萬死雖然高宗伐鬼方三年而始克大舜征有苗舞干羽而後格今王師之出未周二朞而且十萬大軍偶入客地遲速緩急自然多費時月伏望陛下少寛聖念臣覌大元帥花珎英略蓋世且其孝友仁倫宜享多福必能伸威建功增光社稷而龍門將軍俞聖禧意氣雄豪不讓古人威繼光等老於陣中宿諳兵事化州捷書不日當至矣後數日捷書果至朝野欣忭百僚畢賀上親執夏尚書手曰卿昔救花珎於死獄中又言其必捷也今果然矣可知卿先鑑之明矣使花珎成功者皆卿之力也

因与羣臣議遣近侍於中路迎慰元帥忽然殿前校尉朴盖圭入奏蜀賊蔡伯貫等反書君羣臣失色徐閣
老奏曰今蜀中将士南征未还而伯貫等乘其空虛敢生凶圖四川州鎮必皆披靡賊勢鴟張當併三秦
兵馬登即討平也吏部尚書郭朴奏曰賊徒據險構乱未易討平也西州大将只有薛星文王琳而今皆
南征欲遣他将則惟鎮南摠兵崔充近可而亦不可獨任臣意以為急召花珎歷路平蜀則賊聞花珎之
威聲必不戰而尾鮮矣上曰卿言雖善然花珎萬里征伐辛苦还軍而朝廷未答重以兵事朕心未安也
徐閣老又奏曰人臣死生許国敢言勞逸乎但花珎国之柱石也聖上宜加護惜而伯貫等不過草竊强
盜耳一二褊将足以蕩平此謂千斤之刀不足加於狐鼠之頸也時廷議不一多同朴議者上卒從朴議
令翰林草詔盛奬元帥之大功仍命三川討伯貫等是日盖圭奉旨疾馳遇元帥於武剛州元帥四拜受
詔即使趙公遂魏瑩四鎮各歸本鎮獨与薛星文王琳選精兵二萬直向三川盖圭辭於元帥〻〻上表
謝恩又以手書上沈氏為先是南御史别翰林即以尺童匹驢訪女兒之消息周流蜀中而終無影響迄
然歸謂夫人曰女兒蹤跡如大海浮萍此生此世無復可望然花君丁寧言女兒之不死吾雖昇天入地
必訪乃已夫人痛哭移時乃謂御史曰父子之情雖一日難堪而吾夫婦自失此兒猶能耐過九年矣今
寒飈正緊朔風漸猛相公跋履霜雪易有觸傷幸望暫停行李忍待開春為郭仙公亦挽止之御史雖姑
寢行意而潛泪暗欷度日如年矣明年二月復自東川以西幽菴深刹窮搜極覓至三月初旬抵華菁山

資賢菴有尼姑数人迎入進茶御史住節徘徊無心眺賞忽有丹尾灵鵲飛自殿庭叢竹間来坐柚上仰
首咬〻如有所訴御史心驚异之顧視尼姑其中一尼姑年五十餘秀顔朗眉道氣絪緼其尼姑仰見御
史之容色悽惶進前曰相公緣何到此有甚悲懷而神色不怡乎御史愀然無荅長吁数聲良久曰老夫
命薄晷失嬌児謂之已死者十年矣前秋忽逢女壻抱孫始聞女児在世備經危厄変服入蜀依止於僧
尼清远云老夫自聞此報周訪全蜀仰祝天神俯叩地祇閲月經歳殫力盡精矣今到此庵忽然心動不
知師姑或知吾家恩菩薩清远師姑否尼姑听畢微〻帯笑合掌對曰元来相公有此悽抱也雖然天道
深远會合有時且少寛悰暫入禪堂精念一意神明自感矣御史聞此言心紆膛而轉悲涕淌眶而横流
時南夫人在菴北小堂而季鸞適過窓下聞御史与清远相語側聽之始知故主生来悲喜踴躍入告
於夫人〻〻驚甚喜極聲淚倶斉急令季鸞出請清远〻〻含笑而入遥謂夫人曰夫人〻〻十年困厄
忽如春夢死父死女生逢斯世從今以後福祿無量但厄限未滿且須消盡今夜然後父女相見也夫人
以滿面哀淚起向清远無数謝恩而已明晨清远引夫人而至禪堂笑告於御史曰相公欲見所失嬌児
乎御史刷目大驚急持夫人相与放聲痛哭季鸞哭扶夫人哀動一壹左右諸尼姑無不揮涕御史拾夫
人背而哭且謂曰老父悪積罪盈鬼憤神怒使汝至此夫人攀御史衣哀〻告曰小女賦命幺釁旁失散爺
孃流離困厄至於此境固知一死勝於萬生而湘君明教覡音慈悲不啻丁寧故或冀斯世復見爺孃偷

活至今耳因告金沙洲仙娥之言明珠菴觀音之梦及清远師姑慈悲救甦之恩御史大驚頓謝清远曰吾家恩菩薩清远師姑果非別人而乃師姑也山恩海德世世生生何以盡報清远謝曰山人本以慈悲為業此非異事且縱無清远天下豈無救南夫人者乎御史謂夫人曰汝之母親日夜望汝吾當先皈言之即以驢子迎汝还矣清远進曰夫人厄盡不可一日復留山門也此去雲水洞不過百餘里請夫人改着男服隨相公驢後貧道當与李鶯從之夫人大悅即入換衣從御史而皈是時韓夫人苦望消息一日御史与絶美少年忙步而入韓夫人恍惚難狀南夫人上堂扶韓夫人而哀号韓夫人執之痛哭曰汝吾彩鳳耶南夫人哭且言小女目見爺孃投身大江獨寬性命忍至今日上負蒼穹下愧黃壤因寬慰曰兩堂無恙小女生存徃悲既訖新乐無窮何用復自悲慽斷盃餘腸乎韓夫人嗚咽曰得汝而死何恨也仍向清远千萬祝謝清远辞謝曰两位夫人積功佛家故得有今日貧道不過奉行大師之慈旨而已顧有何德哉韓夫人復与夫人叙別來蒼桒夫人強揮悲色而韓夫人悵喜不絶韓夫人問花府事夫人欷息良久曰早離膝下未蒙訓誨父母過加恩愛隨事承意以是驕逸自恣婦德子行一無所修前後危辱罔非自取屏跡空山萬事皆悔靜言思之尚寤無訛韓夫人嘉歎曰向者花君之別罪自責亦如此聖人云德不孤必有隣詎不信哉是夜韓夫人招李鶯細問夫人之前後厄禍鶯自洞庭事歷歷備陳而盛稱尹府之厚德感淚縱橫至花府事鶯微視夫人而不敢直告草草設去至明珠菴祈養事嗚咽不能言明

日清远告畋御史夫婦送于中堂問以後期清远對曰貧道之師兄二人在天竺國貽書相邀者已三年而但以夫人故不得往矣從此當畋西天永与中土訣也仍向夫人而欷曰今別夫人之玉容此心戀〻自笑情尘未磨耳但望別後益懋盛德自求多福也夫人送之中門玉淚汍瀾李鸚失聲悲泣清远不忍捨去遲回久之此後夫人斑衣侍側惟笑度日而每憶尹侍郎夫婦及尹夫人傷悼無已一日思義桂亭詩流涕謂李鶯曰此神明告我也而惜哉吾不悟也

饗士錦官樓　策功文華殿　第十二回

沈氏自悔過以來愛柳夸士夫人如萬金宝珠坐卧相須頃刻難忘而又常假寐永欷惛憟悵怨語及元帥淚輒交流及聞華州捷音動色慶喜攅手曰天曰珎兒之回日琦兒之生日也又聞其班師入蜀迳然失心食息俱廢忽然朴善圭來傳元帥手書沈氏顚倒坼封其書曰

罪子珎泣血頓首再拜上書于母夫人堂下罪子賦性闇弱処心無良不念母親鞠育之恩終昧兄長友愛之情悖義戕德傷倫犯紀自顧平生死有餘罪豈啚蒼穹無聞鬼神無知子反脫累兄猶罹稽天不可恃理不可信也罪子一聞此報心骨俱碎立欲刎頸自裁於象魏之下以明兄長穷天之冤而顧以名係軍籍不得自由悵惋長慟恨無羽翼也已乃者慈德感天先灵冥隲猥以不肖遂膺征鉞自量才淺立知事僨而乃敢奮然領命生死赴難者萬一僥倖得遂寸功則朝廷必赦罪譴

放斂故土伊時相平百口撃鼓吽鬧鳴此至寃是所願也慈念所及果蒙天幸不至於喪軍辱先此豈罪子之綿力薄才所能致乎尤誠以慈福無量兄寃極酷感動神明也班軍將还之際此心悤急如㥦湯握火矣行到剛州又奉西討之命愕然喪魄中腸崩斷而但皇旨嚴截不可以私辭公也行當火速了事疾馳東斂而第伏念慈堂日甚兄危日迫括情酸辛此㥦何達臨紙臆塞筆舌亦硬為祝慈体益加康寧焉

沈氏看畢迸淚嗚咽顧謂花夫人曰老母不仁負此賢子咋腦出血悔之何及荊玉猶極自己之罪而称吾之德与其兄之寃是荊玉不知吾之改過而視之猶前日也使天有梯吾可逃於天上也使地有縫吾可竄於地下也吾豈敢以此面目復對荊玉乎花夫人對曰當年母親不察荊玉之情誠者徒以讒言間之也非母親之本性也詩云盜言孔甘乱是用餤自古讒言之禍類皆如此母親何猜忸怩於荊玉乎沈氏歎曰汝之此言亦欲掩諱老母之悪而非真情之言也老母若以平生作悪譏之於所讒而自以為非本則是良改而心不改也花夫人涕泣曰母親列過太甚感教及此小女与荊玉豈能安於心乎且說此時蔡伯貫等已攻破大邑銅梁等七城為號大唐有衆数萬方欲大陷成都而據之忽聞花元帥至望風奔潰薛星文追斬伯貫蜀中復安元帥入成都大饗將士於錦官樓泗川布政司以下匍匐於轅門撞洪鍾撃夾鼓奏破陣之樂命龍門戚總兵等拔劍起舞王劉兩校尉倚立於樓北欄頭指萬歲橋西草屋数

聞而相語淚下曰此翰林老爺三年喫苦之地也元帥召謂甯淑曰汝往都城探南御史消息而來甯淑聽令而退忽見有將臺之前有乘朱輪張翠蓋而來者陣門虎士咆哮辟除聲若疾雷帳前騎士飛鞚而出問其官人姓名御者云青城山南御史老爺陞拜通政司參議方承召上京矣騎士还報元帥元帥大喜使王謙出迎於陣門外元帥降樓而迎之南公以峨冠玉笏粲笑而入曰老人今日始知大元帥威儀也引元帥之手上樓促席而坐曰賢婿之南征西討功名煥赫固知賢壻之分內事不足多賀而老人以窮山枯朽之餘自分為蜀中羇旅之魂矣幸蒙兵壻之恩復乘天風將得埋骨於先人五墓之側此豈始望之所敢及哉元帥對曰小甥駈馳戰陣不得詳聞朝廷之事矣然岳丈之今日此行莫非皇上之洪私何以云小甥之恩先也南公乃自囊中出一張細書授元帥曰此尹仲晦之所報也覌此則可知老夫之言也元帥歷覽之首尾自南公竄謫後公私消息无不備載而特於元帥夫婦間事尤詳悉焉其下段曰皇上自聞南道行之言漸疑嚴崇眷遇日衰御史林潤數奏世蕃驕僭不道之罪下獄論死而削崇爵籍其家鄢懋卿亦皆斥出上親總權綱朝廷肅然一日上臨朝歎曰惜乎南標以抗慨孤忠力擊權干不勝而死其令禮部贈爵致祭焉侍讀學士柳聖讓奏曰南標花珎之妻父也臣自貴陽承召時逢珎於東蘭州珎云与南某相遇於蜀山青城南某自言投死洞庭之夜為蜀人所拯同敀岩穴苟存性命云矣上聞之大奇特命还給職牒擢通政司參議僉臣以亡命不現乱法争論上曰甯等之所執誠得僉体然朕之

此命非獨怜南標而已寔為花珎地也是日又詔封花珎之元妃尹氏為晉國夫人次妃南氏贈楚國夫人尹汝玉奏曰向者全奏中以南氏為花瑃妾趙女之所殺而臣追後聞之南氏亦為蜀中之女僧所救今在成都云矣上教曰南京父女皆為蜀人之所救誠亦異事也因命改封蜀國夫人詔成都知府耿敞護送南夫人之行後数日又下詔曰孝者百行之源今武英殿大學士征南大元帥花珎之忠孝聞於天下朕甚嘉之夫孝莫大於推恩其贈珎父兵部尚書汝陽侯郁為魏國公其母鄭氏為魏国夫人待珎还凱後遣禮官致祭於其廟云〻元帥見之至此起而北望四拜感淚如雨南公又傳訪女之始末而或涕或笑因曰仲晦以此紙傳人相報於干戈之際耿知府又奉詔命與車馬威儀而来故昨日与郭仙公相別乎夫人及女兒而来聞吳壻方饗士於此老夫驅車先到耳於是元帥使劉校尉迎兩夫人彩轎歇下于府西海棠楼是夕元帥与南公往海棠楼韓夫人見女壻之榮貴甚盛顧其女兒而喜不自勝謂元帥對夫人而太息曰吾生命薄罪重延禍於夫人今日相逢無以為面也南夫人斂容對曰妾寔不敏自速大戾誰怨誰咎自愧自悔君子杖鉞駈馳車徒無撓妾心慶幸耳元帥又与南公從容語南公曰浮雲一捲大明自若吳壻幼年壯行正得其時也老夫以危死餘喘世味索然今行當一謝恩命而止耳吾老夫妻窮獨無去幸依吳壻以畢餘生而尹仲晦之德銘骨難忘也元帥教曰岳丈受恩於郭仙者至厚而其人物外高士也岳丈將何以報之南公曰吾与郭公臨別謂曰先生春秋已高小生亦已朽落矣此生恐

不能報恩也仙公笑曰吾之塵緣無幾後會難得而吾以孫兒托於花元帥公之報我亦已厚矣吾驚問曰先生之孫兒今在何處而何時托於花元帥耶仙公又笑曰天機不可先洩而吾之一子瑋在江南之松江距今三年後當生貴子而初年必有危厄非花元帥莫可救也云吾聞之荒唐而大抵此翁神奇如此者多矣吳婿博通古書世間亦有此等虛灵之理耶元帥笑曰自古方外之流往〻有吊詭之談而終非聖人不言神怪之意也明日南公偕行南夫人以朱冠翟褘金輪華轂設國夫人儀仗鸞旗拂天鳳戟慧雲彩女三百人濃粧麗服繡鞍寶馬前擁後衛燏爀熖爛成都知府率軍馬三千按部護行元帥送之於乘仙橋矣先是成太守已入為春坊學士成夫人還紹興痛哭於尚書祠堂因処於翠霞堂府中婢僕如逢慈母懽辭洋〻焉夫人作手書寄林小姐及花夫人尹夫人而不問沈氏之母子成學士亦畧過花府而終不見於沈氏〻〻益慚焉及三川捷書至成學士與尹學士奉皇命迎元帥於中路〻逢南夫人行車望見其威儀之盛成學士顧尹學士曰兄之妹氏福祿如此雖有百趙女安能害之乃設幄次於路傍官亭之上兩學士與南夫人相見夫人向尹學士喜極不能言而攬涕流咽尹學士失聲揮泣成學士與南公亦為之歔欷南公執尹學士手移時款語相別而去兩學士遇元帥於絳州傳皇旨說元帥先問沈氏安否及獄中消息於成學士而放泪滉然成學士感歎曰愚兄入京數月終不能拜於沈叔母今見荊玉可使薄夫㤢慙也尹學士謂元帥曰往者弟聞柳子得之言為往見鄭尚書而緩伯氏之獄矣

近因獄吏輩聞伯氏頗有怨恨之意云竊爲兄賀之元帥起拜曰長远可謂乐善君子也珎之立於天下
是長远之賜也此日兩夆士与俞將軍始相面而接手歡喜如平生知交豪傑之士慕義無窮盖如此也
初跑沃之逃走也歷抵屢級而謂之曰吾大豪也載兩美娥又多金宝趙山驚野恐不無盜賊之患子能
爲我左右則當分千金爲級笑曰千金〻〻亦能以一美娥見分乎沃舉手指蘭秀級大悅棄妻子卽拂
劒而從之至河南府沃变姓名雷轍出金貫玉分兩妖女而荒淫自乐結無賴少年夜出雄樓陰里指疑
之過二年沃聞天下捕已心甚大惧級謂沃曰今陰里多睨者久坐之鳥必帶弓箭莫若浮萍於四海也
沃曰善遂棄屋夜遁周流閩越之間又當歲除轉至太原匿於榆次縣未數月忽然邑里震動云府尹將
出迎花元帥於境上沃驚謂級曰李少爽三既失好機使詧見得志此子一号令於天下則吾与子不可
鑽穴而逃也刺元帥於安陵叩門而入不知其刺者豈非妙手級掉頭曰花公天護也竹友堂餘悸尚存
吾不可復爲也沃脅之曰我若見捉援子同死級垂頭默思曰吾与其殺不可殺而敗而死曷若殺可殺
而成而生乎卽席拔劒斬沃頭走告于府尹曰官有捕跑沃之令而其人詭詐失性故直斬以献矣府尹
大驚又疑虜宗縛械其人使吏卒掩其家捕趙女蘭秀馳往絳州迎謁於元帥而告其狀縛跪屢級兩女
於元帥前兩女仰視元帥但請死罪成尹兩夆士拍掌称快級自言沃色事使自家刺沈氏誤中蘭香狀
及竹友堂喑啞事元帥塞耳不忍聞謂府尹曰彼雖斬沃其凶甚於沃者并兩女械上京師爲府尹又告

曰吏捕蘭趙時多得金銀雜寶而其中有兩奇物問於趙女其所供如此小官驚駭敢告成參士曰無乃
紅玉劍青玉佩耶府尹曰是也成參士使劉校尉受藏於元帥行箱中元帥到涿鹿驛翰林檢討陳昌雲
與太監奉御醞而至天子出迎於玉河橋元帥以黃金甲冑跨千里大宛馬高牙大纛金鉞玉戚朱雀青
龍之幟招搖勾陳之旗拂雲翳日於百里之間而王劉兩校尉鳳胄虎韔皆騎龍驄夾衛元帥俞將軍戚
繼光先鋒分為二隊清道按列而金鼓之響凱歌之聲如山海掀動天子望之於黔幕黃盖之下喜動八
彩令御樂奏江沃詩而迎之元帥下馬稽首天子使近臣揖引元帥〻〻免冑叩頭請代兄瑃之罪天子
即使中官持節赦花瑃於刑部獄元帥涕泣謝恩天子親執元帥之手恩章寵賜曠絶今世〔古〕羣臣無不動
色而夏尚書喜氣尤洋溢焉是日沈氏聞元帥到城外與花夫人不勝懽喜使婢僕絡繹傳語忽然
報曰大公子自獄蒙赦而至矣沈氏足不及履顛轉倒出重門瑃蓬頭鬼形纍然入來母子相持痛哭花
夫人泣扶上堂瑃叩頭於花夫人之前噫人窮反本此母子若不困危烏能如此哉元帥前驅至府門蒼
頭入報於侍婢曰元帥相公白衣席藁待罪於門外矣沈氏大驚曰汝荊玉不諒吾母子也吾當抉腹
出腸自明於荊玉矣蒼頭出告於元帥〻〻即起而入沈氏急扶元帥哀哭曰老母凶嚚使孝子抱冤皇
天震怒罪罰畢至餘命暇息迄保飲啄莫非汝孝子之恩也元帥伏地而泣曰小子無狀沈氏大哭
曰荊玉是何言也謂天不清謂日月不明則猶或似也荊玉豈有彷彿於無狀乎瑃對元帥哭且言曰愚

兄暗愎得罪於矣弟者如山如海矣弟以洪量大德縱不介意愚兄安敢復以人類自處乎元帥見形色換易潸然傷心失聲悲痛沈氏慰之曰璿之負犯合被萬戮而今日天恩汝之德也元帥泣對曰子愛其母弟愛其兄天理之常也母親奈何以恩德二字再下不安之教也沈氏亦泣曰汝以無罪輒稱其罪吾心之不安當甚於汝矣元帥自此不敢引罪也元帥与花夫人纔接數語蒼頭告徐閣老夏尚書諸宰相之來元帥出迎於外堂是日門巷喧咽車馬騈闐旗桃霓纛戈戟霜飛鞍韂魚鱗之士成隊趍蹌於兩階之間府中僮僕以秋亂荒殘之餘見繁華煇爀之光無不流涕曰不圖今日復見先老爺盛時也南參議之到皇城也與南夫人直入尹府尹侍郎跣足出迎淚迸言前曰子平死者不可作亦虛言也南公拜謝曰使死者復生而無愧者仲晦之謂也趙夫人尹夫人執南夫人而痛哭陳白兩夫人亦爲之揮淚侍郎見南夫人豊艶凝重儼然成國夫人之体負捨之欣愛因又太息曰人生世上悲乐相參呼吸之間一冷一暖固然也然流離辛苦萬死一生豈有如吾兒者乎自古娥媚招袂英才不祥物忌太潔神厭太美斯干之詩曰無非無儀惟酒食是議無父母貽罹者聖人之至言也今花君遭遇聖明騫翥吉運位登廊廟名震海宇爲其內助者折節遜約夙夜寅畏永保天命老父之望也南夫人再拜祗受矣明日天子坐文華殿召元帥及諸大臣論功定封以夏春海爲首功授輸忠輔國光祿大夫上柱國兼吏部尚書文淵閣太學士入內閣封平原侯食祿三千石特賜進賢冠以花珎授奮忠效武光祿大夫上柱國兵部尚書兼武

兄暗愎得罪於吳弟者如山如海吳弟以洪量大德縱不介意愚兄安敢復以人類自處乎元帥見形色
擾易潛然傷心失聲悲痛沈氏慰之曰瑃之負犯合被萬戮而今日天恩汝之德也元帥泣對曰子愛其
母弟愛其兄天理之常也母親奈何以恩德二字再下不安之敎也沈氏亦泣曰汝以無罪輒稱其罪吾
心之不安當甚於汝矣元帥自此不敢引罪也元帥與花夫人纔接數語蒼頭告徐閣老夏尚書諸宰相
之來元帥出迎於外堂是日門巷喧咽車馬駢闐旗旄霓旆戈戟霜飛鞬韐魚服之士成隊趍蹌於兩階
之間府中僮僕以秋亂荒殘之餘見繁華煇爀之光無不流涕曰不圖今日復見先老爺盛時也南參議
之到皇城也與南夫人直入尹府尹侍郎跣足出迎淚迸言前曰子平死者不可作亦虛言也南公拜謝
曰使死者復生而無愧者仲晦之謂也趙夫人尹夫人執南夫人而痛哭陳白兩夫人亦爲之揮淚侍郎
見南夫人豐艶凝重儼然成國夫人之体負拉之欣憂因又太息曰人生世上悲樂相參呼吸之間一冷
一暖固然也然流離辛苦萬死一生豈有如吾兒者乎自古蛾媚招袂英才不祥物忌太潔神厭太美斯
千之詩曰無非無儀惟酒食是議無父母貽罹者聖人之至言也今花君遭遇聖明奮翥吉運位登廊廟
名震海宇爲其內助者折節遜約夙夜寅畏永保天命老父之望也南夫人再拜祗受矣明日天子坐文華
殿召元帥及諸大臣論功定封以夏春海爲首功授輸忠輔國光祿大夫上柱國兼吏部尚書文淵閣太
學士入內閣封平原侯食祿三千石特賜進賢冠以花珎授奮忠效武光祿大夫上柱國兵部尚書兼武

英殿華盖殿集賢殿太學士叅知政事太子師傅提督山西陜東廣南河北軍務事封晋國公食祿五千
石以俞聖禧授榮祿大夫右柱國武臣特進殿前都指揮使兼錦衣衛龍門大將軍封西平侯食祿二千
石戚繼光趙公遂薛星文皆進爵有差特除王謙劉甫淑為殿前校尉平原侯以下稽首謝恩上謂晋公
曰卿世篤忠貞服勞王室豊功偉績紀于太常朕心之喜庸有極乎因命宣醞於殿上々親釃五杯賜平
原侯曰昔韓信之將斬也滕公救之嚴子仪之將斬也李白救之朕每讀書至此恨漢唐之不能以李滕
為第一功也羣臣皆稱萬歲

孝婦及舊堂　恨女成好緣　第十三回

是日晋公還府中以冕服現於沈夫人々々喜極淚下曰以老相公與鄭夫人之至德不見孝子今日之
榮光而如我不仁無義者獨享此福天理不可知也晋公感泣不安景玉執晋公之手赤心至愛藹然春
回此後兄弟問寢視膳於正堂沈夫人輒先接晋公而次及於景玉焉一日晋公偶得微感呻吟度日沈
夫人保護枕側不捨須臾景玉自執藥鐺吹火爇鬚顏柳學士見之歎曰景玉之改過也尤賢於荆玉矣時
太原罪人等至京師与張平將行刑于都市沈夫人欲使人數罪於趙女花夫人諫曰誅之足矣數之何
益且惡人雖無言恐有不遜語也沈夫人曰吾終不可黙也乃使人數之曰汝有五大罪汝妖容淫粧往
來墻下目挑心招陷吾子於非禮罪一也猜妬主母誣以詛覡罪二也做傳正堂之命毒害淑女卷簀投

江罪三也陰結凶客釖及正堂而擠翰林於大禍罪四也盡偷貨室夜与妖人逃走罪五也汝有五大罪
而欲逃寸斬乎趙女勃〻曰元帥老爺殺我則我當甘心而沈夫人不可以責我矣夫人之子知禮則吾
雖淫挑彼豈踰墻乎夫人仁明不納讒言則吾安能小誣林氏乎夫人苟知南夫人之爲淑女則何自沓
囚於外廊乎夫人之子能取端友而嚴其內外則吾從誰得奇乎夫人能愛翰林夫婦如親生而無間焉
則吾雖禍心何以乘隙乎空穴来風腐肉生虫夫人之家齊治而循我亂之乎夫人之責雖萬言而吾死
無畏羞也一市人爆然大笑沈夫人慚悔曰吾恨不從女兒之言也晉公往尹府侍郎携手而入尹夫人
之寢室懽然笑曰君之夫婦年纔踰兩旬矣假令六禮差遲今始相逢猶不可謂之過晩也向来悲歡付
之一笑可也晉公欷息曰禮三十而娶者意非偶然也而國朝之早婚成風使童騃無知孩体乾坤灾安
得不生乎侍郎笑曰苟如君言而必膠守古禮則君距三十猶遠世間豈有未娶之國公乎有間侍郎起
出晉公向夫人欷曰夆生以薄軀蘋福天幸矜顧得復与夫人等相會夫臨危省罪遇福思寃秋是乃事天
之道也夫人毋敢以榮貴自居也夫人悚然對曰妾等安敢然也後數日景王勸晉公邀兩夫人晉公曰
林嫂未還尹南何敢先歸景王欷曰愚兄窃慚於林氏而亦恐其不肯還晉公曰自古淑女哲婦遭妖妾
之禍者多矣豈以林氏之德量介懷於前事乎於是晉公告于沈夫人而迎林小姐沈夫人送陽雲於林
府而言曰爲我善爲說辞焉陽雲至林府備告夫人公子之日還善不已小姐欷曰叔〻大舜後一人也

是日小姐還花府沈夫人執手涕泣曰吾之亡花非一而自君之出家益大乱苟非賢婦之至徳感天吾
之母子安得有今日乎小姐避席俯伏曰向来变乱皆由於小妾之不敏也小妾之罪當死而天地樂育
之恩并及於已飄之蓬既拔之葵小妾寔不知死所也於是景玉与小姐相見景玉拱手将欸曰幸生哉
倫儀義自取顛隮啜其泣矣何嗟及矣小姐見景玉辞令簡整仪度端肅非復昔日之諞言瑣負也起敬
而對曰妾本懦弱不能事君子〻〻之失徳是妾之罪也因向晋公曰社稷默佑資体康吉國之福也豈
特私門之慶也又与花夫人各叙別来情懐而涕泗漣〻攸隆矣明日沈夫人治送車伏迎尹南两夫人
〻〻〻承命而至沈夫人涕泣謝曰詩云有靦面目視人罔極老母之謂也吾雖不殺南兵婦〻〻之禍由
我之不明而至於嚴家之辱老母寔欲刎肚以謝於尹兵婦也两夫人惶恐但称已罪沈夫人接两夫人
曰甚矣荊玉与君等之引過也老母益無置身之所也雖然聖人猶許人改過老母得頼君等夫婦之餘
德庶幾免罪残年以投於地也因以晋公之所得紅玉釧青玉佩分与两夫人而欸曰垂棘之璧復歸勝晋
蔵矣於是沈夫人召晋公而攸亂两夫人於前感涙歡心至誠動人老婢等相顧出涕曰雖鄭夫人復起
何以過此一日两夫人与花夫人侍沈夫人前沈夫人謂諸夫人曰老母涔寧小歡君等相与嬉言以助
一笑花夫人笑謂尹夫人曰吾来此之日侍女等傳夫人批趙女之頰不知夫人之决無是理也夫人言行
恐未导於下流也沈夫人笑曰下流何足道也吾亦聞此而不能覓其尹賢婦之尹夅士也尹夫人笑曰對

曰舍弟放蕩作此禮外可駭之乘揚々來誇於妾曰吾恐蹤跡之見露猶未能快意猛撃也沈夫人絶倒
花夫人琅々笑曰斯已快矣何猛之益快乎顧謂雪姑曰汝往嚴府乎雪姑笑對曰小婢老悔甚欲落後
張平逐之是所謂打欲啼之兒也沈夫人又大笑晋公上疏請省掃先塋迎敀家廟上手詔不允曰卿征
戰駈馳之餘不宜遠役卿之家庙使成儁迎來焉於是成夆士向紹興沈夫人謝罪請過於成夫人景玉
欲從往晋公以形神未蘇諌止之時景玉深居内寢自処以廢人但与弟妹終夕懽愉於母夫人之側雖
賓客請見而輒以病為辭矣一日西平侯尹夆士等至固請相面景玉猶不肯出沈夫人曰兩公皆汝之
恩人也向非兩公之力汝得有人倫之至乎景玉出見於外堂蹐蹙之容愧怍之色如不能自容西平侯
告晋公曰小生昨拜於平原相公々々曰吾聞晋公之伯氏改過為善人云吾欲薦而官之以奬其自新
云々矣晋公未及言景玉大驚蹶蹈曰吾寧披髮入山决不可抗顔自立於士大夫之列也後月餘果除
大理寺平事而景玉終不應之時論多之先是嚴嵩之未敗也洪氏欲催婚於尹府崇曰不可々々尹𡡉
雖屈者也假使吾威權如往時猶不可以脅也况吾勢已傾乎向見尹汝玉仁郎愷悌决非負義者且見
近來所謂名流者交章攻我而偶汝玉終無一言其意可知夫人且待之其後洪氏病死纔過再朞崇敗
月華与其乳母逊祙於養仁院時白夫人之乳母錦仙往來於院中見月華之炤妙可怜卒与俱敀亂於
其家白夫人聞其非常欲一見而屢恳於錦仙々々笑曰其人妏眸如曙星兩頰如桃花朱唇皓齒髮真

髮鑑睽如斯而已夫人欲見其色乎鏡自照可也且彼雖窮困而托於人自以処子之身處為豈肯出入於少年名士之家乎夫人猶苦懇不已錦仙故以試言於月華曰吟家小姐有欲與君相識者而其小姐慈諒愛人君當與我一往見之否月華曰誰家小姐也錦仙曰其家寒族但稱以白公子之妹氏也月華辭曰妾雖賤微而奔走交人大非女子之事不能聞命錦仙佯怒而强之曰我以許彼君若不往彼必責我〻何堪也月華變色錦仙曰君聞我言疑有他心乎苟有他心直言於君何所不可而乃復黯黯相欺孤負當初率來之好意乎月華見其難却出游許之而猶疑其心潛置小刀於懷中錦仙遂以小轎擔之見白夫人於尹府夫人見之嗟異問曰君誰家女子也何事流離月華對曰妾之姓名洪梅兒幼失父母飄泊東西耳夫人聞其語音如微風振簫鶴鳴可聽愛之謂曰人之五倫朋友居一吾等雖女子苟其臭味相合不妨為閨中知己也吾之所處有靜僻爽室君幸留數日得襲芳香否月華雖因錦仙之强迫不得已來見而其容貌之凝飭居処之華麗決非寒士家小姐也心中大疑錦仙之紿而已又聞請留之言益惊不安對曰妾以窮陋之蹤得侍左右一奉巾幌豈非至願乎然妾宿嬰奇疾夜輒作苦不可經宿於門下也言未罷尹夫人適至月華即見尹夫人低頭錯愕潸然泪下尹夫人異疑之問於白夫人曰彼女子誰也白夫人以其言告之尹夫人熟視月華乃目白夫人而出與語曰此女一見我而顏色忽變其情可恠也昔日長远督我入嚴嵩之家矣頃吾私室說嚴嵩之事而與其小女有如此〻〻可笑之事畢竟

得脫於虎口者乃吅女之功而長遠悄然自歎曰吅女之要紹閒雅亦足為高品閨秀而其意氣豪邁今
世紅粉中所罕聞者也以容負才慧一為吾所汚而將守紅落枯於青閨之中也吾以姊氏之故公然積
惡於人矣吾聞之嗟傷欲一悉陳於大人之前使長遠有可以小解吅女之冤而崇之罪名日益狼藉故
未敢開口矣自崇籍出之後觀長遠之意悠悠忽忽此非恃色蕩子繳嬈嫚嫚之情也愛德樂仁者自不
得不如此也今見此女之都雅恰似長遠之所傳者而且愛容悲態令人悲切意者吅女情窮跡危無所
托身而冒嫌來投於錦仙之家也白夫人頓悟悵然曰向日陳夫人謂妾曰君子之背德失信於吅女者
妾等之羞也妾等盍為旋力乎妾於是始聞君子之有此事也妾言之於家兄陳夫人亦言於陳翰林翰
林与家兄同辭悉告於尊舅之前而尊舅切痛於吅崇峻辭不許反加吅責於君子妾等方切悚惶矣今
夫人之教及此妾大覺此女之為吅女而無疑尤悲其情事也然尊舅之威令至吅妾等不敢容喙也夫
人異於妾等願夫人垂德於吅女也於是白夫人还入房中笑問於月華曰君無乃与尹夫人曾有面分
耶俄覩君之俯仰吾甚大訝矣月華悲咽不敢言白夫人進執其手而歎曰君昔救尹君子於危[illegible]豈
敢忘君之恩乎但君安命処順以待天緣之自至也月華垂淚起拜曰夫人照妾心曲生我者父母知我
者夫人也妾雖家禍罔極變名流離然自是相門女兒一段羞惡之心粗知遠嫌而焚林之兔不擇走所
落罟之魚未定常穴遂以投鳥之情枉犯嚐雉之譏妾寧於此自欲溘死而無知也白夫人喟然哀之殷

勤加待乃以華衣美饌送还錦仙之家是日尹夫人帰言於晋公〻〻往見尹侍郎曰夫君子忘人之悪
而不忘人之德叩崇之罪雖通天極地而其女之德於長远者不下於晋文之秦嬴也岳丈何忍使長远
負恩於兒女也侍郎曰近者白聖圭陳子堅亦以此言於老夫而終不可以國賊之女為子婦也且朝廷
知之當以我為何如人也晋公曰小婿非敢以岳丈之教為過也然長远立名當世前程萬里而遽使一
介女子含寃而死則豈不為長远白玉之玷乎小婿既以此事反復思量亦有可以善処之道岳丈幸許
爲侍郎笑曰夫以兵婿之峻正守禮其言如此可知老夫之不通而茲事雖甚難便吾安得不聽兵婿之
言乎於是晋公見夏閣老而設之夏公慨然嗟歎從容奏達於天子曰王政不可使一物不得其所而今
春坊太夅士尹汝玉昌与叩崇之女有情盟矣其父㛁嫌其為国賊之女而不与之結親叩女誓死守節
其情可矜云矣上驚曰以尹汝玉之清槩奈何与叩女情盟乎夏公乃奏其顛末上笑曰世番事〻無状
如此其誅也宜哉然其弱妹無罪特令汝玉取為小室也於是尹夅士大喜卜日迎叩氏白中丞盛備仅
物陳白兩夫人親治吉服行禮於白府其喜可知也

噫貽天之福迎之以祥陳白有之矣嘉哉尚矣

上壽沈夫人　報德夏閣老　第十四回

成夅士到紹興成夫人見沈夫人之書喜而謂其子曰斯人也有斯人本性之善乃如是夫夫人之遂登

道至京師晉公兄弟出迎家廟晉公心事不言可知而評事免冠稽首淚若河決成夫人執手嘉歎曰老
身死見亡弟亦可有辭矣因与沈夫人歡笑相語沈夫人謝曰夫人不念旧惡救妾母子妾雖萬死無復
遺恨成夫人笑曰君之母子舍過從善人理大明皇天祖宗亦皆救之吾縱欲勿救其可得乎召林小姐
曰莊姜抱恨班妃受誣雖緣兩君之不明亦由自己之命之不幸也夫一覆之水終不能滿盃而今聞景
王之敬重君者百倍於前日是皇天偏厚於君而使莊姜班妃益慙兩君於泉臺之下矣又謂尹南夫人
及晉公曰夫玉不琢則不能成器君等安知今日之顯榮不自困厄中出耶諸人皆拜手敬謝沈夫人尤
大悅焉於是天子使禮官致祭於魏国公推恩於沈夫人封晉太夫人諸臣又奏林氏之孝義特命旌閭
授縣夫人戩隷花府之恩榮聳驚一世而晉国公新第天子賜宴壽沈夫人於晉公第於是三晉方物蜀
國金羅十三省州縣禮幣鱗集雲委而柳争士新陞南京都御史選上南京妓女八百人晉府妓女亦五
百人其日沈夫人盛服坐正堂慶恩樓內外姻親及公卿夫人一齊來會而時安南王与陽阿公主到京
師公主參於內宴王參於外宴翠幕雲浮畫屛山開文茵綺席星羅碁布而尹南兩夫人具國夫人章服
林夫人姚夫人花夫人皆以七宝凝粧護衛成夫人沈夫人而坐分東西為客位東邊徐相国夫人為首
而鄭尚書夫人以下坐之西邊夏相国夫人為首而尹侍郎夫人以下坐之花容月態兩兩相照金翠之
色珠繡之光炫動一樓而少年夫人中天姿精耀俯仰如神蜀国夫人為第一而其次柳御史夫人蛾眉

連蜷綽約滂浩其次尹學士夫人陳氏娟郁羞笑顏貞流眄其次晉國夫人濃粹靜閑高妙秀朗其次陽
阿公主清爽妙警光儀肅穆其次白夫人及陳翰林妻段氏及嚴氏而其餘夫人亦多秀色美彩妓等各
執風物庭扣鍾磬堂撫琴瑟舞袖蹈節如鸞鴻翩〻歌音繞樑若棲鳳鏘〻彤盤玉豆繽紛絡繹豐饌
珍果芳華百味藹蔚葳蕤芬馨酷烈而晉公以端冕九旒黼衣繡裳顏如瑞玉色若和風與兩国夫人
酌延年之酒於琥珀之鍾效擎跪壽慈珮瑲〻沈夫人手撫晉公之背欣愉鮮顏歡極流歎簾內諸夫人
無不嘖〻嗟賞於沈夫人之晩福也許事夫婦及花夫人柳御史及成學士夫人以下諸親獻壽畢夏閣
老西平侯等亦陞堂獻壽天子又送八珍御醞使禮部侍郎林潤奉命而來是日榮光曠古所無也自此
沈夫人未歿晉府日與晉公兄弟三婦一女繁華之樂榮貴之養使天下之為子者勃然興起而思孝焉
晉公立朝數年天眷日隆輿望日重而夙夜祗慎謙恭下人兩夫人德洽閨闈上下肅雍連生子女而介
〻明珠尹夫人子天麟生三歲沈夫人絶愛之使林氏養而為子許事大悅其後林夫人生二子而終以
天麟為長子焉一日南夫人對晉公歎曰夫富貴而忘人之功不祥也妾之流楚入蜀也相與為命者獨
季鸞一人也今妾位極閨閫而鸞猶不免叉鬟之列夫金銀縑帛非所以報恩也晉公大悟遂放籍季鸞
為王謙之妻謙感慕其恩甚相敬重焉時晉公與徐夏兩閣老協力輔国尹柳兩學士文章才德炳燿一
世皆擢正卿成學士亦陞吏部侍郎而陳昌雲白瓊等聯翩名塗贊明君德世稱嘉靖末年治化彬蔚

焉先是天子以皿崇之第特賜西平侯是第皇城中第一大宅也高堂邃閣層臺亘樹金壁之構綺琉之窓圖以雲氣画以仙灵彷彿帝王之居而其苑囿之壯二十餘里菜欄花渚蓮池菱島奇石異竹珍禽怪獸不可勝記西平侯嘗邀晋公歌舞樂甚晋公悠然歎曰崇豪奢如此安得不亡乎前車之覆後車之戒也西平侯瞿然失席卽日毁去亭閣之太侈者自是衣服車馬務從儉約晋公之愛人以德皆此類也

一日西平侯与公主說南征時事歎曰晋公天人也刺客李八兒揮釖將進吾坐其傍魂震神駭而晋公岸幘笑語使八兒不覔拔匕其崇皿如北斗凝重若泰山吾平生自視雄豪始覔天下有真雄豪也公主聞之愀然含淚侯驚問曰夫人听此言而忽有悲色何也公主曰所謂李八兒卽妾之在藩宮時侍兒也其人英慧慕義善通詩書妾之心矜愛肝胆相照嘗与妾講詩江有汜之章笑而謂妾曰玉主亦將不我与而使我有嘯歌乎妾憐其言其後不幸爲諸兄所窺屢逼而幾不免八兒迯之深山隱於釖術聞妾迎將軍以詩寄妾詩曰

煥閣寒梅萼陽春空自知可憐窓外樹還有未開枝

妾之來時八兒自山中送妾于盤江之上又爲詩曰

有鳥生南海乘風將北飲山頭落一羽猝与孤雲飛

因歌落花春一闋其音凄咽如玉簫中斷令人不堪其悲妾雖無樛木之德以將軍之高義豈可使此

女失其所帰乎侯大悦遂迎八兒於安南爲小室焉時南叅議已致仕移家比隣於晋府与蜀国夫人相
頼而有時与尹侍郎陳尚書散浪嘯傲於郭外山水晋公及尹尚書輒策而從之一日遊於玉泉山之西
湖〻環十餘里荷蘋菱芡与沙禽水鳥隱映於雲霞之中諸公相顧乐之浮盃而飲忽有被褐者鬚髮蒼
浪行步傴僂自山谷間而來侍郎望而歎曰丞相儘甚矣諸公驚問之侍郎曰此嚴崇也命尚書往邀之
尚書揖引而至侍郎賜坐太息曰君黄扉三十年亦知有今日乎崇涕泣謝罪侍郎曰吾等已作世外之
逸民矣不須言當時之恩怨且与子飲酒可也使進酒壷肴榼於崇前崇飲数盃而顧尚書流涕侍郎曰
君之女賢淑吾已収爲子婦君勿悲爲崇起而百拜淚下如注侍郎歎曰此乃皇上之恩爾吾何德哉因
鮮衣与而送之是日晋公皈對尹夫人而傳其言曰岳丈之心德如此長遠之子孫必昌大矣其後世宗
皇帝賓天晋公念平生之知遇痛龍馭之莫攀啜泣三年不近酒肉矣隆慶二年以吏部尚書入内閣数
曲機務秉德無私寅亮恭勤天子待以殊禮号稱尚父後六年穆宗又賓天晋公与夏閣老同受顧命翼
輔幼主於危疑之際正色立朝風彩凜然時羣黨用事有太監馮保者陰譎多智潛結宰相張居正謀
欲擊去大臣自作威福而皇太后深仗晋公天子亦師事之保等不敢售讒計先以夏閣老誣搆於兩宮
曰春海之嫠婦孤兒雖任大統莫如擇長而立之云矣上与太后聞之太(大)疑遂於正朝會班降旨削奪夏
春海官職夏公莫知其罪待命於錦衣獄時晋公適乞新陵享官方在享所盖保等恐晋公必争柬其出

外而作変也君羊臣急上諫疏而格不能入晋公方帰在道聞変慨然歎曰吾受両朝隆恩敢不以一死報之乎疾馳而还直入朝堂卒吏部尚書尹汝玉户部尚書成儁太学士柳聖謙刑部尚書孫植禮部侍郎林潤西平侯俞聖禧左都御史葛守禮右都御史嵇瑞吏部侍郎白瓊户部侍郎陳昌雲等請待上前保等欲遏而勿白殿前校尉王謙按劍厲辭曰晋公先帝之尚父也公等安敢若是乎保等惶惧使黄門急持東掖門西平侯瞋目直入曰我武夫也但知樊将軍排闥耳於是晋公以下俱入焉上方在涵敬堂晋公至上前抗辭曰大行皇帝将弃天下也丞陛下於前引執夏春海暨臣珎手詔之曰朕承与卿等辞矣國危子弱所恃者惟卿等耳臣等滂泣受命相顧踧踖以為不隕首塗腦不可拝於泉下也於是春海治内臣治外奉陛下而南面肃宮府而将禮山陵了訖覆土未乾春海忽得罪殿庭蒼黄削黜簪紳錯愕婦孺咨嗟臣伏聞諸臣言春海之罪不甚明白太参張居正与司禮太監馮保等倖相善潜往来而此稽作噫噫其可知也春海忠戆剛果積不平於閹小輩而居正傾仄險計欲圖富貴益厭其乘機偷隙横搆忠良比如上官桀於霍光也而弘恭石顕欲快惩於蕭望之也陛下冲年即祚好悪未定而此輩扇動内外則天下将大乱矣陛下試視周成王時造流言者何人沃桓帝時竇武陳蕃死於誰手也禮云天子崩王世子听於冢宰三年今春海冢宰也身佩安危生死當國苟謂不知人則已如其不然陛下所事惟有朝夕哭臨而已今之譏譏春海者必曰春海有非心使春海而果有非心則臣与春海一心也陛下何不退

臣而彿黜春海也上听未畢哽咽流涕曰微先生言小子幾亡社稷矣於是立竄張居正於遠地枚黜馮
保等數三人於外手詔召夏春海而復其官天下聞而歎曰夏公救花公、、救夏公可謂能知人能報
德皆天下之至公非一身之私恩也萬曆六年晉公与西平侯討平金山賊馬芳枝於江南獲其所謂世
子善慶年十歲西平侯欲斬之晉公見其異貌心動而急止之召其兒与語其兒自言郭仙公子璋之子
父母皆死於乱離兒与乳母為賊軍所掠芳枝無子怜兒岐嶷養以為子云晉公覓郭仙公之言怳忽嗟
異收之而啟南叅議思仙公而流涕撫愛如子矣晉公累立大勳身為將相以天下為己任者五十年而
天子倚重百姓愛慕殊類詭俗聞名羅拜論者謂有郭汾陽之忠信韓魏公之德量而深追先帝之殊
遇欲報之於嗣君諸葛武侯近之矣尹夫人子天寶天祥天壽南夫人子天雄天卿天老女明嬌玉嬌七
子次第登科而天搆天寶天雄皆擢壯元天搆娶西平侯之女天寶年十六以翰林學士尚桂陽公主為
駙馬都尉才兼文武出將入相功名威盛封太原王是晉公之副子也夏閣老卒以幼子晟托於晉公及
長以明嬌妻之晟早達事君盡節有乃父之風矣明嬌亦克肖南夫人也天雄幼時徐閣老以孫女定婚
徐公卒後徐小姐揀於皇子妃徐小姐矢死拒命褚將離測桂陽公主救之終為天雄妻南叅議以玉嬌
妻郭善慶、、与天寶同破倭賊八十萬於萊州封定陵侯柳尚書有四子成尚書亦有子女尹尚書入
閣封淮南伯有子十一人八子登第皆為達官女三人許事之子為其第二婿矣西平侯之賢輔官至大

司馬尹閣老之第一女即其妻也有義輔者勇捷善戰立功封常山侯即李氏出也皆有別傳劉甯淑

王謙之子亦多顯達矣況夫人享晋公之福三十年而終晋公之哀慕一如喪鄭夫人之時成夫人亦以

壽考終晋公年八十告老而与晋蜀兩夫人还紹興童顏不衰風骨灑然望之若神仙云焉嗚呼休哉

嗚呼休哉

噫忠孝性也死生禍福命也命非吾所知也但當盡其性而已矣范趙雖竭巧殫惡而秪令人速富

貴而自勦其命天亦降罰也王劉之或先或後相藉以成其名者豈人謀之所及哉彼亦意氣相感

者也夫黃鵠遺其音而鷦鷯延頸杜若保其香而蓬藋把颸因物之理也況雲出而雲從之馬鳴而

馬應之者乎雖然花氏之樹德不固則殆其未易振也可知其前世矣嗚呼奇哉〻〻〻〻

夫閭巷間小說多為其消憂遣悶而作也故有或近於鄙俚者有或近於誕妄者固非斈者之所

可寓目也至若此書者令人讀之可使為子弟者油然而興孝悌之心為臣僕者勃然而慕忠義

之道淫乱者懲創頑懦者廉立嗚呼此書之言之正而理之順也豈徒為消憂遣悶之資而已哉

吾以是謄之欲作餘力之規戒也

127

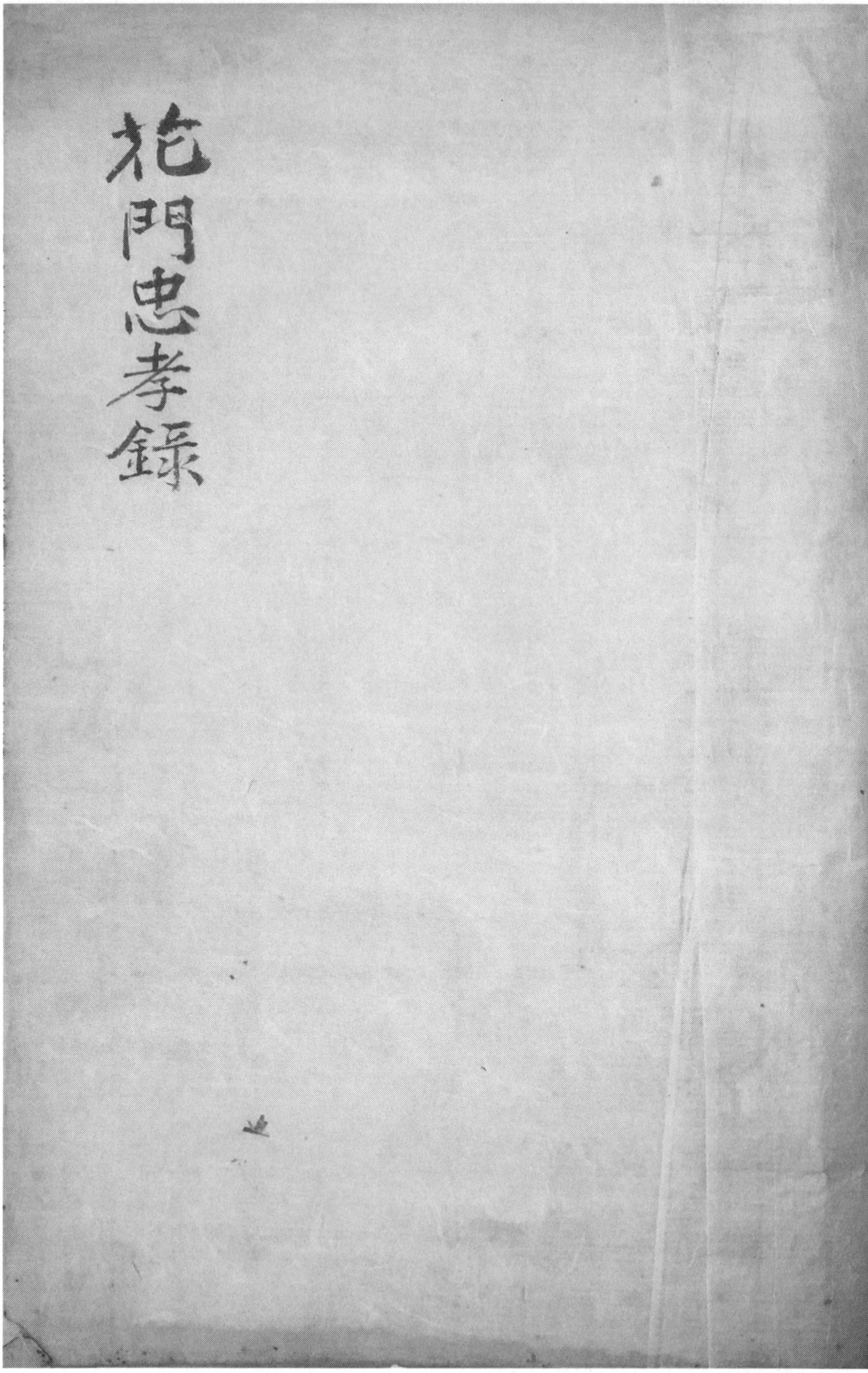

花門忠孝錄